LIGHTLARK

LA SAGA LIGHTLARK – LIVRE I

L'autrice

Autrice de la série jeunesse *Curse of the Night Witch*, inspirée de ses racines colombiennes, **Alex Aster** est diplômée de *creative writing* à l'université de Pennsylvanie. À 27 ans, elle s'est vue propulsée sur les listes de best-sellers de tous les journaux américains (*New York Times*, *Wall Street Journal*, *Publishers Weekly*, *USA Today*...) grâce à *Lightlark*, série young adult dont elle a assuré la promotion sur BookTok, où elle est suivie par plus d'un million d'abonnés. Retrouvez son actualité sur TikTok (@alex.aster), Instagram (@alexaster) ou asterverse.com.

Alex Aster

LIGHTLARK

LA SAGA LIGHTLARK – LIVRE I

Traduit de l'anglais (États-Unis)
par Céline Morzelle et Sarah Dali

LUMEN

Pour Rron
Même si j'avais essayé de l'écrire,
jamais je n'aurais réussi à rendre justice
à notre histoire d'amour

CHAPITRE 1
Isla

Isla Calys avait l'habitude de traverser les flaques d'étoiles. Sans autorisation, bien sûr, et visiblement toujours aux moments les moins indiqués. Pourtant, même avec cinq années de pratique, son squelette continuait d'être éprouvé par cet exercice.

Retenant son souffle comme les flacons éparpillés sur sa coiffeuse retenaient leurs précieux parfums, elle regarda sa chambre de verre surgir peu à peu de la mosaïque de couleurs qui tournoyait devant ses yeux. Quand la gravité finit par immobiliser le petit élément réfractaire qu'elle représentait dans l'ordre de l'univers, sa baguette astrale retrouva aussitôt sa cachette, dans les plis du dos de sa robe. Un instant plus tard, la porte de la pièce s'ouvrait en grand.

— Mais… tes cheveux ! s'écria Poppy, si fort que Terra déboula à sa suite, l'air paniqué, ses multiples lames s'entrechoquant à sa ceinture.

Sa coiffure avait beau être le dernier de ses soucis, Isla se doutait qu'elle devait ressembler à un plant de fougères. Passer d'une terre nouvelle à une autre avait tendance à défaire jusqu'aux plus serrées des boucles et autres tresses dont la parait sa professeure de séduction. Mais à vrai dire, c'était tant mieux.

Isla ne prétendait pas maîtriser parfaitement sa baguette astrale. Au début, elle avait laissé les flaques d'étoiles l'emmener là où bon leur semblait. Dans les villages enneigés des terres nouvelles des Sélénites, par exemple. Ou au beau milieu des fêtes tapageuses des contrées azuréennes. Il lui était même arrivé d'atterrir dans des régions où ne s'était encore établi aucun des peuples des six royaumes. Petit à petit, elle avait appris à ouvrir des portails pour retrouver les endroits où elle s'était déjà rendue, mais ses compétences en la matière s'arrêtaient là. Tout ce qu'elle savait de son mystérieux artefact, c'était qu'il lui permettait de couvrir des distances folles en une poignée de secondes seulement.

— Poppy… soupira Terra en lâchant le manche de sa dague. Ce ne sont que des mèches rebelles.

Loin de l'écouter, l'intéressée se précipita sur sa protégée. Une brosse dans une main et une fiole d'huile végétale sirupeuse dans l'autre, elle maniait ces accessoires comme d'autres les armes – armes dont Terra avait appris le maniement à Isla des années auparavant. Par-dessus l'épaule de sa professeure de séduction, la jeune fille adressa un grand sourire à sa maîtresse d'armes, avant de pousser un cri : la première venait de lui ôter une épingle des cheveux sans aucune délicatesse.

— Je vais devoir tout recommencer. Je te laisse seule une heure à peine et tu ne ressembles plus à rien. J'avais pourtant verrouillé la porte ! Comment t'es-tu débrouillée pour finir aussi hirsute sans bouger de ton nid, petit oiseau ?

Son nid. Si seulement ! Mais la chambre d'Isla n'avait rien d'un nid. C'était un globe de verre, vestige d'une ancienne serre, dont les vitres avaient été peintes, les fenêtres scellées, et toutes les portes, sauf une, condamnées.

Le surnom que Poppy, et parfois Terra, aimait lui donner était adapté. Isla était un petit oiseau. Oui, un petit oiseau en cage.

Elle haussa les épaules.

— Je me suis seulement un peu entraînée à l'épée.

Tous ses proches ayant péri avant sa naissance, Terra et Poppy étaient, quoiqu'elles n'aient aucun lien de parenté avec elle, sa seule famille. Pourtant, même à elles, Isla n'avait pas parlé de ses balades clandestines hors de sa prison de verre. Si elles avaient été informées de l'existence de la baguette astrale, jamais ses deux gardiennes ne l'auraient laissée s'en servir. Si la jeune fille était enfermée, ce n'était en effet pas seulement pour sa propre sécurité, mais aussi pour celle des autres.

Terra la dévisagea d'un œil suspicieux, puis se tourna vers le mur. Des dizaines de sabres, de dagues et de poignards y étaient suspendus les uns à côté des autres.

— Dommage que tu ne puisses en emporter aucune, dit-elle en laissant courir son doigt sur le miroir de fortune créé par cette succession de lames.

C'était elle qui avait donné à Isla toutes ces armes. Chacune tirée des réserves séculaires du château. Chacune gagnée par Isla au fil des ans, en récompense de ses progrès à l'entraînement.

Poppy eut un petit rire moqueur.

— Voilà bien une des règles du Centennal à laquelle j'adhère totalement. Inutile de confirmer les horribles préjugés qu'ont déjà les autres royaumes à notre sujet.

Un sentiment d'appréhension, semblable à un tourbillon de feuilles mortes, déferla tout à coup sur la jeune fille. Elle se força pourtant à plaquer un sourire sur son visage.

Cela suffirait sans doute à apaiser la frustration de Poppy, qui lui répétait sans cesse qu'elle ne souriait pas assez.

Isla ne connaissait pas grand monde, mais si les hommes et les femmes qu'elle avait rencontrés se comptaient sur les doigts de la main, ils ne lui paraissaient pas difficiles à comprendre. Pour les cerner, il lui fallait seulement identifier leurs aspirations. Tout le monde désirait quelque chose. Parfois, ce quelque chose n'avait rien de sorcier. La preuve, pour une professeure de séduction qui avait passé presque deux décennies à enseigner à sa protégée l'art des bonnes manières, qui plaçait la beauté au-dessus de tout, ce pouvait être un simple sourire. Ou un compliment.

— Leurs horribles préjugés n'en sont pas vraiment, ma magnifique Poppy. Après tout, nous sommes bien des monstres.

L'experte en élégance soupira, tout en repositionnant la dernière des épingles dans la chevelure d'Isla.

— Pas toi, répondit-elle d'un air grave.

Même si les mots de sa gardienne débordaient d'affection – un sentiment des plus positifs –, la jeune fille se surprit à frissonner d'angoisse. Dans le miroir de sa coiffeuse, aux bords piqués par le temps, elle vit Terra se rapprocher de quelques pas.

— Tout est prêt, dit la guerrière. Et toi ?

Non. Et elle ne le serait jamais. Le Centennal se définissait de bien des façons : c'était une compétition, l'occasion de tenter de briser les malédictions qui accablaient les six royaumes et d'acquérir au passage des pouvoirs sans égal. L'affrontement de six rois et reines. Cent jours sur un archipel condamné à n'apparaître qu'une fois tous les cent ans.

Pour Isla, cependant, c'était surtout la garantie d'une mort prématurée.

Alors, Isla, prête ? raillait une voix cruelle au fond de son esprit. Seule sa curiosité tempérait sa peur. Elle avait toujours rêvé de plus de... de tout ! D'expériences, d'horizons, de rencontres.

Or Lightlark, qu'elle s'apprêtait à rejoindre, était la quintessence de cette profusion qui lui manquait tant. Avant que ses gardiennes ne l'aient découvert et fait réparer, Isla se faufilait souvent par un carreau mal scellé de sa chambre pour se rendre dans la forêt. C'était là qu'elle avait découvert une Ancienne, qui avait autrefois vécu à Lightlark – comme tous les Sauvages avant l'avènement des malédictions. Avant que, dans le chaos qui avait suivi, la majorité des habitants de l'archipel ne fuie les lieux pour s'en aller créer des terres nouvelles. Aussi savoureuses que peu nombreuses – tels des fruits sur une branche –, les histoires de la vieille femme s'étaient révélées peuplées de rois et de reines qui pouvaient saisir le soleil à mains nues, de nobles dames aux cheveux de neige capables de faire danser l'océan, de châteaux dans les nuages et de fleurs dont émanaient des effluves de pouvoir à l'état pur.

Mais tout ça, c'était avant les malédictions.

Depuis, piégé dans une tempête incessante qui en empêchait totalement l'accès – même en recourant à un charme –, l'archipel n'était plus que l'ombre de lui-même.

Une nuit, Isla avait trouvé l'Ancienne couchée sur le flanc, au pied d'un arbre. Elle aurait pu croire que la vieillarde dormait, si sa peau tannée n'était pas devenue écorce, si ses veines ne s'étaient pas changées en tiges.

Les Sauvages contrôlaient la nature de leur vivant, et y retournaient à leur mort.

Le trépas de l'Ancienne n'avait cependant rien de naturel. Même à plus de cinq cents ans, même loin de la force de Lightlark, elle s'était éteinte bien trop tôt. Son décès avait été le premier d'une longue série.

Et c'était la faute d'Isla.

— Et toi, es-tu prête ? insista Terra.

Elle avait les yeux du même vert profond que le lierre qui, telle une seconde peau, recouvrait le château. Du même vert que ceux de sa protégée.

Isla fit signe que oui. Ce qui n'empêcha pas ses doigts de trembler quand elle attrapa la couronne posée devant elle. L'ornement en question n'était qu'un simple bandeau d'or décoré d'un serpent, de bourgeons et de feuilles, en or aussi. Prenant soin de ne pas accrocher les épingles qui maintenaient ses longs cheveux derrière ses oreilles, elle s'en coiffa.

— Époustouflante… murmura Poppy.

Isla n'avait pas besoin de l'entendre pour savoir que c'était la vérité. La beauté était un don dont jouissaient tous les Sauvages. Pour leur plus grand malheur… Sa mère, par exemple, en était morte. Ce qui rendait d'ailleurs leur supposée ressemblance particulièrement perturbante.

— Tu n'as rien à envier aux autres souverains, petit oiseau, ajouta Poppy d'un ton déterminé en la fixant dans le miroir. Tu es plus forte que n'importe lequel d'entre eux.

Si seulement c'était vrai !

Sous l'effet d'un brusque regain de panique, les traits d'Isla se froissèrent d'un seul coup. Et si c'étaient les tout derniers moments qu'elle passait dans sa chambre ?

La toute dernière fois qu'elle voyait ses gardiennes ? Ses mains se tendirent spontanément vers les deux femmes. Elle avait besoin de les prendre dans ses bras.

La sévérité du regard que lui jeta Terra suffit à refroidir ses ardeurs. « Faire preuve de sentimentalisme est égoïste », semblait-il dire.

Isla ne devait se voir que comme un instrument. Si elle participait au Centennal, c'était pour sauver son royaume. Son peuple.

Elle se ressaisit et se redressa sur son siège. Puis, lentement, elle se leva. Sa couronne lui pesait, et pas simplement en raison de son poids. Chaque souverain abordait le Centennal avec une stratégie. Terra et Poppy avaient commencé à imprimer la leur dans le cerveau d'Isla dès sa plus tendre enfance.

— Je sais ce que j'ai à faire, les rassura la jeune fille. Je suivrai le plan.

— Tant mieux, répondit sa maîtresse d'armes. Parce que tu es notre seul espoir.

Le château sauvage était ouvert aux quatre vents et comptait plus de passerelles que de véritables couloirs. Les arbres passaient leurs branches par les ouvertures, agrippant gentiment les habits d'Isla, comme pour lui dire au revoir. Au milieu du bruissement des feuilles, elle traversait la succession infinie des pièces où elle n'avait jamais eu le droit de pénétrer, Terra et Poppy sur ses talons. Les plantes grimpantes envahissaient les murs. Les oiseaux allaient et venaient à leur guise.

En l'honneur de son royaume, la jeune fille était vêtue de vert forêt. Le tissu de sa robe lui moulait la poitrine, la taille et les cuisses, avant de s'étaler à ses pieds. La brise qui soufflait alentour faisait virevolter sa cape faite d'une mousseline si transparente qu'elle ne dissimulait presque rien de ses courbes – ce qui était pourtant l'une des raisons d'être de ce genre de vêtement. C'était voulu : cette impudeur aussi correspondait bien au peuple d'Isla.

Les Sauvages avaient toujours été fiers de leur physique, de leur beauté, de leurs capacités. Qu'il s'agisse d'aimer, de vivre ou de combattre, ils y mettaient une passion, une fougue et une hargne sans limites.

Cinq cents ans plus tôt, hélas, chacun des six royaumes – sauvage, stellaire, sélénite, azuréen, solarien et nocturne – avait été frappé d'une malédiction distincte, qui avait transformé leurs forces respectives en poison.

Celle des Sauvages était double. Ils avaient été condamnés à tuer tous ceux dont ils tombaient amoureux et à ne plus s'alimenter que de cœurs humains. Leur aptitude à séduire d'un simple regard était soudain devenue terrifiante, monstrueuse.

Depuis, des milliers d'entre eux avaient péri. Aimer avait vite été défendu. Trop dangereux. Mais ça n'avait pas empêché certains de s'y risquer. Bien que l'amour puisse prendre de multiples formes, les victimes de ces sentiments interdits avaient souvent été les hommes. Dans un royaume où les mères enfantaient déjà plus de filles que de garçons, le nombre des naissances avait baissé. Résultat, la petite communauté de Sauvages qui subsistait ne comptait presque plus que des femmes. Des guerrières à la fois craintes, haïes et faibles, puisque moins de sujets signifiait moins de pouvoir. Le Centennal était leur seule chance de mettre un terme aux malédictions, de retrouver leur gloire d'antan et les pouvoirs magiques dont le royaume sauvage avait tant besoin. Isla était leur seule chance.

« Tu es notre seul espoir… »

Elle les entendit bien avant de les voir. Marquant la cadence du plat de leurs lames, ils scandaient leurs prières archaïques, sans hésiter à faire étalage du contrôle qu'ils exerçaient sur la nature. Sur le balcon qui attendait Isla, un flot de fleurs en pleine éclosion se déversait par-dessus la rambarde pour se répandre dans le couloir. La vague végétale eut beau s'arrêter devant la jeune fille, les pétales continuèrent de se démultiplier, au point, bientôt, d'entourer ses chevilles. À en croire les légendes, mille ans auparavant, il aurait suffi aux Sauvages d'une pensée pour faire surgir de terre des forêts entières et d'un simple mouvement du poignet pour déplacer les montagnes.

À présent, après des centaines d'années de malédiction et autant de temps passé loin du pouvoir de Lightlark, leurs capacités s'étaient réduites comme peau de chagrin, ne leur permettant plus de réaliser que quelques tours pathétiques, à peine dignes d'un illusionniste.

Isla s'avança avec précaution sur le tapis de pétales. Lorsque les murs du château s'effacèrent, elle se retrouva face à la foule des Sauvages qui l'acclamait.

Partout dans les arbres apparaissaient des cerises, des baies et des roses rouge sang qui tombaient sur l'assemblée en une pluie écarlate. Quelques animaux, sortis des fourrés, rejoignaient discrètement leurs compagnons. Les Sauvages pouvaient exercer leur pouvoir sur la nature de différentes manières, mais leurs facultés incluaient souvent une certaine affinité avec les bêtes. Terra avait ainsi pour amie une panthère noire nommée Ténèbres, avec qui elle communiquait aussi facilement qu'avec Isla. Quant à Poppy, c'était un colibri qui aimait se nicher dans ses cheveux.

D'un hochement de tête, Isla fit taire la foule.

— C'est un honneur pour moi que de représenter notre royaume durant ce Centennal, commença-t-elle.

Les battements de son cœur s'accélérèrent, le sang frappant comme un tambour à ses tempes. Elle balaya des yeux les magnifiques visages tendus vers elle, pleins d'espoir. Certains Sauvages portaient des vêtements faits de lambeaux de tissu reliés entre eux à l'aide de feuilles ou de tiges. D'autres ne portaient rien, sinon les épées attachées dans leur dos. Quelques-uns, les lèvres tachées d'un rouge profond, venaient visiblement de se nourrir. Isla les regardait en faisant de son mieux pour ne pas trembler. Hors de question de laisser sa voix vaciller ou chevroter. Il ne fallait pas qu'ils puissent se demander un seul instant pourquoi leur reine demeurait la plupart du temps cachée derrière les murs épais de son château ou pourquoi les domestiques avaient interdiction de pénétrer dans ses quartiers.

Combien de ces Sauvages, cent ans plus tôt, avaient entendu la précédente souveraine faire la même déclaration ? Combien étaient encore en vie, après la succession de morts soudaines qui avaient suivi celle de l'Ancienne ? Isla s'efforça de ne pas y songer. Elle allait leur faire une promesse, parce que c'était ce qu'ils souhaitaient. Ils avaient besoin d'être rassurés, rassérénés.

Car ils avaient toutes les raisons d'être inquiets. Pour peu qu'elle échoue, ils subiraient encore leur malédiction un siècle durant – au bas mot ! Et il y avait déjà eu quatre Centennaux infructueux.

— Je briserai notre malédiction une fois pour toutes ! Je vous le jure ! proclama-t-elle avec assurance.

Persuadée qu'ils voyaient clair dans son jeu, qu'elle avait mal interprété leurs attentes, Isla serra les dents… Mais presque aussitôt, l'air du matin s'emplit d'une explosion de vivats. Au-dessus de la nuée des lames sauvages brandies avec fierté, le vent se mit à rugir dans les branchages et les oiseaux qui s'y abritaient redoublèrent de cris perçants. Soulagée, la jeune fille s'engagea dans l'escalier couvert de pétales qui descendait du balcon. À ses pieds, la nature continuait de s'épanouir.

L'assistance s'écarta pour ouvrir un chemin vers les plus anciens de leurs arbres jumeaux. Leurs branches dressées vers le ciel s'entremêlaient pour former une arche immense, arrondie comme un miroir. Au-delà se déployaient les profondeurs de la forêt, familière et accueillante. Mais ce n'était pas là que se rendait Isla. Sa gorge se serra. Toute sa vie, elle s'était préparée à ce moment. La main de Poppy se posa sur son épaule droite, celle de Terra sur la gauche. Elle s'avança vers le portail qui s'élevait devant elle, ce portail qui ne fonctionnait qu'une fois tous les cent ans, et ne put s'empêcher de repenser aux derniers mots qu'elle avait adressés à ses gardiennes.

« Je sais ce que j'ai à faire. Je suivrai le plan. »

Si seulement ça n'avait pas été un mensonge…

CHAPITRE 2
Lightlark

Un courant d'air lui indiqua que le portail s'était refermé. Derrière Isla, la clameur de la foule s'éteignit aussitôt. Dans le calme qui l'entourait soudain, on n'entendait plus que le son de sa respiration saccadée. Elle fit un pas en avant et se retrouva tout à coup aveuglée par une lumière aussi puissante qu'un million de nébuleuses à l'agonie.

Elle chancela, mais une main la rattrapa.

— Ouvre les yeux, souffla une voix aussi mystérieuse et implacable que les douze coups de minuit.

Isla ne s'était même pas rendu compte qu'elle les avait fermés. Les paupières papillonnantes, elle attendit que le monde devant elle cesse de tanguer. Voyager par ce portail s'était avéré bien plus mouvementé que lorsqu'elle utilisait sa baguette astrale.

L'homme qui la toisait paraissait amusé et… étrangement familier. Il était si grand qu'Isla devait lever le menton pour soutenir son regard d'un noir profond. Ses cheveux s'étalaient comme une tache d'encre sur son front pâle. C'était un Nocturne – aucun doute là-dessus. Ce ne pouvait donc être que…

— Merci, Grimshaw, dit-elle avec assurance.

Elle se dépêcha de se redresser, en croisant les doigts pour que personne d'autre ne l'ait vue trébucher. C'était presque si elle entendait Terra et Poppy la réprimander, chacune dans une oreille. Heureusement, en dehors du Nocturne et d'elle-même, la falaise où elle avait atterri était déserte. Elle se retourna et un imperceptible hoquet mourut dans le fond de sa gorge : à plusieurs dizaines de mètres en contrebas, la mer se déchaînait. Isla avait failli chuter sur les rochers qui saillaient au pied de l'escarpement. Elle avait failli anéantir, avant même le début du Centennal, tous les espoirs qu'elle avait pour son peuple.

Tous ses espoirs tout court, d'ailleurs.

— C'eût été fâcheux, commenta le roi des Nocturnes. Je t'en prie, Isla, appelle-moi Grim.

Sur son visage aux contours sévères, la fossette qu'avait fait apparaître son sourire espiègle détonnait franchement. *Grim.* Comme une grimace, pensa la jeune fille. Un surnom détestable, mais dont l'intéressé semblait fier. Il fallait reconnaître qu'il le portait bien. Son expression frôlait le rictus. L'espèce d'ombre qui jouait sur ses traits se serait probablement révélée glaçante dans l'obscurité.

— On ne se serait pas déjà rencontrés ? demanda-t-elle.

Qu'il connaisse son prénom, c'était normal. Qu'il sache le prononcer à la perfection, faisant siffler le « s » tel un serpent, admettons. Mais il y avait autre chose…

Le sourire du Nocturne s'estompa.

— Si c'était le cas… on ne se serait pas vus qu'une fois, termina-t-il après avoir promené son regard sur le corps de son interlocutrice.

Les joues d'Isla s'empourprèrent. Au-delà de quelques rares interactions étroitement surveillées par ses gardiennes ou durant ses excursions clandestines dans les autres terres nouvelles, elle n'avait pas souvent croisé d'hommes.

Encore moins ressemblant à Grim… et qui n'avaient l'air effrayés ni par elle ni par sa malédiction.

Isla fronça les sourcils, perplexe. Il aurait dû avoir peur. Pour peu qu'ils le décident, les Sauvages pouvaient rendre n'importe qui fou de désir au point de se jeter volontairement du haut d'une falaise. Leur pouvoir de séduction était irrésistible, même s'il était interdit de l'exercer durant les cent jours de la compétition. Le Nocturne devait se croire à l'abri.

Il se trompait.

Le Centennal était un jeu, et la récompense un gain de puissance sans pareil. Quiconque parviendrait à décrypter la prophétie et à briser les malédictions se verrait en effet octroyer tout le pouvoir qu'il avait fallu pour les générer. Le prix ultime, en somme.

Grim cherchait-il à charmer Isla pour la distraire ? Elle le fusilla du regard. Le sourire du Nocturne s'élargit encore. Intéressant…

Tous les cent ans, depuis que les malédictions avaient été jetées, Lightlark se dévoilait, libéré de son impénétrable tempête pour cent jours seulement. Pendant ce laps de temps, chacun des six souverains étaient invités à se retrouver dans l'archipel pour tenter de mettre fin aux maux qui l'accablaient et corrompaient leurs pouvoirs. Tous… sauf celui du royaume nocturne, à vrai dire. Créer des sorts faisait en effet partie des facultés de ce peuple. Dès lors, même s'ils s'en défendaient, tout portait à croire que c'étaient eux qui avaient lancé les malédictions à l'origine.

C'était la première fois que le souverain des Nocturnes était convié au Centennal. Le haut-roi de Lightlark devait être vraiment désespéré.

Grim reprit le bras d'Isla et, sans lui laisser le temps de protester, la tira doucement sur le côté. Un instant plus tard, la marque géante imprimée au bord du précipice – un emblème représentant les six royaumes – se mit à chatoyer d'une lueur dorée. Sortie de nulle part, une silhouette se matérialisa juste à l'endroit où s'était trouvée Isla.

Une cape bleu clair claqua dans le vent avant de se poser en douceur sur une paire d'épaules musclées, à la peau d'ébène. L'homme qui venait d'arriver avait d'interminables sourcils, un menton ciselé et une bouche rose encadrée par l'ombre d'une barbe taillée à la perfection. Il s'agissait du roi des Azuréens, Azul. Isla avait appris son nom dès qu'elle avait su parler, comme pour Grimshaw. Beaucoup plus âgés qu'elle, tous deux dépassaient les cinq cents ans. Ils étaient déjà nés lorsque les malédictions s'étaient abattues sur les royaumes. Comparés à la Sauvage, qui n'était personne, ils étaient de véritables légendes.

Restait que plusieurs siècles n'avaient visiblement pas suffi à faire d'eux des amis. Azul n'adressa à Grim qu'un bref signe de la tête, et le sourire du Nocturne se fit tout de suite plus mauvais. Plus moqueur. L'Azuréen se tourna ensuite vers Isla et la salua d'une profonde révérence, avant de lui prendre la main.

— C'est un plaisir que d'avoir du sang neuf chez les Sauvages pour ce Centennal, dit-il.

Ses yeux pétillants s'attardèrent un moment sur ceux de la jeune fille, puis ils se posèrent sur les doigts de cette dernière, ornés de bagues serties de gemmes aussi grosses que des noyaux d'abricot. Même si les autres royaumes aimaient à considérer les Sauvages comme des barbares, leurs richesses étaient indéniables. Contrôler la nature avait ses avantages.

— Par tous les nuages du ciel ! s'exclama Azul. Je n'avais encore jamais vu de diamant aussi gros !

Isla n'y voyait qu'un caillou. Joli, certes, mais comme tout ce qu'on pouvait se procurer à la pelle, il n'avait, à ses yeux, rien d'extraordinaire. Les joyaux de ce genre se formaient lorsqu'on exerçait sur le sol une bonne dose de pouvoir. Ils étaient apparus dans les terres nouvelles des Sauvages au fil des siècles, avant de remonter peu à peu à la surface, pour y bourgeonner comme autant de fleurs. À vrai dire, là d'où venait Isla, il était difficile pour qui sortait se promener de ne pas buter sur un rubis ou une émeraude.

Elle le savait grâce à ses lectures, certainement pas par expérience personnelle.

C'était en tout cas ce que croyaient ses gardiennes.

Terra disait souvent que ces pierres brillantes étaient la raison pour laquelle les Sauvages ne manquaient jamais de cœurs à consommer. Pourquoi ? Parce que c'était dans l'espoir d'en dérober que les plus cupides et inconscients des autres royaumes se risquaient à s'introduire sur leurs terres.

Isla sourit. L'Azuréen aimait les diamants ? Sans hésiter, elle ôta la bague qui le fascinait et la lui passa au doigt.

— Elle vous va mieux qu'à moi.

Azul parut être sur le point de formuler une objection… mais n'en fit rien.

Quelqu'un d'autre apparaissait déjà. Une femme, qui s'avança entre les trois monarques d'un pas fluide, comme si elle avait franchi le portail aussi aisément que la marée remontait après être descendue. Elle détailla Isla de la tête aux pieds et fronça les sourcils d'un air hautain – une expression qui semblait lui venir plus naturellement que le sourire chez d'autres.

— C'est elle, la nouvelle abomination ?

Une braise s'alluma dans la poitrine de la jeune fille. Les autres royaumes considéraient les guerrières sauvages comme des tentatrices sanguinaires, des prédatrices qui hypnotisaient leurs amants pour mieux se repaître de leur cœur, et Isla ne pouvait pas leur en vouloir d'être de cet avis. Après tout, ils n'étaient pas loin de la vérité. Mais les Sauvages étaient tellement plus que de simples nuisibles ! Du moins, ils l'avaient été… et pouvaient encore le redevenir.

Bien qu'une part d'elle-même mourût d'envie de riposter – ce qu'elle regretterait sans doute aussitôt –, Isla se doutait que c'était justement ce qu'espérait la nouvelle venue : réveiller le monstre en elle, montrer aux autres qu'elle n'était qu'une bête assoiffée de sang. Elle se contenta donc de s'incliner.

— Vous rencontrer est un honneur, Cléo, dit-elle en penchant légèrement la tête.

La Sélénite avait beau être l'aînée des six participants de ce Centennal – elle était plus vieille encore que le haut-roi de Lightlark, qui était aussi le souverain des Solariens –, ses traits demeuraient juvéniles et dénués de rides. Comme Grim et Azul, même si elle avait plusieurs centaines d'années de vie derrière elle, on aurait presque pu penser qu'elle avait le même âge qu'Isla.

Presque…

Cléo ne répondit pas. Le menton levé, elle étudia la robe verte de son homologue sauvage d'un œil méprisant, puis lâcha un petit ricanement. À sa mine, on aurait dit que la benjamine du groupe avait osé se présenter complètement nue. Vu sa tenue à elle, ça n'avait rien d'étonnant : les longues manches de sa robe blanche lui enveloppaient les bras tels deux rayons de lune immaculés, tandis que son col lui remontait jusqu'en haut du cou et que sa cape camouflait les trois quarts de son corps. Sa peau, du moins le peu qu'on en voyait, était si pâle qu'on distinguait les veines qui couraient dessous, zébrures bleues sur un marbre blanc. La Sélénite n'avait pas seulement le teint beaucoup plus clair qu'Isla, elle était aussi bien plus grande. Enfin, son menton et ses pommettes, saillants, donnaient à son visage la forme d'un losange.

L'emblème s'illumina une dernière fois et une jeune fille parut, qui s'avança sur la falaise, non sans chanceler légèrement. De sa longue chevelure lisse à sa robe scintillante en passant par ses gants qui lui montaient jusqu'aux coudes, tout chez elle resplendissait de l'éclat argenté des étoiles. Son visage en cœur se fendit d'un sourire penaud et elle se redressa.

— Je vois que je suis la dernière à arriver.

Cléo concentra sur-le-champ son dédain sur elle. Comme celle des Sauvages, la reine des Stellaires était nouvelle, et ce, à cause de la malédiction des siens, sans doute la pire de toutes : dans son royaume, personne ne vivait plus de vingt-cinq ans.

Isla s'approcha de la nouvelle venue et tendit une main.

— Céleste, c'est ça ?

L'intéressée lui sourit avec gratitude.

— Bonjour, Isla.

— Enchanté, dit Grim avant d'adresser à Céleste une révérence qui semblait tourner en ridicule celle d'Azul quelques instants plus tôt.

L'Azuréen eut l'air irrité, mais offrit sans tarder à la Stellaire sa main, où rutilait à présent la bague d'Isla.

— Encore du sang neuf. J'ai un bon pressentiment concernant ce Centennal.

Cléo haussa un sourcil.

— Il vaut mieux pour elle, ironisa-t-elle en désignant Céleste du menton. Elle ne sera plus là pour le prochain.

Les traits de la pauvre Stellaire s'affaissèrent. La Sélénite, elle, s'était déjà retournée pour s'éloigner le long du chemin, sa cape blanche flottant dans son sillage.

— Elle est désagréable avec tout le monde, vous savez. N'allez pas vous imaginer avoir quoi que ce soit de spécial, dit Azul à Céleste en joignant un clin d'œil à sa remarque.

Sur ces entrefaites, les quatre rois et reines demeurant près du portail se mirent en route vers le palais. La nervosité d'Isla était telle que son sang battait à ses tempes. Elle avait été tellement accaparée par ses concurrents qu'elle en avait oublié d'observer les environs.

Si, le restant du siècle, l'archipel était captif de son ouragan, il n'y avait désormais plus un nuage dans son ciel. Illuminée d'or sous les rayons vaporeux du soleil, l'île principale de Lightlark était bordée de falaises aussi blanches que des os. Source originelle des pouvoirs des six royaumes, son sol vibrait encore de cette force ancestrale, qui chantait à Isla son envoûtante mélopée. L'énergie des lieux la saisissait à chaque pas, à chaque inspiration, et elle s'emplissait goulûment de ce nectar aussi addictif que dangereux, comme elle l'aurait fait d'un verre de vin, si du moins elle avait jamais eu le droit d'en boire.

Les descriptions qu'en faisaient les livres prenant vie sous ses yeux, les leçons de Poppy lui revenaient en mémoire.

Des milliers d'années auparavant, l'île originelle avait été morcelée en plusieurs fragments distincts, afin que chaque royaume puisse s'en approprier un. Peu de temps après, les Nocturnes avaient quitté l'archipel ainsi formé pour coloniser leurs propres terres. Les Sauvages, eux, étaient partis après l'avènement des malédictions. Seules les îles des Étoiles, du Ciel, de la Lune et du Soleil étaient encore habitées. Au milieu, il y avait l'île principale, où se rassemblaient souvent les six royaumes à l'époque de leur gloire. C'était là que se déroulait chaque Centennal.

C'était aussi là, historiquement, que vivaient les têtes couronnées de Lightlark.

Posé en équilibre au bord de la falaise, tel un joyau sur une couronne, leur palais, qui se dressait non loin de l'aire d'arrivée, surplombait la mer. Il était si grand qu'il aurait pu abriter une ville entière. Ce qui n'était pas plus mal, puisque son propriétaire ne pouvait en sortir. Du moins, durant le jour.

Isla devait fixer l'édifice de manière particulièrement insistante, car à côté d'elle, Céleste poussa un soupir.

— Tu crois qu'il nous regarde ? demanda-t-elle à voix basse.

C'était du haut-roi de Lightlark qu'elle parlait. Du souverain des Solariens. Le dernier Originel. Dans ses veines coulait le sang des quatre royaumes qui résidaient encore dans l'archipel. Il était donc doté de leurs quatre pouvoirs.

Et aux dires de tous, il était insupportable.

À Lightlark comme ailleurs, l'amour avait un prix. Quiconque aimait d'un amour sincère donnait à l'être aimé la possibilité d'accéder à ses pouvoirs et d'en user comme bon lui semblait… s'en servir, les rejeter ou même les voler.

Parfaitement conscient du nombre d'âmes ambitieuses qui auraient adoré profiter de ses aptitudes phénoménales, le haut-roi de Lightlark était, disait-on, méfiant, paranoïaque et antipathique. Isla redoutait de le rencontrer. Surtout quand elle pensait à la première phase du plan que Terra et Poppy avaient échafaudé.

Lorsqu'elle reporta son attention sur le palais, elle faillit tressaillir. Faillit seulement, car elle se reprit aussitôt et, abandonnant un instant son masque de charme et d'élégance, elle adressa à la citadelle un geste obscène.

— J'espère bien qu'il nous regarde !

La compétition avait officiellement commencé.

Aux portes du palais, une foule composée de Stellaires, de Sélénites et d'Azuréens les attendait.

La nuit des malédictions, cinq cents ans plus tôt, les six souverains d'antan avaient péri. Leurs pouvoirs et leur charge étaient échus à leurs héritiers. À l'exception du nouveau haut-roi, tous avaient fui l'instabilité de l'archipel pour créer ailleurs leurs terres nouvelles, loin de leur pays d'origine et loin des autres royaumes. Certains membres de leurs peuples étaient malgré tout restés à Lightlark.

Isla se souvenait d'avoir un jour demandé à l'Ancienne de la forêt ce qui avait pu les pousser à demeurer dans la tempête quasi constante qui les emprisonnait désormais.

« *Le moindre recoin de l'archipel déborde de magie*, avait-elle répondu. *Lightlark prolonge la vie de ses habitants et leur donne accès à un pouvoir bien plus grand que le leur. Et puis, pour beaucoup… c'est là qu'ils se sentent chez eux.* »

Pourtant, aucun Sauvage n'était resté. Isla ne recevrait aucun encouragement de son peuple. Elle ne pouvait compter que sur elle-même.

— Ne t'inquiète pas, dit une voix moqueuse à ses côtés. Moi non plus, je n'ai pas de fervents admirateurs.

Les badauds – que la jeune fille observait avec intérêt – regardaient effectivement Grim avec un mélange de peur et de dégoût. Il était la nuit faite homme et ses habits, l'ombre faite soie. Si les insulaires méprisaient les Sauvages, ils semblaient carrément haïr les Nocturnes. Selon Terra et Poppy, ces derniers n'avaient jamais vraiment été acceptés dans l'archipel. Aussi avaient-ils leur propre territoire, un bastion qu'ils occupaient depuis des milliers d'années.

Évidemment, la guerre qui avait opposé Lightlark et le royaume nocturne n'avait pas aidé à apaiser les relations.

Isla avait beau ne pas s'être tournée vers Grim, elle le sentait qui la détaillait du regard. C'était… troublant. Sans qu'elle se l'explique, sa peau la picotait.

— Oh, je suis sûre que vous recevez bien assez d'attention chez vous, répondit-elle.

Curieuse de voir quelle réaction sa propre personne provoquait chez les spectateurs rassemblés de part et d'autre du chemin, elle leur sourit poliment. Certains lui rendirent son sourire avec prudence, quand d'autres eurent un mouvement de recul à la simple vue de l'horrible tentatrice mangeuse de cœurs qu'ils voyaient en elle. Rien de bien étonnant. Pour eux, tout ce qu'elle représentait était interdit. Une Sélénite alla même jusqu'à couvrir les yeux de son enfant avant de tracer un symbole dans le vide devant elle, comme pour repousser un démon.

— C'est vrai, admit Grim. Pourtant, je demeure… insatisfait.

Cette fois, Isla fit la sourde oreille. Elle ne rentrerait pas dans son jeu, quel qu'il soit. Il lui fallait se concentrer sur le sien.

À l'intérieur, le palais donnait l'impression d'être imprégné de soleil, comme si l'astre avait explosé entre les murs pour les inonder de son éclat – ode aux Solariens qui les avaient bâtis. Tout y était d'or. Filtrant à travers les immenses fenêtres, une douce lumière se déversait dans le vestibule en rayons scintillants qui se réfléchissaient sur l'étendue lisse du sol. Éblouie, Isla était obligée de plisser les yeux. Elle aurait tout aussi bien pu se trouver encore à l'extérieur. Loin au-dessus de leurs têtes pendait un énorme brasero circulaire, dont les flammes ardentes se substituaient aux pampilles de cristal du lustre qu'il remplaçait.

Le maître des lieux n'était pas là pour les accueillir. Même s'il l'avait voulu – ce dont Isla doutait –, il n'aurait pas été en mesure de le faire. Condamnés à ne plus pouvoir profiter ni de la chaleur du soleil ni de la clarté du jour, les Solariens étaient contraints d'éviter précisément ce dont ils tiraient leur pouvoir. Le haut-roi de Lightlark restait donc cloîtré dans la pénombre de ses appartements, d'où il ne sortait que la nuit. Sur ce point, Isla concédait qu'elle et lui n'étaient pas si dissemblables. Elle aussi avait passé beaucoup de temps recluse.

Une femme vêtue de l'argenté des Stellaires s'inclina devant les nouveaux venus. Derrière elle, un petit groupe de serviteurs l'imita. Chacun serait assigné à un souverain pour toute la durée du Centennal.

— Si vous voulez bien vous donner la peine de suivre votre assistant, dit la femme. Il vous conduira à votre chambre.

Les compagnons d'Isla furent emmenés chacun vers une aile différente du palais. Loin les uns des autres. Elle ne savait qu'en penser. Était-ce… intentionnel ? Sans doute. Durant le Centennal, tout l'était, lui avait appris Terra.

Une jeune Stellaire s'était avancée vers elle légèrement de biais, avec précaution, comme un enfant aurait approché un serpent enroulé sur lui-même.

— Votre Majesté, dit-elle dans un murmure.

L'intéressée se pencha pour mieux l'entendre, ce qui fit tressaillir la servante. Isla dut se retenir de lever les yeux au ciel. Cette fille croyait-elle vraiment qu'elle allait lui dévorer le cœur au beau milieu de l'entrée ? Les Sauvages vivaient peut-être au plus près de la nature, mais ça ne faisait pas d'eux des animaux.

— P… par ici, reprit la domestique.

Elle s'éloigna d'un pas claudicant – marcher semblait visiblement lui demander beaucoup d'efforts. Isla aurait certainement besoin de son aide à un moment ou à un autre. Il fallait donc qu'elle se débrouille pour se concilier sa loyauté.

— Isla. Appelle-moi Isla, lança-t-elle avant de s'empresser de la rejoindre.

— Comme il vous plaira, murmura la Stellaire.

Elle leur fit gravir une volée de marches abruptes qui traversaient le centre du palais, puis elles descendirent dans un invraisemblable enchevêtrement de couloirs qui se croisaient et se chevauchaient comme autant de ponts. La sensation qui en résultait n'avait rien à voir avec celle que donnait le château sauvage. Au contraire, plus Isla s'enfonçait dans le palais de Lightlark, plus elle s'y sentait enfermée. Comme dans une grotte labyrinthique. Ou une prison. Tout à coup, elle se surprit à imaginer le haut-roi sous les traits d'une créature mythologique piégée dans le noir. Perdue dans le dédale de sa propre demeure. Bientôt, la domestique et elle atteignirent un pan de la bâtisse dépourvu de toute ouverture sur l'extérieur. La température baissa. Les murs s'épaissirent.

La servante finit par s'arrêter devant une antique porte de pierre. Elle s'arc-bouta et, en y mettant visiblement toutes ses forces, parvint à l'ouvrir.

Aussi incroyable que ça puisse paraître, un arbre avait été planté au centre de la pièce. Une espèce de chêne, chargé de fleurs grenat et de fruits inconnus d'Isla. Les racines du géant disparaissaient sous les dalles du sol. Le plafond, lui, était couvert de lierre. Dessinant un joli motif, les branches de la plante grimpante attiraient l'œil jusqu'au mur contre lequel avait été installé le lit, lui-même parsemé de feuilles.

Ce n'était pas tout. Lorsqu'elle pénétra plus avant dans la chambre, Isla découvrit au fond un large balcon dont le parapet arrondi surplombait les flots, de façon inquiétante. Un peu plus bas, les vagues écumaient contre les rochers. Tel un garnement désobéissant, le palais se penchait bien plus qu'il n'aurait dû au-dessus du précipice. Isla fronça les sourcils, méfiante.

— C'est solide ?

Le balcon donnait l'impression de pouvoir s'effondrer d'une seconde à l'autre. Il semblait à vrai dire qu'il n'aurait suffi que d'une bourrasque pour que la bâtisse entière s'abîme dans la mer.

— Aussi solide que notre souverain lui-même, j'imagine, répondit la domestique.

Elle disait vrai. Isla le savait, ses gardiennes le lui avaient expliqué : le haut-roi ne se contentait pas de tirer son pouvoir de l'archipel, il était ce pouvoir. S'il lui arrivait malheur, les îles se désagrégeraient et les royaumes s'éteindraient. Raison pour laquelle le souverain solarien se montrait si prudent. Non par peur d'être tué, mais de crainte de voir sa terrible puissance tomber entre de mauvaises mains.

C'était un autre point commun entre lui et Isla. Elle non plus ne pouvait tomber amoureuse.

Enfin, techniquement, si, mais personne ne souhaitait être aimé d'une Sauvage. Leur malédiction avait changé leurs sentiments en une sentence de mort. Ce n'était pas l'idéal pour débuter une idylle…

Au cours de l'existence relativement courte et quasi solitaire d'Isla, ça n'avait pas posé de problème, mais… ce haut-roi qui s'empêchait d'aimer depuis plus de cinq cents ans n'en était-il pas forcément devenu cruel ?

— Le dîner sera servi dans deux heures, annonça la servante avant de commencer à attiser le feu déjà vif qui brûlait dans l'âtre en face du lit.

Isla n'allait donc pas tarder à avoir la réponse à sa question.

— Je n'ai pas froid, tu sais, dit-elle. Ne te tracasse pas avec le feu.

La jeune Stellaire, cependant, continua de déplacer les braises de la cheminée d'une main experte.

— Aucune des flammes de l'archipel ne doit s'éteindre. Sa Majesté le haut-roi nous a ordonné de les entretenir en permanence.

Drôle de consigne, songea Isla. Mais sans lui laisser le temps d'en demander la raison, la domestique avait déjà lâché son tisonnier, prête à prendre congé. Après avoir exécuté une rapide révérence, elle s'empressa de quitter la pièce et referma la porte derrière elle.

Isla venait d'inspecter son cabinet de toilette – plus vaste encore que celui dont elle disposait dans son château, et équipé d'une baignoire assez grande pour y nager – quand on frappa à la porte.

Sur ses gardes, elle entrebâilla le battant, pour découvrir… Céleste.

Aussitôt, la Sauvage se jeta au cou de son homologue stellaire et elles se serrèrent dans les bras l'une de l'autre en sautillant sur place, hilares. Leurs gloussements résonnaient si fort dans le couloir qu'Isla se dépêcha de refermer la porte d'un coup de talon.

Céleste haussa un sourcil taquin.

— « Céleste, c'est ça ? » plaisanta-t-elle dans une imitation peu flatteuse, mais très juste, de sa camarade.

Elle eut beau rejeter en arrière sa chevelure d'argent et éclater de rire, le sourire d'Isla se crispa. Peut-être n'avait-elle pas été assez convaincante.

— Tu crois qu'ils…

— Ils ne se doutent de rien, la rassura Céleste avant d'attraper l'une des mèches brunes de son interlocutrice avec une moue étonnée. Tu ne devais pas les couper ?

Isla soupira.

— J'ai essayé. Mais il m'a suffi d'un regard vers les ciseaux pour que Poppy menace de me poignarder avec. Elle a confisqué toutes les paires qui traînaient dans ma chambre.

— Confisqué ? répéta son amie, dubitative. Dois-je te rappeler qui est la reine des Sauvages ?

L'intéressée eut un rire désabusé. Elle s'était retournée pour se rapprocher du lit quand, tout à coup, la main de la Stellaire se posa dans son dos.

— Tu l'as apportée ? s'écria cette dernière.

Isla aperçut son reflet dans le miroir. Le long de sa colonne vertébrale, on devinait un faible scintillement – sûrement dû à la présence de Céleste. Priant pour que personne d'autre ne l'ait remarqué, elle poussa un juron, puis tira sa baguette astrale de sa cachette.

— Je ne pouvais pas ne pas l'emporter.

Céleste affichait une mine contrariée.

— Dans ce cas, sois plus prudente. Cache-la mieux.

Elle n'avait pas tort, évidemment. Si l'on découvrait qu'Isla était en possession de cet objet enchanté, son alliance secrète avec la reine stellaire serait compromise.

Elle avait déniché l'artefact dans les affaires de sa mère, cinq ans auparavant. Son désir de liberté l'emportant sur sa peur d'atterrir en des lieux dangereux, elle s'était mise à parcourir les terres nouvelles des différents royaumes, jusqu'à croiser Céleste par hasard, au bout de plusieurs mois. C'était la première fois qu'elles se voyaient.

La Stellaire avait immédiatement reconnu la baguette astrale. Selon elle, il s'agissait de l'une des vieilles reliques de son royaume. Isla n'avait aucune idée de la manière dont sa mère avait pu mettre la main dessus. Céleste non plus – la totalité de sa famille ayant péri depuis longtemps, victime de la malédiction qui écourtait la vie de son peuple. Malgré l'origine du précieux objet, cependant, elle n'avait jamais demandé à le récupérer.

Cette rencontre avait marqué le début d'une longue amitié entre la Sauvage et la Stellaire. Bien que séparées par des milliers de kilomètres, elles partageaient un objectif : toutes les deux devaient impérativement réussir à briser les malédictions lors du Centennal à venir.

Pour Céleste, c'était bien sûr une question de vie ou de mort. Non seulement pour elle, mais aussi pour tout son peuple.

Pour Isla… c'était encore plus compliqué. Personne ne se rendait compte à quel point la population de son royaume avait diminué. Le nombre des décès y surpassait largement celui des naissances. À chaque génération, les pouvoirs des siens s'affaiblissaient. Leurs forêts s'atrophiaient. Faune et flore déclinaient. Au rythme où terres et habitants s'éteignaient, les Sauvages ne pouvaient tout simplement pas se permettre d'attendre un siècle de plus. Ils auraient disparu bien avant.

En dépit de la gravité de la situation, Isla n'avait jamais approuvé le plan de Terra et Poppy. Il était trop tortueux. Trop avilissant pour elle, aussi.

C'est pourquoi, avec l'aide de son amie, elle en avait imaginé un autre.

— Je ferais mieux d'y aller, dit Céleste après avoir fini d'explorer la chambre de sa complice. Tes appartements sont plus sympas que les miens, si tu veux tout savoir. Même s'ils seraient encore mieux ailleurs que dans le recoin le plus croulant et le plus venteux du palais.

Isla leva les yeux au ciel.

— Rendez-vous au dîner.

Juste avant de franchir la porte, la Stellaire se retourna, un malin sourire aux lèvres.

— Et que les meilleures gagnent.

CHAPITRE 3
L'odeur du sang

Le soleil avait décliné. Il n'était déjà plus qu'une baudruche jaune orangé à moitié mangée par l'horizon. Isla avait ouvert la porte à double battant et regardait à présent la lune montante. La jeune fille n'avait pas encore enfilé sa robe. Elle ne portait que sa combinaison. Ondoyant dans la brise, les rideaux de voile blanc caressaient ses bras nus, ses mollets, ses orteils.

Elle se glissa sur le balcon. Les dalles se révélèrent glacées sous ses pieds. Elle huma l'air saturé de sel et d'embruns, puis se percha sur le large parapet de pierre avec moult précaution, avant de ramener ses genoux contre sa poitrine. Ensuite, comme elle en avait l'habitude chez elle quand elle se sentait seule, anxieuse ou prisonnière, elle se mit à chanter.

C'était un des talents propres aux Sauvages. Aux tentatrices en tout genre, d'ailleurs – telles les sirènes marines, leurs sœurs. Isla avait une voix d'une beauté surnaturelle. Un timbre soyeux, velouté, envoûtant. Elle en avait conscience et en appréciait le son. Elle aimait la façon dont elle pouvait descendre aussi bas que les fonds océaniques et monter aussi haut que les carillons éoliens. Elle n'avait pas besoin de musique. La complainte des vagues lui suffisait, elles qui se jetaient furieusement à l'assaut des falaises immaculées de l'île, comme pour tenter d'apercevoir la soliste.

Laissant sa voix rouler, s'envoler et plonger à sa guise, Isla chantait, encore et encore, des paroles et des mélodies inventées, comme si elle peignait sur une toile infinie. Elle chantait pour la mer, la lune, l'obscurité grandissante... pour tout ce que ses fenêtres opaques, dans le royaume sauvage, ne lui avaient jamais permis de contempler. Elle termina sur une sublime note aiguë, qu'elle fit durer au maximum avant de reprendre sa respiration. Toujours ébahie par les sons qui sortaient de sa bouche, toujours émerveillée par la manière dont le simple fait de chanter chassait même ses pensées les plus noires, elle ne put s'empêcher de sourire.

Soudain, quelqu'un applaudit.

La jeune reine se retourna d'un seul coup. Quelques mètres plus loin, sur un autre balcon tellement renfoncé dans l'ombre du palais qu'elle ne l'avait pas remarqué, se tenait un homme. Prise au dépourvu – et en sous-vêtements –, elle voulut quitter son perchoir et, dans sa précipitation, elle perdit l'équilibre. Battant des bras, elle tenta de se rattraper, mais la gravité l'emporta. Isla tomba du parapet, droit vers les remous.

Ses poumons se vidant aussitôt de tout leur air, elle poussa un cri silencieux, tout en cherchant à agripper le bleu nuit du ciel, comme si les étoiles pouvaient lui servir de prise.

Mais ses doigts ne trouvèrent que le vide, et elle chuta, chuta... jusqu'à entendre les flots rugir dans son dos. L'instant d'après, sa tête en heurtait la surface.

***

Elle se redressa si brusquement qu'elle en eut un haut-le-cœur. La gorge en feu, elle recracha un jet d'eau de mer, puis s'essuya la bouche du revers de la main. Il lui fallut encore quelques secondes pour reprendre ses esprits.

Assise au milieu d'une petite mare, elle était seule sur le balcon. Ses cheveux gouttaient sur le sol. Sa combinaison détrempée lui collait au corps. L'arrière de son crâne la lançait. Elle passa les doigts dessus, s'attendant à les retrouver couverts de sang. Mais non.

Elle était saine et sauve. Elle ne s'était pas noyée comme elle l'aurait pourtant dû. Cet homme, celui qui l'avait regardée chanter… c'était sûrement lui qui l'avait repêchée, avant de la déposer là, inconsciente, sans même s'assurer qu'elle allait se réveiller.

Qui se comportait ainsi ?

Le plus étonnant, cependant, n'était pas qu'il l'ait abandonnée, mais qu'il l'ait sauvée.

Lorsque les malédictions s'étaient abattues sur Lightlark, l'archipel avait sombré dans le chaos. Cette nuit-là, les souverains des six royaumes s'étaient donné la mort pour obtenir en échange de leur sacrifice une prophétie, dont l'accomplissement était censé mettre fin aux mauvais sorts.

Terra et Poppy avaient affirmé à Isla que son aïeule avait été celle qui avait guidé les autres, la première à s'immoler. Que ce soit vrai ou non, la jeune fille ne pouvait qu'imaginer la force qu'il leur avait fallu à tous. Ils avaient donné leur vie dans le seul but d'offrir à leur peuple un espoir de salut. C'était le pouvoir qu'ils avaient injecté dans l'archipel et transféré aux leurs qui avait rendu le Centennal possible. C'était grâce à leur abnégation que tous les cent ans, pendant cent jours, les royaumes pouvaient encore tenter de se soustraire à la malédiction.

La prophétie formulait trois impératifs qui, au cours des siècles, avaient été interprétés de différentes manières. Le dernier demeurait toutefois relativement clair : pour que les malédictions cessent, l'un des six souverains devait mourir. Si le Centennal était une compétition risquée qui nécessitait beaucoup de préparation et si Isla avait appris à se battre dès qu'elle avait su marcher, c'était essentiellement pour cette raison.

Sa mort inopinée par noyade aurait pu satisfaire cette partie de la prophétie. Pourtant, l'inconnu du balcon avait tenu à la secourir.

Pourquoi ?

La cloche qui se mit à sonner la fit sursauter. Isla compta les coups et étouffa un juron. Pour ce premier dîner, elle avait prévu de consacrer une heure à la réalisation d'une coiffure extrêmement sophistiquée. Elle aurait dû choisir la tenue parfaite, hydrater sa peau en s'enduisant d'une lotion parfumée à la rose, se maquiller avec soin… utiliser, en somme, tous les outils que Poppy lui avait appris à manier avec autant d'adresse que ses poignards, jusqu'à ce qu'elle les maîtrise les yeux fermés.

Au lieu de quoi, en désespoir de cause, elle démêla rapidement ses cheveux avec ses doigts, manquant de glisser dans la traînée d'eau qu'ils laissaient derrière elle, passa le premier vêtement qui lui tomba sous la main, enfila une paire de ballerines de soie et pensa au dernier moment à coiffer sa couronne, qu'elle posa au petit bonheur sur sa tête avant de se ruer dans le couloir... où elle faillit renverser sa servante attitrée. Tétanisée, ses fines lèvres entrouvertes, la Stellaire avait levé les bras instinctivement, comme pour se protéger d'une attaque.

— C'est par là, Votre Maj... Isla, bégaya-t-elle lorsqu'elle retrouva l'usage de la parole.

Une douzaine de corridors plus tard, les portes de la salle à manger s'ouvrirent et toutes les têtes se tournèrent vers la reine des Sauvages... qui aurait aimé être une Nocturne, histoire de pouvoir disparaître.

Les yeux ronds comme des soucoupes, Céleste se redressa sur son siège. Azul posa son verre. Cléo, elle, toisa Isla avec encore plus de dédain que précédemment.

Dans sa hâte, la jeune fille avait revêtu l'une de ses toilettes les plus aguicheuses, de celles que sa gardienne ne prévoyait que pour bien plus tard dans la compétition. Sous un tissu presque transparent, les baleines de son corset étaient apparentes. La fente de sa jupe remontait jusqu'en haut de la cuisse. La dentelle verte de sa cape ne cachait rien de son décolleté plongeant.

Manifestement amusé, Grim ne se gêna pas pour reluquer Isla d'un œil qui la fit rougir, mortifiée.

Il y avait un dernier convive, au haut bout de la table. L'homme du balcon, qui l'avait probablement sauvée puis abandonnée à son sort : Oro, haut-roi de Lightlark et souverain des Solariens. Le blond de ses cheveux rappelait celui des blés et l'ambre de son regard, celui du miel. D'ailleurs, ses yeux s'avéraient tout aussi creux que les rayons d'une ruche. Un instant, leur hostilité pétrifia Isla. Les sourcils froncés, Oro ne l'accueillit finalement que d'un bref hochement de tête, de pure forme.

Pourquoi l'avait-il secourue ?

Visiblement, dans le seul but de pouvoir la snober. Aussi lui rendit-elle son salut glacial avant de s'installer à sa droite, non sans maudire ce déplorable plan de table.

Drapée sur son bras, sa chevelure défaite continuait de goutter. Une flaque se formait déjà à ses pieds. Frigorifiée, elle tremblait légèrement. Sa robe – si l'on pouvait qualifier ainsi le peu d'étoffe qui l'habillait – était si fine qu'elle ne risquait pas de la réchauffer.

Alors, Isla, prête ? revint la narguer la petite voix goguenarde qui logeait dans son esprit.

Évidemment que non. Comment avait-elle pu être assez folle pour accepter de participer au Centennal ? Elle s'était jetée droit dans la gueule du loup.

L'un des six souverains devait mourir. Elle était la plus jeune et la moins expérimentée d'entre eux : elle aurait été sotte de penser pouvoir s'en sortir vivante. Surtout quand, en moins d'une journée, elle avait déjà failli périr à deux reprises.

Si elle avait un quelconque instinct de survie, après le dîner, elle se servirait de sa baguette astrale pour s'enfuir. Oui, si elle tenait à la vie, il lui fallait quitter Lightlark, délaisser son royaume, son peuple, son devoir, et partir sans se retourner. Les territoires au-delà de l'archipel et des terres nouvelles demeuraient – pour la plupart – inexplorés. Elle s'était toujours demandé quels mystères ils recelaient. Bien sûr, s'en aller ne serait pas sans risque, mais rien ne pouvait être plus dangereux pour elle que ce Centennal et…

Non. Elle ne pouvait pas se défiler. Pas si elle entendait être vraiment libre. Tant que les malédictions perdureraient,

Isla ne pourrait jamais mener la vie épanouie dont elle rêvait, entourée de celles qui comptaient le plus à ses yeux : Terra, Poppy, Céleste.

En revanche, si tout se déroulait comme prévu, jamais plus elle n'aurait à se cacher. Jamais plus elle n'aurait honte de ce qu'elle était. Son royaume retrouverait sa grandeur d'antan, elle pourrait rejoindre les autres terres nouvelles quand bon lui semblerait et rendre visite à son amie stellaire aussi souvent qu'elle le voudrait.

Isla avait passé le plus clair de son existence à étudier le comportement des autres, à tenter de deviner ce qui les motivait. Sa motivation à elle, c'était la liberté.

Oro jeta un coup d'œil à ses cheveux ruisselants et eut l'audace de sourire. Sur sa tête, sa couronne en or brillait de mille feux, ses pointes suffisamment acérées pour servir d'arme.

— Je sais que nos eaux sont attrayantes, mais... à l'avenir, je vous prierais de vous baigner plus tôt dans la soirée, afin de ne pas nous faire attendre. Votre manque de respect m'atterre, dit-il avant de relever légèrement le menton. Mais espérer quoi que ce soit d'autre de vous et de votre royaume était sans doute, dès le départ, trop optimiste de ma part.

Isla sentit ses joues s'empourprer. Une lueur méchante au fond des yeux, Cléo semblait se délecter de la situation.

— Une baignade dans une mer aussi déchaînée ? ironisa-t-elle. Et à cette heure ? Cette Sauvageonne a décidément tout d'un animal. À moins qu'elle ne soit tout simplement idiote. Même moi, une Sélénite, je n'aurais jamais eu l'idée d'en faire autant en plein Centennal.

Sauvageonne. Animal. Idiote.

En quelques phrases seulement, la reine toute de blanc vêtue avait réussi à insulter sa jeune homologue trois fois.

— C'est sûr que lorsque la lune est pleine, on ne vous voit pas beaucoup sur les plages, répliqua Isla sans réussir à se retenir.

Un ange passa. Puis, à l'autre extrémité de la salle, une fourchette tomba avec fracas dans une assiette.

À chaque pleine lune, l'océan noyait des dizaines de Sélénites, emportant ceux qui se trouvaient trop près des côtes. C'était là leur malédiction. Pour ce peuple de l'eau, il était devenu tout bonnement impossible de vivre au bord de la mer ou de continuer à commercer avec des contrées lointaines. L'économie de ce royaume en avait été complètement paralysée.

Isla regretta aussitôt sa pique. La manière dont Cléo la fixait, les yeux lançant des éclairs, telle une archère visant sa cible, ne laissait aucun doute : elle venait de se faire sa première ennemie.

Avant que quiconque ait pu ajouter quoi que ce soit, cependant, un domestique vint placer un plat devant la Sauvage. Un plat sur lequel trônait un cœur saignant.

— En provenance de nos geôles les plus infâmes, commenta Oro sur le ton de la conversation. Un assassin, coupable du meurtre de plusieurs femmes.

Non sans un suprême effort de volonté, Isla se contraignit à lui sourire avec gratitude.

— C'est très gentil à vous. Cela dit, je préfère me sustenter en privé. Certains trouvent le spectacle… dérangeant, répondit-elle avant de chercher du regard sa jeune assistante stellaire. Pourrait-on faire emporter ceci dans ma chambre, pour plus tard ?

— Ne dites pas de bêtises, voyons, dit Oro. Mangez.

Il regarda le cœur, puis Isla. Elle sentait que les autres l'observaient avec une curiosité malsaine. Il y avait une éternité qu'ils n'avaient plus eu affaire aux Sauvages. La jeune fille se résolut à soulever ses couverts, non sans adresser un aimable signe de la tête à son hôte, puis entreprit de couper un morceau de l'impressionnant muscle. Elle prit une inspiration, inhalant au passage l'odeur métallique du sang qui s'était répandu dans toute l'assiette... et elle avala la bouchée de cœur piquée sur sa fourchette.

Grim reposa bruyamment son verre de vin.

— Ce rouge sur tes lèvres te va à ravir, Isla, mais je sens que notre ami Azul, ici présent, ne goûte guère tes... appétits sauvages.

En effet, l'Azuréen, même s'il faisait visiblement de son mieux pour être poli, paraissait sur le point de s'évanouir. Comme s'il était le maître des lieux plutôt qu'un simple invité, Grim fit signe au personnel.

— Emportez son repas dans ses appartements, je vous prie.

Bien que visiblement agacé, le haut-roi n'empêcha pas l'un des domestiques azuréens de s'exécuter.

— Alors comme ça, Grimshaw, on a l'estomac délicat ? se contenta-t-il de demander.

L'intéressé sourit.

Sa fossette venait de refaire son apparition.

— Que veux-tu, Oro ? Nous avons tous nos faiblesses. Et c'est tant mieux, car je compte bien m'en servir.

Sans trop savoir comment, Isla parvint à tenir pendant le reste du dîner sans avoir à s'éclipser en urgence. Ce n'est qu'une fois dans sa chambre qu'elle se mit à vomir.

CHAPITRE 4

Les règles du jeu

Isla était née exempte de la malédiction des Sauvages et dépourvue de leurs pouvoirs. Si elle avait vécu toute sa vie enfermée, protégée par ses gardiennes, c'était par peur que son royaume ne découvre cette anomalie.

Tout était la faute de sa mère. Enfreignant la plus importante des lois de son peuple, elle était tombée amoureuse… et n'avait pu se résoudre à tuer son amant. Ainsi que Terra et Poppy se plaisaient à le répéter, désobéir n'était jamais sans conséquence. Quoi qu'il arrive, les malédictions réclamaient toujours le sang qu'on leur devait. Le père d'Isla avait assassiné sa compagne quelques minutes après la naissance de leur enfant. L'incapacité de la mère à éliminer son bien-aimé avant de succomber avait rejailli sur sa fille, qui avait grandi privée du moindre don magique. Isla n'avait pas été condamnée à se nourrir de cœurs humains ni à tuer dès qu'elle aimait, mais être une reine impuissante lui serait probablement tout aussi fatal.

Les monarques étaient censés insuffler leurs pouvoirs dans leurs terres, pour fortifier ceux qui y habitaient. C'était pour cette raison que Lightlark débordait d'énergie et que les peuples avaient survécu sur les terres nouvelles qu'ils avaient fondées après avoir fui. Hélas, sans forces à donner à son royaume, Isla l'avait regardé dépérir à petit feu. Jusqu'à présent, les Sauvages avaient mis cette lente agonie sur le compte des malédictions et du temps passé loin de l'archipel. Mais certains d'entre eux commençaient à douter de leur reine.

Son absence de pouvoir était son plus grand secret. Si ses adversaires du Centennal le perçaient à jour, Isla était morte.

Bien sûr, selon la prophétie, l'un des six devait mourir. Seulement, de l'existence d'un roi ou d'une reine dépendait toute la force vitale de son peuple. Si l'un d'eux venait à s'éteindre sans héritier… tous les siens disparaîtraient.

Voilà ce qui était en jeu. Briser les malédictions signifiait rayer de la carte un royaume entier.

Le premier Centennal avait été un carnage. Les participants avaient tout bonnement tenté de s'entre-tuer et leurs affrontements avaient fait beaucoup de victimes collatérales parmi les insulaires. Mais les rois et les reines d'alors avaient déjà trop d'expérience, ils étaient trop habiles. Quand les cent jours avaient touché à leur fin, ils étaient tous encore en vie et les malédictions toujours intactes. Il fut alors décidé que les Centennaux suivants seraient plus structurés.

Il fut décidé qu'il y aurait des règles.

Oro les attendait sur les marches d'or, devant son trône plutôt qu'assis dessus. Ce fut la première chose qu'Isla remarqua lorsqu'elle pénétra dans la grande salle. Pourtant, les dirigeants, quels qu'ils soient, cherchaient en général par tous les moyens à rappeler leur autorité à ceux qui les entouraient. Les quelques fois où elle s'était rendue sur les terres nouvelles des Sélénites, la jeune fille avait non seulement vu d'innombrables statues de glace à l'effigie de Cléo, mais elle avait aussi entendu les passants parler des taxes mensuelles à payer à leur reine et aperçu les patrouilles qui sillonnaient les rues.

Sachant cela… y avait-il une raison pour que le haut-roi semble rechigner à siéger sur son trône ?

L'autre détail qui intriguait Isla, c'était la présence d'une demi-douzaine de braseros suspendus, répartis sur toute la longueur du plafond. Leurs flammes faisaient écho à celles des quatre cheminées déjà allumées dans la pièce. Isla repensa à l'explication de sa domestique. Le souverain avait ordonné que les âtres brûlent en permanence.

Pourquoi ?

Rois et reines se rassemblèrent en cercle. Le dos droit et la tête haute, Isla s'efforçait de ne rien laisser paraître de la faim qui lui tordait le ventre. Dès son réveil, à l'aube, elle s'était introduite dans les cuisines en cachette, mais n'était parvenue à chaparder qu'un quignon de pain rassis, un verre de lait et une poignée de fruits qui ressemblaient aux mûres des terres nouvelles des Sauvages. Il faudrait qu'elle trouve rapidement une solution pérenne pour se nourrir.

En face d'elle, rayonnante, Céleste paraissait reposée. Elle s'était sans doute rendue sur l'île des Étoiles pour la première fois de sa vie ce matin-là. Peut-être y avait-il eu une cérémonie en son honneur. Comme il leur était impossible de demeurer en contact régulier avec leurs souverains respectifs, les Stellaires, les Azuréens et les Sélénites qui étaient restés dans l'archipel y avaient créé leurs propres gouvernements secondaires. Peu à peu, ils en étaient venus à considérer leurs rois et leurs reines comme des divinités, ou presque, des figures emblématiques qu'ils adulaient même s'ils ne les voyaient que quelques mois tous les cent ans. La coutume voulait que les participants au Centennal séjournent sur l'île principale, mais il ne leur était pas interdit de passer un peu de temps sur les autres.

Isla s'était toujours demandé à quoi ressemblaient les différents îlots qui composaient Lightlark. Elle avait hâte que son amie lui décrive le sien. Si seulement elle avait su utiliser sa baguette astrale pour de courtes distances, elle aurait pu se téléporter dans la chambre de Céleste en un tournemain ! Faute de maîtriser à la perfection le fonctionnement de la relique, cependant, il lui faudrait se contenter d'emprunter les couloirs. Mais, si tôt dans la compétition, les deux benjamines n'avaient vraiment pas intérêt à ce qu'on soupçonne leur alliance.

Isla tourna la tête et son regard croisa par hasard celui de Cléo. La Sélénite l'observait avec un peu trop d'attention. Il y avait comme une lueur bestiale dans ses yeux. On aurait dit un fauve jaugeant sa proie. Isla allait payer cher son commentaire de la veille – c'était certain.

Oro prit la parole.

— Commençons, si vous le voulez bien, par un rappel des règles du Centennal.

La tension dans l'air était palpable, presque audible.

— Premièrement, il est défendu d'assassiner ou de tenter d'assassiner l'un de ses concurrents avant la fin du cinquantième jour.

Cette interdiction tranquillisait Isla. Même dépourvue de pouvoir, durant la moitié du jeu au moins, elle n'aurait rien à craindre. Raison pour laquelle Céleste et elle prévoyaient d'avoir quitté l'archipel avant même que le bal du mi-Centennal n'ait lieu.

— Les binômes seront établis au vingt-cinquième jour, poursuivit Oro, et il sera aussi interdit d'assassiner son partenaire.

Après la débâcle du Centennal initial, les suivants, plus organisés, avaient été divisés en phases. Le premier quart était dédié aux démonstrations. Préparées par les rois et les reines à tour de rôle, ces épreuves permettaient à chacun d'évaluer la force des autres – et de déterminer qui méritait de rester en vie. Celui ou celle qui en remportait le plus déciderait des trois duos que formeraient les participants jusqu'à la fin du Centennal.

— Deuxièmement, continua Oro, la participation aux différents événements des cent jours est obligatoire.

Cette contrainte-là avait beau paraître inoffensive, lesdits événements, selon leur nature, pouvaient s'avérer très dangereux.

— Enfin, troisièmement, chacun de nous, pour entrer dans la compétition, certifie ne pas avoir d'héritier.

Et ce, afin qu'une des lignées de souverains s'éteigne, comme le dictait la prophétie. Évidemment, le décès de l'un d'entre eux entraînerait aussi la disparition de tout un royaume.

Ce que venait de dire Oro apparaissait déjà dans l'invitation au Centennal que chacun avait reçue. En l'acceptant, les uns comme les autres s'étaient implicitement engagés à respecter ces règles.

Mais la meilleure manière d'entériner une promesse était encore de la sceller par le sang.

D'un bref mouvement du poignet, le haut-roi fit surgir un brasier au milieu de leur cercle. La Sauvage savait exactement ce qui allait se passer : Poppy lui avait fait répéter le rituel un bon millier de fois. *« Non ! On recommence. Et on recommencera tant que je te verrai tressaillir ! »* Sa gardienne ne suturait sa blessure que pour la rouvrir à nouveau, encore et encore, jusqu'à ce qu'Isla ne manifeste plus aucune réaction à la douleur.

En même temps que les autres, elle ôta sa couronne et, à l'aide de la plus affûtée de ses pointes, elle s'entailla la paume. Sans ciller. Poppy aurait été fière.

Il y avait cependant une autre étape pour laquelle elle s'était entraînée. Le sang des rois et des reines avait des propriétés spécifiques, inhérentes à leurs aptitudes individuelles. Le sien était supposé fleurir. Une rose miniature cachée entre ses doigts, Isla se tenait donc prête. Lorsqu'elle finit par avancer son poing au-dessus du feu pour laisser le liquide écarlate goutter de sa main, la délicate fleur tomba avec lui.

Le sang de Cléo, lui, gela puis fondit à la chaleur de la fournaise, celui de Grim se teinta d'un noir d'encre et celui d'Azul forma de petites bulles qui restèrent suspendues dans les airs avant de chuter à leur tour. Le sang de Céleste éclata en une myriade d'étincelles, tandis que celui d'Oro flamba avant même d'avoir atteint les flammes, qui virèrent au pourpre… puis s'évanouirent.

À présent, quiconque parmi eux transgresserait les commandements du jeu en subirait les conséquences. S'ils manquaient à leur serment, Isla, Céleste, Grim, Cléo et Azul devraient renoncer à briguer la récompense ultime de la compétition, l'incommensurable pouvoir promis par l'oracle qui avait énoncé la prophétie. Mais si Oro enfreignait les règles, en sa qualité de haut-roi et d'organisateur du Centennal, il le paierait de sa vie.

Était-ce pour cette raison qu'il avait sauvé son homologue sauvage ? Par nécessité ? Après tout, personne ne savait vraiment si un décès accidentel avait une quelconque validité au regard de la prophétie.

Ce qui semblait clair, en revanche, c'était que le monarque de Lightlark avait un plan. Pour lequel il avait apparemment besoin qu'Isla reste en vie.

Du moins, pour l'instant.

CHAPITRE 5
Grim

Le lendemain matin, lorsque la domestique stellaire vint la réveiller, Isla était déjà prête à sortir.

Si elle n'avait pas eu le droit d'emporter d'armes avec elle, elle avait néanmoins rempli son bagage à ras bord, notamment de produits de beauté. La jeune fille avait maquillé ses yeux verts de deux traits de khôl tracés à la perfection, recourbé ses cils aussi longs qu'épais, et appliqué sur ses lèvres charnues un baume qui en avivait la couleur. Elle avait beau avoir le teint naturellement mat, elle se trouvait encore trop pâle à son goût. En cause, le fait d'avoir passé une bonne partie de sa vie enfermée – ce à quoi elle comptait bien remédier. À présent qu'elle était libre de se déplacer, elle n'avait pas l'intention de rester entre quatre murs.

Les quelques robes qu'elle avait emportées ressemblaient plus à une ribambelle de rubans cousus ensemble qu'à autre chose. Transparentes et ajourées pour la plupart, elles étaient toutes si fluides qu'elles lui faisaient comme une seconde peau. Sur les terres sauvages, dans la solitude de sa chambre, ses gardiennes ne l'avaient jamais empêchée de s'habiller de vêtements larges et confortables. Mais désormais, elle était à Lightlark pour le Centennal, et si Poppy avait sélectionné ces tenues, c'était pour une bonne raison.

Une raison qui, pour être honnête, donnait envie à Isla de les jeter au feu.

Malgré tout, ce jour-là, elle s'était choisi une robe rose tulipe qui lui dénudait le dos et dont le tissu épousait ses formes à la perfection. Se parer de la couleur de sa source de pouvoir était une tradition partagée par tous les royaumes. Les Stellaires portaient du gris argenté, les Solariens, du doré, les Azuréens, du bleu clair, les Nocturnes, du noir et les Sélénites, du blanc. La nature étant multicolore, Isla avait la chance de ne pas avoir à se limiter à une teinte en particulier, tant qu'elle n'empiétait pas sur celles des autres.

Quand elle entendit frapper à la porte, elle ouvrit si vite que, dans le corridor, la jeune servante sursauta. La reine ne perdit pas une seconde.

— Au fait, je ne t'ai jamais demandé ton nom.

— Mon nom ? fit la domestique, l'air tellement ahurie qu'Isla ne put retenir un éclat de rire.

— Rassure-moi, tu en as bien un ? plaisanta-t-elle en croisant les doigts pour que sa boutade ne soit pas perçue comme méchante.

La Stellaire, fort heureusement, lui adressa un timide sourire.

Ouf !

— Bien sûr. Je m'appelle Ella, Votre Majesté, répondit-elle avant de se reprendre. Pardon, Isla.

La Sauvage baissa la tête. C'était ce qu'on faisait quand on voulait faire une confidence à autrui. Grâce à sa baguette astrale, elle avait entendu quantité de secrets chuchotés au fond des ruelles ou aux abords déserts des villages. Avec le temps, elle avait appris à passer inaperçue, à s'intégrer si parfaitement au décor que personne n'aurait pu se douter de qui elle était en réalité.

— J'ai remarqué que tu boitais, Ella, murmura-t-elle.

L'intéressée sembla prise de court et fit un pas en arrière en posant la main sur sa cuisse, par réflexe. Peut-être Isla aurait-elle dû attendre encore un peu… ou se montrer moins directe.

— C'est mon… mon os, finit cependant par expliquer la domestique. Il y a quelques mois, je me suis cassé la jambe, et elle ne s'est jamais totalement remise.

Isla fronça les sourcils.

— N'y a-t-il pas des guérisseurs sélénites qui pourraient te soulager, dans l'archipel ?

Leur savoir-faire était légendaire. En plus de contrôler les eaux, les Sélénites étaient doués du pouvoir de guérison.

— Moyennant paiement, répondit Ella avec un sourire triste. Et encore, ces derniers temps, ça ne suffit même pas toujours. (La Sauvage voulut lui demander ce qu'elle voulait dire par là, mais avant qu'elle ait pu ouvrir la bouche, la Stellaire continua.) Et puis… mes vingt-cinq ans approchent. S'occuper de moi ne serait pas… Ça ne…

Ça n'en vaudrait pas la peine. Isla grimaça. Même en ayant Céleste pour meilleure amie, elle oubliait parfois la cruauté de la malédiction qui frappait le peuple des étoiles. Il y avait des centaines d'années que plus aucun Stellaire n'avait dépassé le quart de siècle.

La jeune reine plongea la main dans la poche de sa robe.

— Tiens, ça devrait apaiser la douleur, dit-elle en donnant à la domestique un tube d'onguent.

Il s'agissait d'une pommade thérapeutique, élaborée à partir de plantes des terres sauvages cultivées spécialement dans ce but. Isla s'en était d'ailleurs servie pour soigner sa coupure de la veille.

Ella semblait pétrifiée. Immobile, elle se contentait de fixer le petit tube posé sur sa paume. Pour être sûre qu'elle repartirait bien avec, la Sauvage dut lui replier les doigts dessus, puis repousser doucement sa main.

— Bon ! lança-t-elle ensuite avec enthousiasme. Maintenant, c'est moi qui vais avoir besoin de ton aide.

Dès qu'elle se fut arrangée pour qu'Ella lui apporte régulièrement à manger dans sa chambre, Isla ferma sa porte et se mit en route. La servante venait de lui remettre un carton d'invitation la priant de se rendre chez le tailleur. Pour affronter les démonstrations qui s'annonçaient, la reine des Sauvages aurait besoin de tenues adaptées. L'unique malle que chacun des six participants avait eu le droit d'apporter n'étant pas extensible, on leur offrait la possibilité de se faire faire une garde-robe sur place. La jeune fille avait bien l'intention de tirer parti de cette opportunité.

Elle entendait encore les commentaires de Poppy : *« Considère tes robes comme ton armure, tes bijoux comme tes armes. »* Tels étaient en effet les accessoires de la séductrice. Si Isla avait été formée à ce rôle, c'était pour mener à bien la première étape du plan que ses gardiennes avaient échafaudé.

Mais ce plan, elle n'avait aucune intention de le suivre.

Être dépourvue de pouvoir ne signifiait pas qu'elle était sans ressources. Elle savait se fondre dans le décor, tendre l'oreille, se cacher, ruser. Autant de qualités qu'elle entendait mettre au service du stratagème que Céleste et elle avaient imaginé.

Dans ses histoires, l'Ancienne de la forêt avait décrit l'agora – où opérait le couturier – comme « un lieu merveilleux » qui, la nuit, s'épanouissait « telle une fleur au soleil ». Ella avait proposé à la Sauvage de l'accompagner, mais celle-ci avait décliné son offre. Elle comptait profiter de cette sortie pour observer seule les parages et surtout les insulaires, avant qu'ils ne commencent à la reconnaître.

Au moment où elle arriva dans le vestibule du palais, cependant, il suffit d'une phrase importune pour que son beau projet tombe à l'eau.

— Tiens… tu es bien matinale, dis-moi.

Grim.

Sa robe lui paraissant soudain vraiment trop moulante, Isla se retourna, la gorge nouée… pour découvrir le Nocturne à quelques centimètres d'elle seulement. Elle recula d'un pas mal assuré et mit une seconde de trop à retrouver sa voix.

— Vous aussi.

Grim haussa l'une de ses larges épaules. Il devait baisser les yeux pour regarder la jeune fille quand elle était obligée de tendre le cou pour en faire autant.

— Je préfère ne pas perdre une miette du temps que je peux passer dehors.

Ah oui. Bien sûr. Sa malédiction était l'inverse de celle d'Oro. Les Nocturnes étaient condamnés à ne plus jamais goûter à la force tranquille de la nuit. Alors qu'ils avaient toujours été des êtres de l'ombre, se plaisant à vivre dans les ténèbres, cinq cents ans plus tôt, tout avait changé.

— Et puis, j'ai à faire sur l'agora, ajouta Grim.

— De même.

L'immense monarque sourit.

— Tant mieux. Je déteste marcher seul.

Quand Isla et lui franchirent les portes du palais, les gardes en faction à l'entrée se raidirent ostensiblement. La jeune fille essaya de ne pas songer à toutes les horreurs qu'elle avait entendues sur les Nocturnes. Sur Grim, en particulier. Elle essaya… et échoua lamentablement. Elle parvint à garder la tête haute, mais ses genoux se mirent bientôt à trembler.

Terra lui avait toujours dit que, de tous les royaumes, celui de la nuit était le plus dangereux. Ses représentants tiraient leur force de l'obscurité, quand tous les autres peuples tiraient la leur de la lumière. Les rumeurs sur les pouvoirs des Nocturnes abondaient : on les disait capables de se rendre invisibles, de traverser les murs, d'instiller les pires cauchemars dans l'esprit d'autrui et même de manipuler les ténèbres.

Quant au fameux Grimshaw, sa réputation le précédait. Le conflit qui avait opposé Lightlark à son royaume avait eu lieu quelques décennies seulement avant l'avènement des malédictions, et il en avait été le combattant le plus craint. On racontait qu'à chaque bataille, sa cape finissait ruisselante du sang de ses ennemis. Si c'était vrai, Isla comprenait d'autant moins qu'il ait pu éprouver un quelconque malaise en la voyant manger un simple morceau de cœur.

Malgré la férocité de Grim, Lightlark avait remporté la guerre. Les deux parties avaient signé un traité et les royaumes avaient vécu en paix pendant quelque temps.

Jusqu'à ce que les malédictions surviennent.

Beaucoup étaient convaincus qu'elles émanaient des Nocturnes, qui les auraient lancées sur l'archipel pour se venger. Isla, pour sa part, ne savait qu'en penser. Après tout, le peuple de la nuit n'avait pas été épargné. Leur chef, le père de Grim, s'était lui aussi sacrifié pour la prophétie. Son fils avait aussitôt pris sa place. À l'époque, il était encore normal pour un monarque d'avoir un héritier. Depuis l'instauration des Centennaux, ce n'était plus le cas. Isla et ses concurrents entraient dans la compétition au péril de leur royaume.

Si la Sauvage savait pourquoi elle était dans l'archipel, elle se demandait donc ce que Grim était venu y faire. S'il y avait bien un individu que les autres souverains voudraient encore plus éliminer qu'elle, c'était le Nocturne. Personne n'aurait envie de s'associer à lui et, sans véritable alliance, il était presque impossible de décrocher le pouvoir inégalé promis en récompense. Dans ces conditions, pourquoi prendre le risque de participer ? Que cherchait-il ?

À son tour, Grim regarda Isla. Un sourire sagace s'afficha sur son visage aux traits anguleux. Sa frange balayait son front pâle, telle une giclée d'encre au milieu d'une page.

— Tu essaies de décider si tu dois me détester, pas vrai ?

La jeune fille le dévisagea d'un œil méfiant.

— Pouvez-vous réellement…

— Lire dans les pensées ? compléta-t-il avant de secouer légèrement la tête. Pas vraiment. Je perçois les émotions générales de ceux qui m'entourent. Leur peur. Leur colère. (Le coin de ses lèvres se recourba en une moue malicieuse.) Leur curiosité.

Isla prit une inspiration chevrotante. Ses poumons lui donnaient l'impression d'abriter un tas de rochers prêts à s'ébouler. Elle n'était qu'une imposture, une créature sans pouvoir au sein d'une meute de loups. Elle était capable de jouer la reine des Sauvages à la perfection, de sauver les apparences, mais contrôler ses émotions serait autrement plus ardu. Si elle n'apprenait pas très vite à les dominer face à Grim, elles la conduiraient à sa perte.

De nombreux Nocturnes disposaient de facultés relatives à l'esprit – c'était, entre autres, ce qui les rendait si dangereux.

Dans chaque royaume, il était fréquent que les souverains jouissent d'une aptitude rare, qui se manifestait au fil des générations et qui ne dérivait ni des étoiles, ni de la lune, ni du soleil, ni de la nature, ni de l'obscurité ou du ciel.

Isla se demanda si, en plus de sa capacité à lire les émotions, Grim ne possédait pas l'un de ces pouvoirs additionnels.

— Là, je te sens inquiète, dit-il en s'arrêtant pour l'observer avec attention. Qu'est-ce qui peut bien t'inquiéter ?

L'inquiétude n'était pas ce qui aurait dû transpirer d'une puissante reine sauvage, même face à son homologue nocturne. Elle le regarda donc droit dans les yeux. Il avait les iris si foncés qu'ils en paraissaient sans fond – deux trous noirs –, mais la jeune fille refusait de se laisser impressionner.

— Est-ce que vous possédez un don ?

L'air de comprendre, Grim releva la tête.

— Ah, tu crains que je n'aie une faculté secrète et que je sois en train de m'en servir contre toi en ce moment même.

Isla acquiesça. Inutile de s'en cacher. Durant les cent jours qu'elle passerait dans l'archipel, elle savait qu'elle devrait mentir, voler et peut-être même tuer. Grim ne faisait pas partie de son plan. Pas encore, du moins.

Il haussa une épaule et se remit en marche.

— Oui, je possède un don. Mais, pour l'instant, je n'ai pas envie de révéler lequel, dit-il en jetant un coup d'œil à son interlocutrice. Si ça peut te rassurer, ce n'est pas celui de lire dans les pensées. Ni quoi que ce soit dont je pourrais faire usage sans que tu t'en rendes compte.

La pente qu'ils gravissaient s'aplanit brusquement, le tapis d'herbe sous leurs pas mourut et, dans la vallée, coincé entre deux montagnes, apparut un vaste marché : l'agora.

Grim soupira.

— Cinq cents ans que je n'ai pas remis les pieds dans l'archipel, et rien n'a changé, commenta-t-il avant de poser sur Isla des yeux pétillants. Dis-moi, Mangecœur, vu ton régime alimentaire, peux-tu manger du chocolat ?

— Je pourrais en dévorer mon propre poids, répondit-elle en faisant de son mieux pour ne pas laisser paraître à quel point elle avait faim.

Les poches gonflées de monnaie, les insulaires affluaient vers les commerces. Le brouhaha de leurs conversations insouciantes avait quelque chose de déstabilisant. La prophétie était impitoyable. Ne comprenaient-ils pas que, si les rois et les reines parvenaient à répondre à ses exigences, l'un des six royaumes disparaîtrait ? Cette issue ne les effrayait-elle pas ?

Apparemment, non : la perspective de cent jours de beau temps, enfin exempts de pluie et d'orage, semblait l'emporter sur la terreur qu'ils auraient dû éprouver.

Serrées les unes contre les autres sur tout le pourtour de la place, les petites maisons qui composaient l'agora s'avéraient aussi hétérogènes que les royaumes eux-mêmes. Avec ses murs de verre dépoli, l'une rappelait par exemple une tasse à thé retournée, quand une autre se dressait aussi haut qu'un séquoia, sa cheminée crachant un chapelet de nuages d'un gris de plomb. Le magasin d'à côté était bâti sur pilotis, et celui d'après, argenté et scintillant, ressemblait à une étoile descendue des cieux.

L'enseigne devant laquelle Grim conduisit Isla, peinte d'un bleu éclatant, avait la forme d'une de ces décorations qui ornaient les maisons en hiver.

— Je dois bien reconnaître qu'en matière de confiseries, les Azuréens sont imbattables, dit le Nocturne avant de pousser la porte avec tant de force que les gonds protestèrent.

Lorsqu'elle entra dans la boutique, la Sauvage ne put retenir une espèce de grognement affamé, sorti du plus profond de ses entrailles.

Du chocolat. Partout. Pralines aux noisettes, truffes saupoudrées de sucre, cacao onctueux… il y en avait pour tous les goûts.

Isla avait souvent profité de ses incursions dans les terres nouvelles des Azuréens pour savourer ce mets divin, notamment lors de réjouissances. Chez ce peuple, chaque trimestre avait ses agapes. Que ce soit pour fêter la fin, le début ou même le passage d'une tempête, ils avaient toujours une bonne excuse pour faire bombance. Mais jamais encore la jeune fille n'avait vu un tel foisonnement de friandises. Sa stupéfaction sembla amuser Grim.

Derrière le comptoir, le gérant de l'établissement découpait en rondelles un épais bloc de caramel, mais il s'interrompit dès qu'il avisa le Nocturne. Soudain blanc comme un linge, il jeta un regard à son associé – qui venait, comme par hasard, de se retrancher dans l'arrière-boutique. Ils ne paraissaient même pas s'être aperçus de la présence d'Isla.

Intéressant… Accompagnée de Grim, elle était donc comme une petite tige de métal plantée à côté d'une plus grande lors d'un orage : protégée de la foudre que le Nocturne attirait.

Les insulaires étaient souvent invités à assister aux démonstrations des participants au Centennal, et la jeune fille savait à quel point leur opinion à son sujet compterait. Dans l'ensemble, ils la haïssaient sans doute autant que le redoutable Nocturne, mais si les six compétiteurs parvenaient à accomplir ce que demandait la prophétie et en venaient à devoir choisir lequel d'entre eux sacrifier, l'avis et l'aide des habitants de Lightlark pèseraient lourd dans la balance. Leur soutien – ou leur hostilité – pouvait faire toute la différence, surtout pour la Sauvage, qui n'avait aucun représentant de son peuple dans l'archipel.

Grim, cependant, n'avait pas l'air de remarquer la manière dont tous le regardaient. Ou alors il s'en moquait. C'en était presque rageant. Quoi qu'il en soit, il semblait satisfait d'endosser le rôle du méchant.

Enfin, si c'était vraiment un rôle.

— On va vous prendre de tout, et en double, dit-il d'un ton désinvolte.

Tirant de sa poche une poignée de pièces qu'il ne prit même pas la peine de compter, il la déposa sur le comptoir sans un regard pour le maître chocolatier. Puis, sans attendre de réponse, il alla s'asseoir.

La table sur laquelle il avait jeté son dévolu était ridiculement petite par rapport à lui. Ses genoux ne passaient pas dessous. Isla se glissa avec précaution sur la chaise en face de la sienne.

— Ça fait quand même beaucoup, non ?

Grim haussa les épaules.

— Tu m'as dit que tu pourrais avaler ton propre poids en chocolat. Je t'ai prise au mot.

Bientôt, le propriétaire vint placer entre eux un plateau d'argent chargé d'une quantité astronomique de confiseries et, après s'être incliné devant le roi puis devant la reine, il se dépêcha de rejoindre son personnel dans la pièce du fond. Isla haussa un sourcil.

— Vous avez mis le feu à l'agora lors de votre dernier passage, ou quoi ?

La jambe de Grim heurta la sienne. La rapidité avec laquelle elle la replia le fit sourire.

— Disons simplement… que les insulaires ont la mémoire longue. Tiens, essaie celui-ci en premier, dit-il sans laisser le temps à la jeune fille de lui demander de clarifier ses propos.

Ses doigts démesurés avaient attrapé un chocolat fourré, qu'il lui tendait. Elle l'accepta, croqua dedans avec circonspection… et ouvrit des yeux ronds.

— Exquis, n'est-ce pas ?

Isla se renversa contre son dossier, la tête en arrière. Cette dégustation n'était pas raisonnable, elle perdait un temps précieux… mais apprendre à connaître le Nocturne – peut-être même gagner sa confiance – pourrait se révéler utile. Les papilles nageant dans la confiture de lait, elle ferma les paupières.

— Réveillez-moi à la fin du Centennal.

Elle l'entendit pouffer. Puis elle sentit quelque chose de rond contre ses lèvres.

— Ouvre.

Elle s'exécuta et un deuxième chocolat lui atterrit dans la bouche. Plus croquant, celui-là était fourré à la crème de fruits rouges. Isla goûta tout ce que le Nocturne lui offrait : la nougatine, les palets à la menthe, les sablés à la banane… elle ne recula devant rien, à part les pralines au piment.

— Elles ne sont pas si épicées que ça, dit Grim avant d'en gober une d'un geste nonchalant. Elles brûlent un peu la gorge, mais c'est tout.

— Merci, mais je ne tiens pas à avoir la langue en feu.

Le Nocturne joignit ses longs doigts devant lui et posa son menton dessus.

— Tu es donc en train de me dire qu'un cœur bien saignant ne te pose aucun problème mais qu'un chocolat un peu trop relevé, c'est non ?

— Très bien, je capitule, marmonna Isla.

Les insinuations de son interlocuteur s'approchaient dangereusement de la vérité. Avec une mauvaise volonté qui amusait manifestement beaucoup ce dernier, elle enfourna une des redoutées pralines… et le regretta aussitôt. Ses yeux se mirent à larmoyer. Sa bouche lui donnait l'impression de flamber. Sa langue avait doublé de volume. Oubliant ses manières et sans même se soucier du gérant qui les épiait par la lucarne de sa cuisine, elle recracha le petit chocolat, les narines dilatées par la colère.

— Espèce d'horrible… crachota-t-elle entre deux gorgées d'eau qui ne firent qu'empirer les choses.

Face à elle, Grim, plié en deux, riait à en perdre haleine, son exaspérante fossette bien visible au milieu de sa joue. Il voulut parler, mais son hilarité l'en empêcha, et il continua de rire à gorge déployée même lorsqu'il se leva puis passa comme si de rien n'était derrière le comptoir pour y remplir un verre de lait. Il s'esclaffait toujours autant quand il le déposa devant la Sauvage.

— Bois.

Non sans fusiller le Nocturne du regard, elle se jeta sur le gobelet et le vida d'un trait, si précipitamment qu'elle en laissa couler une bonne partie sur son menton et sur sa robe. Détestable, Grim l'était sans conteste.

— Démon, souffla-t-elle avec aigreur.

Il haussa un sourcil.

— Je n'irais pas jusque-là, dit-il avant de considérer avec contrariété la tenue tachée de la jeune fille. Il va falloir te changer. Tu allais chez le tailleur, non ?

— Comment le savez-vous ?

Il ne répondit qu'une fois la chocolaterie derrière eux.

— Je le sais parce que nous avons tous reçu la même invitation.

— Oh. Étant donné le peu de… variété de votre garde-robe, j'imagine que votre rendez-vous n'a pas dû s'éterniser.

Grim baissa les yeux sur sa tunique, son pantalon, ses bottes… Même sa cape était noire.

— J'ai fait répondre au couturier que j'étais capable de m'habiller seul.

Le soleil était haut dans le ciel, à présent. La journée s'annonçait chaude. Pourtant, aucun des flambeaux fichés à intervalles réguliers entre les dalles de l'agora n'avait été éteint. Une boule de flammes au creux de la paume, plusieurs gardes solariens semblaient même chargés de les maintenir allumés.

Grim et Isla atteignirent bientôt une devanture aux grandes vitres rectangulaires. À l'intérieur s'entassaient des centaines de rouleaux de tissu, de ruban et de fil, de toutes les couleurs permises aux Sauvages.

Rien que pour elle.

— Amuse-toi bien, lui dit Grim d'un ton moqueur.

L'instant d'après, il avait disparu. Il s'était évaporé, volatilisé. Isla se surprit à frissonner. Que n'aurait-elle pas donné pour être douée d'un pouvoir comme l'invisibilité…

Quand elle poussa la porte de l'atelier, une clochette sonna, signalant son entrée. Elle s'avança de quelques pas et se retrouva presque aussitôt face à un jeune Stellaire. Au poignet, il avait une pelote à épingles. Lorsqu'il s'immobilisa, la reine se prépara à voir ses yeux s'écarquiller de peur ou de dégoût. Mais il n'en fut rien. Le tailleur se contenta d'une élégante révérence.

— Isla Calys, reine des Sauvages. C'est un plaisir de vous recevoir. Mais qu'est-il arrivé à votre robe ? lui demanda-t-il avant de l'arrêter d'un geste de la main sans lui laisser le temps de répondre. Ne vous inquiétez pas. Pour ma part, je ne jure que par la soie d'araignée géante… Impossible à tacher et d'une solidité à toute épreuve. Sans compter que le tombé est incomparable.

Il fit signe à la jeune fille de monter sur la petite plate-forme d'essayage.

— Couleurs favorites ?

— Les verts, les rouges. À l'occasion, les violets et les roses.

— Coupe de prédilection ?

— Ajustée.

— Longueur ?

— Pas trop court.

Les réponses d'Isla auraient tout aussi bien pu sortir de la bouche de Poppy, restée au château sauvage à des milliers de kilomètres de Lightlark. Elle les lui avait fait apprendre par cœur.

Le tailleur la détailla de la tête aux pieds.

— Vous y tenez, à cette robe ?

La reine sauvage balaya sa tenue du regard, puis haussa les épaules.

— Pas spécialement.

— Parfait !

Le jeune homme claqua des doigts, et une bonne partie des éléments présents dans l'atelier s'éleva dans les airs. Grâce à Céleste, Isla avait déjà pu se familiariser avec les pouvoirs des Stellaires. Canalisant l'énergie des étoiles, ils étaient capables de déplacer les objets. Il suffit au couturier de pointer du doigt un rouleau de textile rouge rubis pour que celui-ci traverse la pièce en un éclair. Enserrant la taille d'Isla à lui en couper le souffle, le tissu écarlate remplaça si rapidement le rose qu'elle portait jusque-là qu'elle ne s'en rendit compte que lorsqu'elle vit son ancienne robe en lambeaux sur le parquet. Tout autour d'elle volait une armée d'aiguilles et de paires de ciseaux, qui travaillaient à une vitesse impressionnante. Ses mains virevoltant avec grâce devant lui, le tailleur dirigeait les opérations comme un chef d'orchestre ses musiciens. Un autre pan d'étoffe se changea en une cape aussi soyeuse que vaporeuse dans le dos de la jeune fille, puis un corsage vint habilement prendre forme autour de son torse, si près du corps qu'elle fut contrainte de retenir sa respiration.

En quelques secondes seulement, elle fut parée d'une splendide toilette neuve. Elle se retourna pour féliciter l'artiste… et retint un hoquet de surprise.

— Comment êtes-vous entré ? s'étonna-t-elle, incrédule.

Assis au fond de l'atelier, les coudes sur les genoux, Grim avait l'air de s'ennuyer. Il eut une moue dubitative. « Tu me poses vraiment la question ? » semblait-il demander.

Remarquablement calme comparé à son confrère chocolatier, le tailleur regarda à peine le Nocturne avant de reporter son attention sur Isla.

— Vos premières impressions ?

Elle se contempla un instant dans les nombreux miroirs qui entouraient la plate-forme.

— On dirait une seconde peau. Ce tissu… Il est aussi lisse et doux qu'un pétale de rose.

— Comme je vous le disais, il n'y a pas mieux que la soie d'araignée géante. Je vais tout de suite m'atteler à la confection de votre garde-robe.

Aussi discrètement que possible, Isla jeta un œil à Grim.

— Si ça ne vous dérange pas, murmura-t-elle au Stellaire, en plus de robes, j'aurais aussi besoin d'une tenue plus adaptée au combat. Il me faudrait une armure, notamment, et un pantalon.

Ces instructions-là venaient directement de Terra. La Sauvage profita de ce que le couturier prenait quelques notes pour observer la porte de la réserve derrière lui… et surtout son verrou.

Lorsque son interlocuteur se redressa, il joignit les mains, comme s'il priait en silence. C'était peut-être le cas, vu qu'il semblait idolâtrer les vêtements plus que d'autres leur souverain.

— Je me ferai une joie de répondre à vos attentes, finit-il par dire. Tout ce que vous m'avez demandé vous sera livré sous peu au palais.

Isla le remercia, puis quitta la boutique, non sans foudroyer Grim du regard. Elle savait qu'il en serait ravi. Partager un monceau de chocolat avec lui paraissait avoir quelque peu atténué les craintes de la jeune fille à l'égard des Nocturnes et de leurs pouvoirs occultes. Elle était même assez surprise de se sentir aussi à l'aise avec leur roi, alors qu'elle ne le connaissait que depuis deux jours. Mais au fond, peut-être était-ce exactement ce qu'il souhaitait – qu'elle baisse sa garde.

— Pourriez-vous essayer de ne pas me donner la chair de poule à chacune de vos apparitions ?

L'expression de Grim se fit tout à coup sérieuse.

— Si tu préfères que je te laisse tranquille, je le ferai. Un mot de ta part, et tu ne me verras plus.

Isla n'en fit rien. Elle se demandait seulement à quoi jouait son homologue nocturne… et si elle pouvait en tirer profit.

Quand il repartit vers le palais, elle le rattrapa pour marcher à ses côtés. Les insulaires se retournaient sur leur passage mais, cette fois, ils la fixaient elle, tout autant que son compagnon.

Comparé au bleu clair, au blanc et au gris argenté que portaient ceux des habitants de Lightlark qui sortaient en journée, le vermeil de sa robe détonnait. Comme une traînée de sang au milieu du marché.

— Je te sens à nouveau intriguée, Isla.

— Arrêtez de lire mes émotions ! répliqua-t-elle sans même prendre la peine de lui accorder un regard. Ce n'est pas poli.

Grim s'esclaffa.

— Comme si je pouvais m'en empêcher !

Cette remarque lui valut un regard malicieux de la part de la jeune fille.

— Le célèbre souverain des Nocturnes, aux pouvoirs redoutés de tous, serait-il incapable de contrôler ses propres facultés ?

La bouche de l'intéressé se recourba en une moue sournoise.

— Célèbre ? Eh bien, au moins, je sais maintenant que même les Sauvages ont entendu parler de ma grandeur, dit-il avant de fixer Isla sans plus sourire. Je suis content que tu te sois commandé une armure.

Il avait tiré de sa poche une carte semblable à l'invitation qu'ils avaient reçue pour le Centennal. Mais avant que la reine ait pu en déchiffrer l'inscription, il remit le billet d'or dans les plis de sa cape noire et se pencha vers elle. Ses lèvres lui frôlèrent l'oreille.

— Ma démonstration sera la première, murmura-t-il. Et il te faudra aussi une épée.

Le temps qu'Isla enregistre ces mots et que le trouble que la proximité de Grim lui faisait ressentir s'évanouisse, il disparut à nouveau, la laissant seule au milieu de l'agora, avec une unique question : pourquoi le roi des Nocturnes cherchait-il à l'aider ?

CHAPITRE 6
Le brise-liens

Isla lança la courte épée à Céleste, qui la rattrapa au vol par la seule force de ses aptitudes psychokinétiques.

— Qu'est-ce que c'est que ça ?

— Une dague, répondit la Sauvage. Très coûteuse, si tu veux tout savoir.

Elle tira la sienne de derrière son dos – où elle avait caché les deux lames pour les rapporter clandestinement au palais. Céleste leva les yeux au ciel.

— Je vois bien, merci. Ma question, c'est : qu'est-ce qui te prend de m'apporter une horreur pareille ?

Isla savait depuis longtemps que son amie ne partageait pas sa passion pour les armes, et ce, bien que le royaume stellaire – grâce à des techniques et des métaux uniques en leur genre – fût réputé pour fabriquer les meilleures. Après tout, c'était compréhensible. Céleste avait à sa disposition le pouvoir de déplacer la matière même. Elle pouvait blesser ses ennemis à plusieurs mètres de distance. À ses yeux, une épée n'était qu'une inélégante pointe de fer, aussi inutile qu'encombrante.

Selon Isla, c'était sans doute exactement la raison pour laquelle, lors de sa démonstration, Grim prévoyait de faire s'affronter les rois et les reines. Enfin… il n'avait rien dit de tel, mais vu les indices qu'il avait glissés à la jeune fille, c'était tout comme.

— Pour notre première épreuve, on va devoir se battre.

Comme rebutée par une mauvaise odeur, la Stellaire fronça le nez.

— Comment le sais-tu ?

— Grimshaw en personne me l'a dit.

Céleste dévisagea sa camarade, interdite.

— C'est avec lui que tu as passé toute la matinée ?

— Pas toute la matinée, juste une partie. Pourquoi ?

— Vraiment, Isla ? répliqua la Stellaire, qui assortit sa remarque d'un regard appuyé.

Elle n'avait pas besoin d'en dire davantage. La Sauvage avait compris le message. Grim était dangereux, suspect, infréquentable.

— Je sais, je sais. N'empêche que j'ai récupéré une information précieuse. Tu ne penses pas que le côtoyer pourrait nous servir ?

— Non, rétorqua Céleste en secouant la tête avec véhémence. Je pense surtout qu'il pourrait se servir de toi, de nous.

N'était-ce vraiment que dans ce but que le roi des Nocturnes l'avait accompagnée sur l'agora ? Ne devait-on y voir qu'une stratégie perverse de sa part ?

À vrai dire… probablement. Il aurait fallu être fou pour s'imaginer quoi que ce soit d'autre. Isla commença même à douter de la sincérité des conseils de Grim. Peut-être que sa démonstration n'impliquerait absolument pas de manier l'épée et qu'il cherchait simplement à la berner en le lui faisant croire.

Elle fronça les sourcils.

Céleste poussa un long soupir plein d'indulgence, puis prit le visage de sa complice entre ses mains délicates.

— Mon adorable, adorable petite naïve, dit-elle avec tendresse.

Face à n'importe qui d'autre, l'intéressée se serait dégagée, agacée. Mais bien qu'elles eussent pratiquement le même âge, Isla avait beaucoup appris au contact de la reine stellaire. Celle-ci l'avait prise sous son aile quand elle n'avait eu personne, en dehors de Terra et Poppy.

— Évite-le au maximum, d'accord ? conclut Céleste d'un ton ferme, telle une grande sœur tentant de remettre sa cadette sur le droit chemin.

Elle avait raison. Grim ne ferait que les détourner de leur objectif. La Sauvage ne se laisserait pas embobiner par son adversaire. Surtout lorsque sa propre mère était morte d'avoir succombé aux charmes d'un homme. Surtout lorsqu'elle-même s'était donné pour mission de prouver à tous qu'en dépit de ce que ses gardiennes avaient voulu faire d'elle, elle était plus qu'une simple tentatrice.

Le plan complexe de ses deux gardiennes nécessitait tout d'abord qu'elle séduise le haut-roi. Qu'il tombe amoureux d'elle pour qu'elle puisse lui voler ses pouvoirs. Sans cette première étape, impossible de mettre à exécution le reste du stratagème. Or Isla était prête à commettre beaucoup de bassesses pour sauver son royaume, mais pas celle-là.

Heureusement, son amie avait pensé à un autre moyen de parvenir à leurs fins.

— Bien, reprit Céleste. Revenons-en à ce qui nous intéresse. Ce n'est pas parce que les démonstrations n'ont pas commencé qu'on ne peut pas déjà rassembler ce qu'il nous faut pour trouver le brise-liens. Le plus tôt sera le mieux.

Le brise-liens. La clef de voûte de leur projet. La reine stellaire avait découvert un texte mentionnant cette relique enchantée dans une salle de son palais remplie de manuscrits provenant de Lightlark. Il s'agissait d'une longue aiguille de verre, affûtée en ses deux extrémités, capable de rompre n'importe quelle entrave magique affectant un individu et sa descendance – même les malédictions.

Mais dans l'archipel, tout avait un prix.

Pour utiliser le brise-liens, il fallait lui donner son sang. En quantité telle que même un monarque risquait d'en mourir. Raison pour laquelle, d'après ce qu'en savaient Isla et Céleste, personne ne s'en était jamais servi. Assises à même le sol de la chambre de la reine stellaire, elles avaient imaginé de partager ce coût vertigineux… en croisant les doigts pour ne pas y laisser la vie.

Selon le vieil écrit, l'aiguille enchantée était enfermée dans l'une des bibliothèques de Lightlark. Laquelle ? Mystère. Chacune des îles habitées de l'archipel avait la sienne. Les amies prévoyaient donc de toutes les fouiller.

Céleste s'occuperait en premier lieu de celle de l'île des Étoiles. Avec un peu de chance, la relique s'y trouverait. Dans le cas contraire, la Stellaire se verrait obligée de se débrouiller pour procurer à Isla l'horrible accessoire qui lui permettrait de s'introduire dans les autres bibliothèques. La Sauvage espérait qu'elles n'auraient pas à en arriver là mais, vu le peu de temps dont elles disposaient pour agir, elle devait se préparer à toute éventualité.

Le brise-liens ne supprimerait que les fléaux qui affectaient leurs royaumes respectifs, pas les autres. Par ailleurs, les deux alliées ne bénéficieraient pas des fabuleux pouvoirs promis par la prophétie. Mais Isla s'en fichait. En levant la malédiction qui l'avait fait naître sans pouvoirs magiques, elle recevrait enfin les facultés dont elle avait été privée toute son existence, et les souffrances de son peuple cesseraient.

Elle pourrait retourner chez elle, enfin libre, délivrée de l'obligation de se cacher. Elle pourrait réinjecter toute son énergie dans les terres nouvelles des Sauvages et les voir prospérer à nouveau. Immortelle, comme tous les souverains, elle aurait des siècles entiers pour explorer le monde en compagnie de Céleste.

Tout ce dont elle avait toujours rêvé ne dépendait plus que d'un élément : ce brise-liens, seul capable d'abolir à jamais la malédiction qui les accablait, elle et les siens.

Elle se tourna vers sa camarade.

— Je m'y mets dès ce soir.

Pour aller fureter sans se faire remarquer dans les bibliothèques des îles du Soleil, de la Lune et du Ciel, Isla devait passer inaperçue.

Sa chevelure brune, pour commencer, la trahirait sur-le-champ, mais elle avait tout prévu. Juste avant son départ pour le Centennal, elle s'était glissée dans les appartements de Poppy. Si les Sauvages produisaient des élixirs thérapeutiques, ils fabriquaient aussi des enchantements ou encore des produits de beauté, tels que des baumes pour se teinter temporairement les lèvres, les joues et même… les cheveux.

Isla devrait concocter elle-même la couleur adaptée à chacun de ses déguisements – ce qui constituait un défi en soi –, mais au moins disposait-elle de tous les ingrédients nécessaires.

L'autre difficulté, c'était l'habillement.

Bien après minuit, elle sortit en cachette du palais d'Oro. Elle avait mémorisé les différents points de repère du trajet. Le temple surmonté d'un gigantesque vitrail en forme d'œil. L'emblème sur lequel elle était arrivée quelques jours plus tôt seulement. Les ruines de ce qui avait sans doute été un phare alimenté par les Solariens. C'était en tout cas ce qu'elle aimait à penser. Elle se souvenait d'avoir lu un ouvrage évoquant ce genre de système de signalisation.

Terra s'était très vite rendu compte que sa protégée adorait lire et s'en était servie pour la motiver. Si Isla, durant l'entraînement, ne se plaignait ni des écorchures qui lui zébraient les mains ni de ses courbatures, si elle parvenait à maîtriser telle ou telle technique d'attaque ou si ses flèches se plantaient au centre de la cible, elle avait le droit, en récompense, de se rendre à la bibliothèque.

La jeune reine savourait chaque livre qu'elle empruntait. Elle prenait soin d'en noter les phrases qui la touchaient le plus et avait toujours un pincement au cœur lorsque venait l'heure de le rendre.

« Un à la fois, lui disait sa gardienne. *Ne sois pas trop gourmande. »*

Quand Isla arriva en vue de l'agora, elle s'arrêta net, bouche bée. À la nuit tombée, le marché apparaissait transformé. La plupart des boutiques étaient fermées, lumières éteintes, mais celles qui étaient ouvertes l'étaient… complètement. Exactement comme l'avait décrit l'Ancienne de la forêt.

Sans que la jeune fille comprenne comment, les maisonnettes avaient éclos. Elles s'étaient dépliées. La face interne des murs donnait désormais sur l'extérieur, les portes d'entrée avaient disparu et les plafonds se déployaient vers le ciel comme autant d'éventails. Leurs chopes débordantes de boisson mousseuse, les fêtards passaient ainsi de taverne en taverne sans même avoir besoin d'y pénétrer. Parmi eux, beaucoup d'Azuréens, qui dansaient au son de la musique – guitares, voix et percussions contraignant la nuit à obéir à leur rythme effréné. Au milieu de ce joyeux vacarme, les Solariens, petites taches d'or disséminées un peu partout, profitaient des heures qu'ils pouvaient passer à l'extérieur.

Bien que l'animation de l'agora eût quelque chose de déconcertant, Isla se rappelait parfaitement le chemin qu'elle avait emprunté le matin même. Elle en prit néanmoins un autre. Préférant les ruelles périphériques au dégagement de la place elle-même, elle suivit les rangées de torches jusqu'à arriver devant la porte de service de l'atelier du tailleur.

La bâtisse était plongée dans le noir. Toutes ses fenêtres, verrouillées.

Lorsqu'elle fut certaine qu'il n'y avait pas d'autre moyen de pénétrer à l'intérieur, la jeune fille s'agenouilla et sortit ses épingles. Lors d'un de ses voyages dans les terres nouvelles des Azuréens, par simple curiosité, elle avait espionné un groupe de cambrioleurs. Tapie dans l'ombre, elle les avait regardés crocheter plusieurs serrures à l'aide d'aiguilles incurvées et de bouts de fil de fer.

Un savoir-faire qui, par la suite, s'était révélé fort utile, que ce soit pour entrer dans la chambre de Poppy ou de Terra, ou pour s'évader de la sienne.

Quand le loquet de la porte finit par céder, Isla rassembla son petit matériel, attentive à ne rien laisser dans son sillage, puis elle s'avança dans la boutique. Bien qu'elle n'y vît presque rien, elle n'osa pas allumer la moindre lumière. L'atelier d'un couturier n'étant pas vraiment le genre d'endroit susceptible d'être dévalisé, les gardes ne patrouilleraient peut-être pas dans les environs mais, à tout moment, l'un des noctambules de l'agora pouvait s'approcher et l'apercevoir par les carreaux.

Vite !

Ses yeux se concentrèrent sur les couleurs dont elle aurait besoin : celles de chacun des royaumes de Lightlark, excepté les Stellaires.

Blanc. Elle s'empara d'une toilette sélénite toute simple, aux manches longues et au col montant.

Bleu clair. Elle dégota une robe courte assortie d'un pantalon à porter en dessous, un style qu'elle avait vu arboré par quelques Azuréennes sur le marché.

Doré… Doré… Il n'y en avait pas. Maintenant qu'elle y pensait, elle ne se souvenait pas d'en avoir aperçu sur les étagères durant son rendez-vous. Les Solariens ne faisaient donc pas appel au même tailleur que les autres royaumes ?

Pourquoi ?

Lorsqu'une voix se fit entendre à la fenêtre, Isla se jeta au sol. Deux amis s'étaient adossés à la devanture de la boutique. Hilares, ils firent tinter leurs pintes l'une contre l'autre, puis se mirent à deviser avec entrain. La Sauvage rampa jusqu'au mur et s'y plaqua. Sans faire le moindre bruit, elle resta cachée là plus d'une demi-heure avant que les deux hommes ne s'en aillent. Un instant plus tard, elle faisait de même, veillant à tirer la porte derrière elle. Le tailleur se dirait sans doute qu'il avait oublié de la fermer.

Les bras chargés de soie, elle s'en retourna au palais. Elle avait fait un pas de plus vers l'accomplissement de sa mission.

CHAPITRE 7
Duels

L'invitation à participer à la première démonstration arriva le cinquième jour du Centennal. Sur le carton – noirci, brûlé, carbonisé – n'apparaissaient que quelques mots, visiblement gravés à la pointe d'un couteau :

Préparez-vous à vous battre en duel.

Isla ne put s'empêcher de sourire. Grim l'avait réellement aidée. Mais pour quelle raison ?

L'horaire de l'événement avait été griffonné en tout petit au bas de la carte. La jeune fille avait une heure devant elle. Loin d'avoir à se démener pour mettre la main sur une arme, elle s'était déjà procuré l'épée idéale. À la fois assez légère pour être maniée sans peine et assez solide et affûtée pour frapper sa cible avec précision. Isla avait mis un temps fou à la choisir dans l'armurerie où elle l'avait achetée. Bien sûr, elle aurait adoré pouvoir se servir d'une de ses propres lames, si familières, mais il fallait reconnaître que, dans l'art de façonner le métal, les Stellaires n'avaient pas leurs pareils.

La garde-robe de la Sauvage lui avait été livrée la veille. Le tailleur avait travaillé à une vitesse impressionnante.

Face à tant de diligence et de passion, Isla avait encore plus honte de l'avoir volé.

Trouver le brise-liens me permettra de les sauver, lui et son royaume, se répétait-elle pour étouffer ses remords.

Parmi les tenues qu'il lui avait confectionnées, il y en avait une bleu saphir ornée de deux fines découpes qui laisseraient deviner ses flancs. Une autre, lavande – au décolleté si plongeant que c'en était choquant –, se composait, en plus du corsage, d'un pantalon moulant et d'une espèce de voile scintillant qui se nouait autour de la taille pour créer l'illusion d'une jupe. Une autre encore, vert émeraude, se révéla tellement ajustée, son tissu tellement fin et transparent, qu'Isla se surprit à rougir. Une quatrième, de manière inattendue, était dotée de poches.

Pour la démonstration qui s'annonçait, la reine porterait son armure. Ella se chargeait d'en assembler les différentes parties. Si la servante haletait sous leur poids, Isla savait qu'elle-même ne le sentirait pas. Terra s'en était assurée.

Combien de fois la jeune fille avait-elle été abandonnée au milieu des bois ou en plein orage tropical, lestée d'une cuirasse d'une vingtaine de kilos ? Rentrer au château lui avait toujours pris plus d'une journée, sans eau ni nourriture, poursuivie par le hurlement des loups et le pas feutré des panthères… Le dernier kilomètre, elle l'avait systématiquement parcouru en rampant, s'accrochant aux racines, les ongles plantés dans la terre pour se tracter jusqu'à sa chambre.

En comparaison, l'élégante armure stellaire, avec ses fines plaques de fer, ne pèserait presque rien. Qu'il s'agisse des épaulettes, des manchettes ou des collants en cotte de mailles, des bottes bardées de métal qui lui remontaient en haut des cuisses ou du plastron parfaitement taillé, chacune des pièces avait été modelée de manière à mettre la silhouette de la combattante en valeur, tout en la protégeant à la perfection.

Dès qu'Ella eut fixé le dernier des éléments, la tension dans ses bras disparut.

— Terminé ! lança-t-elle.

— Merci. Merci pour tout, répondit Isla avant de prendre une bouchée du blé accompagné de brochettes de légumes que sa domestique lui avait apporté pour le déjeuner.

Depuis qu'elle avait remis à la Stellaire le petit tube d'onguent, celle-ci – en plus des cœurs qui finissaient jetés par-dessus le balcon, à l'insu de tous – lui amenait régulièrement des en-cas, pensant sans doute qu'elle ne les mangeait que par pure gourmandise.

Ella, qui remarchait déjà presque normalement, inclina la tête. Ses traits n'étaient plus constamment crispés par la souffrance.

— Merci à vous, corrigea-t-elle en tapotant sa jambe convalescente.

Le duel devait avoir lieu à l'autre bout de la citadelle, dans une arène autrefois à ciel ouvert mais qui, depuis l'avènement des malédictions, avait été couverte d'un dôme. Sous cette coupole, les cris de la foule résonnaient et s'entremêlaient pour ne plus produire qu'une seule clameur railleuse, sortie de mille bouches.

Rois et reines disposaient d'une grande liberté quant à l'organisation de leurs démonstrations : chacun pouvait décider de ce que la sienne évaluerait, de l'endroit où elle se déroulerait et de qui pourrait y assister. Grim avait choisi d'y convier l'archipel entier. Ponctués de dizaines et de dizaines de torches flamboyantes, les gradins étaient combles. Chacun des royaumes insulaires en occupait une partie distincte. Les Stellaires étincelant en gris argenté. Les Azuréens en bleu ciel. Les Sélénites dans leur blanc immaculé. Les Solariens reluisants et dorés.

Chaque démonstration était un spectacle. Isla le savait. Si elles avaient pour but premier de tester les aptitudes des concurrents, elles servaient aussi à orienter l'opinion du public, à déterminer qui méritait la mort – ou, du moins, qui méritait de définir les futurs binômes, ces alliances forcées qui, d'une manière ou d'une autre, changeraient le cours de la compétition.

Chaque démonstration constituait aussi un risque. Certes, il n'était pas permis de tuer ses rivaux avant le cinquante et unième jour, mais l'une des ancêtres d'Isla avait perdu une main durant l'une des épreuves. Cet incident avait bien sûr grandement diminué ses capacités et, après le Centennal, elle avait été contrainte d'avoir un enfant, afin qu'un siècle plus tard, le peuple sauvage soit mieux représenté.

— Habitants de Lightlark, soyez les bienvenus, gronda soudain Grim au milieu des applaudissements.

Le silence se fit dans l'assemblée. Isla ne parvenait pas à déterminer où se trouvait le Nocturne. Sa voix semblait venir de partout et nulle part à la fois.

— Vos Majestés, vous êtes toutes et tous très menaçants avec vos pouvoirs illimités, mais… voyons comment vous vous débrouillerez sans eux.

Il annonça ensuite ceux qui s'affronteraient en premier : Oro et Azul.

L'épée du haut-roi était d'or massif, assortie à son armure au coût inestimable. *Allait-il se couvrir de honte devant tous ses sujets ?* se demanda Isla. Le simple fait d'y penser la fit presque sourire. Pas une fois durant ses années d'apprentissage elle n'avait entendu parler des talents de combattant d'Oro. Sans doute se reposait-il essentiellement sur sa capacité à manipuler les flammes.

L'arme d'Azul était couverte d'un mélange de saphirs et de diamants. S'il ne portait pas d'armure – son torse restait en grande partie exposé –, il avait en revanche tenu à passer à son doigt la bague que la Sauvage lui avait offerte. Il devait être vraiment doué pour estimer n'avoir besoin d'aucune protection.

Isla comprit vite qu'elle se trompait et sur le compte de l'Azuréen, et sur celui de son adversaire.

Leur duel ne dura que quelques secondes. L'attaque du haut-roi avait été si rapide que la jeune fille avait failli ne pas la voir. Un instant, la pointe de sa lame était plantée dans le sable de l'arène, celui d'après, elle était sur la gorge d'Azul.

Ce dernier se contenta d'un sourire gracieux avant de s'incliner, admettant sa défaite. Dans les tribunes, les Solariens, debout, hurlaient de joie et agitaient leurs longs fanions dorés au-dessus de leur tête.

Vint ensuite le tour de Céleste et Cléo.

Isla regarda son amie entrer dans l'arène sans pouvoir s'empêcher d'enfoncer ses ongles manucurés dans sa paume. La Sélénite arborait un sourire perfide. Elle non plus n'avait pas d'armure. Elle avait cependant revêtu un pantalon. Sa lame était aussi fine et élancée qu'un pic à glace.

Céleste tenait son épée d'une main ferme. Isla lui avait choisi une arme des plus légères, facile à manier même par quelqu'un qui n'avait pas bénéficié d'un entraînement intensif. Les cheveux d'argent de la jeune Stellaire étaient tressés, plaqués contre son crâne.

Lorsque la cloche retentit, Cléo bondit et…

— Alors, on a le trac, Mangecœur ? murmura Grim à l'oreille d'Isla.

Elle s'interdit de quitter le combat des yeux. Cléo avait raté le bras de Céleste de quelques centimètres à peine et celle-ci venait de riposter, en vain.

— Ne m'appelez pas comme ça, rétorqua la Sauvage à voix basse.

Elle grimaça : Céleste avait trébuché et manqué de s'empaler sur la lame de sa rivale.

— Est-ce donc ainsi que tu me remercies de l'aide que je t'ai apportée ? dit Grim d'un ton qui laissait deviner son sourire.

Agacée, Isla se tourna vers lui, prête à lui clouer le bec d'une réplique cinglante. Au lieu de quoi, elle se figea net. Face à elle se tenait un guerrier redoutable. Son casque était entièrement fait de pointes qui hérissaient le sommet de son crâne comme autant de dagues. L'une d'elles plongeait entre ses yeux pour protéger son nez. Les mêmes pointes de métal se retrouvaient sur ses épaules et lui descendaient le long des bras. Il était littéralement couvert d'épines.

C'était un démon qu'Isla avait sous les yeux. La mort incarnée.

Elle déglutit. Il la regarda faire en fixant sa gorge avec beaucoup trop d'attention et, tout à coup, presque machinalement, il dévoila ses dents. Comme s'il avait eu envie de lui mordre le cou. Isla fut prise d'un inexplicable frisson.

Quelle horreur !

La jeune fille se força à se ressaisir. Grim n'avait sûrement pas l'intention de la mordre. Elle se faisait des idées. Oui, mais pourquoi celle-ci en particulier ?

La cloche l'arracha à ses pensées et la ramena dans l'arène. L'épée de Céleste était à terre. Celle de Cléo tapotait négligemment le cœur de la Stellaire. Puis, cette lame aussi tomba au sol.

Une vague de soulagement submergea Isla. Sa camarade avait perdu, mais ça n'avait aucune importance. Elles avaient prévu de n'offrir qu'une prestation correcte. Pas mauvaise au point qu'on les catalogue comme faibles, mais pas assez remarquable pour faire d'elles des partenaires idéales aux yeux des autres souverains. À moins de remporter la majorité des démonstrations – ce qui ferait instantanément d'elles une menace devant potentiellement être éliminée –, elles ne pourraient décider des équipes qui seraient formées le vingt-cinquième jour. Elles espéraient donc que quiconque aurait cet honneur choisirait de mettre ensemble les deux participantes les plus jeunes et les moins expérimentées. Lier les deux maillons faibles afin d'en faire une cible facile pour le reste des binômes apparaîtrait comme la stratégie la plus intelligente, avaient-elles spéculé.

« Essaie de ne pas trop attirer l'attention », lui avait donc rappelé Céleste.

— C'est à nous, Mangecœur, souffla Grim avant de passer devant Isla pour s'avancer sur le sable d'un pas nonchalant.

Oh, oh…

Curieusement, la Sauvage n'avait pas assimilé que c'était à lui qu'elle se mesurerait. Elle avait été trop distraite par le combat de sa camarade.

Elle ne bougea pas d'un pouce. Au milieu de l'arène, le Nocturne attrapa dans son dos une épée plus large que la cuisse de la jeune fille. Isla eut soudain la gorge affreusement sèche. C'était Grim qui avait décidé de la répartition des duels. C'était sa démonstration. S'il avait voulu l'affronter, elle, il devait y avoir une raison.

Une théorie se forma dans sa tête, telles les pièces d'un puzzle s'assemblant peu à peu. Grim et elle étaient les deux seuls souverains à n'avoir aucun membre de leur peuple dans les tribunes. Les deux plus détestés, aussi. Avait-il choisi de les mettre en concurrence pour pouvoir montrer à tous sa supériorité sur la Sauvage ? Pour s'assurer, dès la première épreuve, que l'archipel entier le soutiendrait lui plutôt qu'elle ?

Céleste avait vu juste : on ne pouvait pas se fier à Grim.

La Stellaire venait justement de rejoindre Isla.

— Vas-y, murmura-t-elle d'un ton pressant.

Il lui fallait se lancer, pas le choix. La jeune fille gagna donc le centre de l'arène sur des jambes soudain toutes flageolantes.

Pas un des spectateurs ne l'acclama. Lorsque son épée, qui lui paraissait étrangement déséquilibrée, tapa contre l'une des plaques de métal de ses hautes bottes, le son résonna dans le silence ambiant.

Reprends-toi, se morigéna la jeune reine en repensant à son apprentissage et à Terra.

Le Nocturne conspirait sans doute contre elle. Tout ce qu'elle pouvait faire, c'était contrecarrer ses plans sans même lui laisser le temps de les mettre en œuvre.

Son souffle retrouvant enfin un rythme normal, elle brandit son arme et se mit en position de combat. Une attitude presque naturelle pour elle, qu'elle adoptait aussi aisément qu'elle s'endormait ou respirait. Les moments où elle se battait étaient les seuls où elle avait l'impression d'avoir ne serait-ce qu'une once de pouvoir. Bien sûr, une part d'elle-même avait envie de prendre ses jambes à son cou. Mais elle savait qu'elle maniait l'épée avec plus de dextérité encore que la plume.

La cloche sonna haut et fort. Grim frappa le premier.

Vive comme le vent, la Sauvage s'écarta en tournoyant. Le Nocturne ne rencontra que le vide. Isla pirouetta sur ses talons et visa le torse du monarque.

Rapide, il l'esquiva à son tour, avant de repasser à l'attaque. Cette fois, leurs deux lames s'entrechoquèrent, avec une telle puissance que, l'espace d'un instant, le bras de la jeune fille trembla. Elle retrouva cependant son équilibre pour aussitôt faire glisser son épée le long de celle de son opposant. Le crissement métallique qui en résulta lui arracha une grimace, et Grim bondit soudain en arrière, les yeux ronds, visiblement stupéfait. La pointe de l'arme d'Isla l'avait manqué de peu.

Étonné ? ironisa-t-elle en pensée. *Eh bien, il aurait peut-être fallu te choisir un autre adversaire !*

— Je te sens bien confiante, Mangecœur, ronronna Grim.

Il avança, mais elle para son coup. Quand il essaya à nouveau, il ne heurta que l'acier. L'espace de quelques secondes aussi incertaines qu'étourdissantes, leurs lames s'opposèrent, encore et encore, caressantes ou violentes. Tout à coup, la bouche du Nocturne se retrouva contre l'oreille d'Isla.

— Mais, dis-moi, comment te sentiras-tu quand tu auras perdu ?

La gorge serrée, elle pivota… et se baissa sur-le-champ. Il avait cherché à l'atteindre au cou et y était presque parvenu !

Un peu plus et j'y passais.

Le bras droit tendu et le gauche replié dans son dos, elle se releva d'un bond. Elle avait beau se mouvoir avec la légèreté des aigrettes d'un pissenlit portées par le vent, ses passes avant n'en restaient pas moins franches, aussi fermes que sa lame qui faisait partie d'elle, tel un cinquième membre magnifique et étincelant. Chacune de ses attaques se révélait plus rapide que la précédente et, peu à peu, elle trouva son rythme, son allure. Le tempo de sa danse. Elle sentait le sol sous ses semelles comme si elle avait été pieds nus, l'air autour d'elle comme s'il avait été chargé d'électricité. Un grognement lui jaillit du fond de la gorge, et elle continua à repousser Grim toujours plus loin vers le bord de la piste et les badauds assis au-delà.

Ses lèvres ne se réduisant plus qu'à une ligne, le roi des Nocturnes semblait concentré à l'extrême. Isla crut même voir une goutte de sueur lui couler sur la tempe.

— Moi, je vous sens surpris, répliqua-t-elle d'une voix rauque.

Dans les yeux de l'intéressé, plus aucune lueur de malice, rien que de la férocité.

Comme un ouragan, et non sans un grand sourire plaqué sur le visage, la jeune fille effectua alors un tour complet avant de frapper tel un cobra, si fort que Grim, imperceptiblement, chancela.

Isla n'en demandait pas plus. Avec un rugissement belliqueux, elle se jeta en avant pour atterrir juste devant lui et le clouer contre le mur. L'épée de la jeune reine vint se plaquer contre la gorge de son adversaire. Celui-ci lâcha aussitôt son arme, qui tomba à terre avec fracas.

Le nez à quelques centimètres de celui du Nocturne, la Sauvage ahanait, pantelante. Lui la dévisageait comme s'il la voyait pour la première fois. Même si cela l'obligeait à garder la tête levée, elle soutint son regard. Comme elle, il reprenait petit à petit son souffle, sa poitrine se soulevant à chacune de ses inspirations.

— Tout le monde a l'air de l'oublier, dit-elle, mais les Sauvages sont, avant toute chose, un peuple guerrier.

Isla n'avait peut-être aucun pouvoir, cette particularité lui avait peut-être valu de passer sa vie enfermée comme un oiseau en cage, mais elle savait se battre aussi bien que n'importe quel souverain. Terra y avait veillé.

La jeune fille écarta enfin sa lame du cou de Grim et quelqu'un se mit à applaudir. Surprise par ce son isolé dans une arène remplie de milliers de spectateurs, elle fit volte-face.

Le haut-roi. C'était le haut-roi qui l'applaudissait. À nouveau.

Elle se retourna vers le roi des Nocturnes, prête à le découvrir plein de haine. Au contraire, il souriait, affichant une expression proche du ravissement. Il paraissait… enchanté qu'elle l'ait battu.

Ce qui n'avait aucun sens.

Les yeux plissés, elle tenta de percer ses intentions. Jamais encore les motivations d'autrui n'avaient été un tel mystère pour elle. Que cherchait Grim ? À quel jeu jouait-il ?

Encouragés par ceux du haut-roi, quelques applaudissements supplémentaires retentirent dans les gradins avant de se répandre comme une traînée de poudre et bientôt la foule entière acclamait la jeune fille, célébrant sa victoire. Des deux maux qu'elle et Grim représentaient, le moindre l'avait emporté sur le pire.

Toujours aussi perplexe, elle rejoignit les coulisses pour y trouver une Céleste visiblement inquiète. La Stellaire ne pouvait rien dire, pas devant leurs concurrents, mais Isla s'était trop distinguée. Pour espérer être mise en binôme avec son amie, elle aurait dû se contenter de passer l'épreuve sans coup d'éclat, en s'efforçant de ne pas se faire remarquer.

Or, à présent, il ne faisait aucun doute que les insulaires comme les autres souverains se souviendraient d'elle.

Les vainqueurs des deux premiers duels – Oro et Cléo – s'affrontèrent ensuite. La Sélénite offrit une performance impressionnante. Le haut-roi triompha malgré tout, en moins d'une minute, mais pas avant qu'elle ne soit parvenue à lui entailler le bras. La peau du souverain s'était ouverte, écorchée. Son sang avait crépité sur le sable. Pourtant, le monarque des Solariens n'avait pas tenté d'en endiguer le flot.

En son for intérieur, Isla se demandait comment Cléo avait pu oser blesser Oro. La tension dans les tribunes laissait supposer que le public se posait la même question.

Le haut-roi ne prit même pas la peine de quitter la piste. Sa lame fichée dans le sol devant lui et ses mains posées sur la garde de son arme, il resta immobile. Saignant toujours, il fixait la Sauvage. Son adversaire finale.

Son regard était vide, dénué de toute émotion.

Lorsqu'elle s'avança de nouveau dans l'arène, Isla ne tenta pas d'éviter ces yeux éteints. Cette fois, personne ne l'applaudit. Aussi prévisible et rapide que la marée, le soutien de la foule s'était déplacé.

Le son de la cloche, au loin.

Puis, sans tarder, le tranchant d'une épée, fendant l'air devant la jeune guerrière. Elle parvint à lever la sienne à temps, juste à temps, mais cette première attaque n'en fit pas moins trembler son squelette tout entier. Elle en sentit l'impact jusque dans ses molaires.

Un grognement franchit ses lèvres, et elle affermit sa position. Absorbant la violence du choc, inébranlable, elle contra l'assaut.

Oro, lui, continua d'exercer une poussée, et le pied arrière d'Isla commença à glisser, compromettant sa posture. Il cherchait à l'obliger à réagir… et à s'exposer.

La prenait-il pour une idiote ?

Elle attrapa la poignée de son arme à deux mains et s'arc-bouta de toutes ses forces. Comme elle s'y attendait, il entreprit de la repousser avec la même virulence… de sorte que, lorsqu'elle s'effaça au dernier moment, il bascula vers l'avant.

Isla était plus leste, plus vive, elle le savait. C'était là son atout. Mais Oro était plus robuste. Même blessé.

Sa lame trouva celle de la Sauvage avant que cette dernière ait pu tout à fait se redresser, et elle dut lutter pour ne pas flancher. En position défensive, elle parait coup après coup, chacun plus fracassant que le précédent. Oro connaissait sa force. Sa stratégie semblait être de fatiguer son opposante, de faire en sorte qu'elle consacre son énergie à contrer ses frappes plutôt qu'à attaquer. D'attendre que ses bras cèdent.

Elle faillit sourire.

Il ne savait pas que, l'année des douze ans d'Isla, Terra l'avait laissée pendue à la branche d'un arbre, à quinze mètres du sol, pendant près de cinq heures.

« *Tombe et tu te briseras les jambes*, l'avait prévenue son instructrice. *Tu guériras, bien sûr, mais d'ici là, tu pourras faire une croix sur la visite de tes terres.* »

Les terres nouvelles des Sauvages, qu'Isla n'avait encore jamais eu le droit de parcourir. Ce voyage, elle l'avait attendu des années.

La première heure s'était révélée relativement supportable. À cette époque, la jeune fille s'entraînait déjà régulièrement. Elle était résistante.

Deux heures plus tard, elle hurlait. Trois heures, elle n'avait plus de voix. Quatre, l'une de ses épaules s'était déboîtée.

Elle n'avait jamais lâché.

Pourtant, elle n'avait pas été autorisée à visiter son royaume. Ça avait été sa punition, pour avoir crié.

« La douleur, on l'avale comme un remède. Et avec le sourire ! » avait dit Terra en réponse à ses pleurs, avant

de lui remettre l'épaule en place sans aucune forme d'anesthésie. Une leçon supplémentaire.

Le haut-roi ne parviendrait pas à l'épuiser.

Néanmoins, il était dans l'intérêt d'Isla qu'il s'en croie capable. Ses mouvements se firent donc un peu plus lents. Elle fléchit le poignet d'un degré à peine, inclina son épée comme si elle tentait d'affermir sa prise…

Face à cet apparent affaiblissement, Oro se mit à avancer plus vite. Isla, elle, recula d'un pas, puis d'un autre, en trébuchant légèrement. Lorsque, enhardi, il voulut porter le coup de grâce, elle libéra toute l'énergie qu'elle avait en réserve.

La force de sa frappe prit le souverain au dépourvu. Le choc fit trembler sa lame. Saisissant sa chance, la jeune guerrière contre-attaqua sans perdre une seconde, assaillant son opposant de toutes parts. Ce dernier, les sourcils froncés sous l'effet de la concentration, se retrouvait à présent forcé de battre en retraite, de parer chacun des assauts de la Sauvage.

Isla n'était plus qu'à un cheveu du triomphe.

Muée en serpent – celui de sa couronne, tout à coup doué de vie –, son arme, tous crochets dehors, cherchait à lacérer sa cible. Sans relâche, encore et encore, elle s'acharnait. Jusqu'à presque atteindre le cœur du haut-roi. Jusqu'à lui frôler le cou. Prête à en finir, la jeune reine bondit en avant… et hésita.

Juste derrière Oro, elle apercevait Céleste, tel un rappel argenté sous les gradins. Elle n'était pas censée remporter cette épreuve. C'était contraire au plan.

N'as-tu pas envie d'être libre ? s'exclama une voix dans sa tête.

Cette soif-là était plus importante que sa fierté. Qu'une bête victoire. Que tout.

Au dernier moment, Isla visa plus bas, de façon à ce que son adversaire puisse facilement parer son attaque. Quand il le fit, elle desserra les doigts autour de la poignée de son épée, si bien que lorsque celle-ci entra en contact avec celle du monarque, elle s'en alla voler à l'autre bout de l'arène.

Les spectateurs explosèrent de joie. Pas seulement les Solariens, mais les représentants des autres royaumes aussi. Tous les sujets de Lightlark étaient debout, à acclamer leur souverain.

Lui, cependant, la mine suspicieuse, observait attentivement Isla. Il savait. D'une manière ou d'une autre, il avait compris qu'elle l'avait laissé gagner.

À contrecœur, Oro finit par faire remonter la pointe de son épée le long du ventre de la Sauvage, jusqu'à son cœur… avant de l'écarter. Mais son regard, implacable, continuait de peser sur la jeune fille.

Dans l'espoir de s'y dérober, Isla se plia en deux en exécutant une espèce de révérence. Par ce geste, elle reconnaissait sa défaite.

Tandis qu'Oro était déclaré vainqueur de la démonstration, elle se retira dans les coulisses. Ses yeux ne croisèrent plus ceux du monarque. Pourtant, elle sentait toujours le poids de son regard. Loin d'être éteint, il brûlait désormais d'une flamme impitoyable.

CHAPITRE 8
Céleste

La première fois qu'Isla avait vu Céleste, elle s'était sentie soulagée. Dès sa plus tendre enfance, on lui avait parlé de ses futurs concurrents. Quatre d'entre eux étaient effroyablement vieux et expérimentés. Héritiers des premiers souverains des six royaumes, qui s'étaient sacrifiés pour obtenir la prophétie, ils avaient vécu l'avènement des malédictions. Isla aurait beau s'entraîner aussi dur et aussi longtemps que possible, jamais elle ne ferait le poids face à eux. Vedettes de ses cauchemars, ils l'avaient chacun tuée un bon millier de fois dans ses rêves, bien avant que l'invitation au Centennal n'arrive.

La Stellaire, en revanche, restait un mystère pour Isla. Elle était jeune, comme elle, mais encore plus désavantagée, puisqu'à cause de la malédiction de son peuple, elle n'avait ni Poppy ni Terra – personne d'assez sage ni d'assez âgé pour la guider.

Il ne fallait toutefois pas sous-estimer la puissance de ce royaume.

« Cette petite est ton ennemie », disait souvent Terra à sa protégée.

Longtemps auparavant, une espionne avait annoncé aux gardiennes d'Isla que le dernier maillon de la longue lignée des monarques stellaires était une fille : « *L'une de vous sera vaincue.* »

Le maître d'armes avait persuadé sa protégée que les autres participants au Centennal s'en prendraient forcément à Céleste et elle, les deux benjamines du groupe, et qu'une seule survivrait.

« *Il faut que ce soit toi.* »

Résultat, lorsque sa baguette astrale l'avait accidentellement transportée dans le palais des terres nouvelles des Stellaires et que l'ennemie en question lui avait finalement souri au premier regard, Isla avait eu l'impression qu'on lui ôtait un poids des épaules.

— *Je crois que la baguette savait que j'avais besoin de toi.*

C'est ce qu'elle avait dit à Céleste des années plus tard, durant l'une des nombreuses nuits qu'elle passait chez elle, dans le plus grand secret.

— *Et moi de toi*, avait répondu Céleste en serrant les doigts de la Sauvage dans les siens.

Des ennemies ? Non. Des amies.

Des sœurs, même. Ce terme traduisait mieux le lien qui les unissait désormais. Après tout ce temps passé en solitaire, jamais Isla n'aurait imaginé une telle relation. Elle aimait Céleste plus que n'importe qui au monde. Y compris ses gardiennes.

C'était donc tout naturellement qu'elle lui avait révélé son secret, trois ans après leur rencontre. L'amour qu'elle portait à sa camarade l'avait poussée à l'honnêteté.

— *Je comprendrais que tu ne veuilles plus t'associer à moi*, avait-elle dit une fois l'aveu fait. *Vraiment, je le comprendrais.*

Mais Céleste s'était contentée de la serrer fort dans ses bras et de pleurer avec elle. Parce que l'absence de pouvoir d'Isla compliquait tout. Parce que les autres rois et reines finiraient probablement par découvrir ce qu'elle cachait au cours du Centennal et la tueraient dès que le reste de la prophétie serait accompli.

La Stellaire n'avait ouvert la bouche qu'après un long moment.

— *Non. On continue ensemble. Ça ne changera pas*, avait-elle murmuré dans le creux de l'épaule de sa complice avant de prendre le visage de cette dernière entre ses mains pour la regarder droit dans les yeux. *Je te promets que je te protégerai. On sortira ensemble de ce Centennal et on entamera ensemble le reste de notre très longue existence.*

C'était pour cette raison qu'Isla obéissait à Céleste – ou du moins, s'y efforçait. Parce que, en acceptant de s'allier à elle, son amie avait mis en péril non seulement son propre destin, mais aussi celui de son royaume tout entier.

Et voilà qu'Isla avait sans doute déjà tout gâché.

— Je suis désolée, dit-elle en fixant ses orteils.

Elles étaient dans la chambre de Céleste au palais d'Oro. Il était minuit passé. Ainsi, personne n'entendrait leurs chuchotis. Elles savaient que si on les surprenait à se rendre visite, tous leurs projets tomberaient à l'eau. Aussi avaient-elles, jusque-là, évité de se voir.

Mais ce soir-là, Isla avait décidé de courir ce risque.

Céleste secoua la tête, puis elle soupira. Pour s'occuper les mains, elle tressait ses cheveux d'argent. Elle s'affairait souvent de la sorte quand elle se faisait du souci. Avant le Centennal, elle avait même confectionné une couverture tant elle était anxieuse, tricotant pendant des heures et des heures, jusqu'à ce qu'Isla finisse par cacher ses aiguilles.

— Ce qui est fait est fait… répondit simplement la Stellaire.

Le silence s'étira, ce qui mettait toujours la Sauvage mal à l'aise. Elle le remplit donc d'excuses.

— Mais qu'est-ce que j'étais censée faire ? Perdre contre Grim ? Impossible. C'était ce qu'il voulait.

Le sourire du Nocturne dans la défaite laissait pourtant entendre exactement le contraire… Bon, réflexion faite, elle n'avait aucune idée de ce qu'il voulait.

Céleste lui jeta un regard étrange.

— Tu étais censée te débrouiller pour ne pas devenir une cible.

Sans trop savoir pourquoi, si ce n'était que, tout à coup, son interlocutrice l'énervait, Isla leva les yeux au ciel.

La réaction de la Stellaire ne se fit pas attendre. Elle bondit sur ses pieds et l'air se mit à crépiter d'électricité statique. Aucun doute : elle était en colère.

— Tu ne te projettes pas sur le long terme ! gronda-t-elle, les poings serrés. Tous les insulaires te regardaient. Tous les souverains, aussi. Tu as battu Grimshaw en personne ! Tu as failli vaincre le haut-roi ! Tu veux te faire des ennemis ou quoi, Isla ? Tu tiens tant que ça à devenir la personne à abattre aux yeux des autres concurrents ?

L'intéressée évita le regard de son amie.

— Bien sûr que non.

— Dans ce cas, il faut que tu m'écoutes. Nous avons un plan. Passer les démonstrations sans attirer l'attention. N'être rien de plus que les reines jeunes et inexpérimentées qu'ils voient en nous, afin qu'avec un peu de chance, le vainqueur des épreuves décide de nous mettre dans la même équipe. Ce qui nous permettra de chercher le brise-liens et d'agir ensemble sans avoir à dissimuler notre alliance.

Isla fut étonnée d'entendre la voix de sa complice de toujours se briser. Elle n'avait que très rarement vu la Stellaire pleurer.

— Ce qui me permettra de passer du temps avec toi sans que personne trouve ça étrange, continua sa complice. Pour te protéger. (Une larme d'argent lui glissa sur la joue et elle reprit sa respiration, encore tremblante.) Ce que je ne peux pas faire si tu n'écoutes pas.

Soudain honteuse, la Sauvage s'avança et, enveloppant Céleste dans ses bras, elle la serra contre elle.

Si la reine stellaire ne s'était inquiétée que de sa survie et de celle de son peuple, elle aurait abandonné sa jeune homologue. Elle connaissait son secret, après tout. Il n'aurait pas été difficile de le divulguer à l'archipel tout entier, de garantir la disparition des Sauvages plutôt que celle des Stellaires quand viendrait le moment de choisir un souverain et un royaume à sacrifier.

Mais elle n'en avait rien fait, car elles étaient sœurs.

Isla ne méritait pas une telle amie.

— Je suis vraiment désolée, répéta-t-elle. Je te promets de garder le plan en tête et de t'écouter.

Une fois cette question réglée, Céleste lui apprit qu'elle avait déjà fouillé la bibliothèque de l'île des Étoiles.

— La relique n'y était pas, dit-elle.

Et un lieu à barrer de leur liste, un !

Isla rumina sa déception. Tout aurait été plus facile si le brise-liens s'était trouvé là-bas.

— Je vais tout de suite me mettre en quête des gants, poursuivit Céleste.

La Sauvage releva brusquement la tête et planta son regard dans celui de sa camarade.

— Ne me regarde pas comme ça, murmura cette dernière avant de baisser le menton. Tu savais bien qu'on risquait d'en arriver là. C'était même ton idée.

Évidemment qu'Isla savait que cette étape était la suivante. Si le brise-liens n'était pas sur l'île des Étoiles, il leur fallait se procurer de quoi pénétrer dans la collection privée des autres bibliothèques.

Or, pour y parvenir, ces gants enchantés leur étaient indispensables.

Leur réputation n'était plus à faire, même dans les terres nouvelles. Ils permettaient à qui les portait de bénéficier d'une infime part des pouvoirs d'un royaume donné. Isla n'avait eu de cesse d'en chercher une paire, persuadée qu'ils pourraient l'aider pendant le Centennal. Elle n'aurait eu qu'à capter un peu de la capacité de Poppy ou de Terra à manipuler la nature, pour ensuite, en enfilant l'accessoire, simuler…

Malheureusement, se procurer de tels artefacts était dangereux. Le bruit courait qu'ils étaient faits de cuir… humain. Dans les terres nouvelles, il ne s'en vendait que sur les marchés les plus mal famés, et Isla les avait presque tous explorés.

On ne trouvait plus autant de paires de ces gants qu'auparavant. On en fabriquait moins. Ça n'en valait généralement pas la peine : ils ne renfermaient qu'un pouvoir dérisoire, négligeable.

À moins de les destiner à un usage très spécifique.

Céleste et elle réfléchissaient à la façon de s'introduire dans les collections privées des bibliothèques de l'archipel, quand Isla, en désespoir de cause, avait fini par suggérer ces gants.

La Stellaire parut soudain inquiète.

— Tu as l'air sur le point de vomir.

La Sauvage, en effet, se sentait de plus en plus nauséeuse.

— Comment vas-tu faire pour en obtenir une paire ? demanda-t-elle.

Son amie l'observa un instant, puis soupira.

— Ne pose pas de questions dont tu ne veux pas connaître la réponse.

Isla se demanda si elle n'allait pas bel et bien rendre tripes et boyaux.

— Si tu dois les confectionner toi-même, va dans les cachots, dit-elle. Trouve un tueur, quelqu'un d'horrible…

L'attrapant par les épaules à lui en faire presque mal, Céleste la ramena d'une main ferme dans l'instant présent.

— Ça, c'est ma partie du plan. Concentre-toi seulement sur la tienne.

Son amie avait raison. Elle devait se concentrer sur sa partie à elle. Isla s'était proposé de fouiller les trois autres bibliothèques. Dès qu'elle serait en possession des gants, elle pourrait enfin remplir son rôle.

— En parlant de ça… dit-elle.

Ce fut à son tour de dévoiler une mauvaise nouvelle. Elle expliqua à son amie qu'elle n'était pas parvenue à mettre la main sur une tenue solarienne.

La Stellaire eut l'air perplexe.

— Bizarre… commenta-t-elle, les lèvres pincées. Enfin, cela dit, les hauts dignitaires de l'île des Étoiles m'ont appris qu'il se passait de drôles de choses dans l'archipel, depuis le dernier Centennal. Les Solariens se dissocieraient de plus en plus des autres peuples. Ils resteraient dans leur coin, sur leur île, la majorité du temps…

— Tu penses que le haut-roi est derrière ce changement ?

Céleste fronça les sourcils.

— Je ne sais pas trop, mais il ne m'inspire absolument pas confiance.

Oro avait beau lui avoir sauvé la vie le premier jour de la compétition, Isla était du même avis. Et puis, à la suite de leur duel, elle était prête à parier que cette défiance était réciproque.

— Ce n'est pas tout, reprit Céleste. (Encore un obstacle ? La Sauvage se prépara en son for intérieur à y faire face.) Les Sélénites aussi se comportent de manière étrange. Selon la cour stellaire, il y a désormais des gardes postés devant leur pont en permanence. Tous les jours et toute la journée.

Isla ne put retenir un juron. Comment allait-elle se débrouiller pour se glisser sans être repérée sur l'île de la Lune, si l'accès en était surveillé ?

Elle avait le droit de s'y rendre, certes, mais Cléo serait sûrement informée de ses déplacements… et se douterait immédiatement de quelque chose.

— Tu as vérifié leurs informations ? demanda-t-elle.

Céleste hocha la tête. Elle faisait toujours preuve de rigueur.

— Je suis allée me promener de ce côté-là de l'archipel et je te le confirme : il y avait, devant la passerelle, deux sentinelles qui contrôlaient quiconque souhaitait entrer sur l'île.

Oui, eh bien, ce n'étaient pas deux Sélénites qui allaient se mettre entre elles et leur plan !

— Je trouverai une solution, assura Isla.

Après la manière dont elle s'était donnée en spectacle lors de la démonstration de Grim, elle avait hâte de se rendre utile. Avec un peu de chance, cette promesse-là, au moins, elle saurait la tenir.

CHAPITRE 9
Tête couronnée

Heureusement pour Isla, les souverains ne partageaient pas tous leurs repas. Certains soirs, Céleste, Azul, Cléo et Oro mangeaient sur leurs îles respectives. D'autres fois, chacun mangeait dans sa chambre. Les dîners qu'ils prenaient à plusieurs, toujours précédés d'une invitation, se déroulaient dans une atmosphère des plus pesantes, surtout pour Isla, qui devait se contenter de demeurer assise devant une assiette vide. Depuis la scène du premier soir, huit jours plus tôt, le haut-roi avait accédé à la requête de la jeune fille de se sustenter en privé. Les Sauvages avaient beau n'avoir besoin que d'un cœur ou deux par mois pour survivre, on lui en fournissait un par semaine – dont elle se dépêchait évidemment de se débarrasser en secret.

Si ces repas de groupe s'avéraient si désagréables pour elle, c'était aussi en raison des insultes constantes de Cléo à son encontre. La Sélénite avait en effet laissé libre cours à sa hargne dès l'instant où Isla avait eu la bêtise de lui répondre, juste après leur arrivée. La Sauvage regrettait depuis de n'avoir pas su tenir sa langue, en particulier quand elle croisait le regard de Céleste, qui lui rappelait à quel point il était important de rester discrète et de ne pas se faire remarquer.

Isla s'apprêtait à pénétrer dans la salle à manger pour l'un de ces dîners en commun lorsqu'elle se figea net. Il y avait bien trop de voix à l'intérieur. Des dizaines.

Ouvertes par une main invisible, les portes s'effacèrent soudain, révélant une pièce remplie de nobles originaires des différents royaumes de Lightlark. Presque tous tournèrent les yeux vers la nouvelle venue. Sur leur visage, la curiosité le disputait à la peur. L'œil critique, ils observaient Isla aussi attentivement qu'un orfèvre cherchant à détecter la moindre imperfection dans un diamant.

Aussitôt, les leçons de Poppy se mirent à lui marteler le crâne : « *Redresse-toi. Lève le menton. Baisse les épaules. Regarde droit devant toi, ne fais pas attention à eux. Garde tes bras le long de ton corps, les doigts relâchés.* »

Il s'agissait clairement d'une démonstration. Quiconque l'avait organisée avait décidé de n'y convier que la bonne société de Lightlark.

Les souverains, eux, n'avaient pas été prévenus – il y avait souvent des surprises, lors du Centennal.

« *Tu dois être capable d'affronter n'importe quoi* », avait dit Terra à sa protégée.

Ces épreuves étaient l'occasion pour les concurrents de s'évaluer les uns les autres. De repérer les faiblesses de chacun. Et de se voir potentiellement accorder le privilège de former les binômes dont les membres devraient, jusqu'à la fin de la compétition, travailler main dans la main à décrypter la prophétie.

Isla réfléchit : à quel genre de démonstration allaient-ils avoir affaire ? Ses gardiennes avaient établi une liste de toutes celles qui avaient été présentées au cours des Centennaux passés. Certaines étaient plus élaborées que d'autres. Il y avait eu des quêtes. Des concours de dressage de fauves. Des chasses au trésor, même. Des épreuves de force physique, de stratégie ou d'ingéniosité.

La Sauvage ne détectait aucun indice autour d'elle. Elle ne voyait que des tables, où avaient été disposés verres à vin et assiettes en cristal.

Décidément, ça ressemblait à s'y méprendre au décor d'un banquet. Elle se détendit un peu. Peut-être n'était-ce réellement qu'un dîner, auquel les nobles avaient été conviés.

Ils l'avaient vue de loin, durant la première démonstration. Manifestement, elle avait retenu leur attention. Certains laissaient traîner leurs regards plus longtemps que nécessaire aux endroits où sa robe moulait ses courbes. D'autres l'épiaient comme si elle menaçait à tout instant de se dévêtir ou de prendre feu. D'autres encore allèrent jusqu'à reculer d'un pas à son approche, les yeux rivés sur sa bouche ou sur ses mains, craignant sans doute de les découvrir pourvues de crocs et de griffes.

Elle était une tentatrice. Un monstre qui se nourrissait du cœur de ses proies si aisément séduites. Ils pensaient la connaître. En réalité, ils ne savaient rien d'elle.

Comme par magie, Grim se rendit visible non loin d'elle. Quelques-uns des convives eurent un hoquet de stupeur, mais le Nocturne demeura impassible.

Ceux qui n'observaient pas encore Isla ne manquaient pas de le faire, à présent. La tentatrice et le maître des ténèbres. Un duo gagnant.

— Bonsoir, Grim, le salua-t-elle sommairement.

Elle évita son regard. Elle n'avait aucune idée de qui il était ni de ce qu'il voulait, se rappela-t-elle.

— Mangecœur, répondit-il dans un murmure qu'elle seule put entendre.

Il se mit à étudier la Sauvage et sa nouvelle robe pourpre. Ses deux fines bretelles. Le simple lambeau de soie qui lui servait de corsage. Sa taille cintrée, surmontant une cascade de pans d'étoffe qui épousaient le galbe de ses jambes. Ses gants, taillés dans le même tissu que le reste, qui lui montaient jusqu'aux coudes. Bien qu'elle en portât rarement, elle ne s'en était pas privée ce soir-là, ne serait-ce que pour se sentir un peu plus couverte.

Grim la lorgnait sans vergogne, avidement, comme s'il tenait à mémoriser chaque détail de son apparence. Isla ne s'était jamais sentie scrutée avec une telle intensité. Cherchait-il à la mettre mal à l'aise ? Ou à séduire la séductrice ?

Quand ils rencontrèrent ceux de la jeune fille, ses yeux sombres noircirent encore.

— Je ne sais pas ce que je préfère, finit-il par dire. La manière dont tes doigts s'ajustent sur la poignée d'une épée… ou la manière dont cette tenue s'ajuste sur toi.

S'il avait été possible d'assassiner autrui d'un simple regard, Grim serait mort et Isla, coupable d'avoir enfreint la première des règles du Centennal. Mais la fureur de la jeune fille n'eut pour effet que d'étirer un sourire fourbe sur les lèvres de son interlocuteur.

Enhardie, elle s'avança d'un pas vers lui. Si elle ne saisissait toujours pas à quel jeu il jouait, elle avait bien compris qu'il adorait la voir riposter.

— Moi non plus, je ne sais pas ce que je préfère. Repenser à ma lame contre votre gorge… ou m'imaginer à quoi ressemblerait votre cœur encore palpitant dans mon assiette.

Une lueur d'amusement s'alluma au fond des prunelles de Grim. Il se tenait bien trop près d'Isla, qu'il toisait de toute sa hauteur.

— Attention, Mangecœur, souffla-t-il. Je risquerai de vouloir te le donner.

Depuis le début de leur conversation, Isla aurait tout aussi bien pu croire qu'ils se trouvaient seuls dans la salle à manger mais, tout à coup, une salve d'applaudissements la ramena à la réalité, au milieu de la foule qui les entourait. Elle se retourna pour découvrir Azul, posté au bout d'une table déjà occupée par les autres rois et reines.

— Bienvenue à tous, lança-t-il à la ronde. Si vous voulez bien prendre place, nous allons commencer.

Ravie d'avoir un prétexte pour s'éloigner de Grim, la Sauvage se précipita vers la table. Hélas, les deux seuls sièges restants se trouvaient l'un à côté de l'autre.

Parfait...

En fin de compte, il s'agissait bien d'une démonstration et non d'une réception mondaine, même si une multitude de domestiques avaient commencé à apporter des mets de toutes sortes. L'esprit d'Isla filait d'hypothèse en hypothèse. Sur ses gardes, elle analysait tous les éléments à sa portée, se préparant mentalement à l'épreuve qui l'attendait, quelle qu'elle soit.

Les nobles s'étaient assis. La jeune fille balaya du regard leurs costumes et leurs robes, tous confectionnés à partir de tissus éblouissants. Le tailleur avait dû être fort occupé avant le Centennal. D'ailleurs... avait-il déjà remarqué la disparition de deux de ses créations ?

Non, la boutique comptait des centaines de vêtements... Impossible d'en faire l'inventaire tous les jours.

Cela dit, l'homme semblait on ne peut plus dévoué à son art. Peut-être s'était-il tout de suite aperçu qu'on l'avait volé. Si c'était le cas, le signalerait-il ? Soupçonnerait-il la Sauvage, qui avait visité son atelier le matin même ?

— Allons-y ! dit soudain Azul avec enthousiasme, un grand sourire aux lèvres.

Il avait les dents les plus belles et les plus éclatantes qu'Isla ait jamais vues. Ce soir-là, il portait une toge. Pourvue de part et d'autre de découpes triangulaires, elle laissait entrevoir les marques peintes sur les flancs du roi des Azuréens – des symboles qui n'évoquaient rien à la jeune fille. Pour célébrer la fin de leur entraînement ou leurs exploits les plus remarquables, certains Sauvages se décoraient ainsi la peau à l'aide d'une aiguille et d'encre. Isla, elle, n'avait jamais eu le droit de les imiter. Elle n'était pas la seule propriétaire de son corps, disait Poppy. Il appartenait aussi à son royaume, dont elle était la représentante, la bouée de sauvetage, malgré l'infortune qui l'avait frappée à la naissance.

— Ce soir, j'aimerais rendre hommage aux formidables pouvoirs grâce auxquels nous réussirons à briser nos malédictions, annonça-t-il. Vos Majestés, nous ferez-vous l'honneur d'une démonstration de vos facultés ?

Isla faillit lâcher le verre d'eau qu'elle venait d'attraper d'une main distraite.

Les yeux de Grim se posèrent sur les doigts de la jeune fille. Ils tremblaient contre le pied du verre, ridant la surface de son contenu. Si elle n'avait pas été convaincue que ses jambes risquaient de se dérober sous elle, elle aurait été tentée de se ruer hors de la pièce.

Elle n'avait aucun pouvoir à présenter.

Grim… Il pouvait faire s'éteindre les lampes. Il pouvait la faire disparaître, elle, ou au moins créer une diversion. Si elle le lui demandait, il le ferait. Il ne manquerait pas une si belle occasion de semer le chaos. Et puis, même si ses intentions restaient floues, il lui avait déjà offert son aide auparavant.

Pour autant… Isla finirait bien par être obligée de lui expliquer pourquoi elle avait eu besoin de son aide. Le cœur dans la gorge, elle pesait le pour et le contre.

Sans lui laisser le temps d'ouvrir la bouche, Azul reprit :

— Grim. Voilà des siècles que nous n'avons plus accueilli de Nocturnes dans l'archipel. (Il s'exprimait d'une voix quelque peu tendue, méfiante.) Accepteras-tu de passer en premier ?

L'intéressé ne bougea pas de son siège et la Sauvage en vint à se demander ce qui se passerait s'il décidait purement et simplement d'ignorer la question de l'Azuréen. Il finit tout de même par se lever.

Il ne fit qu'ouvrir sa paume et, aussitôt, la pièce changea. Soudain, des dizaines de Grim se tenaient entre les chaises. Tous affichant la même moue narquoise. L'instant d'après, le plafond se crevassa, le plancher se fendit et d'énormes blocs de pierre se mirent à tomber du néant. Des cris perçants se firent entendre…

Puis tout disparut.

La salle à manger avait retrouvé son aspect normal et il n'y avait plus qu'un seul Grim, qui semblait s'ennuyer, comme si son numéro n'avait exigé de lui qu'une infime fraction de miette de son pouvoir.

Le silence régnait parmi les spectateurs. Quelqu'un fit tomber son verre.

Les Nocturnes pouvaient influencer l'esprit de leurs adversaires. Isla le savait. Mais ce dont elle venait d'être témoin, cette vision à grande échelle, n'avait rien d'une petite manipulation mentale.

Elle n'osait imaginer les ravages que pourrait faire une telle faculté sur les champs de bataille… ou lors du Centennal.

Elle observa le haut-roi. Oro regardait Grim d'un œil dur, comme s'il voyait dans l'étalage des pouvoirs du Nocturne une menace, un avertissement de ce dont il était capable.

— Cléo, si tu veux bien prendre la suite, dit Azul avec un peu moins d'entrain que précédemment.

Isla devait trouver un moyen de se tirer d'affaire, et vite.

Terra et Poppy avaient prévu qu'elle se retrouverait peut-être dans cette exacte situation, et elles l'y avaient préparée. Mais leur plan, en plus d'être complexe, reposait sur l'idée que la jeune fille se serait déjà rapprochée du souverain et aurait réussi à subtiliser l'un des objets enchantés de sa collection, une fleur du royaume sauvage, immortelle et capable de se démultiplier. Suivant une série de consignes précises, Isla était censée chercher à mettre la main dessus le plus rapidement possible.

Un objectif qu'elle avait complètement oublié, au profit du plan mis sur pied avec Céleste.

Depuis son premier dîner à Lightlark, elle n'avait même plus adressé la parole au haut-roi, qu'elle évitait autant que possible. Peut-être trop, d'ailleurs, au mépris total de la première phase de la stratégie dégradante de ses gardiennes.

À présent, qu'allait-elle faire ?

Révéler son secret, non seulement à tous les nobles de l'archipel, mais aussi à tous les autres souverains ?

Autant se considérer comme morte à la seconde où l'horloge sonnerait minuit au terme du cinquantième jour de compétition. Céleste ne pourrait pas la défendre contre les quatre autres participants. Elle l'avait reconnu elle-même.

Céleste ! Isla pensa enfin à jeter un coup d'œil à la Stellaire, qui la fixait avec insistance, essayant clairement d'attirer son attention depuis déjà un bon moment. Les yeux écarquillés d'inquiétude, son amie paraissait épuisée.

Isla eut tout à coup l'impression d'être un poids, un fardeau qu'on devait surveiller et protéger en permanence.

Alors, sans vraiment savoir pourquoi, elle sourit à sa complice, avant de hocher imperceptiblement la tête, comme pour lui dire : « Ne t'inquiète pas. J'ai une idée. »

Le problème, c'est qu'elle n'avait jamais été capable d'échafauder le moindre stratagème. Elle suivait simplement ceux imaginés par d'autres.

C'était au tour de Cléo de faire la démonstration de ses pouvoirs. Quand, d'un geste théâtral, elle leva les bras, le vin de chacune des coupes alentour jaillit vers le centre de la salle. Les mains de la reine se mirent ensuite à aller de gauche à droite, comme si elles caressaient une bête féroce, et du breuvage rouge sang finit par surgir un immense requin, doté de trois rangées de dents. Venu du ciel, il fondit sur la foule, sa gigantesque mâchoire grande ouverte… Sans lui laisser le temps de l'atteindre, Cléo serra le poing et l'animal se mua en statue de glace. Ses dents se changèrent en stalactites mauves, qui allèrent se planter profondément dans le sol autour de la Sélénite, en un cercle parfait. Le squale se dissipa alors dans une brume entêtante.

Un tonnerre d'applaudissements ébranla la salle. Aucun des hauts dignitaires ne semblait contrarié que les verres soient désormais vides. Cléo rejoignit sa place, l'air particulièrement contente d'elle.

— Céleste ?

Les épaules crispées, l'intéressée prit son temps pour se lever de table. Isla savait cependant que si son amie était angoissée, ce n'était pas à cause de sa propre démonstration. La Stellaire s'avança d'un pas prudent face à son public, sa chevelure scintillant sous la flamme des chandeliers, puis elle leva un doigt.

La pièce explosa.

Des feux d'artifice se mirent à crépiter dans chaque coin, leurs étincelles d'argent dévalant des hauteurs comme autant d'étoiles filantes miniatures. Dans un concert de trépidations et de sifflements stridents, elles fusèrent d'un bout à l'autre de la salle pour finir par s'écraser contre les murs en une myriade d'infimes particules.

Les spectateurs poussèrent des « oh ! » et des « ah ! ». Certains se risquèrent à effleurer cette poussière cosmique qui se déversait comme une pluie de confettis, nappant les tablées de paillettes. Il s'en posa même un peu sur la tête d'Isla.

La démonstration avait beau être magnifique, la Sauvage n'en eut pas moins un haut-le-cœur. À tout instant, son nom allait être appelé. Il lui fallait une idée… une porte de sortie…

— Eh bien, j'imagine que c'est mon tour, dit Azul avec un sourire affable.

Il se leva avec grâce. Sa cape ondulait dans son sillage, mue par une brise qu'il créait visiblement lui-même. Quand il tourna son poignet vers le plafond, l'air commença à onduler. Trois nuages semblables à du sucre filé apparurent et s'élargirent petit à petit, jusqu'à s'amalgamer. Ils s'assombrirent, avant de s'illuminer d'éclairs : il s'agissait de nuages d'orage. Le tonnerre gronda, puis les nuages se calmèrent et redevinrent aussi blancs qu'une feuille de parchemin. Les nobles les regardèrent flotter vers eux, émerveillés. Leurs doigts passaient sans peine à travers. Lorsqu'ils atteignirent la table d'Isla, elle tendit elle aussi sa main gantée, s'obligeant à sourire malgré la terreur qui lui serrait la gorge.

Il fallait qu'elle trouve une solution… qu'elle trouve quelqu'un pour voler à son secours…

Azul prit une profonde inspiration. Il souffla avec tant de force que les cheveux de chacun des invités présents furent rejetés en arrière et que toutes les capes claquèrent. D'un seul coup, les nuages avaient disparu.

L'Azuréen adressa à Isla un grand sourire. Il n'y avait plus aucun doute sur ce qu'il s'apprêtait à faire, dorénavant, ce qui n'empêcha pas le cœur de la jeune fille de battre à tout rompre quand le monarque prononça son nom.

Impuissante, impuissante, impuissante, scandait la petite voix moqueuse dans sa tête, si tapageuse qu'elle se demandait comment il était possible que personne d'autre ne l'entende.

En comparaison de ses rivaux, qui avaient tous fourni d'incroyables prestations, elle se sentait aussi inutile et quelconque qu'un morceau de charbon au milieu de pierres précieuses. Qu'importe, elle devait faire semblant quelques semaines encore… le temps de trouver le brise-liens.

Céleste ne pouvait pas l'aider. Ses gardiennes non plus. Pas plus que Grim. Elle ne pouvait puiser que dans ses propres ressources.

Elle se leva, non sans sentir les regards braqués sur elle comme autant de projecteurs. Les murmures allaient bon train. La peur et le dégoût se lisaient clairement sur les visages poudrés de l'audience. Les lèvres pincées, sa stratégie tel un puzzle rudimentaire encore à l'état d'ébauche dans son esprit, la Sauvage leur sourit, s'efforçant de paraître sûre d'elle, malgré ses genoux qui tremblotaient sous sa robe.

— Votre Majesté ? Voulez-vous bien m'assister dans ma démonstration ?

Oro la regarda, interloqué. Au fond de ses yeux presque toujours inexpressifs, elle discernait à présent quantité d'émotions : de la curiosité, de l'agacement et peut-être même un soupçon d'appréhension. Mais toutes s'évaporèrent aussitôt. Le temps qu'il se lève, ses traits avaient repris leur masque impénétrable. Toisant Isla de toute sa hauteur, il lui offrit son bras.

Il n'était pas prudent d'attirer ainsi l'attention d'Oro après leur duel, qui avait déjà éveillé ses soupçons. Mais si la Sauvage voulait se tirer de cette épreuve sans que tout le monde remette en question ses capacités, elle n'avait pas d'autre choix que de faire preuve d'audace.

Elle mena le monarque jusqu'à l'extrémité de la table. Signe de sa nervosité, ses doigts serraient ceux du Solarien plus que de raison.

— Restez là, lui dit-elle.

Sans s'attarder sur tous ces visages outrés par son culot – donner des ordres au haut-roi ! –, elle gagna l'autre bout de la salle. Ces gens espéraient son échec avec une voracité qui le disputait à celle que leur inspirait la viande rouge trônant dans leur assiette.

Une à une, en priant pour que ses doigts cessent de trembler, elle ôta ses nombreuses bagues et les posa sur la table la plus proche, devant un Solarien qui, face à tant de richesses, ne put retenir un hoquet stupéfait. Isla enleva ensuite ses gants, mais en garda un dans son poing. De son autre main, elle retira une barrette de sa coiffure.

Cette barrette n'avait rien d'ordinaire. C'était une étoile à lancer, un instrument létal déguisé en accessoire de beauté.

Il régnait dans la pièce un tel silence que, lorsque Cléo ouvrit la bouche, on l'entendit clairement.

— Tu ne nous avais pas dit que tu venais armée aux dîners, Sauvageonne.

Isla releva légèrement le menton, avant de déposer le petit objet dans sa paume.

— Je suis toujours armée, répliqua-t-elle.

Elle aurait juré entendre quelqu'un s'étrangler.

Oro, lui, n'avait pas bronché. Il se tenait toujours immobile face à Isla, à plusieurs mètres d'elle. Sans le lâcher du regard, elle plaça son étoile entre ses dents. Puis elle noua son long gant devant ses yeux.

Les spectateurs, dont elle ne pouvait plus voir l'expression, retinrent leur souffle. Derrière l'étoffe rouge sombre, elle ne voyait plus rien.

Elle récupéra son arme – dont les pointes mortellement tranchantes mordirent la pulpe de ses doigts –, puis elle inspira profondément, le temps que les leçons de Terra lui reviennent en mémoire.

« Calme-toi, petite. Ne te laisse pas ébranler. Tu es une guerrière. Fais en sorte qu'ils te craignent. Fais-leur voir ce que signifie être une Sauvage. »

L'étoile fusa.

Quand elle atteignit sa cible, le tintement caractéristique du métal contre le métal sonna aux oreilles d'Isla.

Elle souleva son bandeau de fortune… et ne put s'empêcher d'afficher un sourire satisfait. Oro, haut-roi de Lightlark, n'avait pas bougé d'un pouce. Mais il fixait à présent sa couronne, délogée de sa royale tête.

Si le diadème tournoya un moment sur le sol avant de s'immobiliser, son fracas métallique retentit encore longuement dans le silence alentour.

Oubliant ses bijoux, la jeune fille s'avança d'un pas nonchalant vers le souverain, qui finit par se décider à tourner les yeux vers elle. Elle ne parvint pas à déchiffrer son regard, mais plutôt que de s'y essayer, elle ramassa la couronne.

— Vous avez fait tomber ça… murmura-t-elle en la lui rendant.

Ensuite, elle regagna sa place.

Elle n'avait pas utilisé une once de pouvoir. Personne parmi les convives choqués par son aplomb, scandalisés même, n'osa pourtant contester sa démonstration. Pendant une fraction de seconde, elle eut même la sensation d'être la plus puissante des six rois et reines.

Cependant, Oro devait encore passer.

Isla s'attendait à ce qu'il produise des flammes. Un brasier dévorant, surgi de ses doigts.

Au lieu de quoi, il se contenta de poser sa main sur la table… et le marbre se transforma en or. Par vagues successives, le précieux métal se répandit sur la pierre, avant de se mettre à dégouliner par terre, jusqu'à recouvrir le sol. En seulement quelques instants, le plancher rutilait.

Un prodige effarant. On racontait que, des milliers d'années auparavant, les Stellaires parvenaient à créer des diamants, et les Sauvages, des émeraudes et des rubis, qui poussaient dans leurs paumes telles des fleurs.

Les Solariens, eux, pouvaient changer des coupes en or. Ce qui exigeait déjà une maîtrise des plus totales.

Oro pouvait-il métamorphoser un être humain en statue dorée ? Pouvait-il se servir de son don pour tuer ses ennemis ?

Chaque participant au Centennal était libre de choisir comment sa démonstration serait évaluée. Azul annonça que, pour la sienne, ce serait aux invités de désigner le vainqueur. Ils avaient simplement interdiction de voter pour leur propre royaume. Comme si cela rendait l'élection plus juste !

Sans surprise, le haut-roi de Lightlark l'emporta de nouveau. Il fallait bien admettre qu'il le méritait. Son exploit les avait tous laissés bouche bée. Même les représentants des Solariens. Manifestement, c'était la première fois qu'ils voyaient leur monarque exhiber ce pouvoir en particulier.

Isla se demandait quels autres secrets Oro pouvait bien cacher.

CHAPITRE 10
Juniper

La nuit avait un goût de sel. Porté par le vent, le parfum de la mer remontait des falaises jusqu'à la cime des arbres sous lesquels était accroupie Isla, aux abords de l'agora.

Certains détails ne se révélaient qu'aux plus patients des investigateurs. Elle le savait et, au cours des années qu'elle avait vécues enfermée dans sa cage de verre, elle avait développé une persévérance à toute épreuve. Cinq jours s'étaient écoulés depuis la démonstration d'Azul. Céleste cherchait toujours à leur fournir les gants enchantés et aucune autre épreuve n'avait été annoncée. La Sauvage avait donc décidé de s'occuper de sa partie du plan. Elle avait passé presque toutes ses nuits à proximité de l'agora à épier et à attendre.

Elle savait à présent quels nobles fréquentaient la galerie laquelle, sous couvert de vendre des œuvres d'art en journée, se transformait en maison close à partir de minuit. Elle savait quelles boutiques disposaient d'accès dérobés et à quelle heure chacune fermait réellement. Elle avait compté le nombre de morceaux que jouaient les musiciens des rues avant de remballer leurs instruments – quatorze, à chaque fois –, et repéré ceux qui allaient systématiquement boire une dernière chopine avant de rentrer chez eux.

Les informations les plus importantes, elle les glanait toujours une fois les derniers Solariens partis, de peur de prendre feu au soleil levant. Lorsque les primes lueurs de l'aube rosaient l'horizon et que les seuls badauds restants sur la place du marché étaient trop ivres pour la remarquer, la jeune fille parcourait les ruelles à l'arrière des bâtisses, les yeux grands ouverts et les oreilles aussi.

C'était d'ailleurs de cette manière qu'elle avait entendu parler de ce tavernier.

L'homme verrouilla sa porte avec la clef qu'il gardait dans la poche bleu ciel de son pantalon impeccablement repassé. Sa serrure était très étrange : il fallait cinq tours pour la boucler complètement.

Quand il se retourna, il ne put s'empêcher de sursauter.

Les mains jointes devant elle, Isla était perchée sur l'un des tabourets branlants de la taverne. L'endroit empestait l'alcool. Des relents de liqueur âcre, pure, concentrée. Impossible de ne pas reconnaître cet effluve, même si Terra et Poppy avaient toujours défendu à la jeune fille de boire la moindre goutte de spiritueux.

« *Tu as déjà constamment la tête dans les nuages*, lui disaient-elles. *Inutile de t'embrumer encore plus les idées.* »

— Les affaires marchent bien, on dirait, commenta la Sauvage en désignant les dizaines de verres vides éparpillés sur les tables après une soirée animée.

Le tavernier sourit, et sa drôle de moustache se recourba de part et d'autre de son nez.

— La vie n'est pas facile à Lightlark, mais quand les temps sont durs, les affaires en profitent toujours.

Même si Isla ne portait pas sa couronne et ne s'était pas non plus habillée de couleurs vives, son interlocuteur n'en fixait pas moins sur elle un œil pénétrant.

— J'ai comme l'impression que vous savez qui je suis, dit-elle.

Sans la quitter des yeux, l'Azuréen se glissa de l'autre côté du comptoir. Il déboucha une bouteille, se servit une bonne dose de son contenu ambré et en avala une gorgée, le tout sans rompre un seul instant le contact visuel.

— Bien sûr que je sais qui vous êtes, Isla Calys, reine des Sauvages. La vraie question serait de savoir si vous, vous savez qui je suis.

Isla avait vu un nombre incalculable d'insulaires entrer dans cet établissement puis en ressortir, trop vite pour y avoir passé un bon moment et sans verre à la main. Certains partaient même sans dégager la moindre odeur d'alcool. Elle en avait suivi quelques-uns et les avait dépassés en les bousculant exprès, pour constater qu'ils n'avaient rien de nouveau dans les poches. Ce qui signifiait que le tavernier ne faisait pas seulement commerce de boissons. Il vendait aussi une autre marchandise, invisible et cependant inestimable. Les ragots que la Sauvage avait grappillés dans la rue n'avaient fait que confirmer ses soupçons.

— Vous êtes celui que les habitants de l'archipel viennent voir quand ils ont besoin d'informations.

L'homme plissa les lèvres, l'air de réfléchir. Puis il reposa son verre et s'inclina.

— Juniper, à votre service.

— Quel est votre tarif ? demanda Isla.

Elle n'était pas venue les mains vides. Sans attendre de réponse, elle déposa une poignée de gemmes sur le comptoir, à côté d'un gros tas de pièces de monnaie. Pour obtenir un renseignement valable, elle était prête à mettre le prix qu'il faudrait.

Juniper regarda la pile de pierres précieuses et sourit de nouveau.

— Le paiement que je requiers est d'une tout autre nature…

Le souffle de la jeune fille se coinça dans sa gorge. Qu'insinuait-il ?

Il avait dû remarquer sa crispation soudaine, car il ajouta aussitôt :

— Je fais trafic de secrets, très chère.

— De secrets ?

Juniper hocha la tête.

— Donnez-moi l'un des vôtres… et je me ferai un plaisir de vous fournir l'information que vous voudrez.

Le simple fait de parler de secrets glaçait le sang de la jeune fille. Tous ceux qu'elle taisait étaient synonymes d'une mort certaine. Elle se redressa.

— Je n'en ai aucun à vous confier, répondit-elle d'une voix ferme.

Juniper se contenta d'un sourire.

— Nous savons tous les deux que c'est faux.

Elle manqua de s'étouffer. Que savait-il d'elle, au juste ?

La panique commençait à la submerger. Un flux de bile lui remonta dans la gorge. Elle était à deux doigts de s'enfuir en courant.

Mais pour espérer s'introduire dans la bibliothèque de l'île de la Lune, elle avait besoin de ce renseignement. Pour se ressaisir, elle se força à respirer lentement.

— J'ai laissé le haut-roi gagner, lors de la première démonstration, lâcha-t-elle sans se laisser le temps d'hésiter. J'aurais pu le battre, mais je ne l'ai pas fait.

Juniper aussi prit une grande inspiration, comme si ce secret le revigorait.

— Ça fera l'affaire, dit-il. Que désirez-vous savoir, Votre Majesté ?

Afin qu'il puisse l'entendre, Isla se pencha en avant.

— Je veux savoir comment pénétrer sur l'île de la Lune à l'insu des gardes du pont, chuchota-t-elle.

Le tavernier posa un doigt sur ses lèvres, visiblement en pleine réflexion.

— Il n'y a jamais aucune sentinelle en faction à cet endroit à la pleine lune. Les nuits où survient leur malédiction, les Sélénites se terrent tous dans leur château.

Parfait.

— Et quand aura lieu la prochaine pleine lune ?

— Au vingtième jour du Centennal, répondit Juniper comme s'il avait su qu'Isla lui poserait la question.

Plus qu'une semaine à attendre, en somme.

— Merci…

Elle mourait d'envie d'en savoir plus sur les bibliothèques qu'il lui restait à visiter. Où étaient-elles situées, exactement ? Quel était le meilleur moyen pour s'y faufiler en secret ?

Mais elle ne pouvait en dévoiler davantage au tavernier, concernant le plan que Céleste et elle avaient élaboré. Ce serait dangereux. De la folie.

Prête à s'en aller, elle descendit de son siège.

— Oh, et, très chère ? reprit Juniper, ses doigts pianotant sur le comptoir.

Isla se figea dans son élan. Par-dessus son épaule, elle tourna la tête vers l'Azuréen.

— Plusieurs tenues ont disparu de chez le tailleur, dit-il. Vous ne sauriez rien de ce mystère-ci, par hasard ?

La gorge de la jeune fille se noua. Ses traits, cependant, ne la trahirent pas. Grâce à l'entraînement de Poppy, son visage ne reflétait que rarement ses émotions.

Le Centennal était une compétition. Pour tout le monde. L'existence des insulaires aussi était en jeu. Il fallait qu'Isla s'en souvienne. Qu'elle se rappelle qu'elle ne pouvait se fier à personne. Et surtout pas à un individu comme Juniper.

Un sourire étira ses lèvres.

— Ce secret-là, je le garde pour une prochaine fois.

Puis elle quitta la taverne par la porte de service.

CHAPITRE 11

Peurs inavouées

Le tailleur savait donc que certains de ses vêtements avaient disparu. Isla et Céleste devaient trouver le brise-liens, et vite, avant que l'un des autres souverains n'ait vent de ce vol et ne commence à avoir des soupçons.

Le problème, c'était que la Sauvage ne pouvait entamer ses recherches dans les différentes bibliothèques tant que la démonstration de sa camarade n'avait pas eu lieu. C'était en effet cette épreuve qui fournirait à Isla le dernier élément dont elle avait besoin pour se mettre en quête de la relique enchantée.

Heureusement, le petit carton doré tant attendu par les deux amies avait été remis à la Stellaire dès le lendemain. Chaque participant au Centennal, quand il recevait ce message envoyé par Oro, avait deux jours pour procéder à sa démonstration.

Céleste avait décidé de présenter la sienne sans attendre.

Lorsque Ella était venue frapper à la porte d'Isla, celle-ci avait pris tout son temps pour aller lui ouvrir, comme si elle n'avait pas déjà revêtu la tenue parfaite pour ce qui s'annonçait. Comme si ça ne faisait pas des heures qu'elle analysait tous les scénarios possibles lors de cette nouvelle étape. Comme si, ce jour-là, elle n'avait pas, par le plus grand des hasards, demandé que son repas lui soit livré plus tôt que d'habitude.

La convocation que lui avait tendue la domestique avait été rédigée sur un papier argenté, étincelant. De son écriture parfaite, Céleste y avait inscrit :

Venez affronter vos peurs.
Où ? Dans la salle de verre.
Quand ? Maintenant.

Isla avait suivi Ella à travers le palais. Elle n'avait jamais été dans l'aile où elles se trouvaient à présent, mais celle-ci paraissait très ancienne et figée depuis des centaines d'années.

Les murs étaient couverts de tableaux. Des portraits. Ceux des anciens rois et reines solariens. La Sauvage aperçut celui qui devait, à coup sûr, être le prédécesseur d'Oro : son frère aîné, Egan. Il avait régné pendant des siècles avant de se sacrifier, la nuit des malédictions. Isla lui trouva les mêmes cheveux blonds qu'à son cadet. La même ligne de sourcils.

Egan, cependant, avait un regard pétillant de vie. Une lueur de joie au fond des yeux. Rien à voir avec son frère.

Mais Oro avait-il toujours eu ce caractère exécrable ? Les cinq cents années qu'avaient déjà duré les malédictions l'avaient peut-être simplement aigri…

Transparentes à l'origine, les vitres de la salle de verre avaient été dépolies afin d'étouffer l'éclat du jour et de protéger les Solariens. Isla se demanda si Oro prenait ne serait-ce que la peine d'ouvrir ses volets la nuit, étant donné qu'oublier de les refermer avant l'aube aurait été synonyme de mort.

Puis elle se rappela le moment où il l'avait sauvée. Il se tenait sur un balcon. Il était sorti dès que le soleil s'était couché, comme s'il avait à tout prix voulu se trouver à quelques centimètres, à quelques minutes de sa lumière. Juste à côté.

Quelle torture ! Les malédictions, chacune à leur façon, étaient toutes si cruelles.

Céleste était déjà sur place. Elle s'entretenait avec un groupe de nobles de son peuple. Sa cape, confectionnée spécialement pour l'occasion, était magnifique. L'artisan stellaire qui l'avait tissée était parvenu, on ne sait comment, à produire une soie si fine, si translucide, qu'elle ressemblait presque à du cristal. Sur l'étoffe légèrement argentée scintillait une myriade d'étoiles opalines, cousues le long de l'ourlet.

Isla se retint de sourire à son amie. Mieux valait qu'elles ne s'adressent pas même un regard.

Le haut-roi était là aussi, en compagnie de ses propres aristocrates, de ses conseillers et de quelques riches insulaires arborant chaînes et boutons de manchettes en or, parés du précieux métal au point d'avoir l'air de statues créées par le souverain lui-même.

Cléo entra bientôt, escortée par les membres de son entourage, qui, telle une escouade de gardes, ne la quittaient pas d'un pouce.

Azul, enfin, s'esclaffait au milieu de membres de son peuple, se comportant avec eux plus comme un égal que comme un chef.

Isla, elle, était seule. Sans aucun compagnon. Même Ella l'avait abandonnée pour aller attendre en retrait avec les autres domestiques.

Grim n'avait personne non plus. Quand il apparut de l'autre côté de la pièce, les hauts dignitaires qui se trouvaient à proximité détalèrent comme autant de cafards.

Les yeux noirs du Nocturne trouvèrent ceux de la Sauvage et elle vit dans ce regard qu'il la comprenait : ils étaient tous les deux isolés.

Était-ce pour cette raison qu'il l'avait aidée ? Parce qu'il savait ce qu'elle pouvait éprouver ?

Non… Grim était un ennemi, un point c'est tout. Elle devait s'en convaincre.

— Bienvenue, commença Céleste.

Elle se tenait près d'un objet de haute taille, dissimulé sous un drap. On aurait dit une sculpture.

Ce n'en était pas une.

— Ma démonstration vous invite à défier vos peurs. Quiconque parviendra à surmonter sa plus grande crainte en premier sera déclaré vainqueur.

Au bout de la salle, un sablier d'argent avait été installé et décomptait déjà les secondes.

Les participants au Centennal préparaient toujours leurs démonstrations respectives avec soin. Si certaines visaient à mettre en avant la supériorité de l'organisateur et d'autres à exposer les faiblesses de tel ou tel opposant, d'autres encore, comme celle-ci, avaient un but beaucoup plus mystérieux.

D'une main gantée d'argent, Céleste tira sur le tissu brillant, révélant un immense miroir – une relique stellaire qu'elle avait fait venir tout droit de ses terres. Pendant plus d'un an, Isla l'avait vu posté tel un spectre dans un coin de la chambre de sa camarade. Comme il ne pouvait être utilisé qu'une seule fois par un individu donné, la

Sauvage n'avait pas pu s'entraîner. Mais elle était presque certaine de savoir ce que serait sa plus grande hantise.

— Qui veut commencer ? demanda Céleste.

C'était une bonne épreuve. La peur était sans doute le plus gros point faible des souverains. Ce que chacun redoutait le plus pouvait condamner son royaume.

Ce n'était pourtant pas pour cette raison que la Stellaire tenait à les confronter à leurs angoisses.

Le haut-roi s'avança. Dès qu'il posa sa paume sur la surface du miroir, celle-ci se rida, ondulant comme de l'eau dans une coupe.

Puis, tout à coup, elle s'immobilisa. Tout comme Oro.

Un long moment, il mena un combat invisible aux yeux des autres. La main toujours plaquée sur la glace, il se contentait de la fixer d'un œil vide. Seuls ses sourcils, de temps à autre, se fronçaient brusquement.

Tout le monde avait peur de quelque chose. Isla se demanda ce qui pouvait bien terroriser le souverain. Selon Céleste, quand on touchait le miroir, on se retrouvait enfermé à l'intérieur jusqu'à ce qu'on réussisse à conquérir sa plus grande crainte. En cas d'échec, on pouvait y rester coincé pour toujours. Nombreux étaient ceux qui avaient péri en voulant se mesurer à la relique.

Enfin, Oro se redressa. Le sortilège avait été brisé, si bien que la paume du haut-roi fut libérée.

Il avait triomphé en trois minutes seulement.

La gorge d'Isla se serra. Oro avait plus de cinq cents ans d'expérience. Que se passerait-il si, contrairement à lui, elle faisait attendre les spectateurs pendant des heures ? Que penseraient-ils d'elle, de ses capacités ? De sa légitimité à survivre au Centennal ?

Et si elle demeurait captive du miroir, sans parvenir à le battre ?

Isla avait beau savoir à quel point le fait d'avoir recours à cette relique était nécessaire pour leur plan, elle se surprit soudain à regretter que son amie n'ait pas choisi une autre épreuve.

Ce fut ensuite au tour d'Azul. Il mit cinq minutes à rompre le charme. C'était bien plus que le haut-roi, quoique toujours peu.

Lorsqu'il s'éloigna du miroir, Isla ne put s'empêcher de remarquer son expression. Moins radieuse que d'habitude, elle paraissait hantée.

Qu'avait-il donc vu ? Quelle peur avait-il été contraint d'affronter ?

Les paumes de la jeune fille devinrent moites. Elle les essuya sur sa cape avant d'inspirer profondément. *Maîtrise-toi, enfin !*

Dès que Cléo posa sa main sur le miroir, Isla sut que les choses allaient se passer différemment. Le verre ne se froissa pas autant que pour les deux concurrents précédents. La reine ferma les yeux, puis se figea complètement, comme gelée sur place.

Ses paupières mirent deux minutes à peine à se rouvrir.

Un hoquet de stupeur s'éleva du public. Cléo avait battu le haut-roi lui-même. De plus d'une minute !

La mâchoire d'Isla se contracta. La Sélénite devait décidément être sans-cœur. Ou sans peur. Deux atouts redoutables chez un adversaire.

Grim s'acquitta de sa besogne en à peine moins de trois minutes.

Céleste en cinq.

Puis ce fut le tour d'Isla.

Elle s'avança vers l'imposante relique dans un silence absolu. Le claquement de ses talons retentissait à travers la pièce. Ses genoux tremblaient sous sa robe qui, heureusement, lui descendait jusqu'aux chevilles.

Bien trop tôt à son goût, elle se retrouva à lever une main devant elle. Ses doigts tressaillirent imperceptiblement quand elle les posa sur le miroir.

Le verre se mit à bouger, à gondoler…

Et, d'un seul coup, Isla fut aspirée de l'autre côté.

CHAPITRE 12
En mille morceaux

Elle atterrit dans un univers de cristal.

Au cours des mois qu'elle avait passés à anticiper cette démonstration, elle avait fini par déterminer ce qu'était sa plus grande peur : décevoir son royaume.

Elle s'était donc attendue à découvrir une plaine jonchée de cadavres de Sauvages. Des forêts réduites en cendres. Terra et Poppy mortes à ses pieds.

Mais à présent qu'elle vivait réellement cette épreuve, Isla ne voyait autour d'elle ni dépouilles, ni flammes, ni faune ou flore agonisante.

Rien qu'une chambre. Sa chambre du château sauvage, dans le même état qu'à son départ. Propre. Plutôt rangée. Sur la gauche, brillant de mille feux, son mur d'épées semblait lui dire bonjour.

Isla s'attendit à être submergée de soulagement. Après deux semaines entourée d'étrangers dans un archipel où elle n'avait jamais mis les pieds et où les secrets régnaient en maîtres, elle était de retour dans cette pièce si familière…

Pourtant, elle ne ressentait qu'une terreur indicible.

Si elle échouait, voilà ce qui l'attendait. Le reste de sa courte existence mortelle, maudite et sans pouvoir, elle le passerait à nouveau recluse en ce lieu. On la forcerait à avoir un enfant, son royaume ayant besoin d'un meilleur monarque pour le Centennal suivant.

Elle continuerait à vivre cachée. Comme avant, elle n'aurait le droit d'emprunter à la bibliothèque qu'un livre à la fois. Elle ne côtoierait son peuple que de loin, au mieux.

Son avenir serait orchestré par d'autres – des Sauvages plus sages qu'elle, dont l'horizon ne se réduisait pas qu'à quelques panneaux de verre.

Sa baguette astrale resterait son seul moyen de voyager, clandestinement, et elle n'aurait même plus le loisir de s'entraîner puisqu'elle n'aurait plus de raison de le faire.

Ses compatriotes et ses terres continueraient de mourir. Les fleurs s'éteindraient, variété après variété. Les Sauvages, incapables de tomber amoureux, seraient contraints de tuer pour survivre, devenant chaque jour un peu plus les bêtes féroces que les autres royaumes voyaient déjà en eux…

Non.

Isla ne pourrait accepter une telle existence.

Lightlark regorgeait certes de dangers, mais aussi de merveilles. À présent qu'elle avait goûté à la liberté, la Sauvage savait qu'elle ne pourrait plus s'accommoder de sa prison de verre.

Désormais, elle attendait davantage de la vie.

Elle posa les yeux sur son reflet dans les vitres face à elle et, soudain, comme animé par ses pensées, cet alter ego se mit à se mouvoir de lui-même.

Elle le regarda arpenter la pièce. S'étendre sur le lit. Ouvrir un livre – toujours le même, encore et encore.

Les mouvements de ce double se firent de plus en plus rapides, au point de devenir flous, et les jours défilèrent, trop vite, comme si le temps n'arrêtait pas de bégayer, encore et encore. Bientôt, le reflet se mit à déchirer les pages de l'ouvrage au lieu de les lire. À marteler les fenêtres de ses poings plutôt que de scruter le paysage de l'autre côté. À s'arracher les cheveux plutôt que de les tresser. À soulever, une par une, les lames du plancher, les doigts en sang, en quête d'un objet inconnu… Sa baguette astrale ? Ses gardiennes avaient-elles fini par la trouver et s'en débarrasser ? Plusieurs années semblèrent filer ainsi en quelques secondes. Au bout du compte, tandis que le temps poursuivait sa course, le reflet d'Isla s'immobilisa au milieu de la chambre. Son corps s'affaiblit, son crâne se dégarnit, son âme s'arracha de sa poitrine… jusqu'à ce qu'il ne reste plus la moindre étincelle dans ses yeux.

Isla ne supportait pas de se voir ainsi. Vide. Privée de ce qu'il y avait de meilleur en elle. Elle tendait la main vers son image pour la consoler quand, soudain, elle se rendit compte que c'était elle qu'elle regardait. Son cœur battait à tout rompre.

Serait-ce là son destin, si elle ne gagnait pas le Centennal ? Était-ce ce qu'elle était vouée à devenir ? L'ombre d'elle-même ? Une prisonnière ?

Le décor tangua, un grincement retentit… et la pièce se mit à rapetisser.

Isla sursauta, puis se rapprocha du centre. Sans qu'elle comprenne comment, les murs avaient bougé, le sol avait rétréci.

La pièce rapetissait de plus en plus.

Les vitres se ratatinaient en vibrant bruyamment. Les flacons de parfum tombèrent de la coiffeuse pour s'écraser sur le carrelage, bientôt rejoints par les palettes de maquillage abandonnées par Isla, taches de couleur hémorragiques, nuages de poudres irisées.

La pièce rapetissait encore.

Le sang de la jeune fille lui battait aux tempes, tel un avertissement. Ses doigts tremblaient, la sueur perlait sur son front. Sa chambre allait l'avaler tout rond, la presser contre ses fenêtres jusqu'à ce que son reflet et elle ne fassent plus qu'un.

La pièce rapetissait toujours.

Le plafond se tordit d'un seul coup et faillit l'écraser sur place. Les murs ployaient, toujours plus petits. Le lit d'Isla avait disparu, ses affaires étaient en charpie et tout autour d'elle continuait de rétrécir, de s'amenuiser.

C'était vraiment ce que lui réservait le sort. Son double venait de le lui montrer. Elle resterait piégée à jamais dans sa chambre. Tel un secret trop honteux pour être révélé. Une malédiction trop lourde à porter.

La pièce geignit à nouveau, et le squelette même d'Isla frémit, comme tout ce qui, alentour, se retrouvait dévoré, tordu ou emmêlé.

Non ! Hors de question.

Ses efforts ne seraient pas vains. Elle ne s'était pas démenée toutes ces années pour finir victime de cette chambre et des circonstances.

Avant de découvrir Lightlark, elle n'avait pas eu conscience de ce qu'elle ratait. Mais à présent qu'elle savait tout ce que le monde extérieur avait à offrir, elle ne voulait pas en perdre une miette.

Elle voulait tout, et plus encore !

Jamais elle ne consentirait à revenir se terrer dans le château sauvage. Elle briserait sa malédiction… quitte à y perdre la vie.

Malheureusement, elle n'avait plus le temps de tenter quoi que ce soit. Il était trop tard. Les parois encore debout s'effondrèrent sans qu'elle ait pu esquisser le moindre geste. Les fenêtres volèrent en éclats et une constellation de bris de verre recouvrit son corps. Avant qu'elle ait pu l'éviter, un des énormes panneaux transparents s'abattit sur elle sans se casser. Ses poumons se vidèrent de leur air. Tout devint noir. Silencieux. La vitre l'écrasait tellement qu'elle ne parvenait plus à respirer.

Était-elle définitivement passée de l'autre côté du miroir ? Avait-elle fini par se confondre avec son reflet ?

Elle tenta de remuer un pied, une jambe ou n'importe quelle autre partie de son anatomie… et réussit finalement à tâter les environs du bout des doigts. Seule une de ses mains était piégée sous le carreau.

Donnez-moi une chance, imlora-t-elle ses os fracassés. *Rien qu'une chance, et je vous promets de nous soustraire à cet avenir.*

En désespoir de cause, ses doigts tâtonnèrent jusqu'à rencontrer une lame, qui les entailla comme du beurre. Sous les décombres, un sourire étira les lèvres d'Isla. C'était une de ses épées. Elle se saisit de l'arme, brisa d'un seul coup le verre qui l'oppressait… et étouffa un hoquet de stupeur.

Elle était de retour dans le palais d'Oro.

La surface du miroir était redevenue plane. Son reflet la dévisageait, dérouté. Mais cette fois, il ne bougea pas de son propre chef.

La jeune fille détacha sa main de la relique. Sa paume était glacée.

Il n'y eut pas d'applaudissements. À vrai dire, personne n'émit le moindre son quand la Sauvage recula, mettant fin à la démonstration. Cléo fut déclarée gagnante et tout le monde s'en alla.

Isla demeura dans la salle jusqu'à ce qu'il n'y restât plus qu'elle, son amie stellaire et le miroir.

— Combien j'ai fait ? se résolut-elle à demander.

Sa performance avait dû être bien plus mauvaise que celle des autres souverains. C'était sûrement pour cette raison que les spectateurs s'étaient empressés de quitter les lieux, que personne n'avait osé croiser son regard et que Céleste n'avait pas hoché la tête, ne s'était pas gratté le nez… bref, n'avait usé d'aucun des gestes dont elle se servait en général pour signaler en secret qu'elle avait à lui parler.

— Six minutes, dit la Stellaire avant de lui jeter un regard perplexe. Tu n'as pas regardé le sablier ?

Six minutes ? Pas si mal, en fin de compte.

Isla ne prit pas la peine de répondre à la question de sa complice. Elle n'avait pas envie d'admettre qu'elle avait craint le résultat. Qu'elle était encore à vif.

Elle avait peut-être terrassé sa peur dans le miroir… mais elle se sentait plus terrifiée que jamais.

À présent que son inquiétude la plus profonde avait pris forme sous ses yeux, s'était incarnée, elle était prête à tout pour empêcher cette projection de devenir réalité. C'était sans doute ça, le plus effrayant.

Céleste tournait autour de la relique, l'inspectant avec attention. Isla la regardait faire sans oser s'approcher.

Au bout d'un moment, la Stellaire joignit les mains, un grand sourire aux lèvres.

— Ça a fonctionné.

La Sauvage releva la tête.

— Comment tu le sais ?

Sur un claquement de doigts de Céleste, une nuée d'étincelles illumina la salle. Sur le miroir, des traces argentées luisaient. Les empreintes laissées par les six participants au Centennal. La relique avait engrangé l'essence de chacun d'entre eux.

La Stellaire tira des gants de sa poche. Ils étaient si fins qu'ils en semblaient transparents. Isla faillit rendre son dîner. Céleste avait fait ce qu'elle devait. Elle avait rempli sa mission.

La Sauvage ouvrit la bouche, prête à demander à son amie si elle avait déniché cette paire de gants dans quelque marché occulte de Lightlark ou si elle avait dû… Mais le regard que lui jeta la reine aux cheveux argentés la persuada de garder sa question pour elle.

La mine concentrée, Céleste entreprit d'enfiler les gants. Quand elle les fit glisser sur sa peau, ils se plissèrent avec un froissement qui évoquait à la fois celui du papier et celui du cuir. Isla ne put retenir une grimace. Une fois équipée, la Stellaire plaqua ses paumes sur les empreintes du miroir. Les marques pénétrèrent peu à peu dans les accessoires enchantés et, avec elles, le pouvoir que la relique avait soustrait à chacun des concurrents. En quantité infime, bien sûr, trop faible pour servir lors d'un combat ou en faire étalage.

Mais dans chacune des bibliothèques de Lightlark, la collection privée où chaque peuple renfermait ses possessions les plus précieuses était verrouillée par des enchantements qui ne laissaient passer que le souverain du royaume concerné.

Munie de ces gants, Isla pourrait entrer partout.

Dorénavant, elle avait tout ce qu'il lui fallait pour se mettre véritablement en quête du brise-liens.

CHAPITRE 13
La tour azuréenne

Les deux amies se retrouvèrent dès le lendemain soir. Céleste considéra le matériel disposé devant elle d'un œil dubitatif.

— C'est vraiment tout ce qu'il nous faut ?

— Oui.

C'était du moins tout ce qu'Isla pensait qu'il leur fallait pour concocter un baume capillaire.

Quinze jours s'étaient déjà écoulés depuis le début de la compétition. La Sauvage tenait à fouiller une deuxième bibliothèque dans les plus brefs délais. Le brise-liens n'était pas sur l'île des Étoiles mais, avec un peu de chance, il se trouverait dans la collection privée de l'île du Ciel. Dans le cas contraire, Isla serait obligée d'attendre la pleine lune pour s'introduire sur l'île des Sélénites. Pour ce qui était de l'île du Soleil, elle ne savait toujours pas comment y pénétrer incognito.

Elle tentait malgré tout de rester optimiste. Il se pouvait qu'elle mette la main sur le brise-liens avant la fin de la soirée. Céleste et elle pourraient ensuite l'utiliser, et leurs deux lignées seraient aussitôt débarrassées des malédictions qui les accablaient. Isla récupérerait les pouvoirs dont elle avait été privée à sa naissance, les

Sauvages n'auraient plus à tuer leurs bien-aimés ni à se nourrir de cœurs humains, et Céleste – comme tous les Stellaires – pourrait fêter son vingt-sixième anniversaire.

Pour les deux camarades, le brise-liens était la clef de la liberté. Or, afin de s'en emparer, elles ne pouvaient compter en cet instant que sur les maigres directives d'une recette de teinture pour cheveux.

Isla tendit le parchemin déchiré entre elles deux. N'ayant, bien entendu, pas pu requérir l'aide de Poppy, elle s'était contentée d'arracher la page d'un des grimoires de sa gardienne, puis de lui subtiliser quelques produits qu'on ne trouvait que sur les terres sauvages. Il n'y avait plus qu'à prier pour que tout se passe au mieux.

Elle relut une dernière fois la liste des ingrédients.

— Eau de rose.

Le flacon qu'elle avait pris dans la coiffeuse de sa professeure de séduction était bien là.

— Essence de feuille de frêne.

Elle n'avait qu'une feuille de frêne entière, qu'elle était parvenue à débusquer lors d'une expédition de dernière minute dans la forêt, mais elle espérait que cela suffirait.

— Terreau de tulipe métamorphe.

Ça, Isla en avait. Elle en avait soustrait une petite pelletée dans les réserves de sa gardienne. La fleur enchantée en question ne poussait que sur le littoral des terres nouvelles des Sauvages, là où l'arrière-arrière-grand-mère de la jeune fille en avait planté un pied venu tout droit de Lightlark. Dans l'espoir de recréer un écosystème semblable à celui qu'ils avaient dû quitter à cause des malédictions, les Sauvages avaient emporté dans leur fuite nombre de végétaux présents dans l'archipel.

Malheureusement, depuis qu'Isla était venue au monde, beaucoup avaient disparu.

Elle versa une fraction de son sachet de terreau dans la cruche d'eau bouillante qu'elle avait demandé à Ella pour soi-disant se faire une tasse de thé.

Pour terminer, elle avait besoin d'un peu de la teinte dont elle souhaitait parer sa crinière. Même si Azul avait les cheveux noirs, la plupart des Azuréens arboraient plutôt une chevelure pervenche. Était-ce la mode, une façon de célébrer la source de leurs pouvoirs ou simplement leur couleur naturelle, comme l'argent pour Céleste ? Isla n'en avait aucune idée.

Tout ce qu'elle savait, c'était qu'il lui fallait se fondre dans la masse et que c'était la nuance qui attirerait le moins l'attention sur elle.

La recette recommandait d'ajouter au mélange un pétale de la couleur désirée, mais il n'y avait aucune fleur bleue sur les terres sauvages. À la place, Isla déchira avec précaution l'ourlet de la robe volée au tailleur et jeta le lambeau de tissu dans la potion.

Celle-ci produisit quelques bulles, puis commença à épaissir. Sous les yeux des deux amies, elle forma bientôt une espèce de pâte.

La Stellaire se pencha au-dessus du pichet pour en examiner le contenu avec circonspection.

— C'est censé avoir cette consistance ?

— Je n'en sais rien, marmonna Isla.

Tout à coup, elle ne se sentait plus si sereine. Elle ne s'apprêtait pas seulement à se glisser en cachette sur l'île d'un autre souverain. Elle allait tout bonnement se faire passer pour la ressortissante d'un autre royaume. Bien qu'aucune des règles du Centennal ne l'interdît, agir de la sorte restait dangereux.

Personne ne devait la reconnaître, ou le plan fomenté par Céleste serait immédiatement compromis. Et Isla aussi. Autrement dit, pas le choix, il fallait que ce baume capillaire magique fonctionne.

— Ça a suffisamment refroidi, annonça la Stellaire après avoir plongé un doigt ganté dans la mixture.

Les deux jeunes filles emportèrent leur préparation dans la salle de bain. Isla s'assit dans la baignoire et sa camarade entreprit d'enduire sa longue chevelure brune de la pommade bleuâtre. En silence, avec délicatesse, Céleste recouvrit d'abord ses racines, avant de descendre peu à peu vers les pointes.

— Qu'est-ce que ça donne ? s'enquit la Sauvage quand elle eut l'impression que la quasi-totalité de ses cheveux avait été traitée.

La Stellaire ne répondit pas.

En proie à la panique, Isla se retourna… et découvrit une ébauche de sourire au coin des lèvres de sa complice de toujours.

— Qu'est-ce qu'il y a ? s'alarma-t-elle.

Céleste éclata de rire.

— Rien, la rassura-t-elle. Tu as juste l'air différente. Mais c'est réussi. La couleur est presque parfaite.

— Comment ça, « presque » ?

La Stellaire balaya les inquiétudes d'Isla d'un revers de main.

— Au clair de lune, personne ne s'en rendra compte. Et dans la bibliothèque, à cette heure, il n'y aura pas un chat…

La Sauvage poussa un grognement. Encore une excuse, encore un élément sur lequel elle n'avait aucune prise alors même qu'il était indispensable au bon déroulement de sa mission.

C'était le terreau de tulipe métamorphe qui conférait à la teinture ses propriétés magiques. Sans lui, le bleu clair ne se serait jamais fixé aussi vite et efficacement sur les mèches sombres d'Isla. Même avec cet enchantement, cependant, la couleur ne tiendrait que quelques heures.

Céleste ôta ses gants tachés pour serrer les doigts de son amie entre les siens.

— Tout va bien se passer. Tu l'as déjà fait un millier de fois.

La Sauvage lui jeta un regard incrédule.

— Quoi, je me suis déjà faufilée en catimini sur l'île des Azuréens un millier de fois ?

— Non. Mais avec ta baguette astrale, tu t'es déjà faufilée sur leurs terres nouvelles. Habillée de vêtements volés. En te faisant passer pour l'une des leurs.

C'était vrai. Mais, cette fois, c'était différent. Il s'agissait du Centennal.

— Tu te déplaces comme une ombre, continua Céleste. Tu es une stratège hors pair. Quel que soit le lieu, tu sais te rendre invisible… J'en ai été témoin.

La Stellaire avait raison.

Sans en avoir conscience, Isla avait passé des années à développer les qualités dont elle aurait justement besoin pour trouver le brise-liens.

Elle se rinça les cheveux, puis les peigna en espérant qu'ils auraient séché le temps qu'elle arrive à destination. Elle fit ensuite face au miroir. Se retrouver affublée d'une couleur qui lui avait toujours été interdite lui faisait tout drôle.

— Bien. Je suis déjà une voleuse et une menteuse, dit-elle avant de pousser un soupir. L'heure est venue de jouer les imposteurs.

Elle mit trois quarts d'heure à rejoindre le pont menant à l'île du Ciel. Si, à l'origine, Lightlark n'était composé que d'une seule parcelle de terre, celle-ci avait fini par être morcelée, des milliers d'années plus tôt, afin que chaque royaume puisse avoir son territoire. Depuis, chacun des îlots ainsi formés était rattaché à l'île principale par une passerelle de bois et de cordages qui paraissait tout sauf solide. Le vent sifflait à travers les larges interstices entre les planches, qui n'étaient elles-mêmes reliées que par de minuscules ficelles effilochées. L'ensemble tanguait de droite à gauche comme un pendule. Les yeux d'Isla se posèrent à une bonne soixantaine de mètres en contrebas. Tel un bouillon prêt à l'engloutir, la mer démontée tourbillonnait sous ses pieds.

— Non, lâcha-t-elle simplement.

C'était sorti tout seul – une brève protestation qui s'évanouit dans le vide de la nuit.

Les lectures de la jeune fille l'avaient bien renseignée sur ces ponts enchantés. Bien que n'importe qui fût normalement autorisé à les franchir, certains royaumes, en période de troubles politiques, n'hésitaient pas à en restreindre l'accès. Pour peu qu'Azul ou le gouvernement des Azuréens de Lightlark aient décidé que les étrangers n'étaient pas les bienvenus sur leur île, la passerelle se romprait et entraînerait Isla dans l'abîme.

C'était peu probable… mais pas impossible. Et si elle chutait, ses hurlements se perdraient dans l'obscurité. Pire, même si on l'entendait, elle aurait sombré avant qu'on puisse venir à son secours. L'intégralité de son royaume disparaîtrait en un claquement de doigts, simplement parce qu'elle avait eu la bêtise de tomber du haut d'un pont. Le risque lui semblait trop grand.

Isla recula… et heurta quelqu'un.

Se forçant à ne pas crier, elle se figea, puis fit volte-face, les mains ouvertes en signe d'excuse. Un grand Azuréen au visage constellé de taches de rousseur se tenait là, les yeux mi-clos, une énorme chope d'alcool à la main.

— Tu traverses ? s'enquit-il gaiement, en regardant Isla comme si rien ne clochait.

Il ne fit en tout cas aucune remarque sur les cheveux de son interlocutrice. Il ne s'attarda pas non plus sur sa tenue ni sur ses traits, ce qu'il aurait fait s'il l'avait reconnue.

Il finit malgré tout par plisser les yeux. La jeune fille se pétrifia à nouveau. Allait-il se mettre à hurler sur tous les toits de l'archipel qu'Isla Calys, reine des Sauvages, tentait de s'introduire sur l'île du Ciel ?

Soudain, elle comprit : s'il la dévisageait de la sorte, ce n'était pas parce qu'il assemblait peu à peu les pièces du puzzle de son identité, mais parce que cela faisait plusieurs dizaines de secondes qu'elle-même le fixait, bouche bée, sans répondre.

— Oui ! Oui, bien sûr, parvint-elle à dire en s'obligeant à faire bonne figure.

Il lui rendit son sourire, puis son regard se porta derrière elle, comme pour lui demander : « Et donc ? Tu comptes t'y mettre quand ? »

Isla n'avait plus le choix, désormais. Elle fit un pas en avant. Seul maigre réconfort : à présent, au moins, si elle venait à dégringoler, ce ne serait pas à l'insu de tous.

La planche sur laquelle elle posa le pied ne céda pas – heureusement ! Un picotement de soulagement lui descendit le long des mollets.

La suite de la traversée, loin d'être rassurante, lui donna encore une bonne demi-douzaine de fois le vertige, mais Isla finit néanmoins par rallier l'autre rive saine et sauve.

Ce ne fut qu'à ce moment-là qu'elle prit le temps d'admirer le spectacle qui s'offrait à elle.

Au-dessus de sa tête flottait une cité suspendue dans les airs. Elle était construite sur d'immenses rochers, raccordés entre eux par des passerelles, comme les perles d'un bracelet. De majestueuses cascades se déversaient de ces pics en lévitation dont la base conique plongeait vers le sol, presque jusqu'à le toucher. Sur le plus gros de ces récifs en suspens trônait un palais. Ses tourelles s'élançaient si haut dans les nuages qu'elles parvenaient certainement à chatouiller l'éther même.

Cette ville volante planait à une altitude telle qu'Isla, sur la terre ferme, avait la sensation de marcher sur le plancher océanique, ses yeux ébahis levés vers la surface. Les Azuréens, lui avait expliqué Poppy, avaient su voler par le passé. Avant que leur malédiction ne les cloue au sol.

À présent, le seul capable d'un tel prodige, c'était Oro. Si le fait d'être un Originel lui conférait les pouvoirs de chacun des peuples de Lightlark, il n'était affecté que par la malédiction des Solariens, sa famille ayant revendiqué ce royaume très longtemps auparavant.

Sous cette première cité s'en déployait une seconde, à flanc de montagne. En son sommet se dressait une tour assez altière pour atteindre la base du rocher flottant le plus bas. Isla se demanda si c'était ainsi qu'on gagnait la ville céleste… et qui avait le droit d'y accéder. Devant elle, au pied du mont, il y avait un marché, d'où lui parvenait une odeur de bière et de menthe poivrée.

Enfin, surtout de bière.

Un individu sortit en titubant de la taverne la plus proche et s'étala aussitôt sur les pavés, les joues rougeaudes, manquant de peu une flaque de vomi.

Les Azuréens étaient réputés pour être des fêtards. Isla avait presque envie de pousser la porte de n'importe quelle gargote et d'y vider son premier verre. Après tout, c'était ce que faisaient les autres pour se donner du courage.

Mais elle ne pouvait risquer de se laisser distraire ou de souffrir d'un effet indésirable. Pas ce soir.

Céleste s'était débrouillée pour que son assistant personnel – un jeune Azuréen au teint pâle et à la voix si ténue qu'on avait du mal à l'entendre – lui révèle où se trouvait la bibliothèque de l'île. Bien qu'elle eût longtemps été située dans la ville supérieure, elle avait été transférée dans une des tours du nouveau palais, sur les contreforts de la montagne.

Isla s'était creusé la tête pour déterminer le meilleur moyen de pénétrer dans la bâtisse. Mais elle s'était vite rendu compte que les Azuréens n'étaient pas aussi orgueilleux et paranoïaques que les autres peuples. Les portes de leur palais étaient tout bonnement grandes ouvertes, comme pour inviter tout un chacun – nobles comme petites gens, Azuréens ou étrangers – à l'intérieur. Il n'y avait même pas de sentinelles à l'entrée.

En cette heure tardive, les lieux étaient presque déserts. Isla ne croisa qu'un couple, main dans la main, qui partageait un breuvage mousseux, et une bande d'adolescents qui se passaient une balle par le simple biais de leurs pouvoirs, en exploitant la force du vent.

Les habitants de ce royaume ressemblaient décidément beaucoup à leur souverain. Comme lui, ils paraissaient épanouis, heureux.

Plus de deux semaines après le commencement du Centennal, c'était un peu déconcertant. N'étaient-ils pas inquiets ? Azul avait-il imaginé et dévoilé à son peuple un stratagème pour gagner la compétition ?

À l'angle d'un corridor, la jeune fille s'engagea dans l'aile est de l'édifice. Tout en marchant, elle observait les environs avec attention. Pour une résidence secondaire, habitée seulement quelques mois tous les cent ans, le bâtiment était étonnamment bien entretenu. De taille beaucoup plus modeste que le palais de l'île principale, il avait été peint en bleu ciel. On aurait dit un gigantesque œuf d'oiseau. Ses plafonds, décorés de manière à imiter des cieux sans fin, s'élevaient à une hauteur remarquable. Les courants d'air soufflaient à leur guise dans les couloirs, s'engouffrant par différentes fenêtres laissées ouvertes.

Tout en ces lieux semblait libre, spacieux, léger.

La tour ne fut pas difficile à trouver. La bâtisse n'en comptait pas des dizaines, et les portes vitrées – non verrouillées – de celle qu'Isla visait permettaient de voir ce qu'il y avait de l'autre côté.

Des livres. Des rangées et des rangées de livres, qui grimpaient en spirale jusqu'à une lucarne ronde. Et toujours pas âme qui vive dans les parages. Céleste avait vu juste. Manifestement, à cette heure-là, personne n'était d'humeur à lire.

À présent, Isla n'avait plus qu'à dénicher la collection privée.

Un coup d'œil aux alentours lui fit froncer les sourcils. Pas d'arrière-salle dérobée. Les étagères étaient encastrées dans les murs. La totalité de ce que contenait cette bibliothèque y était présentée, bien visible.

La Sauvage se mit à gravir la passerelle en colimaçon, en se forçant à ne pas trop regarder les ouvrages. Si le moindre titre captait son attention, elle n'était pas certaine de parvenir à résister à la tentation de s'asseoir et de commencer à dévorer le volume.

Tu auras tout le temps de lire quand ta malédiction sera levée ! se sermonna-t-elle.

Oui, elle pourrait piller la bibliothèque du château sauvage à loisir une fois que le brise-liens aurait joué son rôle. Mais pour ça, il fallait seulement qu'elle mette la main dessus.

La tour était plus haute qu'Isla ne l'aurait cru depuis le rez-de-chaussée. Elle mit plusieurs minutes à atteindre le sommet et quand elle y fut parvenue, elle fronça de nouveau les sourcils. Là non plus, il n'y avait rien qui ressemblât à une collection privée. Rien qui ressemblât à des reliques. Juste des livres. Par milliers.

Isla agrippa la rambarde, scrutant la trentaine de mètres qui la séparait du sol. La bibliothèque était vide, creuse en son centre. La jeune fille eut du mal à se retenir de la remplir de cris de frustration.

Pour autant, si elle avait volé ces vêtements, si elle s'était teint les cheveux et enfoncée dans le territoire d'un autre royaume, ce n'était pas pour baisser les bras à la première difficulté rencontrée !

La bibliothèque de chacune des îles comprenait une collection privée. Celle des Azuréens devait simplement être camouflée.

Isla retourna devant le mur et se mit à le tâter avec soin, puis à le frapper de petits coups. Hélas, il se révéla plein. La tour était presque intégralement tapissée de livres. En son centre, il n'y avait que de l'air.

Impossible d'y cacher un secret.

À moins que…

La Sauvage leva les yeux vers la lucarne. En se mettant sur la pointe des pieds, elle parvenait à la toucher.

Avec précaution et le cœur au bord des lèvres, elle tira les gants enchantés de sa poche. Ils étaient rêches et semblaient assez fins pour se déchirer si elle n'y prenait pas garde. Elle tenta de ne pas songer à leur matière, à la personne qui…

Stop ! Il fallait qu'elle reste concentrée sur sa mission, ou elle allait rendre son dîner.

Priant pour que Céleste ait raison et que l'essence du pouvoir d'Azul se soit effectivement imprimée dessus, elle enfila les gants, puis pressa sa paume sur la vitre circulaire… qui s'ouvrit en basculant. Une élégante échelle de métal se déplia alors sous les yeux d'Isla.

La jeune fille eut un sourire instinctif, de pure satisfaction. Elle avait percé à jour la cachette d'un puissant roi. Elle, une moins que rien, dénuée de pouvoir. Elle y était arrivée toute seule.

« Ne perds pas ton temps en applaudissements inutiles », gronda la voix de Terra dans sa tête.

Chaque fois que la Sauvage s'était réjouie de maîtriser une nouvelle technique de combat ou d'être parvenue à désarmer sa gardienne, elle s'était vue réprimandée.

— *Je peux bien m'arrêter un moment*, avait-elle un jour protesté.

— *Non*, avait répliqué Terra. *À la seconde où tu es née, le compte à rebours s'est enclenché.*

Chaque minute qu'Isla ne consacrait pas à se préparer au Centennal était une minute gâchée. Désirer quoi que ce soit d'autre que de défendre et protéger son royaume était égoïste. Elle n'avait jamais eu la moindre liberté dans sa vie.

Avec le brise-liens, tout allait changer.

La jeune fille se hissa sur le premier barreau de l'échelle. La lucarne tenait lieu de porte et débouchait sur une petite verrière baignée de lune. Y étaient entreposés un tas de vieux rouleaux de parchemin, un sceptre orné d'une pierre d'un bleu laiteux – couleur du ciel et des nuages mélangés –, une épée dont la lame se composait de deux rubans de métal tressés, tels des amants enlacés…

Mais rien qui s'apparente à une aiguille de verre géante.

Le brise-liens n'était pas là.

Sa déception la rendit imprudente. À son retour, Isla se glissa dans le palais d'Oro sans prendre aucune de ses précautions habituelles. Elle n'attendit pas dans l'ombre pour s'assurer que la voie était libre. Elle ne prit pas la peine de ralentir afin d'étouffer le bruit de ses pas. Elle n'emprunta même pas le chemin le plus long pour rallier sa destination, celui qui suivait d'antiques couloirs toujours déserts, pleins de fissures laissant filtrer la pâleur de la lune et les courants d'air glacés, loin des colossales cheminées qui chauffaient le reste du palais.

Tout ce qu'elle souhaitait, c'était rejoindre sa chambre au plus vite, se débarrasser de sa teinture, déchiqueter sa tenue bleu ciel et profiter des quelques heures de sommeil qu'avait encore à lui offrir la nuit.

À peine eut-elle posé le pied dans le corridor principal qu'elle le regretta. Trop tard pour faire demi-tour, cependant : Cléo l'avait aperçue.

Isla repartit aussitôt. Elle continua à marcher droit devant elle, sans savoir où elle allait, le cœur battant à tout rompre. La Sélénite était-elle vraiment parvenue à voir son visage ?

Il faisait sombre. Elle avait été à l'autre bout du couloir. Pas assez près pour avoir reconnu Isla, mais pas assez loin non plus pour ne pas avoir de soupçons.

Quelques secondes plus tard, le son caractéristique de semelles foulant la pierre parvint à la jeune fille. Elle était suivie.

En quelques foulées seulement, Cléo la rattraperait et comprendrait sur-le-champ que cette mystérieuse Azuréenne aux cheveux bleu clair était en réalité son homologue sauvage. Autrement dit, un imposteur.

Être démasquée entraînerait tellement de questions, menacerait tant de ses secrets, qu'Isla, pantelante, se mit à suer à grosses gouttes. Cléo ne renoncerait pas avant de l'avoir acculée. Dans le dos de la Sauvage, les pas de la Sélénite se rapprochaient toujours plus.

Au premier embranchement qui se présenta, Isla tourna et, profitant des quelques secondes pendant lesquelles Cléo ne pouvait plus la voir, elle accéléra le pas.

Elle courut, encore et encore, à perdre haleine, puis prit un nouveau virage… pour percuter de plein fouet une surface dure comme fer.

Étourdie, elle serait tombée à la renverse si deux mains vigoureuses ne l'avaient pas retenue par la taille.

Grim.

Dans le couloir qu'elle venait de remonter à toute allure, les pas retentissaient toujours. Plus qu'un tournant et la reine sélénite la découvrirait. Enfin, les découvrirait tous les deux.

Le Nocturne la regardait, l'air dérouté, les sourcils froncés. Remplis d'interrogation, ses yeux s'arrêtèrent sur la chevelure et la toilette d'Isla…

Pas le temps d'expliquer quoi que ce soit.

— Je vous en prie, murmura-t-elle en lui attrapant les épaules.

La manière dont sa voix se brisa sur cette prière faillit lui arracher une grimace, mais Grim parut comprendre d'emblée ce qu'elle attendait de lui. Avant que Cléo n'ait pu apparaître au coin du couloir, il attira la Sauvage contre son torse et tous deux se volatilisèrent.

Quand la Sélénite déboucha à l'entrée du corridor et le trouva désert, elle se figea. Isla se serait sans doute délectée de son expression ébahie, si elle n'avait pas été terrifiée.

Elle tremblait. Cléo n'était qu'à quelques centimètres d'eux. Si elle se faisait prendre, alors l'aide et le plan de Céleste n'auraient servi à rien. Tout ça parce qu'elle, Isla, n'avait pas su faire preuve de vigilance. Tout ça parce que ne pas trouver le brise-liens du premier coup l'avait contrariée.

La Sélénite fit un pas en direction de ses deux homologues. Plus silencieux qu'une ombre, Grim souleva Isla comme si elle ne pesait rien et se plaqua contre le mur. Les pierres mal dégrossies de la paroi s'enfoncèrent dans le dos de la jeune fille. Le Nocturne la protégeait de tout son corps. Elle sentait son souffle sur son front.

Elle s'efforça de ne pas songer à ce qu'elle sentait d'autre. Les mains de son sauveur toujours fermement posées sur sa taille. Le froid qui émanait de lui et la brûlait à travers le fin tissu de sa robe azuréenne. Le frisson qui lui caressait l'échine, tel un pétale noir s'épanouissant au plus profond de son être.

Ce n'était qu'un symptôme de son angoisse, se dit-elle. De sa peur d'être découverte. Rien d'autre.

Cléo s'avança jusqu'au fond du renfoncement où ils se trouvaient tous les trois, avant de tourner les talons et de repartir comme elle était venue.

Grim attendit que les pas de la reine sélénite se soient évanouis au loin. Alors seulement, il les rendit, Isla et lui, à nouveau visibles.

La Sauvage fut surprise de le découvrir si proche d'elle. Elle était aplatie contre le mur, tandis que lui la dominait, tête baissée vers elle au point que leurs deux nez se touchaient presque.

Il planta son regard dans le sien.

— Aurais-tu décidé de changer de royaume, Mange-cœur ? demanda-t-il en attrapant entre ses doigts une des mèches bleues de la jeune fille. Parce que, si c'est le cas, tu devrais songer à opter pour celui des Nocturnes. Nous ne pouvons certes pas rivaliser avec les Azuréens dans le domaine des friandises ou des boissons atypiques, mais si la débauche te tente… nous sommes réputés pour nos recherches approfondies en matière de plaisir.

Une lueur d'amusement s'était allumée au fond de ses yeux noirs. Qu'insinuait-il ? Ses paumes reposaient toujours sur la taille d'Isla, ses doigts lui ceignaient les côtes. Elle prit une inspiration hésitante… puis elle le repoussa, non sans lui jeter un regard assassin.

— Je ne suis pas intéressée.

Grim recula, tout sourire.

Évidemment. Ce démon sentait ses émotions. Il sentait l'onde de chaleur qui l'envahissait quand elle pensait à la surprenante douceur de ses mains, à la manière dont ses lèvres s'étaient recourbées autour de ce simple terme : « plaisir »…

Assez ! Mais qu'est-ce qui ne tournait pas rond, chez elle ? Elle avait pourtant toujours condamné l'imprudence des Sauvages qui se laissaient aller à développer des sentiments pour autrui et risquaient de voir leur amourette se solder par un décès. Là, c'était encore pire : les pensées qui parasitaient l'esprit d'Isla mettaient son royaume entier en danger !

Ce qu'elle voulait, c'était sa liberté. C'était briser la malédiction qui les affectait, elle et son peuple. C'était tout.

Elle ne désirait rien d'autre.

— Merci quand même, ajouta-t-elle simplement.

Puis, sans demander son reste, elle détala.

CHAPITRE 14
Azul

Le carton doré destiné à Isla arriva le lendemain matin. C'était son tour de présenter sa démonstration.

Toute la nuit, le Nocturne avait hanté ses rêves. Leur brève entrevue dans les couloirs l'avait plus marquée qu'elle n'était prête à l'admettre.

Grim l'avait rendue invisible simplement parce qu'elle le lui avait demandé. Il n'avait pourtant aucune raison de l'aider. Sans lui, Cléo aurait attrapé Isla et tous ses projets se seraient vus réduits à néant en une seule funeste soirée.

La Sauvage finit donc par prendre une décision qu'elle risquait de regretter. Si Céleste venait à l'apprendre, il se pouvait même qu'elle remette sérieusement en question leur amitié.

C'était aussi inconscient que dangereux, mais la jeune fille partit à la recherche du Nocturne.

Le fait d'avoir consacré une bonne partie des seize jours précédents à surveiller les environs lui avait permis de connaître peu à peu les habitudes de chacun de ses concurrents. Azul était toujours entouré de membres de son peuple et passait un temps impressionnant à se promener le long de la côte. Cléo ne se déplaçait jamais sans sa cour – qu'elle sommait toutefois de ne pas trop l'approcher – et se rendait sur son île bien plus régulièrement que les autres rois et reines. Oro, enfin, quittait son palais presque toutes les nuits, mais Isla n'avait pas encore eu le courage de le prendre en filature.

Les allées et venues de Grim, elles, demeuraient pour la plupart un mystère, étant donné qu'il se faisait souvent invisible, se déplaçant d'un lieu à l'autre sans qu'on puisse le repérer. Une ou deux fois, cependant, Isla l'avait vu se glisser dans une taverne de l'agora en pleine journée. C'était donc là qu'elle se rendait.

Elle avait presque atteint la vaste place du marché, quand quelqu'un l'interpella. Elle se retourna pour découvrir juste derrière elle l'un de ses rivaux : Azul.

Son sang se glaça. Avait-il été prévenu qu'elle s'était introduite sur son île, la veille ? L'avait-on aperçue ?

Ou était-ce Grim qui le lui avait dit ? Les deux souverains n'avaient pas vraiment l'air de s'entendre, mais les alliances cachées n'étaient pas rares durant le Centennal. Céleste et Isla en étaient la preuve.

Si la Sauvage n'avait pas été si distraite, elle aurait entendu l'Azuréen approcher et n'aurait pas sursauté comme elle l'avait fait.

Malgré tout, elle se colla aux lèvres un sourire étudié.

— Tiens, quelle charmante surprise ! dit-elle avec un tel accent de sincérité qu'elle se demanda quand elle était devenue si douée pour le mensonge.

— Je vous retourne le compliment, Votre Majesté, répondit Azul en calquant son expression sur celle d'Isla. Qu'est-ce qui vous amène par ici ?

La jeune fille fit de son mieux pour ne pas laisser sa voix trembler autant que ses mains, qu'elle croisa dans son dos.

— Le palais commençait à m'ennuyer un peu. Je me suis dit qu'il était temps d'explorer les alentours.

Le sourire d'Azul eut beau s'élargir, il ne gagna pas ses yeux. Ceux-ci restèrent aussi froids que les pierres précieuses dont il raffolait tant. Décidément... Avait-elle été moins discrète qu'elle ne l'avait cru, sur l'île du Ciel ?

Ou peut-être l'Azuréen se méfiait-il d'elle, même sans avoir aucun soupçon en particulier. Après tout, c'était bien normal. Elle aussi se méfiait de lui.

— Si c'est l'île principale que vous souhaitez découvrir... me permettriez-vous de vous emmener admirer l'une de ses merveilles les plus éblouissantes ?

Isla n'avait aucune envie d'aller où que ce soit en compagnie d'un concurrent qui savait potentiellement qu'elle s'était fait passer pour une femme de son peuple la nuit précédente. Leur rencontre fortuite ne pouvait être une coïncidence. Azul était forcément au courant.

Restait que, si elle refusait son offre, la jeune fille paraîtrait encore plus suspecte aux yeux de l'Azuréen.

— Avec joie ! répondit-elle donc. C'est très généreux de votre part.

Elle laissa l'Azuréen l'entraîner vers les contreforts montagneux qui ceinturaient une bonne partie de l'île. Le versant devant eux était tantôt brun, tantôt rouge, tantôt marbré.

— Lightlark vous plaît ? demanda bientôt Azul.

Il avait posé la question sur le ton de la conversation, comme si la Sauvage était là pour les vacances et que le Centennal ne représentait pas sa seule chance de survie.

Bien sûr, il ne pouvait pas le savoir. Comme tous les souverains à l'exception de Céleste, Isla était censée être quasi immortelle.

— Même si je suis loin d'en avoir fait le tour, je comprends parfaitement son attrait.

D'expérience, elle savait que lorsqu'on avait beaucoup à cacher, il valait mieux laisser les autres parler. De toute façon, la plupart des gens adoraient s'épancher.

— Et de votre côté, que dites-vous de ce cinquième Centennal ? ajouta-t-elle.

Azul s'esclaffa, mais sans grande conviction. Il y avait quelque chose d'étrange dans son rire, se dit Isla. Une certaine amertume ?

— Je trouve cette compétition… intéressante, répondit-il avant de pincer les lèvres. Le premier Centennal, je ne vous l'apprends pas, s'est avéré cauchemardesque. Presque pire que la guerre elle-même… L'instauration de règles, pour le deuxième, a tout de suite apporté un peu d'ordre. Nous nous sommes mis à établir des plans, des stratégies, mais pas d'alliances. Depuis notre premier affrontement, aucun de nous n'a plus confiance dans les autres. On ne peut pas nous en vouloir.

Azul s'interrompit et Isla perçut une curieuse lueur au fond de ses yeux. Une lueur de… de détresse ?

— Le troisième Centennal s'est mieux passé encore, reprit l'Azuréen. Cette fois, nous avons commencé à former des équipes. Nous avons même cru être sur le point de briser les malédictions, de décrypter les trois segments de la prophétie. Évidemment, nous avions tort. Le temps d'en arriver au quatrième Centennal, la majorité d'entre nous semblait avoir perdu espoir. Cléo n'y a même pas participé… Vous le saviez ?

Non. Absolument pas. Ce qui n'empêcha pas Isla d'opiner du chef.

Les rois et les reines qui ne prenaient pas part à la compétition ne pouvaient espérer remporter la formidable récompense promise au vainqueur. En outre, si victoire il y avait, leur malédiction ne disparaîtrait pas avec les autres. Dans ces conditions, pourquoi Cléo avait-elle choisi de rester sur la touche ?

Plus important encore, pourquoi avait-elle décidé de revenir cette année ?

Soudain saisie d'effroi, Isla avait l'impression qu'il y avait quelque chose dont tout le monde était informé, sauf elle.

— Même sans elle, nous avons, encore une fois, vraiment cru toucher au but, poursuivit Azul en secouant la tête. Ces malédictions ont fait tant de mal. Mais leur conséquence la plus délétère, c'est d'avoir peu à peu divisé nos royaumes. Avant leur avènement, nous vivions presque en parfaite harmonie.

Isla était déjà au fait de tout cela, grâce aux leçons d'histoire que lui avait dispensées Poppy. Mais elle était ravie de creuser n'importe quel sujet pourvu qu'il n'implique pas l'île du Ciel et sa bibliothèque.

— C'est pour cette raison qu'Egan prévoyait d'épouser une autre reine, n'est-ce pas ? Pour souder leurs deux peuples ?

Par le passé, la jeune fille s'était souvent demandé si ce n'était pas les sentiments du souverain qui l'avaient poussé à se fiancer à une femme qui n'était pas de son royaume – contrairement à ce que voulait la coutume. Poppy avait en tout cas semblé le présenter de cette manière lorsqu'elle lui avait raconté l'histoire d'Egan et d'Aurora. Un Solarien et une Stellaire, épris l'un de l'autre malgré leurs différences. C'était d'ailleurs la seule fois que la gardienne d'Isla lui avait dépeint l'amour autrement que comme une menace.

— Exactement, soupira Azul. Mais nous voilà au cœur du cinquième Centennal et je ne sais pas si j'aurai la force d'en vivre un sixième.

Il dévisagea brièvement la Sauvage, le regard empli de pitié. Elle se sentit un peu mal à l'aise, surprise par tant de pessimisme. Était-ce un avertissement ?

Azul tentait-il de lui dire que, malgré son tempérament affable, il n'aurait aucun scrupule à la tuer si sa mort pouvait garantir que ce Centennal serait le dernier ?

À nouveau, Isla était prête à tout pour changer de sujet.

— Êtes-vous proche de votre cour ?

L'île du Ciel lui avait semblé étonnamment bien entretenue. Les aristocrates qui l'administraient en l'absence de leur roi faisaient manifestement un excellent travail.

Azul fronça les sourcils.

— Il n'y a pas de cour à proprement parler, chez nous. (Isla dut paraître déconcertée, car il continua.) Depuis que je suis aux commandes du royaume, nous vivons en démocratie. Les invités azuréens que vous avez vus lors des différentes démonstrations sont des hauts dignitaires élus. Avant de prendre n'importe quelle décision importante, ils consultent le peuple au moyen d'un vote.

La jeune fille fixait son interlocuteur, déboussolée.

— Mais alors, si votre royaume décidait qu'il ne voulait plus de vous à sa tête…

Azul prit un air dégagé.

— Je me retirerais, dit-il. Même si, bien sûr, avec le Centennal et vu la façon dont les pouvoirs des souverains se transmettent, cela compliquerait les choses. Je me considère comme chanceux que mon peuple apprécie ma manière de gouverner.

Isla n'avait encore jamais entendu parler d'un royaume régi de cette manière. Tandis qu'elle considérait les explications de l'Azuréen, elle remarqua qu'il l'observait. Qu'il l'étudiait, même.

Que cherchait-il ?

Ils s'étaient arrêtés au pied d'une montagne d'un aspect certes curieux, mais pas assez pour justifier leur promenade. Azul avait fait preuve d'une grande franchise envers Isla – elle n'en aurait jamais attendu autant de la part de l'un de ses concurrents lors de ce Centennal.

Était-ce parce qu'il savait qu'elle ne vivrait pas assez longtemps pour mettre à profit ce qu'il lui avait révélé ?

Il restait à peine plus d'un mois avant le cinquante et unième jour. Imaginer que son interlocuteur comptait les heures avant de pouvoir l'éliminer sans enfreindre les règles crispa la jeune fille. Peut-être les Azuréens avaient-ils déjà exprimé leur avis et voté pour que ce soit elle qui meure, quand viendrait le temps d'accomplir le dernier volet de la prophétie.

Sans un mot, Azul finit par se tourner vers la montagne. Non sans méfiance, Isla suivit son regard pour apercevoir au-dessus d'elle plusieurs tunnels, qui débouchaient haut dans le ciel. À condition de plisser les paupières, elle distinguait vaguement son éclat bleu, de l'autre côté. Parfaitement taillées dans la roche, sept trouées s'alignaient les unes à côté des autres.

— Je venais souvent ici avec mes amis, quand j'étais enfant, dit Azul. (Contrairement à un peu plus tôt, ses yeux aussi souriaient.) On traversait ces percées en volant, aussi vite que possible. On se chronométrait. Nous en avions fait un jeu.

Voilà cinq cents ans qu'il ne s'était plus élevé dans les airs. Apparemment, le firmament lui manquait autant que la nuit manquait à Grim et le jour à Oro.

Son attention se reporta sur Isla.

— Mais aujourd'hui, on en fait un autre usage.

Jambes écartées, il se campa fermement dans le sol avant d'envoyer son poing vers les hauteurs.

La Sauvage recula instinctivement et vit soudain une bourrasque fuser dans l'un des tunnels en ridant l'atmosphère. Un instant plus tard, un son magnifique s'échappait de la trouée.

— C'est un instrument ! s'exclama Isla, sans avoir besoin de feindre l'enthousiasme cette fois.

En guise de réponse, Azul, aussi rapide que le vent, lança successivement des bouffées d'air dans chacune des galeries. Aussitôt, une mélodie exquise s'éleva dans l'azur.

Enchantée, la jeune fille se mit à fredonner dans la même tonalité. Un instrument de musique… Incroyable ! Bon prince, l'Azuréen joua morceau après morceau sans que jamais ses rafales faiblissent et, petit à petit, la défiance dans ses yeux s'évanouit.

Isla, quant à elle, se surprit à être heureuse de l'avoir croisé, ne serait-ce que pour ces quelques minutes d'évasion.

Le temps qu'Azul la raccompagne jusqu'au palais du haut-roi, le crépuscule tombait. Grim avait sûrement déjà quitté l'agora. Plutôt qu'à la taverne, Isla devrait donc aller le trouver dans sa chambre.

Elle savait depuis longtemps où dormait chacun de ses homologues. Bien sûr, elle aurait pu soutirer cette information à Ella et s'épargner des heures d'espionnage, mais elle trouvait plus sûr de varier ses sources, afin d'éviter que quiconque ait vent de ce qu'elle cherchait et finisse par comprendre tout ou partie de ses plans. Comme il n'était pas facile de pister ses adversaires à travers les couloirs sans se faire remarquer, elle avait suivi à la place les serviteurs qui leur avaient été attribués.

C'était ainsi qu'elle avait appris que Grim logeait à l'autre bout du palais, plus à l'écart qu'aucun des autres souverains.

Isla avait beau être consciente des possibles conséquences de ses actes, elle avait cheminé jusqu'aux appartements du Nocturne. Sa décision était prise.

Une fois devant la porte, elle hésita pourtant, son index replié à quelques centimètres seulement du battant. Mais avant qu'elle ait pu se décourager, celui-ci s'ouvrit.

Grim la regarda d'un œil circonspect et interrogateur.

— Je suis désolée de m'être enfuie, dit-elle.

Il avait eu l'obligeance de l'aider, et déguerpir comme elle l'avait fait n'avait vraiment pas été très élégant de sa part.

— Pour vous remercier à nouveau de… de votre intervention, je suis venue vous offrir quelque chose.

Les traits du Nocturne s'éclairèrent d'un début de sourire.

— Ah oui ? fit-il d'une voix encore plus grave qu'à l'accoutumée.

Isla le fusilla du regard. *Rien de ce genre, non !* Il n'avait vraiment aucun savoir-vivre. Se comportait-il de cette manière avec tout le monde ? Ou était-elle simplement la dernière de la longue liste de celles à qui il avait décidé de faire des avances ?

Les sous-entendus du Nocturne faisaient forcément partie de sa stratégie. Ce qui rendait la démarche d'Isla encore plus inconsidérée.

Les yeux de Grim brillaient d'une lueur sournoise.

— La prochaine démonstration sera la mienne, lâcha pourtant la jeune fille sans se laisser le temps de changer d'avis. Demain. Elle nécessite un minimum de préparation.

Aussitôt, l'expression du Nocturne se fit étonnamment sérieuse.

— Mangecœur, tu n'es pas obligée...

Au contraire. À présent qu'il l'avait vue se faire passer pour une Azuréenne, il connaissait l'un de ses secrets. En la rendant invisible pour la protéger de Cléo, il l'avait sauvée. Isla lui était redevable – même si cela ne l'enchantait pas le moins du monde. Elle allait lui communiquer cette information jusqu'au bout et le sujet serait clos.

— Je vous demanderai de me prouver ce que vaut votre royaume, reprit-elle sans respirer. En me présentant une de ses créations, qui devra être utile à l'avenir de Lightlark.

Le Nocturne soutint son regard. Il ne sourit pas. Il ne la remercia pas non plus. Il se contenta de hocher la tête.

Elle fit de même.

Ce ne fut que bien plus tard cette nuit-là, les yeux rivés au plafond et incapable de trouver le sommeil, qu'Isla se demanda si elle n'avait pas commis une grave erreur.

CHAPITRE 15
Promesses

Isla leur avait accordé une heure de préparation. Plutôt que de se concentrer sur les pouvoirs des rois et des reines, elle avait préféré – pour des raisons évidentes – mettre en concurrence les talents de chaque royaume. Son peuple n'était sans doute pas présent à Lightlark, mais cette démonstration était l'occasion pour elle de montrer à l'archipel ce que valaient les Sauvages au-delà de leur malédiction barbare.

Les gardiennes de la jeune fille avaient souhaité que cette épreuve soit différente des autres et, surtout, qu'elle profite à leur plan.

Isla était parvenue à les convaincre que prouver que les Sauvages étaient aussi doués pour guérir que pour tuer persuaderait peut-être le reste des royaumes de l'utilité du leur – en particulier par rapport aux Nocturnes, qui ne savaient que détruire.

Bien sûr, le fait d'avoir prévenu Grim risquait fort de porter préjudice à cette stratégie, voire de l'anéantir.

Ils étaient de retour dans l'arène. Isla tenait à ce que le plus d'insulaires possible voient ce qu'elle avait apporté de ses terres nouvelles.

Elle avait expliqué l'objectif de sa démonstration à ces spectateurs tous plus méfiants les uns que les autres.

Étonnamment égale, sa voix n'avait heureusement rien laissé paraître de sa nervosité. Elle avait ensuite énoncé les règles. Ce serait à eux de choisir le talent qu'ils considéreraient comme le plus à même de servir l'avenir de l'archipel. Même s'ils n'avaient pas le droit de voter pour leur propre camp, Isla ne se faisait aucune illusion : son royaume n'avait aucune chance de l'emporter.

Elle n'en avait cependant pas besoin. Tout ce qu'il fallait, c'était que l'auditoire comprenne que les Sauvages étaient plus que de monstrueux séducteurs.

Les souverains patientaient à l'orée des coulisses. Elle se demanda si le temps qu'elle leur avait accordé pour se préparer avait suffi… à ceux qui n'avaient rien su de l'épreuve à l'avance, du moins.

Leurs expressions, en tout cas, ne trahissaient pas le moins du monde leurs états d'âme tandis qu'ils attendaient que leur nom soit appelé.

— Azul.

L'Azuréen s'avança au centre de l'arène, suivi par une poignée d'assistants, membres de son peuple.

— Notre royaume a développé un moyen de communication basé sur le pouvoir du vent. Une communication facilitée permet d'être plus efficace, de rationaliser les procédures… mais aussi de recevoir plus rapidement les invitations aux fêtes que nous organisons.

La foule s'esclaffa. Aucun doute là-dessus : Azul savait séduire les gens. Isla repensa à ce qu'il lui avait dit de sa façon de gouverner, la veille. Il était évident que son peuple l'adulait. Était-ce parce qu'il leur avait donné le choix ? Plus que n'importe qui, la jeune fille comprenait l'importance de la liberté…

Le roi azuréen tira un bout de parchemin de la poche intérieure de sa cape, puis inscrivit un message dessus. Ensuite, il le plia soigneusement en quatre et, à l'aide de son pouvoir, il l'envoya voler à travers l'arène, droit dans la main d'Isla.

Tous les regards de l'assemblée se braquèrent sur elle. Elle ouvrit le petit mot : « Bien sûr, nous avons aussi notre musique… » avait griffonné Azul.

La Sauvage ne put s'empêcher de sourire.

— Ce que je viens de faire peut être reproduit à grande échelle, poursuivit le souverain.

Il fit signe à ses auxiliaires. Ceux-ci portaient des piles de papiers, qu'ils jetèrent tout à coup en l'air. Chaque feuille se plia d'elle-même puis, les unes après les autres, elles s'engagèrent dans les dizaines de courants créés dans le ciel par les Azuréens et les remontèrent pour atteindre leurs destinataires. Un véritable réseau de communication de masse – voilà ce qu'Isla avait sous les yeux.

Quel tour de force ! Cette innovation aurait sûrement un effet merveilleux à Lightlark. Les spectateurs semblaient d'ailleurs du même avis.

Que venait de leur remettre Azul, au juste ? Probablement une invitation à rejoindre les festivités que les Azuréens organiseraient dans l'agora dès la fin de la démonstration, se dit Isla.

Elle appela le concurrent suivant :

— Cléo.

Avec un peu de chance, le temps limité qu'avait eu la Sélénite pour se préparer l'aurait déstabilisée. La Sauvage l'imagina lutter pour mettre sur pied un semblant de présentation, et cette idée lui arracha un sourire.

Mais Cléo n'irradiait rien d'autre qu'une absolue confiance en elle-même quand elle gagna le centre de l'arène. Elle n'avait pas d'assistants avec elle. Pas d'outils non plus, ni aucun objet à exhiber.

Son discours se révéla on ne peut plus concis.

— Nous avons des navires, dit-elle. Au cours des deux derniers siècles, nous avons construit beaucoup, beaucoup de navires.

Ce fut tout.

La Sélénite s'en retourna à sa place et Isla sentit la colère poindre dans sa poitrine. Elle se demanda si la foule allait rester silencieuse, abasourdie. Si les autres rois et reines allaient s'offusquer de cette absence d'action.

Bien entendu, ce ne fut pas le cas. Les Sélénites du public applaudirent, même si leur adhésion ne confirmait en rien l'allégation si nonchalante de leur souveraine.

Elle pouvait mentir. Mais Oro semblait la croire sur parole. Il donnait l'impression de n'avoir rien su jusqu'alors de l'armada évoquée par Cléo.

Tiens donc… Céleste avait raison. Manifestement, il existait quelques tensions entre certains des royaumes de Lightlark.

Construire une flotte de vaisseaux n'était guère logique tant que les Sélénites restaient menacés par le sort fatal que leur réservait la pleine lune, mais il était évident que de tels moyens de transport s'avéreraient extrêmement utiles une fois les malédictions levées. Ces bateaux pourraient en effet ramener à Lightlark une multitude de Sélénites, de Stellaires, de Solariens, de Sauvages et d'Azuréens, afin que tous les royaumes soient à nouveau réunis en un seul et même lieu. Ils pourraient partir explorer des contrées lointaines, au-delà de l'archipel et des terres nouvelles.

Ils pourraient aussi servir à faire la guerre.

— Céleste, dit Isla.

Prononçait-elle le nom de son amie différemment de celui des autres ? Lorsqu'on articulait un mot des milliers de fois, finissait-il par sonner autrement ?

Sans surprise, la Stellaire était prête. Elle s'avança escortée d'un petit groupe de ses compatriotes.

— Les miens ont mis au point une manière de fabriquer des outils et des armes par le seul biais de leur pouvoir, annonça-t-elle en faisant signe à ses gens de commencer.

Émerveillé, l'auditoire les regarda mettre leur force en commun et la concentrer au point de parvenir, en quelques secondes seulement, à façonner une épée. Ils avaient changé l'énergie en métal, presque comme le haut-roi avait changé la pierre de la table en or.

Presque.

Le prodige qui venait d'avoir lieu avait requis une dizaine de Stellaires et beaucoup d'efforts pour une seule lame, alors qu'il suffisait sans doute à Oro d'un seul souffle pour transformer chacun des membres de l'assemblée en statue dorée.

Malgré tout, quand Céleste s'empara de l'épée terminée pour la brandir au-dessus de sa tête, les Stellaires du public la gratifièrent d'une interminable ovation.

Isla aurait voulu sourire et féliciter sa camarade. Elle se contenta d'appeler le concurrent suivant.

— Oro.

Le haut-roi ne lui adressa pas un regard lorsqu'il se mit en place. S'il avait toujours fait preuve de dédain envers elle, depuis qu'elle l'avait laissé remporter leur duel et qu'elle s'était servie de lui comme accessoire lors de la démonstration d'Azul, il semblait ne même plus l'estimer digne de son attention.

— De notre côté, nous avons créé de nouvelles manières de répandre lumière et chaleur à travers tout l'archipel, dit-il.

D'une chiquenaude, il alluma un brasier devant lui. Puis il y plongea sa main entière avant de l'en retirer pour ouvrir le poing, ses doigts lançant des langues de feu en tous sens, comme autant de projections de peinture. Des cris d'effroi retentirent çà et là et certains insulaires se firent même un bouclier en usant de leur pouvoir… mais les flammes se retrouvèrent soudain emprisonnées dans d'innombrables globes, qui atterrirent sur les genoux des spectateurs et entre leurs mains sans pourtant leur faire le moindre mal.

— Tant que la flamme d'origine subsiste, ces globes ne s'éteindront pas, expliqua Oro.

Entre les foyers du palais, les torches qui parsemaient l'île principale et cette démonstration, le haut-roi était décidément obsédé par l'idée de maintenir le feu allumé, partout et en permanence. Était-ce parce que ces flammes représentaient son règne ? Son royaume ?

Il laissa à la foule quelques instants pour inspecter les sphères lumineuses, les lancer en l'air et s'extasier de leur chaleur. Leur lueur était semblable à celle de centaines de lucioles éclairant les gradins. Puis il referma le poing, étouffant les flammes contenues dans sa paume. Aussitôt, les lumignons ronds se ratatinèrent avant de disparaître, ainsi qu'il l'avait prédit.

Les insulaires le couvrirent d'acclamations – comme à chaque fois qu'il faisait quoi que ce soit.

— Grimshaw, fit ensuite Isla.

Quand il la dépassa, le Nocturne la frôla et cet infime contact envoya un frisson le long du bras de la jeune fille.

Il fallait vraiment qu'elle se ressaisisse.

Le public s'était tu. Les habitants de Lightlark paraissaient malgré tout curieux de voir ce que Grim leur avait concocté. À leurs yeux, ses congénères et lui demeuraient un mystère depuis qu'ils avaient fondé leur propre bastion. Et puis, le royaume de la nuit et l'archipel avaient été ennemis pendant la guerre. En dépit du traité de paix qui avait mis un terme au conflit, Grim n'inspirait aucune confiance aux insulaires. Beaucoup d'entre eux, supputait Isla, croyaient encore que les Nocturnes étaient à l'origine des malédictions.

Qui sait ? Peut-être était-ce vrai.

Grim s'arrêta au milieu de l'arène. Il rendit leur regard aux yeux inquisiteurs qui le fixaient, pivotant lentement sur lui-même pour permettre à tous de bien le voir. Puis il prit la parole.

— Mon royaume n'a rien d'intéressant à vous offrir, dit-il.

Et il rebroussa chemin.

Silence. Murmures.

Isla sentit ses joues s'empourprer. De rage ? De surprise ? Elle avait donné à Grim plus qu'assez de temps pour réfléchir à son passage. Tout en sachant que c'était déraisonnable et en agissant dans le dos de Céleste, qui plus est ! Et voilà qu'il tournait sa démonstration en ridicule ? Il avait fait exprès d'arriver les mains vides. Pourquoi ?

Tandis qu'il quittait l'arène, le Nocturne eut le culot de passer juste à côté de la Sauvage.

— À ton tour, Mangecœur, murmura-t-il avant de se fondre dans la pénombre des coulisses.

Démon ! Monstre ! aurait voulu hurler la jeune fille.

Au lieu de quoi, elle se redressa. Elle ne se laisserait pas désarçonner. C'était certainement ce qu'il souhaitait.

Isla ne prit même pas la peine de s'annoncer avant de mettre en œuvre sa présentation. Elle n'avait besoin que d'un élément… que seul le haut-roi pouvait lui fournir.

— Voulez-vous bien m'allumer un feu ? demanda-t-elle.

L'espace d'un instant, Oro se contenta de la regarder, les sourcils froncés. Elle craignit soudain qu'il fasse semblant de ne pas l'avoir entendue ou qu'il refuse purement et simplement d'accéder à sa requête, la contraignant à s'adresser à un autre Solarien. Comme si un seul d'entre eux allait accepter de l'aider…

Heureusement, d'un imperceptible mouvement du poignet, le souverain s'exécuta et produisit une colonne de flammes, juste au centre de l'arène.

— Merci, lui dit Isla d'une voix tendue.

Il ne réagit pas, n'eut pas le moindre hochement de tête à l'attention de la jeune fille, et celle-ci s'en retourna vers le foyer qu'il venait de créer.

Tous les regards étaient braqués sur elle. Elle aurait dû y être habituée, depuis le temps, mais leur intensité était telle qu'ils lui faisaient l'effet d'un millier de lames de couteau pointées sur elle.

Isla tira une fiole de sa poche – une flasque de verre en forme de cœur. Elle renfermait un épais liquide d'un rouge écarlate, couleur de sang.

— Les Sauvages ont appris à élaborer de nombreux remèdes thérapeutiques, expliqua la jeune fille en levant son flacon à la vue de tous.

À présent, il ne lui restait plus qu'à démontrer l'efficacité de son contenu.

Sans se laisser le temps de renoncer, Isla prit une profonde inspiration… puis, comme elle l'avait déjà fait une bonne demi-douzaine de fois au cours de son entraînement avec Terra, elle immergea la totalité de son bras dans les flammes.

Il y eut des cris, des hurlements d'effroi, des hoquets de stupeur dans les tribunes tandis que sa peau commençait à carboniser… à fondre.

Elle ne flancha pas, même lorsque la souffrance menaça de l'engloutir tout entière. Son bras tremblait dans les flammes. Son poing libre était tellement contracté que ses ongles s'enfonçaient dans sa paume jusqu'au sang.

Encore quelques secondes, rien que quelques secondes.

Les larmes lui montant au coin des yeux, elle leva le menton, les suppliant de ne pas couler sur ses joues. Il fallait que la foule la trouve forte, fière, insensible à la douleur.

Même si ce n'était qu'une illusion.

Elle ne retira son bras des flammes que quand elle fut incapable de supporter son martyre plus longtemps – du moins, pas sans risquer de tomber à genoux et de se briser comme un œuf, au vu et au su de tous.

Sa peau s'était détachée par lambeaux, mettant à vif la chair rouge. Le simple aspect et l'odeur de la blessure lui retournaient l'estomac. Isla eut un haut-le-cœur – une minute de plus et elle allait vomir.

La lèvre inférieure agitée de tremblements incontrôlés, elle déboucha sa fiole avec les dents, avant de répandre l'intégralité du liquide sur ses brûlures.

Soudain, sous les yeux de chacun des spectateurs présents, sa peau s'apaisa, se retissa, se régénéra, jusqu'à ce que son bras retrouve son apparence initiale, sans plus aucune marque de la morsure du feu.

La douleur, elle, n'avait pas disparu – loin de là –, mais Isla fit en sorte que ses traits n'en trahissent rien. Elle inclina la tête, signalant ainsi la fin de sa démonstration.

Personne n'applaudit. C'était inutile. Sur les visages de la foule, la Sauvage lisait l'ébahissement le plus total.

À Lightlark, la tradition voulait que ce soient les Sélénites qui se chargent de guérir les autres, grâce au pouvoir de l'eau. Mais si l'on en croyait Ella et les informations recueillies par la cour de Céleste, leurs services se faisaient de plus en plus inaccessibles dans l'archipel. Ils étaient de plus en plus onéreux et de moins en moins performants.

À croire que ce peuple souhaitait que le reste des insulaires s'affaiblisse.

Isla venait de prouver que les Sélénites n'étaient pas les seuls à être doués de talents médicinaux et qu'ils n'étaient peut-être même pas les meilleurs dans ce domaine. Cléo ne l'en détesterait que davantage – la jeune fille le savait.

En fin de compte, ce fut Azul qui remporta l'épreuve.

D'aucuns auraient jugé cette décision injuste. Mais pas plus que le Centennal lui-même.

CHAPITRE 16
Ombres mouvantes

Le soir venu, la peau d'Isla était encore endolorie. La Sauvage eut beau prendre d'infinies précautions pour abaisser la fine bretelle de sa robe le long de son bras, elle ne put s'empêcher de tressaillir. Pourquoi avait-il fallu qu'elle choisisse cette tenue ?

La fermeture à glissière aussi lui posa problème. Vu l'endroit où elle se trouvait, il fallait deux mains pour l'ouvrir, ou même juste pour l'atteindre…

— Si tu as besoin d'aide pour te déshabiller, Mange-cœur, permets-moi de te proposer mes services, dit soudain une voix grave.

La jeune fille sursauta et se retourna.

Presque indécelable, Grim était assis dans un fauteuil noyé dans l'ombre. Il se pencha en avant, les coudes sur les genoux, et ses yeux balayèrent l'épaule désormais dénudée d'Isla… la bretelle qui en pendait… le col de sa robe qui glissait imperceptiblement vers le bas…

La Sauvage le remonta de sa main blessée, non sans pousser un grognement, la douleur tel un éclair derrière sa rétine.

L'élixir écarlate lui avait peut-être réparé la chair du bras, mais il n'était pas assez puissant pour atténuer du même coup l'élancement dû à ses brûlures. C'était soit l'un, soit l'autre, mais les insulaires n'avaient nul besoin de connaître ce détail.

Voilà pourquoi il était si important qu'Isla demeure impassible. Qu'elle ne laisse jamais personne la voir souffrir. Voilà pourquoi Terra et Poppy l'avaient fait s'entraîner, encore et encore, jusqu'à ce qu'elle maîtrise cet art à la perfection.

— Comment as-tu réussi à entrer ? demanda-t-elle d'une voix plus fluette qu'elle ne l'aurait voulu.

Elle se rendit compte qu'elle l'avait tutoyé et faillit se reprendre, mais elle en avait soudain assez d'être polie, quand le Nocturne était si peu subtil. Si provocant. Elle aurait pu prétendre détester cette attitude… sauf que ce n'était pas le cas. Elle s'en voulait plutôt de ne pas trouver ses propos révoltants.

Il haussa les épaules, désinvolte.

— Je suis passé à travers les murs.

Évidemment. Isla aurait pu s'en douter.

Elle repensa alors au numéro de son interlocuteur, lors de la démonstration, et la douleur fit place à la colère.

— Parfait. Tu vas pouvoir repartir à travers les murs, dans ce cas, répliqua-t-elle, le doigt pointé sur l'un d'eux.

Grim se leva. Le cœur d'Isla se mit à battre un peu plus vite. Elle se laissait toujours surprendre par sa taille, immense. Par la puissance qui se dégageait de lui, comme des tentacules invisibles.

Il avança d'un pas vers elle.

— Je dois admettre, commença-t-il avec un demi-sourire perfide, que ce n'était pas du tout ainsi que j'imaginais que tu m'accueillerais dans ta chambre…

Isla lui jeta un regard noir, assassin, mais qui fut loin d'être assez agressif. La faute aux émotions qui s'épanouissaient peu à peu dans sa poitrine et que Grim pouvait sentir.

Il tentait de la distraire de la compétition.

— Tu t'es moqué de moi, démon ! cracha-t-elle de peur d'oublier la raison de sa fureur. Je t'avais pourtant prévenu de la nature de l'épreuve. Je t'avais donné tout le temps nécessaire pour te préparer !

Son dépit – qu'elle ne s'expliquait pas – devait transparaître dans son expression car, tout à coup, les yeux de Grim s'adoucirent.

— Mangecœur, dit-il d'un ton étonnamment bienveillant. Je pensais que tu l'aurais compris, à l'heure qu'il est. Que ce soit bien clair : gagner ce Centennal, former de quelconques alliances ou même ne serait-ce que participer activement à la compétition ne m'intéresse pas.

Isla laissa les mots du Nocturne s'immiscer en elle dans un silence absolu.

Il pouvait mentir…

Cependant, elle avait appris à se fier aux actes plutôt qu'aux paroles. C'étaient eux qui traduisaient le mieux les motivations d'autrui. Or ceux de Grim correspondaient à ce qu'il avançait. Il n'avait pas tenté de s'allier à d'autres souverains et il n'avait pris aucune des démonstrations au sérieux.

La jeune fille sentit sa bouche se tordre en une moue d'incompréhension.

— Dans ce cas… qu'est-ce que tu fais là ? s'étonna-t-elle, articulant enfin la question qu'elle se posait à son sujet depuis le début.

Cette question qui résonnait à n'en plus finir dans sa tête à chaque fois qu'il s'approchait d'elle et à chaque fois qu'elle voulait s'approcher de lui. Quand elle vit que le Nocturne ne répondrait pas, elle fit un pas vers lui, comblant l'écart entre eux deux. Tout le monde désirait quelque chose. Tout le monde avait un but. Elle venait de passer les vingt premiers jours de ce Centennal à tenter d'identifier celui de Grim. Sans succès.

— Qu'est-ce que tu veux ? insista-t-elle, le regard planté dans celui du roi, exigeant une explication.

Il la fixa et elle aurait pu jurer voir ses yeux se teinter de tristesse. Un instant plus tard, pourtant, son sourire diabolique était de retour.

— Je pensais que c'était évident, répondit-il en laissant courir son index le long du bras blessé d'Isla.

Prête à souffrir de nouveau, elle se raidit… mais la douleur ne vint pas. Comme si, d'une manière ou d'une autre, Grim parvenait à l'éclipser. Ses doigts étaient froids au toucher, lénifiants, tel un filet d'eau glacée sur les brûlures de la Sauvage.

Malgré tout, la jeune fille recula.

— Ce n'est pas pour moi que tu as décidé de prendre part à ce Centennal.

Elle n'allait pas le laisser s'en tirer avec cette réponse qui n'en était pas une.

— Non, admit-il simplement. C'est vrai.

— Alors pourquoi ?

— Sais-tu comment Lightlark a été créé, Mangecœur ?

Isla serra les poings. Elle avait franchement l'impression qu'il évitait sa question, mais si ça pouvait l'empêcher de se volatiliser sans prévenir, soit. Elle aimait autant qu'il parle. Aussi accepta-t-elle d'entrer dans son jeu. Après tout, peut-être parviendrait-elle quand même à lui soutirer quelques informations utiles.

— L'archipel a été façonné par le premier des Originels, répondit-elle. L'ancêtre d'Oro. Horus Rey.

— C'est un mensonge. Il n'en a pas été le seul fondateur. Ils étaient deux amis. Il y avait lui et Cronan Malvere.

Elle regarda son interlocuteur, perplexe.

— Mon ancêtre, ajouta-t-il.

Isla n'avait jamais entendu parler que d'Horus Rey. Selon les livres d'histoire, c'était lui qui avait fait naître Lightlark, des milliers d'années auparavant. Les Nocturnes, eux, n'avaient plus leur place dans l'archipel depuis longtemps. Leur île n'existait même plus !

— Lightlark est ensuite devenu plus puissant qu'ils ne l'avaient prévu, poursuivit Grim. C'est ce qui les a rendus cupides et en a fait des ennemis. Leurs querelles se sont soldées par un duel et après la défaite de Cronan, les Nocturnes sont partis créer leur propre contrée. Mais elle était loin d'avoir autant de pouvoir que Lightlark.

Ses yeux noirs trouvèrent ceux d'Isla. Bien qu'elle en eût envie, elle se découvrit incapable de détourner le regard.

— Cet archipel a été bâti aussi bien grâce aux pouvoirs des Nocturnes qu'à ceux des Solariens. Mon père pensait qu'il était temps pour nous de faire valoir nos droits sur cette terre et d'en reprendre le contrôle.

C'était ce qui avait déclenché la guerre entre Lightlark et le royaume des ténèbres. Pas étonnant que Grim n'ait été invité à aucun des Centennaux précédents. Isla se demanda comment Oro pouvait accepter d'héberger l'un de ceux qui avaient envahi son foyer et massacré les siens. Il devait vraiment être prêt à tout pour mettre fin aux malédictions.

Mais pourquoi ? Que cachait-il ?

— Et toi, qu'est-ce que tu en penses ? demanda-t-elle dans un murmure à peine audible et pourtant encore trop sonore à son goût.

Grim grinça des dents.

— C'est moi qui ai poussé mon père à signer le traité. Nous avions perdu trop des nôtres. Et nous allions perdre bien plus encore si nous ne capitulions pas. Comme le stipulait l'accord de paix, je suis venu vivre à Lightlark, comme caution. S'il venait aux Nocturnes l'idée de commettre de nouvelles erreurs, les insulaires tueraient le seul héritier de leur royaume. J'ai habité ici pendant vingt ans, jusqu'à ce que…

Jusqu'à ce que… Il n'alla pas plus loin, mais Isla connaissait la suite du récit.

Jusqu'à ce que les malédictions adviennent et qu'en une seule nuit de terreur, les six souverains se sacrifient. Jusqu'à ce que le pouvoir de chacun se voie transféré à son héritier. Jusqu'à ce que ces nouveaux rois et reines et la majorité de leur peuple fuient l'archipel à l'arrivée de l'ouragan perpétuel qui s'apprêtait à l'engloutir.

Isla avait beau redouter la question qui lui venait aux lèvres, il fallait qu'elle la pose.

— Est-ce que c'est toi qui as lancé les malédictions ?

Il la dévisagea longuement, attentivement.

— Si c'était le cas, m'adresserais-tu encore la parole ?

La Sauvage recula, tendue, les narines dilatées.

— Non. Les malédictions ont coûté la vie à un nombre incalculable des miens. Elles nous ont changés en monstres, dit-elle d'une voix étranglée. C'est à cause d'elles que je suis orpheline.

Le chagrin voila brièvement les yeux de Grim.

— Elles ont tué mes deux parents aussi, dit-il avant de baisser la tête sans lâcher la jeune fille du regard. Non, Isla, ce n'est pas moi qui ai lancé les malédictions.

Elle savait que se fier à un autre monarque était totalement insensé. Mais la peine du Nocturne n'avait pas l'air feinte. Et elle reflétait la sienne.

— Alors, pourquoi es-tu venu ? redemanda-t-elle. Pour te venger ? Pour tenter d'envahir à nouveau Lightlark ? (Une autre pensée lui vint, et Isla pâlit.) Pour t'assurer que les malédictions ne seront pas brisées ?

Grim haussa un sourcil.

— Je te retourne la question. Pourquoi es-tu venue ? Qu'est-ce que tu veux ?

La Sauvage s'immobilisa. Les mensonges s'accumulaient déjà derrière ses lèvres, prêts à être débités, quand le Nocturne sourit. Il avait perçu son anxiété, son hésitation. Si elle ne disait pas la vérité, il le saurait.

Isla ne détourna pas les yeux, mais ne prononça pas non plus le moindre mot.

Grim finit par secouer la tête, puis il se dirigea vers le mur par lequel il était sans doute arrivé. Là, il jaugea la jeune fille de la tête aux pieds, avant de regarder son bras d'un air contrarié, comme s'il pouvait sentir que sa brûlure apparemment guérie continuait de la lancer.

— Tu sais, Mangecœur, je trouve que tu poses beaucoup de questions… pour quelqu'un qui cache autant de secrets.

CHAPITRE 17
La morsure du froid

Isla passa la journée suivante le bras enveloppé de glace. Ella lui en avait apporté un seau des cuisines et le remplaçait régulièrement, sans poser de questions. Même si les brûlures de la Sauvage ne lui faisaient plus aussi mal qu'avant, elles continuaient de la gêner. De temps à autre, elle les badigeonnait également d'onguents. Plus sa chair guérirait vite, moins elle aurait cette sensation qu'on lui avait arraché une part d'elle-même.

Malgré ces soins, quand le soir tomba, la douleur qui persistait se remit à la tourmenter. Le fait, tout aussi agaçant, que ses pensées n'arrêtaient pas de la ramener à Grim n'aidait en rien. Plutôt que d'essayer de trouver le sommeil – qui ne viendrait pas –, Isla partit vagabonder dans les couloirs, furetant ici et là comme à son habitude.

C'est de cette manière qu'elle finit par entendre le vacarme en provenance de l'aile du palais où se dressait l'arène.

On y montait des installations, en vue d'une démonstration. Des dizaines d'insulaires s'affairaient dans les environs, certains criant des ordres aux autres. La jeune fille s'approcha le plus possible, dans l'espoir de déduire en quoi consisterait l'épreuve, mais il y avait trop de monde. En outre, son bras recommença bientôt à la tirailler, réclamant sa dose de glace.

Ses efforts, cependant, n'avaient pas été totalement vains. La grande majorité de ceux qu'elle avait vus aux abords de l'arène étaient habillés de blanc. La couleur des Sélénites. Elle n'aurait donc pas dû être si surprise quand, vingt-quatre heures plus tard, Ella frappa à sa porte au beau milieu de la nuit.

Sa peau la brûlait toujours, mais moins vivement. Dès son retour dans sa chambre, la veille, Isla avait fait son maximum pour accélérer le processus de guérison : en plus d'appliquer son baume thérapeutique deux fois plus souvent, elle avait pris plusieurs autres élixirs par voie orale. Malgré tout, elle pensait avoir plus de temps devant elle. Seul un être aussi cruel que Cléo pouvait avoir prévu de tenir sa démonstration à cette heure indue.

— Cette épreuve testera la force de vos désirs, annonça la Sélénite.

Les mains jointes comme si elle priait, elle se tenait au centre de l'arène, dont la surface avait été recouverte d'un labyrinthe de canaux. Chaque souverain attendait à l'orée de cette structure, devant un de ses couloirs d'eau. Ceux-ci étant flanqués de murs de glace, aucun des concurrents, une fois qu'il aurait plongé dans la voie qui lui était dédiée, ne pourrait plus voir les autres.

Aucune indication ne leur avait été donnée. Ils n'avaient même pas eu le temps de se changer. Voilà pourquoi Isla se retrouvait, dans cette boule à neige qu'était devenue l'arène, uniquement vêtue d'un petit haut sans manches et d'un short minuscule, en dépit du froid polaire. Elle allait sans doute geler sur place dans cette eau glaciale.

Les autres monarques n'arboraient ni leur cape habituelle ni leurs tenues recherchées, mais ils n'étaient pas non plus en pyjama. D'une manière ou d'une autre, ils étaient parvenus à enfiler des vêtements relativement adaptés à la nage. Étaient-ce leurs pouvoirs qui le leur avaient permis ? Ou bien avaient-ils exigé de pouvoir s'habiller décemment quand Isla, encore à moitié endormie, s'était contentée de suivre Ella dans les corridors du palais ?

— Un gardien digne de ce nom, pour servir les intérêts de son peuple, doit parfois savoir ignorer ses aspirations égoïstes, poursuivit Cléo. Mais dans ce labyrinthe, vous serez guidés par votre cœur. Il vous mènera à ce que vous désirez le plus. La nature de ce désir importe peu. Le vainqueur sera celui qui atteindra le sien en premier. Car ne pas savoir ce que l'on veut vraiment peut s'avérer pire encore que de faire passer ses ambitions avant le bien de son royaume.

Le haut-roi, qui se trouvait à quelques mètres seulement d'Isla, fixait l'eau comme si celle-ci l'avait personnellement offensé. Contrairement à la Sauvage, il ne portait évidemment pas de petit pyjama, mais un pantalon doré, assorti d'une chemise de la même teinte dont il se mit à retrousser les manches avec soin.

Sur une de ses mains, légèrement gonflée, s'étalait une petite plaque rouge.

— Ah, les giselles des bois, quelle plaie ! commenta Isla à voix basse, presque pour elle-même.

Oro se raidit. Puis il la regarda comme s'il venait juste de remarquer qu'elle avait été placée devant le couloir voisin du sien.

— Vous savez ce dont il s'agit ?

La jeune reine prit un air détaché.

— Bien sûr… Des plantes avec des feuilles à cinq branches ? Des bourgeons jaunes ? Tachetées de vert ?

Le souverain hocha lentement la tête.

— Ce sont des giselles des bois, conclut Isla. Elles sont vénéneuses. Elles provoquent des démangeaisons… et des cauchemars.

Interloqué, il la dévisagea.

— Bon, d'accord, admit la Sauvage, les cauchemars, c'était sans doute une invention de mes gardiennes pour me dissuader d'en approcher.

Sur ses terres nouvelles, les fleurs en question poussaient non loin de chez elle. Terra et Poppy avaient appris à Isla l'existence de cette plante après avoir fait réparer le carreau descellé de sa chambre, de peur sans doute qu'elle ne tente de trouver un autre moyen de sortir.

— Il faut traiter l'inflammation avec un mélange de lait, de purée de tomate, de miel, d'écorce de saule, de pâte de cendres et de mûres écrasées.

Oro pinça les lèvres, puis…

— Merci, lâcha-t-il.

Comme si c'était difficile à dire.

Isla le scruta d'un œil soupçonneux.

— Les giselles des bois ne poussent qu'au plus profond des forêts, là où la végétation est si dense que les arbres s'entremêlent. Peut-on savoir, par tous les royaumes, ce que vous faisiez dans un endroit pareil ?

« Vous savez à quel point c'est dangereux ? » sous-entendait son intonation.

La Sauvage soutenait encore le curieux regard que lui jetait le Solarien quand, soudain, sans un avertissement, une cloche sonna. La jeune fille fut obligée de s'élancer dans son couloir.

L'eau lui donnait l'impression qu'un bon millier d'aiguilles la transperçaient de toutes parts. Au tout début, le froid lui avait paru presque agréable sur son bras à vif. Rapidement, cependant, il s'était intensifié, au point d'en devenir mordant, ce qui rendit sa blessure d'autant plus douloureuse. Le souffle coupé, elle avait désormais un bloc de glace à la place des poumons. Le bout de ses doigts comme de ses orteils était déjà tout engourdi.

Au-dessus d'elle, des centaines d'insulaires criaient, soit pour la huer, savourant sa faiblesse, soit pour encourager leurs rois et reines respectifs.

Allez, avance ! l'exhorta une voix dans sa tête, bien que son corps entier la suppliât de sortir de l'eau. Venir d'une contrée telle que les terres nouvelles des Sauvages – qui ne connaissaient pas l'hiver – la désavantageait forcément.

Ce qui ne voulait pas dire qu'elle n'avait jamais été soumise à l'hostilité des éléments par le passé.

En effet, Terra se doutait que certaines des épreuves du Centennal risquaient de se dérouler dans des conditions extrêmes. Aussi, l'année de ses dix-sept ans, Isla avait été abandonnée dans la forêt les yeux bandés, au beau milieu d'un ouragan.

Lorsqu'elle avait fini par réussir à se défaire du bandeau qui lui occultait la vue, ses gardiennes étaient déjà loin. Le vent qui tordait les arbres leur donnait des formes grotesques, les feuilles et la terre collaient à la peau de la jeune fille et une multitude de petites bestioles grouillaient sur ses chevilles.

À moins de savoir les contrôler, les forêts pouvaient tout bonnement vous tuer. Voilà pourquoi il était si choquant que le haut-roi ait décidé de s'y aventurer.

Isla avait mis trois jours à rejoindre le château sauvage. Dans l'intervalle, après s'être abreuvée d'eau croupie là où on l'avait laissée, elle s'était d'abord fabriqué à la hâte un abri en feuilles de palmier, pour y rester assise, tremblant de tous ses membres, en attendant que passe la fièvre qui lui vrillait les tempes sans discontinuer. Au bout d'un moment, ses leçons de survie lui revenant en mémoire, elle s'était rendu compte qu'elle mourrait si elle demeurait immobile et elle s'était forcée à se mettre en marche. Plus tard, à l'aide du poignard qu'elle gardait en permanence sanglé à sa cuisse, elle avait entrepris de se confectionner un arc et des flèches pour chasser de quoi manger.

Dans son hébétude, elle s'était d'ailleurs entaillé un doigt, si bien que son sang, en maculant ses armes, avait attiré davantage encore de ces insectes qui se repaissaient de sa chair comme si elle était déjà morte.

Le temps qu'elle rejoigne le perron du château pour s'y écrouler comme une masse, elle était si malade qu'il avait fallu aux guérisseurs les plus expérimentés de son royaume des semaines pour la soigner.

— *Tu aurais pu me tuer !*

Une fois qu'elle avait pu de nouveau parler, ses premiers mots avaient accusé Terra.

Celle-ci, cependant, s'était contentée de sourire.

— *La seule façon de ne plus craindre la mort, c'est d'aller à sa rencontre*, s'était justifié sa maîtresse d'armes.

Isla savait donc ce que c'était que d'être sur le point de mourir. Or, elle en était encore loin. Par conséquent, elle maintint son cap et persévéra malgré les aiguilles qui s'enfonçaient désormais sous sa peau au point d'entamer ses os, malgré le froid qui avait investi chaque centimètre carré de son corps.

Devant elle, elle aperçut une fourche. Elle se demandait quelle direction elle allait bien pouvoir choisir quand, tout à coup, elle se sentit comme légèrement tirée vers la droite… puis vers la gauche.

Elle s'arrêta, sortit la tête de l'eau et reprit sa respiration.

Le premier canal lui donnait la sensation de mener à son foyer. À Terra et Poppy. À sa famille. Quant au deuxième, il semblait lui promettre… davantage.

Elle n'aurait su dire exactement ce que cela signifiait, mais les deux émotions qui la submergeaient s'avéraient puissantes, enivrantes, saisissantes.

Les consignes de Cléo lui revinrent en mémoire. Isla était censée se laisser guider par son cœur. Dans ce cas, pourquoi se montrait-il si indécis ?

Pendant qu'elle faisait du surplace, le temps semblait s'être figé. Était-elle là depuis quelques secondes seulement ? Quelques minutes ? Plus encore ?

Secoue-toi, enfin ! s'écria une voix dans son esprit.

Elle ne désirait rien tant qu'être libre, ça, aucun doute là-dessus. Mais était-ce véritablement tout ce qu'elle souhaitait ?

Quelque part au loin, un sifflet retentit. Un premier concurrent avait rallié l'issue du labyrinthe.

Isla avait pris tellement de retard ! Il était temps de faire un choix, de suivre ses désirs.

Elle opta pour l'une des deux directions et se remit à nager de plus belle, revigorée malgré le givre qui saturait sa poitrine et les volutes de vapeur qui s'échappaient de sa bouche à chaque expiration.

Sa chevelure n'était plus qu'un amas d'épaisses mèches congelées, ses vêtements ne la réchauffaient pas le moins du monde et sa peau semblait s'être rigidifiée. Dans le froid implacable du dédale, ses muscles avaient de plus en plus de mal à fonctionner.

Encore un dernier effort ! les implora-t-elle. Ils avaient traversé bien pire. C'était pour ce genre de défi qu'elle s'était entraînée.

Ses poumons ne tardèrent pourtant pas à la lâcher, noyés par une gorgée d'eau qui s'était débrouillée pour franchir la barrière de ses lèvres.

Encore un tournant.

Le labyrinthe lui donnait l'impression de se resserrer autour d'elle. À chaque fois qu'elle passait la tête à la surface pour reprendre une goulée d'air, les spectateurs se faisaient plus flous. Leurs vivats, plus distants.

Parvenait-elle encore ne serait-ce qu'à bouger ? Elle ne sentait même plus ses bras. L'eau lui paraissait de plus en plus glaciale. Sa respiration faiblissait. Isla lutta pour rouvrir les yeux, mais elle ne vit rien d'autre qu'une lumière, qui s'éloignait.

Elle coulait.

Si elle succombait, la prophétie serait-elle en partie accomplie ? Cléo avait peut-être justement conçu cette épreuve en espérant que le maillon faible parmi les souverains y trouverait la mort, sans qu'aucune des règles du Centennal ait été enfreinte.

Au moins, dans ce scénario, Céleste survivrait. Mais pas le peuple d'Isla. Pas Terra ni Poppy.

Elle n'était pas en train de mourir. Pas dans un tel calme. Elle avait plutôt la sensation de glisser dans le sommeil.

Elle voulait tout ce que la vie avait à offrir. L'interminable existence d'une reine dotée de pouvoirs, la possibilité d'explorer Lightlark de fond en comble, une éternité d'amitié en compagnie de Céleste, et peut-être même… l'amour. Ce penchant qu'elle avait toujours méprisé chez les autres. Même chez sa propre mère. Ce sentiment qu'elle considérait comme imprudent. En plus de sauver son royaume et de briser les malédictions, toutes ces choses si égoïstes, elle les convoitait, elle les désirait avec tant de force…

Petit à petit, ses poings se desserrèrent. Un grognement lui remonta du fin fond de la gorge. Résistant à l'envie irrépressible de garder les paupières fermées, Isla contraignit ses membres à se ranimer, puis elle se propulsa dans l'eau gelée comme si c'était là le dernier rempart entre elle et tout ce que recelait son cœur.

Sa vision continuait de se brouiller de temps à autre, mais elle finit par sentir sous ses doigts la fin du labyrinthe. Sans tarder, elle attrapa la plaque de glace étincelante qui l'attendait au bout du couloir, avant d'utiliser le peu d'énergie qui lui restait pour se hisser hors de l'eau.

Elle ne chercha pas à déchiffrer ce qui était inscrit sur la petite tablette. Elle n'entendit même pas la foule. Elle sentit seulement une douce chaleur l'envelopper. Ella. La domestique venait de lui draper une serviette sur les épaules.

Prise de tremblements, la Sauvage ne parvenait toujours pas à y voir clair.

— S'il te plaît, réussit-elle à articuler, reconduis-moi jusqu'à ma chambre.

Elle devait à Ella bien plus qu'une simple crème anti-douleur, se dit-elle tandis que la jeune servante se hâtait de lui faire quitter discrètement l'arène, profitant de l'euphorie du public face à la victoire de Cléo.

La Sélénite avait de toute évidence imaginé cette épreuve pour prouver sa supériorité par rapport aux autres rois et reines. Le fait qu'elle soit désormais à égalité avec Oro aurait sans doute beaucoup plus inquiété Isla si elle ne s'était pas sentie aussi faible.

Ella avait beau ne pas être grande, elle était plus costaude qu'elle n'en avait l'air. Elle soutint la Sauvage tout au long de leur pénible cheminement à travers le palais désert. Isla laissait dans son sillage un interminable chapelet de flaques. Ses poumons l'élançaient. On aurait dit deux seaux de glace dans sa poitrine.

— Je vais faire couler un bain, dit la domestique quand elles finirent par atteindre leur destination. Et vous apporter une tasse de thé.

Sur ce, elle ressortit en courant.

Étendue sur son lit, Isla ne cessait de perdre et de reprendre connaissance. Pourtant, si son corps était complètement gourd, son esprit, lui, demeurait concentré sur sa mission : il fallait à tout prix qu'elle mette la main sur ce brise-liens.

Pendant si longtemps, elle avait fait abstraction de ses désirs. Elle les avait repoussés, préférant écouter les mises en garde de ses gardiennes, qui lui disaient que sa vie ne lui appartenait pas. Qui lui inculquaient qu'il était égoïste de vouloir quoi que ce soit en dehors du salut de son royaume.

À présent, elle ne pouvait plus se mentir. En réalité, elle voulait énormément de choses et elle était prête à tout, y compris le pire, pour les obtenir.

Pas seulement pour elle, non. Ses désirs lui avaient ouvert les yeux. Plus que jamais auparavant, elle comprenait son peuple. Tous les Sauvages méritaient de voir leurs souhaits se réaliser. Tous les Stellaires aussi – y compris Ella.

Je vous le promets…

Isla s'était-elle exprimée à voix haute ? Elle n'en savait rien. Ces mots n'avaient peut-être jamais franchi ses lèvres. Ella l'avait aidée à s'asseoir dans la baignoire, où l'eau chaude avait ébouillanté sa peau frigorifiée. Trop épuisée pour cacher sa souffrance, elle avait crié.

Je trouverai le brise-liens. Je briserai les malédictions.

Même s'il faut pour cela que je me brise moi-même.

CHAPITRE 18
Le château sélénite

Isla se réveilla avec l'impression d'être à l'agonie. Une sensation de froid impitoyable s'était logée dans sa poitrine. Elle resta au lit toute la journée, à boire du bouillon. Ella alimenta le feu, ne cessa de lui apporter du thé et lui fit couler un bain brûlant. Le soir venu, malheureusement, la Sauvage n'allait qu'à peine un peu mieux.

Céleste s'aventura à lui rendre visite. Elle apportait avec elle une soupe spéciale, typiquement stellaire, qu'elle s'était procurée sur l'île des Étoiles.

— Je vais y aller à ta place, dit-elle dès qu'elle vit Isla.

Celle-ci comprit qu'en plus d'en avoir l'impression, elle devait aussi avoir l'air d'être en train de mourir. Elle se redressa contre ses oreillers avec un grognement et fit non de la tête.

Le vingtième jour du Centennal touchait à sa fin. Cette nuit-là, ce serait la pleine lune. Leur seule chance de pénétrer sur l'île des Sélénites sans se faire remarquer.

— Ne le prends pas mal, Céleste, mais je me déplace avec plus de discrétion.

La Stellaire soupira.

— Je sais, mais…

— Si tu te fais attraper, c'est terminé, la coupa Isla en secouant de nouveau la tête. On ne peut pas prendre ce risque.

— Parce qu'on peut risquer que toi, tu te fasses attraper, peut-être ? demanda Céleste, la mine grave.

La Sauvage balaya les inquiétudes de son amie d'un geste de la main, avant de s'étirer. Elle avait une nouvelle teinture capillaire à préparer.

— Je vais bien, mentit-elle.

C'était faux, Céleste le savait, mais elle savait aussi – elles le savaient toutes les deux – qu'elles n'avaient pas le choix.

Gardant à l'esprit toutes ses ambitions et tous ses espoirs, Isla s'efforça de ne pas songer aux élancements qui lui parcouraient le bras, au froid qui l'emplissait à chaque inspiration, à son besoin de repos…

Rien de tout ça n'avait d'importance, comparé au briseliens. Il le leur fallait impérativement.

Juniper était sans doute le commerçant le plus fiable de tout l'archipel. Ou le moins fiable, Isla n'arrivait toujours pas à se décider. En tout cas, l'information qu'il lui avait fournie se révélait exacte : devant le pont des Sélénites, il n'y avait pas de sentinelles.

Comme le prévoyait leur malédiction, à chaque pleine lune, la mer prenait leur peuple pour cible. Des vagues de plus de trente mètres réduisaient leurs navires en miettes. Des houles monstrueuses happaient leurs filles du haut des falaises. L'océan jaillissait, les avalait, puis se calmait.

Ce soir-là, il semblait affamé.

Il n'y avait personne au-dehors. Le silence était tel qu'Isla entendait les flots se ruer à l'assaut du promontoire où se dressait le château de Cléo. Sans pitié, la mort frappait à la porte, exigeant son dû.

L'île de la Lune était un véritable bijou d'eau, de glace et de verre. Dès qu'elle avait quitté la passerelle, Isla avait senti le givre l'envahir, comme un regret au creux de son être. Tout aux alentours apparaissait aussi froid que la reine des lieux… et aussi beau.

Fontaines et ruisseaux parsemaient l'île, donnant aux Sélénites un accès constant à la source de leurs pouvoirs. Les allées, tapissées de nacre, étaient bordées de statues de marbre représentant des créatures marines aux tentacules sinueux, des femmes à queue de poisson, des bateaux flottant dans le vide… Au-dessus de ce décor enchanteur, seul le château de glace semblait suivre la progression d'Isla, aussi attentif que l'astre lunaire lui-même. Il n'y avait toujours aucun garde dans les parages.

Malheureusement pour elle, la Sauvage se dirigeait droit vers l'endroit où ils s'étaient tous retranchés. Selon les renseignements de Céleste, la bibliothèque se trouvait au cœur du château. C'était donc là qu'Isla se rendait.

Elle s'était teint les cheveux en blanc à l'aide de son élixir sauvage. Elle portait aussi une tenue adéquate. Pourtant, quelque chose lui disait qu'être une Sélénite ne se résumait pas à cela. Il suffirait aux sentinelles d'un coup d'œil pour se rendre compte qu'elle était une intruse. Le simple fait de venir de l'extérieur la trahirait d'emblée. Aucun Sélénite ne s'y risquerait par une nuit pareille. Aussi devait-elle se faire plus silencieuse qu'un fantôme pour parvenir à s'introduire dans l'édifice sans être aperçue. S'avançant avec prudence, elle restait dans l'ombre des bâtiments, au cas où quiconque épierait les environs depuis les hauteurs.

Le château se dressait en effet tout au sommet d'une colline de pierre blanche. Un étroit sentier reliait les jardins à l'entrée principale. Très exposé, il était facile à surveiller. Impossible pour Isla de l'emprunter sans se faire remarquer.

Dans l'espoir de trouver un autre moyen de se glisser dans la forteresse, elle fit le tour de la colline. Le château semblait impénétrable… ou, du moins, il l'aurait été sans la présence d'une fenêtre, à environ quinze mètres au-dessus de la Sauvage, au niveau des caves.

Par chance, il n'y avait pas de barreaux devant le carreau – c'était exactement le genre de faille que cherchait la jeune fille.

Elle se prépara. L'appréhension avait rendu ses paumes moites et elle les passa sur la roche, s'enduisant les mains de poudre crayeuse.

La paroi était presque parfaitement plane mais, çà et là, on distinguait quelques aspérités. Isla avait appris à grimper et à repérer ce type de renfoncements infimes, d'interstices presque invisibles.

Ses doigts trouvèrent sans difficulté leurs premières prises, deux bosses de quelques centimètres à peine. Puis, avec un grognement d'effort, elle se hissa vers le haut.

Les premières minutes n'étaient jamais très ardues. Le sol n'était pas loin. En cas de faux pas, Isla pouvait toujours se relever et recommencer.

Au bout d'une dizaine de mètres, cependant, les choses commencèrent à se corser.

La Sauvage progressait vite, pour ne pas perdre son élan ni se laisser le temps d'avoir peur – un peu comme lorsqu'on se dépêche d'avaler un remède qui a mauvais goût.

C'était l'une des leçons de Terra. La gardienne d'Isla lui avait fait observer les singes qui sillonnaient la forêt en montant aux arbres avec aisance. Ils ne calculaient pas leur moindre saut. Non, ils s'élançaient en sachant que leurs doigts ou leur queue trouveraient toujours une branche à laquelle se raccrocher.

« Grimpe jusqu'à ce que tes muscles aient mémorisé tes mouvements. Laisse ton intellect en dehors de tout ça », disait sa professeure.

Et Isla escaladait l'arbre, la falaise, le mur. Encore et encore.

Ses mains s'étaient habituées à l'exercice. Elles se déplaçaient d'elles-mêmes, sondant la pierre en quête d'anfractuosités. Quand elles les trouvaient, elles allaient plus haut. Puis encore plus haut.

Isla tendit à nouveau le bras. L'une de ses mains agrippa une légère saillie. L'autre tâtonna alentour, en quête d'une prise.

Mais pour la première fois depuis le début de l'ascension, la roche était lisse. La jeune fille ne pouvait se cramponner à rien.

Plus haut. Il fallait qu'elle cherche plus haut. Tremblant sous l'effort, elle se tendit au maximum, dans l'espoir de sentir un autre endroit où poser sa main. Le geste mit sa peau encore si sensible au supplice et elle faillit laisser échapper un cri de douleur.

Rien.

C'était le problème quand on entreprenait de gravir une paroi inconnue : on n'avait aucune garantie de ce qu'on y trouverait. Malgré tout, il y avait toujours une solution, un moyen d'avancer.

Les doigts d'Isla commençaient à transpirer. Ils étaient de moins en moins fermes. Elle avait chaud et se sentait frigorifiée tout à la fois. Avait-elle de la fièvre ? Était-elle en train de tomber vraiment malade ?

Non, elle était seulement affaiblie. Sa blessure la brûlait toujours un peu. La sensation de froid dans sa poitrine s'était accentuée.

Elle devait simplement trouver une nouvelle prise, et vite.

Plus haut. Elle força son bras à s'étirer encore plus. Même en s'appliquant à ne pas émettre le moindre son, elle ne put s'empêcher de gémir.

Soudain, elle sentit une minuscule fissure dans la paroi. Sans perdre un instant, elle ficha sans ménagement ses doigts à l'intérieur, répartissant à nouveau son poids contre la pierre.

Il était moins une.

Son objectif n'était plus qu'à quelques mètres. Assez large pour permettre à la jeune fille de s'y faufiler, la fenêtre disposait même d'un rebord, sur lequel elle pourrait prendre appui.

Au moment où Isla déplaçait à nouveau sa main et allait s'agripper à une nouvelle aspérité, celle qui la soutenait céda sous son poids.

La Sauvage dégringola.

Tomber d'une telle hauteur allait lui rompre les jambes. Ou les côtes, suivant comment elle atterrissait. Ou la colonne vertébrale. En tout cas, elle serait découverte. On la trouverait gisant à terre au pied du château, tous ses os fracturés.

Elle pourrait dire adieu au brise-liens. Adieu à l'avenir qu'elle désirait plus que tout et qui, ces derniers temps, s'embellissait en permanence, au gré des expériences qu'elle engrangeait.

Non !

D'un geste si rapide qu'il ne pouvait être imputé qu'à sa mémoire musculaire, Isla défit le fermoir de son collier – un ras-de-cou dont l'agrafe acérée pouvait tenir lieu de lame – et l'enfonça de toutes ses forces dans la paroi.

Sa chute s'interrompit.

Une poignée de secondes seulement car, un instant plus tard, la lame capitula à son tour.

Heureusement, la Sauvage avait déjà trouvé de nouvelles prises. Même si elle était redescendue de plus de six mètres, elle était en vie et en un seul morceau.

Malgré tout, son estomac lui donnait l'impression de lui être remonté dans la gorge et son cœur cognait si fort qu'il résonnait contre la paroi qu'elle gravissait.

Pas le temps de crier victoire. La nuque trempée de sueur malgré le froid, Isla reprit son ascension. À ses oreilles retentissait une espèce de grondement incessant. Était-ce le fracas des vagues ? Le contrecoup de l'adrénaline ? Son corps la prévenant qu'il n'était pas encore prêt à fournir un tel effort ? Elle n'en savait rien.

Quelques minutes plus tard, elle se hissait sur le rebord de pierre, poussait la vitre qui, par chance, n'était pas verrouillée et s'introduisait laborieusement à l'intérieur de la bâtisse.

Le château de l'île de la Lune était, lui aussi, plongé dans le silence.

Ses murs étaient faits d'un marbre laiteux, strié de veines bleu sombre semblables à des cours d'eau. Ils ressemblaient à Cléo, se dit Isla. Comme elle, ils étaient immaculés, sans âge.

C'en était d'ailleurs légèrement inquiétant.

Il était tard. Les Sélénites s'étaient sans doute déjà retirés dans leurs chambres. À en croire Céleste, depuis l'avènement des malédictions, la majorité d'entre eux avaient emménagé là, dans le seul bâtiment assez haut placé sur l'île pour échapper aux raz-de-marée qui revenaient chaque mois.

Cependant, même à l'intérieur, la Sauvage percevait le mugissement féroce des flots déchaînés tentant désespérément d'atteindre les habitants.

Pour la plupart, ils devaient déjà dormir. Ou peut-être que, si les couloirs étaient déserts, c'était parce qu'il y avait des règles. Cléo semblait prendre plaisir à user et abuser de son autorité. Elle avait très bien pu imposer un couvre-feu. Ou bien restreindre l'accès à certaines parties du château.

En tout cas, c'était un véritable labyrinthe.

Isla n'avait aucune idée d'où elle allait. Elle savait seulement que la bibliothèque se situait au fond de l'édifice, face à l'océan. Aussi continua-t-elle d'avancer.

De temps à autre, des bruits de pas se répercutaient dans certains corridors, suivis de ce qui semblait être des ordres. Probablement des gardes en patrouille.

Il y en avait tellement ! Ils étaient beaucoup plus nombreux en ces lieux que dans le reste de l'archipel. À vrai dire, à présent qu'Isla y repensait, elle n'avait pas aperçu un seul soldat sur l'île du Ciel. Et en dehors de ceux qui entretenaient les torches de l'agora, il n'y en avait pas tant que ça non plus sur l'île principale.

Que pouvait bien manigancer Cléo ?

La Sauvage espérait que la bibliothèque ne serait pas soumise à la même surveillance. Après tout, la collection privée ne pouvait être ouverte que par Cléo – inutile, donc, de la protéger outre mesure. Mais plus Isla s'enfonçait dans les couloirs, plus il lui semblait entendre de soldats. Elle entendait leurs murmures à travers les murs. Le gargouillis de l'eau qu'ils manipulaient grâce à leurs pouvoirs. Le crissement suraigu de la glace en train de se former.

Était-elle à proximité des cachots ? Les gardes étaient-ils simplement en train de s'entraîner ? Mais dans quel but ?

Soudain, la jeune fille capta un mouvement du coin de l'œil. Une espèce d'éclat blanc, qui disparut aussi vite qu'il était apparu. Isla fonça se réfugier dans la première pièce qu'elle trouva.

Vide. Rien que quatre murs. Elle se plaqua contre le plus proche, sa pierre froide lui glaçant l'échine tandis qu'elle priait pour que personne ne l'ait vue.

L'espace de quelques instants, il n'y eut que le silence.

Puis elle entendit des voix.

— Tu patrouillais dans ce couloir ?

Un homme.

— Non.

Une femme.

— Et Lazlo ?

La femme marmonna sa réponse, négative.

— Pourquoi ? ajouta-t-elle.

Une seconde d'hésitation, puis…

— Parce que j'ai aperçu quelqu'un.

— Ici ?

Isla se pétrifia. Elle avait été repérée.

Les deux sentinelles remontaient le corridor, à présent. Leurs talons résonnaient sur le marbre comme sur de la porcelaine. Chaque pas les rapprochait de la Sauvage.

— Qui aurait bien pu arriver jusque-là sans tomber sur la légion ? s'étonna la femme.

La légion ? Cléo levait une armée ? Mais pourquoi ? Que préparait-elle ?

Isla n'eut pas le temps de se poser davantage de questions car, trois secondes plus tard, la porte de la salle où elle se terrait s'ouvrit à toute volée.

CHAPITRE 19

Engloutis

Isla ne laissa pas aux gardes le temps de dégainer leurs lames de glace ni de brandir les fioles d'eau accrochées à leur taille.

Avant même qu'ils aient pu appeler au secours, elle les avait frappés à six endroits différents, des points précis que Terra lui avait appris à viser. Leurs muscles se relâchèrent aussitôt.

Un dernier coup assené à chacun, à l'arrière de la tête, et ils s'effondrèrent, sans connaissance. Pas une goutte de sang versée. Sa maîtresse d'armes serait fière d'elle.

Isla était essoufflée. L'ascension puis la lutte lui avaient demandé trop d'énergie. Elle n'aurait vraiment pas dû être debout, encore moins en mission sur le territoire d'une autre reine.

Trop tard. Elle y était et la situation commençait déjà à dégénérer.

Le plus discrètement possible et avec toute la force qu'elle pouvait rassembler, elle traîna les soldats dans la pièce, puis referma la porte derrière elle avant de se précipiter dans le couloir.

Soit ils se réveilleraient et appelleraient à l'aide, soit quelqu'un s'apercevrait de leur disparition et donnerait l'alerte, soit encore un autre garde l'arrêterait et demanderait des renforts.

Dans tous les cas, il n'était plus question de jouer les ombres. Dorénavant, Isla devait trouver la bibliothèque, aussi vite que le lui permettraient ses jambes de plus en plus faibles.

Le corridor suivant était désert, mais celui d'après comptait quatre gardes, adossés au mur, tête haute, leurs épées de glace plaquées contre leur torse, comme les casse-noisettes qu'elle avait vus un jour sur un marché. Au bruit de ses pas, ils s'animèrent et se dirigèrent droit vers elle.

Il est temps de partir ! se dit-elle avant d'emprunter un autre couloir en espérant aller dans la bonne direction.

L'écho des bottes de ses poursuivants s'intensifiait à mesure que d'autres sentinelles se joignaient à eux. Isla courait à en perdre haleine, sa robe blanche gonflée dans son dos tel un panache de vapeur. À chaque foulée, sa respiration sifflait un peu plus. Sans compter ses articulations et ses muscles, qui lui faisaient souffrir le martyre.

Les corridors étaient interminables. La Sauvage ne pouvait s'empêcher de penser qu'elle s'était trompée de chemin. Elle ne tiendrait plus très longtemps.

Peut-être s'éloignait-elle de son objectif. Peut-être s'était-elle égarée dans sa tentative pour distancer les gardes. Peut-être…

À cet instant précis, elle entendit la mer, plus bruyante qu'auparavant, retentissant à la manière d'un grondement de tonnerre. C'était une véritable créature, qui ébranlait les murs du château de sa solide poigne. Pas de doute, la bibliothèque devait être tout près.

Isla suivit le bruit des vagues, guidée par leur force. Les élancements dans son bras, sa poitrine et sa tête, comme si ces trois parties de son corps se donnaient le mot, la faisaient grimacer de douleur. Plus elle s'enfonçait dans le palais, plus les lustres au plafond tremblaient, leurs pâles cristaux s'entrechoquant, et plus les tableaux vacillaient sur leurs crochets. La malédiction des Sélénites était impitoyable.

Combien d'autres cycles faudrait-il pour que la forteresse tombe purement et simplement du haut de sa falaise dans la gueule béante de l'océan ? Quand la mer serait-elle enfin récompensée de ses efforts et emporterait-elle d'un seul coup le château tout entier et ses habitants ?

Pas ce soir, espérait Isla, qui continuait de courir, afin de mettre le plus de distance possible entre les soldats et elle, tout en faisant de son mieux pour ne pas s'écrouler.

Bientôt, elle faillit percuter un mur. Une impasse ! Plus de couloirs ni de tournants. Aucune porte. Rien d'autre qu'un cul-de-sac.

Pliée en deux, les mains sur les cuisses et les genoux flageolants, la jeune reine se mit à tousser. Le froid dans sa poitrine lui remontait dans la gorge.

Les pas dans son dos, devenus une cavalcade, se rapprochaient. Encore quelques secondes et elle serait faite comme un rat.

L'océan démonté frappa de nouveau le palais. Maintenant qu'elle était tout près de l'extérieur, Isla s'attendait presque à sentir la collision jusque dans ses os, la mer heurtant directement la pierre devant elle.

Elle se prépara au choc. La vague s'écrasa contre la paroi… qui ne trembla pas autant qu'elle aurait dû. Ce mur ne donnait donc pas directement sur l'extérieur.

Juste au moment où les gardes surgissaient au coin du corridor, Isla enfila les gants de Céleste, qu'elle pressa ensuite sur les pierres.

À leur contact, certaines d'entre elles commencèrent à pivoter, tel un puzzle se défaisant, pour révéler une porte que la Sauvage ouvrit sans tarder. Elle se glissa à la hâte dans l'entrebâillement, avant de refermer le vantail en priant pour qu'il se verrouille derrière elle.

Formant un véritable déluge de sons de l'autre côté, les gardes alertaient le reste des troupes. Peut-être la fameuse légion dont la femme soldat avait parlé.

— Une intruse ! entendit Isla. Dans la bibliothèque !

La jeune reine était piégée à l'intérieur, acculée, mais au moins était-elle certaine de se trouver au bon endroit.

La preuve en était les rayonnages gelés qui s'offrirent à sa vue quand elle se retourna. Parfait ! Comme si elle n'avait pas déjà assez froid… Chaque livre était emprisonné dans la glace. La succession des blocs formait des rangées, une pièce tout entière faite de parchemin et de givre.

Elle aurait dû se douter que Cléo interdirait l'accès à toute la bibliothèque et non à une collection en particulier.

Des coups retentissaient à l'extérieur. Les gardes tentaient d'abattre le mur.

Pas de temps à perdre !

Isla se mit à courir entre les rayons glacés et manqua de glisser sur le sol en marbre givré. Ses pieds dérapèrent lorsqu'elle tourna au coin d'une allée et se retrouva face à une gigantesque vague, qui heurta les portes vitrées avec une force semblant ébranler le château jusque dans ses fondations. Si la Sauvage n'avait pas agrippé une étagère au dernier moment, elle serait tombée par terre.

Les portes donnaient sur un balcon en fer forgé blanc, pour l'heure inondé d'écume comme la gueule d'un chien enragé, vestige de la mer qui se retirait, rassemblant ses forces pour frapper une fois de plus. C'était un miracle que les vitres ne se soient pas brisées. Elles avaient dû être renforcées par quelque sortilège.

Un sortilège…

Où étaient donc les reliques ? Il n'y avait que des livres.

— Elle est à l'intérieur !

— Allez chercher la reine !

La reine ?

Un vent de panique souffla sur Isla. Cléo était censée dormir dans le palais de l'île principale. La tradition voulait que les souverains y passent la majeure partie de leur temps, surtout durant les vingt-cinq premiers jours.

Il lui fallait se dépêcher. Concentrée, elle se mit à scruter le moindre centimètre carré de la bibliothèque, qui ne comportait pas d'autre étage que celui où elle se trouvait, ni rien d'autre que des livres pris dans la glace, à perte de vue. Un détail avait dû lui échapper.

Isla pivota sur elle-même, prête à examiner de plus près les premières étagères, quand une nouvelle déferlante la fit basculer en avant.

Cette fois, elle heurta le sol.

Un affreux craquement retentit lorsque sa tête cogna par terre et, l'espace d'un instant, elle ne vit plus qu'une lumière d'un blanc aveuglant. Elle cligna des yeux pour recouvrer la vue et rappeler à son corps qu'il n'y avait pas une seconde à perdre malgré la douleur.

Sa joue faillit rester collée au plancher. Elle fut ensuite prise de vertiges en voulant se relever. Le monde bascula avant de se redresser. Ses bras tremblaient quand elle entreprit de s'appuyer dessus pour se remettre debout.

Ce n'est qu'à ce moment précis qu'elle la vit. Sous l'effet de sa chaleur corporelle, la couche de glace qui recouvrait le sol avait fondu pour dévoiler une deuxième bibliothèque… sous-marine.

Des dizaines de reliques immergées, enchaînées, flottaient sous le plancher. Une cape dont le tissu s'agitait de manière curieuse, voletant de-ci, de-là. Une flèche avec un flocon de neige en guise de pointe. Des poignards en cristal. Des livres cadenassés. Des clefs aussi longues que les bras d'Isla.

Mais pas de brise-liens, rien qui ressemble à une longue aiguille de verre.

Sa déception se transforma bientôt en colère. Ses jambes la portaient à peine, si bien qu'elle chancela sur le côté avant de se retenir à un bloc de glace.

Un liquide chaud lui coulait sur la joue. Des larmes ? Pleurait-elle sans même s'en apercevoir ? Elle porta à son visage une main tremblante, qui s'empourpra. Du sang.

Isla fit un pas en avant et manqua de s'effondrer. Son autre pied s'avança, mais son genou se déroba.

D'abord son bras brûlé, encore douloureux. Puis les effets de la démonstration de la Sélénite. Et à présent, cette blessure à la tête. C'en était trop.

La Sauvage s'était juré de briser sa malédiction, quitte à en mourir. Peut-être aurait-elle dû formuler sa promesse en d'autres termes.

L'écho de coups résonnait dans la bibliothèque, mais ils ne venaient pas du balcon ni de la mer. Non, ils venaient du mur par lequel elle était entrée.

— On a réuni toute la légion ! cria un garde de l'autre côté. La reine est en chemin. Vous êtes coincée. Vous ne pouvez pas vous enfuir. Il n'y a aucune issue.

Isla esquissa un sourire en coin. L'homme avait raison : elle ne pouvait plus s'enfuir. Mais aucune issue ? Sur ce point, il se trompait.

— Heureusement que je ne comptais pas ressortir par là où je suis entrée, lança-t-elle dans le vide.

Malgré la souffrance qu'elle éprouvait, elle tordit son bras valide en arrière pour tirer de son dos sa baguette astrale.

Elle ne savait peut-être pas s'en servir avec précision pour parcourir de petites distances ou gagner des lieux inconnus, mais ses appartements dans le palais de l'île principale ne rentraient dans aucune de ces deux catégories.

Elle disparut par le portail qu'elle venait d'ouvrir juste au moment où la porte de la bibliothèque sélénite s'ouvrait.

CHAPITRE 20
Thé divinatoire

Isla dormit deux jours entiers, ne se réveillant que pour manger et boire du bouillon, avant de sombrer de nouveau dans un sommeil peuplé de rêves étranges. Grim était dans l'un d'eux. Enfin, des fragments de lui. Et d'elle. De tous les deux.

Le vingt-troisième jour, quand Ella vint lui annoncer que les souverains prendraient le thé dans l'après-midi, elle sut qu'il était temps de se lever. De se débarrasser de sa douleur et de sa faiblesse comme un serpent de sa mue.

Le brise-liens ne se trouvait pas dans les bibliothèques des îles des Étoiles, du Ciel et de la Lune. Ne restait donc qu'un seul endroit possible : l'île du Soleil, le territoire du haut-roi. Après tout, il serait logique qu'une relique aussi puissante que celle qu'Isla cherchait soit conservée là-bas.

Malheureusement, la Sauvage n'avait aucun moyen de se procurer des habits dorés, presque plus de teinture pour les cheveux et, au contraire, plus de problèmes que jamais.

Cléo savait que quelqu'un avait attaqué ses gardes et s'était introduit dans sa bibliothèque, avant de s'envoler sans laisser de traces.

Elle avait dû soupçonner Isla sur-le-champ. Depuis ce premier dîner, la reine des Sélénites l'avait à l'œil. La description physique fournie par les soldats assommés n'avait sans doute fait que confirmer ses soupçons.

Cléo n'avait aucune preuve de la culpabilité de la Sauvage, mais elle savait, forcément.

La blessure qu'Isla s'était faite à la tête était presque guérie, grâce à son élixir sauvage. La teinture avait disparu de ses cheveux et elle avait jeté sa tenue sélénite au feu. Malgré tout, la jeune reine avait l'impression que son expédition trois nuits plus tôt était inscrite sur son front quand elle pénétra dans le salon de thé.

Cet endroit avait dû être magnifique, autrefois. Gigantesques arches espacées de quelques mètres, les fenêtres étaient à présent dissimulées par d'épais tissus, tels les miroirs d'une vieille demeure. Ou comme sa chambre dans le château sauvage. Le plafond, une verrière, avait été peint pour empêcher le soleil de pénétrer à l'intérieur. L'unique lumière venait de centaines de globes de feu qui flottaient en équilibre instable au-dessus de leurs têtes, les mêmes que ceux que le haut-roi avait déployés lors de la démonstration d'Isla. Des colonnes de marbre entouraient la salle, comme l'auraient fait les gardes si Oro les avait laissés entrer. Il n'en avait cependant aucun besoin, pas même contre les autres souverains, puisqu'il était plus puissant qu'eux tous réunis. D'ailleurs, ce pouvoir vibra dans la pièce à l'arrivée du monarque.

Vint ensuite la reine des Sélénites, dont les yeux repérèrent tout de suite Isla. Son expression était impénétrable. La Sauvage, elle, commença à avoir les mains moites et se contraignit à soutenir le regard de son homologue jusqu'à ce qu'un domestique la conduise à sa place.

Cléo savait – Isla en avait l'intime conviction.

C'était une ennemie redoutable, qui montait une armée. Pourquoi ? Un des autres souverains savait-il qu'entre sa légion et sa prétendue flotte de vaisseaux, elle semblait prête à faire la guerre ?

Dès que tous les convives furent assis, des serviteurs affluèrent par une grande porte, munis de plateaux remplis de vaisselle en porcelaine. Ils firent une fois le tour de la table, puis s'arrêtèrent net, selon un mouvement parfaitement chorégraphié. Derrière chaque chaise se tenaient trois domestiques : un Azuréen, un Sélénite et un Stellaire.

Sur un signe de tête d'Oro, les Stellaires levèrent les mains et des soucoupes s'envolèrent pour atterrir en douceur sur la table, suivies de près par des tasses, qui se posèrent dessus avec un tintement. Il y en avait trois devant Isla. Des théières richement décorées planaient haut dans les airs, remplies à ras bord. Lorsque les Sélénites, maîtres de l'eau, levèrent à leur tour les mains, du thé fumant – sans nul doute chauffé au préalable par les Solariens – s'en déversa, telles de minuscules cascades, à travers des passoires que les Stellaires tenaient d'une main assurée. Un liquide d'un rouge profond coula dans la première tasse de la Sauvage. Puis les théières se redressèrent et décrivirent un cercle avant de remplir sa deuxième tasse d'un or miellé et la troisième, du bleu foncé des saphirs.

Sur un nouveau geste des Stellaires, un morceau de sucre tomba dans chaque tasse, suivi d'une goutte de miel et d'un soupçon de crème. Ensuite, chaque thé reçut un ingrédient particulier : le bleu, une rondelle de citron, le rouge, une feuille de menthe et le doré, une écorce d'orange confite.

Enfin, d'un moulinet du poignet, les Azuréens firent souffler une douce brise sur les boissons pour les refroidir.

— J'imagine que ce n'est pas le moment de préciser que je déteste le thé ? soupira Grim.

— Bonne dégustation, déclara Oro sans tenir compte de la remarque du Nocturne.

Isla, elle, adorait cette boisson. Les Sauvages étaient experts dans l'art de cueillir les meilleures herbes, feuilles et épices qui, une fois infusées, créaient les plus délicieux breuvages. En des circonstances plus joyeuses, la jeune reine aurait souri.

Elle se saisit d'abord du thé rouge, devenu de la teinte rose des dahlias sous l'effet du soupçon de crème, et porta la tasse à ses lèvres avec hésitation, prête à sentir le liquide brûlant couler dans sa gorge. Il n'y avait pourtant pas de quoi s'inquiéter, car les Azuréens l'avaient refroidi à la perfection. Elle but une grande gorgée et retint un soupir de contentement. Il avait le goût des baies sans leur amertume et du miel sans être trop sucré.

Elle ferma les yeux et ne les rouvrit qu'après avoir vidé sa tasse. Lorsqu'elle la reposa, elle surprit Oro en train de l'observer.

— Est-il à la hauteur du thé sauvage ? s'enquit-il.

— Il se laisse boire, répondit-elle d'un ton neutre avant de saisir sa deuxième tasse.

Cléo la dévisageait avec une trop grande attention.

— Alors, comment les Sauvages aiment-ils leur thé ? demanda-t-elle en lui jetant un regard perçant. Agrémenté de quelques gouttes de sang ?

— Et servi dans le crâne de nos victimes, répondit Isla avec une assurance doublée d'un sourire débonnaire, comme si la question de la Sélénite était une plaisanterie amicale et non la pique d'une ennemie désormais certaine.

Les souverains burent leur thé au milieu d'un silence ponctué de cliquetis. Isla prit son temps pour déguster le second. Il avait un goût de caramel. Regardant dans sa première tasse, vide, elle remarqua un curieux motif dans les feuilles collées au fond. Même chose dans la seconde. Le temps de finir la troisième, son sang s'était figé dans ses veines.

Oro se leva.

— Bienvenue à ma démonstration !

Une tension électrique envahit soudain la pièce tout entière. *Démonstration ?* Aucun insulaire n'avait pourtant été convié.

À vrai dire, leur présence n'était pas obligatoire. Aucune règle ne l'imposait. Elle tenait plus de la coutume, d'une préférence de la plupart des monarques, qui entendaient exhiber leur excellence lors de leur démonstration.

Le haut-roi caressa de l'index le bord d'une de ses tasses avant de poursuivre d'un ton posé :

— Ceci n'est pas une boisson ordinaire. C'est un thé de la vérité. (Le dos raidi par l'effroi, Isla n'osait plus respirer.) Votre plus grand secret est écrit dans les feuilles.

La Sauvage risqua un coup d'œil dans ses tasses et vit sa vérité la plus inavouable inscrite au fond des trois, dans une écriture soignée :

Je n'ai aucun pouvoir.

Il lui fallut mettre en œuvre tout ce qu'elle avait appris lors de sa formation pour ne pas laisser transparaître sa terreur. Elle parvint à garder son calme, même si au fond d'elle régnait une véritable tourmente. Elle devait à tout prix s'échapper.

Pour faire refluer sa panique, qui avait transformé sa peau en un champ d'épines, elle se mit à étudier les autres souverains. Cléo était encore plus pâle qu'à l'accoutumée, tandis qu'Azul fronçait simplement les sourcils. Grim, lui, semblait prêt à couvrir la salle entière des cendres d'Oro. Quant à Céleste, elle s'enhardit à jeter un regard dans la direction de son amie, les yeux écarquillés, porteurs d'un message.

« C'est toi », avait-elle l'air de dire.

Bien sûr, le plus grand secret de la Stellaire était celui qu'elle gardait pour Isla. Son expression alarmée semblait intimer à celle-ci de prendre ses jambes à son cou.

Sans laisser le temps à la Sauvage de réfléchir à sa prochaine action, le haut-roi souleva sa première tasse et déclara :

— Celui ou celle qui partagera son secret remportera mon épreuve.

S'ensuivit un bruit de verre brisé lorsque Céleste fit tomber ses tasses par terre, se retirant ainsi du défi. Elle jeta un coup d'œil entendu à Isla, qui sentit son cœur se serrer. Elle ne méritait pas une telle amie.

Azul suivit l'exemple de la Stellaire.

Sans perdre une seconde de plus, Isla poussa ses propres tasses et les regarda se casser en mille morceaux, emportant son secret parmi les éclats de porcelaine se répandant au sol.

Grim laissa tomber les siennes une par une, les yeux rivés sur Oro. Elle ne lui avait jamais vu un air aussi assassin.

Il s'était transformé en ce légendaire tueur nocturne, cet impitoyable monarque contre lequel on l'avait mise en garde. Son expression promettait tortures et ténèbres. Son pouvoir invisible se déchaîna, au point qu'une vague de froid mordant submergea la pièce. L'espace d'un instant, Isla se sentit vide, morte.

Une chose était sûre : Grim avait bien un secret. Si l'idée même qu'il soit révélé suscitait en lui pareille fureur, Isla craignait d'en connaître le contenu.

Ne restaient plus qu'Oro et Cléo. Or c'était l'épreuve finale avant la cérémonie d'alliance. Le Solarien avait remporté le duel et la démonstration de pouvoir. La Sélénite, son propre défi et celui de Céleste. Ils étaient donc à égalité.

Le gagnant de cet ultime test établirait les binômes de souverains. Ce choix était important, car la première règle interdisait d'assassiner son partenaire. Il les contraindrait donc à des alliances, les guiderait dans leur quête pour trouver le sens de la prophétie et déterminerait la suite du Centennal. Il déciderait peut-être même de l'identité du roi ou de la reine à abattre.

Oro fixait la Sélénite d'un regard implacable, la défiant de révéler son secret. Isla crut une seconde qu'elle allait le faire, mais Cléo se ravisa et fit tomber la porcelaine par terre.

Le haut-roi était le vainqueur officiel de la compétition. Sans la moindre expression au fond de ses prunelles, il scruta sa première tasse avant de la faire tomber.

— Je… commença-t-il.

La deuxième suivit.

— Suis…

Pour la troisième, il releva la tête et croisa le regard d'Isla. Puis il fronça légèrement les sourcils, comme troublé qu'elle ait attiré son attention. Il ne la quitta pas des yeux au moment de prononcer le troisième et dernier mot de son plus grand secret :

— Mourant.

CHAPITRE 21
Alliés

Le haut-roi était mourant. Qu'est-ce que cela signifiait ? Son aveu plongea l'assemblée dans la confusion, mais il n'ajouta pas un mot avant de quitter la salle d'un pas altier. Il avait gagné.

Son secret les affectait tous. La force vitale d'Oro était en effet directement liée à celle de l'archipel. Lightlark se trouvait-il donc en danger ?

Le grand monarque était le plus puissant de tous. Un Originel, à la fois stellaire, azuréen, sélénite et solarien. Si lui était mourant… quel espoir restait-il aux autres ?

Bien après minuit, Isla entendit un léger coup frappé à sa porte. *Céleste !* La Stellaire entra en hâte, comme si elle avait vu un fantôme.

— On l'a échappé belle, dit-elle, laconique.

La gorge de la Sauvage se noua au souvenir des mots inscrits dans ses tasses. Ceux de son amie devaient être les mêmes, à peu de chose près.

— Je sais, répliqua-t-elle, avant de poursuivre avec gravité. Merci ! Tu ne devrais pas avoir à me protéger comme ça, mais… merci du fond du cœur !

Céleste balaya sa gratitude d'un geste de la main, comme si ce n'était rien. Or c'était tout le contraire. La seule manière de rendre la pareille à son amie pour le risque qu'elle courait à cause d'elle, c'était de trouver le brise-liens.

— À ton avis, qu'est-ce que ça veut dire ? lui demanda Isla.

Elle n'avait pas besoin d'en dire davantage, la Stellaire comprit qu'elle parlait de la confession du haut-roi.

— Je ne sais pas, répondit-elle avec un haussement d'épaules. Mais raison de plus pour trouver sans tarder le brise-liens et quitter cette île.

Elle avait raison. Une fois délivrées des malédictions, elles seraient aussi libérées de Lightlark. La mort d'Oro ne les affecterait pas, ni elles ni leurs royaumes.

Isla raconta à Céleste sa mésaventure au château sélénite et lui dit qu'elle était presque certaine que Cléo savait que c'était elle, la coupable – deux facteurs qui ne feraient que précipiter les événements… et compliquer leur plan.

La Stellaire arpentait la chambre de la Sauvage, les mains couvertes d'étincelles. Ses émotions avaient souvent cet effet, ce qui expliquait en partie pourquoi elle portait toujours des gants : afin de contenir son énergie.

— Je vais faire mon possible pour obtenir des informations sur la bibliothèque de l'île du Soleil, finit-elle par déclarer après un long silence.

Isla hocha la tête, même si ça ne résolvait pas leurs principaux problèmes. Comment était-elle censée s'introduire sur le territoire solarien sans habits dorés ? Céleste cessa enfin de faire les cent pas et colla ses paumes l'une contre l'autre. Les étincelles en tombèrent, tels des rubans de lumière, disparaissant avant de toucher le sol.

— Dans deux jours, les équipes seront formées. Avec un peu de chance, Oro nous mettra ensemble et on n'aura plus besoin de collaborer en secret. On trouvera un moyen pour que tu entres incognito sur l'île du Soleil.

Isla n'avait pas envie de remettre en question le plan de son amie, surtout après avoir compliqué la situation en attirant les soupçons de Cléo, mais elle ne put s'empêcher d'émettre un doute.

— Et si on ne se retrouvait pas dans la même équipe ?

La mine grave, Céleste posa une main douce, encore vibrante d'énergie, sur la joue de la Sauvage.

— Je sais combien tu es incroyable, ma prodigieuse amie. Mais les autres l'ignorent. Le haut-roi ne va pas te choisir. Ni moi, d'ailleurs.

Isla devait bien admettre qu'elle avait raison – encore une fois.

— Bon, poursuivit la Stellaire, la situation n'est pas si catastrophique. Maintenant, on sait avec certitude que le brise-liens est conservé dans la bibliothèque de l'île du Soleil. On va t'y faire entrer et tu vas trouver la relique. Ensuite, on l'utilisera pour rompre nos malédictions. Tu obtiendras ton pouvoir et nos royaumes seront libérés. On pourra quitter l'archipel dans une semaine. Deux tout au plus.

Présenté de cette manière, leur plan était on ne peut plus simple. Isla savait cependant que rien ne l'était jamais à Lightlark.

Le vingt-cinquième jour du Centennal, les souverains retournèrent dans la salle du trône pour la cérémonie d'alliance.

— Votre Majesté, commença Azul d'un ton calme malgré le caractère pressant de son regard. Allez-vous nous expliquer votre… vérité ?

Cette fois, le haut-roi était assis sur son trône, comme pour leur rappeler son rang, quand bien même il serait, soi-disant, mourant. Sa couronne étincelait sous la lumière des flammes qui le surplombaient. Il se renfrogna en entendant la demande de l'Azuréen.

Tous silencieux, les autres rois et reines se posaient à l'évidence eux aussi la question qu'Azul avait eu l'obligeance de formuler.

— Depuis le dernier Centennal, finit par répondre Oro, l'archipel ne cesse de s'affaiblir. Des Anciens sont morts. Des bâtiments qui tenaient depuis des millénaires sont aujourd'hui en ruine. Nos plus ancestrales créatures se sont éteintes. (Il agrippa les accoudoirs de son trône si fort que ses articulations blanchirent.) Les malédictions, des souverains qui vivent à l'étranger depuis des siècles, des milliers d'insulaires qui s'exilent… tous ces changements ont eu des répercussions sur Lightlark et, par conséquent, sur moi.

Isla songea à son propre royaume, où il s'était produit la même chose. Tout indiquait que trop peu de pouvoir était injecté dans la terre et trop peu de facultés utilisées.

Oro se leva, puis regarda chacun d'eux, les yeux toujours aussi dépourvus d'expression.

— Je crains que ce Centennal ne soit pas qu'une occasion de plus de briser nos malédictions, mais plutôt notre dernière chance.

Le silence s'abattit sur l'assemblée. Un flot de puissance – issu de la colère, de la peur ou de la méfiance, Isla l'ignorait – emplit la salle.

— Comment savez-vous que vous êtes mourant ? demanda Azul.

En guise de preuve, le haut-roi retroussa sa manche. Sa peau dorée avait commencé à se teinter de gris à partir du coude, jusqu'à devenir presque bleue.

— Le mal s'étend. Et plus vite que je ne le pensais. (Il serra les mâchoires.) Une partie de mon pouvoir et de mon devoir consiste à maintenir chaleur et lumière dans l'archipel depuis des siècles, même durant l'interminable tempête qui en bloque l'accès. (Son visage était grave.) Ce pouvoir s'est affaibli. La dernière décennie a été la plus froide de notre histoire, causant la mort de centaines de plantes et d'animaux. Je fais tout ce que je peux pour en atténuer l'impact… mais, bientôt, je ne pourrai plus arrêter ce mouvement.

Voilà pourquoi il avait ordonné que tous les foyers restent allumés ! Voilà pourquoi il y avait tant de torches sur l'île principale et un feu dans presque toutes les pièces du château. Ces subterfuges servaient à masquer sa faiblesse.

Il descendit les marches pour se mettre à leur hauteur.

— J'espère que vous comprenez maintenant pourquoi il est plus que jamais crucial de décrypter et d'accomplir la prophétie.

Le haut-roi désigna le mur de pierre, où des mots commençaient à se graver en grandes lettres de feu. C'était l'énigme de l'oracle, celle qu'Isla avait apprise des années plus tôt. La clef pour briser les malédictions.

Vos malédictions, votre union les rompra
Quand l'un parmi les six victorieux sera,
Une fois que le crime, source de vos déclins,

Aura enfin à nouveau été perpétré
Et que s'éteindra l'une des lignées de souverains,
Alors l'histoire pourra, à son tour, s'amender.

— « Vos malédictions, votre union les rompra », lut Oro. C'est pour cette raison que nous formons des binômes. Afin de résoudre l'énigme et d'accomplir la prophétie. Je vous rappelle la première règle : il est interdit d'assassiner son partenaire.

Isla ne s'intéressait guère à la prophétie, car celle-ci ne faisait pas partie de leur plan, à Céleste et elle.

Elle n'en fit pas moins mine de lire les mots inscrits sur le mur tout en réfléchissant à des solutions à ses propres problèmes. Peut-être pourrait-elle modifier son baume capillaire pour l'appliquer sur du tissu… de sorte qu'elle pourrait dorer l'une de ses robes.

Non, cela ne fonctionnerait jamais. De toute manière, il lui en restait à peine assez pour se teindre une dernière fois les cheveux, alors un pan entier d'étoffe…

Et si elle volait ses habits à un Solarien au marché ? Cette idée la fit grimacer. Non, impossible ! La victime ne manquerait pas de signaler le délit. Oro saurait alors que quelqu'un cherchait à s'introduire sur son île.

Isla était tellement déterminée à feindre de s'intéresser à la prophétie tout en préparant sa tentative d'intrusion dans la bibliothèque de l'île du Soleil qu'elle n'entendit pas son nom avant qu'il ne soit répété d'une voix si forte qu'elle en sursauta.

— Isla, disait le haut-roi.

L'expression de la Sauvage devait trahir le fait qu'elle ignorait totalement ce que le monarque avait dit auparavant ou si on lui avait posé une question, car Oro la gratifia d'un regard cinglant.

— Je choisis pour partenaire… répéta-t-il, les dents serrées, détestant à l'évidence chaque mot qui sortait de sa bouche.

Le monde autour de la jeune reine s'évanouit. Elle oublia de maîtriser son expression ou de contrôler ses émotions en présence de Grim. Peut-être était-elle bouche bée. Peut-être avait-elle même jeté par mégarde un coup d'œil horrifié à Céleste.

— Isla, conclut le souverain des Solariens.

CHAPITRE 22
Pacte secret

La situation était grave. Dangereuse, même. Isla aurait dû être associée à Céleste. Elles avaient un plan. Voilà encore un nouveau facteur qui compliquait tout. Pourquoi diable Oro souhaitait-il s'allier à elle ?

La dernière chose dont elle avait besoin, c'était d'être contrainte de passer du temps avec lui. Non seulement car il était insupportable, mais aussi parce qu'il allait à coup sûr lui demander d'utiliser ses pouvoirs pour élucider la prophétie et briser les malédictions. Des pouvoirs qu'elle ne possédait pas.

Serait-il capable de sentir son impuissance s'ils passaient davantage de temps ensemble ? Grim, lui, n'avait rien remarqué. Mais Oro n'était pas le haut-roi de Lightlark pour rien. Ses capacités étaient illimitées.

Il lui fallait à tout prix trouver une échappatoire… une excuse, n'importe quoi. Elle espérait que Céleste viendrait frapper à sa porte pour qu'elles réfléchissent ensemble à une solution.

Son amie – la pauvre – avait hérité de la pire partenaire possible : Cléo. À cette pensée, la Sauvage eut un pincement au cœur. Tout avait mal tourné, et Oro en était le responsable.

En attendant l'arrivée de la Stellaire, elle avait fait de son mieux pour se distraire. Après avoir pris un bain, comme pour se laver de cette journée, elle avait enfilé ses vêtements les plus confortables, qu'elle était parvenue à glisser discrètement dans sa malle avant de quitter son royaume : une chemise en soie à manches longues trois fois trop grande que Poppy lui laissait porter la nuit et un pantalon moulant tout aussi doux que son haut.

Plusieurs heures plus tard, enfin, on toqua à sa porte. *Céleste !* pensa Isla, soulagée, en se précipitant pour ouvrir.

Mais ce n'était pas Céleste.

Oro l'examina, perplexe, les sourcils légèrement haussés. Elle ne devait plus lui sembler la même – démaquillée, coiffée d'un chignon au sommet de la tête et vêtue d'une chemise démesurée. Peut-être se serait-elle inquiétée que le haut-roi la voie ainsi, sans son masque de séductrice sauvage, si elle n'avait été aussi contrariée.

— Ça vous arrive souvent, de rendre visite aux autres souverains en pleine nuit ? lança-t-elle, les bras croisés.

Il lui rendit son regard glacial avant de jeter un œil à la chambre derrière elle.

— Je peux entrer ?

Isla hésita. Il y avait tant de choses dans la pièce susceptibles de les trahir, elle et ses secrets ! Sa baguette astrale, ses élixirs, dont elle dépendait… Mais refuser le passage à Oro ne ferait qu'éveiller ses soupçons.

— Je vous en prie.

Elle aurait dû se douter qu'il viendrait la voir. Après tout, il avait décidé de faire équipe avec elle – pour une raison inconnue. Elle s'était retirée dans ses appartements le plus tôt possible, de peur que tous ceux présents dans la salle du trône n'entendent les battements irréguliers de son cœur angoissé si elle s'attardait trop longtemps.

Il passa devant elle à grands pas et fit une moue réprobatrice en voyant l'état de la chambre de la Sauvage.

Elle n'était pourtant pas tant en désordre. Quelques robes que la propriétaire des lieux n'avait pas pris la peine de ranger parsemaient les meubles et des tasses jonchaient le plateau de sa table de chevet. Et alors ? Qu'est-ce que ça pouvait bien lui faire ? La chambre du haut-roi était-elle parfaite, elle ?

Isla referma la porte sans trop s'en éloigner.

— Que puis-je faire pour vous ? demanda-t-elle d'une voix monocorde.

Oro ramassa avec précaution l'une des robes de la Sauvage pour la déposer sur le lit avant de s'installer dans le fauteuil ainsi libéré, comme s'il était chez lui. Ce qui, de fait, était le cas.

Il caressa les bras arrondis du siège avant d'annoncer :

— J'aimerais conclure un marché avec toi.

L'espace d'un instant, Isla envisagea de tirer sa baguette astrale de sa cachette dans la penderie pour disparaître quelque part, très loin. Ce serait si facile…

— Ah oui ? se força-t-elle pourtant à répliquer, la tête haute. Et que proposez-vous ?

Ils étaient déjà associés. Pourquoi cherchait-il en plus à passer un accord ? Mieux valait le laisser parler. Elle finirait bien par obtenir des réponses à ses questions.

Le haut-roi croisa ses longs doigts, puis confia :

— J'ai une théorie concernant les malédictions. J'y travaille depuis déjà un demi-siècle. Et je crois que tu pourrais m'aider.

Isla se retint de rire et de rétorquer que si c'était un allié doté de pouvoirs qu'il cherchait, il ferait mieux de demander à quelqu'un d'autre. Elle était prête à inventer n'importe quel prétexte pour se dérober.

— Ma théorie se base sur la connaissance de la nature, poursuivit-il. Une connaissance que tu possèdes, bien entendu.

C'était donc pour cette raison qu'il l'avait sauvée le premier jour du Centennal et qu'il l'avait choisie comme partenaire. Il avait besoin d'elle…

— C'est quoi, votre marché ?

— Tu connais, bien sûr, l'avant-dernier vers de l'énigme de l'oracle. L'un de nos royaumes doit tomber pour que les malédictions soient brisées. (La Sauvage hocha la tête pour confirmer que oui.) Comme on forme un binôme, je ne peux pas te nuire. Mais si tu m'aides à trouver ce que je cherche, je ferai de mon mieux pour te protéger des autres souverains.

Protéger. Elle détestait ce mot, même si elle avait de toute évidence besoin de protection, à son grand regret. Et puis… « de son mieux » ?

Elle lui jeta un regard noir. Ses pensées affluèrent dans son esprit, sans filtre. À quoi bon continuer ce numéro avec les autres, jouer la comédie, ne leur dire que ce qu'ils avaient envie d'entendre ? Chaque fois qu'elle regardait Oro, tout ce qui lui venait en tête, c'était la première étape du plan de ses gardiennes : elle devait le séduire pour lui voler ses pouvoirs.

Avaient-elles si peu d'estime pour elle ? Quant au haut-roi, avait-il une si piètre opinion d'elle, qu'il pensait devoir lui offrir sa protection ?

— Vous, vous voulez me protéger ? Je croyais que vous étiez mourant.

Les yeux d'Oro se firent aussi incandescents que des braises. S'il n'avait pas eu besoin d'elle ou n'avait pas été contraint de respecter les règles, il l'aurait sans doute embrasée d'un seul regard.

— Avons-nous un accord, Sauvageonne ?

Il cracha ce dernier mot comme s'il lui brûlait la langue.

— Vous ne m'aimez pas, n'est-ce pas ? rétorqua Isla, un sourire narquois aux lèvres. C'est le fait que je mange des cœurs qui vous dérange ? (Sa satisfaction grandissait à mesure que le roi se renfrognait.) Ou bien mes tenues ? (Elle feignit la compassion.) Quel dommage que la seule personne qui puisse vous aider à vérifier votre prétendue théorie vous répugne autant !

Oro se leva, sans prendre la peine de lui répondre. C'était inutile. La Sauvage voyait qu'il n'avait que mépris pour elle et les siens.

— Tu me fais perdre mon temps, grommela-t-il. C'est oui ou c'est non ?

Isla prit le temps de la réflexion. Elle ignorait tout de la théorie du monarque et s'en moquait. Ce qui l'intéressait, en revanche, c'était que cette alliance lui apportait quelque chose dont elle avait besoin : une chance – la seule, peut-être – de pénétrer dans la bibliothèque de l'île du Soleil.

Au fond, rien ne l'obligeait à suivre le plan d'Oro. Tout ce qu'il fallait, c'était qu'il croie qu'elle jouerait le jeu. Malgré tout…

Si la stratégie du haut-roi s'avérait payante, elle constituerait une bonne solution de secours. Isla devait donc aussi faire en sorte d'assurer la sécurité de Céleste. Restait que, si elle posait la question franchement, il soupçonnerait leur entente…

— J'accepte à une condition, dit-elle. Un autre royaume devra être protégé.

Oro parvint à froncer encore davantage les sourcils.

— Tu en as un en particulier en tête ?

Elle répondit d'un haussement d'épaules évasif.

— Si je vous aide à briser les malédictions, je devrais au moins pouvoir choisir un autre royaume qui mérite d'être sauvé. Et puisque vous avez besoin de moi, ajouta-t-elle avec un sourire de félin, il semble qu'il y ait une marge de négociation.

Le monarque serra les dents. Apparemment, il ne s'attendait pas à ce qu'elle discute son offre. Les cloches retentirent soudain pour marquer l'heure, ce qui faillit faire sursauter Isla. Il était officiellement minuit.

Une fois les douze coups sonnés, Oro répliqua :

— Entendu. Alors, marché conclu ?

Que c'était bon de décider toute seule, de concevoir un plan de secours ! Toute sa vie, elle avait écouté les autres – ses gardiennes, Céleste. Même si les trois femmes agissaient dans son intérêt, faire ce choix était pour elle une espèce de libération.

— Marché conclu, dit-elle d'un ton ferme, non sans se demander dans quoi elle s'engageait.

— Bien.

Isla se dirigea vers la porte de sa chambre, impatiente de voir cet entretien se terminer.

— Quand est-ce qu'on commence ? demanda-t-elle.

Le haut-roi ne la suivit pas comme elle l'espérait.

— Tout de suite, répondit-il.

— Tout de suite ? répéta-t-elle d'une voix bien trop paniquée à son goût.

Elle avait besoin de temps pour trouver une excuse à son absence de pouvoir… Pour se préparer…

— C'est un problème ? s'enquit Oro, qui l'observait d'un œil soupçonneux.

La Sauvage le fusilla du regard.

— Eh bien, j'avais prévu de dormir.

À ce propos… De près, elle voyait les cernes violets sous les yeux du monarque. Lui arrivait-il de dormir ? Comme il ne bougeait pas ni ne réagissait à sa pique, elle ajouta :

— Bon, bon… Laissez-moi au moins m'habiller. (Elle saisit l'une de ses nouvelles robes.) Si vous pouviez sortir…

Devant la tenue qu'elle avait choisie, aussi chatoyante et révélatrice que les autres, Oro déclara :

— Tu ne peux pas porter ça.

À l'époque où elle se préparait encore pour le Centennal, Isla redoutait de rencontrer le haut-roi. Elle se demandait si elle allait se recroqueviller en sa présence ou s'il allait déceler son absence de pouvoir et la tuer à la première occasion. Face à Oro et son expression réprobatrice, elle se rendait à présent compte que son principal problème serait de se retenir de l'étrangler.

— Vous me dites comment m'habiller, maintenant ?

L'agacement du monarque était visible.

— Pendant nos excursions communes, personne ne doit savoir que tu es la reine des Sauvages.

— Pourquoi ? s'étonna-t-elle, nerveuse.

— Lightlark ne t'apprécie pas.

Sans rire !

— Pardon ? fit-elle en se raidissant.

— Certaines créatures ancestrales de l'archipel, celles qui vivent encore dans ses coins les plus reculés, croient que les Sauvages les ont abandonnées il y a cinq cents ans. Si elles te sentent venir ou apprennent que tu es près de leurs terres, elles attaqueront, ce qui se terminera en bain de sang et attirera l'attention sur nos efforts.

La jeune reine savait que son peuple n'était pas le bienvenu, mais jamais encore on ne lui avait donné une telle explication. *Abandonnées ?* Les Sauvages sanguinaires avaient pratiquement fui l'île. Ou, du moins, c'était ce qu'on lui avait enseigné.

— Alors quoi ? Vous voulez que je change de tenue ?

— Pas seulement. (Oro fit un pas vers elle et baissa la voix.) Je ne sens pas tes pouvoirs, Sauvageonne.

La gorge d'Isla se serra. Elle se prépara à devoir prendre la fuite.

— Je vois bien que tu les dissimules, poursuivit le haut-roi sans sourciller. Je te demande juste de continuer comme ça quand on sera sur les îlots.

Elle n'en croyait pas ses oreilles. Quelle bonne nouvelle ! C'était même formidable. La chance lui souriait enfin ! À la fois reconnaissante et anxieuse, la jeune reine avait conscience qu'on ne plaisantait pas avec la chance. Comme tout élixir rare, elle finirait par s'épuiser.

— Si je comprends bien… bredouilla-t-elle, interdite. Vous ne voulez pas que je les utilise ?

— Exact, répondit le monarque. Si tu te sers de tes facultés, ces créatures ancestrales seront aussitôt attirées par toi.

La Sauvage s'interrogeait sur ces mystérieuses créatures et se demandait pourquoi même le haut-roi de Lightlark cherchait à les éviter. Elle feignit la déception, la contrariété, voire la colère.

— Bon, d'accord…

— Bien, répliqua-t-il avant de la regarder de la tête aux pieds. Ce que tu portes fera l'affaire.

— C'est un pyjama…

Oro se contenta de la fixer, impassible. Désireuse d'en finir au plus vite avec cette excursion, Isla n'insista pas, et tressa ses cheveux en hâte avant de partir, sans sa couronne.

CHAPITRE 23
Ciel d'orage

Roi diurne désormais contraint aux promenades nocturnes, Oro sortit dans l'obscurité avec aisance. Isla se demanda s'il souffrait de se trouver ainsi hors de son château, avec le souvenir du paysage sous le soleil encore présent dans sa mémoire. À moins qu'il ne s'y soit habitué. Après tout, cinq cents ans, c'était long. Elle n'osa pas lui poser la question. De toute façon, elle était trop occupée à ne pas se laisser distancer.

La Sauvage ne savait pas où ils allaient. Sur l'agora ou sur l'un des îlots au-delà ? Avant qu'ils n'atteignent la vallée, son guide tourna brusquement à gauche.

— Où va-t-on ? ne put s'empêcher de demander la jeune fille.

Oro continua d'avancer sans un mot. Ils poursuivirent leur chemin au milieu des collines verdoyantes de l'île principale, loin des insulaires qui profitaient de leur soirée. Loin de tout sentier.

— Vous comptez faire semblant de ne pas m'entendre encore longtemps ?

D'un côté, elle aurait préféré garder le silence. Peu importait où il l'emmenait tant qu'elle obtenait ce qu'elle désirait de cette alliance, non ? De l'autre, le dédain du haut-roi, qui marchait devant elle, sa cape dorée flottant doucement dans la brise nocturne, était à la limite de l'irrespect.

Elle finit par s'arrêter, les bras croisés. Oro l'imita, le dos raide, avant de se résoudre à se retourner. Il ouvrit la bouche, mais elle le devança.

— Ce n'est pas parce que vous m'avez demandé de porter cette tenue, commença-t-elle en désignant sa chemise trop grande et son pantalon conçu pour monter à cheval, et de me passer de ça… (Elle donna une chiquenaude dans la couronne du monarque, ce qui fit chanter le métal et envoya une onde douloureuse dans son ongle – elle se retint de grimacer.) Que je ne suis pas, moi aussi, une reine. Alors je vous prie de bien vouloir me traiter avec le respect que vous me devez, haut-roi.

Elle avait craché ces derniers mots comme si c'était du poison. Poppy aurait eu une attaque en entendant la manière dont elle osait s'adresser au souverain de Lightlark. Surtout après ce que sa gardienne lui avait enjoint de faire.

Tant pis. La Sauvage était lasse de se maîtriser, de ravaler ses émotions, de dire aux autres ce qu'ils voulaient entendre. Qu'y avait-elle gagné ? Cléo projetait très certainement de la tuer, le brise-liens était introuvable et la cérémonie d'alliance avait tourné à la catastrophe.

Oro la fusilla du regard. Visiblement, il n'appréciait pas du tout son ton, ni qu'on touche à sa couronne.

— On va vers la tempête, déclara-t-il sèchement avant de se retourner pour poursuivre sa route.

La tempête ?

Isla ignorait ce qu'il entendait par là, mais elle se remit à le suivre, satisfaite d'avoir au moins obtenu une réponse.

Ils se dirigeaient vers la côte, celle où Azul aimait à se rendre. L'air commençait à avoir un goût de sel. Le vent balayait en arrière les cheveux de la jeune reine et fouettait violemment sa tresse.

Dans son propre royaume, la brise était un murmure. Elle chantait des chansons, transmettait des ragots et sifflait des mélodies aussi aiguës que des carillons. Avant que Terra et Poppy ne le fassent réparer, Isla laissait parfois le carreau descellé de sa chambre ouvert pendant la journée, dans l'espoir de saisir des bribes de ce que racontait le vent.

Il parlait du chagrin des Sauvages qui avaient commis l'erreur de tomber amoureux, de cœurs dévorés et déchirés par des ongles aussi tranchants que des couteaux. Il lui narrait des histoires qui semblaient aussi vieilles que les arbres eux-mêmes, nés de graines dont la légende disait qu'elles venaient tout droit de Lightlark.

Ces terres nouvelles avaient été colonisées cinq cents ans plus tôt, mais leur origine remontait plus loin dans le temps. La rumeur voulait qu'après avoir fui l'île et sa tempête maudite, une centaine de Sauvages se soient sacrifiés pour fonder leur patrie en cédant leurs pouvoirs au sol sec et stérile. Des fleurs avaient éclos de leur sang, des forêts avaient poussé en quelques semaines et ce territoire nouveau était né de leurs os.

Du moins, c'était ce qu'affirmait la brise. Isla, pour sa part, avait du mal à y croire.

Parfois, elle répondait au vent, se confiait à lui. Piégée dans sa prison de verre embuée, elle lui livrait ses pensées. Il ne lui avait jamais répondu. Pas une seule fois. Malgré tout, elle espérait qu'il l'écoutait.

Oro et elle parvinrent à un nouvel à-pic. La jeune reine, qui commençait à avoir mal aux jambes, aurait aimé savoir pourquoi le haut-roi l'emmenait dans cette partie de l'île principale. Qu'y avait-il à voir ? L'océan ?

C'est à cet instant précis qu'elle remarqua que quelque chose avait englouti la côte : une tempête figée.

Des nuages noirs semblables à des taches d'encre maculaient le ciel au-dessus de la plage. Des éclairs argentés aussi larges que des lames en jaillissaient pour frapper le sable, scintillants d'une énergie instable. Non loin planait un anneau de feu, dont les flammes étaient prisonnières du temps. Par des trouées dans les nuages s'échappaient d'énormes et redoutables jets, d'immenses trombes d'eau, comme des rayons de clair de lune teintés de pourpre.

La mer avait été repoussée à la manière d'une couverture et se trouvait ramassée sur elle-même, de sorte qu'une vague aussi haute qu'une tour avait atteint son point culminant sans jamais retomber. Elle était gelée, mais pas dans la glace. Depuis le sommet de l'à-pic, Isla voyait l'eau circuler à l'intérieur, bouillonnante, impatiente. Une longue étendue de fond marin était ainsi à découvert. Des pierres précieuses étincelantes et d'anciennes reliques perdues depuis longtemps couvraient le sable, aux côtés de coquillages.

C'était la malédiction de l'archipel, maîtrisée pour un temps. La tempête enchantée. Était-ce là ce que venait voir Azul ?

Des murmures invitaient Isla à s'avancer. L'orage vibrait d'énergie et elle avait envie de le voir de près.

La falaise la plus proche était déchiquetée. Des pans s'étaient effondrés pour laisser un vide de soixante mètres entre une demi-douzaine d'îlots rocheux. Certains étaient reliés par des passerelles de fortune, composées de planches si espacées qu'il semblait plus facile de tomber entre deux d'entre elles que d'atteindre la suivante. En comparaison, les ponts des îles paraissaient sûrs.

Le haut-roi fit un pas vers l'une de ces passerelles.

— Non, dit simplement Isla.

— Non ? répéta Oro en se retournant, comme s'il pensait avoir mal entendu.

Même sans le regarder, elle se doutait qu'il la fixait avec une expression proche du dégoût. Il soupira et elle aperçut un mouvement fugitif – peut-être s'était-il massé les tempes sous le coup de la frustration.

— C'est stable, affirma-t-il. Mais si, pour une raison quelconque, tu venais à tomber, je ne manquerais pas de te sauver.

La Sauvage le cloua sur place d'un regard noir.

— Me sauver ? Comme vous l'avez fait le premier jour ?

Oro se raidit, puis lui rendit son regard et répliqua :

— Oui, exactement.

Elle éclata de rire.

— Je suis tombée à l'eau ! Et vous m'avez laissée au milieu d'une flaque sur mon balcon, comme une malpropre, sans même attendre de voir si je me réveillais !

— Tu as peut-être touché l'eau avant que je ne te rattrape, rétorqua-t-il, mais tu avais aussi une blessure à la tête dont tu ne te serais sans doute pas réveillée, si je ne l'avais pas soignée.

Au souvenir de l'élancement à l'arrière de son crâne et de l'absence de sang sur ses doigts quand elle y avait passé la main, Isla se redressa.

— Vous venez d'admettre que vous m'avez rattrapée à la dernière seconde, alors, si je dois traverser ce pont, ce sera collée à vous. Si je tombe, vous tomberez aussi.

Aux éclairs que jetèrent les yeux d'Oro, on aurait dit qu'il allait lui-même la pousser dans le vide.

— Bon, d'accord… grommela-t-il avant de glisser brutalement son bras sous celui de la jeune fille.

Sans lui laisser le temps d'hésiter, il les entraîna sur la passerelle. La jeune reine retint sa respiration. Le vent soufflait entre les planches et faisait trembler ses jambes, devenues soudain aussi raides que les fines lattes qui tanguaient avec violence sous leurs pieds.

— Vite ! chuchota-t-elle, les paupières closes.

Elle posa un pied devant l'autre en s'efforçant de ne pas penser à ce qu'elle avait éprouvé en tombant du haut de son balcon, toujours plus bas, vers les remous. À la manière dont la chute lui avait coupé le souffle, dont elle avait…

— Tu peux rouvrir les yeux, la prévint Oro en lui lâchant le bras comme s'il s'était brûlé.

Isla n'avait jamais été aussi heureuse de sentir la terre ferme. Elle obéit au haut-roi et jeta un œil à la ronde. Ils étaient parvenus à un pan de montagne étroit au sommet mais relié plus bas au reste de la falaise. Si elle glissait, elle ne ferait que dégringoler sur une trentaine de mètres avant d'atterrir dans une crevasse. Cette idée la fit grimacer, même si une simple chute dans le vide n'était pas une perspective beaucoup plus agréable.

La tempête, courbée vers eux dans sa danse figée, paraissait assez proche pour qu'ils la touchent. Les murmures que la Sauvage avait entendus sur la falaise se faisaient à présent plus forts, presque insistants.

À quelques mètres d'elle, Oro s'était arrêté au bord d'un trou béant, parfaitement rond. On aurait dit un puits. Isla le rejoignit. Elle n'en distinguait pas le fond, perdu dans la pénombre. Pour autant qu'elle sache, il pouvait aussi bien traverser la montagne.

— Je vais passer en premier, déclara le monarque. Ensuite, ce sera ton tour.

Il s'apprêtait à faire un pas en avant, dans le gouffre, quand elle lui saisit le coude. *Passer en premier ?* Ils allaient donc… sauter à l'intérieur ?

— Est-ce qu'il y aura quelque chose pour… pour amortir ma chute ?

— Bien sûr.

Elle scruta les profondeurs, les yeux plissés pour tenter d'en discerner le fond. Il y faisait aussi noir que dans un four. Si elle ne voyait rien, c'était que la chute serait longue. Peut-être même mortelle.

— Vous en êtes… certain ?

Oro poussa un soupir.

— La peur du vide, la peur de tomber, la peur des ponts. Devrait-on dresser la liste de tes angoisses, Sauvageonne ?

Les yeux d'Isla lancèrent des éclairs. Plutôt que de lui faire remarquer que les trois choses qu'il avait citées constituaient sans doute une seule et même peur, elle désigna la cavité de la tête.

— À vous l'honneur, Votre Majesté !

Il s'avança en soutenant son regard, avant de disparaître. La jeune reine se raidit. À son tour. Pourtant, elle n'esquissa pas le moindre geste. Après tout, Oro savait voler – nulle chute ne lui serait fatale. Il avait mille façons d'y survivre. Isla, elle, n'en avait aucune.

Tout ce qu'elle avait, c'était la promesse du haut-roi qu'elle s'en sortirait. Sa vie dépendait de l'honnêteté du Solarien, une qualité dont il semblait s'enorgueillir, à en juger par sa démonstration.

Malgré tout, si elle mourait ainsi, en théorie, il n'enfreignait pas les règles… Était-ce là un moyen facile de se débarrasser d'elle ? Tous les autres souverains, à l'exception de Céleste et de Grim, étaient-ils complices ?

Les secondes s'égrenaient. Les murmures de la tempête forcissaient, de plus en plus insistants.

Isla avait peur. Bien que Terra l'eût entraînée à ne pas redouter la mort, elle était terrifiée. Ce n'était toutefois pas sa plus grande crainte. Non, sa plus grande crainte était celle qu'elle avait affrontée lors de l'épreuve de Céleste : ne pas vivre. Rester piégée pour l'éternité dans une pièce sans avoir accompli aucun de ses rêves.

Les deux amies étaient sur le point de trouver le brise-liens. Que ça lui plaise ou non, Oro faisait désormais partie intégrante de leur plan. Il était la clef pour pénétrer dans la bibliothèque de l'île du Soleil.

Sans se laisser le temps de perdre son courage, Isla prit une profonde inspiration… et sauta.

C'était comme dégringoler entre deux mondes. Pire, bien pire, que de tomber du haut d'une falaise ou de franchir un portail. Le trou était juste assez large pour laisser passer un corps. Il n'y avait presque pas d'air, rien que les parois aux relents de musc et de moisissure, ainsi que les hurlements d'Isla, qui lui faisaient mal à la gorge. Elle fermait les yeux si fort que le sang lui martelait les tempes…

Soudain, elle se retrouva immergée.

Avant qu'elle ne soit transie de froid par l'eau glacée qui la mordait comme un millier de dents, deux bras puissants l'en sortirent pour la déposer sur une roche fraîche. Elle repoussa son sauveur avec toute la force qu'elle pouvait rassembler, puis agrippa le sol. Sa chevelure tel un éventail humide autour de sa tête, elle haletait et crachait de l'eau tour à tour.

Une fois sa respiration apaisée, elle regarda à travers le rideau de ses cheveux et découvrit Oro, planté là, parfaitement sec mais contrarié.

— Ce n'est pas trop tôt !

Isla bondit sur ses pieds et fut devant lui en moins d'une seconde. Les poings serrés, elle fléchit un bras et frappa…

Mais elle était trempée, prise de vertiges, et lui, trop rapide. Il lui saisit fermement les poignets.

— Tout ça n'était qu'un test ? s'écria-t-elle en claquant des dents. Tu voulais voir si je te faisais confiance, n'est-ce pas ?

Le monarque méfiant, paranoïaque, qui croyait que tout le monde en avait après son pouvoir. Quelle hypocrisie ! Il lui demandait d'avoir confiance en lui, alors qu'il ne se fiait à personne. Lorsqu'il se figea, elle eut la réponse à sa question.

— J'en étais sûre !

Isla eut beau se débattre, les immenses mains du haut-roi auraient tout aussi bien pu être des chaînes enroulées autour de ses poignets. Si seulement elle avait apporté une épée ou un poignard, n'importe quoi d'autre que ses boucles d'oreilles pointues, qui ne seraient pas en mesure de causer autant de dégâts qu'elle l'aurait souhaité…

Elle cracha aux pieds d'Oro en espérant lui transmettre ainsi le fond de sa pensée. Le haut-roi se renfrogna de plus belle.

— Écoute-moi bien, Sauvageonne. Peu m'importe que tu m'apprécies. Mais pour que l'on collabore, il faut que tu me fasses confiance.

Elle retroussa les lèvres.

— Comment comptes-tu gagner ma confiance, si tu ne me dis même pas ce que l'on cherche ?

Le monarque la fixa un instant, avant de lui lâcher les mains. Puis il lui demanda quelque chose… d'étonnant.

— Vas-tu répéter ce que je te confie à Grim ?

Pardon ? Pourquoi cette question ? La croyait-il de mèche avec le Nocturne ? Il fallait reconnaître que celui-ci passait son temps à chercher sa compagnie. C'était donc une conclusion facile à tirer. Était-ce pour cette raison que Grim tenait tant à la côtoyer au vu et au su de tous ? Pour que les autres souverains pensent qu'ils s'étaient alliés ?

— Non, répondit-elle.

Oro sembla la croire, car il poursuivit :

— Je cherche le cœur de Lightlark.

— Son quoi ?

— Sa source de pouvoir. Sa force vitale.

Isla pencha la tête vers lui.

— Ce n'est pas… toi ?

— Non, répliqua-t-il en lui jetant un étrange regard. Je suis plutôt son médiateur. Ma connexion avec l'île se fait par le sang. C'est à travers ce lien que je peux canaliser son pouvoir.

— Mais si tu meurs, Lightlark meurt aussi.

— Si ce pouvoir ne peut plus être canalisé ou devient déséquilibré, l'archipel s'effondrera. Non parce que je suis son cœur, mais parce que tout ce que nous avons bâti, notre essence même, repose sur l'énergie que je transmets.

— Oh ! Ça veut dire que… que Lightlark possède un vrai cœur ?

— Oui, mais il ne ressemble pas à ceux que tu manges.

Intéressant !

— À quoi, alors ?

Le haut-roi secoua la tête, déjà agacé par ses interrogations. Isla avait l'impression qu'il n'avait en réserve pour elle qu'une quantité limitée de patience et un certain nombre de mots, qu'elle avait déjà épuisés.

— Je l'ignore, avoua Oro. Il est différent à chaque éclosion.

Éclosion ?

Elle avait tant d'autres questions à lui poser ! Pourquoi cherchait-il ce cœur ? Comment celui-ci s'inscrivait-il dans la prophétie ? Comment pourrait-elle l'aider à le trouver ?

Sans lui laisser le temps d'ouvrir la bouche, il reprit la parole.

— Tu as raison, Sauvageonne. C'était bien une épreuve de confiance. Mais nous ne sommes pas venus ici pour rien.

Pour la première fois depuis son atterrissage mouvementé, Isla balaya du regard l'endroit où elle se trouvait : une oasis au centre de la montagne. Incroyable ! Par-delà le cours d'eau dans lequel elle était tombée poussaient des centaines de plantes, sorties tout droit du sol de la grotte, à croire que la roche était fertile.

La caverne était glaciale. La jeune reine tremblait encore, le visage ruisselant d'eau froide et ses vêtements trempés plaqués contre sa peau. C'était un miracle que quoi que ce soit pousse là, sans soleil ni terre, alors des centaines d'espèces différentes… Leur présence n'avait aucun sens. Cette grotte devait être imprégnée d'un sortilège sauvage.

— Où sommes-nous ?

Le haut-roi regardait ses habits dégoulinants d'un air dégoûté. Isla était ravie de savoir qu'elle devait faire peur à voir, noyée dans sa chemise trop grande, ses cheveux collés en mèches folles sur ses joues. Il esquissa un geste, comme pour la sécher grâce à ses pouvoirs solariens, avant de se raviser.

Tant mieux ! Sa chaleur, il pouvait se la garder.

— Les Sauvages ont créé un jardin au creux de la montagne, pour protéger toute la flore de l'archipel. Cette caverne abrite des végétaux de chaque îlot de Lightlark.

La gorge d'Isla se serra. Tant de plantes étaient mortes depuis sa naissance, à cause de son absence de pouvoir. Elle les croyait perdues à jamais, mais peut-être avaient-elles survécu ici ?

— Le cœur de Lightlark éclôt une fois tous les cent ans, accroché à un être vivant. Une plante. Si tu réussissais à identifier par quelles espèces un organisme comme le cœur de l'archipel est susceptible d'être attiré, cela pourrait guider notre recherche.

Voilà pourquoi il avait besoin d'elle. De fait, elle était capable de l'aider. Elle n'avait jamais vu la plupart de ces espèces originaires de Lightlark mais, pour avoir été élevée par des Sauvages, elle connaissait leurs propriétés et savait quoi chercher. Elle examina les végétaux les plus proches.

— Pour que le cœur fleurisse régulièrement, il doit se nourrir de vie. Il a besoin d'un hôte consentant et nourricier.

Isla déambula dans le jardin. Au bout d'un moment, le haut-roi la suivit, s'enfonçant dans les profondeurs de la montagne. La flore était fascinante. La jeune reine vit un arbre aux feuilles de toutes les nuances du feu. Un petit cactus surmonté d'une seule fleur, superbe mais sans nul doute vénéneuse. Un buisson aux racines qui s'enroulaient et se déroulaient, tels des doigts lui faisant signe de s'approcher. Un mur était même entièrement recouvert d'un monceau de roses rouge foncé qui, Isla l'aurait juré, fredonnaient.

— Est-ce qu'elles sont…

— Elles ne poussent que sur les cadavres, la coupa Oro, impatient, ou là où le sang a été versé. On raconte qu'elles capturent les dernières paroles des morts qui leur donnent vie.

Oh !

— Comme la saulaie, observa-t-elle pour elle-même.

Il existait dans son royaume une saulaie où étaient conservés les souvenirs et les voix des défunts. On pouvait faire parler les arbres en entortillant quelques-unes de leurs branches souples autour de son poignet.

Des corps étaient-ils donc enterrés sous la montagne ? Ou les Sauvages y avaient-ils simplement replanté les rosiers ?

Ce n'est qu'une fois parvenue au fond du jardin, une heure plus tard, que la jeune reine reprit la parole.

— Ceux-là, indiqua-t-elle en désignant les buissons qui s'enroulaient et se déroulaient. Quelque chose peut se cacher à l'intérieur. J'ai déjà vu des oiseaux vivre dans cette espèce. On les appelle « escarcelles ». Elles… abritent des êtres sans les tuer.

Elle jeta un regard entendu vers une plante carnivore, à l'opposé de là où elle se trouvait, similaire aux escarcelles, si ce n'était la rangée de dents dissimulée en son centre.

— Et ceux-là, poursuivit la Sauvage en se retournant pour pointer du doigt deux arbres aux larges troncs. Chez moi, il en existe une variété semblable appelée « casematier ». Ils sont connus pour pousser autour d'êtres vivants… à la manière d'un bouclier. Ou, dans certains cas, d'une prison.

Poppy lui avait parlé d'une jeune fille de sa connaissance qui était restée perdue dans la forêt des semaines durant. Un arbre avait poussé autour d'elle en quelques secondes, la piégeant dans son tronc. Il l'avait nourrie et lui avait donné à boire, mais la retenait prisonnière. Il avait fallu trois Sauvages pour la libérer.

Isla secoua la tête afin de revenir au présent, avant d'ajouter :

— Ce serait l'endroit idéal pour le cœur de Lightlark. Il pourrait s'y cacher tout en parasitant un être vivant.

Enfin, elle désigna la pièce d'eau dans laquelle elle avait atterri.

— Ces nénuphars possèdent des racines. Il pourrait aussi être accroché à l'une d'elles, au fond de l'eau.

Oro hocha la tête, puis s'apprêta à se retourner quand elle demanda :

— Et maintenant ?

Il serra la mâchoire, visiblement irrité, à croire que chaque information qu'il partageait le brûlait dans sa chair.

— Je vais choisir un point de départ. Un lieu où poussent les plantes que tu as indiquées.

Bonne idée.

Épuisée, Isla étouffa un bâillement, avant de chercher des yeux une issue. Il n'y en avait pas d'autre que le trou, à une trentaine de mètres de hauteur, visible même depuis ce côté de la grotte. Elle fronça les sourcils.

— Comment…

Lorsque le haut-roi croisa son regard, elle distingua une lueur de malice dans ses prunelles. Il semblait tirer un immense plaisir de la terreur qui avait envahi le visage de la Sauvage.

— Hors de question ! Tu as dû passer trop de temps au clair de lune, pauvre fou, si tu penses que je…

— C'est le seul moyen de rentrer au château avant le lever du soleil.

Elle ouvrit la bouche, prête à le contredire, mais il la devança :

— Crois-moi, s'il y avait une autre solution, s'il était possible de faire ça sans toi, nous n'en serions pas là.

Isla aurait dû être blessée par ces paroles. Il n'en fut rien. Il la détestait autant qu'elle le détestait et elle s'en moquait.

Aussitôt, sans laisser à la jeune reine le temps de le menacer de représailles s'il la lâchait, Oro la souleva du sol, un bras sous les genoux de son équipière et l'autre dans son dos. Il baissa la tête vers elle et soupira en voyant ses yeux écarquillés, emplis de peur et de menaces…

Puis il s'éleva dans les airs. Il avait dû calculer au préalable sa trajectoire pour s'engouffrer dans le tunnel, car il ne s'arrêta pas, ni même ne ralentit en y pénétrant.

Il volait aussi vite qu'une étoile filante, tel un éclair remontant vers le ciel.

Isla lui hurlait si fort dans l'oreille que c'était un miracle qu'il ne l'ait pas tout bonnement lâchée, surtout quand elle lui planta ses ongles dans la nuque, sans doute jusqu'au sang. Feindre le courage lui paraissait impossible. L'espace de quelques secondes, ils se propulsèrent plus vite que le vent, avant de se retrouver en apesanteur.

Il… marchait, tout simplement. Avaient-ils déjà atterri ? Elle esquissa un geste pour se dégager, mais il siffla et resserra son étreinte au point de lui faire presque mal. Ce n'est qu'en ouvrant les yeux qu'elle constata qu'ils étaient encore dans les airs, à plusieurs dizaines de mètres de hauteur. Le haut-roi marchait dans le vide, sur un pont invisible pour changer des fragiles passerelles, droit vers la falaise. Loin sous leurs pieds s'étendait la plage dénudée, les pierres précieuses saillant du sable tels des éclats de verre. Isla poussa un cri et enfouit sa tête dans le cou d'Oro.

Ce dernier éclata d'un rire méchant, amusé par la peur de la Sauvage. Elle lui chuchota des mots qui le firent se rembrunir.

— On croirait que tu as envie que je te lâche, Sauvageonne, rétorqua-t-il.

Sans lui laisser le temps de lancer une pique qu'elle regretterait – et qui, de toute façon, n'aurait guère de mordant, vu la manière dont elle s'accrochait à lui, terrifiée –, il esquissa un pas qui paraissait bien plus stable. Ils étaient enfin de retour sur l'île principale.

Dès qu'elle put le faire en toute sécurité, Isla se libéra de l'étreinte du monarque et fit un pas chancelant, soulagée de s'écarter de lui.

— Franchement, c'était horrible ! commenta-t-elle, le regard noir, au cas où il aurait encore des doutes sur son goût pour ce mode de locomotion ou pour le fait d'être si proche de lui.

Oro ne se laissa pas impressionner et répliqua, avec un rictus :

— À demain !

Ses mots sonnaient comme une menace. Puis il s'éleva de nouveau dans les airs, prenant la direction du palais et la laissant rentrer seule à pied.

CHAPITRE 24
Une quête acharnée

Isla avait peut-être promis à Oro de ne pas parler du cœur de Lightlark à Grim, mais elle n'avait rien dit pour Céleste.

Dès son retour au palais, elle se rendit dans la chambre de son amie. Lorsqu'elle frappa, la porte s'ouvrit aussitôt, bien que l'aube ne fût pas encore levée. La Stellaire avait dû attendre la nuit entière pour lui parler, tant la cérémonie d'alliance avait compliqué leur plan.

La Sauvage raconta tout à Céleste, qui lui demanda ensuite :

— Tu es certaine qu'il a bien dit « cœur » ?

— Oui. Il doit croire qu'il en a besoin pour accomplir la prophétie. Un crime originel commis à nouveau, en quelque sorte. C'est peut-être la découverte de ce cœur qui constitue le crime.

— Aucune idée, répliqua son amie en secouant la tête. En tout cas, ça ne me plaît pas. Pas du tout.

— À moi non plus. À l'évidence, le haut-roi est prêt à tout pour briser les malédictions. Mais je pense qu'on peut en tirer avantage.

Son amie la regarda comme si une fleur venait de lui pousser sur le front.

— Grâce à lui, on va pouvoir entrer dans la librairie de l'île du Soleil, expliqua la Sauvage.

Céleste réfléchit un instant.

— Tu crois que tu peux le convaincre de te la montrer ?

Isla grimaça. Oro la détestait.

Qu'importe, elle trouverait un moyen de le persuader !

Elle hocha la tête.

— D'accord, fit la Stellaire. Dans ce cas, fais en sorte qu'il t'y emmène dès que possible. Le bal n'est plus que dans quelques semaines.

« Quelques semaines avant que les souverains n'aient le droit de s'assassiner les uns les autres », compléta la Sauvage en pensée.

Alors qu'elle se dirigeait vers la porte de la chambre, son amie la rappela.

— Isla ? Sois prudente. (Céleste se mordit la lèvre.) Les autres… J'ai peur de ce qu'ils feront pour gagner, maintenant qu'ils savent que Lightlark est en danger. Je ne fais confiance à personne. (Elle la regarda droit dans les yeux.) Surtout pas au haut-roi.

Comme promis, Oro se présenta devant la chambre d'Isla la nuit suivante. C'est à peine s'il lui accorda un regard avant de la conduire à leur nouvelle destination.

Cette fois, elle ne demanda pas où ils allaient. Elle s'était déjà aventurée sur quelques-unes des îles de l'archipel, savait où se trouvaient la plupart d'entre elles et pouvait donc le deviner toute seule.

Vingt minutes après leur départ, elle était certaine qu'ils se rendaient sur l'île du Ciel. La traversée du pont confirma son intuition.

Oro pensait sans doute que c'était la première fois qu'elle voyait la cité flottante. Elle n'alla pas jusqu'à feindre l'émerveillement, mais garda le silence.

Après avoir quitté la ville basse, ils pénétrèrent dans un bois. La gorge serrée, Isla se demanda si les forêts de Lightlark ressemblaient à celles de son propre royaume. Dangereuses, mortelles. Même les imbéciles les craignaient. Personne ne s'y risquait sans protection. Voilà pourquoi l'éruption cutanée sur la main d'Oro avait été si surprenante. Les plantes pouvaient se montrer aussi féroces que les animaux. Elles pouvaient frapper, mutiler, tuer. Selon Terra, c'était la raison pour laquelle les puissants Sauvages étaient si importants. Ils étaient les seuls capables de dompter la nature et de protéger les autres.

Hélas, Isla n'était pas une reine des Sauvages digne de ce nom. La flore ne lui obéissait pas. Ses nombreuses cicatrices, qui avaient mis des années à s'estomper grâce aux élixirs, en étaient la preuve.

Que penserait le haut-roi si elle subissait une attaque ? Mettrait-il cela sur le compte de son obligation de cacher ses pouvoirs, comme il le lui avait demandé ? Aurait-il des soupçons ?

Par chance, lorsqu'elle pénétra dans les bois, rien ne se produisit. Les arbres se tenaient droits, comme tout le reste sur l'île du Ciel, y compris les habitants. Ils portaient des baies azur de la taille de boutons et des aigrettes de pissenlit s'épanouissaient sur leurs branches, à croire que des morceaux de nuages y étaient accrochés. La température chuta brutalement. Isla regretta de ne pas avoir de cape, une de celles assez grandes pour l'envelopper tout entière. Elle songea alors au secret du Solarien. Aucun doute, il faisait nettement plus froid loin des innombrables âtres et braseros de l'île principale.

Oro s'avançait d'un pas assuré, sans consulter de carte, comme sous l'effet d'une attraction magnétique.

— J'ai identifié deux endroits à Lightlark où les plantes que tu as indiquées se trouvent en nombre inhabituel, finit-il par expliquer. L'un ici, l'autre sur l'île principale.

Le sol de la forêt se transforma en pente raide, qu'ils gravirent en silence. Le haut-roi aurait pu voler, elle le savait. Cette technique leur aurait fait gagner beaucoup de temps. Il devait donc avoir une raison de ne pas le faire. Il avait confié être en quête du cœur de Lightlark depuis près d'un demi-siècle. Peut-être avait-il déjà survolé chaque centimètre carré de l'archipel, sans succès. Cette fois, il semblait employer une tout autre méthode.

Enfin parvenue au sommet de la colline, Isla découvrit de l'autre côté une vallée remplie d'escarcelles. Le soulagement la submergea, telle une vague fraîche dans son dos. Cette espèce n'était pas dangereuse. La Sauvage serait plus ou moins en sécurité dans ce lieu.

Une nouvelle inquiétude vint pourtant l'assaillir. Les plantes se comptaient par milliers, couvrant toute la surface en contrebas, d'une montagne à l'autre. Sur des kilomètres et des kilomètres. Fouiller la zone entière avec la minutie nécessaire, à pied, leur prendrait des jours.

— Comment saura-t-on qu'on l'a trouvé ?

— Tu le sauras. Le pouvoir qu'il irradie est sans pareil, quoique détectable seulement de très près.

Voilà pourquoi Oro ne l'avait pas abandonnée pour survoler la vallée en quelques minutes.

Restait qu'Isla ne s'estimait pas capable de repérer le cœur de Lightlark rien qu'à son pouvoir, puisqu'elle-même n'en possédait pas une once.

— Est-ce qu'il a un aspect… particulier ? demanda-t-elle.

Le haut-roi fit une moue dédaigneuse – son expression favorite.

— Oui, Sauvageonne, très particulier. (Il se tourna vers la gauche sans un regard pour elle.) Je vais commencer par là.

Au moins ne mèneraient-ils pas leurs recherches côte à côte.

Elle observa de nouveau la vallée, le cœur serré. La surface à couvrir était vraiment immense. Uniforme, qui plus est. Il serait facile d'oublier les zones déjà fouillées, surtout au bout de plusieurs jours. Il lui fallait donc une stratégie.

Isla trouva un motif récurrent dans la répartition des plantes, des rangées qui n'étaient pas évidentes au premier coup d'œil, mais aisément repérables une fois leur forme identifiée. À présent, il ne lui manquait plus qu'un objet pour indiquer les secteurs inspectés. Elle scruta le terrain en quête d'une couleur qui se démarquerait. Peut-être une espèce différente de fleur ou de lierre ?

Sa recherche fut vaine. Toutes les plantes se ressemblaient. Même celles de la forêt dans son dos avaient des teintes trop similaires. Le seul élément qui se distinguait dans toute la vallée, c'était elle.

La Sauvage soupira, découragée, puis se rappela que c'était là le meilleur moyen d'accéder à la bibliothèque de l'île du Soleil. Elle déchira alors le bas de sa chemise préférée. Voilà qui ferait l'affaire.

Elle fut d'une efficacité redoutable. En quatre heures, elle couvrit une bonne partie de sa zone, grâce au système qu'elle avait mis au point. Les escarcelles s'ouvraient quand on en caressait le sommet. Il fallait ensuite quelques longues secondes à leurs feuilles et racines pour se dérouler et quelques-unes encore avant qu'elles ne se referment. Une fois lancée, Isla parvenait à en examiner cinq par minute. Dès qu'elle avait terminé un rang, elle le marquait en nouant une bande de tissu autour de la dernière plante qui le composait.

Quand Oro revint la chercher, Isla avait inspecté un millier d'escarcelles et sa chemise était en lambeaux. Alors qu'elle lui arrivait auparavant presque aux genoux, elle se terminait à présent bien au-dessus du nombril.

Le haut-roi paraissait horrifié. La jeune reine lui adressa un grand sourire, ravie d'être à la hauteur de sa réputation : couverte de terre, le visage encadré de mèches folles et les vêtements en charpie.

— Qu'est-ce que tu as encore fait ? demanda-t-il.

Elle croisa les bras.

— Ce que j'ai fait, c'est couvrir toute cette zone, lui répondit-elle en désignant le grand lopin délimité par le tissu de sa chemise.

Il jeta un bref coup d'œil au secteur en question, mais ne sembla pas impressionné. Son visage ne trahissait aucune émotion.

— J'imagine que tu n'as rien trouvé ? répliqua Isla.

Sans daigner lui répondre, Oro se tourna vers le chemin par où ils étaient arrivés.

***

Le lendemain matin, Ella se présenta à la porte des appartements d'Isla, de nouveaux habits sur les bras. Des chemises à manches longues semblables à celle que la Sauvage avait déchiquetée. Des pantalons qui ressemblaient au sien – à présent enduit d'une couche de terre –, mais plus épais et renforcés aux genoux, pour une meilleure protection contre les éléments. Enfin, des bottes bien plus adaptées à la fouille de forêts et de vallées que ses ballerines, désormais irrécupérables.

— C'est un présent de la part du haut-roi, annonça la Stellaire.

Isla leva les yeux au ciel. Elle avait presque envie de se rebeller en revêtant la même tenue que la veille, juste pour énerver Oro. Puis elle pensa à sa mission : faire en sorte qu'il lui montre la bibliothèque. Il n'honorerait pas tout de suite sa requête, mais s'il la voyait tenter de l'aider à trouver le cœur de Lightlark, alors, peut-être…

Le soir venu, elle décida de porter sa couronne, ne serait-ce que pour rappeler au monarque qu'elle aussi était une reine, à qui l'on devait le respect. Elle l'avait toutefois en grande partie dissimulée dans sa chevelure, afin de ne pas se trahir aux yeux des mystérieuses créatures ancestrales contre lesquelles il l'avait mise en garde.

Au moment où ils s'apprêtaient à se séparer pour inspecter leur moitié respective du champ, Isla posa une question qui la taraudait depuis qu'Oro lui avait fait part de son plan.

— Comment est-ce que tu as appris l'existence du cœur de Lightlark ?

Comme il ne répondait rien, elle combla d'un pas nonchalant la distance qui les séparait, un sourire mielleux aux lèvres. Puis elle leva la main et donna une chiquenaude dans sa couronne, se souvenant qu'il avait détesté ce geste la première fois.

— Tu devrais me le dire. Sinon... plus question d'ouvrir une seule escarcelle.

Bien que l'agacement crépitât dans ses yeux, Oro garda le silence.

Isla fit claquer sa langue.

— Un souverain méfiant, qui cache toujours son jeu...

Les mains sur la taille, ses doigts s'enfonçant dans le tissu de son ample chemise, elle fixa avec insistance le bras du haut-roi, où la tache gris-bleu avait commencé à s'étendre, annonçant sa mort prochaine.

— Dis-moi, ça t'a réussi jusqu'ici ?

Oro la fusilla du regard, avant de prendre une inspiration qui sembla lui secouer les épaules. Le pouvoir émanait de lui en fortes vagues – un vent mordant qu'elle ne voyait pas, un contre-courant dont elle ne pouvait se libérer. Soudain, l'air frais devint aussi chaud que dans le royaume sauvage.

La violence de la réaction du monarque la fit vaciller. Mais elle ne pouvait lui donner la satisfaction de flancher, si bien qu'elle sourit de nouveau, battit de ses longs cils et se hissa sur la pointe des pieds pour se tenir à quelques centimètres de son visage.

— Alors ? demanda-t-elle.

Le pouvoir du haut-roi disparut, englouti. La proximité d'Isla ne le fit cependant pas reculer.

— Je prends le risque, Sauvageonne, répliqua-t-il d'un ton glacial avant de donner à son tour une chiquenaude dans la couronne de son homologue.

Déséquilibrée par ce geste, la jeune reine chancela et sa tête se mit à la lancer. Avec quelle force avait-il donc frappé ? Elle passa un doigt sur le métal et y sentit une profonde empreinte.

Les yeux d'Oro étincelaient d'un malin plaisir tandis que la colère déformait les traits d'Isla.

— Comment oses-tu ?

Il pivota sur ses talons pour gagner son côté de la vallée.

— Répare-la ! exigea la Sauvage.

Elle ne voyait plus que son dos alors qu'il s'éloignait de plus en plus, sa cape dorée gonflée par le vent.

— Maudit haut-roi ! maugréa-t-elle, furieuse. Si nous n'étions pas dans la même équipe, je t'étriperais sans hésitation.

À ces mots, le monarque s'arrêta, puis fit volte-face – visiblement, il avait tout entendu. Aussi la jeune reine lui adressa-t-elle un geste qui, elle l'espérait, prouvait la sincérité de ses propos. Oro prit son éternel air réprobateur avant de lui tourner de nouveau le dos.

Parce qu'il représentait sa meilleure chance d'accéder à la bibliothèque de l'île du Soleil et de trouver le briseliens, Isla se dirigea finalement, les poings serrés, vers ses propres rangs de plantes.

Ils passèrent trois nuits de plus à fouiller les escarcelles, travaillant du coucher du soleil jusqu'à une heure avant l'aube, ce qui laissait assez de temps au roi pour rentrer au palais avant le lever du jour. Au moment où la lumière emplissait sa chambre, la Sauvage s'effondrait sur son lit, parfois trop épuisée pour prendre un bain.

Elle avait les doigts raides, les muscles des paumes endoloris. Même ses bras la faisaient souffrir, après qu'elle les eut levés l'un après l'autre des milliers de fois. Elle avait aussi mal au cou à force de le tendre pour regarder à l'intérieur des plantes, sans parler de ses lombaires, une cause perdue.

Chaque jour, Oro et Isla se rapprochaient, étant tous deux partis des bords de la vallée pour se diriger vers le centre.

Le trente et unième jour du Centennal, ils se rencontrèrent au milieu du champ. Ils étaient sales, exténués et frustrés, à en juger par le regard qu'ils échangèrent.

— Il n'est pas ici, conclut la jeune reine d'une voix rauque.

Ne dormir que quelques heures dans la journée et travailler toute la nuit commençait à laisser des traces, d'autant plus qu'elle n'était pas au sommet de sa forme quand elle avait entamé les recherches. Son bras était totalement guéri, mais sa poitrine souffrait encore de son coup de froid.

Quant au haut-roi, il ne se tenait plus aussi droit.

Oro se passa une main dans les cheveux, sans se soucier de les couvrir de terre.

— Non, confirma-t-il.

Isla avait dû grogner, car il lui jeta un regard incandescent, comme s'il la défiait d'émettre une remarque sarcastique. Elle l'aurait fait, si elle n'avait pas eu besoin de lui.

Rassemblant toutes ses forces, elle prit une profonde inspiration avant de demander :

— Où se trouve le deuxième endroit ?

CHAPITRE 25
Vestiges

Il faisait nuit et les lumières du palais étaient éteintes. L'obscurité était si totale qu'elle semblait s'insinuer partout, telle une coulée d'encre.

Isla chercha autour d'elle des lampes, des rideaux qu'elle pourrait ouvrir. Elle ne trouva qu'une bougie et, lorsqu'elle l'alluma, son ombre surgit derrière elle, piégée contre le mur. Une autre, bien plus grande, la rejoignit bientôt.

Elle fit volte-face pour découvrir… Grim, vêtu d'une armure faite de plaques de métal noir, brillantes. Il était la créature des cauchemars, le monstre dans les ténèbres.

L'espace d'un instant, elle se sentit nerveuse, mais pas effrayée. Elle recula d'un pas, au point de fusionner avec son ombre.

Le Nocturne s'approcha, ôta son casque, qui tomba par terre dans un grand fracas de métal, puis souleva la Sauvage par les cuisses. Elle lui empoigna les cheveux et murmura…

Isla se réveilla en sursaut, les yeux rivés sur le lierre qui serpentait au plafond de sa chambre. Les rideaux laissaient passer un fin rai de lumière. Elle était dans le palais de l'île principale, et non dans les appartements du Nocturne. Elle n'était pas avec lui.

Sombre idiote !

Elle attribuait ses rêves à la fatigue. Son rythme de sommeil avait changé et son corps ne s'y était pas encore habitué. Pourtant… elle n'avait pas vu Grim depuis la cérémonie d'alliance, une semaine plus tôt. *Une semaine !* Alors qu'auparavant, il venait la trouver dès que possible. Avait-il obtenu ce qu'il voulait d'elle avant de passer à l'étape suivante de son plan ?

La gorge serrée à cette idée, Isla se redressa et fit de son mieux pour ignorer ce sentiment. Il serait stupide de perdre un instant de plus à penser au souverain des Nocturnes.

Il lui fallait se concentrer sur son propre plan. Ce soir-là, Oro allait la conduire au deuxième endroit. Il valait mieux qu'elle tente de dormir un peu… mais l'idée de rêver de nouveau de Grim – et, pire encore, d'en tirer un certain plaisir – la poussa à se lever pour sortir sur son balcon. À en juger par la position du soleil, il était encore tôt.

Une fois habillée, elle décida d'aller chercher Ella dans l'un des étages inférieurs du palais. Elle se rappelait la recette d'un somnifère sauvage qui ne nécessitait que quelques ingrédients.

Oui, se dit Isla en parcourant le palais, *voilà ce dont j'ai besoin.*

Une tasse de ce thé, et elle dormirait à poings fermés toute la journée, sans Nocturne pour hanter ses rêves. Plus de réveil toutes les deux ou trois heures, cramponnée à ses draps et couverte de sueur.

Elle s'apprêtait à tourner au coin d'un couloir quand elle entendit des chuchotis.

Emprunter les anciens corridors abandonnés était devenu une habitude. Cette ruse lui assurait de ne croiser que rarement des domestiques et de ne jamais tomber sur un autre souverain. C'était de cette manière qu'elle avait rendu visite à Céleste plusieurs fois sans se faire remarquer. Apparemment, elle n'était pas la seule à utiliser ces couloirs déserts à des fins confidentielles.

Sans un bruit, elle plaqua son oreille contre le mur, aux aguets.

— Ton plan, c'est de la folie !

Isla se figea. Même réduite à un murmure, la voix portait, à la fois grave et furieuse. C'était celle d'Oro.

Une autre lui répondit, trop basse pour que la jeune reine distingue les mots. Elle savait en revanche qui les avait prononcés : Azul.

Pourquoi se rencontraient-ils en secret dans un lieu aussi étrange ?

Elle se rapprocha d'eux d'un pas lent et silencieux, comme le lui avait appris Terra. D'abord la pointe des orteils, puis le côté du pied.

— Tu vas condamner à mort des milliers d'habitants, gronda le haut-roi.

Elle n'osait pas respirer. Azul finit par répliquer, après une longue pause :

— Un royaume doit être sacrifié, Oro.

Choquée, Isla fit un pas en arrière. Le talon de sa chaussure produisit un infime cliquetis. Les voix se turent aussitôt.

Un instant plus tard, une porte claqua, l'empêchant d'entendre la suite de la conversation.

***

Ce soir-là, Isla et Oro restèrent sur l'île principale. Lorsqu'ils pénétrèrent dans les immenses bois qui bordaient le palais et s'étendaient jusqu'à la côte, elle sentit le picotement de la peur sur sa nuque. Cette forêt était plus sauvage que celle de l'île du Ciel. L'énergie vibrait dans l'air. Les branches semblaient se courber vers la jeune reine, comme pour la voir de plus près, tandis que les racines sur le sol se tendaient sur son passage pour la faire trébucher.

La nature paraissait intriguée par sa présence. La poitrine moite de sueur, Isla l'observait. Au moins la flore ne l'avait-elle pas agressée… pour le moment.

Alors que la panique commençait à empoisonner ses pensées, elle tourna son attention vers le haut-roi, songeant que moins elle regarderait la forêt, moins celle-ci s'intéresserait à elle. Une ride soucieuse entre les sourcils, Oro marchait d'un pas plus raide que d'habitude.

— Tu ne dors pas du tout, n'est-ce pas ?

Il ne réagit pas, comme s'il ne l'avait pas entendue.

— Tu devrais essayer de te reposer un peu dans la journée, si on doit travailler la nuit.

Il poursuivait son chemin dans la forêt, baissant la tête pour éviter des branches qu'Isla atteignait à peine le bras levé.

— À moins que tu aies un autre allié avec qui tu collabores pendant ce temps-là ?

— Je n'ai pas d'autres alliés, répondit-il d'un ton sec.

— Ah oui ? Même pas Azul ?

— Ce n'est pas bien d'écouter aux portes, même pour une Sauvage, répliqua Oro, l'air las.

Il savait que c'était elle qui les avait surpris. Tant mieux.

— Quel est son plan ? s'enquit Isla.

Incapable de se retenir, elle ajouta :

— Tu as promis de me protéger contre les autres souverains. Est-ce que je devrais m'inquiéter ?

Le haut-roi soupira, irrité, puis se tourna vers elle.

— Azul est inoffensif. Toi, plus que quiconque, tu n'as pas à t'inquiéter de lui.

Cette affirmation n'avait aucun sens. L'Azuréen avait évoqué l'extinction d'un peuple entier. Si ce n'étaient pas les Sauvages, de qui s'agissait-il donc ?

— Mais…

Le regard sévère d'Oro la fit taire.

— Je ne te révélerai pas le reste de cette conversation privée, inutile de te fatiguer. Estime-toi déjà heureuse d'avoir entendu quoi que ce soit.

Cette manière qu'il avait de lui parler… S'il refusait de lui en dire davantage, apprendre l'histoire d'Azul aiderait peut-être Isla à comprendre ses motivations.

— Est-ce que quelque chose… lui est arrivé ? demanda-t-elle quelques instants plus tard.

L'Azuréen était toujours jovial, mais elle avait à plusieurs reprises surpris une expression tourmentée sur son visage. Elle était prête à parier qu'une certaine tristesse, voire de la colère, se cachait sous ce masque débonnaire.

Le silence s'étira. Elle croyait qu'Oro allait de nouveau faire mine de ne pas l'avoir entendue quand il finit par répondre :

— Il a perdu quelqu'un. Quelqu'un qu'il aimait.

Oh ! Isla ne s'y attendait pas. Tous les souverains avaient perdu un proche la nuit des malédictions, mais l'histoire du roi azuréen semblait différente.

— Un partenaire ? hasarda-t-elle.

— Oui, son époux.

La Sauvage fut prise d'un accès de tristesse. Elle ne connaissait pas vraiment Azul, mais la pensée qu'il ait perdu un être si cher lui causait une peine inexplicable.

— C'était aussi un Azuréen ?

Quand Oro fit non de la tête, Isla pensa au frère du haut-roi et au mariage que les malédictions avaient détruit. Deux monarques devaient s'unir pour la première fois depuis des siècles, offrant ainsi une chance de souder l'archipel. La jeune reine ne voulait pas interroger le Solarien directement sur Egan, aussi demanda-t-elle plutôt :

— Les unions entre royaumes sont-elles courantes à Lightlark ?

— De plus en plus fréquentes, répondit Oro, laconique.

Tiens donc.

— Quelles sont les conséquences sur le pouvoir ? Est-ce que les enfants… naissent avec l'aptitude d'un seul peuple ? (Elle l'observa.) Ils n'héritent pas des deux, si ?

Il fit un nouveau signe de dénégation. Isla attendit avec impatience, désireuse d'obtenir une meilleure explication. Oro poussa un soupir avant de confirmer :

— Ils naissent avec un seul pouvoir, Sauvageonne.

Intéressant… Elle ouvrit la bouche, prête à poser une autre question, quand il lui jeta un regard qui la réduisit une fois encore au silence. *Bon, d'accord*, se renfrogna-t-elle, comprenant le message.

Bien que ce fût lui qui ait mis fin à leur conversation, il reprit la parole moins de dix minutes plus tard.

— L'entrée de l'île de la Nature est tout près, murmura-t-il, presque malgré lui.

Isla se figea. Bien sûr, elle savait que son peuple possédait son propre îlot à Lightlark. Elle l'avait même cherché au cours de ses excursions – en vain. Elle n'avait pas trouvé le pont qui le reliait au reste de l'archipel.

— Comment sait-on que le cœur de Lightlark n'y est pas ? demanda-t-elle, soudain prête à tout pour voir son île. (Oro avait poursuivi son chemin et elle dut courir pour le rattraper.) La plupart des plantes poussent sûrement là-bas.

Le haut-roi la toisa.

— Tu l'as dit toi-même : le cœur de Lightlark a besoin d'un hôte consentant et nourricier pour survivre. Toute la flore sur l'île de la Nature est morte, rétorqua-t-il sur le ton de l'évidence.

Morte. Ce mot la frappa en plein cœur. Elle aurait dû s'y attendre, mais l'entendre n'en était pas moins douloureux.

— Que penses-tu d'eux… des Sauvages, je veux dire ? demanda Isla après une courte pause, même si elle devinait déjà la réponse d'Oro rien qu'au mépris qu'il avait affiché à son égard lors de leur premier dîner.

En avisant son habituel air renfrogné, elle se prépara à un chapelet d'insultes qui vaudraient peut-être au haut-roi une gifle.

— C'était mon peuple préféré, après les Solariens, finit-il par déclarer.

— Tu plaisantes ! s'exclama-t-elle.

Il la regarda par-dessus son épaule.

— J'ai dit « était », Sauvageonne.

— Pourquoi ?

Ils poursuivirent leur route. Les arbres commencèrent à changer, à se clairsemer, jusqu'à ce que les deux compagnons pénètrent dans une clairière.

— Les Sauvages étaient des conseillers à notre cour, lui confia Oro. Quand j'étais petit, ils m'ont appris à manier l'épée et à cueillir les baies qu'il fallait. Ils étaient loyaux et bons.

— Et maintenant ? s'enquit Isla en le fixant.

— Maintenant... (Ils pénétrèrent dans un nouveau bois, composé entièrement de casematiers, par centaines.) Les Sauvages sont fidèles à leur réputation.

Ils passèrent toute la nuit à ôter l'écorce de chaque arbre pour regarder à l'intérieur. Le haut-roi y parvenait sans avoir à utiliser de couteau, grâce à ses pouvoirs stellaires. La jeune reine, elle, se servait de ses mains et d'un bracelet où se cachait une lame minuscule, qu'elle avait réussi à introduire sur l'île. À chaque coup, elle grimaçait, redoutant de subir la riposte du casematier. Mais aucun d'eux ne l'attaqua.

Elle progressait assez vite pour espérer qu'Oro ne lui suggérerait pas de recourir à ses facultés de Sauvage afin de se simplifier la tâche. Plus les heures s'écoulaient, plus elle s'inquiétait qu'il ne le lui demande. Ce qui ne manqua pourtant pas d'arriver...

— Ce serait plus facile si tu utilisais tes pouvoirs, lui lança-t-il.

Elle se figea.

Devait-elle se préparer à s'enfuir ? À quoi bon ?

— Oui, mais les créatures qu'ils attireraient... Je ne suis pas certaine que ça en vaille la peine.

Elle s'interrogeait sur ces mystérieuses créatures qu'il avait mentionnées. Qui étaient-elles et pourquoi détestaient-elles autant les Sauvages ? Pourquoi Oro lui-même les craignait-il ?

Isla avait toujours présumé que les souverains étaient les pires êtres du Centennal. Les plus puissants et les plus meurtriers.

En entendant le haut-roi parler de ces entités ancestrales, cependant, elle avait commencé à penser qu'elle s'était trompée, et se demandait à quel point ces créatures étaient fatales. Elle espérait ne jamais avoir à le découvrir.

CHAPITRE 26
Épines

Voilà dix jours que Grim n'était pas venu la voir. Isla aurait dû se sentir soulagée. En réalité, elle était plutôt déçue que Céleste ait sans doute raison.

Sinon, comment expliquer le fait que le Nocturne l'évite soudain après l'avoir sans cesse sollicitée ? Elle n'avait fait que servir son plan, quel qu'il soit. Quelle idiote elle était, d'avoir imaginé autre chose !

C'était la troisième nuit qu'Oro et elle passaient dans la forêt de casematiers. Ils avaient regardé à l'intérieur de centaines d'arbres sans trouver le cœur de Lightlark. La Sauvage commençait à se demander si elle avait été assez attentive, dans le jardin.

Avait-elle raté un détail ? Elle avait identifié les plantes les plus susceptibles d'abriter le type d'organisme décrit par le haut-roi… mais elle avait pu se tromper.

Les bois ne l'avaient pas encore attaquée, mais Isla sentait toujours leur énergie se déployer autour d'elle, comme si la nature attendait simplement le bon moment pour bondir sur sa proie. Même Oro avançait avec prudence, sans sous-estimer un seul instant le pouvoir de la forêt.

Lors de leur traversée de l'île principale, la jeune reine avait posé de nouvelles questions au Solarien. Chaque jour avec lui était un test visant à évaluer l'étendue de ce qu'il était disposé à lui dévoiler.

— Pourquoi Cléo n'a-t-elle pas participé au dernier Centennal ?

C'était Azul qui lui en avait parlé.

— Tu devrais le lui demander. Vous vous entendez si bien, toutes les deux.

Elle aurait pu croire à une tentative de plaisanterie et défaillir à l'idée que le haut-roi ait fait un trait d'esprit, si son ton n'avait pas été aussi hostile.

— Ce n'est pas ma faute si elle veut ma mort depuis le premier dîner, répliqua-t-elle, le regard noir.

Oro, perplexe, la dévisageait comme si elle avait dit la pire des bêtises.

— Cléo ne te tuerait pas sous prétexte qu'elle ne t'apprécie pas.

Isla ricana. De toute évidence, il n'avait pas vu la manière dont la Sélénite la dévisageait, comme si elle comptait les heures avant le cinquante et unième jour du Centennal.

— Tu as l'air d'avoir une haute d'opinion d'elle.

À sa grande surprise, il le lui confirma d'un hochement de tête.

— C'est vrai. Cléo fait passer le bien de son royaume avant tout.

Isla se souvint de l'épreuve de la Stellaire, qui avait testé les désirs de chacun.

Terra et Poppy prônaient le même engagement indéfectible à leur peuple. Ce n'est qu'une fois dans l'archipel de Lightlark que la Sauvage avait pris la mesure du sacrifice que constituait le fait de renoncer à tout ce que le monde avait à offrir.

— Ah oui ? s'étonna-t-elle, incrédule. Elle n'a pas de passions ? Pas d'amants ?

— Elle a eu plusieurs relations, répondit Oro sans croiser son regard. Avec des hommes et des femmes. Mais c'était avant d'accéder au pouvoir. Depuis qu'elle est devenue reine, elle consacre toute son énergie à l'avenir de son royaume. Son abnégation est admirable. (Il contracta la mâchoire.) Ce qui ne veut pas dire qu'elle ne pose pas de problème.

Problème ? Savait-il, pour la légion de la Sélénite et ses gardes ? Forcément.

— Cet engagement pour son royaume ne signifie-t-il pas qu'elle tuerait n'importe quel souverain pour accomplir la prophétie ? Pour assurer sa survie et celle de son peuple ?

Le haut-roi s'arrêta net.

— N'importe quel souverain ?

— Le premier qu'elle aura l'occasion d'assassiner, précisa Isla avec un haussement d'épaules.

Oro n'avait jamais paru aussi méprisant à son égard qu'en cet instant précis.

— Tu ne comprends donc pas, Sauvageonne ? Tuer un monarque n'est pas le plus dur. Nous avons tous eu plusieurs occasions de réaliser cette partie-là de la prophétie. Non… Sais-tu pourquoi il est interdit d'assassiner l'un d'entre nous avant le cinquante et unième jour ?

Il avait l'air si contrarié qu'elle n'osa pas formuler d'hypothèse.

— C'est parce que le plus difficile est de choisir le bon souverain et le bon royaume à sacrifier. Pas seulement parce que ça revient à condamner à mort des milliers d'habitants, mais surtout parce que notre avenir à tous dépend de cette décision.

Il parlait d'une voix plus forte. Elle ne l'avait jamais vu aussi enflammé, ni aussi furieux.

— Tous les royaumes sont liés, poursuivit-il. Tu ne peux pas t'imaginer les conséquences qu'aurait la perte de l'un d'entre eux. Même si l'on connaissait avec certitude le crime à commettre à nouveau, choisir quel souverain sacrifier serait presque impossible. C'est pour cette raison, plus que toute autre, que les malédictions n'ont toujours pas été brisées.

Isla ignorait pourquoi elle prononça les mots suivants. Un besoin de clarté, de réponses, sans doute.

— Dans ce cas, pourquoi ne pas simplement tuer Grim ? (Cette pensée lui tordit l'estomac avec une violence surprenante, même si, de son côté, le Nocturne semblait l'avoir complètement oubliée.) Il ne fait pas partie de Lightlark. N'est-ce pas un choix évident ?

— Je ne peux pas, répondit Oro, un sourire aussi moqueur que cruel aux lèvres. (Parce qu'il était en colère et désireux de lui prouver qu'elle ne comprenait vraiment rien à rien, il lui en révéla plus qu'elle n'espérait.) Grim est le seul rempart entre nous et un danger plus grand encore que tout ce que tu pourrais imaginer.

Un danger plus grand encore ? Qu'est-ce qui pourrait être plus dangereux que le Nocturne ? Ou les malédictions ? Ou encore le Centennal ?

Le haut-roi regardait Isla comme si elle n'était qu'une reine sotte et naïve. Tout bien considéré, elle semblait de fait avoir un train de retard. Terra et Poppy lui avaient toujours présenté le Centennal comme une compétition où régnait la loi du plus fort. Où le maillon faible serait tué, si les autres en avaient l'occasion. Or, à en croire Oro, ces cent jours servaient à faire le bon choix plutôt que le plus facile.

Sans lui laisser le temps de lui demander autre chose, le monarque était déjà parti en trombe. Il se trouvait à présent de l'autre côté des bois. Toutes les deux ou trois minutes, elle l'entendait inciser l'écorce grâce à ses pouvoirs, juste assez pour regarder à l'intérieur du tronc. Il restait concentré, peu importait le nombre d'heures passées à exécuter la même tâche.

Isla ne pouvait pas en dire autant, avec toutes les questions qui lui tournaient dans la tête.

Elle avait terminé sa section pour la nuit. Toujours pas de cœur de Lightlark. Rien d'autre que, de temps à autre, un animal terré dans un tronc qui lui jetait un coup d'œil curieux.

Ce matin-là, Céleste lui avait rendu visite pour prendre des nouvelles.

« Je fais ce que je peux », avait affirmé Isla.

Le problème était que ce n'était jamais le bon moment pour interroger le haut-roi sur la bibliothèque de l'île du Soleil. Si elle le faisait trop tôt ou sans préambule, il se méfierait de sa requête.

Elle se demandait à présent si, avec cette dernière conversation, elle n'avait pas gâché toutes ses chances de l'inciter à l'y emmener. Il faut dire qu'elle n'avait jamais vu Oro se mettre dans une telle colère.

C'était à la fois dangereux et idiot, mais elle s'enfonça dans la forêt en passant la main sur les casematiers jusqu'au bout du bosquet. La nature changeait, se faisait plus indomptable. Des fleurs poussaient, rouges comme les robes qu'elle portait le plus souvent. Des roses, aux pétales bombés et protégés par une auréole d'épines.

La dernière Ancienne sauvage, celle qu'Isla avait rencontrée dans la forêt, l'avait décrite ainsi : *« Tu es une rose pleine d'épines. »* Une jolie chose capable de se défendre.

Si seulement…

Ses lames auraient dû suffire. La jeune reine était une grande guerrière. Mais contre le pouvoir, le métal ne valait guère plus que du vulgaire papier.

Les rosiers se densifiaient petit à petit pour se transformer en une autre plante, aux longs piquants épais comme des doigts, qui saillaient de toutes parts. On aurait dit une arme. Sans savoir pourquoi, Isla les suivit, observant le buisson qui devenait de plus en plus imposant et haut, au point qu'elle se retrouva bientôt face à un mur entier de piquants et d'épines.

Son cœur s'emballa. Ces appendices poussaient sur les plantes pour les protéger. C'était un mécanisme de défense, comme ses propres étoiles à lancer et ses épées. Oui, ce mur d'aiguillons devait protéger quelque chose. Et si c'était le cœur de Lightlark ?

Triomphante, Isla se retournait pour appeler Oro quand le fourré épineux frappa. Il s'anima, l'enveloppa, avant de l'attirer dans son nid de piquants.

La Sauvage poussa un cri guttural. Des dizaines d'aiguillons se plantèrent en même temps dans son dos, aussi acérés que des lames. D'autres s'enfoncèrent dans ses bras.

Elle avait beau être entraînée à supporter la douleur, celle-ci était imprévue, inattendue.

Isla tenta de se décoller de la muraille végétale mais elle était coincée, les piquants fichés dans sa peau tels des crochets qui la retenaient. Chaque fois qu'elle cherchait à s'en écarter, ils s'enfouissaient plus profondément. Du sang lui coulait dans le dos et des larmes sur les joues. Un son étranglé s'échappa de ses lèvres.

Soudain, des mains chaudes la soutinrent.

— Arrête de bouger ! Ça ne fait qu'empirer les choses ! s'écria une voix.

Elle aurait voulu cracher à ses pieds pour l'avoir réprimandée dans un moment pareil. Elle aurait voulu lui dire de s'éloigner de cette plante maléfique. Mais c'est à peine si elle voyait encore. La douleur avait noyé tous ses sens.

Le haut-roi poussa un juron. Elle supposa que c'était lié à l'examen de son dos.

— Je vais devoir les casser pour te libérer, annonça-t-il.

Isla lui fit signe qu'elle avait compris. Un instant plus tard, elle hurla à pleins poumons quand Oro brisa le premier piquant en deux à l'aide de son énergie stellaire. Même si son pouvoir était aussi constant que doux, la jeune reine sentait l'épine s'accrocher à ses os. La plante n'appréciait pas ce traitement et enfonça de plus belle ses autres aiguillons, sans toutefois frapper le Solarien, comme si elle n'avait d'appétit que pour la Sauvage.

— Il y en a… plusieurs.

Isla ne pourrait pas en supporter davantage. La première… Elle poussa un nouveau cri et vit des éclairs colorés derrière ses paupières. La douleur était si vive qu'elle semblait posséder sa propre teinte.

Encore. Encore. Encore.

La souveraine ne pouvait plus se maîtriser. Lorsque son compagnon brisa un nouveau piquant et que la plante riposta en s'enfouissant davantage dans sa chair, elle vomit.

Si Oro en fut éclaboussé, il n'en dit rien et continua de la soutenir tout en cassant les épines en deux.

Encore. Encore. Encore.

Isla insista pour arracher elle-même les piquants. Elle était par terre à présent, loin du mur de ronces, Oro agenouillé devant elle. Le reste de la forêt s'était figé pour l'observer.

— Comment est-ce arrivé ? demanda-t-il.

Il était perplexe, bien sûr. Les plantes n'oseraient pas attaquer leur propre reine, même si elle était censée dissimuler ses pouvoirs.

— J'ai… j'ai trébuché, répondit-elle avec une grimace.

Comme il ne cessait de la dévisager, elle le fixa.

— Va chercher ce que ces ronces protègent, cracha-t-elle. Je vais bien. Je peux enlever ces épines toute seule.

Alors même qu'elle était blessée, ensanglantée, il eut l'audace de la fusiller du regard.

— Tu es couverte de ton propre vomi, fit-il remarquer d'un ton neutre.

Il tendit la main vers le dos de la Sauvage pour l'aider, mais elle se cambra et gémit.

— J'ai dit que je m'en occupais, grommela-t-elle.

— Tu es toujours aussi têtue ? grogna Oro.

— Et toi, tu es toujours aussi envahissant ? J'ai dit non. Maintenant, va-t'en.

Le haut-roi ne bougea pas. Puis, après quelques secondes, il se releva et retourna vers les ronces en maugréant.

Enfin !

Lorsqu'il fut assez loin, Isla se plia en deux et agrippa le sol de toutes ses forces, le corps secoué par un sanglot. Cette douleur… Elle n'avait jamais rien éprouvé de tel.

Satanées plantes maléfiques !

Et ce n'était pas terminé. Avec une nouvelle grimace, elle tordit un bras en arrière pour tâter le premier piquant, le saisit de ses doigts tremblants… et tira.

Son hurlement retentit dans la forêt. Elle aurait juré qu'il avait fait vibrer les arbres, dont le frémissement des feuilles ressemblait à un rire.

Jamais elle ne s'était autant haïe d'être née sans pouvoir. Une véritable reine des Sauvages aurait su contrôler le moindre recoin de ces bois. Ils ne l'auraient pas blessée. Au contraire, ils l'auraient aidée.

Sa main trembla en ôtant l'épine couverte de sang, qui tomba par terre sans autre cérémonie. Plus que dix, si Isla avait bien compté quand Oro l'avait libérée.

Le haut-roi était de retour, accroupi auprès d'elle. Son bras entier tressauta lorsqu'elle le replia en arrière pour tâter l'aiguillon suivant.

— Je t'ai dit d'aller chercher…

— C'est fait, la coupa-t-il. Le cœur de Lightlark n'y était pas.

La tête penchée sur le côté, elle sentit ses larmes couler. Tout ce mal pour rien.

— Tu peux… tu peux y aller, balbutia-t-elle, les paupières closes.

Quelques secondes s'écoulèrent. Isla ne l'entendit pas bouger et se demanda s'il s'était simplement envolé en silence, comme à son habitude.

Mais quand elle rouvrit les yeux, il était là, la mine inquiète à la vue du dos de la Sauvage, dans un état sans nul doute épouvantable. Oro esquissa un geste vers elle et elle tressaillit. Il leva les mains, paumes vers le haut, en signe de paix.

— Ces piquants-là sont tout à toi, déclara-t-il.

Voilà qu'il se montrait raisonnable. Il désigna ensuite les dizaines d'épines plantées dans les bras de la jeune fille, d'où coulaient de fines traînées pourpres, telles des larmes de sang.

— Moi, je m'occupe de ceux-là. (Isla commença à secouer la tête.) Ce sera plus rapide, ajouta-t-il. Plus vite ce sera fini, plus vite on pourra reprendre nos recherches.

Il n'avait pas tort. Elle pouvait bien le laisser l'aider si ça leur permettait d'achever leur mission et de quitter cette forêt diabolique.

— D'accord, murmura-t-elle.

Les mains du haut-roi étaient à la fois chaudes sur sa peau et étonnamment douces tandis qu'elles ôtaient les épines, une à une. Non qu'elle n'ait pas mal, mais ce n'était rien en comparaison de la douleur que lui infligeaient les piquants plantés dans son dos.

Elle saisit l'un d'eux, tira d'un coup sec, puis hurla en étouffant son cri entre ses genoux. Encore un. Celui-ci était courbé et fiché à quelques centimètres à peine de sa colonne vertébrale. Lorsqu'elle l'extirpa, tout le corps d'Isla eut un soubresaut, comme si des aiguilles étaient plantées dans ses os et que du poison se répandait dans ses veines. Sous le choc, elle se mordit la langue et laissa échapper un grondement bestial. Du sang coula de ses lèvres.

— Tiens ! dit Oro en lui offrant un objet à mordre. Sinon, tu vas te couper la langue. J'ai déjà vu ça. Tu dois avoir quelque chose dans la bouche pour ce genre de…

La Sauvage arracha un nouvel aiguillon, pensant qu'elle ne pourrait pas souffrir davantage. Elle se trompait. La douleur doubla, puis tripla d'intensité. Isla mordit à pleines dents dans ce que lui tendait le monarque.

Encore. Encore. Encore.

Les yeux fermés si fort qu'elle en avait mal à la tête, elle oscillait entre conscience et inconscience, mais ôta elle-même tous les piquants. Ce n'est qu'après avoir terminé, affalée contre un arbre, qu'elle se rendit compte qu'elle avait mordu la main d'Oro. Celle-ci était couverte de traces de morsure, la peau transpercée en plusieurs endroits.

Trop épuisée pour avoir honte, elle ne pouvait que se concentrer sur sa respiration, tandis que le Solarien utilisait une gourde d'eau et ses pouvoirs sélénites pour refermer les plaies de la Sauvage. Le temps qu'elle arrête de saigner, il était l'heure de partir. L'aube approchait.

— Et maintenant ? demanda-t-elle d'une voix à peine audible.

Avant l'attaque du mur de ronces, elle avait déjà fini de fouiller sa section. Oro aussi, à coup sûr. Le cœur de Lightlark ne se trouvait donc pas dans cette forêt.

— Les lieux où poussent les plantes que tu as indiquées sont trop nombreux, répondit-il, la mâchoire serrée. Je pensais qu'on aurait…

De la chance, conclut Isla pour lui.

Elle avait presque envie de rire. Ou de pleurer. Si la chance existait en ce monde, ils ne l'avaient pas encore rencontrée.

— J'ai un autre plan, poursuivit-il. Dont j'espérais ne pas avoir à me servir. (Il la regarda droit dans les yeux.) Tu te souviens de ces créatures ancestrales dont je t'ai parlé ?

Isla acquiesça.

— Eh bien, je crois qu'il est temps d'aller rendre visite à l'une d'entre elles.

CHAPITRE 27
Représailles

Oro n'était pas venu frapper à la porte d'Isla depuis cinq jours. Il avait pour mission de trouver la fameuse créature ancestrale, afin de conclure un marché qui garantirait leur sécurité.

— *L'une de ces créatures essaierait-elle vraiment de blesser le haut-roi de Lightlark ?* avait-elle demandé.

— *Je ne sais pas*, avait-il répondu. *Mais elles n'hésiteraient pas une seconde à s'en prendre à toi.*

Cette pause était la bienvenue pour Isla. Même si Oro l'avait soignée grâce à ses pouvoirs sélénites, il avait fallu au moins deux jours à son corps, après leur retour au palais, pour s'en remettre. Et encore, elle était épuisée, brisée, détruite.

Elle n'avait en revanche jamais été aussi déterminée. Sa mésaventure avec le mur de ronces n'avait fait que renforcer son désir de rompre les malédictions. Non seulement pour gagner sa liberté... mais aussi ses pouvoirs.

Jamais plus des plantes ne la blesseraient. Jamais plus elle ne serait impuissante face à elles.

Au bout du troisième jour, alors qu'elle était prête pour leur prochaine mission et demeurait sans nouvelles d'Oro, elle avait commencé à s'inquiéter. Avait-il décrété qu'une

Sauvage attaquée par la nature ne lui serait pas d'une grande aide et décidé de poursuivre son plan sans elle ?

Isla refusait de rester dans sa chambre à attendre qu'il vienne la chercher. Si le plan du haut-roi avait changé, le sien et celui de Céleste aussi. Il lui fallait s'entretenir avec sa complice.

Elle avait glissé un mot sous la porte de la Stellaire, lui demandant de la retrouver sur l'agora. Puisqu'elles n'étaient pas alliées, elle se disait qu'elles devraient prétendre nouer une amitié. Ainsi, si on les surprenait ensemble, ce serait moins suspect. Elles étaient donc censées se croiser par hasard à l'armurerie stellaire. Isla avait d'ailleurs besoin d'une véritable lame, qui ne fasse pas office d'accessoire. Mais, surtout, il lui fallait parler à son amie.

Elle avait été si concentrée sur sa mission avec Oro qu'elle en avait presque oublié que Céleste était contrainte à passer du temps avec Cléo. Que donnait leur association ? La Stellaire était du genre à lui cacher des choses pour ne pas l'inquiéter. Isla voulait cependant être présente pour la jeune reine, comme celle-ci l'avait toujours été pour elle.

L'agora était plus animée que jamais. Les commerçants décoraient leurs vitrines de leurs plus beaux accessoires : hauts-de-forme, gants recouverts de cristaux, robes aussi colorées que les pâtisseries qui prenaient le soleil dans la devanture des boulangeries voisines. Ces préparatifs fastueux annonçaient le bal, qui n'était plus que dans dix jours.

Dix jours avant qu'il ne soit permis de tuer. Dix jours pour trouver un moyen de pénétrer dans la bibliothèque de l'île du Soleil. Dix jours pour mettre la main sur le brise-liens et l'utiliser. Dix jours pour rompre leurs malédictions et quitter l'archipel.

Isla s'arrêta devant l'armurerie stellaire. Juste au moment où elle allait entrer, quelqu'un la heurta. C'était bien la première fois… En général, les insulaires gardaient leurs distances, comme si la peau de la Sauvage était toxique.

Puis elle sentit le petit bout de papier qu'on lui avait glissé dans la main et se figea à la vue des mots griffonnés dessus : « Vous êtes en danger. »

Quoi ? La jeune reine fit volte-face pour découvrir celui ou celle qui lui avait transmis cet avertissement. Elle repéra une cape blanche – un Sélénite ? – qui se faufilait dans le marché, tête baissée. C'était forcément celui qu'elle cherchait.

Elle n'allait certainement pas rester plantée là à tenter de deviner qui pourrait lui vouloir du mal. Trop de suspects figuraient sur la liste ! Elle suivit donc l'homme qui lui avait remis le message.

On jouait de la musique dans la rue, un quatuor sans doute engagé pour alimenter l'enthousiasme en vue du bal. Les boutiques gardaient leurs portes ouvertes et de jeunes garçons et filles faisaient de la réclame à grands cris : « Offre spéciale ! Deux paires de gants pour le prix d'une ! Des chapeaux uniques pour des insulaires uniques ! »

Isla se précipita dans la foule et bouscula des clients qui portaient des piles de boîtes nouées à l'aide d'un ruban, des enfants tenant des cornets de glace. Elle murmura des excuses, accueillies par des cris apeurés, avant de manquer de percuter un chariot rempli de fruits mûrs et de noix fraîchement grillées. Puis, loin devant, elle aperçut un éclat de tissu blanc qui disparaissait au coin d'une rue.

Soudain, Céleste surgit devant elle, en route vers l'armurerie stellaire. Son amie demeura interdite en la voyant passer en courant.

— Je reviens tout de suite, chuchota Isla sans attendre de réponse.

Les bras serrés contre ses flancs pour se frayer un chemin à travers l'artère bondée, elle avançait, tel un ruban dans le vent. Ses pieds trouvaient des espaces libres sur le trottoir et son corps comblait des vides dans l'océan de passants. Quelques instants plus tard, elle s'engageait à son tour dans la rue où avait disparu le messager, qui se révéla déserte. Si déserte qu'elle put voir sans peine le Sélénite s'éloigner à toute vitesse, sa cape gonflée par la brise.

Cette section-là du marché descendait vers la côte au lieu de grimper vers les montagnes. L'air était chargé d'un parfum de sel, de poisson et de saumure. Les pavés irréguliers devenaient humides sous les semelles d'Isla, qui faillit glisser dans sa course pour rattraper l'inconnu. Lorsqu'elle tourna à l'angle d'une autre rue, il s'était volatilisé.

Trop lente ! Elle avait perdu sa trace. La mer était à présent toute proche. La Sauvage se trouvait au milieu des vestiges de ce qui avait dû être un port, plusieurs siècles auparavant, quand l'archipel n'était pas encore prisonnier de sa malédiction.

Isla s'efforça de garder la tête froide. Refusant d'abandonner, elle scruta les alentours en quête d'un bruit de pas ou d'un bruissement de tissu.

Elle se retourna… et repéra l'ourlet de la cape blanche, qui disparaissait derrière un bateau échoué sur la terre ferme, telle une baleine renversée sur le flanc.

Elle s'avança d'un pas, puis poussa un cri de surprise. Des chaînes, surgies de nulle part, venaient de s'enrouler autour de ses poignets et de ses chevilles. Puis la lame froide d'une épée vint appuyer avec force contre sa gorge.

— C'était un peu trop facile, lui chuchota une voix à l'oreille.

Lorsqu'elle tira d'un coup sec sur ses entraves, Isla découvrit que ce n'étaient pas des chaînes, mais des cordes faites d'eau, aussi impitoyables qu'une vague scélérate ou que le ressac.

Cinq autres hommes sortirent de leurs cachettes, derrière d'anciens hangars à bateaux ou des navires ensablés. Ils portaient des costumes d'un blanc immaculé, avec un diamant en guise de bouton au col de leur chemise. Des nobles sélénites. Elle les reconnut pour les avoir vus aux démonstrations.

Un grognement s'échappa de sa gorge. La Sauvage se rapprochait de la bête qu'elle était à leurs yeux. Quand le messager à cape blanche apparut, Isla montra les dents et lui jeta un regard menaçant. Il ne lui accorda même pas un coup d'œil avant de récupérer une poignée de pièces et de s'éclipser.

Un guet-apens. On l'avait dupée. *Mais quelle idiote !*

Non, c'étaient eux, les idiots.

Le menton levé, elle déclara du ton le plus mordant possible :

— Libérez-moi et je ferai preuve de clémence. Gardez-moi attachée et vous verrez ce qui arrive quand on essaie de piéger une Sauvage.

Ses agresseurs se contentèrent de sourire.

— Féroce, même enchaînée ! railla l'un d'eux.

Ses cheveux blancs étaient plaqués en arrière. Il tenait avec délicatesse une canne au pommeau de cristal, bien qu'il n'en eût à l'évidence pas besoin. Lorsqu'il la pointa sur Isla, les chaînes d'eau se resserrèrent, la contraignant à s'agenouiller. La prisonnière bouillonnait de rage tandis que ses os semblaient broyés et que sa peau se déchirait sur les pavés humides.

— Mais même les bêtes féroces peuvent être domptées et mises en cage, poursuivit le Sélénite. Dis-moi, est-ce que tu vas nous supplier de t'épargner, Sauvageonne ?

Ce fut au tour d'Isla d'éclater de rire.

— Alors comme ça, votre reine vous a envoyés faire le sale boulot à sa place ?

Ce n'était pas encore le cinquante et unième jour du Centennal. Soit Cléo avait contourné les règles en ne donnant pas l'ordre direct de l'assassiner… soit elle se moquait de les enfreindre. Après tout, peut-être ne convoitait-elle pas le pouvoir promis par la prophétie. Tant pis pour la théorie d'Oro selon laquelle la Sélénite ne la tuerait pas simplement par haine.

Cependant, Isla devait l'admettre, ce piège était sans doute davantage lié à son intrusion dans la bibliothèque de l'île de la Lune qu'à autre chose.

Le Sélénite à la canne se raidit, offensé. Les autres échangèrent un regard entendu, qu'elle comprit tout de suite. Si Cléo ne les avait pas chargés de l'éliminer – une mission pareille aurait constitué une violation directe du règlement du Centennal –, rien ne leur interdisait de tenter leur chance de leur propre chef.

— Je suis désolé, avoua l'un d'eux à la grande surprise de la Sauvage – et du reste du groupe, apparemment.

Mais le Centennal n'est pas qu'un jeu pour les souverains. L'un des royaumes doit être sacrifié. Or nous avons des familles… (Il secoua la tête.) Nous n'avons pas envie d'être les perdants.

Elle le comprenait parfaitement. Le Centennal était une compétition mortelle qui impliquait de multiples joueurs et de graves conséquences. Isla n'en cracha pas moins aux pieds de l'homme.

— Ça suffit ! (Le Sélénite qui se tenait derrière elle la souleva par le col, l'épée toujours pointée sur elle.) Fais tes adieux, Sauvageonne, lui susurra-t-il à l'oreille d'une voix rauque en ramenant la lame vers lui afin de se préparer à lui trancher la gorge.

La jeune reine tira sur ses chaînes de toutes ses forces pour s'échapper… mais ses efforts étaient vains face à la magie sélénite.

Dans la forêt de l'île principale, Isla pensait n'avoir jamais autant désiré ses propres pouvoirs. Elle se trompait. À présent, non seulement elle les appelait de ses vœux, mais surtout elle en avait plus besoin que jamais.

Des mots fusaient dans son esprit, les derniers qu'elle entendrait de sa vie : *Trop tard. Échec. Impuissante. Si seulement…*

Juste avant le coup fatal, d'autres lui parvinrent :

— Adieu vous-mêmes !

La personne qui avait parlé bloqua la lame à quelques centimètres de la gorge d'Isla. Le Sélénite qui la tenait fut projeté dans les airs.

Céleste serra le poing et les chaînes se relâchèrent pour disparaître dans une gerbe d'étincelles argentées. Son amie avait dû la suivre ! L'un des nobles envoya une vague sur la Stellaire, qui pivota sur ses talons pour la contrer d'un courant d'énergie.

Libérée de ses entraves, Isla se déchaîna. Elle détacha de ses poignets ses bracelets, qui se transformèrent en couteaux de lancer, qu'elle fit voler avec aisance. Chacun atteignit sa cible : le cœur de deux Sélénites. Les hommes s'écroulèrent, puis la Sauvage se retourna et fut renversée par un flot de pouvoir.

Elle parvint à saisir un éclat de verre par terre avant que le monde ne bascule au moment où elle s'écrasait contre un vieux bateau. Sa langue saignait et son front palpitait. Soudain, une main lui enserra le cou pour la soulever du sol. Elle entendit un rugissement qui ne venait pas de la mer et, suffocante, poussa un horrible croassement.

Pourtant, elle gardait le sourire. Elle ne faisait peut-être pas le poids enchaînée, mais ses entraves avaient désormais disparu.

Isla referma les doigts sur le long éclat de verre caché dans sa paume, puis le planta dans la gorge de son adversaire. Celui-ci la libéra pour porter une main à sa blessure. Il voulut parler mais aucun mot ne franchit ses lèvres.

Les autres Sélénites n'avaient pas connu un meilleur sort. Elle rejoignit en hâte Céleste, qu'elle trouva debout au milieu d'un tas de cadavres gisant sur les pavés humides de l'ancien port.

— Elle a essayé de te tuer, déclara la Stellaire d'une voix étonnamment calme. Tu dois répliquer en lui envoyant un message qui montre ta force et la fasse réfléchir à deux fois avant de risquer une nouvelle tentative.

Les deux amies travaillèrent de concert pour écrire une réponse en lettres de sang.

Une fois qu'elles eurent terminé, Isla admira leur œuvre et sourit. Autrefois, elle en aurait sans doute eu la nausée. Mais elle était dans l'archipel depuis quarante jours. Pendant ce laps de temps, elle avait affronté en duel des souverains légendaires, survécu à d'innombrables épreuves, surmonté une douleur indicible et ôté à mains nues des épines de son dos. Elle se tenait droite, sans trembler, se rappelant comment les Sélénites l'avaient menacée et combien elle s'était sentie faible, ainsi enchaînée. Impuissante face à leur pouvoir.

Plus jamais, se promit-elle.

« Il va falloir faire mieux que ça », disait son message.

CHAPITRE 28

L'antre aux miroirs

Jamais Isla n'avait autant désiré être dotée de pouvoirs. D'abord, l'attaque du mur de ronces, puis la tentative d'assassinat sur le port, preuve que ses lames ne faisaient guère le poids à Lightlark. Malgré tout, elles restaient un bon exutoire à la colère qui se déchaînait en elle, telle une tempête.

Après l'attentat, elle s'était rendue directement à l'armurerie stellaire, où elle avait acheté une dague au manche orné d'un serpent – parfaite pour une Sauvage. Elle la tenait à présent et s'entraînait. Le métal ne pesait rien dans sa paume. Elle fit tourner son arme entre ses doigts, puis la lança en l'air et la rattrapa sans même la regarder, avant de faire mine de poignarder un adversaire invisible dans le ventre.

Lorsque l'image des nobles sélénites lui traversa l'esprit, elle taillada l'air de sa lame. Les taillada, eux. Un rictus aux lèvres, elle les anéantit tous, les hommes comme les souvenirs.

— Le vent t'aurait-il offensée ?

Isla fit volte-face et sa dague vola pour aller se planter dans le mur en pierre du palais, juste au-dessus des cheveux noirs de Grim.

Il lui adressa un grand sourire, puis, d'un mouvement fluide, il arracha l'arme et la lui lança. Elle la rattrapa sans quitter le Nocturne des yeux.

Grim.

À sa vue, son estomac se noua un instant, avant que n'enfle sa colère. Elle le fusilla du regard.

— Je n'aurais jamais cru le roi des Nocturnes aussi indécis.

— Indécis ?

Isla fit un grand pas vers lui avant de répliquer :

— Oui, indécis. Tu as l'air incapable de te décider. Un jour, tu agis comme si on était amis et, le suivant, tu m'ignores. Ensuite, tu disparais pendant des semaines.

Grim soutint son regard.

— Qu'est-ce que tu préfères ? demanda-t-il comme s'il souhaitait connaître la réponse.

La gorge serrée, elle luttait pour cacher ses émotions.

— Ni l'un ni l'autre, mentit-elle. J'aimerais seulement que tu restes loin de moi, un point c'est tout.

Il s'avança vers elle, l'esquisse d'un sourire aux lèvres.

— C'est vraiment ce que tu veux, Mangecœur ?

Isla retint son souffle. Il sentait tout ce qu'elle éprouvait. Elle se détourna avant qu'il n'en devine davantage.

Le sourire de Grim s'évanouit, soudain remplacé par une expression très sérieuse.

— On ferait mieux de garder nos distances. C'est ce que j'ai fait, moi.

Ah, il l'évitait donc bel et bien !

— Pourquoi ? s'enquit-elle, même si elle avait en tête d'innombrables réponses à cette question.

Il haussa les épaules.

— Je suis le célèbre guerrier nocturne, dont la lame a fait des milliers de victimes. Tout le monde me déteste. Personne ne me fait confiance, à juste titre d'ailleurs. Il ne le faut pas. (Il l'observa.) Tu ne le dois pas non plus.

Isla aurait voulu lui demander ce qu'il entendait par là, mais il ne lui en laissa pas le temps et s'avança vers elle. Elle avait les cheveux en bataille et sa chemise lui semblait trop serrée – elle l'avait enfilée, ainsi qu'un pantalon, avant de venir s'entraîner. Ses robes avaient beau être conçues pour donner l'image d'une séductrice au charme ravageur, en cet instant précis, cette tenue d'entraînement lui semblait bien plus révélatrice.

— Tu sais ce que c'est d'être haï, n'est-ce pas, Mange-cœur ? D'être considéré comme un monstre ? Un barbare ?

Même si c'était vrai, l'entendre n'en était pas moins douloureux.

— Je te sens irritée. Nierais-tu ta véritable nature ?

Elle respirait avec difficulté, sans trop savoir pourquoi.

— Non. Et toi ?

Grim secoua la tête et fit un nouveau pas vers elle.

— Jamais. Je suis un monstre.

Isla savait qu'elle aurait dû s'enfuir – ou du moins, s'éloigner. En tout cas, faire n'importe quoi d'autre que se rapprocher de lui. Le Nocturne pencha la tête sur le côté. Il avait une manière bien particulière de la regarder, de se tenir tout près d'elle. Plus près que personne n'avait jamais osé.

— Je ne suis pas ton ennemi, souffla-t-il d'une voix qu'elle ne lui avait jamais entendue.

Soit. Dans ces conditions, pourquoi ne pouvait-elle pas lui faire confiance ? Pourquoi la repoussait-il ? Et pourquoi s'en souciait-elle ?

— Prouve-le, le défia-t-elle. J'aimerais savoir quelque chose.

— Ce que tu veux.

La Sauvage se rappela les paroles du haut-roi dans la forêt. La raison pour laquelle les autres souverains n'avaient pas choisi tout simplement de tuer Grim afin d'accomplir la prophétie.

— D'après Oro, tu es le seul rempart entre nous et un danger plus grand encore. De quoi s'agit-il ?

Si le Nocturne ne parut pas surpris par sa question, il prit son temps pour y répondre.

— Il y a pire en ce monde que les malédictions. Et même pire que moi.

— Quoi, par exemple ?

Il secoua de nouveau la tête.

— Je pourrais te le dire, mais ça ne ferait que te distraire. Crois-moi, le danger le plus imminent, ce sont les malédictions.

Isla se renfrogna. Qui était-il pour décider ce qui la distrairait ou non ? Ce qu'il valait mieux lui cacher ? Elle devina toutefois à son ton qu'il ne changerait pas d'avis.

— Très bien. Dans ce cas, j'aimerais que tu me montres quelque chose.

— Ce que tu veux, répéta-t-il, bien que cette phrase eût perdu son sens à présent que la jeune reine en connaissait les limites.

— Montre-moi où habitaient les Sauvages à l'époque où ils vivaient encore sur l'île principale de Lightlark, se surprit-elle à demander.

Elle n'avait toujours pas trouvé l'entrée de sa propre île. Lors de l'une de leurs excursions dans les bois, Oro lui avait dit qu'elle n'était pas loin, ce qui n'avait fait qu'attiser sa curiosité. Elle ignorait encore tant de choses sur son royaume.

À présent, elle était plus intriguée que jamais. Elle rêvait de posséder le pouvoir infini qui coulait autrefois dans les veines de ses ancêtres. Peut-être avaient-ils laissé des traces derrière eux, des indices susceptibles de l'aider dans sa quête.

Grim ne la quittait pas des yeux. Isla retint son souffle en se demandant s'il savait combien elle avait pensé à lui au cours des dernières semaines. S'il savait qu'elle avait beau avoir le cœur qui battait la chamade et l'esprit empli des paroles du Nocturne, il avait raison : elle ne pouvait pas lui faire confiance.

L'inverse était aussi vrai.

— Bien sûr, Mangecœur.

Elle ne dit pas un mot pendant qu'il la conduisait dans la forêt de l'île principale, dans l'ombre du palais. Non loin du bosquet de casematiers, mais dans la direction opposée. Le chemin était retourné à l'état sauvage : sentier pavé depuis longtemps envahi par les mauvaises herbes, plantes indomptées qui l'engloutissaient tout entier… Isla tressaillit en observant les bois, prête à subir une nouvelle attaque. Son dos la picotait, comme s'il se souvenait de ce qu'elle avait traversé. Mais la forêt n'osa pas s'en prendre à elle en présence de Grim. Ils enjambèrent des racines aussi épaisses que les cuisses du Nocturne et se glissèrent sous des toiles d'araignée aussi grandes que des parapluies. Un peu plus loin, les arbres perdaient leurs feuilles et se faisaient menaçants, leurs branches nues semblables à un amas d'épées. L'herbe laissa place à des pierres telles qu'on en trouve au bord d'une rivière. La jeune reine n'en voyait pas la fin, jusqu'au moment où elle en sortit.

Un instant aveuglée par la lumière du soleil, elle s'arrêta. Ils se trouvaient face à un pont, détruit en de nombreux endroits, aux rambardes faites de tiges tressées.

L'îlot de l'autre côté ne laissait paraître aucun signe de vie. Isla n'en était pas moins attirée par lui. Sans hésiter, elle monta sur la passerelle et la traversa avant même de s'en rendre compte.

Le haut-roi avait raison. Il n'y avait plus de vie ici. L'île de la Nature se réduisait désormais à une forêt de troncs morts. Les arbres, nus et tordus, ressemblaient à des squelettes oscillant dans le vent. Les vignes et les racines sèches crissaient sous ses pieds. Le sol n'était plus qu'un tapis de branches cassées, dont la forme évoquait des serpents prêts à frapper. Ni animaux ni verdure. Rien.

Au centre de ce cimetière se dressait un édifice.

— On l'appelle l'antre aux miroirs, déclara Grim, apparu aux côtés d'Isla.

Tous les murs du château étaient recouverts de verre réfléchissant, qui reflétait la forêt nue et ses alentours. Ses contours scintillaient au soleil.

L'antre aux miroirs avait l'air fragile, comme si une simple bourrasque pouvait le faire voler en éclats. Mais il avait survécu, contrairement au reste de l'île de la Nature. Sa structure rappelait celle des chapiteaux qu'elle avait aperçus, grâce à sa baguette astrale, aux abords des terres nouvelles des Azuréens – bombée, comme gonflée d'air, et pointue en trois endroits.

Isla pénétra dans le château. Étrange… Bien que les murs extérieurs fussent réfléchissants, l'intérieur était transparent. La jeune reine pouvait voir les bois dévastés par les innombrables fenêtres, aux milliers de formes différentes, sous un plafond incurvé.

Les lieux étaient presque vides, hormis quelques statues et des feuilles apportées par le vent. En pénétrant plus avant, elle découvrit que le reste de l'immense château n'était pas en verre. Non, les murs étaient faits de pierre et donnaient sur ce qui avait dû autrefois être une cour intérieure, ouverte aux quatre vents. Des racines mortes grimpaient le long des colonnes et une petite fontaine contenait à présent une eau stagnante. La Sauvage poursuivit son chemin à travers des pièces et des couloirs laissés à l'abandon et envahis par la forêt morte. Elle finit par atteindre le mur du fond, plus solide que les autres car taillé directement dans la montagne.

Il était couvert de dessins, dont le plus remarquable représentait une grande spirale. Les autres illustraient une bataille : des hommes et des femmes en armure, munis d'épées et de boucliers. Certains montaient d'énormes bêtes qu'Isla ne reconnaissait pas. Elle suivit les lignes du bout des doigts.

— Est-ce à la hauteur de tes espérances ? lui demanda Grim.

— Encore mieux, répondit-elle en se retournant.

— Même s'il n'y a plus rien ?

Elle n'avait pas encore exploré la totalité des lieux mais elle se doutait que les autres pièces seraient tout aussi vides.

— Qu'il soit encore debout… (Elle appuya sa paume contre le mur.) Ça me donne de l'espoir. Je me dis que les Sauvages pourront survivre.

Son compagnon avait l'esprit ailleurs, elle le voyait à son regard. Qu'avait-il en tête ? Tout ce qu'il faisait était si déroutant.

— À quoi ressemblent les terres nocturnes ? s'enquit-elle, sans vraiment savoir pourquoi.

Même avec sa baguette astrale, elle n'avait jamais osé s'y rendre. Les mises en garde de Terra l'en avaient dissuadée. Grim la fixa un long moment avant de répliquer :

— Un jour, je te les montrerai.

Isla attendit que tombe l'obscurité pour quitter le château. Oro n'était toujours pas revenu lui rendre visite. Elle avait donc toute la nuit devant elle et comptait bien en profiter.

Elle regretta de ne pas posséder le pouvoir de Grim – celui de voir dans le noir – au moment de traverser l'île principale, avec la lune pour seul guide. Plus tôt, en compagnie du Nocturne, elle avait étudié le chemin qui menait à l'île de la Nature avec la plus grande attention, mais tout semblait si différent de nuit.

Le trajet durait trop longtemps, le sentier se poursuivait là où il aurait dû disparaître sous l'abondante végétation. Elle avait dû se tromper de direction ou passer devant le pont sans le voir. Peu de temps après, elle était de retour dans le palais du haut-roi.

Isla jura tout bas avant de retenter sa chance. Elle s'efforça de se rappeler la forme des arbres ou le nombre de pas qu'elle avait comptés quelques heures plus tôt, tout en faisant de son mieux pour masquer ses émotions en présence de Grim. Tout ce temps pendant lequel il avait répondu à ses questions, elle n'avait fait que penser à ce qu'elle avait découvert dans l'antre aux miroirs et combien il lui tardait d'y retourner, seule.

Les yeux plissés, elle scruta l'obscurité, puis se mit à tâter le sentier pour guetter le moment où les fleurs sauvages commenceraient à étouffer la pierre, lui indiquant ainsi le chemin à emprunter.

Si elle avait possédé des pouvoirs, elle aurait pu simplement appeler la forêt et écouter sa réponse. Suivre sa mélodie jusqu'au château sauvage. Mais elle était impuissante et continua donc d'errer, aveugle, dans l'obscurité.

Enfin, ses doigts effleurèrent des brins d'herbe. Un second sentier partait du premier. Elle l'emprunta, puis hésita. Le clair de lune était presque entièrement obstrué par les cimes d'arbres voûtés. Elle allait devoir avancer à tâtons et prier pour que les bois se contentent de la quantité de sang qu'elle avait déjà versée pour eux.

Lorsqu'elle dut baisser davantage la tête, Isla se demanda si elle ne ferait pas mieux de revenir le lendemain matin. Elle continua à se poser la question même après avoir décidé de poursuivre son chemin dans la forêt, les chevilles éraflées par les épines, et avoir trébuché sur une racine et atterri à quatre pattes.

Non, personne ne devait être informé de ce périple nocturne. Pas même Grim.

Quand elle finit par arriver sur l'île de la Nature, sa tresse était défaite et ses paumes entaillées la piquaient. Mais la douleur s'apaisa à la vue de l'édifice qui se dressait devant elle.

De nuit, l'antre aux miroirs ne reflétait que les ténèbres. Dans ses habits brun clair qui ressortaient dans l'obscurité, elle se détachait des ombres de la forêt nue, tel un spectre.

À l'intérieur, le clair de lune de nouveau dégagé inondait les lieux. Le plancher au-dessus de sa tête grinça, comme réveillé de sa torpeur. Des boiseries craquèrent quelque part.

Ce ne sont que les bruits ordinaires d'un vieux château. Une simple branche cassée, se dit Isla lorsqu'elle entendit un bruit sourd retentir contre le plafond de verre.

Malgré tout, elle se hâta de traverser les pièces et les couloirs, pour ne s'arrêter qu'une fois parvenue devant le mur du fond.

Lorsqu'elle l'avait vu plus tôt dans la journée avec Grim, elle avait su qu'il lui faudrait revenir. Pourquoi ? Parce que la spirale gravée sur le mur était une porte. Elle avait la même forme que celle qui se trouvait dans sa chambre, sous un panneau endommagé au fond de son armoire. C'était là que la jeune reine avait découvert la baguette astrale, glissée dans les affaires de sa mère.

Si les Sauvages avaient une porte secrète, c'est que ce qui se trouvait de l'autre côté était assez important pour être dissimulé – et devait être demeuré intact, contrairement au reste du château.

Isla avait le pressentiment que ce qui se cachait à l'intérieur pourrait l'aider, que cet endroit lui offrirait ce dont elle avait besoin. Il lui fallait à tout prix entrer dans cette crypte.

Elle poussa le battant de toutes ses forces en pensant qu'avec assez d'efforts, il allait s'ouvrir en grinçant, comme celui découvert dans sa chambre.

En vain.

Elle examina le mur de plus près et y repéra une brèche. Une serrure. Non, le trou était trop allongé pour y insérer une clef, à moins que celle-ci ne soit bien plus grande que la normale.

Isla chercha autour d'elle un objet aussi finement ouvragé, avec le même motif étrange, comme une chaîne de montagnes miniature. Un petit bougeoir semblait presque de la bonne taille. Elle tenta de l'introduire dans la serrure mais il ne rentrait pas. Loin de là. Elle ramassa des tiges de lierre et s'efforça de leur donner une forme adaptée, sans succès. Quand elle les inséra et les fit tourner comme on le ferait d'une clef, elles se cassèrent net.

La Sauvage serra les dents. S'il existait un moyen d'ouvrir cette porte, la solution devait forcément se trouver quelque part à l'intérieur du château.

Elle gravit un escalier en colimaçon, couvert de feuilles mortes qui produisirent une symphonie de craquements sous ses pas. Puis elle parcourut un couloir après l'autre, une pièce après l'autre, avec pour seule lumière des rais de clair de lune. Quelques minutes plus tard, elle retourna devant la crypte les bras chargés d'objets susceptibles de faire l'affaire : un vieux peigne abandonné, une fine flûte à champagne, un vase juste assez gros pour accueillir une seule fleur et une harpe miniature.

Isla les inséra dans la serrure, l'un après l'autre, telles des clefs, jusqu'à ce que l'aube commence à poindre, nimbant de violet l'entrée de verre du château.

Rien n'y fit.

La porte demeura close.

CHAPITRE 29
L'abbaye

Isla était convaincue que la crypte de l'île de la Nature recelait le secret qui lui servirait à trouver le brise-liens ou qui l'aiderait d'une manière tout aussi décisive.

S'il y avait un insulaire susceptible de savoir comment ouvrir cette porte, c'était Juniper.

La jeune reine se rendit dans sa taverne dès le lendemain. L'endroit était désert, à l'exception d'un homme assis au fond, un chapeau baissé sur le visage, comme s'il dormait en attendant l'arrivée de la foule noctambule, plus animée.

— Ma Sauvage préférée ! la salua Juniper, derrière le comptoir, avant de croiser les mains. Quel bon vent vous amène ?

Isla devait faire vite. Avec un peu de chance, personne ne l'avait vue entrer et elle avait bien l'intention de continuer comme ça.

— Des nobles sélénites ont tenté de m'assassiner.

Voilà, c'était là son secret. Le tavernier eut un mouvement de recul, comme choqué par cette nouvelle.

— Que désirez-vous savoir ?

Elle se pencha vers lui avant de répondre :

— Le vieux château sur l'île de la Nature. Que pouvez-vous m'en dire ?

— Pour être franc, pas grand-chose, avoua-t-il, les lèvres pincées. Avez-vous une question plus spécifique ?

— Est-ce qu'on a caché quelque chose à l'intérieur ? Si oui, sauriez-vous comment le trouver ?

Juniper fronça les sourcils, perplexe. Il ne semblait pas être habitué à ne pas avoir de réponse. Isla savait qu'il y avait peu d'espoir qu'il puisse l'aider. Les Sauvages ne vivaient plus à Lightlark depuis des siècles. La plupart des insulaires ne savaient sans doute pas que l'antre aux miroirs tenait encore debout, à en juger par son aspect abandonné.

— Je suis désolé, Votre Majesté. Je n'ai jamais entendu parler d'un quelconque trésor dissimulé en ces lieux. D'après ce que j'ai compris, tous les objets de valeur ont été dérobés depuis longtemps.

Isla hocha sèchement la tête. Elle avait conscience que les chances pour que quelqu'un connaisse l'existence de la crypte étaient minces. Son secret lui servirait donc une prochaine fois, pour un autre renseignement. Elle s'apprêtait à partir quand Juniper reprit la parole.

— En revanche, il y a une chose que je sais sur l'antre aux miroirs.

Elle se rassit. Le tavernier avait employé le nom du château, le même qu'avait utilisé Grim.

— Quoi donc ?

— C'est le seul endroit sur l'île où tous les pouvoirs autres que ceux des Sauvages sont inhibés. À l'intérieur, seuls ces derniers peuvent exercer leurs dons.

Vraiment ?

Seul un puissant sortilège pouvait produire un effet pareil. Isla ne savait même pas qu'une telle magie existait.

Ce qui se trouvait de l'autre côté de la porte scellée devait en être à l'origine.

Ce n'était pas l'information qu'elle recherchait, mais cette révélation suffit à la rendre encore plus impatiente de savoir ce qui se cachait dans cette crypte… et plus certaine encore que, quoi que ce soit, cela pourrait lui être utile.

Isla ressortit sur l'agora avec davantage de questions que de réponses. Une tempête approchait. Le ciel était chargé de nuages noirs, telle une meute de loups à la fourrure sombre, qui semblaient refléter son esprit agité.

— À ton avis, comment est-ce que cette robe va résister à la pluie ?

Grim.

Il l'attendait, appuyé contre la façade de la taverne.

— Tu me suis, maintenant ? demanda-t-elle.

Après l'avoir évitée, voilà qu'il ne la quittait plus d'une semelle… Son comportement n'avait aucun sens. Qu'est-ce qui avait changé ? Que cherchait-il donc ?

— Non, répondit le Nocturne, un sourcil haussé. J'avais mes raisons d'être là, puis je t'ai sentie.

— Sentie ?

Ses raisons ?

— Oui, tes émotions possèdent une teinte… une couleur. Je savais que tu n'étais pas loin.

Isla se demandait comment elle devait le prendre. Elle aurait voulu connaître la couleur en question, mais elle se contenta de répliquer, le menton levé :

— L'intimité, tu connais ?

Elle tourna les talons pour quitter le marché. Grim cala son pas sur le sien sans difficulté.

— Tu sais, si tu demandes des informations à Juniper, je te conseille de prendre des précautions. Je peux lui faire oublier votre conversation, si tu veux. Ou simplement le menacer pour qu'il garde le silence…

La Sauvage le fusilla du regard tout en envisageant d'accepter son offre. Juniper lui avait rendu service, mais il était impossible de se fier à un tavernier qui faisait dans le trafic de secrets.

Elle avait vraiment espéré qu'il saurait comment ouvrir la porte secrète de l'antre aux miroirs. Il fallait de toute évidence une clef, qu'elle n'avait pas le temps de chercher. Trouver le brise-liens devait rester sa priorité.

Or, elle avait le pressentiment que ce qui se cachait dans la crypte pourrait l'aider à le localiser. C'était difficile à expliquer, mais la porte l'attirait, lui parlait, lui disant dans son propre langage silencieux qu'il fallait qu'elle l'ouvre. Si seulement elle avait le temps et les ressources pour y parvenir…

— Je te sens déçue, Isla.

Elle était de retour sur l'agora. Grim était sur son chemin et la dévisageait. Loin devant se dressait le palais du haut-roi, perché sur sa falaise tel un géant accroupi. Les dents serrées, la jeune reine s'arrêta à son tour.

— Je t'ai déjà demandé de ne plus lire mes émotions.

— Et je t'ai déjà dit que je ne pouvais pas m'en empêcher.

Elle croisa les bras, la bouche ouverte pour répliquer… quand le ciel se fendit comme une coquille d'œuf.

La pluie la trempa en un instant. Le déluge était si violent qu'elle y voyait à peine. Le Nocturne n'était plus qu'une silhouette floue devant elle. Elle entendit son rire, aussi grave qu'un grondement de tonnerre.

Le vent, qui sifflait à ses oreilles, fouettait les cheveux et la robe de la Sauvage vers l'arrière. Les arbres sur le bord de la route se courbaient, leurs feuilles dansant furieusement.

Lorsque Grim lui tendit la main, elle la saisit. Le palais d'Oro était trop loin et elle n'était pas certaine que les pouvoirs du Nocturne puissent les protéger des intempéries. Il la conduisit jusqu'au bâtiment le plus proche, l'abbaye qu'elle avait déjà vue à de nombreuses reprises, avec sa façade ornée d'un vitrail en forme d'œil, et ouvrit la porte en usant de magie noire, puis la tira à l'intérieur.

Isla était haletante, gelée et trempée. Ses cheveux étaient plaqués en mèches folles sur son visage et sa robe… sa robe lui collait à la peau, soulignant chaque centimètre de son corps. Elle leva la main pour ôter sa couronne mais elle était emmêlée à sa chevelure.

À quelques mètres d'elle, le Nocturne l'observait. Lui aussi était trempé. Ses cheveux lui couvraient le front et ruisselaient sur ses joues. Son habituelle tenue noire semblait trop fine, à peine existante, et révélait ses muscles parfaitement dessinés. Sa cape gouttait doucement sur le sol de l'abbaye tandis qu'il s'approchait d'un pas lent. Quand Isla croisa son regard, elle n'y lut ni sarcasme ni raillerie.

Grim s'arrêta tout près d'elle. Elle retint son souffle et se figea lorsqu'il tendit les bras. Ses mains se contentèrent pourtant de se poser sur la couronne de la Sauvage. Avec douceur et minutie, il dégagea les mèches de cheveux entortillées autour du métal.

Un geste un peu trop brusque arracha un petit cri à Isla, ce qui lui valut aussitôt un regard du Nocturne. À la vue de la lueur malicieuse qui dansait dans ses prunelles, la jeune reine eut un frisson.

L'abbaye était plongée dans l'obscurité, aucune bougie n'était allumée. Seul l'unique vitrail rond offrait une lumière ténue alors que la tempête continuait de faire rage à l'extérieur, la pluie tambourinant avec force contre le verre. Isla aurait juré que les recoins sombres de la nef s'obscurcissaient encore davantage, à la manière d'une tache d'encre qui s'étendrait. Les ombres s'allongeaient vers les rangées de bancs.

Elle prit une petite inspiration toute tremblante et se persuada que c'était à cause du froid. Grim dévorait sa bouche des yeux.

— Je te sens… bouleversée, Mangecœur.

Il se tenait si près d'elle qu'elle sentait son souffle sur sa joue, aussi glacial que la pluie et que les doigts encore en partie perdus dans ses cheveux.

— Et toi ? demanda-t-elle d'une voix rauque. Qu'est-ce que tu éprouves ?

— Oh ! répondit le Nocturne avec un grand sourire, sans la quitter des yeux, comme s'il voulait s'assurer qu'elle ne manquerait aucun mot. Ce que j'éprouve ne saurait être dit dans un lieu pareil.

Isla n'aurait pas dû en avoir le souffle coupé. Son cœur n'aurait pas dû s'emballer à ces paroles ou à cause de la proximité du Nocturne. Elle ne savait toujours pas pourquoi il était venu au Centennal ni ce qu'il cherchait. Après avoir si sévèrement jugé les siens pour leur imprudence en matière d'amour, la Sauvage les comprenait à présent un peu mieux… et se comprenait elle-même un peu moins.

Qu'est-ce qui lui prenait ? Elle qui s'était toujours crue au-dessus de tels désirs. Plus forte que sa mère, plus déterminée. Grim lui avait dit qu'elle ne pouvait pas lui faire confiance. Il le lui avait prouvé à maintes reprises. Alors, pourquoi est-ce que cela l'attirait encore plus ?

D'un dernier coup sec, le Nocturne libéra la couronne d'Isla. Les sourcils froncés, il passa ensuite son pouce sur la marque causée par la chiquenaude d'Oro quelques jours plus tôt. Le métal redevint aussitôt lisse. Il lui tendit le bandeau d'or dans l'espace réduit qui restait entre eux. Isla s'en empara de ses doigts tremblants – les traîtres !

Puis Grim se retourna et se dirigea vers les bancs, la laissant plantée là, les mots coincés dans la gorge. Elle serra sa couronne si fort que les pointes s'enfoncèrent douloureusement dans sa main.

Ressaisis-toi !

La mise en garde de Céleste lui revint à l'esprit. Le Nocturne n'était qu'une distraction. Il se jouait d'elle. Elle pouvait en faire autant.

— Où étais-tu cette nuit-là ? demanda-t-elle, encore un peu essoufflée. La nuit des malédictions.

Il lui jeta un regard par-dessus son épaule. Les ombres dansaient à ses pieds, leurs contours ondulaient comme si les ténèbres elles-mêmes émanaient de lui.

— Tu tiens vraiment à le savoir ?

— Oui.

— J'étais au lit.

— Tu dormais ? s'étonna Isla.

— Non, répondit-il en la fixant.

Oh !

Le vitrail lui sembla soudain très intéressant. La Sauvage se plongea dans la contemplation de ses quatre motifs, espérant que le rouge monté à ses joues ne se verrait pas dans l'obscurité.

Assis sur l'un des bancs de l'abbaye, les coudes sur les genoux, Grim l'épiait. Ses yeux pesaient sur elle, mais Isla ne pouvait se résoudre à croiser son regard.

En un instant, il se retrouva derrière elle. Elle sentit le souffle du Nocturne sur son épaule nue et se raidit.

— Quand j'ai quitté mes appartements, le monde brûlait et tous les souverains étaient morts. (Elle se retourna et découvrit son visage creusé, plus sérieux que jamais.) Je suis devenu roi à mon tour, alors que je m'étais préparé toute ma vie à être un guerrier.

Les ténèbres s'échappaient de lui en volutes, étouffant la faible lumière qui filtrait par le vitrail. À l'extérieur, un éclair jaillit, sans toutefois illuminer l'intérieur des lieux. La gorge serrée, Isla plongea son regard dans celui du Nocturne.

— Je sais ce que c'est d'hériter de responsabilités dont on n'a jamais voulu… et qu'on ne pensait pas mériter.

Grim avait les poings serrés le long du corps. Elle tendit une main hésitante pour lui en ouvrir un et passer un doigt sur la paume du monarque. Il se crispa.

— Est-ce que tu veux bien me montrer ? demanda-t-elle, consciente qu'elle commettait une erreur.

Il semblait savoir qu'elle parlait de ses pouvoirs, de leur étendue, au-delà de sa démonstration quelques semaines auparavant. De son côté, elle semblait savoir qu'il avait besoin d'un exutoire.

— Tu en es certaine ? s'enquit le Nocturne en la fixant avec intensité.

Elle faillit répondre sur-le-champ par l'affirmative, avant de se rappeler l'amertume qu'elle avait éprouvée quelques instants plus tôt en apprenant qu'il n'avait pas été seul au moment où les malédictions avaient été lancées. Il l'avait pourtant mise en garde, à sa façon : « *Tu tiens vraiment à le savoir ?* » C'était de nouveau le cas : il la prévenait qu'elle n'apprécierait peut-être pas ce qu'elle verrait.

Malgré tout, Isla acquiesça. Elle avait envie de contempler ce qu'elle avait toujours désiré plus que tout au monde : le pouvoir à l'état brut.

Ils se tenaient si près l'un de l'autre que leurs visages se frôlaient presque.

— Pas ici. (Il jeta un coup d'œil au vitrail, derrière lequel elle entendait la pluie, toujours battante, mais moins violente qu'auparavant.) Ça te dérange de ressortir ?

Elle fit non de la tête et le suivit hors de l'abbaye. Il pleuvait encore des trombes. Peu importait, car la Sauvage était déjà trempée et gelée. Elle ne quitta pas Grim des yeux, tandis qu'il grimpait jusqu'au bord de la falaise. Il avait les épaules tendues et ses muscles roulaient sous sa cape collée à son dos.

Rapide comme l'éclair, il fit volte-face, la main tendue devant lui, et l'obscurité jaillit en un trait fulgurant. Un mur d'encre qui ondoyait telle de l'eau et s'élevait telles des flammes, avant de filer devant Isla, s'arrêtant à quelques centimètres de son visage. Elle recula, chancelante, et manqua de tomber sous la force du phénomène.

Aussi vite qu'elle avait frappé, l'obscurité se dissipa. La jeune reine prit une inspiration tremblante. Aux endroits touchés par la nuit, toute vie avait été décimée. L'herbe était calcinée, les arbres réduits à des coques qui se désintégrèrent sous ses yeux.

Si ce pouvoir avait visé un être humain, sa peau aurait sans doute fondu sur ses os. Et ces os se seraient fendus, puis brisés jusqu'à n'être plus que de la poussière emportée par le vent.

Les ténèbres de Grim étaient pires que le feu. Elles ne laissaient rien derrière elles.

Le Nocturne s'était retourné vers la falaise, le poing serré le long du corps. Un poing capable de manier un pouvoir effrayant. Il se raidit quand Isla passa deux doigts sur le dos de cette main, malgré elle. Lorsqu'elle lui dit ensuite : « Montre-m'en plus », il afficha un grand sourire.

Soudain, il la saisit par la taille et ils plongèrent du haut de la falaise, droit sur la plage. Cette fois, elle n'eut pas même le temps de crier, tant elle eut l'impression que la chute n'avait duré qu'un instant.

La mer écumante se déchaînait à la manière d'une bête enragée. Au-dessus, les nuages bouillonnaient et moussaient, fusionnant en un dégradé de gris. Isla ne voyait plus où se terminait l'océan et où commençait le ciel. Tous deux s'agitaient et tourbillonnaient, dans une tentative désespérée de se fondre l'un dans l'autre.

La Sauvage se tenait si près de Grim qu'elle l'entendit même au milieu de la pluie et du vent venu du large qui fouettait chaque centimètre de sa peau nue au point de l'engourdir. Elle avait gardé sa couronne à la main. L'espace d'une seconde, elle envisagea de la jeter dans l'océan démonté, se demandant si ce geste pourrait résoudre ses problèmes.

— Mangecœur… disait Grim.

Elle leva les yeux vers le Nocturne et vit une étrange lueur dans son regard. Il semblait inquiet. Anéanti, même. Pourquoi ? Pensait-il qu'elle allait reculer devant cette terrible démonstration de pouvoir ? Le détester pour ce qu'il était ?

Isla se souvint de ses paroles : *« Je suis un monstre. »*

Une part d'elle craignait cette affirmation. Mais elle ne le craignait pas, lui, bien qu'une voix au fond d'elle lui hurlât qu'elle devrait au contraire être terrifiée.

— Dis-moi ce que je ressens, chuchota-t-elle.

La jeune reine pouvait faire de son mieux pour maîtriser ses pensées et ses actes, mais si le Nocturne lui avait appris une chose, c'était que ses émotions étaient bien plus difficiles à dissimuler.

La pluie gouttait des cheveux de Grim sur les joues d'Isla. Il l'étudia et se racla la gorge.

— Je te sens… intriguée.

Elle désigna les alentours tout en haussant les épaules. Après tout, c'était elle qui lui avait demandé de lui en montrer davantage.

— Alors ?

Plutôt que de s'en réjouir, le Nocturne se rembrunit. L'océan forma une immense vague qui atteignit son point culminant juste devant eux, avant de s'écraser sur les falaises quelques mètres plus loin.

— Je pourrais créer un gouffre qui engloutirait la plage, lui murmura soudain Grim à l'oreille. Je pourrais rendre la mer noire comme l'encre et tuer tout ce qui s'y trouve. Je pourrais détruire le palais de l'île principale, brique par brique, sans bouger d'ici. Je pourrais t'emmener avec moi dans les terres nocturnes. (Sa voix était à la fois douce comme un rêve et sinistre comme un cauchemar.) Je pourrais réaliser toutes ces choses. (L'espace d'un bref instant, il pressa ses lèvres contre l'oreille de la Sauvage.) Et je le ferais peut-être… si je ne pensais pas que tu me détesterais après.

Les mains d'Isla, tout son corps étaient pris de tremblements – à cause du froid, de la pluie, de la proximité du Nocturne ou de ses déclarations, elle ne savait plus. Leurs deux corps étaient serrés l'un contre l'autre. Rien que du tissu fin et trempé entre eux. Robe rouge contre costume noir, une rose plongée dans la nuit. Comme une nappe d'encre, l'obscurité s'échappait toujours de lui et l'entourait. Des rubans de ténèbres flottaient vers elle avant de reculer.

— Pourquoi te soucies-tu de ce que je pense ? Tu me connais à peine.

Les narines de Grim frémirent, mais il resta impassible.

— J'en sais assez.

— Tu n'étais pas censé m'éviter ?

À présent, les lèvres du Nocturne frôlaient presque celles d'Isla, ses mots susurrés contre le coin de la bouche de la Sauvage.

— J'ai essayé d'être raisonnable. Mais tout compte fait… je ne suis pas si raisonnable que ça.

Isla s'écarta de lui en chancelant, effrayée à l'idée de ce qu'elle pourrait faire si elle restait aussi près – assez pour sentir le pouvoir émaner de lui et la caresser aussi vivement que le vent. C'était une sensation grisante.

Mais quelle idiote ! Le Nocturne soufflait le chaud et le froid pour une bonne raison : il avait son propre plan.

« Il pourrait se servir de toi, de nous. »

Grim recula d'un pas, puis d'un autre. Les ombres à ses côtés tressaillirent, sifflant au milieu du fracas de la pluie.

— Tu as peur, affirma-t-il.

Ne sachant que faire d'autre, Isla hocha la tête. Oui, elle était terrifiée. Terrifiée que son cœur batte la chamade et que son esprit soit aussi embrumé et nébuleux que le ciel au-dessus d'eux. Son peuple méritait mieux qu'elle, une reine inexpérimentée qui, en cet instant précis, jouait leur salut à tous.

Que fabriquait-elle ?

Et lui, alors ?

Il avait dû sentir toutes les émotions de la Sauvage, la crainte mêlée à la confusion, au désir et à la honte, car il décréta :

— Rentrons au palais.

Les ténèbres et les ombres tombèrent à ses pieds avant d'être emportées par la pluie.

CHAPITRE 30

Fantômes

Le quarante-troisième jour du Centennal, le haut-roi revint enfin frapper à la porte d'Isla. Elle lui ouvrit et le toisa de la tête aux pieds.

— Ça fait huit jours.

— Il m'en a fallu cinq pour la dénicher, répliqua-t-il, impassible. Deux autres pour la convaincre de sortir de sa cachette et un dernier pour conclure un marché.

La Sauvage le dévisagea. Pouvait-elle lui faire confiance ? Avait-elle seulement le choix ? Elle avait passé les derniers jours à tenter de trouver un autre moyen de pénétrer dans la bibliothèque de l'île du Soleil, en vain.

À court d'idées, elle avait envisagé d'y entrer tout simplement, sans invitation ni déguisement, et de laisser Oro en tirer ses propres conclusions. Elle avait proposé ce plan à Céleste, qui était revenue vers elle un jour plus tard, porteuse d'une mauvaise nouvelle.

« *La bibliothèque est bien gardée*, lui avait confié la Stellaire après s'être renseignée. *Elle est aussi toujours bondée. Il serait impossible d'y chercher le brise-liens sans te faire remarquer.* »

Isla avait besoin que le monarque lui accorde un sauf-conduit. Par conséquent, il lui fallait gagner sa confiance.

Voilà pourquoi elle accepta l'explication qu'il lui donna et le suivit jusqu'à leur nouvelle destination.

L'île des Étoiles était tout argentée. Le sol scintillait, recouvert de poussière cosmique. Les arbres, fins et tordus, s'enroulaient sur eux-mêmes, et de minuscules feuilles chatoyantes poussaient jusque sur leurs troncs. Quant au château, c'était une monstruosité aux innombrables arches, avec des joyaux étincelants incrustés dans la pierre, comme si des étoiles avaient été dérobées pour fortifier le palais et étaient restées piégées dans la roche sans pouvoir rejoindre les cieux. Un jour, Céleste lui avait raconté que ces astres étaient plus lumineux pour son peuple que pour n'importe qui d'autre, pareils à des millions de lunes ou des fruits gorgés de soleil, mûrs à point. Ils étaient les seuls à voir leur véritable éclat.

Les Stellaires manipulaient l'énergie des étoiles, un pouvoir concentré si vif et flamboyant qu'il pouvait autrefois faire s'écrouler des bâtiments, projeter des corps dans les airs sans même les toucher et briser toutes les vitres d'un palais. À présent, victimes de leur malédiction, les maîtres stellaires n'existaient plus.

L'île était étincelante, magnifique, mais malheureusement en ruine. Contrairement à l'île du Ciel, administrée par ses habitants et leurs représentants, ou l'île de la Lune, contrôlée par la sévère Cléo et ses nobles cruels, ces terres-là étaient à l'abandon, envahies par la végétation. C'était un miracle que le château tienne encore debout. Tous les autres édifices semblaient instables ou étaient déjà à moitié affaissés.

Voilà ce qui arrive quand un peuple entier ne peut vivre au-delà de ses vingt-cinq ans, se dit Isla. Le gouvernement était quasi inexistant, dirigé par des hauts dignitaires qui mouraient à peine sortis de l'enfance.

Quel dommage ! pensa la Sauvage en parcourant l'île des Étoiles. Ce royaume avait un côté éblouissant. Chaque être vivant était recouvert d'un éclat lumineux, comme si quelqu'un avait plongé les mains dans une étoile pour enduire ces terres de sa brillance argentée.

Un oiseau qui semblait taillé dans un métal scintillant se tenait perché sur un arbre non loin, sous une grappe de glands de la même couleur. Sur une branche rampait un serpent métallique aux écailles semblables à une cotte de mailles. Les deux souverains marchèrent quelques minutes dans cette forêt aux teintes étranges avant de tomber sur un ruisseau aux reflets argentés sous le clair de lune.

La peau d'Isla picotait non seulement de froid, mais aussi de peur. Ils étaient sur le point de rencontrer l'une des créatures ancestrales contre lesquelles Oro l'avait mise en garde.

« *Fais ce que je te dis*, lui avait-il ordonné. *Ce sont des créatures à l'esprit retors et promptes à la violence. Certaines te mangeront toute crue et se cureront les dents avec tes os. D'autres sont plus fourbes que meurtrières. Elles sont toutes plus vieilles que l'île elle-même.* »

Le haut-roi lui avait promis que celle-là ne chercherait pas à la tuer. Il s'en était assuré lors de sa dernière entrevue avec cet être millénaire la veille au soir. Malgré tout, Isla était tendue, car il devait bien y avoir une raison pour qu'Oro ait d'abord écarté ce plan-là.

Soudain, la forêt prit fin pour révéler un bâtiment d'un autre âge, tout en arches et en colonnes. Les vitres étaient depuis longtemps brisées, les escaliers en partie effondrés. Des racines et des plantes grimpantes argentées masquaient la façade, s'insinuaient à l'intérieur, s'enroulant autour des piliers et envahissant l'entrée pour ensuite retourner dans les bois, comme si la forêt tentait désespérément d'empêcher l'édifice de s'écrouler.

Oro gravit les marches deux par deux en prenant soin d'éviter celles qui s'effritaient. Isla le suivit et, une fois dans l'enceinte, constata l'ampleur de l'invasion de la végétation. Le plafond, haut et voûté, était fissuré et couvert de feuilles. Les arbres avaient poussé le long des colonnes intérieures et des ronces colonisaient les murs. De plus petites plantes saillaient hors du sol, entre les pierres. Certaines arboraient des fleurs, d'autres des baies couleur argent semblables à des cloches, entourées d'épaisses épines. Ces dernières étaient bien moins grandes que celles qui avaient transpercé la peau de la Sauvage, mais leur simple vue lui retourna l'estomac.

Oro s'empara de l'une de ces épines pour se piquer la paume. La goutte de sang qui se forma tomba par terre. Aussitôt, une femme surgit d'un mur, vêtue d'une robe toute simple qui ondoyait autour d'elle, à l'instar de sa chevelure, les deux flottant comme si elle se trouvait sous l'eau. Son corps était argenté et légèrement transparent. Un spectre. C'était donc elle, la créature ancestrale ? Un fantôme ?

— Votre Majesté… vous êtes revenu me voir, susurra-t-elle d'une voix mélodieuse.

La température avait brusquement chuté. Quand Isla expira sous l'effet de la stupeur, un nuage s'échappa de ses lèvres. Le spectre se tourna vers elle, avec un grand sourire.

— Et vous m'avez apporté un cadeau.

— Ce n'est pas un cadeau, rectifia Oro. Mais oui, c'est ce que vous avez demandé.

— Demandé ? répéta la Sauvage.

Elle recula d'un pas, trébucha sur une racine et se rattrapa juste à temps pour ne pas tomber.

Était-ce là le nouveau plan du haut-roi ? Allait-il l'échanger contre le cœur de Lightlark ?

Le fantôme fut tout à coup devant elle, ses cheveux fouettant l'air autour de sa tête.

— Ah, oui… exactement ce que j'avais demandé. Comment avez-vous réussi à la trouver en si peu de temps ? Je n'avais encore jamais vu un visage pareil. (La créature la détaillait de la tête aux pieds.) Cette tenue ne l'avantage pas, mais je crois déceler une jolie silhouette…

Isla dégaina sa nouvelle dague de sa ceinture pour la brandir.

— Ne faites pas un… une ondulation de plus, prévint-elle après avoir constaté que son interlocutrice n'avait pas de pieds.

Le spectre éclata de rire, sa tête rejetée en arrière selon un angle impossible.

— Ce métal ne ferait que me traverser, petite. Bon, ajouta la créature en la fixant de ses yeux laiteux, noue-moi cette chemise. Je voudrais examiner le corps que je vais porter.

— Que vous allez quoi ?

La Sauvage se retourna vers Oro, qui semblait se satisfaire d'être un simple observateur.

— Ça ne durera que quelques secondes, soupira-t-il.

Le fantôme fit la moue.

— J'avais espéré que vous auriez changé d'avis.

Isla était à deux doigts de plonger sa lame dans le flanc du haut-roi.

— Tu as une seconde pour t'expliquer avant que je ne m'enfuie en hurlant et ne t'adresse plus jamais la parole, grommela-t-elle.

Oro avait comme par hasard omis cette partie du plan sur le chemin vers l'île des Étoiles. Il affichait à présent une expression ennuyée.

— Elle n'a accepté de nous aider qu'à une condition : pouvoir emprunter un corps pendant quelques instants.

— Pourquoi pas le tien ? répliqua-t-elle en resserrant sa prise sur le manche de son arme.

— Je me suis proposé. Mais elle avait une requête… bien précise.

L'apparition se tenait soudain aux côtés de la Sauvage.

— La plus belle fille de l'archipel, voilà ce que j'ai demandé. (Elle tendit un doigt argenté pour lui toucher la joue.) Et tu es parfaite !

— C'est hors de question ! rétorqua Isla en reculant. Comment je peux savoir qu'elle ne restera pas en moi ? Que tu n'es pas épris d'elle et que tu n'as pas l'intention de lui donner un corps à habiter pour l'éternité ?

Oro jeta un regard à Isla juste au moment où le fantôme se tournait vers lui d'une manière qui confirma ses doutes.

— Alors ? demanda-t-elle.

— Tu as confiance en moi ?

— Non ! Tu ne m'as rien dit de tout ça avant de la faire apparaître !

Ce n'était pas tout à fait vrai : elle avait confiance en lui, du moins, un peu, après tout ce qu'ils avaient traversé ensemble…

La colère la consumait. Voilà donc le marché qu'il avait conclu avec cette créature ancestrale ?

— Que désires-tu en échange ?

Rien ! voulait-elle lui crier au visage. Puis son cœur se mit à battre plus vite. C'était sa chance. Le moment qu'elle attendait tant.

Elle était à la fois si enthousiaste et si nerveuse qu'elle ne prit même pas la peine d'enrober sa demande.

— Emmène-moi à la bibliothèque de l'île du Soleil, déclara-t-elle. Laisse-moi y jeter un œil, toute seule.

— Pourquoi ? s'étonna Oro.

Isla se redressa avant de répondre d'un ton désinvolte :

— J'aime les livres. Je voudrais voir ce que ton île a à offrir.

Puis, pour détourner l'attention de sa requête prétendument anodine, elle ajouta :

— Les Solariens lisent bien, n'est-ce pas ? Ou préfèrent-ils passer leur temps à faire la moue, bouder et jouer avec le feu, comme leur souverain ?

Sa pique produisit l'effet escompté. Le haut-roi la fixa comme s'il envisageait de la jeter du haut de la falaise la plus proche.

— D'accord, concéda-t-il.

Une onde de froid traversa soudain la poitrine de la Sauvage.

Il l'avait poignardée – ce fut sa première pensée tandis que son esprit s'obscurcissait et qu'elle dérivait loin, très loin.

Elle était suspendue, en apesanteur. Un murmure dans la nuit. À la fois libre et entravée, légère et enracinée. Elle dansait et tombait en même temps.

— Ça suffit !

La voix d'Oro la fit sursauter. Isla revint à elle et découvrit son visage à quelques centimètres du sien, leurs deux corps pressés l'un contre l'autre. Elle avait les doigts plongés dans ses cheveux dorés et les lèvres presque collées aux siennes. Il ne la tenait pas. Non, c'était elle qui s'accrochait à lui. Elle tressaillit et se serait sans doute ouvert le crâne en tombant en arrière s'il ne l'avait pas rattrapée.

Une vraie Sauvage n'aurait pas été aussi décontenancée par la proximité physique du haut-roi, mais Isla n'avait aucune expérience en la matière, à l'inverse des fières tentatrices de son royaume.

Elle se retourna pour fusiller du regard l'apparition, qui flottait non loin de là, radieuse.

— Vous avez de la chance d'être déjà morte, cracha-t-elle.

Les joues en feu, elle refusait de croiser le regard d'Oro, qui lança d'un ton tout aussi venimeux :

— Vous avez eu ce que vous vouliez. À présent, dites-nous ce que vous savez.

Le fantôme soupira, puis s'assit sur une chaise invisible.

— Ce que vous cherchez ne se trouve pas sur l'île des Étoiles. Pas cette fois.

Cette fois ?

Avant qu'Oro ne parte, la créature ajouta :

— Prenez garde, Votre Majesté. La face cachée de l'île se soulève. Les ténèbres sont à l'œuvre… Nous le sentons.

— Quoi donc ? demanda Isla.

— L'effroi.

Avec un dernier sourire adressé au haut-roi, le spectre disparut à travers le mur. La jeune reine aurait aimé s'emporter contre Oro, mais elle savait que cette réaction ne ferait que le rendre plus méfiant à son égard.

En outre, elle avait enfin obtenu ce qu'elle souhaitait… même si cela semblait trop beau pour être vrai. Elle devait le forcer à tenir sa promesse dès ce soir-là, de peur qu'il ne revienne sur sa parole. Il était encore tôt. Ils pourraient se rendre à la bibliothèque sur-le-champ.

— Merveilleux ! railla-t-elle. Ce n'était pas du tout traumatisant.

Elle frissonna au souvenir de cet être ancestral qui l'avait habitée, bien que cette expérience n'eût duré qu'un instant, et à la pensée d'avoir été assez proche de ce maudit monarque pour sentir son souffle sur ses propres lèvres.

— Tu sais désormais que le cœur de Lightlark n'est pas sur l'île des Étoiles. Grâce à moi ! Aucun doute, c'est une information précieuse, qui réduit considérablement le nombre d'endroits où chercher. (Elle le regarda droit dans les yeux.) Maintenant, emmène-moi à la bibliothèque.

Oro tourna les talons pour traverser la forêt stellaire en silence. Il l'y conduisait vraiment. Elle n'arrivait pas à y croire.

La bibliothèque de l'île du Soleil était la seule que Céleste et elle n'avaient pas encore fouillée. Le brise-liens s'y trouvait forcément. Isla pourrait le dénicher et rompre les malédictions dans la nuit. Son amie serait ravie. Elle avait hâte de tout lui raconter…

Une fois parvenu au pont, le haut-roi s'engagea sur le mauvais chemin. Elle s'arrêta net.

— Ton île n'est pas dans l'autre direction ?

Il poursuivit sa route, comme si de rien n'était.

— Tu m'as fait une promesse ! cria-t-elle dans son dos.

— Je t'emmènerai à la bibliothèque de l'île du Soleil, répliqua-t-il sans se retourner. Mais je ne me rappelle pas avoir précisé à quel moment. Peut-être quand tu m'auras aidé à trouver le cœur de Lightlark, comme convenu au départ.

Les doigts d'Isla se contractèrent, ils la démangeaient, la suppliant d'étrangler Oro. Elle secoua la tête, si furieuse qu'elle sentit des larmes lui picoter le coin des yeux. Elle était si près du but ! Il avait promis ! N'en avait-elle pas déjà fait assez ?

— Reviens ! ordonna-t-elle.

Il fit semblant de ne pas l'entendre, comme à son habitude. Le corps de la jeune reine était brisé et éreinté – qu'il accède à sa requête, c'était tout ce qu'elle demandait en échange. Quand elle reprit la parole, sa voix tremblait de rage.

— Maudit haut-roi, tu n'es qu'un égoïste doublé d'un homme cruel !

À ces mots, il se retourna et revint sur ses pas, un sourire malveillant aux lèvres.

— C'est ça, ton plan, Sauvageonne ? Tenter de conquérir mon cœur en me tourmentant ?

Ses grands yeux sondaient les siens. Il était sérieux.

Après avoir senti monter les larmes, Isla éclata de rire. Un rire excédé et interminable à la fois, qui lui coupa le souffle. Puis elle s'avança d'un pas et répondit en détachant chaque syllabe :

— Je n'ai absolument aucune intention de te séduire, haut-roi.

Il allait la traiter de menteuse. Affirmer qu'elle était comme les autres Sauvages avant elle, à qui l'on avait sans nul doute ordonné, dans le cadre d'un plan pour l'emporter, de charmer le souverain de Lightlark.

Au lieu de quoi, Oro semblait décontenancé. Choqué, même. Était-il si surprenant qu'une Sauvage ne tente pas de le séduire afin de lui voler ses pouvoirs et de les rapporter dans son royaume ? Devinait-il à sa colère qu'elle disait la vérité ?

— Dans ce cas, quelles sont tes intentions, Sauvageonne ? demanda-t-il. Pourquoi tiens-tu tant à accéder à ma bibliothèque ? Que cherches-tu, au juste ?

Comme elle restait immobile et silencieuse, il fit un pas de plus vers elle.

— Je t'ai observée. Tu es un caméléon. Tu deviens ce que chacun veut que tu sois, tout le temps. Sauf avec moi. Tu as l'air de te ficher éperdument de ce que je pense de toi. (Une flamme brillait au fond de ses prunelles.) Les terres que l'on m'a confiées sont en train de mourir, comme moi. Je suis prêt à tout pour briser ces malédictions. Quel que soit ton plan, tu ne m'empêcheras pas d'atteindre mon objectif. (Il la fixait de si près qu'il semblait tenter de percer son âme.) Je te repose la question : qu'est-ce que tu veux, Sauvageonne ?

Le haut-roi était aussi soupçonneux que perspicace. Il savait qu'elle cherchait quelque chose. Elle avait tout gâché.

La douleur et un millier d'autres émotions se mêlaient en elle. Jamais sa voix n'avait été aussi glaciale.

— Tu vas m'emmener à la bibliothèque. Tout de suite.

— Je t'y conduirai une fois qu'on aura trouvé le cœur de Lightlark, répéta Oro, impassible.

Son ton était sans appel. Isla savait qu'il ne changerait pas d'avis, or, ils étaient loin d'avoir accompli leur mission. Elle ne pouvait pas attendre. Pas avec le bal dans une semaine. Pas quand les nobles sélénites étaient déjà presque parvenus à la tuer. L'avertissement griffonné sur un bout de papier qu'on lui avait fait passer sur l'agora était peut-être un piège, mais son message n'en demeurait pas moins vrai : elle était bel et bien en danger.

Elle éclata d'un rire froid. Elle sentit que sa raison lui échappait.

— Non. Tu sais quoi ? J'arrête tout. Cette alliance, ce plan. (Plus elle parlait, plus sa voix gagnait en intensité et en férocité.) J'ai donné de mon sang. Je ne dors plus. J'ai été possédée. J'ai eu l'absolu déplaisir de passer beaucoup trop de temps en ta présence. J'en ai assez ! Notre marché ne tient plus, haut-roi. Et devine quoi ? lança-t-elle avec mépris. Je n'ai pas besoin de toi pour entrer sur ton île. À moins que tu ne comptes m'en empêcher ?

Elle ne le quittait pas des yeux, le défiant de lui refuser l'accès à ses terres.

Il n'en fit rien.

— Bien. Je m'y rendrai peut-être de jour alors, ajouta-t-elle, les poings serrés le long du corps.

Elle prononça ces dernières paroles en le regardant bien en face avant de passer devant lui :

— Comme ça, j'aurai ton territoire pour moi toute seule.

CHAPITRE 31
L'épreuve du feu

Terra avait raison. Elle avait toujours reproché à Isla d'être trop émotive. « *Tes sentiments te mèneront à ta perte* », l'avait-elle prévenue à maintes reprises. Ils la rendaient faible, vulnérable. Et voilà qu'ils avaient ruiné son plan pour accéder à la bibliothèque de l'île du Soleil.

La Sauvage n'aurait pas dû s'emporter contre le haut-roi ni s'attendre à autre chose de sa part, lui qui était toujours insupportable. Bien sûr qu'il allait retourner ses mots contre elle. Bien sûr qu'il allait se servir d'un spectre pour parvenir à ses fins tout en lui refusant une toute petite demande.

Isla s'y était mal prise, elle le savait à présent. Mais elle n'avait pas envie d'avouer son échec à Céleste. Une fois de plus. Pas quand son amie s'était donné tant de mal pour se procurer les gants. Non, elle n'abandonnerait pas. Pas tout de suite.

L'île du Soleil était, sans surprise, déserte durant la journée. Il n'y avait personne pour admirer sa robe rouge vif. Elle n'avait pas pris la peine de porter une couleur plus neutre. De toute manière, n'importe quelle teinte autre que l'or détonnerait en ces lieux.

L'île était dorée, comme son roi. De l'or à perte de vue. L'intruse ne s'attarda pas à contempler ses merveilles et marcha droit vers le château, déterminée. Peu importe si tous les gardes du palais tentaient de l'arrêter, elle pénétrerait dans cette bibliothèque.

Dès son entrée dans la forteresse, les rayons du soleil disparurent. La seule lumière venait de globes enflammés et de lustres qui couvraient le moindre centimètre du plafond, comblant ainsi la faiblesse d'Oro.

— Isla Calys, reine des Sauvages ?

Elle fit volte-face vers le garde qui avait parlé, prête à lui répondre qu'il ne pouvait pas lui interdire l'accès à l'île, qu'elle avait le droit d'être là. Mais il la devança.

— Nous vous attendions. Je vous en prie, suivez-moi.

Son armure plaquée or cliqueta lorsqu'il tourna les talons pour s'engager dans le couloir. *Comment ça, ils l'attendaient ?* Elle lui emboîta le pas.

— Vrai… vraiment ? balbutia-t-elle en promenant un regard circonspect à la ronde.

Elle s'attendait à voir apparaître d'autres soldats, voire à être emmenée dans une espèce de donjon.

Son guide opina du chef.

— J'ai reçu l'ordre de vous conduire à la bibliothèque.

Isla ne sut pas quoi répondre. Impossible… Il lui avait fallu trois jours pour trouver le courage de s'aventurer sur l'île du Soleil. Or le garde patientait à l'entrée du château. Ils n'avaient quand même pas attendu son arrivée !

Peu après, il s'arrêta devant une porte.

— Le haut-roi a ordonné la fermeture de la bibliothèque cette semaine. Vous serez seule, avec un accès complet à tous les étages.

Elle n'en revenait pas. Après avoir refusé de l'y conduire lui-même, voilà qu'Oro lui accordait des privilèges exclusifs ? C'était forcément un piège.

Enfin, tant qu'elle pouvait fouiller les lieux… Isla s'en moquait bien. Elle inclina la tête en signe de gratitude, un sourire plaqué sur le visage, comme si tout était normal, prévu.

— Merci !

— Je serai là, si vous avez besoin de quoi que ce soit.

Les portes de la bibliothèque se refermèrent derrière elle dans un bruit sourd.

Le soldat n'avait pas menti : elle avait l'endroit entier rien que pour elle. Dix étages remplis de livres. Des galeries si longues qu'elle n'en voyait pas le bout.

Si elle n'avait pas eu une mission particulière à remplir, elle aurait adoré passer des jours à explorer ce lieu. Mais ce n'était pas pour rester le nez en l'air qu'elle s'était donné autant de mal.

Isla s'avança donc, sans savoir si c'était un piège ou si le haut-roi en personne allait apparaître soudainement pour lui demander ce qu'elle cherchait.

Elle sortit les gants stellaires d'une poche secrète de sa cape et les enfila en retenant une grimace de dégoût. Avec si peu de temps devant elle, elle devait tout toucher en espérant avoir de la chance.

Les livres étaient magnifiques, avec leurs couvertures d'or et leurs dos incrustés de pierres précieuses. La connaissance semblait être appréciée sur l'île du Soleil.

Des dizaines de tables occupaient l'espace, contrairement à ce qu'elle avait observé dans toutes les autres bibliothèques qu'elle avait visitées dans l'archipel. Les

Solariens y avaient-ils librement accès ? Mais elle n'avait pas le temps de se poser des questions. Elle se mit plutôt en quête de tout ce qui lui semblait incongru, tout ce qui sortait de l'ordinaire.

Au fond de la salle se trouvait un âtre assez grand pour l'engloutir tout entière. Les flammes à l'intérieur crépitaient, comme une invitation à s'approcher. Isla s'arrêta devant.

La collection privée azuréenne était cachée au sommet de la tour, haut dans le ciel. Celle des Sélénites, immergée. Peut-être celle des Solariens était-elle dissimulée dans le feu ?

Sans y réfléchir à deux fois, la Sauvage tendit une main vers les flammes, consciente que son gant risquait d'être réduit en cendres. Elle se prépara à sentir la douleur et l'odeur d'une double couche de peau carbonisée.

Il n'en fut rien. Le feu disparut. Isla s'avança dans l'âtre puis, son autre main appuyée contre le mur du fond, elle vit les briques s'écarter devant elle.

Elle avait le cœur qui battait trop vite, la gorge trop sèche. C'était la dernière bibliothèque. Le dernier endroit où chercher. Elle pénétra dans cette pièce secrète.

Les Solariens possédaient davantage de reliques que tous les autres royaumes réunis. Elles couvraient des étagères entières, attendant dans la pénombre.

Isla ne perdit pas un seul instant. Méticuleuse, elle souleva chaque artefact enchanté et le tint quelques secondes entre ses mains, en démonta certains pour s'assurer que rien n'était caché à l'intérieur. Il y en avait des dizaines.

Aucun ne ressemblait à une immense aiguille. Aucun, hormis quelques épées, n'avait ne serait-ce qu'une extrémité pointue.

Non, ce n'était pas possible. Céleste et elle avaient fouillé toutes les bibliothèques de Lightlark. Le texte disait pourtant…

Il disait que le brise-liens reposait dans une bibliothèque des siècles plus tôt. Or c'était bien assez de temps pour qu'il ait disparu ou ait été détruit. Peut-être même… n'avait-il jamais existé.

Une vague de rage, puis d'inquiétude et, pour finir, de tristesse submergea la Sauvage. Céleste et elle se préparaient depuis des années. L'artefact était leur seul moyen de mettre fin aux malédictions. Grâce à lui, Isla serait enfin libre. Grâce à lui, elle était assurée de quitter l'archipel avant la fin du cinquantième jour.

Il n'en restait plus que trois avant le bal. Et toujours aucune trace du brise-liens.

CHAPITRE 32
Désillusions

Céleste prit la nouvelle étonnamment bien. Elle fit quelques allers-retours avant de déclarer :

— Dans ce cas, il doit y avoir une autre bibliothèque.

Isla adorait son amie mais, à cet instant, elle avait envie de la secouer par les épaules. Le constat était sans appel : il n'existait pas d'autre bibliothèque ni de brise-liens.

— Il faut qu'on réfléchisse à un nouveau plan, répliqua la Sauvage. Celui-ci a échoué. On a fouillé toutes les bibliothèques, sur chaque île. Le cinquante et unième jour approche.

— Exactement, rétorqua la Stellaire. On n'en est qu'à la moitié du Centennal. On a encore le temps de trouver la bonne bibliothèque. On…

— Je n'ai pas le temps ! la coupa Isla d'une voix forte.

Elle se crispa. C'était la première fois qu'elle se disputait avec son amie. Les mots étaient sortis tout seuls. Elle inspira, puis répéta d'une voix plus douce :

— Moi, je n'ai pas le temps. Cléo a l'intention de me tuer. Et elle n'hésitera pas, après le bal.

Soucieuse, Céleste lui saisit les mains.

— Je sais, je sais. Mais je t'ai protégée, la dernière fois, contre ses nobles, pas vrai ?

— Oui, soupira la Sauvage. Sauf que tu l'as dit toi-même : tu ne peux pas me protéger contre tout le monde. Or je ne suis pas certaine que Cléo soit la seule à souhaiter ma mort.

Céleste insista pour poursuivre leur quête du brise-liens. Isla, cependant, avait pris sa décision : il leur fallait un nouveau plan, et elle savait précisément où chercher.

La jeune reine le trouva devant une fenêtre arrondie, dans le palais de l'île principale. Il contemplait la lune, comme si la fixer avec assez d'intensité pouvait la transformer en soleil.

Le haut-roi se raidit à son entrée, mais ne bougea pas d'un pouce. Il ne cilla pas non plus quand elle traversa la pièce ni quand elle se plaça à ses côtés. Il ne quittait pas la vitre des yeux. De toute évidence, c'était elle qui allait devoir engager la conversation.

— Merci, commença-t-elle, de m'avoir accordé l'accès à ta bibliothèque.

— Comme tu me l'as très justement fait remarquer, répliqua-t-il en regardant toujours droit devant lui, tu n'avais pas besoin de ma permission.

Ils savaient tous les deux que ce n'était pas tout à fait vrai. Si Oro n'avait pas voulu d'elle sur son île ou dans sa bibliothèque, il aurait pu l'empêcher d'y mettre les pieds.

Le silence se prolongea.

— As-tu trouvé ce que tu cherchais ? finit-il par demander.

Ce n'est qu'à ce moment-là qu'il lui jeta un coup d'œil.

— Non, répondit-elle, laconique.

Son regard revint se poser sur la fenêtre. Les secondes s'égrenaient.

— Et toi ? chuchota Isla.

Elle ne l'avait pas vu depuis cinq jours. C'était bien assez de temps pour requérir l'aide d'une deuxième créature ancestrale. S'il avait déniché le cœur de Lightlark sans elle, ses plans tombaient à l'eau. Son seul espoir était qu'Oro accepte de rétablir leur alliance et respecte le marché qu'ils avaient conclu la première fois. La Sauvage bénéficierait alors de sa protection après le bal et aurait une chance de les sauver, Céleste et elle.

— Non, avoua-t-il.

Le soulagement avait un goût de miel.

— Bien. (Elle se tourna vers Oro, qui fit de même.) Et maintenant ?

CHAPITRE 33

Le bal du mi-Centennal

Le cinquantième jour avait lieu le très attendu bal du mi-Centennal. C'était l'événement du siècle à Lightlark, et un bon prétexte pour faire la fête et noyer l'anxiété générée par la compétition dans des boissons pétillantes, des robes de tulle et un banquet en l'honneur de chacun des peuples.

Cette soirée marquait aussi un tournant dans le jeu. À minuit, il devenait permis de tuer.

Les gardiennes d'Isla avaient conçu une tenue particulière pour cette occasion. Des feuilles vertes en équilibre précaire lui couvraient la poitrine et le haut du ventre, laissant des bandes de peau exposées sur ses côtes. Elles descendaient ensuite plus bas, jusqu'en haut des cuisses. À partir de là, ce n'était plus qu'une étoffe transparente, avec de temps à autre une feuille cousue sur le tissu vaporeux. Sa cape, vert foncé, lui permettait de sauvegarder un peu sa pudeur.

Elle avait aussi l'avantage de dissimuler ses armes : des étoiles à lancer adoptant l'apparence de broches et des lames glissées dans les plis du vêtement. Enfin, des mailles métalliques, cousues sur la doublure intérieure, en faisaient un bouclier.

La Sauvage savait que tout cet attirail serait vain face à un souverain résolu à l'assassiner ce soir-là, mais elle refusait de mourir sans se battre. Malgré qu'elle en ait, elle devait espérer qu'Oro respecterait sa part du marché, récemment renouvelé. Ils avaient prévu d'aller trouver une deuxième créature ancestrale – qui, le haut-roi l'avait prévenue, tenterait sans nul doute de la tuer – la nuit suivante.

On frappa soudain à sa porte. C'était Ella.

— Ils sont prêts, annonça la Stellaire.

Isla savait parfaitement à quoi s'attendre, ce qui n'empêchait pas ses mains de trembler alors qu'elle traversait les couloirs, suivie de domestiques munis de paniers de pétales de roses pourpres, de feuilles séchées et de fleurs des champs fraîchement cueillies.

Trop vite à son goût, elle se retrouva devant une double porte et Ella la laissa seule. Elle se tint droite, le menton levé. Lorsque les battants s'ouvrirent, elle retint son souffle.

La salle de bal comptait six imposants escaliers – un pour chaque souverain. Elle croisa le regard de Céleste de l'autre côté de la pièce. Son amie semblait déterminée, consciente que sous le faste et les paillettes, une compétition féroce faisait rage. Il était possible que, le lendemain matin, l'un d'entre eux soit mort.

Voilà vingt-cinq jours que les équipes avaient été formées, avec pour objectif de découvrir tous les mystères de la prophétie. Qui sait si quelqu'un n'avait pas déjà identifié le crime à perpétrer à nouveau et n'attendait plus que l'un des six rois et reines meure ?

La Sauvage repensa aux paroles du haut-roi dans la forêt. Il avait affirmé que les malédictions n'avaient pas encore été brisées parce qu'il était difficile non pas de tuer un autre monarque, mais de « choisir le bon souverain et le bon royaume à sacrifier ».

La tentative d'assassinat orchestrée par Cléo démentait les propos qu'il avait tenus sur elle et sur le Centennal. Isla repéra la Sélénite, au sommet de son propre escalier. Une bouffée de colère l'envahit. C'était la première fois qu'elle voyait Cléo depuis que celle-ci avait tenté de la tuer.

Sa rage laissa bientôt place à une sombre satisfaction.

« Ça ne s'est pas passé comme prévu, n'est-ce pas ? » disait son sourire tandis qu'elle fixait la Sélénite à l'autre extrémité de la salle.

Celle-ci croisa son regard, mais ses yeux ne trahissaient nul sentiment de victoire. Ni quoi que ce soit d'autre, du reste. Son visage était un masque indéchiffrable.

La neige tombait en cascade des nuages qui dissimulaient le plafond de verre, des ombres dansaient sur les murs, des arbres sortaient du sol en marbre, une poussière d'étoile argentée s'étalait comme de la peinture sur les marches et des dizaines d'anneaux de feu flottaient au-dessus de leurs têtes.

Même si Isla savait parfaitement à quoi s'attendre, le spectacle n'en restait pas moins éblouissant.

Les souverains entamèrent leur descente coordonnée. Des nobles de Lightlark et des représentants azuréens les attendaient en bas des marches. Beaucoup fixaient la robe de la Sauvage. Certains échangeaient murmures et sourires derrière leurs éventails décorés, comme si son assassinat imminent faisait déjà jaser. Des pièces tintaient en passant de main en main. Pariait-on sur la mort des monarques ?

Quelques Sélénites l'observaient avec une malveillance évidente. Les nobles que Céleste et elle avaient tués étaient-ils leurs amis ou des membres de leur famille ? Isla les regarda crânement, dans l'espoir de leur inspirer de la crainte.

Dès qu'elle posa le pied sur le sol de marbre, un courageux se détacha de la foule. Un Stellaire en costume argenté. D'autres hauts dignitaires s'étonnèrent de son imprudence. L'inconnu inclina la tête, puis tendit la main à la jeune reine.

— Me feriez-vous l'honneur de m'accorder cette danse ? demanda-t-il.

En temps normal, la Sauvage aurait sans doute refusé. Elle se sentait déjà tendue et désorientée, avec la neige, la poussière d'étoile et les flammes qui brillaient dans les moindres recoins de son champ de vision.

Cependant, il était important qu'elle ne semble pas affectée à l'idée que la première règle du jeu expire à minuit. La peur ferait d'elle une cible encore plus facile.

Isla accepta donc la main du Stellaire, qui l'emmena au centre de la salle de bal. Poppy lui avait enseigné toutes les danses traditionnelles, aussi effectuait-elle les pas sans effort, avec autant d'aisance qu'elle maniait ses lames. Son partenaire suivait le rythme en la faisant tourner à la perfection, une main ferme posée sur le bas de son dos et ses pieds à distance des siens.

Lorsque la musique changea, elle eut droit à un nouveau cavalier. Puis un autre, et encore un autre. Non loin de là, Céleste dansait avec tout autant de partenaires, mais parvenait bien mieux à donner le change.

Assise dans un coin de la pièce, entourée de nobles sélénites, Cléo ne quittait pas Isla des yeux. Attendait-elle son heure ?

Debout devant une longue table de banquet, une coupe à la main, Azul, une pierre précieuse scintillant à chacun de ses doigts, portait une cape entièrement composée de bijoux azuréens. Depuis l'autre côté de la salle, il approuva d'un signe de tête les pendants d'oreilles en diamant qui effleuraient le cou d'Isla. Elle lui répondit d'un sourire poli.

Certains invités remarquèrent leur échange, imaginant peut-être une alliance.

Tant mieux ! Qu'ils soupçonnent tout sauf la vérité.

Elle repensa à la conversation qu'elle avait surprise entre Oro et Azul. Si l'Azuréen n'envisageait pas de détruire le royaume sauvage, alors, lequel avait-il choisi ?

Nul n'était plus occupé que le haut-roi, resté près de son trône. Il était vêtu d'une tenue dorée, comme toujours, dont les manches couvraient chaque centimètre de la tache gris-bleu qui, elle le savait désormais, s'étendait sur son bras. Autour de lui, des dizaines d'aristocrates lui posaient des questions auxquelles il répondait avec affabilité entre deux gorgées de vin, sans toutefois baisser sa garde. Quelques femmes semblaient résolues à s'approcher de lui, n'hésitant pas à se pousser discrètement les unes les autres hors du cercle pour y parvenir. Isla leva les yeux au ciel. Juste au moment où elle s'apprêtait à se détourner, Oro croisa son regard et la salua de la tête avant de boire à sa coupe.

Elle chercha ensuite le dernier souverain… mais il demeurait introuvable.

Après une ultime danse, la Sauvage s'excusa auprès de son cavalier. Elle avait la tête qui tournait et la gorge sèche d'avoir échangé tant de banalités. Elle sortit en titubant dans le couloir, puis se glissa dans la pièce la plus proche avant de refermer les portes derrière elle.

Il s'avéra que ce n'était pas à proprement parler une pièce. Enfin, pas une pièce dotée de quatre murs. Les pas d'Isla retentirent sur le sol de pierre jusqu'à ce qu'elle atteigne un balcon qui donnait sur une immense salle intérieure. Il y avait d'autres plates-formes identiques, aux étages supérieurs et inférieurs, telles les couches d'un gâteau taillé dans le marbre. Les yeux fermés, la jeune reine agrippa la balustrade aussi fort que s'il s'était agi de sa baguette astrale, capable de la transporter n'importe où ailleurs.

Isla détestait le sourire forcé qu'elle avait affiché toute la soirée. Elle détestait les hauts dignitaires qui avaient scruté le moindre de ses gestes. Elle détestait la manière dont elle avait guetté l'horloge, la gorge nouée par l'appréhension à chaque coup marquant les heures. Elle…

— Tu me cherchais, Mangecœur ?

Elle fit volte-face. Grim se tenait derrière elle. Il portait une version plus élégante de sa tenue habituelle, un costume noir drapé d'une cape brillante. Il la détailla de la tête aux pieds, un grand sourire aux lèvres.

— Délicieusement terrifiante…

Le cœur d'Isla se mit à battre la chamade. Le Nocturne sourit de plus belle en le sentant… en sentant l'effet qu'il avait sur elle.

Elle ne prit même pas la peine de le cacher. Pas ce soir-là. Pas avec tout ce qu'elle avait en tête. Il était bien le cadet de ses soucis.

— Je ne t'avais pas vu.

— Parfois, répliqua-t-il avec nonchalance, le seul moyen de tenir les autres à distance est de ne pas se faire voir.

La Sauvage aurait aimé posséder ce pouvoir une heure plus tôt.

— Alors pourquoi redevenir visible ? s'enquit-elle d'une voix à peine plus forte qu'un murmure.

Le Nocturne esquissa un pas vers elle et lui saisit la main avec une autorité si éhontée qu'elle faillit la retirer.

— Pour danser avec toi, bien sûr.

Avant de pouvoir prononcer un seul mot, la voilà qui tourbillonnait. Le bas transparent de sa robe glissait sur le sol de marbre et les feuilles se froissaient. Une des mains de Grim, froide comme la nuit, était posée au milieu du dos d'Isla, l'autre enveloppait celle de sa cavalière.

Devant son sourire diabolique, elle avait la gorge serrée, car elle savait exactement ce qu'il percevait. Elle agrippa une de ses larges épaules et leva les yeux vers les siens, semblables à deux puits d'encre, comme l'espace entre les étoiles.

Était-il effrayé ? Chaque habitant des six royaumes vivait dans la crainte d'être aimé par un Sauvage. C'était une condamnation à mort.

Isla n'était pas amoureuse de lui… Elle le connaissait à peine. Mais tout de même, n'aurait-il pas dû craindre ce qu'elle éprouvait en cet instant précis ?

Elle se rapprocha pour se coller tout contre lui, comme si elle pouvait mieux surveiller sa réaction ainsi, et fut surprise de sa propre audace. Grim se contenta d'éclater d'un rire sans joie. Il laissa lentement glisser sa main le long du dos de la jeune reine, puis la remonta.

— Mangecœur, lui murmura-t-il à l'oreille. Tu es en train de me tuer à petit feu…

Isla ne respirait plus. Le souffle du Nocturne était contre sa joue. Il sentait la pierre, l'orage et une épice, peut-être la cannelle. Elle se mordit la lèvre et il observa son geste, la dévorant du regard.

Soudain, il disparut. Non, il était juste devenu invisible. Et elle aussi.

Une seconde plus tard entrait une foule de nobles. Ils conversaient d'une voix aiguë, ravis d'échanger des ragots, même si Isla ne prêtait aucune attention à leurs propos. Grim n'était plus qu'une ombre à ses côtés, perceptible… sans être vraiment présent. Il en allait de même pour son propre corps.

La simple vue des hauts dignitaires l'écœurait. Ils pariaient sur des vies, la traitaient comme si elle méritait de mourir, simplement parce qu'elle était née.

Elle eut tout à coup envie d'une distraction. Le bal allait bientôt se transformer en un bain de sang. Elle devrait soit rester se battre, soit se réfugier dans un endroit plus sûr. Elle ne savait pas encore. Ce dont elle était certaine, en revanche, c'était qu'elle vivait sans doute les dernières minutes où elle n'avait pas à surveiller ses arrières, la dernière heure dont elle pouvait profiter pleinement.

— Allons-nous-en d'ici, chuchota-t-elle.

Ils se tenaient tous deux appuyés contre la balustrade du balcon, face à la foule des nouveaux venus.

— Tu veux quitter le bal ? s'étonna Grim.

— Juste quelques instants. Là, maintenant, j'aimerais être n'importe où sauf ici.

Un nouveau sourire diabolique aux lèvres, le Nocturne lui enserra la taille d'un bras.

— Dans ce cas, tes désirs sont des ordres, Mangecœur.

Grim tomba en arrière et l'emporta avec lui. Ils chutèrent du haut du balcon vers l'étage inférieur. Sans lui laisser le temps de hurler, il lui couvrit la bouche de la main avant de resserrer son étreinte. Tout devint flou, le marbre, les lumières au plafond, le tissu de sa robe se mêlant pour former leur propre galaxie. Les pieds d'Isla retrouvèrent enfin le sol.

La jeune reine regarda le Nocturne comme si elle voulait l'étriper. Il se contenta de rire. Les hauts dignitaires étaient rassemblés au-dessus d'eux, telle une meute de loups, sans se douter de leur présence. La Sauvage cessa soudain d'être une ombre. Grim reprit également consistance, puis il lui saisit de nouveau la main.

— Le danger rôde au cœur de la nuit, Mangecœur… Elle est source de toutes sortes d'ennuis.

Une source d'ennuis. Voilà ce que lui était. Il la mena de pièce en pièce, avant d'emprunter un couloir. Il connaissait bien le chemin. La Sauvage avait presque oublié qu'il avait vécu là autrefois, des siècles plus tôt.

Grim s'engagea dans un escalier en colimaçon. Isla lui emboîta le pas. Ils tournèrent, encore et encore, descendant toujours plus bas. Elle souriait – *pourquoi donc ?* – alors qu'elle voyait à peine les marches devant elle. Aucune lumière ne les éclairait, l'éclat du bal à présent loin derrière eux.

— Où va-t-on ? finit-elle par demander, récoltant pour toute réponse un sourire à peine visible dans l'obscurité.

Après qu'elle eut trébuché en se prenant les pieds dans sa robe, il la tint fermement jusqu'au bas de l'escalier.

Ils devaient se trouver au rez-de-chaussée du palais, peut-être même sous terre. Des sphères de lumière blanche flottaient, tels des ballons, dans les coins de la pièce. Le plafond était voûté et soutenu par des colonnes. Au-delà s'étendait une flaque d'eau sombre, comme un morceau de ciel nocturne piégé dans le sol.

Son miroitement surprit Isla, qui recula d'un pas… droit contre le torse de Grim. Elle se figea.

Lorsqu'il posa une main sur sa taille, elle frissonna. Le corps du Nocturne était glacé mais faisait naître de la chaleur en elle. Il laissa ses doigts glisser jusqu'à sa hanche, puis caressa du pouce la peau délicate juste en dessous, se rapprochant peu à peu de zones plus sensibles. La Sauvage se mordit les lèvres.

Avec ses talons, elle était assez grande pour poser la tête sur son épaule en se penchant en arrière. Il avait sûrement alors une vue plongeante sur son décolleté, que seules quelques feuilles empêchaient d'être totalement exposé. Feuilles ou pas, sous son regard perçant, elle se sentait mise à nu. Respirer devenait difficile. Il resserra sa prise sur la hanche d'Isla pour la plaquer contre lui d'une main, tandis qu'il effleurait son ventre de l'autre. Ses doigts remontèrent sur les côtes de la jeune reine, ne s'arrêtant qu'à ses seins, qu'ils frôlèrent. Isla se consumait de l'intérieur. Sa peau picotait, son corps brûlait. Elle croisa le regard de Grim, assombri par… elle ignorait quel sentiment. Du désir ? De la… tristesse ?

— À quoi penses-tu ? s'enquit-elle en pivotant pour lui faire face.

Le Nocturne la regardait comme s'il la connaissait, comme s'il la voyait pour ce qu'elle était et non ce qu'elle prétendait être. Elle se sentait vulnérable devant lui, pas seulement car il l'avait touchée là où nul autre ne s'était jamais aventuré, mais aussi parce qu'il sentait toute la palette de ses émotions. Comme le désir, presque douloureux, qu'il continue de la toucher, qu'il la déshabille pour la caresser partout, sans plus aucun vêtement entre eux.

— Je pense… commença-t-il d'un ton grave.

Quoi donc ?

Il tendit la main vers elle, puis sembla revenir à la réalité. Son expression changea du tout au tout. Il interrompit son geste.

— Que j'ai quelque chose pour toi, conclut-il en tirant de sa poche un collier – une chaîne foncée ornée d'un diamant noir de la taille d'une prune.

Isla était perdue. Il lui offrait un bijou ? Le visage toujours en feu, elle ne savait pas quoi dire. Le diamant était magnifique, mais ce n'était pas d'une pierre précieuse qu'elle avait envie. Elle le voulait, lui, son corps pressé contre le sien. Tout de suite.

Grim sourit, car il ne perdait pas une miette de ce qu'elle éprouvait. Il semblait sur le point de la reprendre dans ses bras quand il se ravisa.

— Tu permets ? dit-il en désignant le collier.

Elle acquiesça, en espérant qu'il n'interpréterait pas sa déception comme le signe qu'elle n'appréciait pas son présent. Elle souleva ses cheveux pour qu'il l'attache à son cou. Les doigts du Nocturne s'attardèrent un court instant sur sa peau.

— Je sais que tu es parfaitement capable de te protéger toute seule, confia-t-il, la tête baissée, son souffle contre l'épaule presque nue de la Sauvage. Mais si jamais tu as besoin de moi, touche le diamant et je viendrai à ton secours.

Elle jeta un nouveau coup d'œil au bijou, encore plus reconnaissante.

« Je viendrai à ton secours. »

Cette phrase sonnait comme une promesse.

Isla avait besoin de la protection de tous ceux qui la lui offraient. Ce diamant lui serait utile, surtout après avoir vu la démonstration de pouvoir du Nocturne. Surtout en cet instant précis, alors qu'il ne restait plus que quelques minutes avant que les souverains n'aient le droit de tuer.

Cependant…

— Grim, je ne peux pas… je ne peux pas le porter.

Ce serait une véritable déclaration de guerre. Oro soupçonnait déjà que le Nocturne et elle collaboraient. Ce bijou ne ferait que confirmer ses doutes. Or, elle ne pouvait rien faire qui compromette son alliance avec le haut-roi, car leur accord semblait être sa seule chance de briser sa malédiction, ainsi que celle de Céleste.

— Je sais, répliqua-t-il avant d'appuyer deux doigts contre la chaîne.

Le pendentif disparut. Isla leva les yeux vers Grim. Elle ne savait toujours pas quoi dire. Elle aurait voulu le remercier… mais les mots mouraient dans sa gorge.

Il tendit de nouveau la main vers elle, sans plus aucune retenue, pour caresser sa joue, le collier, ses épaules, jusqu'au milieu de sa poitrine.

— Il vaut mieux que tu ne saches pas à quoi je pense, Mangecœur, finit-il par dire d'une voix douce.

Le corps de la Sauvage se raidit, tendu comme la corde d'un arc quelques instants avant que la flèche ne file dans les airs. Elle aurait aimé qu'il pose sa main plus bas, plus haut, partout…

Au lieu de quoi, il la laissa retomber. Il ne la toucha pas une seule fois sur le chemin du retour jusqu'à la salle de bal, qui se fit en silence. Elle voulait parler, agir, lui dire que…

Elle s'apprêtait à ouvrir la bouche quand il la devança.

— Il faut que j'y aille, annonça-t-il en regardant par-dessus l'épaule d'Isla.

Cherchait-il quelqu'un ? Il semblait presque nerveux, comme s'il se méfiait. De qui ?

— Tu t'en vas ? s'étonna-t-elle.

— Ne t'inquiète pas, Mangecœur. Je serai de retour avant minuit. (Son regard se porta vers le coin de la pièce où s'étaient rassemblés les Solariens, leur monarque au centre de ce cercle, tel un soleil autour duquel ils gravitaient.) En attendant… tu devrais peut-être danser avec le haut-roi.

Oro ?

Isla fronça les sourcils, perplexe. Après leur moment d'intimité et le collier qu'il venait de lui offrir, pourquoi lui suggérer de danser avec un autre homme ? En particulier son ennemi.

Son comportement n'avait aucun sens. Sans lui laisser le temps de lui demander quoi que ce soit, il avait disparu.

La Sauvage se tourna vers les festivités, légèrement étourdie, puis suivit du doigt la chaîne de son pendentif, invisible aux yeux des autres. C'était comme un nouveau secret, qu'elle prenait cette fois plaisir à garder.

— Ah, te voilà ! (Céleste se glissa à ses côtés avec désinvolture, en faisant mine d'examiner la table des desserts juste à côté.) Plus qu'une demi-heure avant minuit. Qu'est-ce qu'on fait ? On se bat ou on se cache ?

Selon les règles du jeu, les souverains devaient assister à chaque événement de Lightlark, mais il n'était précisé nulle part qu'ils devaient rester jusqu'à la fin. Toutes deux pouvaient donc quitter la fête et se barricader dans un endroit sûr. Son amie avait proposé qu'elles se transportent sur l'île des Étoiles pour y demeurer quelque temps.

Mais leur alliance serait compromise. Leur plan avait beau être tombé à l'eau, les secrets étaient toujours sacrés pendant le Centennal. Révéler leur amitié pourrait les mettre toutes les deux en danger.

— On se bat, répondit Isla d'un ton convaincu qui la surprit elle-même.

Au début de la compétition, elle aurait opté pour la fuite sans hésiter. Mais malgré son absence de pouvoir, la Sauvage refusait de se comporter en lâche. Elle affronterait la rage de Cléo. Voilà comment elle survivrait. Et non en se terrant.

— Tu en es…

Avant que Céleste ait pu terminer sa phrase, le sol se mit à trembler. Isla fut brusquement projetée dans les airs. Elle atterrit sur le flanc et sa tête heurta le marbre.

Dans un tintement de chaînes métalliques, les lustres enflammés tombèrent, emportant avec eux la majeure partie du plafond. Le sol se fissura, parcouru d'éclairs. Le bruit de chute de pierres et le sifflement des flammes emplirent la pièce. Tout se mit à s'effriter, à s'émietter comme du gâteau, à se briser comme du verre.

Le palais s'écroulait, et rien ni personne n'était en sécurité.

Isla eut à peine le temps de se couvrir la tête des mains qu'un anneau de feu tomba. Avant qu'il ne lui brise le crâne, Céleste bondit à ses côtés et leva les bras. L'anneau s'immobilisa dans les airs.

Des hurlements résonnaient entre les murs de pierre. Le parfum métallique du pouvoir et du sang emplissait la salle. Un grondement retentit, suivi d'un bourdonnement, tandis que le monde s'effondrait, puis se relevait, avant de retomber.

Une noble à la gauche d'Isla, une Stellaire vêtue d'une robe couleur des bleuets, fut engloutie par le sol. Un Sélénite, pétrifié, esquissa un pas. Trop tard. Un gros morceau de plafond l'écrasa, car il ne pouvait faire appel à ses pouvoirs pour se défendre – il n'y avait pas d'eau à sa disposition.

La Sauvage voulut remercier Céleste, mais elle avait disparu. Son cœur se serra. Elle se releva en hâte puis, les yeux plissés pour tenter de percer le nuage de poussière, elle chercha désespérément l'éclat d'une robe argentée, craignant le pire…

Là ! Son amie était tout près, occupée à soulever des débris tombés sur un groupe de Stellaires.

Isla se réfugia contre le mur, haletante, son souffle bloqué dans ses poumons gelés, les bras le long du corps, impuissante.

Il n'était même pas encore minuit. Que se passait-il ?

À l'autre bout de la pièce, Azul agitait frénétiquement les mains pour créer un bouclier d'air sous lequel se réfugiaient des dizaines d'invités. De son côté, Cléo soignait un groupe de nobles sélénites, grièvement brûlés par les flammes tombées du plafond.

Oro !

Elle l'aperçut à genoux au fond de la salle, le visage déformé par la douleur, les doigts enfoncés dans le sol de marbre.

C'est à ce moment-là qu'elle comprit : Lightlark était en train de s'effondrer, exactement comme l'avait annoncé le haut-roi. Les habitants qui mouraient, les édifices qui s'écroulaient… Depuis des siècles, les rois et les reines échouaient à briser les malédictions. L'île finissait par en payer le prix. Mais pourquoi en cet instant précis ? Pourquoi pendant le bal ?

Isla se dirigea vers un groupe d'aristocrates suspendus à bout de bras à ce qui restait du plancher, désormais semblable à un pont ensanglanté serpentant à travers la pièce. Elle parvint à hisser l'un d'eux mais un autre sombra dans le gouffre.

Ses lames n'étaient d'aucune utilité. Quant à sa cape, si elle pouvait la protéger de certains débris, elle restait vaine contre les gros blocs de marbre qui pleuvaient autour d'eux.

Si la Sauvage avait eu des pouvoirs, elle aurait pu les sauver tous en manipulant les vignes qui poussaient dans la salle pour tirer les malheureux hors de danger.

Elle ne possédait peut-être pas de magie, mais Oro, si. Il fallait à tout prix qu'il se relève – il pouvait mettre fin à cette catastrophe.

Elle avait beau hurler son nom, il demeurait prostré, le front à présent presque collé au sol. Le grondement continu étouffait les cris de la jeune reine. Des meubles tombaient à travers le plafond éventré. Le haut-roi se trouvait à l'autre bout de la salle de bal. Or l'espace qui les séparait avait à moitié disparu, et le reste s'écroulait sans prévenir.

Jurant entre ses dents, Isla se déchaussa, puis se mit à courir vers Oro. Elle sauta par-dessus le plus gros trou et des débris tranchants se plantèrent dans ses talons lorsqu'elle atterrit. La douleur était insignifiante en comparaison de ce qu'elle avait enduré en ôtant les épines de ronces de son dos – si elle avait survécu à ce supplice, elle pouvait survivre à n'importe quoi. Elle esquiva une chaise tombée de l'étage supérieur et sauva par la même occasion un jeune Sélénite en l'éloignant de sa trajectoire, ce qui lui valut une moue de dégoût pour avoir osé le toucher.

La prochaine fois, je te laisserai mourir, pensa-t-elle en se glissant sous un pan de plafond affaissé pour enfin rejoindre le haut-roi.

— Oro !

Elle s'agenouilla devant lui, comme il l'avait fait quand elle était sur le sol de la forêt, transpercée d'épines. Il ne remarqua pas sa présence. Rien de nouveau, si ce n'était que, cette fois, il ne s'agissait pas seulement d'elle. Isla le saisit par les épaules.

— Debout ! Les gens meurent. Ils ont besoin de toi !

Oro leva la tête, juste assez pour croiser son regard. Ses yeux étaient vides, comme privés de toute énergie. Lorsqu'une nouvelle secousse ébranla le sol, il grogna, ses doigts s'enfonçant davantage dans le marbre. La douleur devait être insoutenable pour l'avoir mis à genoux.

— Je t'en supplie ! l'implora-t-elle.

À quelques mètres d'eux, un amas de pierres s'affaissa et écrasa la moitié du groupe qu'Azul tentait de protéger. Il s'empressa de soulever les débris d'une bourrasque. Trop tard. Du sang tachait déjà les décombres.

Oro ne bougea pas d'un pouce, mais elle l'entendit grommeler :

— Va-t'en !

Pas question !

Quand Isla était blessée et lui avait demandé de partir, il était resté. Elle ne le laisserait pas tant qu'il n'aurait pas mis fin à ce carnage.

Elle agrippa la chemise du monarque dans ses poings serrés et le poussa de toutes ses forces contre le mur, arrachant ses doigts du sol. Puis elle lui cria en pleine face :

— Tu es peut-être mourant, mais tu n'es pas encore mort, maudit haut-roi ! Alors relève-toi et agis, pour que le sacrifice de ton frère n'ait pas servi à rien et qu'on n'ait pas tout perdu en vain !

Oro ne croisa pas son regard, pas plus qu'il ne se redressa. En revanche, avec un grognement venu des entrailles, il la repoussa et posa les mains au sol, transperçant le marbre. Aussitôt, le pouvoir jaillit et emplit la pièce… qui se figea.

Puis le Solarien s'effondra.

Les hurlements, les appels à l'aide et les râles formaient une symphonie qui avait pris le relais des violons et des harpes gisant en morceaux dans un coin de la pièce avec le reste de l'orchestre.

Lorsqu'elle quitta la salle de bal en compagnie de Céleste, la Sauvage repensa aux paroles du souverain. Pour lui, ce Centennal n'était pas simplement une nouvelle occasion de briser les malédictions, mais peut-être leur dernière chance.

La catastrophe avait fait des dizaines de victimes. L'aile du palais n'était plus qu'un tas de gravats. Et la situation allait empirer, Isla le savait, s'ils ne trouvaient pas rapidement une solution.

Pour une raison inconnue, elle s'était retrouvée alliée au haut-roi. Ils avaient un plan pour trouver le cœur de

Lightlark. Grim, Céleste et Oro avaient tous promis de la protéger.

Même sans le brise-liens, il lui avait semblé possible de survivre au Centennal et d'accomplir la prophétie avant la fin de la compétition.

Mais lorsque les portes cassées de la salle de bal claquèrent derrière elle, étouffant les cris des invités, Isla se demanda si l'île tiendrait encore cinquante jours.

CHAPITRE 34
Oro

Au lendemain du bal, Lightlark était brisé à plus d'un titre. Une partie du palais était désormais en ruine et les rues de l'agora si désertes que l'on y entendait siffler le vent. Les vitrines des boutiques restaient fermées et leurs murs ne se déployaient plus la nuit. Les insulaires craignaient de quitter leur foyer et encore plus leurs îlots. Le bruit courait que cette tragédie était l'œuvre de Grim, une répétition grandeur nature de sa démonstration quelques semaines plus tôt. Mais, cette fois, il ne s'agissait pas d'une illusion.

L'île principale devint un lieu réservé aux spectres et aux souverains.

Les seconds cessèrent de jouer la comédie. Cléo ne feignait plus de collaborer avec Céleste et s'installa sur son île, dérogeant ainsi à la tradition. Contrairement à son habitude, Oro reporta l'excursion qu'il devait effectuer avec Isla de quelques jours pour réparer les dégâts et empêcher les nobles de se révolter. La tension était à son comble.

Ils avaient toujours su que le Centennal avait une échéance. C'était un compte à rebours de cent jours. Mais celui-ci semblait avoir changé.

— Dis-m'en plus sur le cœur de Lightlark, s'enquit la Sauvage le cinquante-troisième jour.

Un crissement retentit dans la nuit, si fort que le bois sous ses doigts trembla. La jeune reine prit une profonde inspiration sans modifier sa prise, résistant à la tentation de regarder vers le sol, à une trentaine de mètres sous ses pieds.

Oro se figea un instant, sur le qui-vive. Il jeta un coup d'œil au ciel, puis tendit le bras vers la branche suivante. Ils escaladaient une espèce de treillis formé d'épais troncs entremêlés. Isla supposait que le haut-roi ne pouvait pas voler jusqu'à leur destination, bien qu'elle ne lui demandât pas pourquoi – elle avait beaucoup de questions à poser, aussi lui fallait-il faire des choix.

Après une nouvelle seconde de silence, elle était à deux doigts de tirer son compagnon par le pied pour le faire réagir. Mais il finit par répondre :

— Il a été fabriqué à la naissance de l'île et contient l'énergie pure, concentrée, de son créateur.

— Qui était-ce ?

— Horus Rey.

— Et Cronan Malvere, alors ?

Oro marqua une pause avant de saisir la branche suivante. Les muscles de son dos se contractèrent. Puis d'un geste lent, très lent, il baissa les yeux sur Isla.

Elle le fixa en retour, les sourcils légèrement haussés. Il ne semblait plus avoir la force de la fusiller du regard. Plus d'une vingtaine de hauts dignitaires avaient péri lors du bal et chaque vie perdue lui pesait. Elle le voyait à ses lèvres pincées et à ses épaules tendues.

— C'est Grim qui t'a raconté ça ? demanda-t-il enfin.

— Oui. Il est bien plus loquace que n'importe quel autre souverain, ajouta-t-elle d'un ton tranchant.

Elle aurait voulu qu'il lui jette un regard noir, qu'il fasse autre chose, n'importe quoi, plutôt que d'avoir l'air aussi vide.

Oro n'avait toujours pas attrapé la branche suivante. Isla grimpa à sa hauteur.

— C'est tout ce qu'il t'a dit ? s'enquit le haut-roi.

Lorsqu'elle hocha la tête, il se rembrunit.

— Pas aussi loquace que tu le crois, lança-t-il avant de se hisser un peu plus haut.

— Comment ça ?

Il ne répondit rien.

— Oro ?

Il se retourna vers elle.

— Tu n'as qu'à demander à Grim. C'est le plus loquace d'entre nous.

Isla avait déjà ouvert la bouche pour répliquer quand une main surgit du treillis pour la tirer de l'autre côté.

On la poussa en avant, dans un labyrinthe de bois infini. Elle ne voyait pas son assaillant, car le clair de lune était trop loin dans son dos. La Sauvage tenta de dégainer sa dague, glissée à sa ceinture, mais une autre main lia les siennes. Elle sentit la brûlure reconnaissable d'une corde sur ses poignets.

Un instant plus tard, elle était à genoux dans une obscurité totale, à nouveau piégée bien que, cette fois, ce fût intentionnel. Elle s'était en effet portée volontaire pour servir d'appât. Oro avait accepté, apparemment prêt à prendre davantage de risques après la catastrophe du bal. Force était de constater que leur plan avait fonctionné.

Une lumière jaillit soudain, illuminant les lieux. Les parois étaient alvéolées. Ils avaient dû escalader l'extérieur de cet endroit.

Où était Oro ? Isla reconnut les plis de sa cape lorsqu'il s'approcha d'elle. Le haut-roi n'était pas attaché, lui. Il se tenait debout, les yeux baissés sur elle.

— Détachez-la, ordonna-t-il d'un ton sévère.

Elle promena un regard à la ronde pour voir à qui il s'adressait. C'est à ce moment-là qu'elle les découvrit, dans les cavités de cette espèce de ruche. Ils étaient des dizaines.

Ils avaient de longues ailes transparentes qui pendaient à leurs côtés et la peau bleu clair, comme si quelqu'un avait passé un pinceau dans le ciel pour en capturer la couleur. Leurs yeux étaient trop grands, leurs membres trop longs.

Devant leur absence de réaction, Oro se fit plus menaçant.

— Ne m'avez-vous pas entendu ?

Des pas retentirent devant Isla, au centre de la ruche. Un homme de la taille du haut-roi surgit de l'ombre. Il avait la même teinte de peau que les autres, mais ses ailes étaient plus larges et plus hautes, leur sommet dépassant de ses épaules musclées. Il avait les cheveux noirs comme Grim.

— Oh, non, ils vous ont bien entendu, Votre Majesté ! répliqua-t-il. Mais ils hésitent à écouter un souverain qui les a abandonnés. (Il pencha la tête vers Oro.) Vous pouvez les comprendre, j'en suis certain.

Lorsque le monarque esquissa un pas en avant, une épée apparut comme par magie contre sa gorge. Une main levée, son interlocuteur maintenait la lame en l'air.

Quand Oro fit mine de remuer, l'arme se rapprocha et une gouttelette de sang coula dans le cou du haut-roi. L'homme ailé fit claquer sa langue.

— Un seul geste, Votre Majesté, et nous découvririons que vous pouvez mourir aussi facilement que le reste d'entre nous.

Isla devait réfléchir, agir, s'efforcer de gagner du temps, avant de trouver un meilleur plan.

— Vous seriez prêt à détruire l'île juste pour le tuer ?

L'homme pivota vers elle, comme s'il la remarquait pour la première fois. Elle s'attendait à sentir une épée contre sa gorge. Selon Oro, il tenterait de la tuer car, comme d'autres créatures ancestrales, il détestait les Sauvages. Mais il se contenta d'afficher un sourire ravi.

— Cette île est déjà en voie de destruction, susurra-t-il. Et sa fin serait la bienvenue… On a tous assez souffert, Sauvageonne.

Il s'adressa ensuite au haut-roi, l'air amusé.

— Pensiez-vous pouvoir me la cacher ? (Un nouveau sourire dévoila de trop nombreuses dents, qui se chevauchaient.) Ça marche peut-être avec les autres… mais avec moi ? (Il éclata de rire.) Ou croyiez-vous qu'elle suffirait à me convaincre de collaborer avec vous ? Êtes-vous vraiment à ce point acculé, Votre Majesté, pour me demander de l'aide ? Imbécile !

Il se tourna vers son peuple. Ils avaient les cheveux bleus, et non noirs comme les siens, et semblaient trop pâles, chétifs. À en juger par la façon dont elles pendaient, leurs ailes ne devaient plus fonctionner. Était-ce dû à la malédiction des Azuréens ? Les affectait-elle aussi ?

— Qu'en dites-vous ? lança-t-il d'une voix forte, tel un chef haranguant ses troupes. Sommes-nous prêts à nous libérer de cette île ? À voir comment on s'en sort de l'autre côté ?

Il serra le poing et l'épée glissa sur la gorge d'Oro. Isla poussa un cri de surprise. L'entaille n'était pas profonde, mais du sang coulait dans le cou du haut-roi et tachait sa chemise. Il fallait l'emmener jusqu'à un point d'eau pour qu'il puisse refermer la plaie avant d'en perdre trop. Malgré la blessure, le monarque ne broncha pas.

Ils devaient abandonner le plan de la Sauvage. Oro avait eu raison…

Il n'avait fallu que quelques instants d'inattention, pendant que l'homme ailé parlait à son peuple, pour qu'elle récupère sa dague. Et quelques secondes de plus pour trancher la corde qui lui liait les poignets. Elle sentit le métal froid entre ses doigts. Puis elle lança l'arme qui, selon une trajectoire parfaite, fila droit vers le cœur de leur ennemi. Aussi rapide qu'une flèche, sa lame scintillant dans la lumière.

Quelques centimètres avant d'atteindre sa cible, la dague se figea. Tout comme Isla, prête à ce que le chef de ces étranges créatures la lui renvoie en pleine poitrine.

Mais ce n'était pas lui qui avait immobilisé la lame. La preuve, il semblait aussi stupéfait que les autres face à la pointe qui le menaçait. Ce n'était d'ailleurs pas la seule arme à le faire : l'épée auparavant appuyée contre la gorge du haut-roi se trouvait à présent contre le cou de l'homme ailé.

Oro en était le responsable.

Tous restaient immobiles. Non pas de leur propre chef, mais par la volonté du Solarien. Il avait les narines dilatées de rage.

— C'est vous, l'imbécile, pour avoir cru pouvoir neutraliser une Sauvage avec un simple bout de corde.

Le monarque s'avança. Le sang avait beau couler de sa blessure en un filet ininterrompu, il ne leva pas la main pour l'essuyer. Un sourire malveillant étirait ses lèvres.

— Eh oui, elle savait qu'elle piquerait assez votre curiosité pour nous faire entrer dans votre ruche. Quant à moi, je savais que vous seriez assez présomptueux pour penser pouvoir nous capturer aussi facilement. (Il se tenait à présent face à la créature ailée, et sa voix se fit grave et profonde, proche du grognement.) Maintenant, dites-nous où se trouve le cœur de Lightlark.

Son interlocuteur garda quelques instants le silence, avant de sourire à son tour.

— Ah, que j'aime les surprises… et elle… (Il regarda Isla, plein de curiosité.) C'en est une, pas de doute. Plus que vous ne l'imaginez…

L'intéressée ne respirait plus. Elle le devinait à son ton : il savait. D'une manière ou d'une autre, il savait qu'elle était née sans pouvoir. Elle se prépara à l'entendre révéler son secret, à voir la réaction du monarque à cette nouvelle.

Mais l'homme ailé se contenta d'éclater de rire.

— Quelle drôle de Sauvage ! De si curieuse naissance…

Il s'adressa ensuite à Oro, sans se départir de son sourire joyeux. Comme s'il ne venait pas de faire couler le sang du haut-roi de Lightlark.

— Que m'offrez-vous en échange, Votre Majesté ?

La lame d'Isla se rapprocha du cœur de l'impertinent.

— La chance de garder votre ruche intacte et votre peuple indemne.

— Je veux la Sauvage, répliqua le chef des créatures ailées sans broncher.

Avant qu'Isla n'ait pu esquisser le moindre geste, Oro porta une main au cou de l'homme. Une main couverte de flammes. Elles dansaient dans les yeux de leur ennemi, qui précisa d'un ton calme :

— Je veux que la Sauvage me rende visite, quand tout sera terminé. (Il lui jeta un nouveau coup d'œil.) Elle viendra de son plein gré, je vous l'assure.

Isla s'avança sans laisser à son compagnon le temps de réagir.

— Marché conclu !

Le haut-roi était terriblement pâle. Il devait être soigné sans tarder.

Elle soupira, feignant l'ennui.

— Et maintenant, dites-nous où trouver le cœur de Lightlark, reprit-elle. J'aimerais dormir au moins quelques heures, cette nuit.

L'homme ailé sourit de plus belle.

— Très bien. Le cœur éclôt dans un endroit différent à chaque fois. Je l'ai vu. Je ne sais pas où il est en ce moment… mais il semble toujours choisir un lieu où obscurité et lumière se rencontrent.

Isla ignorait ce qu'il entendait par là. Quoi qu'il en soit, Oro saisit la dague puis, l'arme serrée dans la paume de sa main, il tourna le dos à la créature et à son peuple. Il passa devant la Sauvage avec un grognement, signe qu'elle devait le suivre.

Ils parcoururent la ruche labyrinthique jusqu'à gagner sa couche extérieure. Ce n'est qu'à ce moment-là qu'il lui rendit son arme. Tandis qu'elle commençait à descendre, il traversa l'une des ouvertures en titubant et attrapa Isla avant de se mettre à chuter. Puis il s'éleva dans les airs en haletant. Son sang coulait sur la joue et les cheveux de sa partenaire.

— Un plan, souffla-t-il, la voix rauque. On a un plan.

— Oro… répliqua-t-elle en s'efforçant de ne pas laisser transparaître sa panique alors qu'ils avançaient, mi-volant, mi-tombant, à quelques centimètres de la cime des arbres. Oro !

Il lui jeta un coup d'œil. Ses yeux étaient injectés de sang. Lui arrivait-il de dormir ? Il ferma un instant les paupières et ils commencèrent à tomber.

Lorsqu'ils heurtèrent les arbres, Isla poussa un hurlement. Le haut-roi resserra sa prise sur elle puis, dans une rafale, une espèce de bouclier se forma autour d'eux. Des branches se cassèrent net et le vent rugit dans les oreilles de la jeune reine tandis qu'ils dégringolaient toujours plus bas…

Elle percuta violemment le sol, malgré le bouclier destiné à amortir leur chute, et ses poumons se vidèrent de tout leur air. Haletante, elle se cramponna à la terre, les feuilles crissant sous ses doigts. Son champ de vision était parsemé d'étoiles, qui se mêlaient aux vraies constellations, et les ténèbres menaçaient de l'engloutir tout entière.

Isla se força à se relever, au mépris de ses os qui lui faisaient souffrir le martyre. Oro gisait à quelques mètres d'elle, une petite flaque rouge se formant bientôt sous son cou. L'entaille ne semblait pourtant pas si profonde, mais il devait avoir perdu trop de sang pour être ainsi affaibli.

De l'eau. Il avait besoin d'eau pour se guérir grâce à ses pouvoirs sélénites. La Sauvage se contraignit à rester immobile, l'oreille tendue.

Comme sa respiration était trop bruyante, elle retint son souffle. Malgré ses poumons douloureux et ses vertiges, elle finit par percevoir le son d'un ruisseau. Il n'était pas tout près, malheureusement.

Elle saisit la main du haut-roi.

— Lève-toi.

Il ne bougea pas, mais le sang continuait de couler. C'était bon signe.

— Debout !

Toujours aucune réaction. Elle le gifla de toutes ses forces. Cette fois, ses yeux s'ouvrirent, avant de commencer à se refermer.

— Je ne peux pas te porter, dit Isla. Tu dois m'aider.

Lentement, en s'appuyant sur elle, il se releva.

— Est-ce que tu te sens capable de faire venir l'eau à toi ? demanda-t-elle.

Comme il ne semblait pas l'entendre, elle le traîna à moitié en direction du ruisseau, se guidant à l'oreille. Le poids du monarque l'écrasait, tel un énorme rocher.

Il était trop lourd. Elle voulait s'arrêter, s'effondrer. Mais si Oro mourait… Lightlark aussi. Or, tout comme le haut-roi, la Sauvage avait besoin du cœur de l'archipel. Il fallait à tout prix que l'Originel reste en vie.

Elle avança donc jusqu'à en avoir les jambes qui brûlent et le souffle court. Jusqu'à ce que la peau d'Oro se refroidisse, la chaleur caractéristique des Solariens se dissipant peu à peu.

Au moment où ses genoux menaçaient de se dérober, la terre se ramollit sous ses pieds et le ruisseau apparut devant elle. Après avoir failli s'écrouler sous le coup du soulagement, Isla poussa le blessé dans le courant avec toute la force qui lui restait. Il trembla un instant, puis s'immobilisa.

Elle craignait qu'il ne soit trop tard. Mais l'onde semblait le reconnaître, car elle se mit à briller faiblement, avant de se mettre à l'œuvre. Oro commença à sombrer, mais la jeune reine se précipita pour lui maintenir la tête hors de l'eau. Elle s'assit, plaça la nuque du haut-roi sur ses genoux tout en le tenant fermement par les épaules, tandis que le reste de son corps touchait le fond.

Il avait les manches retroussées. La tache gris-bleu qu'il avait montrée à tous les souverains s'était beaucoup étendue et couvrait à présent son bras gauche jusqu'à la main. Était-ce pour cette raison que l'entaille l'avait affaibli aussi vite ? Que la salle du palais s'était écroulée lors du bal ?

Isla resta ainsi un long moment, les bras serrés autour de lui, les jambes plongées dans l'onde glaciale, à attendre. Attendre que l'île s'effondre autour d'elle, comme la salle de bal. Que les arbres tombent. Qu'Oro cesse de respirer.

L'eau œuvra avec acharnement toute la nuit. Petit à petit, la coupure se referma, une nouvelle peau remplaçant les tissus abîmés. Le sang qui maculait la jeune reine sécha. Elle le sentait sur sa joue, dans ses cheveux, mais n'osait pas le retirer. Elle continua simplement de tenir le haut-roi et d'attendre.

Isla avait dû s'assoupir, car sa tête tomba en avant. Elle se redressa en sursaut. Avait-elle lâché Oro ?

Non, il était là. Elle ne l'avait pas laissé couler. La plaie du haut-roi était presque cicatrisée, mais ses yeux restaient fermés.

Un rai de lumière s'infiltrait entre les branches. La première lueur du jour, douce et dorée. La Sauvage pensa d'abord que c'était une bonne chose pour le Solarien. Peut-être la chaleur lui ferait-elle du bien. Peut-être pourrait-il y puiser des forces…

Puis l'effroi la saisit. La malédiction ! Il fallait le mettre à l'abri à l'intérieur sur-le-champ. Si l'épée ne l'avait pas tué, le soleil s'en chargerait. Et cette fois, l'eau ne pourrait pas le sauver.

— Oro, dit Isla en le secouant.

Aucune réaction.

— Oro ! cria-t-elle. Le soleil se lève. Il faut y aller.

Il n'ouvrit pas les yeux.

La lumière était presque sur eux, traçant des lignes paresseuses dans la forêt, à travers les branchages. D'ici quelques instants, il ferait jour.

Le haut-roi allait mourir. Elle allait le voir prendre feu, comme lorsque, des années plus tôt, en utilisant sa baguette astrale pour se rendre dans le royaume solarien, elle avait vu, impuissante, un enfant être réduit en cendres…

Non, elle n'était pas impuissante.

Elle repéra une ouverture dans une montagne, à quelques mètres de distance : une grotte ! Isla ignorait s'ils parviendraient à l'intérieur avant qu'Oro ne se transforme en torche vivante. Elle ne savait pas non plus comment elle allait l'emmener jusque-là. Mais elle l'attrapa sous les aisselles et se mit à le tirer vers l'abri de fortune.

CHAPITRE 35
Tête-à-tête

Il était midi quand le haut-roi rouvrit enfin les yeux. Blottie dans un coin de la grotte, Isla l'observait, toujours couverte du sang du monarque.

— Tu m'as sauvé, déclara-t-il, l'air de ne pas en revenir.

En l'entendant prononcer ces mots, elle prit conscience de l'absurdité de la situation. Oro était l'homme le plus puissant de tous les royaumes… et elle, une reine sans pouvoir, l'avait sauvé. Peut-être n'était-elle pas aussi impuissante qu'elle le croyait.

— Je ne suis pas aussi faible que tu l'imagines.

Elle lui jeta un regard noir, qu'il ne lui rendit pas.

— Je n'ai jamais pensé ça.

Il mentait, forcément !

— Bon, on est quittes maintenant, répliqua-t-elle.

Le premier jour, sur le balcon de sa chambre au palais, lui semblait à des années-lumière.

— Oui, j'imagine, concéda Oro en scrutant la grotte.

Ils se trouvaient à l'entrée, à seulement quelques mètres de la douce lueur du soleil. Ces rais dorés avaient bien failli le brûler vif. Tout s'était joué à une seconde près.

Le monarque tourna son attention vers l'autre côté de la caverne et les tunnels qui menaient sous terre. De jolies lumières bleues illuminaient le plafond, telle une constellation.

— On est sous un cimetière azuréen, indiqua-t-il d'un ton bourru avant de désigner de la tête les points lumineux. Des vers luisants. Ils se nourrissent d'os.

L'entrain d'Isla retomba. L'endroit avait soudain perdu de son mystère. Mais elle se souvint des paroles de l'homme ailé.

— Est-ce qu'on peut dire que c'est un lieu où obscurité et lumière se rencontrent ?

Oro acquiesça avec une grimace.

— L'un des rares sur l'île du Ciel. Après le coucher du soleil, j'irai l'explorer.

Il parut sentir sa perplexité, car il ajouta :

— Les Nocturnes ont fondé Lightlark, avec l'aide des Solariens. Quand ils ont été bannis, on a reconstruit sur leurs terres. Mais certains territoires ainsi que certaines créatures demeurent encore dans cet entre-deux.

— C'est ça, notre plan ? demanda-t-elle en attendant la confirmation de son allié. Fouiller tous les lieux de l'île où les pouvoirs nocturnes côtoient ceux des Solariens ? C'est là que se trouve le cœur de Lightlark ?

Le haut-roi inclina sa tête dorée, surmontée de sa couronne couverte de terre. Ils étaient tous les deux boueux et maculés de sang séché.

— Ils ne sont pas nombreux. Surtout si l'on ne compte pas l'île des Étoiles, grâce aux renseignements du spectre. (Oro s'étira.) En dehors de ce cimetière, il n'y a qu'un seul autre endroit sur l'île du Ciel qui corresponde.

— Et l'île du Soleil ?

— Je la fouillerai seul.

— Seul ? répéta Isla en lui jetant un regard suspicieux.

— Tu ne me fais toujours pas confiance ? soupira-t-il.

— Et toi, tu as confiance en moi ? rétorqua-t-elle.

Le monarque ne répondit pas à sa question.

— Je tiens toujours mes promesses. Et je ne romps jamais un marché sur un coup de tête, lança-t-il en la fixant avec insistance.

La Sauvage leva les yeux au ciel.

— Et l'île de la Lune, alors ?

— Elle en compte quelques-uns. Mais c'est la dernière que nous explorerons.

— Pourquoi ?

— Parce que Cléo la surveille étroitement, et si elle pense qu'on y cherche quelque chose, elle tentera de le trouver par ses propres moyens.

Oro se montrait étrangement communicatif, pour une fois. Isla devait en profiter pour lui soutirer le plus d'informations possible.

— Alors combien nous reste-t-il de lieux où obscurité et lumière se rencontrent à vérifier ?

— Huit.

Seulement huit ? Voilà qui était tout à fait à leur portée ! L'espoir enfla dans sa poitrine.

— Ne t'emballe pas, dit-il. Il y a des risques.

Elle s'en moquait. Ils avaient désormais une stratégie cohérente et un nombre raisonnable d'endroits à fouiller. Malgré tout, un détail la chiffonnait.

— Notre plan repose entièrement sur des informations données par un spectre et un homme ailé… (Elle déglutit avec peine.) As-tu déjà pensé qu'ils pouvaient te mentir ?

— Impossible, répliqua simplement Oro.

Qu'entendait-il par-là ? Était-ce parce qu'il était le haut-roi de Lightlark ? Aucun de ses sujets ne pouvait lui mentir ? Elle, en tout cas, le pouvait et ne s'en était pas privée.

Elle s'aventura à lui poser une autre question – après tout, il semblait disposé à lui répondre.

— Selon la prophétie de l'oracle, le crime originel doit être à nouveau perpétré pour rompre les malédictions. Est-ce que tu crois que ce crime, c'est d'avoir utilisé le cœur de Lightlark ? D'avoir usé de son pouvoir ?

Oro lui jeta un coup d'œil, puis lui confirma d'un petit signe de tête qu'elle avait vu juste. Voilà pourquoi il en avait tant besoin : pour accomplir une partie de la prophétie.

— D'après toi, lors de la création de Lightlark, Solariens et Nocturnes ont placé une fraction de leur magie dans le cœur de l'archipel. (Elle eut soudain une révélation et écarquilla les yeux.) C'est pour ça que tu as invité Grim au Centennal pour la première fois ! (Les mots sortaient tout seuls.) Tu ne crois pas que lui ou un autre de son royaume ait jeté les sorts, mais que quelqu'un a utilisé le pouvoir nocturne contenu dans le cœur de Lightlark pour les lancer.

Nouveau signe de confirmation. Une lueur brillait dans les yeux du monarque, comme s'il était impressionné.

Isla leva le menton avant de poursuivre :

— Tu n'as eu connaissance de l'existence du cœur de l'archipel qu'après le dernier Centennal. Sinon, tu aurais convié Grim aux précédents…

Le silence d'Oro confirma ses soupçons. Mais il avait à présent une expression méfiante.

— Tu ferais mieux d'y aller, finit-il par suggérer sans la regarder.

S'il était coincé là jusqu'au crépuscule, elle, en revanche, pouvait partir à tout moment.

Elle pinça ses lèvres sèches. D'un côté, elle mourait d'envie de regagner le palais, de prendre un bain et de laver ses cheveux poissés de sang, la boue qui couvrait ses vêtements, la pellicule de poussière sur sa peau. De l'autre, elle souhaitait en apprendre davantage. Le haut-roi ne s'était jamais montré aussi loquace et elle avait encore une question à lui poser.

— Je vais attendre avec toi, répliqua-t-elle.

Oro cligna des yeux, surpris, avant de froncer les sourcils de contrariété. Isla serra les dents et se retint d'insulter le haut-roi à voix haute. Celui-ci, tendu, passa un doigt sur son cou, là où la lame l'avait entaillé, traçant un sillon dans le sang séché.

— On dirait qu'on va rester là encore quelque temps, dit Isla en jetant un coup d'œil à la lumière à l'entrée de la grotte, qui formait un tapis doré sur le sol. Et si on jouait à un jeu ?

— Un jeu, répéta son compagnon d'un ton plat.

— Oui, confirma la jeune reine sans se décourager. Une question pour une question. Je réponds, et ensuite c'est à ton tour. Avec sincérité, bien sûr.

Elle se dit qu'il allait sûrement qualifier sa proposition de stupide ou même décider de braver le soleil ardent plutôt que de passer une seconde de plus avec elle. Au lieu de quoi il appuya sa tête contre la paroi de la caverne et la fixa, le nez en l'air.

— D'accord, Sauvageonne. À toi l'honneur !

Isla se redressa. La question qu'elle brûlait de lui poser lui vint à l'esprit, mais elle ne pouvait pas la formuler. Pas tout de suite. Elle devait commencer doucement.

— Sois franc avec moi : tu n'en as pas marre de porter du doré ?

Oro lui jeta un regard qui signifiait : « C'est vraiment ce que tu veux savoir ? »

— Parfois. Mais je peux aussi mettre du bleu, du blanc ou de l'argenté, si l'envie m'en prend.

En tant qu'Originel, il pouvait se vêtir aux couleurs de tous les royaumes dont il possédait les pouvoirs. S'affichait-il dans d'autres teintes en dehors du Centennal ?

— À ton tour !

Il l'étudia quelques instants avant de demander :

— À quoi ressemble ta vie, sur les terres nouvelles des Sauvages ?

Elle ne s'y attendait pas, mais c'était une question facile, aussi s'en réjouit-elle.

— C'est…

Isla ouvrit la bouche, prête à donner une réponse toute faite, selon laquelle sa vie était aussi merveilleuse que palpitante.

Mais elle avait promis d'être franche.

Elle avait envie qu'il lui fasse confiance, pour qu'ils puissent trouver le cœur de Lightlark et briser sa propre malédiction ainsi que celle de Céleste. Mais pour cela, elle devait elle aussi lui faire confiance.

— C'est horrible. (Les yeux rivés au sol, elle passa les doigts sur les aspérités de la paroi de la grotte.) J'adore mes gardiennes. Elles sont ma seule famille. (Elle prit une longue inspiration.) Seulement…

La jeune reine ne savait pas comment formuler la suite. Elle croisa le regard du haut-roi, qui la fixait avec attention.

— Tu t'es déjà senti comme un oiseau en cage ?

Allait-il se moquer d'elle ? Non, le voilà qui acquiesçait d'un infime mouvement de tête.

— Chaque jour depuis cinq cents ans.

Elle aurait dû s'en douter ! Après tout, sa courte existence cloîtrée dans le château sauvage n'était rien à côté des siècles passés par Oro dans l'archipel.

— Qui t'a enfermée dans cette cage ? demanda-t-il à son tour.

Isla grimaça, puis se maudit d'avoir suggéré ce jeu. Pourquoi, alors qu'elle avait tant de secrets, jouait-elle à un jeu pareil ? Le haut-roi ne savait pas à quel point il était proche de découvrir la vérité… Tout près d'abattre le mur de mensonges que la jeune reine avait érigé autour d'elle et de son royaume.

— Pas enfermée… plutôt… protégée.

À son grand soulagement, Oro n'insista pas. Elle se hâta de poser une nouvelle question.

— As-tu déjà été amoureux ?

Sa réponse fut immédiate.

— Non.

— Pourquoi ?

— Les souverains de Lightlark ne tombent pas amoureux. L'amour nous rend vulnérables et notre pouvoir n'est plus protégé. (Il lui jeta un coup d'œil.) À cet égard, toi et moi, on se ressemble… Nous sommes privés de la possibilité d'aimer.

À cause de la malédiction des Sauvages.

— Oui, j'imagine.

Elle songea à Grim, à ses mains sur sa robe, à ses bras la serrant contre lui. Ce n'était pas son tour, mais elle avait besoin de savoir.

— Crois-tu qu'il soit possible pour un monarque d'en aimer un autre ? D'un amour sincère et sans arrière-pensée ?

— Non, répondit Oro en secouant la tête.

Sa réponse la heurta, au fond d'elle-même. Il devait se tromper. Ce n'était pas parce qu'il n'avait jamais connu l'amour que ce n'était pas possible.

— Alors ton frère n'était vraiment pas amoureux de sa fiancée ?

Il haussa les épaules.

— Egan aimait Aurora. Mais pas de cette manière.

— Comment le sais-tu ?

Le haut-roi croisa son regard avant de répliquer :

— Ils ne partageaient pas leurs pouvoirs.

Tomber amoureux impliquait de partager sa magie avec l'être aimé. Voilà pourquoi l'amour était si dangereux pour les souverains.

— À ton tour, déclara-t-elle d'un ton calme.

Elle avait posé plusieurs questions de suite et, à sa grande surprise, il y avait répondu.

— Est-ce que tu connaissais Grim avant le Centennal ?

Le souffle d'Isla se coinça dans sa gorge à la mention du Nocturne, comme si Oro avait lu dans ses pensées et l'en avait extirpé.

— Non, fit-elle, sans avoir besoin de mentir.

Il lui jeta un drôle de regard et elle leva les yeux au ciel.

— Ne t'inquiète pas, on n'est pas ligués contre toi.

C'était la vérité.

Sur le visage du monarque passa une expression inattendue, un mélange de soulagement et d'étonnement. Isla s'empressa de détourner la conversation du roi des Nocturnes.

— Quel est ton endroit préféré à Lightlark ?

Oro se gratta la tête, juste sous sa couronne.

— Il y a cette plage isolée sur l'île du Soleil, au pied d'une falaise… avec d'énormes charbons qui grésillent quand les vagues les frappent. (Son regard se perdit dans le vide.) La mer y est d'une nuance étrange… vert foncé. La couleur de tes yeux.

Isla se renfrogna à cause de l'adjectif « étrange », mais marmonna malgré tout :

— Ce doit être beau.

Oro étira ses bras au-dessus de sa tête.

— Ton chant, dit-il simplement.

La Sauvage resta perplexe. Elle avait oublié qu'il l'avait entendue, plusieurs semaines auparavant.

— Oui ?

— Dis-m'en plus.

Elle se tourna vers l'entrée de la grotte. Le soleil brillait toujours de mille feux.

— Il m'apaise. C'est un talent que je possède depuis toute petite, sans que j'aie eu à m'exercer.

— Comme le maniement des lames ?

— Non. Ça, c'était difficile. Je n'étais pas naturellement douée pour le combat, pas comme je l'étais pour le chant. Ça me rendait folle… Terra, ma maîtresse d'armes, n'arrêtait pas de me réprimander pour mon impatience. (Elle soupira.) Alors je me suis entraînée, beaucoup. Chaque jour, toute la journée, sans arrêt. Jusqu'à ce que l'épée ne pèse plus rien dans ma main. Jusqu'à ce qu'elle fasse partie de moi, au même titre que ma voix. À force, j'ai réussi.

Oro l'étudiait en silence. C'était au tour d'Isla. Le moment était enfin venu de poser sa question – afin d'avoir la conscience tranquille, de s'assurer qu'elle avait pris la bonne décision en abandonnant ses recherches du brise-liens. L'exprimer à haute voix était risqué mais, à présent, au cinquante-quatrième jour du Centennal, tout semblait risqué.

— Est-ce qu'il existe dans l'archipel un artefact capable de rompre n'importe quel lien ? Capable de briser les malédictions de ceux qui l'utilisent ?

Elle le scruta avec insistance, guettant un quelconque signe indiquant qu'il savait de quoi elle parlait, la moindre expression de surprise. Mais la seule émotion qui s'empara du haut-roi fut la perplexité.

— Non, répondit-il d'un ton ferme. Si c'était le cas, j'aurais trouvé le moyen de m'en servir.

Elle le croyait sur parole. C'était de la folie, peut-être, mais elle avait confiance en lui. Conclusion : soit le brise-liens n'avait jamais existé… soit il avait été détruit avant que le Solarien n'ait pu apprendre son existence.

— C'est ce que tu cherchais ? demanda Oro.

Il savait qu'elle était en quête de quelque chose de particulier dans la bibliothèque de l'île du Soleil, et qu'elle ne l'avait pas trouvé. Inutile de s'en cacher. Isla hocha donc la tête.

C'était désormais à son tour de jouer.

— Depuis quand peux-tu créer de l'or ?

La question prit le monarque de court. Allait-il refuser d'y répondre ? Il resta silencieux quelques instants avant d'avouer :

— Depuis l'enfance. (Pensif, il fixait le sol.) On m'a conseillé de cacher cette faculté, poursuivit-il, presque malgré lui, comme s'il n'avait pas prévu de se confier. Egan était l'aîné. L'héritier. C'était lui qui était censé être le plus fort.

— Mais il ne possédait pas ce pouvoir-là, devina la jeune reine.

Il la regarda dans les yeux et acquiesça.

— Alors pourquoi maintenant ? Pourquoi le montrer à tout le monde ?

Oro soupira puis haussa les épaules.

— Je suis mourant. Autant partager tous mes secrets.

Il avait parlé d'un ton désinvolte, mais son regard était dur, sérieux. La Sauvage repensa à la tache gris-bleu qu'elle avait vue sur son bras quelques heures plus tôt. Elle s'était considérablement étendue depuis sa démonstration dans la salle du trône.

Les secondes s'égrenaient et le silence s'étirait entre eux. Elle se demandait s'il allait passer son tour lorsqu'il lui lança, en la fixant :

— Quel était ton secret, Isla ?

Isla. Il était si rare que le haut-roi l'appelle par son prénom. La plupart du temps, il la surnommait « Sauvageonne », comme pour leur rappeler à tous deux ce qu'elle était. Ou, plutôt, ce qu'elle était censée être.

— Pardon ? bredouilla-t-elle.

— Ton secret lors de ma démonstration, précisa-t-il sans la quitter des yeux. Qu'est-ce que c'était ?

La gorge sèche, elle demeura muette.

Oro éclata d'un rire froid.

— Je m'en doutais. (Il se passa une main sur le côté du cou.) Bon, dans ce cas… pourquoi m'as-tu laissé remporter notre duel ?

Il savait donc. Ce jour-là semblait si lointain à Isla. Tant de choses avaient changé depuis.

— Je n'avais pas envie d'attirer l'attention.

— Ah…

Au tour de la jeune reine de faire preuve d'audace. De lui prouver que, même s'il avait affirmé vouloir partager tous ses secrets, il en restait quelques-uns qu'il n'était pas disposé à révéler.

— Quel est ton don ?

Elle se demandait depuis quelque temps si le haut-roi possédait l'un de ces rares pouvoirs, sans lien avec leur royaume, dont les souverains étaient généralement doués.

À la manière dont le Solarien se figea, elle devina la réponse. Il pencha la tête vers elle.

— Révèle-moi d'abord ton secret et je te le dirai.

Maudit haut-roi !

Elle ne répondit rien et Oro sourit, ce qui la troubla. Elle ne l'avait encore jamais vu sourire. Du moins, pas vraiment. Pas de façon sincère.

— Voici ce que je te propose. (Il se redressa, les yeux non plus vides mais brillants d'une lueur mystérieuse.) Si tu me dévoiles ton secret, ce sera toi, la gagnante du Centennal.

Silence. Le cœur de la jeune reine battait si fort que c'était un miracle qu'on ne l'entende pas dans la grotte.

— Pardon ?

— Quand on trouvera le cœur de Lightlark, poursuivit Oro sans ciller, tu pourras l'utiliser et accomplir la prophétie. À toi, l'immense pouvoir promis… mais seulement si tu me révèles ton secret.

Il la laisserait… gagner ?

Isla n'y avait jamais songé, trop occupée à survivre. À tenter de briser sa malédiction et celle de Céleste. Et, les derniers temps, à trouver un moyen d'accéder à ses pouvoirs en suivant le plan d'Oro.

Non, il ne pouvait pas être sérieux.

— Pourquoi ferais-tu une chose pareille ? demanda-t-elle. Ne veux-tu pas ce pouvoir pour toi ?

— Non. Je n'ai pas envie de devenir un dieu. Il est dangereux d'être trop puissant. Je n'ai jamais désiré remporter cette compétition, simplement sauver Lightlark.

— Et tu me le céderais, à moi ? fit Isla avec un rire incrédule.

— À qui d'autre ? Tu crois que Cléo devrait l'avoir ? (Elle grogna, ce qui sembla presque le faire sourire.) Exactement !

— Et Azul ?

Oro secoua la tête, sans fournir d'explication.

Le pouvoir ? La Sauvage le désirait de plus en plus. Celui promis par la prophétie était censé être illimité. Elle pourrait accomplir tant de choses…

Non !

Aucune magie n'avait jamais coulé dans ses veines. Que ferait-elle d'un flot intarissable ? Surtout si le prix à payer était la révélation de son secret.

Elle refusa l'offre du haut-roi, dont la surprise se teinta de perplexité.

— Soit tu es la seule autre participante à ne pas être intéressée par la récompense du Centennal, soit ton secret est encore plus terrible que je ne le pensais.

— Ce n'est pas une question, se contenta-t-elle de répliquer.

Leur jeu était terminé. Après ces mots, ils s'adressèrent à peine la parole. Isla resta à regarder la lumière du soleil tourner devant l'entrée de la grotte, puis faiblir et enfin disparaître.

CHAPITRE 36
Oracles

Depuis le bal, une nouvelle catastrophe avait lieu chaque jour. Un vieux bâtiment sombra dans la mer. Un autre Ancien mourut. Une fissure se forma tout à coup, scindant l'île principale. La tempête issue de la malédiction grandit sur la côte. Quoique toujours figée, elle commençait à faire rage. D'énormes coups de tonnerre retentissaient chaque nuit à la même heure, assez fort pour qu'Isla les entende, où qu'elle soit. Elle comptait à présent les jours restants.

Le cœur de Lightlark ne se trouvait dans aucun des deux emplacements de l'île du Ciel. Ni sur l'île du Soleil, qu'Oro avait fouillée tout seul.

Restait le dernier endroit qu'il avait dit vouloir explorer. Au cinquante-neuvième jour du Centennal vint le moment de parcourir les lieux où l'obscurité et la lumière se rencontraient sur l'île de la Lune.

La Sauvage s'interrogeait sur les gardes sélénites. Le haut-roi avait laissé entendre qu'il n'avait pas envie que Cléo ait vent de leurs recherches sur son territoire. Il avait d'ailleurs une solution, qui déplaisait fortement à Isla.

— J'irai lentement, promit-il, à sa grande surprise.

Elle lui jeta un regard en coin.

— Plus lentement, se corrigea-t-il.

Si elle n'avait aucune envie de voler de nouveau, elle ne voyait cependant pas d'autre moyen de tromper la surveillance des gardes sans parler à Oro de sa baguette astrale.

— Si tu me lâches…

— Tu m'étriperas, je sais.

Puis elle se retrouva dans les airs. Pour se protéger du vent, elle enfouit son visage contre le torse d'Oro. Il avait la main posée sur son dos, une prise un peu trop lâche au goût d'Isla, qui se cramponna à son cou.

— Tu sais, lui murmura-t-il à l'oreille, je me demandais comment les Sauvages arrachaient le cœur de leur victime rien qu'avec leurs ongles. (Il leva l'une des mains censées la tenir fermement pour détendre les doigts de la Sauvage, l'un après l'autre, jusqu'à ce qu'ils ne soient plus enfoncés dans sa peau.) Maintenant, je sais qu'ils sont aussi affûtés que des poignards.

Elle redressa la tête pour le fusiller du regard.

— Je n'aurais pas besoin de m'accrocher à ce point si tu me tenais comme il faut.

— Comme il faut ?

— Oui. Plus fort. Plus fermement.

Oro déplaça ses mains. Soudain, au lieu d'être tenue comme une poupée de chiffon, Isla était serrée contre le torse du haut-roi, tout son corps réchauffé par la chaleur du Solarien. C'était presque confortable.

— Mieux ? demanda-t-il.

Elle s'attendait à un ton moqueur, mais ce n'était pas le cas.

— Oui.

Sans même qu'elle s'en rende compte, le monarque se posa, resserrant ses bras autour d'elle juste avant qu'ils ne touchent le sol.

À l'instant où Isla s'éloigna de lui, la température de son corps chuta. L'île de la Lune s'était considérablement refroidie depuis sa dernière visite. Elle jeta un coup d'œil à Oro : c'était à cause de lui. Depuis que Lightlark et le contrôle que le souverain exerçait sur l'archipel faiblissaient, il ne pouvait plus maintenir sa chaleur. Ni sa lumière. Les journées devenaient plus sombres. Le soleil se couchait plus tôt. Tous les territoires des environs étaient sensiblement plus froids. On avait ajouté des dizaines de braseros et de torches sur l'île principale et à l'intérieur du palais. Mais ce n'était qu'une solution temporaire.

Ils avaient atterri à la lisière d'une forêt d'arbres qui ressemblaient plutôt à des racines noueuses et tordues, délicatement entrelacées à leur sommet. Entre eux coulaient des ruisseaux, porteurs de nénuphars et de grosses fleurs blanches de la taille des paumes d'Isla. Il régnait un tel silence qu'elle entendait la neige tomber. L'air glacial formait un nuage devant ses lèvres. Frissonnante, elle avait déjà les doigts gelés, les orteils semblables à de minuscules blocs de glace dans ses bottes, les yeux qui picotaient et larmoyaient. Le vent lui cinglait les joues et le nez.

Soudain, elle poussa un hurlement.

Au milieu du silence, un oiseau d'un bleu sombre, tel un océan transformé en créature ailée, s'était posé sur son épaule pour lui piailler dans l'oreille.

Oro se retourna et frappa aussitôt, sans attendre d'avoir identifié la menace. Son feu fila dans la nuit, droit sur le volatile. Mais ce dernier, plus vif, s'envola dans les bois.

Le haut-roi baissa le bras en le regardant fuir, puis se tourna vers la Sauvage.

— Tu n'es pas censée être douée avec les animaux ?

— Pas quand ils me percent les tympans, répliqua-t-elle, une main sur l'oreille. Et toi, tu ne devrais pas être plus prudent avec tes pouvoirs solariens ?

Oro serra la mâchoire. À l'évidence, elle avait touché une corde sensible.

— Si, admit-il, laconique.

Ils marchèrent en silence jusqu'à ce que la terre se transforme en glace. Les racines des arbres affleuraient, telles des veines de verre, aussi sombres que la nuit. Les deux compagnons se retrouvèrent sur une falaise où la neige commençait à recouvrir le sol, comme un glaçage. Les bottes d'Isla s'y enfonçaient tant et si bien qu'elle était à la traîne derrière le Solarien, dont les pas traçaient un chemin en faisant fondre la poudreuse. Des flocons se perdaient dans ses cheveux et s'entassaient sur son nez. Elle se sentait aussi gelée que l'une des statues de glace devant le château sélénite.

Au bout d'une heure, elle haletait. Elle avait dû ralentir, car Oro finit par se retourner. Un seul coup d'œil et il lui tendit la main.

— Je peux te réchauffer.

Tentée de refuser, elle lui agrippa pourtant les doigts, trop lasse pour laisser parler sa fierté.

— Tu es gelée, fit-il remarquer d'un ton accusateur.

Isla lui aurait volontiers jeté un regard assassin, mais ses yeux la piquaient trop.

D'un geste vif, il ôta sa cape dorée pour l'en draper. Elle était si grande qu'elle l'enveloppa à la manière d'une couverture. La Sauvage eut le réflexe de la repousser, mais elle se laissa finalement faire et dès que le vêtement toucha sa peau, son corps fut inondé d'une chaleur qui sembla pénétrer jusque dans ses os. Le visage enfoui dans le tissu, les épaules tremblantes, elle resserra la cape autour d'elle. L'étoffe, d'une merveilleuse douceur, sentait le miel et les feuilles de menthe.

Quand elle finit par ressortir la tête de la cape pour la boutonner à son cou, Oro l'observait avec circonspection.

— Est-ce que… ça va ? demanda-t-il, comme si la notion d'hypothermie ou la possibilité de mourir de froid ne lui avait encore jamais traversé l'esprit.

— Je vais bien, s'empressa-t-elle de répondre, le menton levé, comme si cette posture pouvait lui donner l'air moins ridicule. (Elle passa devant lui, s'enfonçant dans la neige jusqu'aux chevilles.) Merci !

Il la suivit. Elle devait avancer dans la bonne direction, car il ne prononça pas un mot. Elle ne s'arrêta qu'après être arrivée devant un bloc de glace si étendu qu'on aurait dit un glacier piégé à l'intérieur des terres.

Isla l'étudia. Il y avait quelque chose à l'intérieur. Elle se rapprocha pour essuyer la surface avec la cape d'Oro. Une fois une partie du givre retiré, elle sursauta et trébucha en arrière, droit sur le haut-roi, qui la rattrapa avant qu'elle ne tombe dans la neige.

Trois femmes y étaient emprisonnées.

— Les oracles, annonça-t-il en lui lâchant les épaules.

La jeune reine n'en croyait pas ses yeux.

— Je pensais qu'il n'y en avait qu'un.

— Un seul s'est libéré de la glace au cours du dernier millénaire.

— Pourquoi sont-ils là ?

Oro se plaça à ses côtés.

— Un haut-roi bien avant mon temps les y a piégés pour qu'ils ne puissent jamais partir ni mourir. Les oracles sont trois femmes dotées du don de la prophétie. Furieuses d'être ainsi retenues prisonnières, deux d'entre elles se sont alliées au royaume nocturne, en faisant appel aux ténèbres de l'archipel. Quand l'île de la Nuit a été détruite, elles se sont retrouvées coincées dans cette prison de glace pour toujours.

— C'est donc un lieu où l'obscurité rencontre la lumière.

Oro acquiesça et posa une main sur la glace, qui se mit à fondre.

La femme du milieu ouvrit soudain les yeux. Elle flottait dans l'eau, ses cheveux blancs formant une auréole autour de sa tête. Son regard oscilla entre Isla et le haut-roi. Puis sa voix s'éleva, comme si un million de voix avaient été piégées dans sa gorge.

— Voilà bien longtemps que je n'avais pas vu un Solarien et une Sauvage côte à côte. (Elle se pencha vers eux, son visage à quelques centimètres du leur.) On m'a déconseillé de vous aider… mais cette situation est trop intrigante…

C'était elle, la femme à l'origine de la prophétie, la clef pour briser les malédictions. Ses paroles avaient force de loi. C'étaient celles qu'Isla avait apprises dès qu'elle avait su parler.

— Qui vous l'a déconseillé ? demanda Oro.

L'oracle secoua la tête.

— Ça, je ne peux pas vous le révéler. Mais j'en dirai plus que ce que je lui ai promis.

Cléo. C'était forcément Cléo.

— Tant de secrets entre vous… poursuivit la prophétesse. (Elle fit crisser l'un de ses ongles démesurés sur la paroi gelée, ce qui arracha une grimace à la jeune reine.) Mais, tout comme cette glace, ils finiront par voler en éclats. Ils seront percés à jour et les masques tomberont… Désordre et chaos régneront.

Isla évita de croiser le regard du haut-roi. L'oracle l'observa d'un air omniscient, puis sourit.

— Arrêtez avec vos énigmes, intervint Oro. Nous cherchons le cœur de Lightlark. Est-il ici ?

La femme sourit de plus belle.

— Il n'est pas loin. Plus près que vous ne le pensez.

— Sur l'île de la Lune ? demanda la Sauvage.

Lorsque l'oracle hocha la tête en signe de confirmation, Isla faillit tomber à genoux de soulagement.

— Où exactement ?

— Ça, je ne peux pas vous le dire. Vous devrez le trouver par vous-mêmes. C'est le seul moyen d'utiliser le cœur de l'archipel avec succès.

Isla jeta un regard noir à l'oracle, qui le lui rendit.

— Toi… tu as beaucoup de questions. J'aurais tant de choses à t'apprendre… mais je ne le dois pas. (Toujours cet air omniscient.) Tout sera bientôt révélé.

La Sauvage sentit son estomac se nouer. Son secret allait-il réellement être dévoilé ? *Non !*

— Sache ceci, poursuivit la prophétesse. Il y a des mensonges et des menteurs autour de toi, Isla Calys, et avant le centième jour, l'un des six souverains mourra.

Qui mentait ? Qui allait mourir ? Les malédictions seraient-elles brisées ? Isla s'avança d'un pas, en quête de la bonne formulation, de la bonne question. Mais avant que les mots ne franchissent ses lèvres, l'oracle sourit, puis l'eau se solidifia de nouveau en glace.

La Sauvage frappa rageusement contre la paroi gelée, à s'en faire saigner. Malgré cela, elle continua d'assener les coups, encore et encore, jusqu'à sentir une douleur lancinante dans son poing à vif.

Oro finit par poser sa main sur la sienne pour l'arrêter.

— Elle est partie. Et elle ne se réveillera pas de sitôt.

Isla garda la paume à plat sur la glace encore un long moment avant de la retirer et de faire face au haut-roi. Lui aussi avait des secrets. L'oracle l'avait confirmé. Voilà ce que valait sa promesse de tous les partager !

« Des mensonges et des menteurs… »

Parlait-elle d'Oro ? De quelqu'un d'autre ? Lequel des six souverains périrait ?

Isla avait beau être à la fois déçue et terrifiée, les informations de l'oracle se révélaient précieuses.

— Combien d'autres endroits sur l'île de la Lune correspondent à ce qu'on cherche ? demanda-t-elle d'une voix à peine plus forte qu'un murmure.

La prophétesse l'avait prévenue que son secret – comme tant d'autres – serait dévoilé. Il leur fallait à tout prix trouver le cœur de Lightlark au plus vite, avant qu'une telle chose ne se produise. Avant que l'archipel ne soit plus qu'un amas de roches et de ruines.

— Trois.

La Sauvage poussa un soupir, puis s'appuya contre la glace, son corps s'affaissant sous le coup du soulagement. La cape lui tenait chaud. Elle enveloppa délicatement son poing en sang dans le tissu.

— Trois, répéta-t-elle. Est-ce qu'on peut y aller ce soir ?

Oro jeta un coup d'œil au ciel avant de répondre d'une voix douce :

— Non. On… Je n'ai pas le temps. Il y en a un plus facile d'accès que les autres. Pour notre bien à tous les deux, espérons que le cœur de Lightlark s'y cache !

Isla approuva, les dents serrées, frustrée. Elle aurait voulu trouver le cœur de l'archipel au cours de la nuit, dès que possible, afin de pouvoir briser les malédictions, libérer son peuple et obtenir le pouvoir promis avant que les paroles de l'oracle ne se réalisent. Avant que son secret ne soit révélé, faisant d'elle une cible parfaite pour l'accomplissement de la prophétie.

— Demain ? suggéra-t-elle, la cape serrée autour d'elle.

— Oui, demain, confirma Oro.

CHAPITRE 37
Désolation

Un peu plus tard ce soir-là, Isla était dans sa chambre, sa baguette astrale à la main. Avant même le début du Centennal, elle s'était promis de ne pas l'utiliser pour voir son royaume. En son for intérieur, elle craignait que les terres nouvelles des Sauvages ne lui manquent trop, ne la poussant à prendre une décision irréfléchie et à quitter la compétition en se transportant chez elle.

Depuis, tant de choses avaient changé. Elle n'était plus la même qu'à son arrivée dans l'archipel deux mois plus tôt.

Auparavant, elle n'avait jamais parlé à un homme sans chaperon plus de quelques minutes. À présent, son corps s'était éveillé aux premiers frissons du désir.

Auparavant, elle pensait trembler devant les autres souverains. À présent, elle les avait battus lors d'épreuves, leur avait tenu tête. Elle avait même sauvé la vie du haut-roi.

Auparavant, elle croyait que c'était mal de souhaiter autre chose que de briser sa malédiction et celle de son peuple. À présent, ses rêves n'avaient plus de limites.

Elle traça sa flaque d'étoiles, espérant presque redevenir elle-même à la vue de son territoire et des siens.

Les contours du portail frémirent, s'agitèrent – tache d'encre parsemée de diamants. Les étoiles prirent différentes couleurs, dont les nuances pétillaient, puis se densifièrent rapidement sous ses yeux avant de se disperser comme des grains de poussière. Bientôt, le royaume sauvage apparut devant elle.

Elle blêmit. Elle n'entendait plus que les battements irréguliers de son cœur dans sa poitrine.

Tout avait disparu. Les forêts avaient été rasées. Le château était presque détruit, les lieux, abandonnés.

Ce ne pouvait être qu'une ruse, une illusion.

De sa main tremblante, elle agita sa baguette astrale pour voir une autre partie de ses terres. Les couleurs se mélangèrent jusqu'à ce qu'elle aperçoive une femme, étendue sur ce qui restait du sol forestier. Sa peau hâlée avait durci pour se transformer en écorce. Des mèches de ses cheveux étaient devenues des tiges, l'une de ses mains, des racines déjà plantées dans le sol.

C'était Terra.

Isla cessa de respirer. Sa gardienne avait commencé à être emportée par la nature, comme l'Ancienne de la forêt. Il s'agissait des premières étapes de la mort pour un Sauvage. La jeune reine en avait l'estomac noué, la bouche sèche, la vue troublée…

Prête à sauter dans la flaque d'étoiles pour rejoindre la mourante, elle se contraignit pourtant à ne pas bouger. Elle ne pouvait rien y faire, elle était impuissante. Inverser le processus, déjà entamé, de la mort d'un Sauvage nécessitait des capacités infinies, ainsi qu'un sortilège.

Or son royaume n'avait rien de tout ça à offrir.

Terra… Sa maîtresse d'armes, l'une des femmes les plus chères à son cœur. Celle qui lui avait appris presque tout ce qu'elle savait.

À genoux à ses côtés, Poppy appliquait un élixir qui retarderait la transition. Mais il ne la sauverait pas. Ni elle ni leur royaume.

— J'ai beau plonger la main dans le sol pour communiquer avec les arbres, dit Terra d'une voix plus frêle qu'Isla ne l'aurait cru possible, je ne ressens plus rien : la terre est morte.

Poppy saisit les doigts de son amie – ceux qui n'étaient pas encore transformés en racines.

— Il reste du temps. Notre petit oiseau continue de se battre pour nous.

— Combien d'autres sont dans cet état ? demanda la mourante, les yeux fermés.

— Pratiquement tous, répondit Poppy.

La jeune reine avait pensé que son peuple demeurerait tel qu'elle l'avait laissé. Certes, ils s'étaient affaiblis sous son règne, mais de manière progressive. Comment en étaient-ils arrivés là ?

La terre était restée trop longtemps sans magie. Le sol exigeait son dû, emportant de puissants Sauvages, les uns après les autres.

Briser la malédiction ne les sauverait pas. Leur royaume était perdu. Même les pouvoirs qu'elle aurait dû posséder à la naissance ne suffiraient pas, car ils s'affaiblissaient à chaque génération.

Pour tous les sauver, il lui en faudrait davantage – bien plus que ce qu'un seul souverain avait à offrir.

Les joues baignées de larmes, Isla se souvint de la récompense promise au vainqueur du Centennal. Celui ou celle qui romprait les malédictions recevrait un pouvoir infini – plus grand que tout ce que les royaumes avaient jamais connu. Le genre de pouvoir capable de sauver les Sauvages, de sauver Terra. Depuis le début de la compétition, Isla faisait tout pour ne pas perdre.

Désormais, elle savait qu'il lui fallait gagner.

La Sauvage se sentait nauséeuse. Elle avait pleuré si longtemps qu'elle n'avait plus de larmes à verser.

— Qu'est-ce qui s'est passé ? (La voix d'Oro était d'une douceur surprenante quand elle le trouva en train d'arpenter une pièce du palais de l'île principale.) Je t'ai vue il y a à peine quelques heures, marmonna-t-il, à la fois perplexe et irrité.

Elle devait avoir les yeux encore tout gonflés.

— Est-ce que ta proposition tient toujours ? s'enquit-elle sans répondre à sa question.

Il sembla comprendre qu'elle parlait de l'offre qu'il lui avait faite dans la grotte. À son grand soulagement, il hocha la tête. Une larme solitaire coula sur la joue de la Sauvage.

— Je peux te faire confiance ?

— Oui, lui assura-t-il. Je ne t'ai jamais menti, Isla. Pas une seule fois.

La jeune reine espérait de tout cœur qu'il disait la vérité. Son estomac était déjà retourné. Si Céleste apprenait qu'elle avait partagé, de son plein gré, son plus grand secret avec Oro, elle serait furieuse. Mais la Stellaire comprendrait, malgré tout. Isla n'avait plus le choix.

Le haut-roi se tenait juste devant elle. Il posa une main sur le front de la Sauvage et fronça les sourcils. Pensait-il qu'elle était malade ? Il balaya ensuite son corps d'un regard rapide et clinique, en quête de plaies. La croyait-il blessée ?

Si seulement… La souffrance physique aurait été moins pénible.

Isla n'arrivait pas à croire qu'elle allait lui dévoiler son secret. Elle ferma les yeux, incapable de le faire en le regardant. Tout son corps, os, veines, muscles, peau, hurlait pour l'en empêcher.

« Ton secret est ta plus grande faiblesse. Tu ne dois jamais le révéler. »

Cette règle était comme sa couverture préférée. C'était la première qu'elle avait apprise. Toutes les autres leçons en découlaient.

Elle devait savoir se battre car elle n'avait aucun pouvoir. Elle devait rester cachée dans sa chambre car elle n'avait aucun pouvoir. Elle ne pouvait voir personne en tête à tête car elle n'avait aucun pouvoir. Elle les décevait tous car elle n'avait aucun pouvoir. Elle devait suivre les règles car elle n'avait aucun pouvoir. Terra et Poppy devaient régner à sa place car elle n'avait aucun pouvoir. Elle devait survivre au Centennal, mentir, tricher, voler et tuer, car elle n'avait aucun pouvoir.

Non !

Isla se contraignit à rouvrir les paupières pour regarder le haut-roi droit dans les yeux au moment de prononcer les mots à l'origine de tout, ces mots autour desquels elle avait bâti sa vie entière.

— Je suis née sans pouvoir.

Voilà, les mots étaient sortis. Les oiseaux, libérés. Leur cage, ouverte. Rien ni personne ne pourrait les faire revenir.

Oro n'en croyait pas ses oreilles. Elle le vit dans ses yeux : il s'attendait à tout sauf à cette déclaration. Les yeux écarquillés, il la dévisageait. Un million de pensées devaient lui traverser l'esprit, dont aucune n'était positive.

Isla n'eut pas la force d'attendre sa réaction. Elle était assez forte pour faire cet aveu, mais pas assez pour s'attarder. Elle s'apprêtait à s'en aller quand le haut-roi l'arrêta d'un geste doux. Il n'affichait pas son air habituel, plutôt une expression légèrement horrifiée.

— Tu es en train de me dire que tu n'as jamais utilisé de pouvoirs ?

Allait-elle devoir le répéter ?

— Oui, répondit-elle d'une voix tremblotante, la gorge serrée. On ne peut pas se servir de ce qu'on n'a pas.

Pour une fois, Oro en resta bouche bée. Elle se serait réjouie de le voir ainsi troublé, si elle ne vivait pas la pire journée de son existence.

L'oracle avait eu raison : son secret était désormais révélé. Simplement, pas comme elle l'avait imaginé.

Isla se retourna de nouveau pour partir. Cette fois, le haut-roi ne l'en empêcha pas.

CHAPITRE 38
Le lendemain

Le lendemain matin, Isla entra dans la salle du trône la tête haute. Elle avait révélé son secret à Oro et survécu.

Le haut-roi affirmait être un homme de parole. Le pouvoir promis par la prophétie reviendrait donc à la Sauvage. Ils n'avaient plus qu'à trouver le cœur de Lightlark. Or ils savaient à présent que celui-ci se cachait sur l'île de la Lune. Il ne leur restait plus que trois emplacements possibles à explorer. Ils en fouilleraient un le soir même.

Ils étaient si près du but. L'espoir était la seule chose qui l'empêchait de s'effondrer.

J'arrive ! pensa-t-elle en songeant à Terra. *Je vais te sauver, comme tu m'as entraînée à le faire.*

Tuer était désormais permis. Isla aurait dû être terrifiée à l'idée d'une réunion avec les autres souverains, mais elle ne l'était pas, car elle avait Céleste, Grim et Oro comme alliés.

C'était ce dernier qui les avait tous convoqués. La Sauvage se tenait à ses côtés, en sécurité. Le Nocturne apparut ensuite. Elle ne l'avait pas vu depuis le bal mais, chaque soir, elle caressait son collier en se demandant quand elle trouverait le courage d'utiliser le diamant pour le faire venir dans sa chambre.

Cléo arriva d'un pas nonchalant, vêtue d'une cape boutonnée sur le devant et fendue en bas pour laisser passer ses jambes parées d'un pantalon. Elle regarda Isla sans manifester le moindre intérêt, mais la Sauvage ne commit pas l'erreur de croire que la Sélénite ne désirait pas pour autant la tuer. Cléo savait sans doute qu'elle était intouchable avec Oro pour partenaire.

Tant mieux !

Céleste les rejoignit, suivie d'Azul. Ils se tenaient tous loin les uns des autres, aux aguets, prêts à attaquer. Prêts à faire usage de leurs pouvoirs, s'il le fallait.

Le haut-roi prit la parole, d'une voix qui emplit la pièce.

— Voilà soixante jours que le Centennal a commencé. L'un de vous aimerait-il partager ses progrès ?

Personne ne répondit. La Sauvage se demanda ce qu'elle pouvait révéler aux autres. Elle n'avait pas discuté de cette réunion avec le haut-roi au préalable.

À sa grande surprise, Oro déclara :

— Avec Isla, nous avons ratissé l'archipel en quête d'une relique qui, selon nous, aurait été utilisée il y a cinq cents ans, ce qui constituerait le crime originel. Nous pensons que son pouvoir est à l'origine des malédictions.

La vérité, dans sa quasi-totalité ! La jeune reine n'en revenait pas.

— Quel genre de relique aurait bien pu jeter des sorts aussi puissants ? s'enquit Azul, perplexe.

— Une relique imprégnée de pouvoir nocturne, répondit simplement Oro.

De nouveau, la vérité. Isla le fixa, stupéfaite. Ne lui avait-il pas affirmé ne pas se fier aux autres souverains ? Pourquoi n'en avaient-ils pas parlé auparavant ?

Le roi des Azuréens se tourna vers Grim.

— Est-ce possible ?

— Si elle a été créée il y a assez longtemps pour qu'un souverain nocturne puisse se permettre de sacrifier une partie de son pouvoir, oui, répondit l'intéressé.

L'incrédulité se lisait sur le visage d'Azul.

— Dans ce cas, pourquoi ne pas tous la chercher ? Surtout Grim. Son pouvoir l'attirerait peut-être.

Isla fusilla Oro du regard. Pourquoi en avait-il révélé autant ?

— Non, répliqua le haut-roi d'un ton sans appel. On ne peut pas prendre le risque de concentrer tous nos efforts sur une seule piste, au cas où elle se révélerait erronée. Le temps presse.

Il retroussa sa manche pour leur montrer jusqu'où s'était étendue la tache gris-bleu. Son corps était comme une carte représentant l'effondrement de l'archipel. Isla se redressa. Au moins avait-il eu le bon sens de cacher leur plan aux autres.

— En revanche, poursuivit-il, je crois que le moment est venu de changer les équipes.

La Sauvage blêmit. Oro, lui, se tourna vers la reine des Sélénites.

— Cléo, serais-tu d'accord pour t'associer avec moi afin de mener nos recherches sur l'île de la Lune ?

Isla ne respirait plus. Le sang battait à ses oreilles. Elle avait forcément mal entendu… mal compris. Le règlement l'autorisait-il seulement à modifier les alliances ?

Elle savait qu'elle aurait dû dissimuler l'indignation dans ses yeux qui fusillaient Oro, ou la stupeur sur son visage. Mais le haut-roi ne lui adressa pas même un regard.

— Vous êtes sûr de votre choix, Votre Majesté ? demanda Cléo avec un sourire de félin. La Sauvageonne et vous sembliez vous entendre à merveille.

Oro regroupa ensuite Azul et Céleste, puis Isla et Grim. C'était tout juste si la jeune reine entendait sa voix, avec le sang qui tambourinait à ses tempes. Elle peinait à se retenir de sauter sur la table pour trancher la gorge du Solarien avec sa propre couronne.

C'était comme un coup en pleine poitrine. Le haut-roi s'était servi d'elle, jusqu'à ce qu'elle ne lui soit plus d'aucune utilité. Céleste l'avait prédit.

À présent qu'ils savaient que le cœur de Lightlark se trouvait sur l'île de la Lune, il avait changé les binômes pour mener son plan à exécution et choisi Cléo.

Depuis qu'elle le connaissait, Oro avait toujours pris ses décisions pour le bien de son peuple. *« Je suis prêt à tout pour briser ces malédictions »*, avait-il affirmé. Y compris à la trahir.

— Vous en êtes vraiment certain, Votre Majesté ? insista Cléo en fixant la Sauvage, les lèvres pincées. Je dois admettre que je me méfie… Ce n'est pas une stratégie élaborée avec la Sauvageonne, n'est-ce pas ?

Un brin d'espoir grandit dans le cœur d'Isla. Ils travaillaient ensemble depuis des semaines. Elle lui avait sauvé la vie et lui, la sienne. Peut-être n'était-ce pas une trahison, mais bien une tactique…

Oro arborait un sourire satisfait.

— Je vais vous faire une confidence qui éclairera peut-être ma décision. (Il avait parlé d'une voix forte pour être entendu de tous, puis il regarda son ancienne partenaire dans les yeux.) Isla Calys n'a aucun pouvoir.

Le monde s'arrêta, avant de voler en éclats.

Quelle idiote ! Triple idiote, même ! D'avoir cru que le haut-roi lui céderait la récompense annoncée par la prophétie, que ses promesses étaient sincères, et qu'il garderait son secret.

Les paroles de l'oracle retentirent dans sa tête, funestes : *« Il y a des mensonges et des menteurs autour de toi, Isla Calys. »* La prophétesse parlait d'Oro. Elle avait tenté de la prévenir.

La jeune reine se sentait plus que trahie. Les entrailles en feu, elle aurait pu y forger une lame avec laquelle elle aurait poignardé le haut-roi en plein cœur.

Cléo se tourna vers elle, prenant apparemment conscience que sa rivale sauvage était sans défense, seule, impuissante. La Sélénite s'avança d'un pas…

Sans laisser à l'un des souverains l'occasion de porter la moindre attaque, Grim saisit la main d'Isla et ils disparurent tous les deux.

CHAPITRE 39
Serments

Ils savaient. Ils savaient tous.

Le secret qu'elle gardait depuis toujours, la raison pour laquelle elle était restée enfermée dans sa cage de verre, la révélation qui ferait d'elle la cible numéro un de ce Centennal.

Oro le leur avait dit, tout simplement.

Non, ça ne pouvait pas être vrai. Il lui avait assuré ne jamais lui avoir menti, qu'elle pouvait lui faire confiance. Il était devenu plus gentil, plus attentionné…

Sombre idiote ! Encore maintenant, elle le défendait. Même après qu'il eut détruit ses chances de briser sa malédiction et de sauver son royaume.

Le haut-roi l'avait condamnée à mort. Il s'était servi d'elle. C'était la réalité.

Un instant, elle se trouvait dans la salle du trône, face à Céleste, horrifiée, et à Cléo, qui faisait un pas vers elle. Le suivant, elle était de l'autre côté de l'île principale, sur une plage au pied d'une falaise. Grim lui serrait toujours la main.

Grim…

Son salut, c'était à lui qu'elle le devait. Mais comment avait-il fait pour…

Devant son air perplexe, il dit sobrement :

— Mon don.

Son don !

C'était donc ça. Un pouvoir dangereux. Elle qui pensait que le Nocturne pouvait simplement devenir invisible n'aurait jamais imaginé qu'il soit capable de traverser l'île en un claquement de doigts. Puis elle se souvint de sa déclaration sur la plage : *« Je pourrais t'emmener avec moi dans les terres nocturnes. »*

Les autres souverains le savaient-ils ? Ou pensaient-ils juste qu'il l'avait rendue invisible ?

Ce qui était évident, c'était qu'il avait pris le risque de dévoiler son don, pour elle.

— Merci ! dit-elle, des larmes au coin des yeux. Je…

Grim l'observait avec attention, le regard soucieux. Bien sûr ! Il connaissait son secret à présent. Avait-elle baissé dans son estime ? Regrettait-il d'avoir révélé son don pour la sauver ?

Isla recula d'un pas. Elle se sentait honteuse, faible, ridicule.

— Je le savais, confia-t-il d'une voix douce.

Une seconde, puis deux.

— Quoi donc ?

Grim se rapprocha, jusqu'à se tenir juste devant elle. Il appuya deux doigts sur sa poitrine et exerça une légère pression. Elle frissonna.

— Je savais que tu n'étais pas touchée par la malédiction des Sauvages. Et que tu n'avais jamais eu aucun pouvoir.

Le monde entier d'Isla se brouilla, tangua. Il savait !

— Pardon ?

Elle imaginait ses émotions sous la forme d'un raz-de-marée, où s'affrontaient la peur, la honte, la surprise et l'angoisse.

— Les Nocturnes… Nos facultés incluent les malédictions. Je sens celles des autres royaumes. Dès que je t'ai vue, j'ai su que tu n'en étais pas frappée.

Elle se rappela comment, lors du premier dîner, il lui avait évité de manger le reste du cœur en ordonnant que celui-ci lui soit porté dans ses appartements. Il savait déjà, à l'époque. Il savait depuis le début.

— Je ne suis pas un danger pour toi, Isla, poursuivit-il d'un ton ferme, le regard franc. Je ne te ferais jamais de mal, pas plus que je ne divulguerais ton secret.

— Pourquoi ? demanda-t-elle, le souffle court.

Pourquoi ne pas l'avoir dit aux autres ? Pourquoi ne pas l'avoir dénoncée dès l'instant où il avait senti qu'elle n'était pas assujettie aux malédictions ?

Grim lui adressa un grand sourire. C'était troublant, cette manière qu'il avait, même à ce moment-là, de la bouleverser au plus profond de son être.

— Car nous sommes des monstres, Mangecœur, répondit-il. Ou, du moins, c'est ce qu'ils pensent. (Son sourire s'agrandit.) Or, entre monstres, on se serre les coudes.

« Je suis un monstre. »

Les pièces du puzzle commençaient à s'assembler : la fascination immédiate du Nocturne à son égard, le fait qu'il lui coure après sans se soucier de sa malédiction.

La part d'elle qui l'avait poussée à le craindre s'apaisa. D'un côté, Isla se sentait mise à nu et brisée face au souverain nocturne. Faillible. Impuissante. De l'autre, elle était soulagée. Il connaissait son secret et n'en avait parlé à personne.

Elle l'avait soupçonné de se servir d'elle pendant le Centennal. Mais non, chaque interaction avec lui avait été sincère.

Ses lèvres frémirent malgré elle. Grim s'avança d'un pas, percevant tout ce qu'elle éprouvait. Sa tristesse, sa haine de soi persistante. Il la dévisagea, puis lui caressa la joue. Une larme avait coulé, sans qu'elle s'en rende compte.

— Grim… commença-t-elle d'une voix mal assurée. Qu'est-ce qui cloche chez moi ?

Une reine née sans pouvoir était comme une huître sans perle.

Les yeux du Nocturne brillèrent de colère.

— Rien, absolument rien ne cloche chez toi, mon cœur !

Il la prit dans ses bras, où elle resta blottie, tremblante.

— Ils vont me tuer, dit-elle tout bas avant de lever la tête vers lui.

Elle fut surprise de le voir sourire. Puis il posa délicatement une main sur la joue de la Sauvage.

— Si l'un d'entre eux esquisse un seul geste contre toi, je le détruirai, et son royaume avec lui. (Il fit glisser ses doigts sur le visage d'Isla, puis sur sa gorge, pour tirer doucement sur le pendentif au bout de sa chaîne.) Touche le diamant et j'apparaîtrai.

Isla le crut. Elle ne croyait plus que lui.

CHAPITRE 40
Ensemble

La trahison d'Oro était comme un pic à glace planté dans la poitrine d'Isla, une douleur à la fois vive et lancinante. Elle lui avait fait confiance ! Ils avaient surmonté, ensemble, quantité de défis et d'obstacles. Tout ça ne signifiait-il rien pour lui ? Les semaines qu'elle avait passées à aider le haut-roi étaient perdues.

La seule chose qui apaisait sa douleur, c'était Grim. Il hantait ses jours comme ses nuits.

Il ne lui restait plus beaucoup de temps, elle le savait, et pas seulement car l'île s'effondrait autour d'eux. Cléo et Oro devaient être tout près de trouver le cœur de Lightlark… si ce n'était pas déjà fait. Le moment venu, quand ils l'utiliseraient, il n'y aurait plus qu'une partie de la prophétie à accomplir : tuer un souverain et son peuple.

Bientôt, Isla serait morte. Elle n'obtiendrait jamais ses pouvoirs. Terra allait disparaître.

Et elle ne pouvait rien y faire.

Une semaine durant, Isla ne songea qu'à sa survie.

Avec l'aide de Grim, elle s'était installée dans l'antre aux miroirs, sur l'île de ses ancêtres. À en croire Juniper, seul le pouvoir sauvage pouvait y être exercé. C'était l'unique lieu où elle serait à égalité avec Cléo, ou même Oro, si jamais ils l'attaquaient. Ses lames n'étaient pas inutiles là-bas.

Elle s'était approprié l'une des pièces abandonnées à l'étage. Chaque matin, elle se demandait si c'était son dernier jour. Elle verrouillait sa porte et la bloquait avec un meuble, consciente que cette manœuvre ne servirait qu'à la prévenir d'une éventuelle intrusion. Elle tentait de rester éveillée la nuit, sursautant à chaque craquement. Quand son corps finissait par abandonner la lutte et la contraignait à s'endormir, sa main n'était jamais très loin de sa dague.

Malgré le grave danger qu'elle courait dans la forêt potentiellement mortelle, Ella s'aventurait sur l'île de la Nature pour lui apporter ce dont elle avait besoin : provisions et eau. Lors de l'une de ses dernières visites, Isla lui avait remis presque toutes les gemmes qu'elle avait apportées à Lightlark, un sac rempli de diamants et autres pierres précieuses.

« *Engage un guérisseur* », lui avait-elle dit, non sans se demander si la Stellaire reviendrait après avoir obtenu ce qu'elle voulait. Mais Ella revint, chaque jour.

Céleste aussi. Après la trahison d'Oro, elle avait traité la Sauvage d'idiote pour avoir fait confiance au roi. Puis elle l'avait prise dans ses bras et elles avaient pleuré ensemble.

Serait-ce le moment où la jeune reine allait l'abandonner ? Son amie avait sa propre vie et son propre royaume à protéger. C'était de la folie de poursuivre son alliance avec Isla. Mais la souveraine des Stellaires restait convaincue que le brise-liens demeurait une option.

« *Je suis toujours à sa recherche*, avait-elle confié. *Je fais des progrès.* »

Isla passait la plupart de ses journées à tracer ses flaques d'étoiles à l'aide de sa baguette astrale pour regarder à l'intérieur, jusqu'à ce que la vue de Terra la rende malade de culpabilité. Tout le côté droit du corps de sa gardienne faisait à présent partie du sol. La malheureuse pouvait à peine parler.

Un matin, elle s'était demandé si ce n'était pas égoïste de sa part de rester cachée. Si Cléo et Oro trouvaient le cœur de Lightlark et s'en servaient pour accomplir la majeure partie de la prophétie, ne serait-il pas logique que ce soient les Sauvages qui meurent ?

Ses terres nouvelles et son peuple avaient presque disparu. Elle-même était impuissante. Son royaume et elle n'avaient rien à offrir qui puisse profiter à l'avenir de l'archipel.

Oui, peut-être était-ce la solution la plus sensée...

Isla en avait parlé à Céleste, qui avait semblé prête à la gifler.

« *On a besoin de vous*, avait répliqué son amie. *Pour reconstruire, se développer. Ton royaume et toi, vous êtes plus importants que tu ne le penses.* »

Ce soir-là, elle avait erré dans l'antre aux miroirs, pour finir par s'arrêter devant les gravures et la crypte, qu'elle avait tenté d'ouvrir, sans succès.

La Stellaire avait raison : les Sauvages étaient jadis un grand peuple, ils faisaient partie intégrante de l'île.

Quel dommage qu'ils aient une reine aussi faible ! pensa-t-elle en observant les animaux qui vivaient autrefois en liberté en ces lieux, la splendide flore que les Sauvages faisaient pousser, les armes qu'ils maniaient avant de devenir obsédés par les cœurs et le sang. *Quelle fin tragique !*

CHAPITRE 41
Missives

Le lendemain matin, Isla trouva Céleste à sa porte.

— Bon, assez boudé ! déclara son amie.

Elle, bouder ?

Elle faisait de son mieux pour survivre !

— Tu n'es vraiment qu'une idiote, tu le sais, ça ? s'enquit la Stellaire.

L'intéressée acquiesça d'un faible hochement de tête.

— Bien. Mais tu sais ce que tu n'es pas, Isla Calys ? Une ratée. Et moi non plus. Tu as été trahie, et alors ? Ce n'est pas une surprise. On savait qu'on ne pouvait faire confiance à personne. Ou bien l'aurais-tu oublié ?

Isla serra les dents à s'en faire mal.

— On ne s'est pas préparées pendant des années pour se laisser arrêter par le premier obstacle rencontré, poursuivit Céleste. Tout espoir n'est pas perdu. Pas encore. (Elle surprit sa camarade en souriant.) J'ai parlé de la bibliothèque secrète aux Stellaires qui travaillent au château, et notamment à ta chère Ella.

La reine sauvage résista à l'envie de hurler. Le briseliens était une cause perdue, elle le savait. L'obstination de son amie à le chercher devenait exaspérante. Elle avait besoin d'une vraie solution, pas d'une légende.

Malgré tout, Céleste aurait pu l'abandonner dès que les autres rois et reines avaient appris son secret. Or, elle était demeurée à ses côtés.

La Sauvage se résigna donc à demander, du ton le plus doux possible :

— Est-ce que l'un d'eux connaît son emplacement ?

— Pas encore… mais ils cherchent. Chacun fouille une section du château et interroge tous ceux…

Isla jeta un regard plein de sous-entendus à Céleste, qui leva les bras au ciel, exaspérée.

— Et toi, quel est ton plan ? Rester cachée ici jusqu'à ce que l'île s'écroule autour de nous ? Attendre que Cléo et le haut-roi trouvent le cœur de Lightlark, s'il existe, et te tuent ? Patienter jusqu'à l'extinction complète du royaume sauvage ?

Isla se hérissa. Pourtant, Céleste n'avait pas tort : c'était exactement ce qu'elle faisait. Elle lui avait raconté ce qu'elle avait vu dans sa flaque d'étoiles. Elle le lui avait même montré.

« *Je vais t'aider* », avait promis la Stellaire.

Mais elle savait que seul le pouvoir décrit dans la prophétie sauverait les Sauvages – leur état était bien trop grave, désormais.

Ses problèmes lui semblaient insurmontables. Comment était-elle censée dénicher le cœur de l'archipel alors que tout le monde souhaitait la tuer et pouvait y parvenir sans peine ? Dès qu'elle mettrait un pied hors de l'antre aux miroirs, elle deviendrait une cible. Comment gagner le Centennal, dans ces conditions ?

La jeune reine regarda ses mains. Elle avait une boule dans la gorge et ses yeux piquaient.

— Je n'ai pas envie d'abandonner, avoua-t-elle d'une voix tremblante qui la surprit elle-même.

Chaque fois qu'elle fermait les paupières, elle voyait sa gardienne, qui souffrait et se fondait peu à peu dans la forêt. Terra et Poppy comptaient sur elle… mais Isla était allée à l'encontre de tous leurs plans et de leur préparation, de manière délibérée. Elle avait vraiment cru pouvoir remplir son devoir et réaliser son vœu le plus cher comme elle l'entendait. Oui, elle était vraiment idiote !

— Mais comment faire autrement ? On n'a ni plan ni alliés.

Céleste lui prit les mains. Ses yeux brillaient d'une lueur vive, telles deux étoiles scintillantes.

— On a exactement la même chose qu'au début du Centennal : notre confiance mutuelle. On est ensemble.

Si seulement c'était suffisant… Si elle avait eu des pouvoirs, Isla aurait pu affronter directement Cléo et Oro, peut-être même leur dérober le cœur de Lightlark, plutôt que d'attendre son heure.

La reine des Stellaires arpentait la pièce d'un pas rapide, comme revigorée par ses propres paroles.

— Le Centennal n'est pas terminé. On est sur l'île depuis plus de deux mois. On a forcément réalisé des progrès, fait quelques rencontres. Quelqu'un ici doit pouvoir nous aider.

Rencontres. Le mot employé par Céleste lui donna une idée. Elle avait le souffle court, l'esprit en ébullition. Un homme s'était avéré utile, à maintes reprises. Un insulaire qui faisait trafic de secrets.

Or, si Isla avait appris une chose au cours du Centennal, c'était que les secrets étaient précieux.

— Du parchemin, demanda-t-elle.

— Je reviens tout de suite, répondit son amie, un sourire aux lèvres.

Une heure plus tard, Céleste revint avec un parchemin, de l'encre et Ella. La domestique était à présent dans le secret de leur amitié, mais la Sauvage ne s'en inquiétait pas, car Ella avait été loyale et appartenait au peuple de Céleste. Garder leurs secrets était dans son intérêt et dans celui de son royaume.

Isla rédigea hâtivement la lettre, puis la montra à son amie avant de la plier en deux et de la confier à la jeune domestique pour qu'elle la remette à son destinataire.

Enfin ! Elle avait agi… Elle n'avait pas dit son dernier mot. Du moins, pas encore.

Après le départ d'Ella avec la missive, Isla entrevit une lueur d'espoir. Elle était peut-être jeune, impuissante et idiote, mais si Oro et Cléo avaient trouvé le cœur de Lightlark, ils s'en seraient déjà servis. L'un des souverains serait mort et les malédictions seraient brisées. Quelque chose devait avoir mal tourné.

Céleste avait raison : la compétition n'était pas encore terminée.

La lettre était destinée à Juniper, dont la taverne était fermée depuis le bal. Si quelqu'un connaissait l'emplacement d'une soi-disant bibliothèque secrète ou quoi que ce soit susceptible de l'aider, ce serait lui. Le message disait : « Les détails de mon plus grand secret en échange du vôtre ? »

Isla n'arrivait pas à dormir. Grim non plus, apparemment. Il se tenait là, lui tournant le dos et regardant par la fenêtre – un seuil infranchissable. Après avoir pris une profonde inspiration, il souffla en rejetant la tête en arrière, comme si la simple vue de l'obscurité à l'extérieur le revigorait.

La jeune reine esquissa un pas vers lui. Il fit volte-face, l'air à la fois surpris et soulagé.

— Mon cœur ! s'écria-t-il, troquant de nouveau le surnom habituel d'Isla pour un autre.

N'était-elle plus « Mangecœur » parce qu'il n'avait plus à faire semblant d'ignorer son secret ? Le Nocturne s'avança vers elle à grands pas, sans jamais détourner le regard. Sans lui laisser le temps de prononcer un seul mot, il la serra dans ses bras.

Un son rauque comme elle n'en avait jamais produit auparavant s'échappa de sa gorge. Il la caressa de manière possessive, comme s'il connaissait le moindre centimètre de son corps et en désirait davantage. La désirait tout entière. Peu après, son armure tombait par terre, à côté de la robe de la Sauvage, et…

Isla se redressa en sursaut, clignant des yeux pour chasser les restes de ce songe, comme les lambeaux de tissu que Grim avait…

Elle secoua la tête pour se ressaisir.

Ce n'était qu'un rêve. Rien qu'un autre… rêve.

Le lendemain, c'est à peine si elle parvint à croiser le regard du Nocturne quand il lui rendit visite. Il venait dès que possible, entrant dans l'antre aux miroirs comme les autres, car il ne pouvait pas utiliser son don. Juniper n'avait pas encore répondu, mais la jeune reine gardait espoir. Le tavernier serait incapable de résister à son secret, pas s'il avait entendu parler de son absence de pouvoir.

Grim lui avait apporté du chocolat du marché. Elle pensait que toutes les boutiques de l'agora avaient fermé après le bal, quand l'île avait commencé à s'effondrer pour de bon. Mais il savait se montrer convaincant lorsqu'il voulait quelque chose.

Dans son rêve, Isla avait presque senti les mains du Nocturne. C'était si réel, cette façon qu'il avait de…

— Mangecœur ?

Elle revint au moment présent.

Grim avait un sourire si diabolique qu'elle pouffa, avant de le fusiller du regard.

— Attends, c'est… c'est toi qui m'as envoyé ce rêve ? demanda-t-elle d'une voix tendue.

Les Nocturnes possédaient ce pouvoir. Elle avait vu de ses propres yeux leur souverain créer des illusions lors des démonstrations.

— C'est toi qui m'envoies tous ces rêves ?

Isla pensait à lui plus souvent qu'elle n'aurait dû. Le nombre de fois où elle avait rêvé de lui était ridicule. Il occupait son esprit presque chaque nuit. Elle aurait dû s'en douter. Tous ces songes les derniers temps…

— Quel rêve ? se contenta de répliquer Grim avec un regard sournois.

Elle se leva de son lit de fortune pour se diriger vers lui d'un pas furieux, les poings serrés le long du corps. Le fait qu'il plante ces songes dans son esprit lui paraissait intrusif – peu importait qu'elle les apprécie.

— Tu sais très bien de quoi je parle !

Le Nocturne avait l'audace de continuer à feindre la perplexité. Toutefois, les coins de sa bouche frémissaient. Il luttait pour ne pas sourire.

— Je n'en suis pas certain. Mais… d'après ce que tu me dis… et ce que je perçois en toi… j'aimerais beaucoup en savoir plus.

Elle se retint de lui écraser le pied avant de le congédier pour la journée.

Le lendemain matin, Isla sortit de l'antre aux miroirs d'un pas hésitant. Elle pensait trouver la légion de la Sélénite, ou Cléo et Oro en personne, prêts à la tuer, mais non, il n'y avait personne. Personne ne l'attendait.

Elle n'avait pas envie de quitter son refuge. C'était trop tôt et, selon elle, imprudent. Mais Juniper lui avait envoyé une réponse, qui promettait une révélation intéressante : « Je sais qui a jeté les malédictions. »

Ce n'était pas le genre d'information qu'elle espérait, mais ce renseignement lui semblait crucial. Depuis le début, elle cherchait à découvrir comment briser ces malédictions et non l'identité de celui ou celle qui les avait lancées. Pourtant, même si elle ne voyait pas comment ça l'aiderait à remporter le Centennal, c'était un début. Et leur seule piste.

À son arrivée sur l'agora avec Céleste, le cœur d'Isla s'emballa. Elle s'attendait à une nouvelle agression, comme sur le port. À des assaillants jaillissant des ombres.

Mais l'endroit était abandonné. Aucun insulaire n'était resté. On n'entendait plus que le grincement des enseignes des boutiques, couvertes de poussière, qui oscillaient dans le vent.

Lorsqu'elles pénétrèrent dans la taverne, la Stellaire fronça le nez tandis que la Sauvage plissait les paupières. Malgré l'absence de clients depuis des semaines, l'odeur d'alcool s'était intensifiée au point de lui brûler les yeux. Et ce n'était pas tout : il y avait un autre parfum.

Isla se précipita vers le comptoir pour regarder par-dessus et ce qu'elle découvrit lui coupa le souffle. Un hurlement lui monta du fond de la gorge.

Un message inscrit en lettres de sang. Non, pas seulement un message. Une réponse. Elle se souvint de la phrase qu'elle avait écrite avec Céleste après l'attaque sur le port : « Il va falloir faire mieux que ça. »

Sur les placards en bois remplis de boissons pétillantes étaient tracés les mots : « C'est mieux ? »

À côté gisait Juniper.

CHAPITRE 42
Cléo

L'île avait été construite à partir de cœurs, d'os et de sang. La mort était son essence même, du duel qui avait tué Cronan Malvere aux vies perdues depuis. Durant les trois jours qui suivirent la découverte du corps de Juniper, Isla se terra dans l'antre aux miroirs, sachant qu'elle serait la prochaine.

Cléo ne l'avait pas encore assassinée, mais son influence était omniprésente. Elle avait intercepté le message que la Sauvage avait envoyé au tavernier ou en avait pris connaissance d'une manière ou d'une autre. Plus aucun moyen de communication n'était sûr. De plus, sa réponse tracée dans le sang était sans équivoque : la Sélénite ne l'avait pas encore attaquée, mais elle le ferait.

Parfois, tard le soir ou tôt le matin, Isla s'esquivait pour aller courir. Les derniers temps, c'était la seule activité lui permettant d'oublier les images de son royaume agonisant qui ne cessaient de la tourmenter. Elle allait chaque jour plus loin, s'aventurant plus profondément dans la sinistre forêt, jusqu'à la falaise, ou aux abords du palais de l'île principale.

Au moins éprouvait-elle quelque chose en courant, ce qui était bienvenu tant elle se sentait inutile à ne rien tenter pour gagner le Centennal.

Mais par où commencer ? Le haut-roi avait délibérément choisi de ne pas partager avec elle l'emplacement des derniers lieux où l'obscurité rencontrait la lumière sur l'île de la Lune. Elle ne pouvait pas partir à leur recherche toute seule. Et puis, même si elle avait su où les trouver, Oro et Cléo les avaient sans doute déjà fouillés. Ils devaient déjà avoir le cœur de Lightlark… ou toucher au but.

Les remords pesaient lourd sur ses épaules, l'accablant à chaque pas. Elle avait failli à son peuple, à ses gardiennes… et causé la perte de Juniper. La Sélénite l'avait tué à cause d'elle – à cause du secret qu'il s'apprêtait à lui révéler. Cet indice était donc important. Isla refusait que le tavernier soit mort en vain.

En courant dans les bois, une lueur d'espoir naquit dans sa poitrine. Si Oro et Cléo avaient déjà trouvé le cœur, la seconde n'aurait pas pris la peine de saboter le plan de la Sauvage. Quelque chose avait mal tourné… Peut-être lui restait-il une chance de tout arranger.

L'archipel était comme un gâteau qui s'effritait dans la mer, jour après jour. Au crépuscule, la vue était cependant belle. Le soleil, jaune d'œuf coulant, teintait le ciel d'or, d'orange et de rouge, comme s'il voulait à tout prix laisser son empreinte. Les nuages étaient du coton imbibé de rose.

Isla contemplait le coucher du soleil, les mains sur les genoux, tentant de reprendre son souffle. Après avoir couru plus d'une heure, elle avait le cuir chevelu trempé de sueur. La chaleur lui rappelait le royaume sauvage. Une bourrasque balaya ses cheveux en arrière avant de retomber, laissant ses cheveux collés à sa joue.

Elle portait les vêtements confectionnés par le tailleur durant sa première semaine dans l'archipel. Des habits conçus pour la course et le combat. Malgré sa finesse, le tissu la protégeait des éléments. Elle avait prévu de revêtir cette tenue pour trouver le cœur de Lightlark… avec Oro.

La jeune reine s'assit tandis que les dernières lueurs du soleil disparaissaient, comme à regret, à l'horizon. Elle agrippa l'herbe de ses mains et sentit le pouvoir qui coulait dans la terre, quoique plus faible qu'auparavant. Un pouvoir inaccessible.

— Maman, lança-t-elle à l'obscurité grandissante. Je ne t'en veux pas.

Il lui arrivait de lui parler. Isla n'avait jamais connu sa mère. Elle avait été tuée le jour de sa naissance, par le père d'Isla, avant qu'il ne retourne la lame contre lui. Ils étaient tous deux des victimes de la malédiction des Sauvages. Comme sa mère avait refusé de tuer son amant, le sortilège avait réclamé son sang. Et leur fille était née dépourvue de pouvoir.

— Moi aussi, j'en serais incapable, confia-t-elle tout bas.

Elle pensait parfois à ce choix impossible : tuer l'être aimé… ou mourir. Avant, la réponse lui semblait évidente. À présent, elle savait qu'elle ne pourrait jamais tuer celui qu'elle aimait. Peut-être cette incapacité la rendait-elle plus humaine. Plus faible.

Non, pas faible. Une reine faible n'aurait pas survécu aussi longtemps au Centennal.

— Je te comprends. Je ne te blâme pas. Et… (Sa voix trembla un court instant avant de se raffermir.) J'aurais aimé te connaître.

Lorsqu'elle rebroussa chemin dans les bois, la lune était semblable à un grand œil dans le ciel, qui la surveillait. Elle se faufila parmi les ombres pour observer le palais de l'île principale à l'abri de leurs ténèbres. Sa chambre là-bas lui manquait, tout comme son secret et la sécurité qu'il lui avait procurée.

Isla s'apprêtait à retourner dans la forêt quand elle aperçut Cléo. Sa première réaction fut de se figer, avant de dégainer sa dague. Mais la Sélénite ne l'avait pas remarquée. Elle était trop loin.

Tandis qu'elle regardait son ennemie se glisser dans la nuit, sa cape blanc pâle comme un os, sa peur s'estompa. Céleste avait raison : assez boudé !

Bientôt, elle serait de toute manière contrainte de sortir de sa cachette pour assister au Festival, cette fête qui durait vingt-quatre heures et qui avait lieu le soixante-quinzième jour du Centennal. Sa participation était obligatoire, sauf si elle souhaitait se retirer officiellement de la compétition. Or, c'était impossible, dans l'état où se trouvait son royaume.

Isla y croiserait forcément Cléo. Elle se demandait si c'était à ce moment-là que le haut-roi et la Sélénite avaient prévu de la tuer – s'ils comptaient faire de sa mort un spectacle pour les insulaires. À cette pensée, son cœur se mit à tambouriner dans sa poitrine.

Elle ne vivrait plus dans la peur. Si son destin était de mourir, elle l'affronterait la tête haute.

Le front en sueur, elle commença à suivre la reine des Sélénites sous le couvert de la nuit. Peut-être la mènerait-elle tout droit au cœur de Lightlark.

Cléo parcourait d'un pas rapide l'île principale, ses habits blancs luisant dans l'obscurité, illuminés par le clair de lune. Baignée de sa lumière, elle s'arrêta un instant pour redresser les épaules et contempler l'astre. On racontait que, depuis les malédictions, le royaume sélénite était devenu le plus puissant des six. Contrairement aux Solariens ou aux Nocturnes, ils avaient toujours accès à la source de leurs pouvoirs. Et, à la différence des Stellaires, une grande partie de leur peuple était composée d'Anciens. Ils étaient les moins affectés par les malédictions. Certes, des milliers de Sélénites étaient morts, emportés par la mer, mais les survivants n'étaient pas affaiblis sur le plan physique.

L'estomac d'Isla se souleva. Comment n'y avait-elle pas songé plus tôt ? C'était Cléo qui avait dû jeter les sorts. Voilà ce que Juniper avait tenté de lui révéler et pourquoi la Sélénite l'avait tué.

Avait-elle lancé les malédictions, y compris contre son propre peuple pour éviter les soupçons ? En usant toutefois d'un sortilège qui ne l'affaiblissait pas le moins du monde ?

Après tout, elle n'avait absolument pas souffert. Elle était toujours aussi forte. Si c'était vrai… Cléo n'aurait aucune intention de briser les malédictions.

Oro le savait-il ? Était-ce la raison pour laquelle ils n'avaient pas encore utilisé le cœur de Lightlark ? La Sélénite cherchait-elle à s'assurer que le haut-roi n'y parviendrait jamais ?

Isla respirait trop vite. Cléo était dangereuse, mortelle. Mais la Sauvage ne rebroussa pas chemin vers l'antre aux miroirs, vers Grim ou Céleste. Non, elle suivit son ennemie jusqu'au pont de l'île de la Lune.

Pour la première fois, il n'y avait pas de gardes. La Sélénite devait les avoir retirés après l'annonce de sa nouvelle alliance avec Oro.

Pourquoi ?

Isla n'avait pas le temps de se poser la question et prit leur absence comme un signe favorable. Elle attendit quelques instants que Cléo ait disparu au bout de la passerelle avant de la traverser à son tour.

La Sélénite passa devant son château. Isla la suivit dans la forêt qu'elle avait parcourue avec Oro deux semaines auparavant. Où allait donc la reine blanche ?

Sa robe flottait doucement au-dessus du sol, sans être tachée ni mouillée dans les méandres des ruisseaux. Le courant changeait de sens à son passage, l'eau remontant vers elle, comme si elle l'appelait.

La tenue de la Sauvage la préservait assez bien du froid. Ses joues et son nez la piquaient, mais tout le haut de son corps jusqu'à sa taille restait au chaud, et ses bottes protégeaient ses pieds du gel. Cléo, de son côté, s'avançait d'un pas tranquille, sans se soucier de la neige. Peut-être cette dernière la revigorait-elle, comme la lune.

Soudain, elle s'arrêta net. Isla s'immobilisa avant de s'abriter derrière les arbres de la forêt. La Sélénite se tenait devant une montagne recouverte d'une couche de glace pareille à une armure. Elle leva les bras au-dessus de sa tête, les doigts écartés, puis les baissa avec la grâce d'un flocon tombant du ciel.

Aussitôt, le manteau neigeux se mit à fondre, glissant par plaques sur le sol, avant de se solidifier de nouveau. Isla scrutait l'obscurité. Que fabriquait Cléo ?

Il lui fallait voir ça de plus près. Elle esquissa un pas hors de la forêt. La glace continuait de fondre pour révéler un trou, comme un portail ou un passage secret.

Isla plissa les yeux pour mieux voir. Était-ce là que la Sélénite rencontrait le haut-roi ? Là qu'elle conservait le cœur de Lightlark ? Ou s'agissait-il de tout autre chose ?

La jeune reine fit encore un pas lorsqu'un cri strident se fit entendre. Le même oiseau bleu nuit que la fois précédente filait à travers les arbres, droit sur sa tête. Elle se baissa juste à temps, mais le volatile fit demi-tour en claquant furieusement du bec. Puis il poussa un nouveau cri perçant – un signal d'alarme, comprit-elle trop tard. L'oiseau était un espion de la Sélénite, qui prévenait sa maîtresse qu'elle était suivie.

La Sauvage risqua un coup d'œil. Cléo s'était retournée. Leurs regards se croisèrent.

Dans un éclair d'un bleu cristallin, elle fut catapultée dans les airs par une immense vague. Ses poumons se vidèrent. Son ennemie la projeta contre le flanc de la montagne givrée et elle hurla quand sa colonne vertébrale sembla se briser – la douleur était atroce, aveuglante –, puis lorsque l'eau qui l'avait propulsée en arrière gela.

— Je dois admettre que je suis impressionnée par ta bêtise, siffla Cléo. Une reine dépourvue de pouvoir, qui me suit sur mon propre territoire ?

Elle allait la tuer, comme elle avait tué Juniper. Isla tenta de se libérer de la glace… mais elle aurait tout aussi bien pu lutter contre du fer.

— À mesure que la nuit se refroidira, la glace se renforcera, susurra la Sélénite. Maintenant, dis-moi, Sauvageonne, pourquoi m'as-tu suivie jusqu'ici ?

Elle devait se montrer maligne, faire parler Cléo le plus longtemps possible en priant pour que cette tactique lui laisse le temps de trouver un plan.

— Je sais… commença-t-elle d'une voix grave et brisée. (Elle prit une inspiration tremblante, la douleur dans son dos lui faisant l'effet de coups de poignard entre ses vertèbres.) Je sais pourquoi vous avez tué Juniper.

Intriguée, la Sélénite esquissa un pas vers elle. Ses cheveux blancs scintillèrent sous le clair de lune lorsqu'elle secoua la tête.

— Tu n'es qu'une idiote.

Idiote. Ce mot était un vieil ami, ou peut-être un ennemi, qui revenait la saluer. Isla avait beau avoir commis des erreurs, elle n'était pas bête.

— Mais une idiote courageuse, pour participer au Centennal sans le moindre pouvoir… (Cléo haussa un sourcil.) Et puis, utiliser les gants de peau pour t'introduire dans les collections privées de chacun de nos châteaux ? Ingénieux ! (Elle pinça les lèvres.) Voyons si tu es assez habile pour te sortir de ce pétrin.

La Sélénite claqua des doigts et la glace qui immobilisait Isla s'épaissit, l'enserrant davantage.

La jeune reine bouillonnait de colère, mais pas assez pour empêcher son corps de s'engourdir. Ses lèvres n'étaient plus que deux glaçons quand elle murmura :

— Vous avez peur, parce que je sais… je sais que c'est vous qui avez jeté les malédictions.

Elle enrageait, coincée dans sa prison de glace.

— Si même moi, je l'ai compris, n'importe qui d'autre en est capable.

Cléo leva une main et la glace monta des clavicules d'Isla jusqu'à son cou, tel un collier de cristal. La jeune reine se mit à haleter, chaque respiration pareille à un million de petites aiguilles lui transperçant la gorge.

— Tu ne sais pas de quoi tu parles, Sauvageonne, répliqua la Sélénite. Et quand bien même… (Le coin de ses lèvres se souleva.) Les cadavres ne peuvent ni parler ni briser des malédictions…

Sur ces mots, Cléo lui adressa un sourire narquois avant de disparaître dans le cœur glacé de la montagne.

Le temps ne s'écoulait pas de la même manière quand on mourait, se rendit compte Isla. Les secondes duraient une éternité et les minutes étaient comme le sifflement du vent retentissant à l'infini. Cela faisait-il plusieurs heures ou à peine trente minutes ? En tout cas, elle ne sentit bientôt plus la douleur dans son dos. La glace l'avait entièrement engourdie, tout comme elle avait anéanti la chaleur que lui procurait sa tenue.

La Sauvage se rappela la première fois où elle s'était transportée dans le royaume sélénite. À quel point elle l'avait détesté. La neige, la glace et le paysage gelé étaient magnifiques, mais semblables à des piqûres de moustique sur tout son corps. Elle n'était restée que quelques instants, ce qui lui avait suffi pour voir la pleine lune engloutir un navire.

Elle n'avait jamais pensé qu'une chose aussi simple et naturelle que le froid causerait sa mort. Un sortilège ou une lame dans le cœur, peut-être. Mais le froid, jamais.

Isla éprouva d'abord de la tristesse, puis de la peur, puis de nouveau de la colère.

Cléo avait raison : elle n'était qu'une idiote. Dans sa quête désespérée de réponses, du cœur de Lightlark… et de vengeance, elle avait suivi la reine des Sélénites sans avoir conçu le moindre plan au préalable.

Elle ravala tout ce qu'elle avait dit au fantôme de sa mère, rappela du ciel ses paroles et ses prières. Si elle avait eu des pouvoirs, elle aurait pu lever un doigt et atteindre la roche loin sous la glace, ou un arbre. Ou encore appeler un animal pour qu'il l'aide à se libérer.

En fait, je t'en veux, dit-elle dans sa tête. *Si je meurs, ce sera ta faute. Quel genre de Sauvage tombe amoureux, sachant le prix à payer ?*

Elle se demanda à quoi ressemblerait sa mère à présent. Sans doute une version plus âgée d'elle-même. Après avoir eu des enfants, les rois et reines commençaient à vieillir de façon plus normale, prenant de l'âge à mesure que leur progéniture grandissait. Chaque famille n'avait accès qu'à une dose limitée de pouvoir. Depuis les malédictions, l'archipel et les différents royaumes s'affaiblissaient. Cependant, en un sens, en perdant leurs proches, certains devenaient plus forts.

Isla avait beau être orpheline, elle restait faible. Isolée.

Non… pas tout à fait.

Son collier ! Grim lui avait dit de toucher le diamant si elle avait besoin de lui. Il pourrait la sauver. Mais ses mains étaient trop loin, elle n'arriverait jamais à les libérer. Son menton, en revanche – peut-être pouvait-elle toucher la pierre précieuse avec…

Son cri guttural se répercuta contre les montagnes environnantes lorsqu'elle tendit le cou, les nerfs de sa nuque au supplice et le sang lui battant aux tempes. Elle baissa la tête autant que possible, mais avec la glace que Cléo avait fait remonter jusqu'à sa gorge, ce n'était pas suffisant.

Elle renonça et l'arrière de son crâne heurta la paroi rocheuse. Elle ressentit à peine la douleur. Puis elle prit conscience d'une chose : même si elle parvenait à toucher la gemme, Grim ne pouvait pas sortir la nuit. Il ne pourrait donc venir à son secours que le lendemain matin.

Or, à ce moment-là, il serait déjà trop tard : elle serait morte.

CHAPITRE 43
Mensonges

Un souffle chaud sur sa joue, puis le craquement de la glace. Quelqu'un abattait une lame dessus, taillant dans la masse pour l'en sortir, comme on sculpterait une statue.

Isla ne pouvait pas ouvrir les yeux. Ses cils étaient collés, totalement gelés, comme le reste de son corps. Elle avait beau ne pas voir, elle savait qu'il faisait encore nuit, car l'air s'était refroidi.

Elle tenta d'ouvrir les lèvres, pour remercier celui ou celle qui la libérait, mais elles étaient scellées, meurtries par le givre. Qui que soit son sauveur, il martelait la glace avec force, encore et encore. Les vibrations la parcouraient tout entière. Il allait la toucher, s'il ne faisait pas plus attention.

— C'est elle, n'est-ce pas ? demanda une voix très grave sur un ton amusé.

— Regarde ce visage, répliqua une autre. Évidemment que c'est elle !

La Sauvage sentit un objet pointu contre sa joue. Une lame ? Non, un ongle. Très long.

— On fera un bouillon avec ses os pour nous emplir de pouvoir. On brûlera ses cheveux et on en inhalera la fumée pour retrouver notre beauté.

Isla cessa de respirer.

— Elle est réveillée ? reprit la première voix. Tu crois qu'elle nous entend ?

— Je m'en fiche. Où est Thrayer ? Cette glace n'est pas facile à briser.

Un bruissement non loin, puis une nouvelle voix.

— Je suis là. Vous l'avez trouvée comme ça ?

— Piégée comme une mouche dans du miel, glapit la première.

— Bien. Très bien…

La glace se réchauffa pour se transformer en eau. Isla glissa le long de la paroi rocheuse jusqu'au sol. Son corps avait beau être libéré, elle ne pouvait pas remuer le moindre doigt, sans parler de toucher le diamant. On la saisit par les aisselles pour la soulever.

Qui était-ce ? Des cannibales qui allaient la faire rôtir à la broche puis dévorer sa chair carbonisée ? Il faisait si froid que cette promesse de chaleur était presque la bienvenue. Qui qu'ils soient, ils avaient reçu l'aide d'un Sélénite. Quelqu'un avait fait fondre la glace.

Ils la transportèrent dans la forêt, où elle entendit cet imbécile d'oiseau, celui qui avait révélé sa présence à son ennemie. Il appartenait à Cléo. Cette dernière l'observait-elle en ce moment ? Elle prendrait sans doute grand plaisir à la voir brûler vive.

— Abats ce piaf. Il me casse les oreilles.

La prisonnière reconnut le sifflement d'une flèche dans la nuit, suivi d'un instant de silence. Puis, de nouveau, les piaillements perçants.

— Si tu n'es pas capable de tuer un maudit volatile, pourquoi c'est toi qui aurais droit à son cœur ?

— C'est moi qui l'ai trouvée !

— Je vais peut-être te tuer et la garder pour moi.

L'oiseau continuait de pépier, presque joyeux. Soudain, le silence s'abattit sur la forêt. Un courant d'air fit frissonner Isla, un goût métallique se répandit dans sa bouche…

L'un de ses ravisseurs hurla. La Sauvage perçut la chaleur de flammes frôlant son visage, entendit quelque chose se briser non loin d'elle, sentit du sang lui éclabousser la peau. Celui qui la tenait la lâcha.

Avant qu'elle ne tombe par terre, d'autres bras l'enlacèrent. Puis elle se retrouva dans les airs.

Elle avait l'impression que sa peau était chauffée à blanc, telle une lame forgée dans les flammes. Elle ne put s'empêcher de hurler, tout en se demandant comment elle en trouvait l'énergie.

— Tiens bon encore un peu, dit son sauveur.

En entendant cette voix, Isla se mit à se débattre de toutes ses forces, bougeant la moindre parcelle dégelée de son corps.

Une main lui couvrit les yeux pour les réchauffer. Enfin, elle put les rouvrir. Oro se tenait devant elle, les sourcils froncés, comme à son habitude.

— Toi ! grommela-t-elle, furieuse.

Ses doigts la démangeaient de l'étrangler, de l'étriper, de lui planter une lame dans le torse pour lui arracher les entrailles à mains nues.

Était-il là pour la tuer ? Avait-il fini par trouver le cœur de Lightlark ?

— Avant de me faire subir je ne sais quelle horreur que tu as sûrement en tête, laisse-moi parler, demanda-t-il.

Elle se serait jetée sur lui sans écouter un mot de plus si son corps n'avait pas été aussi engourdi.

— Je ne t'ai pas trahie, Sauvageonne, soupira Oro. (Isla s'apprêtait à l'interrompre, mais il poursuivit.) Même si c'était très utile que tu en sois persuadée…

— Comment ça, utile ? grogna-t-elle.

Il mentait. Elle ne croyait plus un seul mot qui sortait de sa maudite bouche.

— L'un des lieux où l'obscurité rencontre la lumière sur l'île de la Lune m'était inaccessible sans Cléo. Il a été encastré dans un labyrinthe il y a des siècles pour empêcher quiconque d'y entrer. J'avais besoin d'elle pour y accéder… alors j'ai changé les équipes.

Les ongles de la Sauvage s'enfoncèrent dans sa paume. Elle pouvait à présent remuer les doigts. Si elle était assez rapide, peut-être réussirait-elle à l'étrangler. Lorsqu'elle voulut lever la main, elle ne parvint à la décoller que de quelques centimètres du lit.

Du lit ?

Isla jeta un regard frénétique autour d'elle. Elle n'était pas dans sa chambre, mais dans celle du haut-roi. Si les murs étaient quelconques, le plafond, lui, était en or massif, le sol en pierre et toutes les fenêtres, dissimulées derrière de lourdes tentures.

Oro prit ses distances lorsqu'il remarqua son regard – et peut-être sa panique.

— Je t'ai transportée ici après t'avoir trouvée. Je me suis dit que tu ne voudrais pas que d'autres apprennent ce qui t'était arrivé.

Ce qu'il racontait n'avait aucun sens. Pourquoi l'avait-il sauvée ? Il affirmait ne pas l'avoir trahie… Que leur plan tenait toujours, que toutes ses actions servaient leur quête du cœur de Lightlark. Des mensonges, encore une fois.

« Il y a des mensonges et des menteurs autour de... »

— Elle a fini par m'y emmener ce soir, continua Oro. C'est comme ça que je t'ai trouvée. J'étais sur l'île de la Lune, dans le labyrinthe. Le cœur n'y était pas et tant mieux, car je pense que Cléo aurait tenté de s'en emparer... Maintenant, il ne nous reste plus que deux lieux à fouiller.

Nous. Il n'y avait plus de « nous » qui tienne.

Isla secoua la tête, les joues baignées de larmes. La trahison du haut-roi était encore douloureuse.

— Il ne s'agit pas seulement du changement de binôme. (Sa voix se brisa, à son grand dam.) Je te faisais confiance. Je... Tu... tu leur as dit. Tu...

Oro ferma les yeux un court instant.

— Je sais. Je suis désolé, vraiment. Cléo commençait à se méfier. J'ignore comment, mais elle savait qu'on s'était rendus sur son île la veille. (La Sauvage repensa à l'oiseau : c'était l'espion de la Sélénite qui les avait repérés.) Le seul moyen de la convaincre de m'aider était de te rejeter, en public. Ta réaction devait être sincère.

Ce n'était pas une raison suffisante. Elle ouvrit la bouche pour le lui dire, mais il la devança :

— Selon mes sources, Cléo est de plus en plus persuadée que c'est le royaume stellaire qui doit mourir.

Quoi ? Isla se retint de se redresser d'un bond sous l'effet de la panique.

— Ce n'est pas logique. C'est ma mort qu'elle souhaite.

Le haut-roi fronça de nouveau les sourcils, peu convaincu.

— Cléo t'aurait tuée cette nuit, si elle l'avait voulu.

— Elle a bien failli le faire, répliqua la jeune reine, exaspérée. (Si Oro ne l'avait pas sauvée, elle aurait servi de dîner à des cannibales.) Pourquoi choisir le royaume des étoiles ?

— Elle croit que c'est le plus faible. C'est le plus petit et celui qui s'est le moins développé en cinq cents ans, à cause de sa malédiction.

— Tu… dit Isla d'une voix tremblante. Tu n'es pas d'accord, si ?

— Non. Le royaume stellaire est essentiel. J'ai décidé de révéler ton secret non seulement pour gagner la confiance de Cléo, mais aussi pour semer le doute dans son esprit. Avant, lorsqu'elle était associée à Céleste, elle ne pouvait pas la tuer, mais une fois les alliances modifiées…

— Elle avait le champ libre pour l'attaquer, conclut la Sauvage.

— Exactement.

Aux yeux d'Isla, Cléo se fichait bien de gagner le pouvoir promis par la prophétie, tout comme de suivre les règles. Surtout si c'était elle qui avait jeté les sorts.

Quoi qu'il en soit, si Oro avait raison et que la révélation de son secret avait sauvé Céleste, elle lui en était reconnaissante.

Tout ce qu'il racontait semblait logique. S'il disait la vérité, alors tout ce qu'il avait fait au cours des deux dernières semaines, c'était la protéger, elle, ainsi que leur plan.

— Je ne te crois pas, rétorqua-t-elle pourtant.

— Je ne t'ai jamais menti, Isla. (Il se rapprocha d'un pas.) Bien que toi, tu m'aies menti à maintes reprises. (Un autre pas.) Tu m'as dévoilé ton secret. À mon tour de te révéler le mien : personne ne peut me mentir. (Elle se souvint de ses paroles dans la grotte.) Grâce à mon don, je sais détecter le vrai du faux.

Son don ! La jeune reine en resta stupéfaite. Elle lui avait menti un nombre incalculable de fois durant le Centennal, pendant leur collaboration. Et il l'avait su, à chaque fois.

Il la dévisagea.

— Tu n'as fait que me mentir et pourtant, je t'ai parlé du cœur de Lightlark. Je t'ai tout dit, sauf ça. Oh, Cléo a adoré ton petit air trahi ! C'est pour cette raison qu'elle était enfin disposée à m'emmener où je voulais sur son île. Elle était ravie que je te démasque et que je la choisisse comme nouvelle partenaire. Ravie que je révèle un secret aussi capital.

Il s'arrêta à quelques centimètres d'elle à peine. Les poings toujours serrés, Isla imagina un court instant combien il serait bon de le gifler.

— Tu m'as mise en danger. Cléo aurait pu me tuer !

— Je n'étais jamais loin de toi. J'ai été informé dès que tu t'es installée dans l'antre aux miroirs. J'ai fait contrôler l'entrée et posté des gardes aux alentours. À ton avis, comment Ella pouvait-elle traverser la forêt sans encombre ? Partout où tu allais, je te suivais. Et quand je ne le pouvais pas, je demandais à des gardes de surveiller Cléo pour m'assurer qu'elle ne t'approcherait pas.

La Sauvage éclata d'un rire froid.

— Et ce soir ?

— Ce soir, j'avais rendez-vous avec elle. Tu es passée entre les mailles du filet en la suivant. Mais je t'ai trouvée, non ? (Oro secoua la tête.) Cléo manigance quelque chose. Elle a levé une légion secrète. (Il était donc bien au courant.) Le cœur de Lightlark est sur son île. Si elle met la main dessus avant nous, j'ai peur de ce qu'elle en fera.

Il avait raison de la craindre. C'était la Sélénite qui avait lancé les malédictions, Isla en était convaincue. Si la théorie d'Oro était correcte, Cléo s'était déjà servi du cœur de Lightlark par le passé. Qu'est-ce qui l'empêcherait de recommencer ?

Le haut-roi la fixa d'un regard implacable.

— Je te fais confiance, Isla, même si tu m'as donné de très nombreuses raisons de douter de toi. Vas-tu me faire confiance à ton tour ? Pour le bien de nos deux royaumes ?

Nos deux royaumes. Elle aurait souhaité ne plus jamais lui adresser la parole. Mais elle n'avait pas d'autre choix. Céleste cherchait toujours désespérément le brise-liens. Et le peuple sauvage était mourant.

— Notre marché tient toujours, alors ? s'enquit-elle.

Toutes les terminaisons nerveuses de son corps lui hurlaient de ne pas se fier à lui, de le poignarder dans le dos pour qu'il voie ce que ça faisait.

— Oui, répondit Oro. Quand on trouvera le cœur de Lightlark, c'est toi qui l'utiliseras pour recevoir le pouvoir promis.

Isla serait folle de lui faire de nouveau confiance après sa trahison. En son for intérieur, elle espérait pourtant qu'il ne mentait pas – qu'il lui restait vraiment une chance de sauver son peuple, et elle avec.

Elle ne pouvait pas non plus ignorer le fait que le haut-roi lui avait sauvé la vie, une fois de plus, ce qui n'avait aucun sens. S'il agissait contre elle, pourquoi ne pas chercher à la tuer ? Sa mort lui permettrait d'accomplir une partie de la prophétie.

La Sauvage desserra les poings. La dague qu'elle avait tirée d'une poche secrète de son pantalon pendant qu'il parlait tomba au sol avec fracas. Oro baissa les yeux sur l'arme, sans paraître surpris. Elle le cloua sur place du regard le plus glacial dont elle était capable avant de déclarer d'une voix lente :

— Bien. Tu sais maintenant que je ne mange pas de cœur. Mais trahis-moi encore une fois, que tu aies une bonne raison ou non… (Elle esquissa un rictus mauvais.) Et pour toi, je ferai une exception.

CHAPITRE 44
Le Festival

Le lendemain matin, Isla raconta tout à Céleste : l'attaque de la Sélénite, les quelques paroles qu'elles avaient échangées.

— C'est Cléo qui a jeté les malédictions, expliqua la Sauvage.

Son amie afficha une moue dubitative.

— Dans quel but ? Si c'est bien elle qui les a lancées, elle n'en a pas tiré profit. Ce n'est pas comme si elle s'était servie des faiblesses des autres royaumes pour les envahir. Au contraire, elle n'a rien tenté contre eux.

Isla s'était fait la même réflexion.

— Peut-être que si, et qu'on ne le sait pas encore.

Elle lui dit aussi que Cléo souhaitait sa mort. Céleste se contenta de hausser les épaules.

— Je pense que c'est le cas de tout le monde ici, sauf toi. Je serai plus prudente, bien sûr. Mais je ne lui ai jamais fait confiance, pas un seul instant.

Enfin, la Sauvage lui apprit qu'Oro l'avait sauvée et lui rapporta ses propos. Elle s'était préparée au jugement de la Stellaire, à sa déception. Mais son amie paraissait… ravie.

— C'est une bonne nouvelle.

— Ah bon ?

— Oui. Je t'ai dit que je cherchais la bibliothèque secrète. Je suis certaine qu'elle se trouve dans le palais de l'île principale. Le haut-roi doit savoir où exactement. Tu peux lui poser la question. Après avoir révélé ton secret aux autres souverains, il te doit bien ça, pour regagner ta confiance.

L'obstination de Céleste à poursuivre la quête du brise-liens lui donnait envie de hurler, mais Isla lui promit de se renseigner au moment opportun, histoire d'apaiser son amie.

Depuis le bal, les insulaires s'étaient confinés sur leurs îlots respectifs. Le fait que peu de pouvoir était exercé sur l'île principale avait accéléré son effondrement.

L'heure n'était pas à la fête. Isla et Oro devaient fouiller les derniers emplacements sur l'île de la Lune dès que possible, avant la fin du compte à rebours. Avant que Terra ne soit plus que bois et tiges.

Seulement, le Solarien était lié aux règles du Centennal, sa vie en dépendait. Quant à la Sauvage, elle n'avait d'autre choix que de les suivre si elle comptait l'emporter.

Le soixante-quinzième jour, le Festival eut lieu comme prévu. Vingt-quatre heures durant, ce carnaval inaugurant le dernier quart de la compétition célébrait les royaumes. Il était destiné à tous les insulaires, pas uniquement aux nobles. Isla pensait que personne ne viendrait, après ce qui s'était passé au bal. Elle fut vite détrompée : la veille du Festival, les boutiques rouvrirent leurs portes et les rues commencèrent à se remplir.

La jeune reine n'était pas obligée d'assister à la fête dans sa totalité. Elle ne se rendit donc pas au pique-nique du midi ni aux festivités sur la côte est de l'île principale dans l'après-midi.

Elle se demandait si Cléo allait faire une apparition, puisqu'elle semblait se moquer des règles. Si la Sélénite était bien celle qui avait lancé les malédictions, elle voudrait faire en sorte de les maintenir en place… non de les briser. Elle chercherait aussi à empêcher quiconque de les rompre.

Isla passa la journée à attendre dans le palais d'Oro en écoutant depuis sa fenêtre les échos de la fête. On jouait de la musique au loin et on trinquait. Les célébrations se déplaçaient vers l'édifice, jusque dans ses jardins.

Si le Festival n'avait pas eu lieu ce soir-là, elle aurait été sur l'île de la Lune, occupée à fouiller les derniers emplacements. Terra avait désormais les deux jambes enracinées dans la terre. Des fleurs lui poussaient sur le sommet de la tête. D'ici quelque temps, la forêt l'aurait engloutie tout entière. Avant qu'il n'y ait même plus de forêt.

Un jour de repos, se dit Isla.

Rien qu'un, et ensuite, elle trouverait le cœur de Lightlark et obtiendrait enfin tout ce qu'elle désirait.

— Tu es magnifique, lança Céleste.

La nuit venait de tomber. La Stellaire avait quitté les festivités pour rejoindre la Sauvage, qui s'était réinstallée dans sa chambre au palais, cédant à la demande d'Oro, puisqu'ils travaillaient de nouveau ensemble. Il avait promis de prendre les mesures nécessaires pour assurer sa sécurité. De fait, des gardes surveillaient en permanence son couloir et le haut-roi en personne lui avait rendu visite tout au long de la journée.

Céleste et Isla étaient toutes deux vêtues d'une tenue époustouflante et extrêmement élaborée qui représentait leurs royaumes respectifs. La reine des Stellaires était couverte de cristaux, du haut du cou jusqu'au tissu s'amoncelant à ses pieds, en passant par ses longs gants. Ses cheveux étaient parsemés de minuscules diamants, telles des étoiles contraintes d'abandonner leur galaxie pour quelques heures.

Isla, elle, était une rose épanouie. Elle portait une couronne de fleurs par-dessus sa couronne d'or, dont le rouge vif tranchait sur sa chevelure brune. On avait collé des pétales roses sur son cou et sur un corsage composé de trois pièces de tissu. Ces pétales formaient des motifs de plus en plus complexes jusqu'à sa taille, étranglée par des rubans entrecroisés dans le dos, avant de se transformer sur ses hanches en d'immenses feuilles. Des rangs de pétales, cousus ensemble, descendaient jusqu'au sol. Sa cape se prolongeait en une traîne longue d'un mètre cinquante, entièrement faite de roses.

Les deux camarades ne pouvaient pas arriver au Festival ensemble. Oro était sans doute informé de leur amitié, puisque lui et ses gardes surveillaient les déplacements de la Sauvage, mais ce n'était pas grave. Il était somme toute logique que les deux plus jeunes reines soient devenues amies. En revanche, personne ne devait soupçonner que leur alliance était antérieure au Centennal.

Céleste promit de ne pas trop s'éloigner. Quant à Isla, elle ne comptait faire qu'une brève apparition. Dans les rues devant le palais, des marchands vendaient du porridge au vinaigre, des scones au sureau, de la barbe à papa qui ressemblait vraiment à de la barbe et des boissons en quantité. Les participants de tous les royaumes diurnes déambulaient, vêtus fastueusement de leurs couleurs respectives, leur méfiance s'estompant à chaque seconde passée sans catastrophe. Les Stellaires portaient des paillettes, les Azuréens, des chapeaux qui flottaient au-dessus de leur tête en équilibre précaire dans la brise, et les Sélénites, des robes de soirée et des costumes blancs.

Tous les regards étaient braqués sur la Sauvage. La nouvelle de son impuissance avait dû se répandre. La plupart des insulaires l'avaient cependant vue se battre en duel. Ils savaient par conséquent de quoi elle était capable avec une lame. Elle en fit tourner une entre ses doigts en les dévisageant en retour, les défiant d'esquisser le moindre geste.

Isla remarqua qu'elle était suivie, mais pas par Cléo. Oro avait demandé à une demi-douzaine de gardes de la filer dans les jardins. Ils avaient beau être discrets, elle sentait leurs yeux sur elle.

Cette protection lui donnait du courage. Quand un Stellaire passa devant elle chargé d'un plateau de boissons, elle s'empara d'une des coupes.

Elle savait qu'elle avait peu de chances de trouver le cœur de Lightlark et d'obtenir le pouvoir qu'il renfermait. Au fond, il pouvait très bien s'agir de sa dernière fête, de sa dernière occasion de goûter du vin.

La Sauvage avala le contenu de son verre. Il avait un goût de miel malté et lui brûla la gorge.

Les gardes continuaient de la suivre dans les jardins. Il ne lui fallut que quelques instants pour commencer à se sentir légère. Le vin n'était pas si fort… Était-ce là une boisson festive plus puissante ?

Céleste le saurait. Des nobles la fixèrent lorsqu'elle passa devant eux, en quête de son amie noyée dans la foule. Elle ne la vit nulle part. Peut-être la Stellaire était-elle déjà partie. Peut-être que, n'étant pas parvenue à trouver Isla, elle était allée la chercher dans sa chambre.

Il est temps de s'esquiver, pensa la jeune reine.

Elle était restée au Festival assez longtemps pour respecter les règles. Et les effets de l'alcool s'intensifiaient.

Quand elle gravit le perron du palais pour pénétrer dans le hall, le monde semblait tanguer. À moins que ce ne fût elle ? Elle avait chaud, trop chaud, dans cette tenue ridicule qui lui collait au corps tel un sirop gluant. Elle ôta sa couronne de fleurs et la laissa tomber au sol. Puis elle retira les pétales sur son cou, qui l'étouffaient. Ce costume était excessif, vraiment. Après avoir dénoué sa traîne, qui connut le même sort que la couronne de fleurs, elle se sentait déjà beaucoup mieux. Plus libre, plus sauvage.

À la pensée des gardes qui trouveraient dans son sillage les fragments de sa robe, Isla éclata de rire. Tous ses soucis s'étaient évaporés comme des bulles de champagne. Elle ne parvenait même plus à penser à l'une de ses peurs plus de quelques secondes – celles-ci lui échappaient sans cesse. Elle sourit en s'attaquant aux pétales de sa robe.

— Je parie qu'aucune fleur ne s'est jamais cueillie toute seule… lança-t-elle dans le vide.

Puis elle rit de nouveau avant de déchirer le bas de sa tenue, dont elle se débarrassa avec soulagement.

Lorsqu'elle se retourna, elle se retrouva face à un couloir inconnu. Était-elle passée devant sa chambre sans s'en apercevoir, trop occupée à détruire son accoutrement ridicule ? Elle haussa les épaules et poursuivit son chemin en effeuillant son vêtement petit à petit. Sa robe florale finit par lui arriver bien au-dessus des genoux, laissant derrière elle une traînée de pétales. La Sauvage continua d'avancer jusqu'à se retrouver dans une impasse. Elle resta un instant perplexe face au mur, avant de faire volte-face quand une voix familière l'appela.

— Isla ?

Un sourire bien trop grand étira ses lèvres. L'enthousiasme déferla dans ses veines aussi vite que le vin.

— Oro !

Sa trahison, qui n'en était soi-disant pas une, lui semblait être à des années-lumière. Tout ce dont elle se souvenait, c'était qu'elle devait se montrer gentille avec lui dans l'espoir qu'il tiendrait sa promesse. Elle s'approcha de lui, foulant le lit des pétales qui jonchaient le sol. Elle avait dû se déchausser à un moment donné. Isla rit toute seule à l'idée de ce qu'elle s'apprêtait à faire, se maîtrisant à peine assez pour se hisser sur la pointe des pieds et donner une chiquenaude dans la couronne du haut-roi.

Il la fixa, ébahi, puis méfiant.

— Tu te sens bien ?

La jeune reine leva les yeux au ciel.

— Tu es toujours en colère… Pourquoi ? Ça t'arrive de sourire ?

Ah, si, il lui avait souri, une fois. Elle se tenait encore sur la pointe des pieds quand le sol parut glisser sous elle comme un tapis qu'on aurait tiré. Avant qu'elle ne tombe en arrière, Oro la rattrapa par le coude, puis la lâcha aussitôt.

Isla le fusilla du regard.

— Je ne suis pas toxique ! s'écria-t-elle en levant une fois de plus les yeux au ciel pour faire bonne mesure.

Elle tourna les talons et commença à s'éloigner en se balançant au rythme d'une musique qui semblait la faire vibrer tout entière.

— Je te raccompagne à ta chambre… si tu veux ? proposa le haut-roi.

— D'accord, répondit-elle avec désinvolture. J'y allais… mais les couloirs ont changé de place.

Elle l'interrogea du regard, en quête d'une explication. Il la dévisageait comme si elle avait dit une bêtise. Elle ne voyait pas de quoi il pouvait s'agir.

— Tu as bu du nébuleux ? demanda Oro, inquiet.

Isla hocha la tête avec entrain. Était-ce là le nom de ce doux breuvage ? Elle se mit à fredonner un air. Non, à chanter. Elle ouvrit la bouche et sa voix emplit les couloirs. Comme la manière dont elle résonnait lui plaisait, elle chanta plus fort.

La Sauvage ne s'était jamais sentie aussi vivante… C'était comme si sa gorge, ses bras et son visage étaient en feu, rayonnants, vibrants.

Pourquoi Terra et Poppy ne lui avaient-elles jamais autorisé de tels plaisirs ?

Elle ne se rendit compte qu'elle pensait tout haut qu'au moment où Oro l'interrompit :

— Tes gardiennes ?

Heureusement qu'il ouvrait la marche, car elle n'avait prêté aucune attention aux corridors ou tournants qu'ils avaient empruntés.

— Oui. Et toi, tu en avais ?

Il garda quelques instants le silence avant de répondre.

— Non… Je n'étais pas censé être souverain ni haut-roi. Cet honneur revenait à mon frère.

— Que pensais-tu devenir ?

Les mots sortaient si facilement qu'elle se demanda pourquoi elle avait toujours eu tant de mal à l'interroger.

— J'étais le chef de nos armées.

Isla s'arrêta net, les mains sur les hanches.

— Toi, tu dirigeais les troupes de Lightlark ?

Elle s'attendait à un regard noir de la part du Solarien, mais il se contenta de hocher la tête. Après tout, c'était logique. Voilà pourquoi il était aussi doué au combat. Elle se remit en route d'un pas plus lent. Le monarque cala son allure sur la sienne.

— Alors c'est pour ça que tu le détestes, n'est-ce pas ? poursuivit-elle.

Il sembla deviner qu'il était question de Grim. Alors qu'elle avait entendu parler du passé du Nocturne, Terra ne lui avait jamais confié celui d'Oro. Pourquoi ? Peut-être ne le connaissait-elle pas. La vie et la réputation du roi des Solariens avant les malédictions avaient sans doute été effacées par tous les événements ultérieurs.

— On a tous les deux perdu de nombreux guerriers, expliqua-t-il. Et je n'aimais pas sa façon de combattre.

Il n'en dit pas davantage sur le sujet. Enfin, ils arrivèrent devant la porte des appartements de la Sauvage.

— Ça va aller ?

Il regarda par-dessus son épaule pour s'assurer que les gardes les avaient suivis. Ils se tenaient à leur poste, contre le mur, surveillant l'entrée du couloir.

— Oui, ça ira. (Quand il se retourna pour partir, Isla lui saisit le poignet.) Attends ! J'ai encore tellement de questions à te poser. Tu veux entrer ? (On aurait dit que c'était la dernière chose qu'il souhaitait, mais elle ne se laissa pas décourager.) Je vais préparer du thé, ajouta-t-elle, avant de franchir le seuil de sa chambre.

À force qu'elle insiste, Oro finit par la suivre. Pendant qu'il faisait chauffer de l'eau, elle trouva le sachet d'épices et de fleurs sauvages qui composaient son thé préféré, qu'elle appelait « abeille jaune ».

— Pourquoi ce nom ? s'étonna le haut-roi avant de boire une gorgée, qu'il sembla apprécier.

Isla s'affala à côté de lui sur le canapé, puis haussa les épaules.

— La plante qui donne ces fleurs grouillait toujours d'abeilles. J'avais droit à au moins trois piqûres chaque fois que j'essayais de les cueillir. Mais ça en valait la peine.

Oro lui jeta un regard étrange.

— Tu dors mal, n'est-ce pas ? demanda-t-elle en se penchant vers lui pour fixer les cernes sous ses yeux.

Elle pensait qu'il allait éluder sa question, comme à son habitude, mais il répondit :

— Oui, et depuis longtemps.

— Pourquoi ? s'enquit-elle d'un ton étonnamment doux.

Pour une fois, elle ne se montrait pas critique, comme elle l'était toujours avec lui.

Il observa l'arbre de la chambre de la Sauvage, ses fruits mûrs gonflés de jus, si lourds que les branches ployaient.

— J'éprouve beaucoup de culpabilité, confia-t-il tout bas. Ça m'empêche de dormir.

Culpabilité. Isla connaissait bien ce mot.

— Comment m'as-tu trouvée ? demanda-t-elle tout à coup.

Elle se souvenait de cette nuit par fragments, comme les éclats éparpillés d'un miroir brisé.

— Dans le couloir ? J'ai suivi les pétales.

— Non… avant.

Dans la forêt sélénite.

L'air se refroidit, puis le silence se fit. Pour le combler, la jeune reine se mit à fredonner doucement.

— J'ai entendu l'oiseau, expliqua Oro. C'est comme ça que je t'ai trouvée : je l'ai suivi.

Crétin de volatile ! pensa-t-elle.

C'était lui qui avait failli la faire tuer. Au moins avait-il accompli une bonne action ce jour-là.

Une grande fatigue l'assomma soudain, son énergie s'effilochant aussi facilement que sa robe. Les paupières lourdes, elle sourit, puis s'allongea sur le canapé, sa nuque posée sur la jambe du haut-roi. Le vin lui donnait des vertiges et elle grogna.

— J'ai du miel plein la tête, dit-elle, car c'était littéralement l'impression qu'elle avait.

Oro éclata de rire. Ce son était si surprenant qu'elle aurait voulu ouvrir les yeux, afin de s'assurer qu'elle n'avait pas rêvé.

À son réveil, Isla avait chaud et son esprit était encore embrumé par le vin, mais cette sensation était à présent plus proche du brouillard que de la tempête. Elle se souvenait du Festival par bribes : Céleste qui venait la chercher, les gardes qui la suivaient, le verre de nébuleux, son retour au palais, sa robe en lambeaux. Ses yeux s'ouvrirent d'un seul coup.

Elle avait la tête sur les genoux d'Oro, la joue contre sa cuisse. Il était adossé au canapé, exactement dans la même position que la veille, si ce n'est qu'il… dormait.

Elle se demanda ce que pouvait bien contenir ce satané vin et comprit pourquoi Terra et Poppy ne lui en avaient jamais parlé. Puis elle se rappela sa conversation avec le haut-roi et frissonna. Ses questions avaient été si impertinentes. Pourtant, il y avait répondu…

Combien de temps avaient-ils dormi ? Elle tourna la tête vers le balcon. Les rideaux étaient fermés, mais aucun rai de lumière ne filtrait par l'interstice. C'était encore la nuit. La fête avait donc lieu en ce moment même, dans les jardins du rez-de-chaussée.

Oro ne lui avait jamais semblé aussi paisible. Elle s'en voulait un peu de lui tapoter le torse pour le tirer de son sommeil, mais il devait assister au moins aux dernières heures du Festival. Le monarque se réveilla en sursaut et leva aussitôt une main pour se défendre, atteignant presque la gorge de la Sauvage au passage. Il écarquilla les yeux une demi-seconde quand il la découvrit à ses côtés dans la pénombre. Puis il se redressa et baissa la main.

— Tu t'es endormi, expliqua Isla. Merci… merci d'être resté avec moi. Je suis désolée, je crois que tu as raté une partie de la… fête.

Oro fronça légèrement les sourcils. Avait-il oublié le Festival ? En tout cas, il avait meilleure mine. Les cernes sous ses yeux s'étaient un peu estompés et il semblait avoir retrouvé son assurance.

Isla se souvint du dernier son qu'elle avait entendu avant de sombrer dans le sommeil : le rire du haut-roi. Il n'était pas moqueur, comme d'habitude. Non, c'était la première fois qu'elle l'entendait rire de bon cœur.

Le Solarien scrutait à présent la pièce, renfrogné, comme s'il regrettait d'avoir accepté d'entrer.

La jeune reine se leva, sans oser regarder l'état de sa robe, qu'elle savait déchirée jusqu'en haut des cuisses. Oro l'imita, sans jeter un seul coup d'œil à la tenue en lambeaux de la Sauvage.

— Je ferais mieux de retourner au Festival, lança-t-il d'une voix bourrue.

— Oui…

Sans réfléchir, elle redressa la couronne du haut-roi, qui avait glissé dans son sommeil. Elle croisa le regard du monarque, où elle crut lire de la colère. Elle recula, surprise.

— Plus que deux endroits sur l'île de la Lune, déclara-t-il d'une voix monocorde, imperturbable. On ira voir l'un demain et l'autre après-demain. Ensuite, on en aura fini.

— Bien, répliqua-t-elle sèchement avant de sortir sur le balcon.

L'air nocturne était comme une caresse qui faisait bruisser les derniers pétales de sa robe. On entendait les festivités, au loin : le tintement des verres, le bourdonnement des conversations et la musique joyeuse.

Isla se tenait encore sur son balcon, une heure plus tard, quand on frappa à sa porte. Elle leva les yeux au ciel. C'était sûrement Oro qui revenait la voir avant d'aller se coucher. Résignée, elle ouvrit le battant… et trouva Ella, plantée là, le visage rouge. C'est à ce moment seulement qu'elle remarqua que le tumulte de la fête s'était tu, y compris la musique.

— Qu'est-ce qui s'est passé ? demanda-t-elle en dégainant sur-le-champ sa dague.

Ella ne broncha pas en voyant l'arme et répondit d'une voix haletante :

— Un souverain a été attaqué.

— Qui ?

Un grondement emplit les oreilles de la Sauvage, emplit le monde entier.

Les mains d'Ella, gantées d'argent, tremblaient le long de son corps.

— La reine des Stellaires.

CHAPITRE 45
Disparue

Isla traversa le château comme une tornade. Si elle avait eu des pouvoirs, ils auraient coulé à flots dans le palais tout entier. Elle courait comme si elle fuyait un danger, brandissait sa dague comme si elle s'apprêtait à la lancer à tout moment. Ses dents claquaient – à croire qu'elle marchait sur de la glace et non du marbre.

Ella, une Stellaire, était en vie. Sa reine l'était donc aussi. Forcément.

Tandis qu'elle s'approchait des hurlements et de la foule d'insulaires prêts à tout pour sortir des jardins, la Sauvage se rappela à l'ordre. Elle n'était pas censée connaître Céleste depuis plus de quelques mois. Elle n'était pas censée être aussi bouleversée.

Isla se pinça la paume pour se retenir de pleurer. Lisser les traits inquiets de son visage était comme tenter de déplacer un bloc de pierre, mais elle y parvint.

Malgré tout, elle ne put s'empêcher d'entrer dans les jardins en courant, avant de pousser un cri de surprise et de s'immobiliser, car Céleste flottait, comme endormie, au milieu d'un labyrinthe miniature. Un brouillard argenté et du fil aussi fin qu'une toile d'araignée formaient un mince voile autour d'elle.

Le seul autre souverain présent était Oro. Il se tourna vers elle, le visage fermé.

— Il s'agit d'un vieux sortilège. Je ne l'avais pas vu depuis longtemps. C'est un poison.

Cléo ! Elle s'était attaquée à la Stellaire, comme l'avait soupçonné le haut-roi.

— Que peut-on faire ? demanda la Sauvage, essoufflée.

— Rien, répondit tristement Oro. Le pouvoir de guérison sélénite renforce ce poison. C'est à son corps de se soigner, seul.

Les lèvres tremblantes, Isla regardait son amie comme on regarde un cadavre dans un cercueil.

Au cours des soixante-quinze derniers jours, elle avait commencé à se sentir forte, si différente de la jeune reine inexpérimentée et peu sûre d'elle-même qui avait débarqué à Lightlark. Or voilà qu'elle se sentait de nouveau totalement impuissante.

Non ! Il y avait forcément un moyen de guérir Céleste. Elle ne pouvait pas rester là sans rien faire.

— Le ou la coupable a été interrompu, déclara Oro en étudiant la toile qui entourait la reine des Stellaires. Elle aurait dû mourir sur-le-champ. C'est la seule bonne nouvelle.

Isla serra les poings.

— Quand se réveillera-t-elle ? s'enquit-elle d'une voix trop forte, trop rauque.

Le haut-roi l'observa avant de répondre :

— Si elle se réveille… ce ne sera pas avant plusieurs jours. Voire des semaines.

L'archipel ne tiendrait peut-être pas aussi longtemps.

— C'est sa faute, grommela la Sauvage. La faute de Cléo.

— Peut-être, répliqua Oro sans croiser son regard.

— Peut-être ?

Elle avait envie de hurler, de pleurer, mais elle n'en fit rien et attendit patiemment le départ du haut-roi.

Lorsqu'elle avait failli être assassinée par les nobles sélénites, Céleste l'avait sauvée. Lorsqu'elle avait failli être écrasée par le plafond de la salle de bal, Céleste l'avait secourue. Lorsqu'elle était encore sous le choc de la prétendue trahison d'Oro, Céleste l'avait tirée de sa morosité. Elle avait toujours été une bonne amie. La meilleure.

Isla, elle, n'avait pas été à la hauteur. Elle prenait l'air sur son balcon, ivre et maussade, quand son amie avait le plus besoin d'elle. Elle l'avait laissée toute seule au Festival, malgré les risques.

Elle sentit un changement dans l'air au moment où Grim apparut, dans l'ombre d'une des pièces les plus proches des jardins. *Enfin !*

— J'ai besoin que tu fasses quelque chose pour moi, déclara-t-elle d'une voix raffermie.

— Ce que tu veux.

La jeune reine prit une profonde inspiration, qui lui donna l'impression d'avoir les poumons en feu.

— Celui ou celle qui a attaqué Céleste va revenir terminer le travail. Il faut que tu la fasses disparaître jusqu'à son réveil.

Elle se réjouit que le Nocturne ne pose aucune question et se contente d'accepter d'un hochement de tête. Un instant plus tard, le corps de la Stellaire s'était volatilisé.

CHAPITRE 46
Antidote

Tout avait changé en un instant. Désormais, Isla ne se battait plus seulement pour elle-même, ou pour Terra, ou encore pour son peuple. Non, elle se battait aussi pour Céleste.

Les joues baignées de larmes, elle quitta le palais juste après l'aube. Elle avait déçu son amie à bien des égards, sans en avoir pleinement conscience jusqu'à présent. Assister à la lente agonie de sa gardienne aurait dû lui rappeler que la Stellaire subirait le même sort si elles échouaient. Au lieu de quoi elle avait vite abandonné le plan qu'elles avaient mis des années à concevoir, en partie car il ne profiterait pas à son propre royaume. Elle n'avait pas assez pensé à celui de Céleste.

Si elle ne pouvait pas changer le passé, elle pouvait toujours tenter d'aider son amie. Selon Oro, le pouvoir sélénite ne la guérirait pas… mais peut-être qu'un remède sauvage le pourrait.

Après avoir emprunté un chemin couvert d'herbes folles, Isla parcourut une forêt qui semblait déterminée à laisser un millier de marques sur sa peau, avant de traverser un pont dangereux, jusqu'à apercevoir son reflet au milieu des bois stériles, sur la façade de l'antre aux miroirs.

Il fallait qu'elle ouvre cette crypte, par n'importe quel moyen. Celle-ci pouvait contenir d'anciens remèdes sauvages, des plantes capables d'extraire le poison du corps de Céleste. Elle n'en avait vu aucune dans l'oasis où le haut-roi l'avait emmenée de nombreuses semaines auparavant. Peut-être étaient-elles cachées là.

Isla savait que la porte attendait d'être ouverte pour une bonne raison. Pourquoi pas celle-là ?

Elle s'approcha du mur d'un pas assuré, résolue à ne pas repartir avant d'avoir percé le mystère de cette serrure à l'étrange forme allongée. D'abord, elle tenta de l'ouvrir avec ses doigts, qu'elle fit glisser dans l'ouverture, les blessant au passage, avant d'essayer de combler les espaces vides à l'aide de sa paume. Lorsqu'elle voulut tourner la main, elle cria car sa peau s'accrocha au métal. Il lui fallut près d'une heure pour la libérer, entaillée et en sang.

Elle ne renonça pas pour autant et fouilla chaque pièce de l'immense château où elle avait habité pendant des semaines. Elle y dénicha de curieuses armes incurvées, des instruments dont elle ne savait pas jouer. Elle fourra l'un d'eux – une fine boîte en bois perforée – dans la serrure avec tant de force qu'il se brisa, puis elle passa un moment à retirer les échardes de ses doigts, une fois de plus écorchés.

À midi, Isla enrageait. Après s'être juré de revenir, elle regagna le palais de l'île principale, bredouille.

La jeune reine rêvait de tuer Cléo depuis longtemps, surtout depuis la tentative d'assassinat sur le port.

Mais à présent… à la vue de Céleste inerte, enveloppée dans sa toile, flottant tel un spectre… elle ne désirait rien tant que la tuer en prenant tout son temps.

La Sauvage pensait à tous les moyens de faire souffrir la reine des Sélénites lorsqu'elle débarqua sur l'île de la Lune, Oro à ses côtés.

Plus que deux emplacements, se dit-elle.

Céleste étant hors compétition, elle allait devoir jouer pour elles deux et s'assurer de gagner pour sauver le royaume de son amie. Voilà tout ce qui comptait désormais.

Plus que deux endroits à explorer.

La neige tombait dru. Elle lui trempait le sommet du crâne et coulait sur ses joues. Cette fois, Isla portait une épaisse cape par-dessus sa chemise à manches longues, ainsi qu'un pantalon pour la protéger du froid. Malgré tout, sa tenue n'était pas suffisante et elle veillait à ne pas s'éloigner du haut-roi, qui dégageait de la chaleur, tel un soleil descendu du ciel.

Ils arrivèrent bientôt au pied d'une tour qui dépassait d'une montagne de neige. Oro y pénétra par son unique ouverture : une fenêtre. Elle le suivit à l'intérieur, puis ils traversèrent un couloir. Elle comprit qu'il ne s'agissait pas d'une tour, mais d'un palais.

Quoique à l'abandon, ce dernier était encore décoré et entièrement construit en marbre blanc. Ils s'étaient introduits par son sommet. Le reste de l'édifice était enfoui sous la neige, piégé dans l'hiver éternel qui régnait sur l'île de la Lune. Isla suivait Oro dans sa descente, un étage après l'autre, jusqu'à atteindre le haut d'un imposant escalier.

Les larges marches menaient à ce qui devait autrefois être le rez-de-chaussée, à présent complètement immergé.

Chose étrange, les meubles restaient cloués au sol. Tout dans cette pièce semblait parfaitement à sa place, mais… sous l'eau.

Oro commença à se déshabiller. La Sauvage le regarda avec de grands yeux.

— Qu'est-ce que tu fais ?

— Il y a des créatures dans cette eau qui ne seront pas faciles à affronter. Je n'ai pas besoin d'être alourdi ou de leur donner de quoi m'étrangler, répondit-il en lui jetant un regard entendu.

Sa cape gisait au sol, bientôt rejointe par sa chemise. Isla le fixait malgré elle. Le haut-roi ressemblait étonnamment aux statues de marbre présentes sur l'île de la Lune, son torse et ses bras musclés pareils à ceux d'un guerrier, aussi affûtés qu'une lame.

Plus de la moitié de son corps était désormais gris-bleu. Il était mi-or, mi-sculpture de glace. Elle l'examinait en se demandant s'il était douloureux de perdre ses pouvoirs, de mourir à petit feu, centimètre par centimètre.

Ce n'était bien sûr pas la seule raison pour laquelle elle ne le quittait pas des yeux. Oro la fixa, étonné.

— Je suis certain que tu en as vu d'autres… lança-t-il d'un ton neutre.

Isla se hérissa. Il ne l'avait pas dit méchamment, plutôt de manière détachée, et elle ne pouvait pas lui en vouloir. Une vraie Sauvage, même dépourvue de magie, aurait vu son lot de corps dénudés. Ses pairs étaient célèbres pour leurs conquêtes amoureuses. C'était un fait, rien de plus.

La jeune reine, mal à l'aise, répliqua un peu trop vite :

— Bien sûr !

Intrigué, le haut-roi sentait que son absence de pouvoir n'était pas la seule chose qui la distinguait de son peuple. Il s'avança d'un pas, puis pencha sa tête blonde vers elle.

— Combien exactement, Sauvageonne ?

Le visage écarlate, Isla se retint de le gifler.

— Ça ne te regarde pas !

Dans son royaume, l'amour était interdit, mais pas les relations intimes. Celles-ci étaient au contraire célébrées. Oro, qui semblait le savoir, paraissait d'autant plus surpris.

— Simple curiosité, rétorqua-t-il avec un haussement d'épaules. J'ai moi-même eu de nombreuses conquêtes et je ne m'en cache pas.

— Eh bien, railla-t-elle, ça doit remonter à longtemps, vu qu'aujourd'hui, tu es aussi coincé qu'insupportable.

La bouche du monarque se retroussa. Il était amusé.

— Peut-être bien. N'empêche que tu n'as pas répondu à ma question.

— Et je ne le ferai pas, répliqua-t-elle avec un regard noir dans sa direction.

Il afficha un grand sourire. Se moquait-il d'elle ? Pour une raison qu'elle ignorait, Isla se sentit obligée de prouver qu'il avait tort, d'effacer cet air suffisant de son visage. Sans le quitter des yeux, elle déboutonna sa cape, qu'elle laissa tomber à terre. Elle retira ensuite sa chemise trop grande et son pantalon, pour finir vêtue des seuls habits qu'elle portait dessous : un minuscule débardeur qui lui arrivait juste au-dessus du nombril et un short moulant à taille haute qui ne lui couvrait que le haut des cuisses.

Elle n'était pas à proprement parler en sous-vêtements mais, couverte uniquement de ces quelques bouts de tissu, elle se sentait nue devant lui. Oro, pour sa part, se tenait immobile comme une statue. La Sauvage haussa les épaules, faisant de son mieux pour avoir l'air désinvolte.

— Ce n'est que de la peau, dit-elle d'une voix quelque peu tremblante.

— Que de la peau… répéta-t-il en remuant à peine les lèvres.

Isla passa devant lui pour descendre les marches jusqu'à ce que ses pieds pataugent, puis que l'eau lui arrive aux genoux. Elle l'entendit ôter ses chaussures, ses chaussettes et enfin son pantalon. Frissonnante, elle sentait la morsure du froid sur le moindre centimètre de chair exposé.

Un instant plus tard, Oro se tenait à ses côtés, en caleçon. Cette fois, elle se détourna, quoique à contrecœur.

— Les nénuphars poussent ici, expliqua-t-il en regardant droit devant lui. Ceux que tu m'as montrés dans la montagne. (Elle se souvint de cette journée, qui lui semblait infiniment lointaine.) Tu as bien dit que le cœur de Lightlark pourrait s'accrocher à leurs racines, non ?

Il la sonda du regard et elle hocha la tête en guise de confirmation.

— Ces eaux abritent d'anciennes créatures féroces, poursuivit-il. Reste vigilante.

La surface ondoya lorsque le haut-roi plongea. Après avoir pris une grande inspiration, Isla le suivit. Il nageait vite et sortit de la salle principale pour s'engager dans un couloir. Elle préféra rester près de l'escalier. Le plafond de la pièce où elle se trouvait culminait à quinze mètres de hauteur. Elle finit par s'enfoncer plus loin et gagner une autre salle qui semblait parfaitement conservée, à l'exception d'un tableau, lacéré. Les rubans de ce qui était autrefois un paysage s'enroulaient dans l'eau.

Elle balaya du regard les bords du plancher, sous les meubles. Aucun signe des plantes. Elle pivota sur elle-même pour inspecter une autre pièce et faillit boire la tasse, sous le coup de la surprise.

Devant elle flottait un visage à moitié couvert d'écailles, d'une beauté bizarre, comme un cauchemar. Une partie de la chevelure de la jeune inconnue avait la douceur translucide de la queue d'une carpe koï. Quant à ses bras et ses jambes, ils étaient eux aussi couverts d'écailles, donnant l'illusion que ses membres étaient drapés de soie. Fascinant spectacle !

Isla revint à elle. Son esprit était devenu soudain aussi trouble que l'eau. Elle cherchait quelque chose… mais quoi ? La créature lui sourit, puis tendit une main aux ongles tranchants comme des lames.

Pour m'aider, comprit la Sauvage qui, sans savoir pourquoi… lui prit la main et se laissa conduire dans les profondeurs. Elles traversèrent une chambre pour ressortir dans un couloir. C'est là que la jeune reine aperçut les nénuphars engloutis, leurs racines semblables à des tresses longues de plusieurs mètres. Ils lui semblaient importants, mais elle n'aurait su dire pour quelle raison.

Par chance, elle avait quelqu'un pour la guider.

Où donc ? se demanda-t-elle.

Quelque chose tambourinait dans sa tête, un écho ou un grondement, tandis que sa poitrine se contractait. La douleur était sourde, aussi lointaine que la surface. Mais les battements continuaient, comme…

Le cœur de Lightlark !

Voilà ce qu'ils étaient venus chercher. Isla s'en souvenait, à présent.

Elle cessa de suivre l'inconnue, qui fit volte-face et lui tira le bras. La Sauvage secoua la tête, ce qui lui donna des vertiges. Ses yeux s'écarquillèrent. Elle avait besoin de… d'air.

La créature, insistante, lui tira de nouveau le bras d'un coup sec. Quelque chose clochait. Isla se dégagea. Sa réaction ne fut pas du goût de son guide, qui se retourna pour lui taillader le ventre de ses ongles tranchants comme des rasoirs. Des volutes pourpres se mirent à danser dans l'eau, telles des taches d'encre.

Isla entreprit de ressortir de la pièce, avec une seule idée en tête : fuir. Elle franchit la porte, puis retraversa la chambre, avant de voir l'escalier. Mais les marches étaient trop loin et ses jambes, trop engourdies.

Le brouillard qui lui obscurcissait l'esprit se dissipant, elle se souvint qu'elle n'était pas seule. Elle pourrait l'appeler…

On lui tira le pied si brusquement qu'elle en eut le souffle coupé et but la tasse avant de sombrer de nouveau.

Elle se débattit, la gorge et les poumons en feu, remplis d'eau salée venue de la mer. Tout son être appelait au secours, demandait de l'air. Elle baissa les yeux : l'inconnue l'avait agrippée une fois de plus.

Isla saisit la dague qu'elle avait cachée entre ses seins, glissée dans son soutien-gorge, puis poignarda la sombre silhouette en plein dans l'œil. Son assaillante poussa un sifflement, avant de s'enfuir en hâte dans les profondeurs.

La Sauvage remonta en un instant au sommet de l'escalier de pierre, où elle cracha toute l'eau contenue dans ses poumons. À la surface, ses pensées s'éclaircirent enfin. Que s'était-il passé ? Pourquoi avait-elle suivi cette inconnue comme une idiote ?

— C'était une créature de la nuit, expliqua Oro d'une voix tendue, quelque part non loin d'elle. Elles peuvent envahir ton esprit, l'annihiler complètement.

Il s'agenouilla à ses côtés. Elle se demanda pourquoi avant de se mettre à hurler, la douleur revenant d'un seul coup. Elle avait une longue entaille au flanc, là où la perfide créature l'avait griffée.

Le haut-roi fit de son mieux pour la rassurer, manifestant une douceur qui semblait en décalage avec sa carrure imposante. Il la dominait de toute sa hauteur, même s'il se tenait à genoux.

Alors qu'elle frissonnait sur le sol de pierre froid, il posa une main sur le ventre nu de la Sauvage. Aussitôt, la chaleur l'inonda, suivie d'une sensation de piqûre – il la soignait. Il l'apaisa de nouveau lorsqu'elle tressaillit. Isla le fixa avec attention et grimaça quand sa peau se referma. Oro lui rendit son regard.

Le fait qu'il soit si proche d'elle ou, peut-être, qu'il ait posé ses mains sur elle – ou encore, et c'était plus probable, le sang qu'elle avait perdu – lui donnait de légers vertiges.

Elle poussa un nouveau gémissement lorsque le processus de guérison lui envoya une décharge électrique. Il sursauta quand elle plaça sa main sur la sienne, appuyée sur sa blessure. Brûlante comme un charbon ardent, immense, la main du Solarien lui couvrait presque le ventre et ne tarda pas à se retirer en glissant sur les côtes de la Sauvage afin de cicatriser les bords de la plaie.

— C'est fini, annonça-t-il au moment où Isla se préparait à une nouvelle sensation de piqûre.

Elle le regarda, interdite. L'instant précédent, elle était haletante, le sel brûlant sa blessure comme une flamme et, à présent, elle respirait de manière plus apaisée. Dès qu'Oro eut ôté ses mains de sa peau nue, pourtant, elle frissonna, de nouveau frigorifiée.

Il reposa alors une paume sur elle, cette fois sur son genou et la jeune reine se redressa, chassant ses pensées parasites pour se concentrer sur la raison de leur présence dans ce maudit château immergé.

— Tu l'as trouvé ? demanda-t-elle, pleine d'espoir.

Les prunelles du haut-roi s'assombrirent.

— Non. Il n'était pas là.

Elle ferma les yeux. La déception était presque aussi douloureuse que l'entaille qui lui barrait le ventre quelques instants plus tôt. Isla était l'unique espoir de Céleste et de son peuple. Elle ne pouvait pas échouer, pas cette fois. Quand elle rouvrit les paupières, elle se contraignit à paraître plus confiante qu'elle ne l'était en réalité.

— Dans ce cas, il ne nous reste plus qu'un seul endroit à fouiller.

— Oui… même si j'espérais éviter de m'y rendre.

— Pourquoi ?

— C'est en plein territoire boréen.

Perplexe, elle fronça les sourcils.

— Le groupe qui a tenté de te tuer, précisa-t-il.

Oh !

— Qui sont-ils ?

Elle ne les avait pas vus, mais leurs voix… ce qu'ils avaient voulu lui faire…

— Je croyais que tu le savais, répliqua Oro, surpris.

Quoi donc ?

— C'étaient des Sauvages.

Pardon ?

Isla était stupéfaite.

— Il n'en reste plus aucun sur l'île, et puis, j'ai entendu des voix masculines…

— Tu as raison, mais j'ai dit « c'étaient ». Leur groupe a quitté ton royaume bien avant les malédictions. Ils avaient déjà renoncé à leur pouvoir, alors leur peuple n'a pas été affecté.

Ils se nourrissaient donc de cœurs et de chair humaine par goût… et non à cause d'un sortilège. La jeune reine frémit. Il y avait tant de choses qu'elle ignorait sur les Sauvages. Pourquoi ce groupe avait-il décidé d'abandonner son royaume ?

— Je peux y aller seul, suggéra le haut-roi. (Contrairement à toutes les autres fois où il avait fait ce genre de proposition, son ton n'était pas dur.) Si tu préfères ne pas prendre de risques.

Non. Elle était arrivée jusque-là. Si elle voulait gagner le Centennal et sauver les êtres qui comptaient le plus à ses yeux, elle devait être avec lui quand il trouverait le cœur de Lightlark.

— Je t'accompagne.

Ce soir-là, Oro la conduisit dans un lieu où elle n'aurait jamais imaginé être conviée : l'ancienne armurerie du palais. Elle s'équipa à outrance – flèches, arcs, couteaux, étoiles à lancer, épées – car elle pensait à Céleste et Terra, les deux femmes les plus fortes qu'elle connaissait.

Elle quitta les lieux prête pour le lendemain. Prête à affronter les anciens Sauvages qui avaient bien failli la mettre en pièces.

CHAPITRE 47
L'arbre à plumes

Dès qu'ils posèrent le pied sur l'île de la Lune le lendemain soir, l'oiseau bleu nuit les repéra et se mit à crier.

— Un piaillement de plus et je te transforme en ragoût ! lança méchamment Isla en pointant une flèche dans sa direction.

S'adressait-elle directement à la reine des Sélénites ? Elle aurait volontiers tiré sur l'espion de Cléo pour se venger de ce que la souveraine avait fait à Céleste.

Le volatile poussa un dernier cri avant de s'envoler, loin de la pointe affûtée de la flèche.

— On est tendue ? se moqua Oro.

Lui n'était pas armé. C'était sûrement une stratégie. Les anciens Sauvages ne devaient pas penser que le haut-roi de Lightlark les considérait comme une menace.

Surtout, c'était un message envoyé à Cléo. Où qu'elle se trouve sur l'île de la Lune, qu'elle se serve ou non de l'oiseau bleu nuit comme d'un espion, elle saurait qu'ils étaient revenus sur son territoire. Le fait qu'Oro pénètre sur son île tant de fois sans être armé était le plus fort des messages.

Après tout, le Centennal était un jeu et l'Originel, le participant le plus puissant.

Isla s'efforçait de ne pas penser à la reine aux cheveux blancs tandis qu'ils progressaient sur la neige vers leur destination finale. À la place, elle songeait au cœur de Lightlark. Une fois éclos, serait-il aussi beau qu'une primevère ? Aussi froid que le cœur du haut-roi ?

Ils étaient près, si près du but ! Elle se tourna vers Oro et le surprit qui l'observait avec une expression déterminée, aussi dure que les blocs de glace au bord du chemin. Il hocha la tête, comme s'il lisait dans ses pensées.

Un dernier endroit. Puis tout sera terminé.

Le territoire des Boréens se trouvait bien au-delà des confins du royaume enneigé de Cléo. Au nord-est s'étendait une portion de terre si effroyablement froide qu'elle en était quasi inhabitable. Isla dépendait de la chaleur qu'irradiait le Solarien, pareille à un bouclier. Il la déploya pour qu'elle l'enveloppe tout entière, jusqu'à ce qu'elle ne sente presque plus le givre sur son nez.

La glace, aussi tranchante que des dents, saillait en biais du sol, tel un tas d'épées. La Sauvage serra la poignée de son arme, aux aguets, étudiant tout ce qui l'entourait. Les deux compagnons pénétrèrent dans une forêt d'arbres morts, squelettes couverts de neige.

Ils déferlèrent en une vague. Succédant brutalement au silence, des hurlements retentirent dans la nuit tandis que des corps sautaient du haut des arbres pour atterrir sur leur chemin. D'autres sortirent des troncs derrière lesquels ils étaient tapis, leurs flèches pointées sur le cou des deux intrus.

Mais Isla était prête.

Une esquisse de sourire aux lèvres, elle se déchaîna. Trois de ses flèches volèrent en même temps et chacune atteignit sa cible. Des corps tombèrent des branches les plus hautes. Elle se baissa vivement, évitant de peu une lame qui volait, avant de faire volte-face, son épée à la main. Après avoir éventré l'homme devant elle, qui brandissait un poignard près de son cœur, elle se retourna pour faire subir le même sort à une femme immense, qui visait sa tempe avec une hachette rouillée.

De son autre main, elle tira des étoiles à lancer de sa poche pour les envoyer dans le cou d'un homme, une demi-seconde avant qu'il ne plante sa lame dans le dos d'Oro. Elles formèrent une ligne parfaite sur sa gorge, tel un collier macabre.

Grâce à son feu sifflant et rugissant, le haut-roi élimina cinq adversaires à la fois, dont les armes métalliques tombèrent sans bruit dans la neige. Il en gela un sixième contre un arbre, avant d'en projeter un autre en arrière dans une explosion d'énergie stellaire.

Isla tournoyait, aussi vite qu'une toupie. Son épée tranchait la chair avec autant de facilité que les dents d'un Sauvage, les tissus mous d'un cœur. Le métal tintait contre le métal avant qu'elle ne fasse voler l'arme ennemie et ne fauche celui qui la brandissait. Elle fit de même avec un autre, puis un autre encore.

Avec un grognement, elle tomba soudain sur le dos. Le sol était verglacé. Elle inspira, mais n'éprouva aucun soulagement, car ses poumons étaient comme pétrifiés.

Un homme se dressait au-dessus d'elle. Ses dents étaient aussi acérées que des lames, taillées pour servir d'armes. D'outils pour dévorer. Il s'apprêtait à lui briser le cou. À la tuer proprement, afin que sa chair ne soit pas souillée par une blessure et qu'il puisse s'en repaître.

Isla l'observait, impuissante, suffocante. Elle souleva une main tremblante du sol. Si seulement son corps pouvait se remettre de la chute…

Soudain une lame transperça le torse de son assaillant, qui laissa échapper un gargouillis, puis s'étrangla avec son propre sang avant de s'effondrer sur la neige.

Oro se tenait debout, une épée à la main. Pourtant, il n'était pas venu armé… Du moins, c'était ce qu'Isla croyait. Elle regarda, émerveillée, l'épée argentée disparaître en une gerbe d'étincelles. Il l'avait créée à l'aide d'énergie stellaire ! Elle ignorait qu'une telle prouesse fût possible.

Après avoir repris son souffle, elle se releva et regarda les corps qui resteraient à jamais à terre, morts. Ils étaient tous morts.

— D'autres vont venir et chercher à savoir ce qui s'est passé, prévint le haut-roi. Allons-y.

Isla lui prit la main, encore haletante. Il la réchauffa par son contact, puis ils s'enfuirent au pas de course. Oro avançait si vite qu'il volait presque. Il ne s'arrêta qu'au moment où apparut un arbre à plumes blanches, qui poussait dans la glace.

Bien sûr ! Un arbre isolé, figé dans le temps : l'hôte parfait pour le cœur de Lightlark. Celui-ci pouvait être caché dans ses plumes ou même entre ses racines.

La Sauvage fit un pas en avant, puis deux, avant de se mettre à courir.

Enfin !

Après tout ce qu'ils avaient traversé… il était là. Leur salut. Sa chance de devenir la reine et l'amie que ses proches méritaient.

Elle entendit Oro juste derrière elle. Sa chaleur s'intensifiait, sous l'effet du soulagement que tout soit terminé. Les mois de recherche. Les siècles de souffrance.

Une fois devant l'arbre, Isla commença à fouiller ses branches. Les plumes, douces comme la neige, dansaient dans le vent en bruissant légèrement. De petits morceaux tombaient par terre.

Comme elle ne trouvait rien, elle s'intéressa aux racines. La glace lui permettait de les voir dans leur totalité, épaisses et entremêlées.

— Isla…

Elle examina l'arbre à plumes une deuxième fois, puis une troisième.

— Il est forcément ici, dit-elle en écartant de nouveau les plumes avec rage et désespoir.

La jeune reine s'écroula ensuite à genoux pour regarder de plus près les racines, malgré les tiraillements de douleur qui lui brouillaient la vue. Les mains pressées contre la glace, elle chercha de plus belle, étudiant chaque nœud dans le bois. En vain : il n'y avait rien de caché.

— Il n'est pas là, déclara Oro d'une voix aussi dénuée d'expression que ses yeux lors du premier dîner.

Ils s'étaient trompés. Ou bien Cléo était arrivée avant eux. Peut-être avait-elle envoyé son oiseau pour se moquer d'eux lors de leur première venue sur son île.

Isla retint son souffle. Si la Sélénite détenait le cœur de Lightlark…

Les mises en garde et les doutes de Céleste – qu'elle avait refusé d'écouter – retentissaient dans sa tête. Elle posa son front sur la glace et se mit à sangloter.

CHAPITRE 48
La bibliothèque secrète

Il ne restait plus que vingt jours avant la fin du Centennal. Or, selon Isla, Lightlark ne tiendrait même pas dix jours de plus. Et Terra, cinq.

Bien qu'ils eussent ratissé les différentes îles de fond en comble en quête du cœur de l'archipel, Oro et elle avaient échoué dans leur mission.

Elle avait commis d'innombrables erreurs au cours des quatre-vingts derniers jours. Elle n'avait pas fait confiance aux bonnes personnes, n'avait pas conçu les bons plans, n'avait pas suivi les bonnes pistes. Elle avait couru aveuglément après le pouvoir alors qu'elle aurait dû tout faire pour protéger les êtres qui l'aimaient.

Mais elle ne renoncerait pas. Pas cette fois. Céleste ne l'aurait pas laissée faire.

Trois jours après leur dernière expédition sur l'île de la Lune, Isla frappa à la porte du haut-roi. Ses articulations étaient encore sensibles après le froid du territoire des Boréens, et ce, malgré l'élixir sauvage qu'elle avait à maintes reprises étalé sur sa peau abîmée.

Devant l'arbre à plumes, elle avait vu la lumière quitter les yeux d'Oro. Il s'était replié sur lui-même, prêt à redevenir le souverain qu'elle avait rencontré le soir de son arrivée, plus renfermé et sur ses gardes que sa propre île maudite. Quand ils n'avaient pas trouvé le cœur de l'archipel à l'endroit attendu, une partie de lui avait disparu, ce qui arriverait à Lightlark s'ils échouaient. Peut-être pour toujours, cette fois.

Oro ouvrit la porte juste au moment où elle allait abattre son poing avec force. Il saisit son bras avant qu'il ne s'écrase contre son torse. Le poignet de la Sauvage dans sa main, il la dévisagea, perplexe. Isla le bouscula pour entrer dans sa chambre. Il ne l'en empêcha pas.

— Ce n'est pas terminé, déclara-t-elle, les narines dilatées et la voix brisée comme si elle tentait encore de s'en convaincre.

Oro la fixa en silence. Elle esquissa un pas vers lui.

— Je refuse de croire que c'est la fin, insista-t-elle en secouant la tête. Impossible. (Elle lui enfonça un doigt dans le torse.) Tu es le haut-roi de Lightlark, le souverain le plus puissant de tous les royaumes. (Il haussa un sourcil, surpris qu'elle parle de lui sans inclure les qualificatifs « maudit » et « insupportable ».) Il doit y avoir une autre solution, une autre fin.

Son index était toujours posé sur Oro, qui le regarda avant de la regarder, elle.

— Qu'est-ce que tu proposes ? demanda-t-il.

Une question toute simple… qu'il n'avait encore jamais posée.

Même dans sa quête du brise-liens, Isla avait suivi la stratégie de Céleste. Pour la première fois, elle concevait son propre plan.

— On commence par le début, répondit-elle d'un ton ferme. (Son regard balaya la chambre du monarque.) La vérité la plus élémentaire, l'origine de tout.

La jeune reine se mordillait la lèvre en réfléchissant. Elle repensa à la première chose qu'il lui avait dite, le fondement de toutes leurs recherches. Une question qu'elle avait déjà posée, restée sans réponse.

— Comment as-tu appris l'existence du cœur de Lightlark ?

— Je l'ai lu quelque part, éluda Oro.

— Où ?

— Dans un livre.

— Quel livre ?

— Un vieil ouvrage, que j'ai trouvé dans une bibliothèque secrète.

Le monde lui sembla devenir silencieux. Tous les sens de la Sauvage parurent cesser de fonctionner. *Une bibliothèque secrète.* C'est ce qu'avait dit Céleste. Pourquoi n'avait-elle pas écouté son amie ?

Elle fit de son mieux pour dissimuler sa surprise, son immense soulagement et son accablante culpabilité.

— Quelle bibliothèque ? s'enquit-elle tout bas.

Sans hésitation, Oro traversa la pièce pour rejoindre la porte de son balcon. Il l'ouvrit en grand, jusqu'à ce qu'elle appuie contre le mur de sa chambre, puis il tourna de nouveau la poignée – cette fois en poussant contre la pierre. La cloison pivota.

Isla le suivit dans une salle aussi haute qu'une tour et aussi vaste que les appartements du haut-roi, remplie de livres et d'objets enchantés.

Une bibliothèque !

La jeune reine osait à peine respirer ou bouger, de crainte que son imbécile de cœur, qui battait bien trop fort dans sa poitrine, ne la trahisse. Elle ne voyait que des livres à perte de vue. Le brise-liens devait être bien caché. Enfin, ça n'avait plus d'importance.

Céleste était à l'article de la mort. Isla ne pourrait pas utiliser l'artefact avec son amie dans cet état. Et même si elle l'avait pu, le brise-liens ne sauverait pas Terra. Celle-ci ne pouvait être ressuscitée que par un pouvoir incommensurable. Le pouvoir promis à celui ou celle qui briserait toutes les malédictions.

Oro se dirigea vers l'une des étagères d'un pas assuré, comme s'il l'avait déjà fait maintes fois. Il en tira un livre, qu'il ouvrit à une page couverte d'annotations tracées dans une écriture tourbillonnante – une langue ancienne inconnue d'Isla.

— Tu comprends ce qui est écrit ? demanda-t-elle.

— Oui, répondit le haut-roi.

— Alors lis-moi tout ce qui concerne le cœur de Lightlark. S'il te plaît.

Il accepta d'un hochement de tête. Cependant, au lieu de regarder le texte, il la regarda, elle.

— Avant que je commence, il faut que tu saches quelque chose, Sauvageonne.

Son expression ne trahissait ni amusement ni malveillance. Il était on ne peut plus sérieux.

Prête à être déçue, la jeune reine sentit l'appréhension la prendre aux tripes.

— Si ça n'avait tenu qu'à moi, je t'en aurais informée dès le début, mais après ce que Grim t'avait dit… J'attendais qu'il te le révèle lui-même.

La gorge d'Isla se serra. Lui révéler quoi ? Qu'est-ce qui pouvait être si important ?

— J'en déduis qu'il ne l'a pas fait.

***

Deux heures plus tard, les deux souverains étaient assis dans la bibliothèque, entourés d'innombrables livres parcourus en vain et plongés dans un silence pesant.

L'ouvrage ne leur avait offert que quelques maigres détails. Il parlait d'un cœur contenant un pouvoir pur, entier, mêlant les capacités solariennes, sauvages et nocturnes. Une énergie plus puissante que la leur, qui n'avait existé que des milliers d'années plus tôt.

« Le cœur restera caché jusqu'à ce qu'il éclose et devienne partie intégrante de Lightlark, au moment opportun. » Voilà la traduction proposée par Oro.

Lorsque Isla finit par se relever, elle avait des crampes dans les jambes. Elle fut surprise de voir de la lumière filtrer sous les rideaux. Après des heures de lecture, ils n'étaient pas plus avancés.

Pourtant, elle n'avait pas perdu espoir. En fait, elle était plus optimiste que jamais.

— C'est la clef pour le trouver, lui dit-elle en désignant les volumes ouverts devant eux. J'en suis persuadée.

Oro hocha la tête, mais son regard était plus las que jamais. Ses yeux, plus cernés. Quand la jeune reine avait suggéré qu'ils se reposent un peu avant de se remettre au travail, il avait d'abord refusé. Puis, par bonheur, il avait cédé.

Elle parcourut les couloirs, aussi silencieuse qu'un spectre. Le palais s'éveillait et les rais ambrés de l'aube s'insinuaient petit à petit par de hautes fenêtres dépourvues de rideaux. Elle était loin des appartements du haut-roi. Loin des siens.

Elle vit Céleste dès qu'elle pénétra dans la pièce où Grim l'avait cachée. Son état n'avait pas changé, comme chaque soir où la Sauvage lui avait rendu visite. Elle demeurait aussi immobile qu'une statue, flottant paisiblement dans les airs.

Des larmes piquaient le coin des yeux d'Isla. Depuis le début, la Stellaire était résolue à trouver le brise-liens – son arme secrète pour rompre les malédictions sans tuer de souverain, sans faire appel à personne d'autre. Isla avait cherché cet artefact pendant des semaines.

Même si Céleste ne pouvait pas l'entendre, elle finit par dire d'une voix tremblante :

— Tu avais raison, pour la bibliothèque secrète.

Elle saisit les mains de son amie, sachant combien celle-ci serait enthousiaste si elle était réveillée. C'est à ce moment-là que la Sauvage remarqua que Céleste avait un poing serré. Comme si elle avait lutté, juste avant que le poison ne la pétrifie.

Non, se corrigea la jeune reine en dépliant avec précaution les doigts de la Stellaire. C'était un message, qui lui était adressé.

Il y avait quelque chose dans ce poing fermé, un objet que Céleste était parvenue à agripper, pour lui révéler l'identité du coupable. Un indice. La Sauvage finit par ouvrir totalement la main pâle de son amie… et la bague en diamant qu'elle avait donnée à Azul tomba par terre.

CHAPITRE 49
Diamant noir

Azul avait empoisonné Céleste. Il n'était pas le monarque à la fois jovial et tourmenté qui avait charmé Isla par sa musique. C'était un souverain calculateur avec un plan précis en tête.

Elle se souvint de la conversation qu'elle avait surprise, de nombreuses semaines auparavant. Oro se disputait avec l'Azuréen à propos de la stratégie à adopter pour faire tomber l'un des royaumes. Après que le haut-roi lui eut assuré qu'elle était en sécurité, elle avait supposé qu'Azul comptait anéantir les Sélénites.

Elle comprenait à présent qu'il parlait des Stellaires. De Céleste. Plus grave : elle n'avait jamais rapporté cette conversation à son amie. Quand celle-ci avait été associée au roi des Azuréens, Isla aurait dû au moins l'avertir, mais elle était à ce moment-là trop obnubilée par la trahison d'Oro. Trop centrée sur elle-même, comme toujours.

Comment n'avait-elle pas envisagé la possibilité qu'Azul vise le royaume stellaire ?

Mais pourquoi ferait-il une chose pareille ? Quelles étaient ses intentions ?

Tant de questions, de pièces d'un puzzle qui ne s'assemblaient pas. Chaque fois qu'elle croyait avoir une certitude, la vérité se transformait, se brisait. Mais plus pour longtemps.

Isla se rappela les paroles de l'oracle : « *Tu as beaucoup de questions. J'aurais tant de choses à t'apprendre… mais je ne le dois pas. Tout sera bientôt révélé.* »

Isla se tenait dans l'antre aux miroirs, le dos droit. Des feuilles mortes volaient paresseusement à ses pieds, soufflées par le vent qui entrait par une fissure dans le verre. Elle faisait face à l'imposant escalier qui menait aux différentes pièces, jadis remplies, désormais vides. Les toiles d'araignée et les vitres fêlées avaient remplacé les rires et la musique.

Elle les entendait presque, leurs voix aussi douces que la sienne, lorsqu'elle porta la main à son cou, à l'énorme diamant noir qui reposait sur sa gorge, afin d'actionner son pouvoir.

Une minute s'écoula. Le don du Nocturne ne fonctionnait pas dans l'antre aux miroirs. Il devait donc apparaître à l'orée de la forêt de l'île de la Nature, puis la rejoindre à pied.

La porte s'ouvrit avec tant de violence qu'elle sembla près de se briser. Isla fit volte-face et vit Grim accourir, affolé. Les yeux écarquillés de peur, le souffle court, une épée à la ceinture, il fut devant elle en un instant.

— Mon cœur… tu es blessée ?

Haletant, il prit son visage entre ses mains gigantesques, plaçant ses pouces au coin de ses lèvres, pour l'examiner en quête de plaies. Il la regardait comme si elle était faite non de sang et d'os, mais de glace et de brume, et sur le point de disparaître…

— Je vais bien.

En entendant son ton calme, il laissa retomber ses mains.

Inutile de tourner autour du pot. Elle l'avait fait venir pour une bonne raison.

— Pourquoi m'as-tu caché qu'une Sauvage avait participé à la création de Lightlark ?

À sa grande surprise, Grim demeura impassible. Il se contenta de l'observer un moment, avant de répliquer :

— Il vaut mieux découvrir certains faits par soi-même. (Il soutint son regard.) On m'a révélé de nombreuses informations que j'aurais préféré apprendre tout seul, en temps voulu, quand j'aurais été en mesure de mieux les comprendre…

Quelles informations ? souhaitait-elle demander. Mais elle resta concentrée.

— Est-ce que tu comptais m'en parler un jour ?

— Oui, bien sûr. Je t'ai amenée ici… J'ai répondu à tes questions… Mais je n'avais pas envie de t'accabler en te dévoilant tout d'un seul coup. (Il secoua la tête.) Tu venais d'arriver dans un nouvel endroit, sans savoir grand-chose. Contrainte de porter le fardeau des malédictions, de représenter ton royaume, et ce, sans pouvoir. Tu étais terrifiée. Je ne voulais pas empirer les choses. Je m'y refusais.

Isla aurait dû être stupéfaite qu'il ait pu sentir sa terreur, sa confusion, depuis le début du Centennal. Malgré tout, ce n'était pas une excuse.

— Est-ce que tu me caches autre chose ?

Elle ne pouvait faire confiance à personne. Azul avait empoisonné Céleste. Cléo avait tenté de la tuer à plusieurs reprises. La Sauvage se souvint de la mise en garde de l'oracle : « *Il y a des mensonges et des menteurs autour de toi, Isla Calys.* » Grim en faisait-il partie ?

Une lueur brilla dans les yeux du Nocturne. Elle le connaissait assez bien à présent pour la reconnaître.

— C'est le cas, n'est-ce pas ?

Il se raidit, puis hocha la tête.

— De quoi s'agit-il ?

Elle était partagée entre la colère et la peur. Il le sentait. Lorsqu'il fit un pas vers elle, elle recula et faillit perdre l'équilibre.

— Il y a certaines choses que je ne t'ai pas dites, avoua-t-il. Pas de façon explicite.

Un pas de plus.

Parle, enfin ! pensa Isla, qui ne supportait plus de ne pas savoir.

Grim fronça les sourcils. C'était une expression inhabituelle chez lui. Bien sûr, il réagissait souvent de cette manière face aux autres, mais jamais face à elle. Avec elle, il souriait toujours.

— Je ne t'ai pas dit l'effet que tu as sur moi.

— Pardon ?

— Je ne t'ai pas dit que tu m'avais détruit.

— Détruit ?

— Oui, détruit. Torturé. Tu n'as pas arrêté de me faire souffrir, dès le premier instant où j'ai posé les yeux sur toi.

Isla ouvrit la bouche, puis la referma. Elle envisagea même de s'excuser.

— Après à peine quelques conversations avec toi, poursuivit Grim, j'étais prêt à conclure le marché le plus désavantageux qui soit : me livrer entièrement en échange de la moindre miette que tu voudrais bien me jeter. (Il secoua la tête.) Tu as envahi mon esprit, au point de me faire douter de ma santé mentale. Je pense à toi tout le temps.

La manière dont il avait prononcé ces derniers mots, et ce qu'ils sous-entendaient, la fit rougir.

— Tout le temps ? répéta-t-elle, le souffle court.

— Je me languis de toi tard le soir. Oui, je me languis de toi… tout le temps, répéta-t-il, plus tourmenté que jamais.

Comme s'il attendait depuis longtemps de prononcer ces paroles. Comme si elle était une malédiction pire que toutes les autres.

Puis il l'embrassa.

Elle eut un sursaut, infime, et il s'écarta. *Non !* Avant qu'il n'ait pu s'éloigner, elle se colla contre lui, les bras passés autour de son cou. Puis elle recula la tête pour croiser son regard. Toute sa colère avait disparu, remplacée par des émotions qui assombrissaient les yeux du Nocturne.

Sans lui laisser le temps de sourire, elle pressa ses lèvres contre les siennes. Il était froid comme la pierre, et elle, frigorifiée, lorsqu'il la plaqua contre la vitre. Leur baiser se fit plus profond, leurs bouches s'entrouvrirent. Un feu la consumait de l'intérieur. Elle lui offrit son cou et il l'embrassa, lui mordillant la gorge, juste sous son collier.

Après avoir écarté la cape d'Isla, Grim parcourut de son souffle son épaule nue. Elle poussa un gémissement, le froid lui picotant la peau. Il l'agrippa ensuite par la taille pour la plaquer un peu plus fort contre le mur. Elle se mit à déboutonner la cape du Nocturne, qui tomba sans bruit par terre.

Il croisa un instant son regard, mais elle tirait déjà sur sa chemise, qu'elle lui ôta d'un seul mouvement rapide. Puis elle s'arrêta pour le contempler.

Il était bâti pour la guerre. Tout en muscles. Un impitoyable combattant. Une grande cicatrice lui barrait le milieu du torse, à quelques centimètres du cœur. Elle posa une main dessus. Il observa son geste, haletant, comme s'il faisait de son mieux pour ne pas bouger.

— Comment t'es-tu fait ça ?

Le cœur d'Isla battait déjà la chamade. Celui de Grim aussi. Il frissonna lorsqu'elle suivit de l'index la cicatrice dentelée.

— Quelqu'un a tenté de me tuer. (Il prit les doigts de la Sauvage entre les siens.) Mangecœur… dit-il avec une esquisse de sourire. (*Encore ce surnom !*) Là, tout de suite, c'est toi qui me tues.

Sa voix était grave, comme celle dans les rêves qu'elle avait faits au cours des dernières semaines. Ceux qu'il lui avait envoyés. Ceux qu'elle souhaitait à présent voir se réaliser.

Elle s'empara de la couronne du Nocturne et la laissa tomber par terre, avant de faire pareil avec la sienne.

Le roi des ténèbres et la reine de la nature respiraient tous les deux un peu trop vite. Elle enjamba sa couronne pour se rapprocher de Grim, qui la prit dans ses bras. Cette fois, il l'embrassa avec une espèce de rage désespérée, comme s'il ne leur restait plus que quelques minutes avant le coucher du soleil, comme si la verrière était sur le point de voler en éclats. Il la serrait contre lui, comme s'il craignait qu'elle ne s'envole, tel un oiseau délivré de sa cage.

Elle enroula ses jambes autour de sa taille. Elle sentait chaque centimètre de son corps contre le sien, même à travers le tissu de leurs vêtements.

« Je ne t'ai pas dit l'effet que tu as sur moi. » Les paroles du Nocturne retentissaient en elle tandis qu'elle en découvrait le sens plein. *« Je me languis de toi… tout le temps. »*

Il la désirait en ce moment même. Elle se colla un peu plus contre lui, ce qui lui fit pousser un feulement rauque. Dans un élan passionné, il l'agrippa par l'arrière des cuisses, plantant ses doigts dans la peau de la jeune reine, et se pressa de plus belle contre elle. En réaction, Isla ferma les yeux et rejeta la tête en arrière. Il la plaqua contre la vitre pendant que ses mains s'activaient sur le devant de sa robe, dénouant en hâte liens et bretelles. Avant qu'elle ne s'en rende compte, l'étoffe avait disparu et les lèvres de Grim étaient sur sa poitrine.

Le monde pouvait bien s'effondrer, elle ne s'en apercevrait pas, concentrée qu'elle était sur le chemin emprunté par la langue du Nocturne. Elle brûlait de désir pour lui, pour sa bouche, ses mains, et avait l'impression d'avoir la peau à vif.

— Encore… dit-elle, ou gémit-elle, elle ne savait plus. (Tout ce qu'elle savait, c'était qu'elle avait soif de tout ce qu'il avait à lui offrir.) Encore !

Il la serra encore plus étroitement. Elle se cramponna à ses bras et lui mordit l'épaule pour s'empêcher de pousser d'autres gémissements tandis qu'il la soulevait. Sa main finit par arriver exactement là où elle la voulait. Par-dessus le tissu, puis par-dessous. Isla grogna à la première pression de ses doigts calleux, qui entamèrent bientôt leur exploration lente et régulière.

Encore ! Il obéit et elle poussa un cri étouffé lorsqu'il s'en servit pour s'aventurer en elle, de plus en plus loin. Le désir emporta tout le reste. Grim jura quand elle commença à remuer contre sa main.

— Oui, voilà, souffla-t-il d'une voix rauque et câline, comme s'il prenait autant de plaisir qu'elle.

Avant qu'elle ne se demande ce qui pourrait suivre, il lui releva le menton.

— Regarde-moi, mon cœur. Je veux te voir fondre.

Elle lui planta ses ongles dans la nuque. Ils étaient front contre front. Jamais Isla ne s'était sentie aussi vivante, aussi nue, qu'en cet instant précis où il l'observait, alors qu'elle était submergée par des sensations infinies. Le Nocturne la regardait droit dans les yeux tandis que chacune de ses émotions s'intensifiait, jusqu'à saturation, dépassant tout ce qu'elle avait pu imaginer.

Ce moment avait quelque chose de si familier, comme sombrer dans le sommeil, fredonner sous la pluie ou respirer. Comme si elle l'avait déjà vécu un millier de fois… en rêve.

CHAPITRE 50
Nuit sans sommeil

Isla ne dormait plus. Elle passait ses jours et ses nuits dans la bibliothèque. Le temps s'écoulait aussi vite que la pluie sur la centaine de fenêtres de l'antre aux miroirs, pendant l'orage qui les avait coincés, Grim et elle, sous cette verrière des heures durant.

En tournant les pages des livres, elle se souvenait des mains du Nocturne sur sa peau, de ses lèvres contre son épaule. Ils n'avaient pas fait tout ce qu'elle aurait voulu sur le moment. En son for intérieur, elle était soulagée qu'au lieu de finir de se déshabiller, il se soit assis par terre pour regarder la pluie tomber. Elle avait la tête posée contre son torse et lui, le menton sur le sommet de son crâne, à la place de sa couronne. Avant qu'ils ne se séparent, elle lui avait fait promettre de trouver Azul, où qu'il se cache, et de le lui amener.

Oro l'observait, comme s'il pouvait percevoir les endroits où Grim avait posé ses mains. Il avait dû remarquer son regard rêveur, mais n'avait rien dit. De son côté, elle n'avait pas envie qu'il sache ni même soupçonne quoi que ce soit.

Isla planta ses ongles dans sa paume pour se forcer à se concentrer. Briser les malédictions et remporter le

Centennal était à présent plus important que jamais. Elle était l'unique espoir de son peuple, de Terra et de Céleste.

Le cœur de Lightlark était en outre la clef pour accéder à la vie qu'elle avait toujours souhaitée. Non seulement à des pouvoirs, mais aussi, peut-être, à un avenir prometteur… avec Grim.

— Alors ?

La voix du haut-roi lui fit l'effet d'un seau d'eau froide sur ses pensées bouillonnantes. Elle revint à la réalité et avisa son expression : il savait qu'elle avait l'esprit ailleurs.

La Sauvage referma le livre, puis se racla la gorge. Elle avait lu le même paragraphe dix fois et aucune des phrases n'avait de rapport avec le cœur de l'archipel ou les malédictions.

— Rien, répondit-elle en s'adossant à sa chaise. Et toi ?

Il secoua la tête avant de fixer la pile de vieux ouvrages devant lui, comme s'il s'apprêtait à les brûler d'un claquement de doigts. Elle se frotta le visage, les yeux, les tempes.

— On fait fausse route, soupira-t-elle.

Oro l'observait, sans rien dire. Isla était épuisée. Elle avait mal au cou et au dos à force d'être penchée sur ses livres. Son esprit était éreinté par tout ce qu'il avait dû faire : réfléchir, comploter… et aussi rêvasser.

— Bon… lança-t-elle en posant son front sur ses bras. (La table en bois était fraîche contre sa peau et sentait le pin.) Redis-moi tout ce qu'on sait.

Le monarque ne rechigna pas à lui obéir, comme il l'aurait sans aucun doute fait quelques mois plus tôt. Il se cala contre le dossier de son fauteuil et tapota des doigts sur la table, près de la tête de la jeune reine.

— On sait que le cœur de Lightlark se trouve sur l'île de la Lune. On sait qu'il contient un incommensurable pouvoir sauvage, solarien et nocturne. Qu'il a servi à jeter les malédictions et qu'il éclôt à intervalles réguliers, quand c'est nécessaire, dans divers lieux où l'obscurité rencontre la lumière.

Isla se répéta cette dernière phrase. Derrière ses paupières, elle ne voyait que l'obscurité. Elle imagina sa rencontre avec la lumière, à quoi celle-ci ressemblerait, quelles couleurs seraient créées. Inutile d'imaginer cette scène. Elle l'avait déjà vue des centaines, des milliers de fois dans sa vie. Elle redressa la tête si brusquement qu'elle en eut un vertige.

— Qu'est-ce qu'il y a ? demanda Oro, les yeux arrondis par la surprise.

La Sauvage se leva pour faire les cent pas. Son esprit allait trop vite et ses mots sortaient trop lentement.

— Et si ce n'était pas un endroit, mais un moment ?

— Comment ça ?

— L'aube, le crépuscule… expliqua-t-elle. Autrement dit, quand l'obscurité rencontre la lumière.

Le haut-roi réfléchit à voix haute.

— Sauf que Remlar a bien dit « où ».

Ce doit être le nom de l'homme ailé, pensa Isla.

— Et si c'était les deux ? Et si le cœur se cachait dans un lieu où l'obscurité rencontre la lumière, mais n'apparaissait qu'à l'aube ou au crépuscule ?

Oro cligna des paupières pour chasser la fatigue comme on écarte des toiles d'araignée. Il était si concentré qu'elle voyait presque les rouages de son cerveau tandis qu'il passait en revue les possibilités. Le regard rivé sur la table, les mains écartées sur le bois, il finit par secouer la tête.

— J'ai exploré tout l'archipel pendant des décennies sans jamais le trouver… Voilà peut-être pourquoi.

À cause de sa malédiction, le roi des Solariens ne pouvait être à l'extérieur ni à l'aube ni au crépuscule, moments où la lumière du soleil est trop présente. Ils avaient toujours cherché le cœur de Lightlark durant la nuit, bien après la tombée du jour, ce qui pourrait expliquer pourquoi il n'était dans aucun des endroits qu'ils avaient fouillés. Peut-être y était-il en réalité, mais bien caché.

Oro finit par se tourner vers elle.

— Isla, je crois que tu as raison.

Elle se leva et il l'imita. Tous deux se regardèrent, puis il sourit, de tout son cœur. Jamais elle ne l'avait vu aussi heureux.

Quelque chose dans son sourire lui rappela un autre souvenir : le moment où elle avait senti les flammes sur ses bras, le picotement douloureux sur sa peau gelée, le soulagement plus doux qu'une cuillerée de miel. L'instant où elle avait su, encore entourée des Boréens, qu'elle était sauvée par Oro. Contre toute attente, il l'avait trouvée.

« J'ai suivi l'oiseau », avait-il expliqué.

Isla sourit à son tour. La créature qui avait failli signer son arrêt de mort lui avait aussi sauvé la vie. Le haut-roi haussa un sourcil, se demandant sans doute à quoi elle pensait.

Soudain, le visage d'Isla devint blême. Oro tendit une main pour la soutenir alors que, vacillante, elle s'appuyait contre la table.

Elle venait de prendre conscience de quelque chose : l'oiseau l'avait suivie sans relâche chaque fois qu'ils avaient posé le pied sur l'île de la Lune. Elle avait vu en lui l'espion de Cléo, mais… et si elle s'était trompée ? S'il avait cherché à lui transmettre un message ?

— Je sais où se trouve le cœur de Lightlark.

CHAPITRE 51

Le cœur de Lightlark

Les pas d'Isla étaient silencieux sur la neige. Sa respiration, régulière. Son objectif, clair et net. Ses pensées, d'ordinaire incessantes, avaient laissé place au calme du chasseur juste avant de tuer, avant de lâcher la flèche, la corde de l'arc bandée.

Cette fois, elle avait raison. Elle en était absolument convaincue.

Ce soir-là, Oro l'avait attendue dans le palais. La pièce vibrait d'une énergie invisible, qui émanait de son corps sous forme d'ondes. Il était enthousiaste, plein d'espoir.

La jeune reine avait souri, malgré elle, car elle éprouvait les mêmes sentiments. Elle s'était approchée de lui, puis hissée sur la pointe des pieds pour donner une chiquenaude dans sa couronne, sans se départir de son sourire. Elle le testait, cherchait à voir à quel point leurs mois de collaboration avaient atténué le mépris du haut-roi à son égard.

Il avait froncé les sourcils, comme à son habitude, avant de la surprendre en ôtant sa couronne pour la lui poser sur la tête, autour de la sienne.

« Si tu as raison, Sauvageonne, tu pourrais bien devenir plus puissante que moi. »

À ces mots, les genoux d'Isla avaient failli se dérober sous elle. Il lui offrait réellement la victoire. Non : il reconnaissait que la victoire lui revenait. Elle avait résolu l'énigme alors même que l'Originel en personne n'y était pas parvenu.

Isla avait retiré sa propre couronne pour la placer sur les cheveux dorés du Solarien. Elle était ridiculement petite sur sa tête et les lèvres de la jeune reine avaient esquissé un sourire.

« Vous pourriez presque passer pour un Sauvage… et ça vous va bien, Votre Majesté », avait-elle déclaré avant de quitter la pièce.

La couronne du monarque, à la fois chaude et lourde, était si grande qu'elle lui tombait sur le front, mais elle s'en moquait.

Il leur restait un peu moins d'une heure avant l'aube. Juste assez pour trouver un abri pour Oro. Ensuite, ils n'auraient plus qu'à attendre.

Isla avait la peau qui picotait. Son corps entier était couvert d'étincelles. Malgré tout, elle restait tapie dans son tunnel, toute son énergie concentrée sur l'autre extrémité : le cœur de Lightlark, ses proches, son avenir.

Le pouvoir était le cadet de ses soucis. Si elle parvenait à sauver Céleste et Terra, elle serait amplement satisfaite. Les deux femmes comptaient tellement plus que n'importe quelle magie ! Elle le savait, à présent. Elle espérait seulement que cette prise de conscience n'arrivait pas trop tard.

— Que comptes-tu faire quand on aura brisé les malédictions ? demanda-t-elle au haut-roi lorsqu'ils débarquèrent sur l'île de la Lune.

Oro avançait d'un pas régulier, tout en contemplant le ciel.

— Je vais reconstruire. Depuis des siècles, tous nos efforts sont concentrés sur ces malédictions. Comment les rompre, comment vivre avec, comment y survivre. Une fois toutes ces préoccupations éliminées, je serai libre de rendre à Lightlark sa gloire d'antan.

— Sous le règne des Solariens ? s'enquit Isla.

— Non. Avant cette époque, quand les royaumes étaient encore unis.

Elle poussa un long soupir. *Unis.* Les Sauvages pourraient donc revenir dans l'archipel. *Du moins, les survivants*, pensa-t-elle, l'estomac noué par la crainte.

— Je ne suis pas certaine que les insulaires seraient ravis du retour des Sauvages dans l'archipel.

— Ils devront s'y faire, répliqua le haut-roi.

Il avait parlé d'une voix si ferme qu'elle lui jeta un coup d'œil. Il croisa son regard.

— Et peut-être que tu voudras rester.

Isla ne sut que répondre. Elle n'avait jamais envisagé cette éventualité. Les rares fois où elle s'était autorisée à rêver à l'avenir, à sa nouvelle vie si elle parvenait à briser les malédictions, elle n'avait imaginé que des scènes disjointes. Céleste et elle, de retour dans les terres nouvelles des Stellaires, célébrant les anniversaires de son amie sans tristesse ni peur. Elle-même régnant sur le royaume sauvage avec assurance, soutenue par Terra et Poppy. Et, depuis peu, des visites dans le royaume nocturne, pour passer du temps avec Grim. Aucune de ses visions n'incluait Lightlark.

— Peut-être… répondit-elle.

Mais c'était un mensonge et, grâce à son don, Oro le savait. Durant la demi-heure qui suivit, ils parcoururent l'île de la Lune en silence.

Le vent lui fouettait les joues avec tant de violence qu'Isla se demanda si Azul en était responsable. *Azul…* Elle n'avait pas encore dit au haut-roi qu'elle avait trouvé une preuve de la culpabilité de l'Azuréen dans l'empoisonnement de Céleste. Lorsqu'elle lui confia sa découverte, Oro fronça les sourcils, perplexe.

— Tu dois faire erreur. Azul n'a jamais cherché à blesser un autre souverain. Il n'a même jamais eu l'intention de former une quelconque alliance.

Elle venait de lui révéler que l'Azuréen était responsable de l'empoisonnement de la Stellaire. N'était-ce pas une preuve suffisante de sa culpabilité ? Pourquoi le haut-roi le défendait-il ? Elle comptait lui demander une explication, mais sursauta en entendant un cri strident dans son oreille.

L'oiseau bleu nuit.

Il battait des ailes lentement, comme si ses plumes étaient trop lourdes pour sa petite taille. Il poussa un nouveau piaillement. Cette fois, Isla ne le menaça pas. Elle le suivit.

Ils se mirent à courir dans la neige. Concentrée, elle s'efforçait de ne pas perdre leur guide ailé de vue dans l'obscurité. Sans plus sentir le froid, ni la colline qui descendait sous ses pieds, ni rien d'autre, elle suivait le volatile dans la forêt aux arbres semblables à des squelettes, dont les branches s'accrochaient à ses vêtements, comme pour la supplier de ralentir.

Elle poursuivait sa route, haletante. L'oiseau n'était pas le cœur de Lightlark, elle le savait. Mais il la conduirait à lui.

Les montagnes gelées apparurent. Les oracles n'étaient pas loin. « *Où l'obscurité rencontre la lumière.* » Isla se souvint des paroles de la prophétesse : le cœur de l'archipel n'était pas figé dans la glace avec elle, mais il était plus près que la Sauvage ne le pensait. Les arbres se clairsemaient, laissant davantage de place à la neige pour s'amonceler. Entre les troncs serpentait une rivière. Le clapotement de l'eau, qui s'échappait puis regelait, rappelait les crépitements d'un feu de bois.

Un nouveau piaillement dans la nuit. L'oiseau plongea avant de remonter en flèche dans un arbre. Dans un nid.

— Là ! s'exclama Isla.

Elle savait que le cœur de Lightlark était là, quelque part. Il ne leur restait plus qu'à attendre l'aube.

Ils trouvèrent une grotte creusée dans le flanc d'une des montagnes couvertes de glace, d'où l'on voyait l'arbre. Oro alluma un feu, bien qu'il fût capable de les réchauffer sans. Il semblait avoir besoin de s'occuper les mains, pour détourner son attention des minutes qui passaient trop lentement et de l'oiseau à quelques mètres d'eux.

Ou peut-être ne pouvait-il plus les réchauffer. Isla avait vu combien la tache gris-bleu s'était étendue sur la peau de l'Originel. Elle avait aussi senti l'île se refroidir et s'assombrir de jour en jour.

Les flammes apparurent, puis montèrent en formant de splendides volutes. Le feu du Solarien était encore orange et rouge, mais aussi d'une teinte différente… Une étrange nuance de bleu foncé. Sa signature, apparemment.

Isla passa un doigt sur la couronne d'Oro, perchée en équilibre précaire sur sa tête. Elle leva ensuite les yeux pour en voir le bord, juste au-dessus de ses sourcils.

— C'est excessivement tranchant, commenta-t-elle en suçant le bout de son doigt, écorché par l'une des pointes.

Le haut-roi éclata de rire. Ce son magnifique fit aussitôt naître chez Isla un sourire sincère – en partie peut-être parce que, à sa connaissance, elle était la seule capable de le faire rire.

Mais, un instant plus tard, il se plia en deux.

L'île de la Lune se mit à trembler. Des stalactites tombèrent à l'entrée de la grotte, tels des poignards. Certaines se brisèrent tandis que d'autres se plantèrent dans le sol. La Sauvage en évita de justesse une qui lui aurait transpercé le bras.

Les poings serrés, Oro se cambra en grognant, le visage déformé par la douleur.

La neige glissait par plaques des montagnes, menaçant de les ensevelir dans la caverne. L'oiseau poussa un cri furieux, si aigu qu'Isla grimaça. Un craquement semblable au tonnerre retentit soudain lorsqu'un glacier se fendit.

Puis les secousses cessèrent, aussi brutalement qu'elles avaient commencé. L'archipel s'écroulait, et Oro avec lui. Le monarque haletait, les doigts enfoncés dans la pierre. Son dos frémissait, comme s'il sentait encore la terre trembler, qu'il avait encore mal partout.

La Sauvage esquissa un pas prudent vers lui, puis s'agenouilla. Le souverain s'adossa à la paroi, les yeux fermés.

— Tu vas bien ?

Le haut-roi hocha la tête juste au moment où son corps entier fut pris de nouvelles convulsions, comme frappé par la foudre. Il plaqua une main au sol. De longues fissures surgirent à cet endroit précis, l'énergie stellaire emplissant la grotte d'étincelles.

Elle ne pouvait pas imaginer la douleur qu'il éprouvait. En raison de son lien avec l'archipel, il sentait son pouvoir… mais aussi sa désintégration.

La jeune reine posa avec précaution une main sur l'épaule d'Oro, qui se raidit. Elle la retira aussitôt.

Il hurla de nouveau, ses doigts s'enfonçant plus profondément dans la pierre. Du feu se forma dans ses paumes avant de mourir, de l'eau gela avant de fondre, des étincelles jaillirent avant de disparaître.

— Que… qu'est-ce que je peux faire ? s'écria Isla, paniquée.

Il devait y avoir un moyen de l'aider. Les paupières toujours fermées, l'Originel déglutit avec peine. Elle observa le mouvement de sa pomme d'Adam, le vit grimacer une fois de plus. Serait-elle prête à souffrir à sa place, si c'était possible ?

— Chante pour moi, Sauvageonne, demanda-t-il.

Elle avait dû mal comprendre. Mais il prit une inspiration tremblante, avant d'expirer. Il attendait, silencieux.

Isla se souvint de ce premier soir sur son balcon, où elle avait chanté sans savoir qu'on l'écoutait. Oro avait applaudi. Par méchanceté, s'était-elle dit. Mais peut-être qu'il avait en réalité apprécié son chant.

Elle entonna une chanson sauvage. Sa préférée. Celle qu'elle choisissait quand elle avait envie de percevoir l'écho de sa propre voix. Quand elle était seule dans sa chambre et espérait qu'on l'entendrait au loin. Quand elle se demandait si quelqu'un, dans un royaume lointain, l'écoutait.

Elle chanta d'une voix douce comme du miel, aiguë comme un carillon et profonde comme un grondement de tonnerre. Elle pouvait réaliser des prouesses vocales folles, ce qu'elle fit, accroupie, ses genoux frôlant les jambes du haut-roi. La mélodie retentissait dans la grotte, tissant des accords harmoniques.

À un moment donné, Oro ouvrit les yeux pour l'observer en prenant de profondes inspirations. Peu à peu, ses poings se desserrèrent. Les paumes posées sur la pierre froide, il l'écoutait.

Isla lui sourit en voyant ses épaules se détendre. Son expression, en revanche, ne changeait pas. Elle continua de chanter, car il ne lui avait pas dit d'arrêter et que le soleil ne s'était pas encore levé. Elle chanta jusqu'à ce que sa voix devienne rauque. Elle lui plaisait assez comme cela, éraillée, différente.

Elle se demandait si le Solarien l'avait laissée poursuivre par politesse. Mais, lorsqu'elle referma la bouche, le monarque lui demanda :

— Pourquoi est-ce que tu t'arrêtes ?

Le souffle court, la Sauvage désigna du menton l'entrée de la caverne.

— Regarde.

Le ciel s'éclaircissait. La lune était en train de disparaître. Oro bondit sur ses pieds. Tous deux se précipitèrent vers l'ouverture pour observer, aux aguets.

Dans la lumière grandissante, Isla remarqua quelque chose. Elle plissa les yeux pour mieux voir. Là, juste sous le nid, flottait un objet, en apesanteur.

— Un œuf ?

Au moment où elle prononçait ces mots, l'œuf tomba. Lentement, très lentement, il plongea vers le sol… et s'ouvrit.

De sa coquille sortit un jaune doré, brillant, qui s'éleva de concert avec le soleil qui se levait à l'horizon, de l'autre côté de la falaise.

— L'œuf entier représentait la lune, déclara Isla d'une voix enrouée d'avoir tant chanté. Le jaune… c'est le soleil.

Combien de fois avait-elle pensé que la pleine lune ressemblait à un œuf ? Et le soleil, à son jaune ? Elle se tourna vers Oro, les yeux écarquillés.

— C'est ça ! C'est le cœur de l'archipel !

« Le cœur restera caché jusqu'à ce qu'il éclose et devienne partie intégrante de Lightlark. »

Le haut-roi avait présumé qu'il s'agissait d'une plante. Mais, cette fois, il était revenu sous la forme de vie la plus élémentaire : un œuf.

Oro contemplait le jaune flottant et sa coquille abandonnée avec un tel émerveillement qu'elle se demanda s'il n'allait pas tomber à genoux. Il croisa son regard et afficha un sourire éclatant, comme si le soleil lui-même l'illuminait de l'intérieur.

Il la prit dans ses bras, puis la fit tournoyer. La Sauvage éclata de rire, tout en étant à deux doigts de pleurer de soulagement. Ses poumons la brûlaient. Tout son être fut inondé par la chaleur du Solarien. Un instant plus tard, Oro la reposa.

Il secoua la tête, incrédule, avant de tendre la main vers sa couronne posée sur les cheveux d'Isla. Voulait-il la récupérer ? Non, il se contenta de la redresser, sans se départir de son sourire.

— Vas-y, Sauvageonne. Va chercher ton cœur.

Elle lui rendit son sourire.

Enfin !

Elle n'était pas faible. Elle avait résolu l'énigme de la prophétie et trouvé le cœur de Lightlark, à sa manière. C'était elle qui avait raison. Elle allait sauver ses proches. Elle allait faire ce dont même ses gardiennes l'avaient crue incapable : elle allait remporter le Centennal.

Isla se dirigea vers l'arbre. L'oiseau poussait des pépiements joyeux. Le jaune d'œuf était aussi brillant que le soleil et assez petit pour tenir dans le creux de sa paume. Il scintillait comme de l'or pur. La source du pouvoir de Lightlark. Son cœur.

Elle le saisit, le serra dans sa main et sentit sa force la parcourir tout entière. Le pouvoir était comme un geyser d'eau froide, un raz-de-marée dans son crâne, des flammes léchant chaque centimètre de sa peau…

Puis tout lui fut arraché lorsqu'une flèche lui transperça la poitrine.

Le souffle coupé, elle tomba à genoux. Elle baissa le menton et ses yeux se posèrent sur une longue flèche, plantée droit dans son cœur. En plein dans le mille.

Quelque part derrière elle s'éleva un rugissement. Isla se dit que c'était Oro, avant que les flammes n'engloutissent la forêt, s'attaquant à des êtres humains… Ils n'étaient plus seuls !

Des Boréens, venus se venger. D'autres flèches prêtes à être tirées. Ils bandaient leurs arcs pour la frapper de nouveau, mais furent coupés dans leur élan. Le haut-roi les avait tous tués d'une seule boule de feu.

Une seconde semblait durer une éternité. La tête de la Sauvage pendait sur son épaule et la couronne trop grande pour elle tomba par terre. Oro était là, la main tendue vers elle, à seulement quelques mètres… mais il ne pouvait pas sortir de la grotte pour la soigner. Pas en plein jour. Son visage était étrange, marqué d'un million de rides. Dans un sursaut désespéré, il s'avança et hurla encore de douleur, la peau fendue par le soleil. Du sang coulait sous la Sauvage, formant une flaque pourpre. Sa chaleur était presque agréable par ce froid.

Elle avait déjà survécu trop longtemps, dérobé des secondes de vie, sans nul doute offertes par le pouvoir du cœur de Lightlark. Isla le serra d'une main tandis que le sien produisait ses derniers battements. De l'autre, elle toucha le diamant à son cou. Grim surgit de nulle part avant qu'elle n'ait eu le temps de lâcher la pierre précieuse. Il écarquilla les yeux à la vue de tout le sang, puis la souleva dans ses bras.

— Pitié… lança Oro, toujours dans la grotte, d'une voix méconnaissable.

Pourquoi la suppliait-il ? Lui demandait-il de laisser le cœur de l'archipel ? Sa main s'ouvrit et le jaune tomba par terre.

La dernière chose qu'elle vit fut le visage du haut-roi, où se succédaient diverses émotions, chacune plus surprenante que la précédente.

Puis elle disparut.

C'était bien le cœur de Lightlark qui l'avait maintenue en vie. Elle en eut la certitude lorsqu'elle le lâcha et que tout devint noir.

Elle sombra ensuite dans une flaque d'étoiles infinie. Les royaumes n'étaient plus que les rayons d'une roue, qui ne cessait de tourner. Isla se trouvait quelque part au milieu. Elle se noyait, haletait, s'éteignait…

Maman. Allait-elle enfin pouvoir la rencontrer ? *Papa.* Allait-elle aussi rencontrer l'homme qui avait valu la peine de mourir, de porter une enfant maudite ?

Mais la mort n'était pas paisible, et encore moins rapide.

CHAPITRE 52

La prophétie

— Mangecœur…

Ce mot comme un carillon lointain. Un grondement de tonnerre. Une porte qui claque.

— Reviens-moi !

Reviens. Était-elle vraiment partie ?

Un soupir tremblant. Une voix noyée de douleur, d'angoisse, réduite à un murmure.

— Qu'est-ce que tu m'as fait ? demanda-t-il d'un ton suppliant. (Elle sentit un doigt lui caresser la joue.) Qu'est-ce que tu m'as fait pour que je sois totalement à ta merci ?

Isla ouvrit les yeux. Elle était dans sa chambre. Grim serrait contre lui ses derniers flacons d'élixir sauvage.

Avant même d'avoir pu prendre une nouvelle inspiration, elle se retrouva dans ses bras. Il l'attira contre lui, lui tenant tendrement la tête d'une main et les jambes de l'autre, sondant son regard avec désespoir.

Elle appuya son front contre la bouche du Nocturne. Il était froid comme la pierre, ce qui atténua sa douleur. Elle, en revanche, était brûlante… couverte de flammes, d'énergie, d'étincelles.

La flèche !

Isla porta une main à sa poitrine. Rien. La pointe avait disparu. Elle baissa les yeux sur sa chemise en lambeaux, déchirée pour traiter la blessure. Lorsqu'elle écarta le tissu, elle découvrit une vilaine marque, juste au-dessus de son cœur, là où la flèche l'avait transpercée.

Elle devrait être morte.

— Comment… Comment…

— Je l'ignore, répondit Grim en la serrant de nouveau, avec précaution, comme si elle était en verre.

Elle, elle savait. C'était le cœur de Lightlark qui l'avait sauvée. Son énergie avait suffi à la maintenir en vie le temps de la soigner.

Elle se souvint des paroles d'Oro. Seuls une Sauvage, un Nocturne ou un Solarien pouvaient trouver le cœur de l'archipel et s'en servir.

Isla ne possédait aucun pouvoir. L'avait-il reconnue malgré tout ? Avait-elle réellement pu l'utiliser ?

Elle avait la gorge serrée. Si elle s'en était bel et bien servie, alors une partie de la prophétie, à en croire l'interprétation du haut-roi, avait été accomplie.

« *Une fois que le crime, source de vos déclins, aura enfin à nouveau été perpétré.* »

Elle s'arracha à l'étreinte du Nocturne avec une grimace de douleur lorsque sa poitrine l'élança. Le soleil brillait toujours, mais il déclinait. Elle avait passé toute la journée à se remettre. Tout ce temps perdu…

— Merci ! dit-elle à Grim en portant la main à la chaîne invisible qu'elle portait, au diamant de la taille d'une prune qui y pendait.

Elle passa les bras autour du cou de son sauveur et croisa les doigts derrière sa nuque.

— Ce n'est pas tout, annonça-t-il d'un ton si sérieux que la jeune reine se raidit. (Que s'était-il passé durant sa convalescence ?) Il y a une boutique sélénite secrète sur l'agora, abandonnée depuis longtemps. J'y suis allé pour tenter de trouver d'autres remèdes pendant que tu dormais. J'ai déniché une potion, vieille de plusieurs siècles. Un élixir sauvage rare, plus puissant que tout remède sélénite.

Isla prit une grande inspiration et le fixa d'un œil interrogateur. Le Nocturne hocha la tête avec solennité, les yeux rivés sur le sol.

— Céleste est réveillée.

— Il faut que j'aille la voir, déclara-t-elle, à la fois ravie et paniquée.

Et si Azul revenait finir le travail, à présent que la Stellaire n'était plus cachée ? Si Grim avait trouvé le roi des Azuréens, il le lui aurait déjà dit.

Le Nocturne fixa la cicatrice sur la poitrine d'Isla, avant de croiser son regard.

— Tu dois te reposer.

Non !

Elle s'apprêtait à partir quand elle l'entendit l'appeler « Mangecœur » d'une voix brisée. Elle se retourna vers lui.

— Je te croyais morte.

Moi aussi, pensa-t-elle sans le dire.

— Je suis vivante, répliqua-t-elle. Grâce à toi.

Elle combla la distance qui les séparait. Frissonnant de douleur, car sa blessure était toujours sensible, elle lui murmura à l'oreille :

— J'ai envie de faire un millier de choses avec toi. Mais d'abord… j'ai une dernière mission à remplir.

Grim lui fit signe qu'il comprenait. Elle sortit de la pièce et courut vers les appartements de son amie le plus vite possible.

Sans lui laisser le temps de frapper, quelqu'un ouvrit la porte en grand. Céleste se tenait sur le seuil, les yeux écarquillés.

Isla la serra dans ses bras, même si bouger lui faisait encore mal. La douleur la parcourut de la tête aux pieds, ses muscles se contractèrent, et elle bredouilla d'une voix étranglée :

— Je pensais que tu… Céleste, tu…

— Je sais, la coupa la Stellaire d'un ton calme. C'était Azul.

La Sauvage rompit leur étreinte pour croiser son regard.

— Oui, j'ai reçu ton message. (Elle leva une main, où brillait de nouveau le diamant.) Pourquoi ?

— Je n'en ai aucune idée. Il doit avoir un plan.

Isla aurait voulu s'asseoir pour discuter avec son amie, s'autoriser plus que quelques instants de répit. Mais il lui fallait repartir.

— Je l'ai fait, confia-t-elle d'une voix tremblante. C'est une longue histoire, horrible même, mais… j'ai trouvé le cœur de Lightlark et je m'en suis servie.

— Quoi ? s'écria Céleste, comme si elle n'était pas sûre d'avoir bien entendu.

— Je te raconterai tout plus tard, répondit la Sauvage en souriant. En attendant… reste cachée jusqu'à ce que tu aies de mes nouvelles. (Elle serra de nouveau son amie dans ses bras.) Tout sera bientôt terminé.

Elle se retourna pour partir avant de se raviser, car elle avait quelque chose à ajouter.

— Je suis désolée, Céleste. Pour tout. J'ai été une très mauvaise amie et alliée. Mais je vais tout arranger, c'est promis.

Après une dernière pression sur la main de sa complice de toujours, Isla se précipita dans le couloir, sans s'arrêter malgré les appels de la Stellaire. C'était le crépuscule. Le soleil se couchait déjà.

Elle regagna sa chambre en hâte. Grim avait disparu.

Un instant plus tard, les portes de son balcon s'ouvraient brusquement. Oro entra en volant pour atterrir au centre du tapis. Sa peau cuite par l'astre du jour se mit à guérir sous les yeux de la Sauvage. Il était sorti dans la lumière déclinante, alors que le soleil brillait encore un peu. Assez pour le brûler, mais pas pour le tuer. Elle le fixa, stupéfaite.

— Tu es vivante, déclara-t-il d'un ton sec, presque accusateur.

Il était encore essoufflé et n'en croyait visiblement pas ses yeux.

— Oui, dit Isla.

— Bien, fit-il après un silence.

Il se redressa, puis desserra le poing. Le cœur de Lightlark reposait dans sa paume, aussi lumineux que si Oro avait plongé les doigts dans le soleil pour en retirer un fragment. Il ressemblait à présent moins à un jaune d'œuf qu'à un globe doré, ardent.

— On a réussi, souffla la jeune reine, un sourire aux lèvres et une main sur sa poitrine, qui lui donnait l'impression d'avoir été fendue en deux.

Le monarque lui remit le cœur de l'archipel, qui étincela de mille feux dans la paume de la Sauvage.

— Prends le temps de panser tes plaies et de te changer, Isla. (Ce n'est qu'à ce moment-là qu'elle remarqua le sang séché dans ses cheveux et la terre sur ses vêtements.) Ensuite, rejoins-moi à la bibliothèque.

Sans lui laisser le temps de répondre, il retourna sur le balcon et s'envola dans la nuit.

Elle serra le cœur dans sa main en se demandant comment Oro avait pu le lui confier. Le haut-roi de Lightlark, qui se méfiait de tout le monde, lui avait donné le bien le plus précieux de l'archipel. La clef pour mettre fin aux malédictions. La clef de son avenir et celle de l'archipel.

Même elle pensait que c'était imprudent de sa part.

Isla décida de ne pas s'en séparer, l'emportant avec elle jusque dans son bain. Elle se lava rapidement, sans trop s'attarder sur la blessure à sa poitrine, refermée mais toujours rosée – une cicatrice qu'elle garderait à jamais. Puis elle enfila une robe, rouge comme le sang qu'elle avait versé.

Dix jours !

Ils avaient trouvé le cœur de Lightlark à dix jours de la fin du Centennal. Mais le temps pressait toujours. L'archipel pouvait s'effondrer à tout moment. Terra pouvait mourir le jour même. La Sauvage l'avait observée à travers sa flaque d'étoiles avant d'aller chercher le cœur de Lightlark en compagnie d'Oro. La seule partie du corps de sa gardienne qui n'ait pas encore été engloutie par le sol de la forêt était la moitié droite de son visage, avec son œil grand ouvert.

Sur le chemin de la bibliothèque, Isla se cramponnait au cœur, qui palpitait dans sa main, rutilant. Il lui parlait dans sa langue étrange, tel le chant d'une sirène promettant le pouvoir. Un pouvoir qu'il avait déjà commencé à lui transmettre, à en juger par sa guérison miraculeuse.

Oro était assis dans la bibliothèque, perdu dans ses pensées, les yeux fixés sur un texte sans le voir. Dès qu'elle entra, il se leva, la salua, puis se rassit et l'invita à en faire autant.

Il était curieusement sérieux. C'était le haut-roi de Lightlark qui se tenait devant elle, et non le compagnon de leurs nombreuses aventures. Non celui en qui elle avait fini par avoir toute confiance.

Isla s'assit avant de poser avec mille précautions le cœur de l'archipel entre eux.

— Je crois que je m'en suis servie, déclara-t-elle d'un ton ferme. Qu'il m'a sauvé la vie.

Oro se contenta de hocher la tête.

Elle récita la prophétie de mémoire :

— « Vos malédictions, votre union les rompra
Quand l'un parmi les six victorieux sera,
Une fois que le crime, source de vos déclins,
Aura enfin à nouveau été perpétré
Et que s'éteindra l'une des lignées de souverains,
Alors l'histoire pourra, à son tour, s'amender. »

Puis, la gorge serrée, elle poursuivit :

— On a été unis, tous les deux… mis dans la même équipe pendant le Centennal. Tous les monarques l'ont été, d'une certaine manière, en étant rassemblés dans l'archipel. Ça, c'est la première partie. Ensuite, j'ai commis le crime originel en utilisant le cœur de Lightlark.

Le haut-roi se pencha en arrière, les pointes acérées de sa couronne dirigées vers le fond de la bibliothèque.

Il avait dû la récupérer, ainsi que le cœur de l'archipel, une fois le soleil couché.

En revanche, il ne lui avait pas rendu la sienne. La Sauvage avait l'impression d'être nue sans elle… et légère. Elle n'était pas pressée de la porter de nouveau.

— Tu recevras le pouvoir promis. Tu seras la gagnante officielle, ajouta Oro, que la défaite ne semblait pas déranger. Tu le seras, quand tu auras accompli la dernière partie de la prophétie.

Isla acquiesça, le menton levé.

— Il ne te reste plus qu'à déterminer quel royaume doit périr, poursuivit Oro en s'adossant à son fauteuil. Comme promis, le choix de celui à sauver t'appartient.

— Le royaume stellaire, répliqua-t-elle sans la moindre hésitation.

Ses épaules se détendirent légèrement. Voilà… Elle était sauve, et sa meilleure amie aussi. Son interlocuteur eut l'air surpris.

Pourquoi ? se demanda-t-elle.

Puis son sang ne fit qu'un tour.

— Quel royaume vas-tu condamner ? s'enquit-elle, sans se donner la peine de dissimuler sa terreur – ils avaient dépassé ce stade.

Le regard d'Oro se fit moins sévère, mais son expression n'en parut que plus ferme. C'était le visage d'un haut-roi.

— Le royaume nocturne, répondit-il d'une voix douce.

Quelque chose venait de perforer les poumons de la Sauvage – une autre flèche, peut-être. Sa respiration devint laborieuse. Elle avait la sensation de se noyer de l'intérieur.

— Mais tu avais dit qu'il ne pouvait pas mourir, qu'il était le seul rempart entre nous et un danger plus grand encore.

Elle avait dès lors supposé que Grim était en sécurité.

— Oui, c'était vrai… confirma Oro. Jusqu'à ce qu'on trouve le cœur de Lightlark.

Cette déclaration lui fit l'effet d'un boulet de canon. Le cœur de l'archipel renfermait un pouvoir nocturne sans pareil. Avec lui, le haut-roi n'avait plus besoin de Grim. Il pouvait le tuer tout en protégeant son royaume de ce mystérieux danger.

— Et Cléo, alors ? demanda-t-elle, contenant à grand-peine sa colère, les poings serrés. Je ne sais pas comment, mais c'est elle qui a jeté les malédictions. Elle a dû s'allier à quelqu'un capable de se servir du cœur. C'est elle qui est à l'origine de tout ! (Isla avait la voix qui tremblait et les yeux brûlants de larmes qui ne coulaient pas.) Elle a tenté de m'assassiner, à deux reprises.

— Possible, concéda Oro, impassible. Si c'est elle la coupable, elle sera jugée.

— « Si » ? s'écria la Sauvage en bondissant sur ses pieds.

Le haut-roi se leva à son tour, la dominant de toute sa hauteur.

— Il y a des milliers de Sélénites dans l'archipel. Je ne vais pas tous les condamner à mort à cause des actions de leur reine.

Autoriser la mort de l'ensemble du peuple des Nocturnes ne lui posait en revanche aucun problème. Isla frémit. Ses poings se serraient et se desserraient, son sang battait à ses tempes.

— Et Azul ? (Il avait failli tuer Céleste.) De toute évidence, il a un plan pour renverser le pouvoir à Lightlark. On ne peut pas lui faire confiance.

— Je te l'ai déjà dit, répliqua Oro. Lors du deuxième Centennal, son époux est mort. Depuis, il ne cherche plus à briser les malédictions, à former des alliances ou à renverser quoi que ce soit. Il ne fait qu'essayer de parler à son bien-aimé une dernière fois.

— Et sa stratégie, alors ? insista Isla. Je vous ai entendus, tous les deux.

« *Ton plan, c'est de la folie !* s'était exclamé le haut-roi. *Tu vas condamner des milliers d'habitants à mort.* »

Ce à quoi Azul avait rétorqué : « *Un royaume doit être sacrifié, Oro.* »

Le monarque fit un pas vers elle.

— Sa stratégie ? répéta-t-il. C'était de se sacrifier ! Il proposait d'être le souverain qui mourrait pour mettre fin aux malédictions. Après ma démonstration, il savait que les jours de l'archipel étaient comptés. Il était prêt à se sacrifier, et son peuple avec, pour sauver tous les autres. Le royaume azuréen est une démocratie. Ses habitants ont accepté sa décision, par vote.

— C'est faux. Il a tenté de tuer Céleste, répéta Isla.

— Je ne vois pas pourquoi il aurait fait ça. Je suis certain qu'il y a une raison…

Une raison ! Oro semblait faire preuve d'une indulgence et d'une empathie sans limites, mais seulement quand ça l'arrangeait.

Azul et Cléo visaient leurs propres objectifs, elle le savait. Il n'empêche qu'ils avaient dû recevoir de l'aide. La Sélénite avait assassiné Juniper après avoir découvert qu'Isla prévoyait de le rencontrer. Quant à Céleste, elle avait été retrouvée loin des festivités qui se déroulaient dans les jardins, comme si on l'avait conduite à l'écart…

Une seule autre personne était au courant du message que Juniper lui avait transmis. Une seule personne avait appris l'empoisonnement de la reine des Stellaires avant tout le monde. Une seule bénéficiait d'un accès à tout le palais et pouvait s'y déplacer librement, en passant presque inaperçue.

Ella.

Isla avait les yeux qui piquaient et la gorge sèche. Elle n'était plus sûre de rien. Avait-elle tort ou raison ?

Elle avait œuvré sans relâche pour trouver le cœur de Lightlark, loin de se douter que, ce faisant, elle garantissait la mort de Grim. Si elle refusait de le tuer, Oro s'en chargerait. Cela au moins, elle le savait.

Tu pourrais le choisir, lui, chuchota une petite voix dans son esprit.

Choisir de sauver le royaume nocturne et voir si le haut-roi sacrifierait les Sélénites ou les Azuréens plutôt que les Stellaires. Non. Elle savait qu'il opterait pour ces derniers. C'était le plus faible des royaumes de Lightlark, avec la plus petite population, en raison de sa malédiction. Céleste était la plus jeune reine, hormis Isla.

Le choix était clair : Céleste ou Grim.

Des larmes coulaient sur son visage. De chaudes larmes de colère.

— Pas lui, supplia-t-elle. S'il te plaît !

Pourquoi avait-elle cru qu'il choisirait Cléo ? Simplement parce que la Sélénite avait tenté de l'assassiner ? Ou parce qu'Oro lui-même l'avait sauvée ?

Quelle idiote d'avoir pensé qu'il se souciait d'elle ! De s'être laissé convaincre qu'il était autre chose que le haut-roi de Lightlark, un souverain cruel prêt à toutes les abjections pour servir son peuple.

Sans oublier que le royaume nocturne était son ennemi.

Oro restait imperturbable. Il était le grand monarque à la table du dîner se moquant de ses cheveux mouillés, avant de lui servir un cœur humain et de lui ordonner de le manger.

— J'ai vu son don, Isla. Il peut voyager entre Lightlark et son royaume en un instant. Sais-tu combien c'est dangereux ? Quand les malédictions seront brisées et que les Nocturnes décideront d'attaquer de nouveau alors que nous serons toujours vulnérables, pas encore rétablis, il pourra transporter toute son armée ici en un clin d'œil. Sans prévenir.

— Mais tu viens seulement de découvrir de quoi il était capable ! Il aurait déjà pu se servir de son don pendant la guerre. Or il ne l'a pas fait, pas vrai ?

La colère gagnait Oro.

— Tu ne sais pas ce qu'il a fait, répliqua-t-il avec hargne. C'était il y a longtemps, avant qu'il ne monte sur le trône et n'hérite d'un immense pouvoir.

La Sauvage n'arrivait pas à contrôler le tremblement de ses mains le long de son corps. Elle leva vers son interlocuteur un regard brillant, suppliant.

— Je t'en prie, change d'avis !

Lorsqu'il lui opposa un nouveau refus, elle gronda.

— Tu ne peux pas prendre cette décision tout seul. Tu l'as dit toi-même : c'est un choix important. Plus difficile que le simple fait de tuer un monarque.

L'expression du haut-roi était triste, compatissante même.

— Je ne prends pas cette décision seul, Isla.

Oro devait avoir le soutien de Cléo et d'Azul. À eux trois, ils formaient une majorité de souverains. Il avait obtenu leur approbation dans son dos.

La Sauvage dégaina son arme à la vitesse de l'éclair et se jeta sur le haut-roi avant qu'il n'ait pu esquisser le moindre geste. Elle plaça sa dague contre la gorge de l'Originel.

Il ne résista pas. Il ne la frappa pas de son feu, comme il aurait pu le faire en un rien de temps, même affaibli. Il se contenta de la fixer de ses yeux dorés, vides, dénués d'émotion.

— Vas-y, la défia-t-il.

Son lien avec tous les habitants de l'archipel empêchait Isla de le tuer. Mais elle pouvait le faire saigner, le faire souffrir.

Sa main trembla, faisant vaciller la lame sur le cou d'Oro. La Sauvage soutint le regard du haut-roi un long moment, puis elle rengaina sa dague avant de quitter la bibliothèque.

CHAPITRE 53
Libre arbitre

Isla avait un plan. Il n'était pas parfait et faisait d'elle une menteuse, une voleuse et une hypocrite. Rien qu'elle n'ait déjà été ces quatre-vingt-dix derniers jours… Dès que Céleste ouvrit la porte, la Sauvage se lança :

— Dis-moi que tu es mon amie et que tu me pardonneras.

La Stellaire se redressa avec une expression déterminée, prête à tout.

— Je suis ton amie et je te pardonnerai, déclara-t-elle d'un ton ferme.

Malgré son assurance, Isla perçut dans sa voix un soupçon de peur que tout ait mal tourné. Ce qui était le cas.

Elle avait tout ce dont elle avait rêvé : le cœur de Lightlark, la promesse de pouvoir et la chance de sauver son royaume. Mais sa victoire avait un prix : la vie de Grim.

Aussi loin que remontaient ses souvenirs, ce qu'elle désirait le plus était la liberté. Puis, au fur et à mesure du Centennal, le pouvoir.

Mais quand Oro lui avait annoncé la mort prochaine du royaume nocturne ou lorsqu'elle avait découvert que Terra et Céleste étaient en danger, elle s'était rendu compte qu'il y avait autre chose qu'elle souhaitait davantage encore : un avenir, heureux. Une vie avec ses proches.

À ses yeux, Terra et Poppy étaient ce qui se rapprochait le plus d'une famille. Céleste était sa meilleure amie. Quant à Grim, il éveillait en elle des émotions auxquelles elle avait toujours cru ne pas avoir droit en tant que reine des Sauvages. Elle avait toujours pensé que la liberté, ou même le pouvoir, changerait tout, la transformerait. Mais non… Elle savait désormais qu'elle avait commencé à changer par elle-même.

Alors elle avait conçu un plan, qui sauverait son royaume ainsi que Céleste. Il ne lui permettrait pas d'obtenir le pouvoir promis et ne constituerait pas une solution permanente pour Terra et son peuple. En revanche, il lui offrirait le Nocturne.

— Je pense savoir où se trouve le brise-liens, confia Isla. Et j'ai élaboré une stratégie pour qu'on l'utilise… mais pas seulement nous deux. (Elle prit une profonde inspiration.) Incluons Grim dans notre projet initial. Divisons le prix du sang à payer pour le brise-liens en trois.

Elle le sauverait et, en échange, il devrait accepter de l'aider à sauver son peuple. Elle ne savait pas ce qu'était l'amour, mais cela, ce sacrifice… Des souverains épris l'un de l'autre pouvaient partager leurs pouvoirs. S'il l'aimait en retour, elle serait en mesure de rapporter chez elle ces aptitudes mises en commun, pour sauver son royaume.

Si ce n'était pas possible, une fois sa malédiction brisée, elle tenterait d'échanger les pouvoirs qu'elle aurait obtenus contre Terra et les autres malheureux engloutis par la nature. La forêt des terres nouvelles était connue pour conclure des accords, or, les présents d'une reine sauvage étaient trop précieux pour être refusés. C'était un sacrifice qu'elle était prête à faire pour tout arranger.

Elle voulait plus que tout remporter le Centennal. Elle voulait plus que tout cet immense pouvoir promis par la prophétie, elle le désirait comme on désire un amant. Elle voulait plus que tout les facultés dont elle avait été privée à la naissance.

Mais pas au détriment de Grim ni d'aucun autre de ses proches.

— Je sais que tu ne lui fais pas confiance. Mais, s'il te plaît, fais-le pour moi ! Je t'en supplie, Céleste. On n'a plus beaucoup de temps.

La Stellaire ne réagit pas tout de suite. Isla s'attendait à entendre de nouvelles raisons de rejeter cette idée. Mais son amie avait dû percevoir son désespoir et comprendre combien c'était important à ses yeux, car elle finit par répliquer :

— Où est le brise-liens ?

Elles avaient dorénavant un nouveau plan. Un dernier recours. Céleste allait faire s'effondrer une partie du palais afin d'attirer le monarque hors de ses appartements assez longtemps pour qu'elle puisse s'introduire dans sa bibliothèque secrète et dénicher l'artefact qu'elles avaient tant cherché.

— Il nous faut un endroit où l'utiliser, ajouta la Stellaire. Un lieu où Oro ne pourra pas intervenir, s'il découvre qu'on l'a trouvé.

— L'antre aux miroirs, répondit la Sauvage.

Les pouvoirs du haut-roi y seraient inhibés, mais une relique comme le brise-liens fonctionnerait toujours.

— D'accord, dit Céleste. Je vais chercher le brise-liens et toi, tu récupères ce qu'il te reste d'élixir de guérison pour refermer nos plaies une fois le sang versé. C'est tout. On n'apportera rien d'autre, pour ne pas éveiller les soupçons. (La nervosité de son amie était palpable.) Si quelqu'un le découvre…

L'une d'elles y laisserait la vie, Isla en avait conscience.

Oro lui avait paru si froid. Si fidèle à lui-même, en réalité. Elle avait commencé à croire que le monarque méfiant et insupportable était un personnage qu'il jouait pour se protéger, ainsi que son île. Mais à présent, elle se demandait si ce n'était pas plutôt celui qu'elle avait entrevu – le partenaire attentionné et confiant avec qui elle avait collaboré pendant des mois – qui était un rôle de composition.

Isla se précipita dans sa chambre. Elle avait le pressentiment qu'elle n'y reviendrait plus. Quand ils auraient utilisé le brise-liens pour rompre leurs malédictions et qu'Oro l'aurait appris… il leur faudrait fuir, tous les trois. Au moins jusqu'à la fin du Centennal. Le haut-roi choisirait de tuer un autre souverain pour accomplir la prophétie ou l'archipel disparaîtrait de nouveau. Peut-être pour toujours, cette fois.

Debout au pied de son lit, la Sauvage tentait de mémoriser tous les détails : le mur de feuilles, la salle de bain en marbre blanc, le fauteuil où s'était assis Oro pour lui proposer un marché, le canapé où elle avait posé la tête sur ses genoux et l'avait entendu rire pour la première fois, le balcon où il l'avait écoutée chanter avant de lui sauver la vie.

Elle chassa ces souvenirs, irritée contre elle-même. Tout ce qui intéressait le Solarien, c'était sauver son peuple et briser les malédictions. Il n'en avait rien à faire d'elle.

Soudain, un objet se brisa. Des secousses se firent sentir à travers le palais. *Céleste !* Des cris s'élevèrent dans les couloirs. Appuyée contre sa penderie, Isla savait que son amie ne tarderait pas à trouver le brise-liens avant de se rendre à l'antre aux miroirs. Elle devait faire vite.

Le cœur de Lightlark était magnifique dans sa paume, pareil à un morceau de soleil. L'espace d'un instant, elle envisagea de le voler et d'utiliser ses pouvoirs pour guérir Terra et son royaume. Mais l'emporter revenait à signer l'arrêt de mort de l'archipel et de ses milliers d'habitants. Si elle était prête à tout pour obtenir le pouvoir, elle n'était pas égoïste à ce point. Elle avait beau haïr Oro à cet instant précis, elle ne souhaitait pas sa perte.

C'est d'une main tremblante qu'elle lui écrivit une lettre, pour lui expliquer tout ce qu'elle pouvait. Une fois le courrier terminé, sa poitrine la faisait souffrir. La douleur lancinante la fit même tomber à genoux. Isla resta un moment dans cette position, jusqu'à ce que le mal s'atténue suffisamment pour qu'elle puisse bouger sans gémir.

Convaincue d'avoir laissé à Céleste assez d'avance, la Sauvage toucha le diamant à son cou. Grim apparut aussitôt. Elle faillit s'effondrer de soulagement à sa vue. Il était toujours vivant. La détermination dans le regard d'Oro avait pourtant été on ne peut plus claire sur ses intentions.

Ils ne disposaient pas de beaucoup de temps. Même affaibli, le pouvoir du haut-roi était infini, et Lightlark était son territoire. Il appelait de ses vœux la mort du souverain des Nocturnes et avait sans doute un millier de moyens de parvenir à ses fins.

Isla s'approcha de Grim à grands pas pour lui saisir la main.

— Tu as confiance en moi ?

Il la regarda, l'air un peu perdu.

— Bien sûr, Mangecœur !

— Oro a l'intention de te tuer pour mettre fin aux malédictions. Céleste et moi, on se connaît depuis bien avant le Centennal. On a en notre possession un artefact ancien qui nous aidera, tous les trois. On va briser nos sortilèges, ce soir. Ensuite… il faudra fuir.

Elle observa attentivement le Nocturne, dont le visage trahissait les émotions successives. Il ne paraissait pas surpris cependant. Avait-il prévu que le haut-roi tenterait de l'assassiner ?

— Tu ferais ça pour moi ? s'enquit Grim en serrant sa main.

C'était de la folie de s'attacher à d'autres joueurs dans une compétition aussi cruelle que le Centennal. Mais elle ne pouvait pas lutter contre ses sentiments.

— Oui. Mais tu vas devoir m'aider aussi. J'aurai sûrement besoin d'un peu de ton pouvoir pour sauver mon royaume. Je…

— Je te donnerai tout, la coupa-t-il. Tout ce qu'il te faut. Ce qui est à moi est à toi.

Elle sourit.

— Isla… commença-t-il.

— Pas le temps ! l'interrompit-elle en lui étreignant les doigts. On doit y aller, tout de suite. Rapproche-nous le plus possible de l'antre aux miroirs.

Grim jeta un coup d'œil par la fenêtre. Les ténèbres recouvraient tout. Il n'était pas sorti de nuit depuis des siècles.

— Tu as confiance en moi ? répéta-t-elle.

Sans répondre, il posa une main sur le cœur d'Isla, qui frémit sous ses doigts gelés. Un frisson d'adrénaline la parcourut.

— Ton cœur, dit-il, l'air soucieux. Il ne t'appartient pas.

Qu'entendait-il par-là ? Avant de pouvoir lui poser la question, elle passa à travers le sol pour atterrir dans un autre lieu.

À leur arrivée, Grim se raidit. Si elle s'était trompée, la peau du Nocturne allait commencer à se fendre, à l'instar de celle d'Oro au soleil. Il mourrait… Mais rien ne se produisit.

Ils se tenaient à l'orée des bois de l'île de la Nature, enchantés par un ancien sortilège qui les protégeait de tous les pouvoirs autres que ceux des Sauvages eux-mêmes. Isla s'était dit que cette forêt était un peu comme elle, que le fait qu'elle inhibe les capacités des autres souverains signifiait qu'elle inhibait aussi leurs malédictions. Elle avait raison.

Bouche bée, Grim contemplait avec émerveillement la voûte céleste à travers la canopée. Il ne pouvait pas accéder au pouvoir nocturne qui vibrait dans ses veines, mais la vue de ce ciel obscur semblait lui suffire.

La jeune reine lui saisit le poignet.

— Vite ! le pressa-t-elle en espérant que Céleste serait déjà arrivée.

Elle pénétra dans la forêt morte. Grim, lui, ne bougea pas d'un pouce. Il l'observait, les yeux emplis d'une expression proche du désespoir.

— Mon cœur…

Isla se figea. Quelque chose dans ce surnom… dans sa manière de le prononcer…

— Est-ce que tu me pardonneras un jour ? poursuivit-il en lui glissant une mèche de cheveux derrière l'oreille.

Le cœur de la Sauvage battit une fois, deux fois.

— Pour quoi ? répliqua-t-elle avant de reculer d'un pas, puis d'un autre.

Le Nocturne secoua la tête, les sourcils froncés.

— Tu m'as demandé, il y a quelques instants, si j'avais confiance en toi, quand la question que tu aurais dû poser, c'était si toi, tu pouvais avoir confiance en moi.

Un silence absolu régnait. Les feuilles mortes ne bruissaient pas. Comme pétrifiées, à l'instar d'Isla, qui parvint tout de même à s'éloigner, chancelante.

— Quoi ? murmura-t-elle si bas qu'elle doutait qu'il l'ait entendue.

— Mon cœur, répéta-t-il en se rapprochant. Tes rêves, ceux dont tu m'as parlé… ne sont pas des rêves.

— Pardon ?

— Ce sont des souvenirs.

Des souvenirs. Grim en armure devant elle. Ses jambes serrées autour de lui. Les lèvres du Nocturne sur son cou, sa poitrine, la chair tendre de ses cuisses… Les rêves qu'elle faisait depuis des semaines, après lesquels elle n'osait plus le regarder dans les yeux.

— De quoi parles-tu ?

Il tendit la main vers elle, avant de reculer lorsqu'elle tressaillit.

— Tu es apparue dans mon château il y a un an. Et tu es revenue… plusieurs fois, grâce à ta relique nocturne.

Isla se noyait. C'était exactement ce qu'elle éprouvait. Le sol se dérobait sous ses pieds. Elle agrippa une branche morte pour ne pas perdre l'équilibre.

— Je ne me suis jamais rendue dans les terres des Nocturnes, affirma-t-elle en faisant un nouveau pas en arrière.

— Si, répliqua Grim, la gorge serrée. Tu l'as oublié, c'est tout. J'ai dû effacer tes souvenirs. Tous ceux où j'étais.

Comme il avait proposé de le faire avec Juniper, se rendit compte la Sauvage, le souffle court.

Un souvenir remonta à la surface de son esprit. La deuxième phrase qu'elle avait prononcée à son arrivée dans l'archipel, quatre-vingt-dix jours plus tôt : *« On ne se serait pas déjà rencontrés ? »*

Le Nocturne lui avait ensuite pris le bras pour l'écarter du portail géant, et cette impression de déjà-vu lui était sortie de l'esprit. En le voyant, quelque chose avait dû traverser le voile dont il avait recouvert ses souvenirs. Une réminiscence qu'il avait étouffée par ce geste.

Isla clignait des yeux, fébrile. Plus rien n'avait de sens. Elle avait l'esprit cotonneux et ne parvenait à se concentrer que sur un seul détail, pourtant le moins important :

— Ma baguette astrale est une relique stellaire.

Grim avait le regard triste et paraissait effondré, quoiqu'il fît de son mieux pour ne pas le montrer.

— Non, c'est une relique nocturne. (Il se renfrogna lorsqu'elle voulut le contredire.) À ton avis, de qui vient son pouvoir ?

La Sauvage ne respirait plus. Grim possédait un don bien particulier : il était capable de se transporter à l'endroit de son choix. Exactement comme elle avec sa baguette astrale – avec un peu d'entraînement.

— Non. Je ne me suis jamais rendue dans les terres des Nocturnes, répéta-t-elle d'une voix brisée, l'esprit en ébullition.

Elle n'avait pas osé, pas après les mises en garde de Terra.

— Mon cœur, répondit-il d'un ton à la fois calme et doux. Où crois-tu être allée avant de revenir chez toi pour le Centennal ?

Isla se rappelait son arrivée dans sa chambre, par sa flaque d'étoiles, juste avant l'entrée de Terra et Poppy. Juste avant de poser sa couronne sur sa tête et de s'adresser à son peuple.

Où était-elle allée ? Elle fouilla sa mémoire, suppliant les souvenirs de remonter à la surface. En vain.

Si Grim disait vrai… elle était avec lui, ce matin-là. Il lui avait volé ses souvenirs avant de faire semblant, quelques minutes plus tard, de ne pas la connaître. Elle n'avait vu en lui qu'un inconnu étrangement familier.

Ce n'était pas possible. Rien de tout ça n'avait de sens. Rien.

« Il y a des mensonges et des menteurs autour de toi… »

Isla ne savait plus quoi faire, quoi penser, à qui se fier. En tout cas, elle n'avait plus confiance en elle. Ni en lui.

Aussi s'enfuit-elle dans la forêt créée par ses ancêtres. Le Nocturne attendit quelques instants avant de la suivre. Hors de ces bois, il l'aurait peut-être rattrapée.

Isla était aussi rapide que la flèche qui lui avait transpercé le cœur. Aussi silencieuse qu'un colibri. Auparavant, elle s'était égratigné les joues et les bras dans cette forêt. Aujourd'hui, elle sautait par-dessus les racines tortueuses, se glissait sous les branches, jusqu'au moment où elle aperçut son propre reflet.

Elle se précipita dans l'antre aux miroirs, entendant des craquements derrière elle. Par la vitre, elle vit les arbres morts s'entremêler pour former un mur, un rempart.

La forêt était enchantée. Sentait-elle sa peur ? Protégeait-elle enfin la reine des Sauvages, incapable de se protéger elle-même ?

Isla n'avait pas le temps de se poser la question. Si Grim ne pouvait pas utiliser ses pouvoirs en ce lieu, il restait un guerrier. Il lui suffirait de quelques bons coups de lame pour traverser ces broussailles.

Elle fut submergée par le soulagement en découvrant Céleste à l'intérieur du château sauvage.

— Tout va bien ? demanda son amie, inquiète.

Isla se rendit compte qu'elle était encore essoufflée. La Stellaire tenait à la main un objet qui ressemblait à une gigantesque aiguille à coudre, aussi longue qu'une dague et pointue à chaque extrémité. Fait d'or et de verre, l'artefact scintillait, comme le cœur de Lightlark.

Le brise-liens !

— Oui, répondit la Sauvage avant de secouer la tête. Ou, plutôt, non.

Céleste sembla comprendre que Grim ne les rejoindrait pas.

— Je ne sais pas ce qu'il pouvait t'apporter. Mais je t'aiderai. On trouvera une solution… Ensemble.

Ensemble. Isla avait tout gâché, mais elle croyait en la promesse de son amie.

— Il faut se dépêcher, fit-elle.

Céleste lui tendit l'aiguille.

— Ça ne prendra qu'une seconde.

Le brise-liens exigeait au moins un litre de sang du souverain qui l'utilisait. Comment pouvait-il en contenir autant ? Mais peut-être ne fonctionnait-il pas ainsi. L'aiguille devait percer la peau, qui ne se refermerait qu'une fois la quantité requise de sang donnée. La Sauvage avait apporté le reste de son élixir de guérison pour cicatriser leurs plaies.

Un craquement retentit soudain dans la nuit. Elle se retourna pour découvrir que Grim s'était taillé un chemin entre les troncs, plus vite que prévu.

Ils se tenaient face à face, séparés par la vitre. Le Nocturne ouvrit grand les yeux à la vue de l'aiguille.

— Maintenant, chuchota Isla, et Céleste se piqua la main, non sans grimacer de douleur.

— Mon cœur, non ! hurla Grim avant que la Sauvage ne puisse faire de même.

Il avait parlé d'une voix assez forte pour l'arrêter. Puis il se mit à courir le plus vite possible et franchit la porte en trombe.

Mais, tout à coup, Isla sentit une douleur aiguë dans sa paume. C'était fait.

Elle poussa un cri. Quelque chose circulait en elle, brûlant comme de la fumée dans ses poumons, du sel dans sa gorge, des flammes dans son ventre. Seulement, ce n'était ni du sang ni rien de visible.

Elle se tourna vers Céleste. Les yeux de son amie avaient changé. Ils étaient à présent plus sombres, d'une teinte argent foncé et non plus gris clair. Un sourire diabolique étirait ses lèvres.

La Sauvage ne reconnaissait pas ce sourire. Les cheveux argent de sa complice de toujours commencèrent à flotter autour de sa tête. Elle se cambra au moment où Isla se pliait en deux, brusquement étourdie. Sa peau lui paraissait trop fine, tandis que celle de Céleste était bien trop brillante. Le brise-liens lui dérobait quelque chose pour le transmettre à la Stellaire. Quelque chose d'important.

Grim lui prit l'autre main pour tenter de l'éloigner de l'aiguille et fut projeté en arrière contre la vitre… par Céleste ! Pourtant, les pouvoirs de la reine stellaire n'auraient pas dû fonctionner dans l'antre aux miroirs…

Les muscles bandés, le Nocturne se débattait violemment contre des chaînes semblables à des racines. Au même instant, la porte se rouvrit en grand et Oro entra. Comment l'avait-il trouvée ? Ses yeux couleur ambre repérèrent sur-le-champ le brise-liens. À sa vue, il blêmit.

— Isla… dit-il d'une voix douce, plus paniqué qu'il ne l'avait jamais été.

Puis il se plia à son tour en deux avant de tomber à genoux. L'archipel se désagrégeait-il de nouveau ? Non, c'était différent. Grim s'écroula au même moment. Les deux rois avaient été affaiblis en l'espace de quelques secondes, comme elle. Mais comment ?

Soudain, elle fut repoussée contre la pierre, loin de l'aiguille qui tomba par terre juste avant que la tête d'Isla ne heurte le marbre.

À moitié assommée, la vue brouillée, elle vit Céleste faire un pas dans sa direction. Du sang gouttait de la plaie sur sa paume.

Six gouttelettes.

La première grésilla, la deuxième flotta, la troisième brilla, la quatrième devint d'un noir d'encre, la cinquième gela et la sixième toucha le sol avant de se transformer en une rose pourpre.

Le sang de Céleste contenait les pouvoirs de chacun des six royaumes.

Impossible !

C'était comme si elle venait de vider Oro et Grim de leurs pouvoirs, sans même les toucher… Ce qui n'expliquait pas les six gouttelettes.

La tête rejetée en arrière, la Stellaire éclata de rire. Puis elle croisa le regard d'Isla et ricana.

— Tu n'es pas très douée pour suivre les ordres, n'est-ce pas ?

La Sauvage, toujours à terre, n'en revenait pas. Un millier de questions se bousculaient dans sa tête. Elle ne parvint à en formuler aucune, sinon la plus élémentaire :

— Quoi ?

— Tu étais censée garder tes distances avec Grim, tu te souviens ? Je t'avais prévenue… Sans parler du haut-roi de Lightlark ! Tu ne devais pas le séduire. Ce n'était pas ton plan, mais celui de tes gardiennes… (Un large sourire étira ses lèvres.) Heureusement que je comptais sur toi pour enfreindre les règles, petite Sauvageonne !

Oro était parvenu à se relever. Livide, il esquissa un pas en avant, la main levée, et fut à son tour projeté contre la vitre, à côté de Grim, par une énorme racine.

Céleste ne pouvait pas se servir de ses facultés stellaires dans l'antre aux miroirs. Elle utilisait le pouvoir sauvage.

— Comment est-ce possible ? demanda Isla.

Elle devait rêver. Ou plutôt, cauchemarder. Tout ça n'avait aucun sens… Sa meilleure amie !

Elle se tenait aux pieds de Céleste, qu'elle ne quittait pas des yeux. Elle ne scrutait pas la pièce en quête d'issues, pas plus qu'elle ne tentait de dégainer la dague à sa hanche. Elle n'arrivait tout simplement pas à croire à ce qui était en train de se passer.

Le sourire de la Stellaire se fit encore plus perfide. Le Centennal était un jeu – combien de fois les deux reines avaient-elles répété ces mots !

Isla avait été dupée, voilà tout.

— Pourquoi ne leur poses-tu pas la question ? répliqua Céleste en désignant Oro et Grim.

Tous deux semblaient sur le point de sombrer dans un sommeil éternel, les muscles relâchés, les paupières tombantes. Malgré tout, ils continuaient de lutter contre leurs chaînes, sans succès. Céleste soupira.

— À Lightlark, l'amour est dangereux, pas vrai ?

Isla le savait. Tomber amoureux signifiait donner à l'autre un accès total à vos propres pouvoirs.

— Je pensais vraiment que ce serait plus difficile, mais tu as joué ton rôle à la perfection. Ces deux souverains légendaires sont tombés à tes pieds comme des épis de blé fauchés. (La Stellaire s'approcha d'eux avec un sourire narquois.) Grim, c'était facile. Il était déjà fou amoureux de toi. Vous deux, vous avez un sacré passé commun… même si tu ne t'en souviens sûrement pas.

Elle se retourna vers la Sauvage, en quête d'une confirmation, mais celle-ci ne bougea pas d'un pouce. Elle ne reconnaissait plus son amie. Ça ne pouvait pas être elle… Isla refusait de l'accepter. Face à son absence de réaction, Céleste haussa les épaules avant de s'arrêter devant Oro. Le haut-roi fulminait. S'il n'avait pas été privé de ses pouvoirs, son regard aurait suffi à les enflammer, tous.

Malheureusement, dans l'antre aux miroirs, seul le pouvoir sauvage était autorisé.

— Le monarque méfiant et cruel… tombé amoureux d'une Sauvage ? (Céleste ne put s'empêcher de sourire.)

C'était un supplice, n'est-ce pas, Votre Majesté ? Tenter d'y résister, vous croire sous son charme… en ignorant qu'elle ne possédait aucun pouvoir, jusqu'à ce qu'elle vous révèle son secret.

Oro jeta un coup d'œil à Isla. Il avait l'air paniqué, une expression qu'elle n'avait jamais vue chez lui. Elle l'observa avec attention. *Tombé amoureux ?* Céleste devait se tromper.

La Stellaire se rapprocha encore pour lui caresser la joue d'un ongle au vernis argenté.

— Oh, bien sûr, tu n'as jamais été envoûté. Ce détail devrait adoucir un peu le fait d'avoir perdu la moindre once de pouvoir que tu aies jamais possédée.

Oro se débattit contre les racines qui l'enchaînaient. Immobile à ses côtés, Grim ne quittait pas Isla des yeux. Elle, en revanche, ne savait pas où poser les siens. Plus rien n'avait de sens.

Le haut-roi ne pouvait pas l'aimer. Elle ne pensait même pas qu'il l'appréciait. Enfin, du moins, au début. Mais, après tout le temps passé ensemble, après tout ce qu'ils avaient traversé…

Céleste interrompit ses réflexions d'un claquement de langue.

— Dire qu'ils t'ont cédé tout ce pouvoir… soupira-t-elle en s'adressant à Isla, toujours à terre. Et maintenant, tu m'en as fait cadeau.

Ses affirmations n'avaient toujours aucun sens pour la Sauvage. Même si Oro et Grim étaient amoureux d'elle… elle ne pouvait pas simplement donner ce pouvoir à la Stellaire.

Le brise-liens…

Céleste devait lire la confusion sur son visage, car elle lui dit :

— Il n'y a jamais eu de brise-liens, petit oiseau. Ceci est un forge-liens. C'est le seul artefact enchanté permettant un transfert d'aptitude. Il a été créé pour aider les rois solariens à transmettre leur pouvoir à leurs héritiers sans avoir à mourir. N'est-ce pas, Votre Majesté ?

Oro grogna et se débattit contre sa prison végétale, tant et si bien qu'il faillit la briser.

Quand Isla avait été piquée par l'aiguille, la Stellaire avait ainsi pu s'emparer de tous les pouvoirs auxquels la Sauvage avait accès, sans même le savoir – ceux d'Oro et de Grim.

— Céleste ! Tu es mon amie. Tu ne ferais pas ça.

Elle allait se battre pour leur amitié. Pour la souveraine qu'elle aimait comme une sœur.

La mine grave, Céleste lui prit le menton dans la main, comme tant de fois auparavant. Isla la laissa faire. La reine des Stellaires poussa un nouveau soupir, une lueur de pitié dans ses yeux brillants. Puis ses lèvres s'étirèrent en un sourire qui gagna tout son visage.

— Tu ne comprends donc pas, petite idiote ? Tu as fait tout ce que je voulais… et je n'ai même pas eu besoin de te forcer la main !

Sur ces mots, la Stellaire se mit à se métamorphoser. Son nez se raccourcit, ses yeux changèrent de couleur, ses joues se creusèrent, ses lèvres rougirent.

Un autre visage. Une autre identité. Un pouvoir impossible – un don. Céleste n'était pas Céleste.

Oro semblait sur le point de s'effondrer. La douleur se lisait sur son visage.

— Aurora !

Isla connaissait ce nom. C'était celui de la reine des Stellaires décédée le jour où les malédictions avaient été jetées. La fiancée du roi Egan.

— Je t'ai vue mourir, protesta Oro d'une voix rauque.

Aurora se tourna vers lui.

— Une illusion, j'en ai bien peur.

— Pourquoi ? demanda le haut-roi. (Puis ses traits se durcirent quand il comprit.) Pour te venger, n'est-ce pas ?

Un simple sourire en guise de réponse.

— Comment ça ? intervint Isla.

Elle avait la tête qui tournait, ne comprenait plus rien.

Même si chaque mot semblait le torturer, Oro le lui expliqua :

— Mon frère devait épouser Aurora. (Une goutte de sang coula du coin de sa bouche.) Mais il est tombé amoureux d'une autre. De la meilleure amie de sa fiancée.

Quoi ?

— Ton ancêtre.

Celle qui était morte la nuit des malédictions. Elle s'appelait Violette. Isla ne savait presque rien d'elle. En tout cas, elle n'avait jamais rien entendu sur son histoire d'amour secrète avec le roi Egan.

Aurora éclata d'un rire froid. Ces événements remontaient à plusieurs siècles, mais la souffrance peinte sur ses traits était encore vive.

— Ils avaient l'intention de se marier, alors que j'avais déjà la bague au doigt. J'étais tellement furieuse… J'ai utilisé mon don de métamorphe pour prendre l'apparence d'une jolie Sauvage et convaincre cet imbécile, dit-elle en désignant Grim, qu'il pourrait m'avoir cette nuit-là s'il m'offrait la plus belle fleur de l'archipel… qui avait éclos sur l'île de la Nuit… ou ce qu'il en restait… à peine quelques semaines plus tôt. Le cœur de Lightlark. Egan m'en avait parlé quand nous étions enfants. J'en avais remonté la trace et je comptais en faire un cadeau de mariage. À son insu, Grim l'a ouvert pour moi. Le problème, c'est que la tâche a été bâclée. Puisque je n'avais pas moi-même trouvé le cœur de l'archipel, je ne pouvais pas l'utiliser pleinement. J'ai maudit tous les royaumes sans vraiment le vouloir, y compris le mien. J'étais la seule, en tant que créatrice des malédictions, à être épargnée.

Arrivée à ce point de son récit, Aurora reprit son souffle et poursuivit :

— Ensuite, j'ai paniqué. Comme tous les souverains avaient succombé, sauf moi, j'allais forcément devenir la principale suspecte. J'ai donc feint ma propre mort par une illusion nocturne en me servant du cœur de Lightlark. On m'a vue mourir, mais celle qui a réellement péri était mon héritière, mon idiote de sœur. J'ai pris son identité, son visage. Puis, après avoir bâti les terres nouvelles des Stellaires, j'ai interdit aux domestiques l'accès au château et gouverné de loin. Garder des secrets est facile dans un royaume où chacun meurt à vingt-cinq ans. Je devenais une nouvelle reine à chaque Centennal, tout en me préparant et en attendant le bon moment.

— Le bon moment pour quoi ? s'enquit Isla, les joues baignées de larmes.

Tout cela ne pouvait pas être vrai. Elle refusait encore d'y croire.

— Pour enfin m'emparer de tout ce dont j'avais été privée. Seulement, cette fois, je souhaitais régner sur les six royaumes. Accéder à tous les pouvoirs de Lightlark s'est avéré difficile. (Elle regarda Oro avec mépris.) Même avec un nouveau visage, une nouvelle identité, tu as toujours rejeté mes avances. Un roi méfiant, c'est peu de le dire. Egan m'avait parlé du forge-liens. Je l'ai cherché sans relâche à chaque Centennal. Mais quand bien même j'aurais réussi à te convaincre, haut-roi, de l'utiliser avec moi, je n'aurais reçu que quatre des six dons. Un souverain ne peut se servir du forge-liens qu'une fois pour gagner des facultés et une autre pour en perdre. Je devais donc trouver le moyen d'obtenir les six d'un seul coup.

Le regard d'Aurora se posa sur Isla. Toujours à terre, cette dernière voyait toutes ses certitudes, sa vie entière, voler en éclats.

— Et c'est là que tu entres en scène, petit oiseau ! (L'intéressée déglutit, abasourdie.) Quelle chance j'ai eue !

La voix du Nocturne résonna soudain dans la pièce.

— Aurora ! gronda-t-il. Ne fais pas ça !

Elle se contenta de sourire avant de poursuivre :

— Il y a des années, l'un des puissants généraux de Grim, mû par la curiosité, vola une relique et s'en servit pour se rendre dans les terres nouvelles des Sauvages. Là-bas, il rencontra une femme magnifique. Bien que ce fût strictement défendu, figurez-vous qu'ils sont tombés amoureux ! Le général nocturne était puissant… si puissant qu'il croyait pouvoir passer entre les mailles de la malédiction des Sauvages… La tenir à distance. Et ils y sont parvenus. (Elle sourit à Isla.) Assez longtemps, en tout cas, pour te donner la vie.

— Je ne te crois pas ! protesta l'intéressée, tremblante de rage.

— Tu devrais. Tu n'es pas seulement une Sauvage, tu es aussi une Nocturne.

Isla secoua la tête, incrédule.

— Je n'ai aucun pouvoir.

— Bien au contraire, petit oiseau ! répliqua Aurora en riant. Tu es très puissante. Tes aptitudes sauvages étaient simplement masquées par tes facultés nocturnes. Rendues invisibles, inexploitables, à moins qu'un habile Nocturne ne les dénoue… Les manifestations du pouvoir sont étranges, n'est-ce pas ?

Du pouvoir. Isla en avait toujours eu. Et voilà qu'elle l'avait perdu, au profit de sa meilleure amie, qui n'avait en fait jamais été son amie.

— J'ai vu là l'occasion d'obtenir les six dons et j'ai conçu mon plan en conséquence. Sauf qu'il s'est passé quelque chose que je n'avais pas prévu, dit Aurora, les lèvres pincées. J'ignorais que tu rendais visite à d'autres souverains. Apparemment, quand tu as parlé de moi à Grim, il s'est mis à avoir des soupçons, si bien que, le lendemain, il débarquait dans ma chambre. C'est à ce moment-là qu'il est devenu mon complice.

À ces mots, Isla se figea. Le visage blême, le roi des Nocturnes évitait de croiser son regard.

— Les émotions ont des couleurs, paraît-il. Celles de Céleste avaient la même teinte que les miennes. Grim m'a démasquée sur-le-champ et a menacé de me tuer, puisque ma survie était la preuve que c'était moi qui avais jeté les malédictions. Mais avant qu'il ne puisse m'éliminer, je lui ai raconté que la seule raison pour laquelle je ne cessais de retourner au Centennal avec un nouveau visage était que je ne trouverais le repos qu'une fois la lignée d'Egan détruite pour de bon. Je lui ai proposé un plan qui permettrait d'assassiner le haut-roi sans condamner tous les insulaires, de briser les malédictions et de lui donner le contrôle de Lightlark. Il lui suffisait de m'aider.

— Mangecœur… lança le Nocturne pour attirer l'attention d'Isla.

Mais elle ne pouvait même plus le regarder. Il grogna et se débattit contre ses liens, en vain.

— Aurora m'a dit en quoi consistait le crime originel : un roi solarien était tombé amoureux d'une reine sauvage. Egan s'était épris de Violette, poursuivit-il, la respiration sifflante. Pour rompre les malédictions et accomplir la prophétie, il fallait que ce crime soit à nouveau perpétré. Il fallait à tout prix que tu séduises Oro. Mais, toi et moi, nous nous aimions déjà. Tu aurais donc refusé. C'est pour ça que j'ai dû effacer tes souvenirs de nous.

Isla avait le souffle court. Voilà pourquoi Grim l'avait évitée des semaines durant, lorsqu'elle collaborait avec le haut-roi. Elle repensa à son étrange remarque au bal, quand il l'avait encouragée à aller danser avec Oro.

Comme elle refusait toujours de croiser son regard, la voix du Nocturne se fit désespérée.

— C'est la décision la plus difficile que j'ai jamais eu à prendre, Mangecœur, sachant que, pour réussir, tu devais en séduire un autre et que moi, je devais te faire oublier notre histoire. Notre amour.

Elle osa enfin le regarder dans les yeux.

— Difficile pour toi ?

— J'allais te rendre tes souvenirs, affirma-t-il. Une fois qu'Oro serait tombé amoureux de toi… et que tu te serais rappelé ton amour pour moi… on aurait pu s'emparer de tous les pouvoirs de Lightlark et régner ensemble.

— Une fois le haut-roi privé de sa magie et de son lien avec l'archipel, intervint Aurora, j'aurais été libre de le tuer.

— Je l'ai fait pour mon royaume, reprit Grim. Et le tien. Je l'ai fait pour nous, mon cœur !

La prophétie avait été appliquée à la lettre : une alliance, l'obtention d'un immense pouvoir, la mort d'un souverain et de sa lignée.

— Vous devez bien l'admettre… soupira Aurora. C'était un plan brillant. (Elle sourit.) Dommage que tout n'ait été que mensonge !

Le Nocturne se débattit de nouveau contre ses chaînes végétales en hurlant de rage. Aussitôt, les épines des tiges qui l'entravaient se plantèrent dans sa peau, jusqu'au sang. Il grimaça, déjà affaibli. Isla savait à présent pourquoi : Oro et lui avaient été privés de leurs pouvoirs.

La Sauvage aussi, même si elle ne ressentait aucune faiblesse nouvelle… pas comme eux, en tout cas, car elle n'avait jamais compté sur aucun don. Elle ne pouvait pas éprouver le manque de ce qu'elle ignorait posséder.

— Je dois te remercier, lui dit Aurora. Tu n'as pas seulement trouvé le forge-liens pour moi, tu m'as aussi donné les six pouvoirs d'un seul coup.

Isla tremblait. Tout avait été orchestré. Le jeu auquel elle croyait participer n'avait rien à voir avec celui dans lequel elle se retrouvait : la situation la dépassait.

Elle finit par se relever. Grim avait agi de cette manière pour la même raison qu'elle avait cherché à remporter le Centennal : pour sauver ceux qu'il aimait et ramener le pouvoir dans son royaume. À tous les égards, elle le comprenait.

La seule différence, c'était qu'elle avait été prête à tout abandonner pour lui, alors que, depuis le début, il se servait d'elle comme d'un pion. Elle cracha aux pieds du Nocturne.

Puis elle jeta un regard à Oro, en espérant qu'il lirait dans ses yeux combien elle était désolée. À cause d'elle, parce qu'il avait eu l'imprudence de tomber amoureux d'une Sauvage, sa plus grande crainte s'était réalisée : il avait perdu son pouvoir.

Il avait eu raison de ne pas se fier à elle. De ne se fier à personne. Elle aurait dû suivre son exemple.

Après avoir dégainé sa lame, Isla fit face à Aurora. Tout s'expliquait à présent, et c'était terrifiant. C'était la Stellaire, et non Cléo ou Ella, qui avait tué Juniper après qu'il leur eut confié savoir qui avait lancé les malédictions. Azul, lui, avait dû découvrir la véritable identité de Céleste et tenter de l'arrêter lors du Festival.

La bouche sèche, Isla savait qu'il lui fallait terminer le travail.

Elle fut rapide, plus vive que la foudre. En un éclair, sa lame se retrouva sur la gorge d'Aurora. Mais avant qu'elle ne puisse transpercer la chair, l'arme se brisa.

C'était impossible ! La reine des Stellaires ne pouvait pas utiliser ses pouvoirs dans l'antre aux miroirs. Les deux adversaires se défièrent du regard et Aurora éclata de rire.

— C'est la dague que tu as choisie à l'armurerie stellaire. C'est moi qui l'y avais déposée, après l'avoir enchantée afin qu'elle ne puisse pas m'infliger de blessure mortelle si jamais tu venais à découvrir mon secret. Bien sûr que tu allais choisir une arme au manche orné d'un serpent… Tu es si prévisible, petit oiseau. Si faible… Si stupide !

Sur un geste d'Aurora, des racines traversèrent les parois vitrées de l'antre aux miroirs, dont les éclats volèrent partout dans la pièce. Elles se tortillaient tels des serpents dans leur direction.

Oro et Grim en furent immédiatement recouverts, puis plaqués contre les vestiges du mur vitré. La Stellaire les achèverait, même vidés de leurs pouvoirs, pour étouffer tout risque de contestation de son autorité. Isla en était convaincue.

— Tuée par tes propres facultés sauvages… railla Aurora, les mains levées, prête à la faucher avec tout ce qu'offrait la forêt. (Elle interrompit son mouvement un court instant.) Je t'aimais bien, Sauvageonne. Mais tous les souverains doivent périr ce jour. Une fois de plus.

Sans lui laisser le temps d'ordonner à la flore de la tuer, Isla tordit son bras en arrière, vers son dos et sa cachette préférée. Ses doigts se refermèrent sur un objet scintillant, qui vibrait faiblement. La Stellaire écarquilla les yeux.

— Je t'avais dit de ne rien apporter d'autre que tes élixirs, idiote !

— Je ne suis pas douée pour suivre les règles, tu te souviens ? répliqua la Sauvage, un sourire malin aux lèvres, avant de plonger dans sa flaque d'étoiles.

CHAPITRE 54
Malédictions

Si sa chambre était exactement comme elle l'avait laissée, le monde extérieur, en revanche, était devenu stérile. Plus d'arbres près de ses fenêtres ni d'herbe.

Isla avait atterri brutalement sur la pierre, se faisant mal aux genoux au passage. L'instant d'après, sa porte s'ouvrit en grand, comme trois mois plus tôt.

Poppy surgit dans la pièce, en chemise de nuit. En voyant sa protégée, la professeure de séduction hurla de joie, puis se précipita pour la serrer dans ses bras. Elle sentait la cannelle et le sang. Elle avait dû se nourrir ce jour-là.

— Tu as réussi, petit oiseau ! s'exclama-t-elle.

Elle devait penser qu'Isla rentrait plus tôt car elle avait accompli avec succès le plan de ses gardiennes, dont la première étape consistait à séduire le haut-roi pour lui voler ses pouvoirs.

Bien que son propre plan eût été différent dès le début, la jeune reine avait fini par atteindre leur objectif.

Elle ne rendit pas son étreinte à Poppy, qui finit par la lâcher.

— Vous saviez, toutes les deux.

Sa gardienne eut l'audace de faire semblant de ne pas comprendre de quoi elle parlait. Isla serra les dents.

— Vous saviez que j'avais des pouvoirs… pas vrai ?

Céleste – ou plutôt, Aurora – l'avait appelée par un surnom que seules ses gardiennes employaient : « petit oiseau ». C'est à ce moment-là qu'elle avait pris conscience que le plan de la Stellaire nécessitait une aide de l'intérieur.

— Et vous avez tué mes parents, n'est-ce pas ?

Seules Terra et Poppy avaient accès à ses appartements. C'était d'elles que la Sauvage avait obtenu toutes les informations sur Lightlark, sa mère et son père, la malédiction de son peuple.

« Des mensonges et des menteurs. »

Poppy porta la main à l'unique lame qu'elle avait sur elle. Isla fut plus rapide et dégaina celle qu'elle gardait derrière sa coiffeuse.

— Pourquoi ? grogna-t-elle.

— C'est pour toi qu'on l'a fait, répondit sa gardienne, blême. La reine des Stellaires nous a donné le choix : tuer ta mère et son amant pour que leurs pouvoirs te soient transférés à temps pour le prochain Centennal et t'élever afin que tu puisses séduire un jour le haut-roi… ou éliminer toute la lignée sauvage et détruire notre royaume. Elle nous a demandé de te convaincre que tu étais née sans la moindre once de pouvoir… pour que tu n'essaies pas de t'en servir. Selon elle, ce mélange de facultés était dangereux et te serait potentiellement fatal.

Isla s'avança, sa dague pointée sur Poppy.

— Vous avez tué mes parents, dit-elle d'une voix à peine audible.

Ce n'était pas la faute de la malédiction ni de sa mère, coupable d'avoir enfreint les règles. Non, les responsables étaient les deux femmes en qui la reine avait le plus confiance. Isla avait l'esprit embrumé, la force commençait à lui manquer et sa poitrine l'élançait toujours.

— Je devrais te tuer, dit-elle avant d'ouvrir son autre main pour révéler l'élixir de guérison qu'elle avait emporté. Je devrais laisser Terra pourrir.

Elle vida le flacon d'un trait en espérant qu'il ferait effet pendant les minutes suivantes, en prévision de blessures qu'elle n'avait pas encore subies.

— Mais j'ai mieux à faire, ajouta-t-elle en lâchant son arme.

Isla passa devant Poppy à grands pas pour s'approcher de son mur d'épées. Elle s'empressa d'enfiler son armure – épaulières, cuissardes, plastron, gantelets et, enfin, son casque – avant de décrocher deux lames.

Elle s'était échappée de Lightlark. Elle était en sécurité, pour l'instant. Elle pourrait se sauver, s'enfuir. Pourtant… elle ne pouvait se résoudre à leur tourner le dos.

Grim l'avait trahie à tous points de vue. Il méritait le courroux d'Aurora, une mort lente…

Mais pas Oro.

Elle se souvenait de ses paroles, sincères : *« Je ne t'ai jamais menti, Isla. Pas une seule fois. »* Il était le seul en qui elle pouvait avoir confiance. Le seul à ne pas l'avoir trahie. Elle ne l'abandonnerait pas.

— Tu y retournes ? s'écria Poppy en lui saisissant le poignet. Tu t'en es sortie. Ne fais pas l'idiote !

Isla se dégagea en sifflant, tel un serpent.

— Je suis peut-être une idiote mais, au moins, j'ai de l'honneur, cracha-t-elle. Je récupérerai le pouvoir des Sauvages. Je sauverai ce royaume et Terra. Après ça… je ne veux plus jamais vous revoir, ni elle ni toi.

Ses deux longues épées dans une main, elle traça de l'autre un portail à l'aide de sa baguette astrale puis passa par l'ouverture et disparut.

Dès qu'elle posa le pied dans l'antre aux miroirs, Isla se mit en mouvement. La nature contrôlée par Aurora réagit aussitôt en se jetant sur elle de toutes parts, épines dressées.

La Sauvage n'avait aucun pouvoir magique à sa disposition mais, contrairement aux autres souverains, elle avait l'habitude de se battre sans.

Le fer tinta quand elle sépara ses lames l'une de l'autre. Une dans chaque main, elle les fit tournoyer à ses côtés, devant elle et dans son dos. Partout où elles passaient, les plantes tombaient.

Aurora lui avait volé son pouvoir, si bien que, même morte, la forêt enchantée cherchait à protéger la Stellaire. En réaction à la menace que représentait Isla, la nature en décomposition créa des gardes, créatures taillées dans l'écorce des arbres. Ils foncèrent sur l'intruse par les vitres brisées, munis d'armes faites d'os et de cornes d'animaux. La Sauvage poussa un cri de guerre et se jeta dans la bataille, les affrontant avec autant d'acharnement que n'importe quel ennemi. Elle tournoyait, faisait virevolter ses épées, se protégeait des piquants et des poignards en os grâce au métal qui recouvrait ses bras.

Le monde alentour s'effaça. Chacun de ses pas était chorégraphié, chaque mouvement de lame précis. Ses membres ne palpitaient pas de douleur, mais de puissance – elle s'était préparée au Centennal chaque jour depuis qu'elle était toute petite. Elle ne jouait pas avec des poupées, mais avec des épées. Elle ne tressait pas ses cheveux, mais des tiges pour fabriquer des boucliers.

L'espace d'un instant, elle se revit dans les bois sauvages lors d'une rare séance d'entraînement à l'extérieur. Terra, assise sur une branche au-dessus d'elle, observait les mouvements de son élève. Son épée fendait l'air, ses flèches visaient des cibles gravées dans les arbres, ses lames faisaient mouche à chaque fois, sous n'importe quel angle.

Elle entendit des applaudissements quelque part. Terra ne la félicitait que lorsqu'elle maîtrisait parfaitement une technique de combat, ce qui lui valait une nouvelle arme à exposer sur son mur.

Mais les applaudissements ne venaient pas de son instructrice. C'était Aurora qui frappait dans ses mains. Soudain, une racine perça la vitre, si fine qu'elle se glissa entre les épées brandies de la jeune reine pour s'enrouler autour de son cou.

Isla ne pouvait plus respirer. La racine l'étranglait, l'étouffait, tandis qu'une épine appuyait contre sa gorge, juste sur son larynx.

Devant elle, la Stellaire éclata de rire avant de se remettre à applaudir, amusée.

— Tu es revenue ? Tu étais libre, petit oiseau ! (Elle fit claquer sa langue, feignant la déception.) Et tu es retournée droit dans ta cage.

Elle ferma le poing et la racine serra de plus belle, mettant la Sauvage à genoux. La jeune reine trancha le végétal, mais le morceau qui enserrait son cou resta en place.

Oro et Grim assistaient à la scène en se débattant toujours contre leurs propres chaînes végétales, les yeux exorbités par la peur. Du sang coulait sur leurs tempes, sur leurs membres. Aurora leur avait infligé un millier de coupures avec des épines. Isla avait visiblement interrompu le lent supplice des deux monarques.

Ils n'avaient eu aucune chance d'y mettre fin, car ils n'avaient pas accès à leurs pouvoirs, même avant que la Stellaire ne les en prive, et ce, à cause d'elle, Isla, qui avait suggéré qu'ils se retrouvent à l'antre aux miroirs.

Ce lieu présentait malgré tout un avantage. Le Solarien et le Nocturne étaient peut-être piégés, mais Aurora était limitée au seul pouvoir sauvage. En dehors de cet endroit, ses nouvelles aptitudes seraient infinies. Elle pourrait utiliser les dons des six royaumes. Personne d'autre dans l'histoire de Lightlark n'en avait jamais été capable.

Pire encore : elle n'était soumise à aucune des malédictions, car c'était elle qui les avait créées. Les autres royaumes étaient donc forcément plus faibles, plus faciles à conquérir.

Non, Aurora ne pouvait pas quitter l'antre aux miroirs. Tant pis si, pour l'en empêcher, Isla devait elle aussi y rester.

Elle donna un rapide coup d'épée dans l'air, tout près de son cou. La racine qui l'étouffait ne mesurait pas plus de deux centimètres d'épaisseur. Quelques millimètres à côté et elle se tranchait la gorge.

Mais ses lames faisaient partie d'elle. Se croyant dépourvue de pouvoir, elle avait concentré ses efforts sur ces armes pendant toute sa vie.

Quand la racine tomba de son cou, Isla fonça sans perdre une seconde sur Aurora, épées brandies. La reine des Stellaires envoya des troncs morts par la vitre et créa des piques avec leur écorce, qu'elle planta sur la route de son ancienne alliée.

Celle-ci abattit tous les projectiles. Ses mouvements étaient aussi fluides que l'eau, aussi précis que la foudre, aussi rapides qu'une étoile filante. Ses épées, comme des extensions de son propre corps, bougeaient de concert, au rythme du sang qui palpitait dans ses veines et du tintement du dôme de verre, tandis qu'Aurora continuait de faire entrer les bois à l'intérieur de l'antre aux miroirs.

À mesure qu'elle se rapprochait, la Sauvage sentait les larmes couler, brûlantes sur ses joues. La plus grande trahison n'était pas celle de Grim ni celle de Terra et Poppy.

C'était celle de Céleste, qui avait fait semblant d'être son amie. Sa sœur ! Isla était seule et la Stellaire s'était servie de sa solitude.

Pourtant, malgré tout ce qui s'était passé, son traître de cœur l'aimait toujours.

Aurora sourit en voyant le chagrin gravé sur le visage de la Sauvage.

— Tu aurais pu le faire. Briser les malédictions. Je n'avais pas prévu qu'Oro apprenne l'existence du cœur de Lightlark. Vous auriez vraiment pu rompre les sorts, si tu avais eu la force de laisser un des souverains mourir. Et puis, bien sûr, reste la question du crime originel mentionné par la prophétie…

Isla fit volte-face et se prépara à l'impact d'un énième tronc d'arbre. Elle tomba par terre. Pendant un court instant, elle eut le souffle coupé, avant de se relever, grâce à l'élixir de guérison qu'elle avait avalé un peu plus tôt et qui circulait encore dans ses veines. L'une des racines épineuses de la Stellaire lui entailla le flanc et fit couler un flot de sang. Isla hurla mais, une seconde plus tard, sa peau se refermait.

Haletante, elle poursuivit sa progression vers Aurora, ses épées toujours brandies.

— Le crime originel ne consistait pas à utiliser le cœur de Lightlark, dit-elle entre ses dents serrées.

Avec un grognement guttural, elle trancha une vrille aussi épaisse que sa cuisse qui s'était enroulée autour de sa jambe. Une autre tenta de prendre sa place pour la projeter contre la vitre à côté d'Oro et de Grim – qui continuaient de lutter contre leurs entraves spinescentes et, ce faisant, perdaient du sang –, mais elle l'abattit avant d'être touchée.

— Ce n'était pas non plus le fait qu'un Solarien tombe amoureux d'une Sauvage, pas vrai ?

Non, des malédictions aussi cruelles ne pouvaient naître que d'un acte vraiment malveillant. Le crime originel ne pouvait être l'amour ou l'utilisation d'un grand pouvoir… Du sang devait avoir été versé pour créer quelque chose d'aussi maléfique.

Et pas n'importe quel sang.

Très jeune, Isla avait entendu parler du sacrifice des six rois et reines en échange de la prophétie qui permettrait de briser leurs malédictions. Terra et Poppy lui avaient raconté que sa propre ancêtre avait été la première à offrir sa vie, donnant ainsi l'exemple.

Mais Isla se demandait à présent si cette ancêtre s'était réellement sacrifiée. Peut-être était-elle morte avant même que les autres souverains ne découvrent les malédictions.

Les yeux de la Stellaire brillèrent, comme si elle souffrait au souvenir de l'acte qui l'avait changée pour toujours, l'acte à l'origine des sortilèges qui duraient depuis cinq cents ans.

Une seconde plus tard, son visage retrouvait son expression cruelle et elle levait les mains.

Le plafond se brisa lorsqu'une dizaine d'arbres passèrent à travers en même temps. Victime de l'averse d'éclats de verre, Isla se mit à hurler en voyant sa peau s'ouvrir puis se refermer, se déchirer puis cicatriser. L'élixir de guérison avait fort à faire pour répondre à toutes ses blessures.

Des arbres s'abattirent sur elle, la mettant à genoux. Avant qu'ils ne puissent l'écraser totalement, Aurora remua les doigts pour entrelacer leurs branches en un treillage autour de la jeune reine.

Des fragments de verre continuaient de pleuvoir quand Isla leva les yeux vers la Stellaire, à travers les barreaux de sa cage.

— Petit oiseau… lança Aurora depuis l'autre côté de la pièce en secouant la tête. Tu aurais dû rester dans le royaume sauvage.

Mais Isla n'était pas enfermée. Pas vraiment. Même lorsqu'elle était confinée dans son château, elle pouvait toujours créer un portail vers l'extérieur.

Elle saisit sa baguette astrale dans son dos, là où elle l'avait de nouveau glissée, prête à se transporter hors de sa prison… mais la relique lui vola des mains, arrachée par une racine. Elle la vit rouler par terre, jusqu'aux pieds de Grim, qui croisa le regard d'Isla. Du sang lui coulait sur les tempes. Il haletait et grimaçait, comme si respirer lui faisait mal. Il parvint toutefois à prononcer trois mots, laborieusement.

— Ton cœur, Mangecœur !

Son cœur ? Elle se souvint de la flèche qui l'avait transpercée, de la douleur atroce, semblable à un éclair, qui l'avait foudroyée. Elle aurait dû mourir. Nul élixir sauvage, ni même Cléo, ne pouvait guérir une flèche en plein cœur.

Seul un autre cœur pouvait accomplir ce miracle.

Isla appuya une main sur sa poitrine, qui brûlait – non pas en raison de sa blessure, comprenait-elle à présent, mais à cause de ce qu'elle renfermait : un pouvoir sous sa forme la plus pure. En la guérissant, le cœur de Lightlark l'avait marquée.

« Ton cœur. Il ne t'appartient pas. »

Sur le moment, elle n'avait pas compris les paroles du Nocturne. Mais tout s'éclairait enfin.

Elle ressentait son attraction depuis l'autre bout de l'archipel. Depuis sa chambre, où elle l'avait laissé, avec la lettre destinée à Oro. Le cœur de l'archipel lui chantait la chanson qu'elle avait entendue dès qu'elle avait posé le pied à Lightlark. C'était un appel, comme les pépiements de l'oiseau bleu nuit à son oreille, un frisson, comme le givre qui lui avait engourdi la langue sur l'île de la Lune.

Isla le perçut… et l'invoqua.

Son bras se tendit, ses doigts se plièrent. Soudain, une espèce de rayon de soleil traversa le verre. Le cœur fila dans la paume de la Sauvage, qui se mit à irradier.

Elle referma la main et sa cage se brisa. Le pouvoir sauvage se déversait du cœur de Lightlark en un flot ininterrompu. Des branches se cassèrent net, puis volèrent à travers la pièce. Un objet scintillait à ses pieds : le forge-liens ! Elle l'attrapa de sa main libre pour le glisser dans sa poche.

L'instant d'après, elle prenait son élan, sautait et atterrissait à trente centimètres d'Aurora. Les yeux écarquillés de surprise, celle-ci se métamorphosa en une seconde. Ses traits changèrent pour prendre l'apparence de…

Céleste !

Isla n'hésita pas, contrairement à ce qu'espérait sans doute la Stellaire. Elle tira l'aiguille de sa poche, planta l'une de ses extrémités pointues dans sa paume, puis plongea l'autre dans le cœur de son alliée d'autrefois.

La Sauvage poussa un cri féroce et guttural qui retentit dans tout l'antre aux miroirs. Elle avait le visage déformé par une souffrance atroce. Sa meilleure amie… Sa sœur…

Isla sentait le pouvoir traverser l'artefact pour affluer en elle. Les yeux de Céleste s'agrandirent, avant de se fermer.

Pour toujours.

« Une fois que le crime, source de vos déclins, aura enfin à nouveau été perpétré » : une reine tuant sa meilleure amie de sang-froid. *« Et que s'éteindra l'une des lignées de souverains… l'un parmi les six victorieux sera. »*

Le monde explosa.

Isla fut projetée en arrière par une force plus irrésistible que le vent, plus puissante qu'un contre-courant. Des larmes brûlantes lui coulaient sur le visage et brouillaient sa vision. Pendant son vol plané, les étoiles, plus brillantes que jamais, la firent cligner des yeux.

Avant qu'elle n'atterrisse, le sol s'effondra. Les malédictions étaient désormais brisées, tout comme l'archipel. La terre s'était fissurée et Isla glissa dans la crevasse, après le corps de Céleste, déjà englouti par l'île. La reine des Stellaires avait chuté sur plusieurs dizaines de mètres, jusque dans le noyau ardent de Lightlark. Le cœur de l'archipel s'échappa de la main de la Sauvage pour disparaître à la suite de Céleste, rendu une fois de plus à l'île.

Isla empruntait le même chemin. Elle tombait, toujours plus bas, comme ce fameux soir sur son balcon. Dans son dos, la terre tourbillonnait, bouillonnait, prête à accueillir ses os. Elle sentait le pouvoir qui circulait dans ses veines, toutes les facultés captées grâce au forge-liens. Mais lorsqu'elle tenta de s'en saisir, l'énergie lui glissa entre les doigts. Elle ne savait pas comment s'en servir, car elle n'avait encore jamais utilisé son propre pouvoir.

Les yeux fermés, Isla accepta son destin. Elle n'avait le temps de dire adieu qu'à une seule personne et choisit…

Quelque chose l'attrapa soudain par la taille. Son dos se cambra douloureusement.

Elle ne tombait plus. Quelqu'un l'avait sauvée. Comment était-ce possible ? Quand bien même Grim et Oro auraient été délivrés de leurs entraves après la mort d'Aurora, ils ne pouvaient recourir à leurs facultés dans l'antre aux miroirs, même une fois les malédictions rompues. Même après qu'Isla leur eut rendu leurs pouvoirs.

Sauf si…

Elle ouvrit les paupières pour découvrir que ce qui s'était enroulé autour d'elle était une racine. La plante l'avait rattrapée et commençait à présent à la remonter à la surface.

Le pouvoir sauvage ! Mais ce n'était pas la jeune reine qui s'en servait.

« À Lightlark, l'amour est dangereux. »

Quelqu'un qu'elle aimait utilisait ses capacités.

L'épaisse racine la tira hors du gouffre qui s'était ouvert en plein milieu de l'antre aux miroirs. Une fois en haut, Isla roula sur le sol de pierre, à bout de souffle. À travers le rideau de ses cheveux emmêlés, elle vit Oro desserrer le poing. La racine enroulée autour de sa taille la relâcha aussitôt.

Le haut-roi exerçait le pouvoir de la Sauvage. À voir l'expression du Nocturne, il savait ce que ça signifiait.

Les émotions qui se succédèrent sur le visage de Grim – l'angoisse, puis la surprise et enfin la colère – révélaient qu'il avait lui aussi cherché à accéder aux aptitudes d'Isla. En vain.

Elle ouvrit la bouche. Quelques heures plus tôt, ses sentiments étaient différents. Quelques heures plus tôt, elle était prête à s'enfuir avec Grim, à construire un avenir avec lui. À sacrifier tout ce qu'elle avait toujours désiré, pour lui.

Mais il l'avait trahie. Il avait effacé ses souvenirs au lieu de l'inclure dans son plan, au lieu de se fier à sa capacité à faire ses propres choix. Il avait pris la décision à sa place.

Oro, en revanche, avait été son véritable allié pendant le Centennal. Il lui avait confié des vérités en échange de ses mensonges. Elle avait pleuré devant lui, ri, vaincu ses plus grandes peurs et affronté de nombreux périls. Il la connaissait mieux que quiconque dans l'archipel – à l'exception de l'amie qu'elle venait de perdre.

Sans laisser à Isla le temps de prononcer un seul mot, Grim s'échappa par l'un des trous béants dans les parois de verre avant de disparaître dans la nuit.

Le sang de Céleste, encore chaud sur la main de la Sauvage, coulait sur sa manche. Elle s'effondra à genoux et vomit, sanglota, cria.

Oui, les malédictions étaient peut-être brisées, mais elle aussi.

CHAPITRE 55
Anéantie

Ils s'étaient unis. L'un parmi les six était victorieux. L'une des lignées de souverains s'était éteinte. Le crime originel avait été à nouveau perpétré. Si bien que le centième jour du Centennal, Lightlark ne fut pas englouti par la tempête.

Isla ne sortait plus de ses appartements. Elle n'était retournée qu'une seule fois dans le royaume sauvage, pour injecter du pouvoir dans la terre, la sauvant ainsi que son peuple de la destruction totale. Elle ne savait pas tout à fait comment utiliser ses facultés, mais la tâche s'était avérée assez simple : plonger les mains dans le sol pour y envoyer une partie d'elle-même. Le changement avait été immédiat, stupéfiant.

Puis elle était rentrée au palais de l'île principale à l'aide de sa baguette astrale. Elle passait ses journées recroquevillée dans sa baignoire, l'eau chaude se substituant à ses larmes, car elle n'en avait plus. Elle se sentait comme une coquille vide.

Céleste, sa meilleure et seule amie, n'en avait jamais été une. Quant à Grim… Une année de souvenirs oubliés et quelques-uns gardés en mémoire. Tous deux blottis l'un contre l'autre sous la pluie. Son corps pressé contre la vitre, qui s'était plus tard brisée pour le blesser en d'innombrables endroits.

Elle savait à présent qu'Ella n'avait jamais œuvré contre elle. La Stellaire lui faisait régulièrement son rapport à travers la porte de sa chambre. Par son intermédiaire, elle apprit que Cléo avait coupé le pont de l'île de la Lune, séparant ainsi son territoire du reste de l'archipel. Isla ignorait ce que cet acte signifiait, ce que la Sélénite préparait... Quoi que ce fût, ce n'était pas de bon augure.

Azul avait été aperçu sur la plage, occupé à regarder la tempête maudite s'apaiser. Apparemment, elle renfermait les âmes de ceux qui avaient été tués par les malédictions. C'étaient leurs murmures qu'elle avait un jour entendus. On racontait que les corps piégés à l'intérieur avaient esquissé quelques pas sous la forme de spectres, avant de disparaître en paix avant même de toucher la côte. Isla espérait que le roi élu avait pu voir son époux une dernière fois.

L'Azuréen n'avait jamais représenté un danger pour elle – Oro avait eu raison sur ce point. Il avait simplement tenté d'arrêter Aurora en se fiant aux soupçons qu'il nourrissait à l'égard de Céleste.

Après deux semaines passées dans l'obscurité de ses appartements, rideaux tirés, la jeune reine finit par trouver la force de se peigner, d'enfiler une robe, puis de sortir sur son balcon, d'où elle contempla le reflet du soleil sur la mer, jaune doré comme le cœur de Lightlark. Ce cœur qu'ils avaient cherché pendant si longtemps et qui les avait tous sauvés. L'avait sauvée, elle, plus d'une fois.

Il contenait désormais un pouvoir incomparable... et elle aussi.

Elle n'avait cependant pas essayé d'accéder à ses capacités, si ce n'est pour offrir son pouvoir au royaume sauvage. Elle ne savait même pas par où commencer. Elle craignait, en tirant sur un simple fil, de détricoter tous ses pouvoirs, qui s'échapperaient d'elle en un flot destructeur. Voilà pourquoi elle les avait laissés de côté, même si elle avait conscience que le moment viendrait où il lui faudrait les déployer.

Grim, lui, était retourné dans le royaume nocturne, blessé, trahi.

Isla ne pouvait nier le profond malaise qu'elle éprouvait lorsque le nom du souverain lui traversait l'esprit. Elle ne s'autorisait pas à regarder de trop près les ombres dans sa chambre. Ses miroirs étaient recouverts de draps, au cas où, les Nocturnes pouvant s'en servir pour communiquer. Parfois, elle buvait une décoction tard le soir pour ne pas sombrer dans des rêves qui étaient, en réalité, des souvenirs.

Surtout depuis qu'elle avait entendu, cinq nuits plus tôt, une voix retentir dans sa tête, juste avant qu'elle n'ouvre les yeux.

« Souviens-toi de nous, mon cœur. Souviens-toi de tout. Tu finiras par te rappeler. Et à ce moment-là… tu me reviendras. »

La voix de Grim était si claire, comme s'il était assis dans sa chambre, au bord de son lit. Mais quand elle avait ouvert les paupières et remonté les couvertures sur sa peau en sueur, il n'y avait personne.

Maintenant que leur malédiction était brisée, les Nocturnes étaient plus puissants qu'ils ne l'avaient été depuis cinq cents ans. La gorge serrée, Isla se rappela la démonstration de pouvoir de Grim sous la pluie et ses paroles, qui avaient fait courir un frisson le long de son échine… Elles produisaient toujours le même effet, mais pour une autre raison.

« Je pourrais créer un gouffre qui engloutirait la plage. Je pourrais rendre la mer noire comme l'encre et tuer tout ce qui s'y trouve. Je pourrais détruire le palais de l'île principale, brique par brique, sans bouger d'ici. Je pourrais t'emmener avec moi dans les terres nocturnes. »

Auparavant, elle avait considéré ces propos comme une fanfaronnade, une proclamation. À présent, ils lui apparaissaient comme des menaces.

Elle s'appuya contre le parapet de son balcon, arrachée à ses réflexions par une vague de chaleur dans son dos.

Oro.

Ils ne s'étaient pas parlé depuis qu'il l'avait aidée à rentrer au palais. Réduite à une épave frissonnante dans ses bras, elle ne cessait de sangloter et de se lamenter, le regard de Céleste au moment de mourir gravé dans son esprit. Le haut-roi avait déposé devant sa porte de quoi reprendre des forces, du thé, de l'eau et des vêtements confortables, mais elle avait attendu qu'il se soit éloigné dans le couloir pour les récupérer.

Les épaules raides, Isla fixait la mer, déchaînée, tout en crêtes blanches et tourbillons de saphir.

— Tu n'envisages pas de sauter de nouveau, si ?

Elle fit volte-face pour le fusiller du regard.

— Je n'ai pas sauté ! C'est toi qui m'as fait tomber.

L'expression du haut-roi était sérieuse, mais son ton, faussement inquiet.

— C'est vrai ?

— Oui. Toi et ta manie d'espionner…

Il haussa un sourcil.

— Je t'entendais de ma chambre, alors je suis sorti voir ce qui se passait. Ce n'est pas vraiment ce que j'appellerais espionner.

Elle lui jeta un regard noir qui s'évanouit bientôt, tant elle fut déstabilisée par le visage d'Oro. C'était la première fois qu'elle le voyait de jour.

Ses yeux d'ambre avaient le même éclat que le cœur de Lightlark. Ses cheveux étaient comme des rayons de soleil filetés de soie, la courbe de sa mâchoire semblait ciselée par la lumière. Sa peau brillait. Ses cernes avaient disparu, ses joues avaient perdu leur teint cireux et la tache gris-bleu s'était évaporée. Il resplendissait.

Isla déglutit avant de déclarer d'un ton qui n'avait plus rien d'acerbe :

— Tu étais insupportable au dîner ce soir-là.

— Toi aussi, répliqua-t-il en esquissant un pas vers elle. Sans compter que tu es arrivée trempée de la tête aux pieds, les cheveux dégoulinants… Le pire, c'est que tout ce que j'entendais, c'était ta voix, qui résonnait dans ma tête comme un enchantement. Je croyais que tu le faisais exprès, que tu exerçais tes pouvoirs pour m'attirer. Ensuite, tu t'es montrée si froide avec moi que je me suis dit que je me trompais. (Il fronça les sourcils, comme à son habitude.) Lorsque tu m'as révélé ton secret, je suis… tombé des nues. (Il éclata d'un rire triste.) Pendant des siècles, j'ai évité toute relation sérieuse. Et quand, pour la première fois, j'ai commencé à éprouver des sentiments… il a fallu que ce soit pour une Sauvage qui ne cherchait même pas à me séduire !

Oro se tenait si près d'elle qu'elle dut lever la tête pour croiser son regard. L'espace d'un instant, ils se dévisagèrent. Il s'apprêtait à dire quelque chose, mais aucun son ne sortit de sa bouche. Elle non plus ne trouvait pas les mots.

— Isla…

Son nom était si doux sur les lèvres du haut-roi. Elle vit ses propres émotions reflétées dans ses yeux. La confusion à l'idée de ne pas savoir comment ça s'était produit, mais seulement que c'était arrivé.

Quelle chose étrange que l'amour ! Elle désirait Oro de mille façons, et ce, depuis un certain temps, malgré ses efforts pour le nier. Surtout, elle avait confiance en lui.

Était-ce là ce sur quoi l'amour se fondait ? Elle n'en était pas encore certaine. À vrai dire, elle n'était sûre de rien.

Isla posa une main sur le torse de son compagnon. Quelque part en lui, elle sentait palpiter la puissance du haut-roi. Un flot ininterrompu, doré et étincelant. Solarien, azuréen, sélénite et stellaire. En utilisant le forge-liens, elle avait rendu à chaque souverain son pouvoir, par le même biais qui avait permis précédemment de le leur subtiliser. Malgré tout, elle y avait encore accès.

Il n'y avait aucun barrage entre la source infinie du monarque et la sienne, car le partage était réciproque. Elle pourrait plonger la main pour tout emporter, si elle le voulait. Et il pourrait lui faire subir le même sort.

Oro ferma brièvement les yeux, comme s'il sentait les doigts d'Isla glisser dans les canaux d'énergie qui circulaient en lui. Puis il imita son geste. Qu'éprouvait-il ? Lorsqu'elle avait tué Aurora, la Sauvage savait exactement ce qu'elle faisait. Elle ne récupérait pas seulement son propre pouvoir, ainsi que ceux du Solarien et du Nocturne. Elle lui prenait aussi autre chose : toutes ses aptitudes de reine stellaire. C'était un moyen habile pour tuer un monarque et sa lignée, accomplir la prophétie et mettre fin aux malédictions, tout en épargnant le royaume stellaire.

À présent, Isla possédait le pouvoir d'une souveraine stellaire. Elle n'avait même pas envie de songer à ce que ça impliquait.

Oro posa deux doigts sur le cœur de la jeune reine, avant de les faire glisser jusqu'au milieu de sa poitrine. Une tige serpenta sur le balcon et fit fleurir une rose rouge, qu'il cueillit et tendit à Isla.

La Sauvage contempla la fleur : c'était une rose pleine d'épines, comme elle. À la fois belle et dangereuse. Elle la prit, puis la jeta par-dessus son épaule, loin du balcon, avant de se hisser sur la pointe des pieds pour appuyer son front contre celui du haut-roi.

Le souffle du monarque se coinça dans sa gorge. Ses yeux ambrés brûlaient d'un feu qui n'avait rien à voir avec le vide qu'elle y avait décelé le premier jour du Centennal. Il la regardait comme si c'était pour elle qu'ils avaient passé l'archipel au peigne fin, qu'elle était le cœur qu'il cherchait désespérément depuis toutes ces années, l'aiguille qui l'avait enfin raccommodé.

Après avoir pris une profonde inspiration, Isla se retourna vers la mer.

Grim… Il l'avait brisée. Mais elle s'était montrée imprudente. Elle avait foncé sans réfléchir, sans attendre.

Elle ne referait pas cette erreur, même si elle avait confiance en Oro – et en personne d'autre que lui.

Elle grimpa sur le parapet, comme le premier soir du Centennal, où elle avait chanté cette chanson qui avait attiré le haut-roi sur son propre balcon. Cette fois, il se tenait derrière elle, source de chaleur infinie. Si près que, lorsqu'elle pencha la tête en arrière, celle-ci reposa sur son torse.

Les jambes dans le vide, loin au-dessus de la mer agitée, elle pivota légèrement pour lever les yeux vers lui.

— Ne me laisse pas tomber.

Leurs regards se croisèrent.

— Jamais, dit-il.

Isla esquissa une moue pleine de sous-entendus, et il se corrigea :

— Plus jamais.

CHAPITRE 56
La clef

L'antre aux miroirs avait perdu ses vitres. Ce n'était plus que l'ossature d'une structure, au sol couvert d'éclats de verre aussi tranchants que des lames, qui crissèrent sous les pieds d'Isla lorsqu'elle entra.

Oro s'était employé à refermer la crevasse, en usant d'un pouvoir emprunté, mais une cicatrice courait toujours sur toute la longueur de la pièce.

Un rappel des événements, de la reine enterrée en dessous.

Le haut-roi se tenait non loin de la Sauvage, suivant le moindre de ses mouvements. Sans lui, elle ne savait pas si elle aurait osé revenir.

Non, ce n'était pas vrai… Elle en aurait eu le courage, car elle était plus forte à présent. Et cela n'avait rien à voir avec son nouveau pouvoir.

Elle poursuivit son chemin d'un pas régulier, la tête haute. Oro lui avait rendu sa couronne. Il lui avait raconté qu'il l'avait serrée dans ses mains après qu'ils eurent trouvé le cœur de Lightlark, pendant les heures d'angoisse qu'il avait passées dans la grotte alors que le soleil brillait encore et qu'il ne pouvait pas s'approcher d'elle… ni même savoir si elle avait survécu.

« *C'est à ce moment-là que j'ai compris que je t'aimais,* avait-il confié. *Quand la flèche t'a transpercé le cœur et qu'il aurait tout aussi bien pu s'agir du mien.* »

Isla avait ressenti l'absence de sa couronne durant les jours qui avaient suivi la rupture des malédictions. Elle en avait dessiné les motifs sur du papier, se l'était imaginée, en se demandant de quoi sa mère et les générations de reines sauvages qui l'avaient précédée – dont Violette – auraient l'air, ceintes du bandeau d'or.

C'est à cet instant-là qu'elle avait compris ce que représentait cette couronne : son seul lien avec ses ancêtres. L'unique héritage à avoir traversé les siècles, et le seul qui importait.

Elle s'arrêta devant la crypte, au fond de l'antre aux miroirs. Oro était à ses côtés, les yeux rivés sur la serrure à la forme singulière.

Isla s'arma de courage avant de glisser sa couronne à l'intérieur. Celle-ci s'insérait parfaitement. Elle la tourna, à la manière d'une clef, et la porte s'ouvrit.

Remerciements

Quand j'avais douze ans, j'écrivais des livres dans ma chambre et je lisais des pages de remerciements comme celles-ci, dans l'espoir de trouver comment me faire publier. C'était mon seul rêve, que j'ai poursuivi sans relâche. Après des centaines de refus, j'ai fini par écrire *Lightlark* pour moi. C'était l'endroit que j'avais envie de visiter, l'histoire que j'avais envie de lire.

Ce roman n'aurait été connu que de moi sans ceux qui ont su voir son potentiel et qui ont changé ma vie.

Merci à mon équipe, qui a rendu toutes ces victoires possibles. À mon agente littéraire, Katelyn Detweiler, pour être tombée amoureuse de ce livre et lui avoir trouvé un foyer. Ton soutien est comme une armure. À mon avocat, Eric Greenspan, pour m'avoir acceptée comme cliente et avoir vu toutes les perspectives possibles. À mes agents de chez CAA, spécialisés dans le cinéma et la télévision, Berni Barta et Michelle Weiner. À Sophia Seidner, Sam Farkas et Jill Grinberg chez Jill Grinberg Literary Management. À Aimee Lim, dont les retours ont contribué à faire de ce livre ce qu'il est aujourd'hui.

À mon incomparable éditrice, Anne Heltzel, pour avoir cru en *Lightlark* avant qu'il ne suscite autant de réactions et m'avoir soutenue auprès de l'équipe Abrams. Tu as vu en moi ce que d'autres ont ignoré, et tu m'as poussée à rendre ce roman encore plus puissant – je t'en serai éternellement reconnaissante. À Andrew Smith pour avoir cru en moi et en tout ce que l'avenir nous réserve. À Kim Lauber, Hallie Patterson, Brooke Shearouse, Elisa Gonzalez, Melanie Chang et Megan Carlson chez Abrams, un groupe extraordinaire que j'ai la chance d'avoir à mes côtés. Merci infiniment pour tout ce que vous avez fait afin de mettre *Lightlark* entre les mains du plus grand nombre de lecteurs possible.

À ma famille, qui a eu le plaisir de côtoyer de près une autrice (je plaisante). À mes parents, Claudy et Keith, pour m'avoir permis de poursuivre mes rêves. Papa, tu m'as toujours dit que plus on travaillait dur, plus on avait de la chance, et j'ai découvert que c'était vrai. Maman, tu es la femme la plus forte que je connaisse et je me rends compte à présent combien je tiens de toi. Merci à ma sœur jumelle, Daniella, grâce à qui j'ai continué d'écrire. Le fait que tu demandes d'autres chapitres m'a incitée à créer de nouveaux mondes. Tu as été ma première lectrice et tu seras toujours ma meilleure amie. À Sean, l'un des premiers fans de mon travail – un immense merci pour ton enthousiasme et ton aide. À Leo et Bear, merci d'avoir apporté tant de joie dans ma vie. À JonCarlos et Luna, mon étoile et ma lune : j'ai hâte de vous voir poursuivre vos propres rêves. À Angely, merci d'avoir toujours été là pour moi. À Rose, Alfonso, Carlos et Maureen, merci pour votre amour et votre soutien infinis. À mon cœur, Rron – ce livre t'est dédié. Avec toi, la réalité est à la hauteur de la fiction.

À mes amis, qui m'ont aidée à naviguer dans ce nouveau monde. Votre soutien, vos conseils et votre amitié comptent plus que vous ne l'imaginez. À Chloe Gong, mon autre jumelle à bien des égards. Nos brunchs sont devenus incontournables, pas vrai ? À Adam Silvera, qui me motive toujours et me donne le sourire. À Marie Lu, Sabaa Tahir, Zibby Owens et Brigid Kemmerer. Quelle chance j'ai de vous connaître !

À tous ceux qui me suivent sur les réseaux sociaux : vos messages et votre engouement pour cette histoire m'ont aidée à respecter les échéances et m'ont poussée à produire un résultat qui valait la peine d'attendre.

Surtout, merci à BookTok. C'est grâce à cette communauté que *Lightlark* est arrivé jusqu'ici. Pour chaque vidéo, chaque commentaire, chaque partage, chaque ami que je m'y suis fait, merci ! Vous êtes plus puissants que vous ne le croyez. Je ne me rappelle plus à quoi je pensais en postant cette vidéo sur le concept d'une île qui n'apparaît qu'une fois tous les cent ans, mais jamais je n'oublierai le choc que j'ai eu en découvrant que des millions d'internautes souhaitaient m'accompagner dans cette aventure. On a réussi !

Achevé d'imprimer en France en février 2023
par Aubin Imprimeur

Le papier de cet ouvrage est composé de fibres naturelles, renouvelables, recyclables et fabriquées à partir de bois issu de forêts plantées expressément pour la fabrication de pâte à papier.

ISBN : 978-2-37102-370-3
Dépôt légal : mars 2023

Loi n° 49-956 du 16 juillet 1949 sur les publications destinées à la jeunesse, modifiée par la loi n°2011-525 du 17 mai 2011

Numéro d'édition : 0127-064-01-01

LUMEN